Albert Schulz

Die Arthur-Sage und die Märchen des roten Buchs von Hergest

Albert Schulz

Die Arthur-Sage und die Märchen des roten Buchs von Hergest

ISBN/EAN: 9783944349442

Auflage: 1

Erscheinungsjahr: 2013

Erscheinungsort: Bremen, Deutschland

@ Saga-Verlag in Access Verlag GmbH, Fahrenheitstr. 1, 28359 Bremen. Alle Rechte beim Verlag und bei den jeweiligen Lizenzgebern.

Die

Arthur=Sage

und

die Mährchen des rothen Buchs
von Hergest.

Herausgegeben

von

San=Marte

(A. Schulz, Königlich Preußischem Regierungs-Rath, des Thüringisch-Sächsischen
Vereins für Erforschung des vaterländischen Alterthums und Erhaltung seiner Denkmäler,
und der Königlichen Deutschen Gesellschaft zu Königsberg in Pr. ordentlichem,
so wie der Berliner Gesellschaft für deutsche Sprache auswärtigem Mitgliede).

Bibliothek der gesammten
deutschen National-Literatur.
Abtheil. II. Band 2.

Quedlinburg und Leipzig.
Druck und Verlag von Gottfr. Basse.
1 8 4 2.

Vorrede.

Die im Jahre 1839 erlassene Aufforderung der Cymreigyddion Society von Abergavenny in Wales zu einer Preisab-
handlung über den Einfluß der wälschen Sagen auf die
Literatur Deutschlands, Frankreichs und Skandinaviens
berührte einen Gegenstand, der nur zu lange schon von der Lite-
raturgeschichte, wenn auch nicht unbeachtet geblieben, doch nicht
mit der umfassenden Gründlichkeit behandelt worden war, die er
erforderte, wenn die bisher darüber schwebende Dämmerung auf-
gehellt, und hergebrachte schiefe Ansichten und Irrthümer besei-
tigt werden sollten. Der größte Fleiß war zwar auf die Geschichte der nordfranzösischen Romane aus dem Sagenkreise Arthurs und der Tafelrunde, und deren weitere Bearbeitungen in
Deutschland und England gewandt worden,—ich erinnere nur
an die *Histoire* littéraire de la France, *Dunlop*, the history
of Fiction, und B. Schmidt's treffliche Recension des letztern
Werks in den Wiener Jahrbüchern; allein es war darin weder
auf die frühere Entwicklungsgeschichte der französischen Arthurromane, noch auf eine aufmerksame Sonderung der Gral- von
der Arthur-Sage eingegangen. Eine Kritik der Gralsage nach
ihrer ersten Entstehung und späteren Verschmelzung mit der
Arthursage hatte ich bereits im fünften Buche des zweiten Bandes meines Lebens und Dichtens Wolframs von Eschenbach zu geben versucht: der Drang aber, den ersten Bildungsgang der Arthursage bis dahin, daß diese in Nordfrankreich ihren
neuen Aufschwung nahm, zu erforschen, ward von Neuem durch
jenes Preisausschreiben angeregt. Die Hauptschwierigkeit bestand
dabei in der Ermittelung des Ueberganges der Sage von Wales nach Bretagne, indem über die bretagnische Poesie zwar
Viele, diese sämmtlich fast aber nur de auditu bekunden, schrift-

liche Denkmale davon aber gänzlich fehlen. Hier blieb also nur
übrig, die factischen Data und Zeugnisse möglichst vollständig
zu sammeln, und mit Zuhülfenahme der Völker= und Sitten=
geschichte den Gang der Sage nicht sowohl zu erweisen, als nur
wahrscheinlich zu machen. Die dem Juristen eigenthümliche
Strenge bei Prüfung von Beweisstücken bewahrte vor allzuküh=
nen Folgerungen, und ich fürchte nicht, daß mir der Vorwurf
willkürlicher Hypothesen und überdreister Kombinationen wird
gemacht werden.

Meine der Cymreigyddion Society eingereichte, und von
dem erwählten Richter der Gesellschaft, dem Königlich Preußi=
schen Gesandten, Ritter Herrn Bunsen, gekrönte Preisschrift,
welche inzwischen in englischer Uebersetzung erschienen ist *), war
jedoch nicht geeignet, in unveränderter Form der deutschen Ge=
lehrtenwelt übergeben zu werden, da ich ausscheiden mußte, was
ich an einem andern Orte bereits über die Gralsage abgehan=
delt, und vieles hier einer weitern Ausführung mit Belägen
bedurfte, was dort mit Rücksicht auf die in England verbreite=
ten Quellen nur kurze Erwähnung und Bezugnahme erforderte,
so wie dagegen anderes, was dort, aus deutschen Quellen ge=
schöpft, ausführlicher besprochen werden mußte, für Deutschland
füglich kürzer behandelt werden konnte, und überhaupt die Ten=
denz der Preisaufgabe für uns weniger wichtig, als die Auf=
gabe erschien, eine kritische Geschichte der Arthursage, besonders
bis zur Mitte des zwölften Jahrhunderts, zu liefern. — Der
Abschnitt über die Form der Arthurromane, der dabei nicht
wohl zu umgehen war, kann, wie ich sehr wohl erkenne, das
wissenschaftliche Bedürfniß nicht befriedigen, und will vielmehr
nur zur weiteren Erörterung diejenigen anregen, welche durch
ihre äußere Lage in Besitz von Hülfsmitteln sind, um einer sol=
chen mit Erfolg sich unterziehen zu können. An meinem jetzi=
gen Wohnorte ist dies schlechthin unmöglich. Reiche Beiträge
zur Geschichte des Reims sind inzwischen in F. Wolf's treff=

*) An Essay on the influence of Welsh tradition upon the literature
of Germany, France and Scandinavia; which obtained the prize of the
Abergaveñy Cymreigyddion Society, at the eisteddvod of 1840. Trans-
lated from the German of Albert Schulz. Llandovery, by William
Rees. 1841.

lichem Werke über die Lais, Sequenzen, und Leiche, Heidel=
berg, 1841, geliefert. — Zwar thut es mir leid, die Erörte=
rung der Gralsage von der Arthursage haben trennen zu müs=
sen, und mich zu der Bitte genöthigt zu sehen, die gegenwär=
tige Abhandlung mit dem erwähnten Buch V., Band II., Leben
und Dichten Wolframs v. Eschenbach, als ein zusammenhängen=
des Ganzes zu betrachten; allein frühere Verpflichtungen gestat=
teten weder dort den Abschnitt über den Gral wegzulassen und
hier einzufügen, noch war ich zu der Zeit, als jenes Werk er=
schien, schon im Besitz aller der Quellen, welche zur Geschichte
der Arthursage bis zum Jahre 1150 wesentlich erforderlich
schienen.

Insbesondere waren es die Märchen des rothen Buchs
von Hergest, welche ein ganz neues Licht über die ältere Zeit
dieses Sagenkreises verbreiten, und ausführliche Kunde von
einem Gebiete gaben, von dessen Dasein sogar man bisher in
Deutschland, und selbst in England, nur sehr unbestimmte Nach=
richt hatte. Es ist eine Dame, Gemahlin des Sir J. John
Guest, Baronets und Parlamentsmitgliedes, ausgezeichnet durch
Kenntnisse, Schönheit und Geburt, Wales als ihrem Vaterlande
angehörig, welcher wir diese schätzbaren Beiträge zur Bereiche=
rung der Wissenschaft verdanken. Das Werk ist unter folgen=
dem Titel erschienen:

The Mabinogion from the Llyfr Coch o Hergest, and other an=
cient Welsh manuscripts; with an English translation and
notes, by *Lady Charlotte Guest.* London, Longman, Orme,
Brown, Green and Longmans; — Llandovery, W. Rees.

Der I. Theil, 1838, enthält S. 1—38 den wälschen Text, und
S. 39—84 die englische Uebersetzung von the Lady of the fountain,
S. 85—132 Anmerkungen dazu, und S. 133—160 als Beilage den
chevalier au lion des Chrestien de Troyes von B. 1—2237, nach
einer durch den Grafen Théodore de Villemarqué, rühmlich bekannt
durch die Herausgabe der Bretagnischen Volkslieder, Barsaz-Breiz, 2te
Ausgabe, 1840, (deutsch von A. Keller und v. Seckendorf, Tübingen,
1841, aber leider ohne Villemarqué's sehr beachtungswerthe Vorrede)
besorgten Abschrift von einer Handschrift der Bibliothek des Königs
zu Paris.

Der II. Theil, 1839, Fortsetzung des Chevaliers au lion

S. 161—214, und fernere Anmerkungen bis S. 232. Ferner S. 233 —296 den wälschen Text, und S. 297—370 die englische Uebersetzung des Peredur ab Evrawc, und S. 371—383 Anmerkungen dazu.

Der III. Theil, 1840, S. 384—412 fortgesetzte Anmerkungen zum Peredur; dann S. 1—66 den wälschen Text des Geraint ab Erbin, S. 67—141 dessen englische Uebersetzung, und S. 142—190 Anmerkungen dazu.

Außer mit sehr zierlichen Stahlstichvignetten ist das Werk mit vierzehn Facsimilen aus englischen, wälschen, französischen und skandinavischen Handschriften der betreffenden Dichterwerke geschmückt u. bereichert.

Sowohl diese Mährchen, wie auch der Abschnitt über den Merlin, S. 87, bilden gewissermaßen die Beläge zu vielen Behauptungen und Ergebnissen in der Abhandlung über die Arthursage, und um jene alten Dichtungen sammt den Anmerkungen der Lady Guest diesem Zwecke diensamer zu machen, mußte ich mir erlauben, die Oekonomie des englischen Werkes zu ändern; nicht alle Anmerkungen der gelehrten Herausgeberin waren für Deutschland von vorzugsweisem Interesse, weßhalb nur die erheblichen unverändert beibehalten, und mit L. G. bezeichnet sind. Andere haben, durch meine eigenen Zusätze vermehrt, in den Bemerkungen zu den einzelnen Mabinogion ihren Platz gefunden. Da die mitgetheilten drei Mährchen die vorzüglichsten und berühmtesten Romane Frankreichs und Deutschlands unmittelbar berühren, so erschien es nicht unzweckmäßig, die letzteren im Auszuge nach den zugänglichen Quellen mitzutheilen, wodurch am kürzesten und deutlichsten die formelle und materielle Fortbildung der alten ursprünglichen Stoffe anschaulich gemacht wird. Von vorzüglicher Bedeutung ist der von Lady Guest leider nur auszugsweise mitgetheilte alte englische Parcevell, für dessen deutsche Uebersetzung ich jedoch um billige Nachsicht bitte, da mir hinreichende Mittel fehlten, in die altenglische Sprache vollständig einzudringen. — Die altwälsche Literatur besitzt noch eine ungemein große Menge ähnlicher Mabinogion, die hoffentlich nun auch bei der Rüstigkeit, mit welcher die Gelehrten von Wales jetzt ihr Alterthum aufzudecken anfangen, bald mehr und mehr an das Licht treten werden. Nur erst bei einer ausgedehnteren Uebersicht der Masse derselben wird sich über ihre Stellung zur älteren Poesie von Wales, Bretagne und Nordfrankreich), und über ihren Einfluß auf die jüngeren Arthurromane ein bestimmteres Urtheil fällen lassen, als es jetzt nach den wenigen Proben schon geschehen kann. Es wird sich dann wahrscheinlich auch herausstellen, daß die einzelnen Mährchen aus sehr verschiedenen Zeiten herrühren, und aus wesentlich verschiedenen, mehr oder minder durch ausländische Beimischung getrübten Quellen geflossen sind; weßhalb nur zu wünschen wäre, daß die englischen Herausgeber auch auf diese Punkte ihre Aufmerksamkeit mit Unbefangenheit und Unparteilichkeit richten möchten, was von dem gründlichen Geiste, mit welchem sie in neuester Zeit die Ueberreste ihrer Vorzeit behandeln, allerdings zu erwarten ist.

Bromberg, April 1842.

San-Marte.

Inhalt.

Ueber die Sage

von

König Arthur.

Der König Arthur ist der Mittelpunkt der uralten wälschen National=
sagen, er die einfache Wurzel eines Riesenbaumes, dessen Zweige nach
fast einem Jahrtausend ganz Europa überschatteten, bis seine Lebenskraft
unterging in der modernen Welt, zugleich mit dem letzten Rest des Rit=
terthums. — Die Sage wandelt von Jahrhundert zu Jahrhundert in
steter Wiedergeburt; in diesem rastlosen Umwandlungsprozeß beurkundet
sie ihr organisches Leben, und dieses Leben äußert sich, wie die Sagenge=
schichte aller Völker es bezeugt,

> in der Neigung zur Annäherung und Berührung der vorhandenen
> Sage mit der wirklichen Geschichte;
> in der Neigung, ursprünglich unabhängige Sagen mit einander zu
> verbinden;
> in der Neigung zur Erweiterung der Sage innerhalb ihrer ur=
> sprünglichen Grenzen.

Jeder Sänger ist ein Sohn seines Jahrhunderts, und jedes Jahr=
hundert fordert zu seinem Genuß das ihm Gemäße und Verwandte; dar=
um üben auf den Bildungsgang der Sage einen nicht minder mächtigen
Einfluß:

> die fortschreitende Sitte, die Hauptrichtungen der Zeit, die großen
> politischen oder geistigen Interessen jedes Jahrhunderts.

Indem wir daher versuchen, die Sage vom König Arthur von ihrem
ersten Ursprung an bis zu ihrer letzten Gestaltung in ihrer historischen
Entwickelung darzustellen, werden zwar die sie betreffenden dichterischen
Urkunden der verschiedenen Zeiten und Völker, die zu ihrer Fortbildung
sich thätig erwiesen haben, uns als die Hauptzeugen gelten müssen, zu
ihrer Würdigung und Erläuterung aber dienen in gleicher Weise uns die
äußere Völker=, wie die Kultur= und innere Staatengeschichte, welche den
Hintergrund malen, aus dem die Sage, sei sie durch Wort oder Schrift
beurkundet, als ein lebendiges Bild sich hervorhebt. — Es fehlt uns der
Scharfsinn vielleicht, gewiß aber der verzweifelte Muth, aus der Sage von

Arthur unter Anknüpfung seines Namens an den Polarstern, und seiner 12 Feldzüge an die 12 Monate oder an die Apostel, ein Gespenst von Weltschöpfungs-, Sonnen- oder sonstigem überschwenglichen Mythus herauszubeschwören, wie es mit der Sage von den Nibelungen und von Tristan geschehen ist. Wir begnügen uns mit dem sicherern Wege unbefangener Kritik; mag das Resultat auch ungenügender, wird es doch desto wahrer sein. Ueberschauen wir den ganzen Schatz von Urkunden, welche Zeugniß über Arthur ablegen, so tritt er uns entgegen zuerst als das unbedeutende Haupt der kleinen Fürsten von Wales im Kampfe gegen die Sachsen; sodann als der überall siegreiche Heros, der sein mächtiges Szepter über ganz England, Frankreich, Skandinavien und Deutschland schwang und bis Rom und Jerusalem vordrang. Nun treten neben ihm Helden mit nicht minder wunderbaren Großthaten auf, und der kämpfende König wird glänzender Mittelpunkt romantisch-ritterlichen Hofhalts. — Endlich verdunkelt ihn der Glanz des heiligen Grales, der jedoch, mit ihm sich auflösend im Gebiet der freien Poesie, dann in die Nacht der Vergessenheit zurücksinkt.

Erste Epoche.
Arthur, Nationalheld.
Vom Jahre 600 bis 1066.

Unter den englischen Chronisten ist Gildas, geboren 520, Mönch im Kloster Bancor, hochberühmt zu seiner Zeit, der älteste, welcher über die Kämpfe von Wales, seinem Vaterlande, gegen die Sachsen in diesem Jahrhundert berichtet. Er schrieb eine Epistel de calamitate, excidio et conquestu Britanniae, quam Angliam nunc vocant (Bei Gale Tom. I.). Nirgend wird jedoch bemerkt, daß er des Arthur erwähne selbst bei Erwähnung der letzten großen Schlacht übergeht er ihn mit Stillschweigen [1]). Auch in seinen in der Heidelberger Sammlung britischer Schriftsteller von 1587, und bei Thomas Gale und Savile abge

---

[1]) „Vires capessunt Britanni, victores provocantes ad proelium, quibus victoria, Domino annuente, ex voto cessit. Ex eo tempore nunc cives, nunc hostes vincebant, ut in ista gente experiretur Dominus solito more praesentem Israhelem, utrum eum diligat, an non, usque ad annum obsessionis Badonici montis, novissimeque ferme de furciferis non minimae strugis, qui et meae nativitatis est." Der wälsche Alterthumsforscher Williams hält Gildas identisch mit Aneurin, was jedoch nicht wahrscheinlich ist.

druckten Werken haben wir vergeblich nach Zeugnissen über Arthur ge=
sucht. Zwar führt *Henricus Huntindoniensis* [2]) an, wie Gildas er=
zähle von den 12 Feldzügen Arthurs gegen die Sachsen, die er mit aus=
gezeichnetster Tapferkeit ausgeführt. Im achten trug er das Bild der
h. Maria auf den Schultern, wodurch ihm unter Gottes Beistand es ge=
lang, die Sachsen völlig in die Flucht zu schlagen. Mit gutem Grunde
führt aber Stevenson, in seiner neuen Ausgabe des Nennius (London,
1838) aus, daß Heinrich, wenn er auch den Gildas als Autorität ge=
nannt, dennoch den Nennius gemeint habe, der die gleiche Erzählung hat.
— Auf Gildas hauptsächlich stützt sich Beda [3]); zwar weiß er nichts von
den Königen vor Cäsar, nichts vom Brutus und Aeneas als Gründern
des brittischen Reichs; jedoch gedenkt er des Cassibelaunus, Androgeus,
Marimianus, St. Albanus, des Vortigernus in Verbindung mit den
Sachsen gegen die Römer (L. I, c. 14.), des Hengst und Horsa, St. Ger=
manus, Octa, des heiligen Oswald und seiner Wunder (L. III.), des
Osric, Penda u. s. w.: alles Figuren, die in das Reich der Sage und
Legende übergegangen sind; am Schlusse fügt er hinzu: haec de historia ecclesiastica Britannorum et *maxime gentis Anglorum* prout
vel ex literis antiquorum, vel ex traditione majorum, vel ex mea
ipsa cognitione scire potui, digessi Beda.

Theils der Gegenstand dieses Werks, noch mehr aber seine angel=
sächsische Abkunft und daher sehr wahrscheinliche Unkenntniß der wälschen
Sprache lassen erklären, weßhalb Beda des Arthur nicht gedenkt, und ver=
muthen, daß dessen Ruf noch in keiner Weise über die Grenzen von Wa=
les gedrungen, ja, daß er überhaupt noch in seiner Kindheit gewesen.
Ist letzterem also, so beweist jedoch Nennius [4]), daß dieser Ruf im Lauf
eines Jahrhunderts unbeschreiblich gewachsen ist. Ist 62sten Kapitel sei=
ner britischen Geschichte berichtet er von Arthur, und giebt zugleich eine
interessante Erklärung dieses Namens: »In illo tempore Saxones in-
valescebant et crescebant modice in Britannia. Mortuo autem
Hengisto, Octa, filius ejus, transivit de sinistrali parte Britan-

---

[2]) Histor. L. II. in Rer. Anglic. script. post. Bedam. Ed. Savile,
Francofurti, 1601. p. 313. Er schrieb um 1140.

[3]) Eccles. hist. gentis Anglor. L. V. mit einer Widmung an König
Ceolulph, in Rer. brittan. script. vetustior. Heidelbergae. 1587. — Beda
starb 734 im 72sten Lebensjahre.

[4]) Bei *Thomas Gale*, histor. brittann. script. 1691. P. I. Nennius
schrieb um 858. —

niae ad regem Cantariorum, et de ipso orti sunt reges illius patriae. Artur pugnabat contra illos in illis diebus videlicet Saxones cum regibus Britonum; *sed ipse dux erat bellorum; et in omnibus bellis victor extitit. Artur latine translatum sonat ursum horribilem* [5]), vel malleum ferreum, molae leonum.« Im 63ſten Kapitel fährt er fort: »Artur Jerosolimam perrexit, et ibi crucem ad quantitatem Salutiferae Crucis fecit, et ibi consecrata est; et per tres continuos dies jejunavit, vigilavit, et oravit coram Cruce dominica, ut ei Dominus victoriam daret per hoc signum de paganis; quod et factum est; cujus fractae adhuc apud *Wedale*, i. e. vallis doloris (Wehe=Thal) in magna veneratione servantur. Wedale est villa in Provincia Lodonesiae.« — Dann gedenkt er der zwölf Feldzüge Arthurs; im letzten tödtete Arthur beim mons Badonis eigenhändig 840 Feinde. Hier iſt kenntlich, wie ſchon die Sage von Arthur an Umfang gewonnen hat, und man bemerkt die Abſicht, den Helden der Vorzeit mit dem Glanz der Heiligkeit zu umgeben, ähnlich, wie es mit Karl dem Großen geſchah. An einer andern höchſt merkwürdigen Stelle [6]) nennt Nennius mehrere ausgezeichnete alte wälſche Barden, und führt uns ſomit in jene Kampfperiode zurück, die als die Wiege der Arthurſage betrachtet werden muß. Er nennt uns als ausgezeichnete Sänger der Vorzeit Talieſin, Talhearn, Cian, Aneurin; er hätte auch den Llywarch=Hen und Merddhin hinzufügen können, von deren Geſängen in der That die wälſche Literatur noch überaus koſtbare Reliquien beſitzt. Freilich haben dieſe das Schickſal der Oſſianſchen Geſänge getheilt, und ihre Echtheit und ihr Alter (das ſechſte und ſiebente Jahrhundert) iſt von Pinkerton in ſeiner Vorrede zum Babour und von Anderen ebenſo angezweifelt worden, wie der Oſſian in den gekrönten

─────────

[5]) *Arth* heißt im Wälſchen der Bär, und *ur*, ungemein, ausgezeichnet. ſ. Owen's wälſches Lexikon s. v. arth und ur.

[6]) In der neuen Ausgabe von Stevenſon, S. 52, lautet ſie: Tunc *Talhearn Cataguen* in poemate claruit, et *Neirin* et *Taliessin*, et *Bluchbard*, et *Cian*, qui vocatur *Guenith Guaut* simul uno tempore in poemate brittannico claruerunt. — Bei Thomas Gale l. c. III, p. 116, ſind die Namen entſtellt, und von Evan's dahin emendirt, daß ſtatt Talhearn Talanguen vielmehr wälſch Tatangwn, ſtatt Nuevin vielmehr Aneurin, ſtatt Bluchbar vielmehr Llywarch, und ſtatt Gueinehguant vielmehr Gwyngwn zu leſen ſei. — Ohne uns auf weitere Erörterung einzulaſſen, genügt es uns, die Namen Talhearn, Aneurin, Taliesin, Bluchbard und Cian als unzweifelhaft wieder zu erkennen.

Preisschriften von Drummond [7]) und Edward O'Reilly, und wie die Glaubwürdigkeit der britischen Chronik des Galfried von Monmouth vom Guillelmus Parvus an bis zu August Wilhelm v. Schlegel [8]) immer ihre Bestreiter gefunden hat. Wer indeß S h a r o n T u r n e r s **Vindication of the genuineness of the ancient british poems of Aneurin, Taliesin, Llywarch-Hen, and Merdhin, with specimens of the poems (London, Longman and Rees, 1803)** einer aufmerksamen Durchsicht und Prüfung gewürdigt hat, wird in dem Hauptresultat dennoch, selbst bei dem größten Skepticismus, seinem mit umfassender Gelehrsamkeit und durchdringendem kritischen Scharfblick geführten Beweise, daß diese alten Gesänge echt seien, beipflichten müssen, und nur eins läßt er zu wünschen übrig, daß er nicht auch auf dem Wege der historischen Sprachforschung aus der Sprache jener alten Dichter seinen Beweis geführt hat. — Sie nehmen 153 Seiten der wälschen Archäologie [9]) ein, und sind: the Cynveirdd, oder: d i e ä l t e s t e n D i c h t e r, betitelt. — A n e u r i n schildert in seinem Gododin in 920, durchweg gereimten, nach Evan's Zeugniß jedoch wegen ihres hohen Alters schwer verständlichen Versen, jene unglückliche Schlacht von Cattraeth, die in Folge eines großen Gelags der Waliser am Vorabend des Kampfs von den Sachsen glänzend gewonnen ward. Er selbst, ein britischer Hauptmann im Norden, focht mit, und nur mit Wenigen entkam er dem Tode. Nachmals ward er meuchlings von Eiddyn ermordet. Diese Niederlage war der Anfang des Verzweiflungskampfs des in seine Berge zurückgedrängten Volkes von Wales. Augenscheinlich hat das Gedicht die doppelte Tendenz, sowohl

---

[7]) s. **Transactions of the Royal Irish academy B. XVI, Th. I, II,** 1830. s. auch Talvi, Ueber die Aechtheit der Ossianschen Gesänge.

[8]) s. dessen Recension im **Journal des débats, 1833,** über F a u r i e l ' s Abhandlung über den Ursprung der Ritterepopeen des Mittelalters, in der **Revue des deux Mondes, B. VII u. VIII.**

[9]) *The Myvyrian Archaiology of Wales,* collected out of ancient Mss. 1801 – 1807. 3 Vol. Gr. 8. Der Text ist walisisch, ohne Uebersetzung; B. I. enthält 127 Gedichte der ältesten Barden vom 6ten bis 10ten Jahrhundert, und eine Menge Lieder von Barden des 12ten bis 14ten Jahrh. B. II. enthält: die Triaden der Insel Britannien, Geschichte der Könige von Brit. mit Galfrieds von Monmouths Chronik in walisischer Sprache, Geschichte der Fürsten, Geschichte der Sachsen. B. III., von der Volksweisheit der Walen: die Sprüche des Catoc oder Catwy des Weisen aus dem 6ten Jahrhundert (?); Lehren des **Geraint Vardd-Glâs** aus dem 10ten Jahrh.; Regeln der Dichtkunst, Sprüchwörter; Gesetze des **Dyvnwal Moelmud,** von 400 (?); Gesetze des **Hywel Dda** von 940; Musiklehre; alte wälsche Musikstücke.

die Mitkämpfer des Sängers zu feiern, deren Verdienst er mit vollster
Dankbarkeit und Inbrunst singt, als auch um die unheilvolle Ursach die=
ser schmachvollen Niederlage seinen Landsleuten lebendig im Gedächtniß zu
erhalten.

Die bedeutendsten, gewiß aber echten Gedichte Taliefin's schildern
Schlachten zwischen Sachsen und Briten. Sein Hauptgönner war Urien,
König des kleinen Staates Reged. Ihm sind 10 Gedichte, vaterländische
Schlachten feiernd, gewidmet. Auch an andere Kämpfer, als Owain,
Sohn des Urien, Ercwlf, Madawc den Bolzen, Erov den Grausamen,
Aebbon von Mon, Uther Pendragon, und Carroi, Sohn des Dairy,
sind mehrere Gedichte gerichtet. Lywarch=Hen, etwas jünger als jene
Genannten, war Fürst von Argoed in Kumberland. Er besuchte den Hof
Arthur's, und verlebte seine besten Jahre gleichfalls in Kämpfen gegen die
Angelsachsen. Als diese die Oberhand gewannen, zog er sich mit seinen
übrig gebliebenen Kindern nach Powys zurück, und nahm an den Kämpfen
seines Gastfreundes Cynddylan Theil. Er hat Elegien auf Geraint,
auf Urien von Reged, auf seinen Gönner Cynddylan, auf Cadwallon,
Sohn des Cadvan, hinterlassen. Das Gedicht auf sein hohes Alter,
und das Schicksal seiner Kinder, die in den Kämpfen ihren Tod fanden,
ist von tiefgreifendem Interesse.

Merddhin, der nachmals neben Arthur in der Sage am bedeu=
tendsten gewordene Barde, war ein Schüler und Genosse Taliefin's; sein
Gedicht **Afallenau** ist einem gewissen Orchard gewidmet, und schildert
gleichfalls die Kämpfe des Vaterlandes.

Alle diese Gedichte sind voll von historischen Beziehungen; sie nen=
nen Namen von Orten, Strömen und Bergen, die sie von Alters her
geführt haben; in ihnen erscheinen die zahllosen kleinen Königreiche, in
ihrer Unabhängigkeit, mit ihren Zwistigkeiten unter sich, mit ihrer Ver=
einigung gegen den gemeinschaftlichen Nationalfeind, die Angelsachsen; sie
zeigen die kleinen britischen Staaten im Norden der Insel als treue Ver=
bündete, überall der beglaubigten Geschichte entsprechend. Diese kenn=
gleichfalls Urien, Geraint (nachmals Erek der Sage), Cadwallon, Cynd=
dylan, Cian Gwyngwn, Gwendolan, Owain (nachmals Iwein der Sage)
Peredur (nachmals Parcival), Aebbon, u. a. m. Riderchhen wird von
Nennius (§. 63 ed. Stevenson) genannt, als Bekämpfer des Königs
Huffa von Northumberland, und erscheint als Rodarchus in Gottfrieds
Chronik wieder. Nennius nennt den König Pant [10]), den als Pende
um 642 lebend, Beda l. c. II, c. 12; III, c. 16 erwähnt und der als

König Pant von Genevis in der ältern Verfion des Lanzelot vom See, welche Ulrich von Zazikofen deutsch bearbeitete, wieder auftritt. — Diese Barden find Kämpfer und Sänger zugleich; ihr Gefang ift mehr lyrifch als epifch, ihre Diction ift kunftlos, aber kräftig und bilderreich, abgeriffen, fpringend, ein Erguß des Moments, in welchem die Welle des Kampfs noch fortwogt. Ihr Andenken lebte fort im Munde der Barden; unzählig find die Anfpielungen auf fie durch die ganze Reihe der Jahrhunderte vom 8ten bis 14ten; aber der Nachwelt blieben nur ihre Gefänge; daraus erklärt fich, daß mit der Zeit fie immer mehr nur als Sänger denn Kämpfer rühmend genannt werden; dennoch aber fpricht ftets der kriegerifche Patriotismus ihren Namen mit Stolz aus. Aus jenen Gedichten aber lernen wir zugleich auch den alten urfprünglichen hiftorifchen Arthur kennen, noch unverhüllt von der poetifchen Glorie, mit der die Nachwelt ihn umgab. Sie nennen Arthur häufig [11]), und auch als den **dux bellorum**, wie Nennius, aber fie erwähnen ihn nicht mit dem ausgezeichneten Ruhme, den die fpätere Tradition ihm verlieh. Llywarch der Alte, der die ganze Kampfperiode durchlebte, und einer der Räthe Arthurs war, ftellt ihn dennoch nicht in übermäßiger Majeftät dar. In der Schlacht von Longborth, die Arthur leitete, war es die Tapferkeit Geraints, die des Barden Aufmerkfamkeit vorzugsweife auf fich zog, und feine Elegie auf ihn, obgleich lang, erwähnt nur obenhin des Feldherrn, deffen Verdienft nach den jüngern Sagen jedes andere überftrahlt haben müßte. Da fein Gedicht eine Gabe an den Todten war, fo kann man vorausfetzen, daß es um fo mehr Wahrheit und um fo weniger Schmeichelei in feinem Lobe enthält. Er fpricht von Arthur mit Ehrfurcht, aber nicht mit Bewunderung. Er ift einfach erwähnt als Feldherr, als Leiter

---

[10]) §. 64. cod.: Osguid, rex Northumbriae, occidit Pantha in campo Gai, et nunc facta est strages Gai campi, et reges Britonum interfecti sunt, qui exierunt cum rege Pantha in expeditione usque ad urbem, quae vocatur Juden.

[11]) 3. B. Taliefin im Preiddew Annwn:
„Außer Caer Wydr fie fahen nicht den Muth Arthurs;
Dreimal 200 Mann ftanden auf dem Walle.
Der wird unbefchützt fein, der mit feiner Schildwacht fpricht.
Dreimal die Kraft von Prydwen wir gingen mit Arthur;
Außer fieben kehrte keiner von Caer Coludd."

Llywarch=Hen in Geraints Schlacht von Longborth:
„Zu Longborth wurden dem Arthur erfchlagen
Tapfre Männer, welche mit Stahl hieben.
Er war Kaifer und Leiter der Schlacht."

der Schlachtarbeit, aber Geraint ist weit höher gefeiert mit prächtigen
Worten. — In derselben Art erscheint Arthur im **Afallenau** des Merddhin.
Er wird als eine wohlbekannte Person aufgeführt, aber nicht vergöttert;
und doch war er damals todt, und alle seine Thaten, sein Heroismus,
seine Vaterlandsliebe waren gewesen. Kein Beiwort ist hinzugefügt, wo=
durch wir ihn als den Wirbelwind der Schlachten erkennen könnten, der
in seinem Lauf alle Einsicht und alle Macht Europa's mit sich fortriß.
Daß er ein tapferer Krieger gewesen, ist zweifellos, aber daß er der wun=
derbare Mars der britischen Geschichte gewesen, vor dem Könige und Na=
tionen in Schrecken geriethen, das wird völlig durch die mäßigen Lob=
sprüche seiner zeitgenössischen Barden widerlegt [12]). Wenn nun gleich=
wohl Nennius ihn in den oben citirten Stellen als den Koriphäen des
Krieges, den stäten Triumphator, ja als den Wanderer nach Jerusalem
selbst bezeichnet, so ist dies ein Beweis, daß schon im 9ten Jahrhundert
er der Historie entrückt, in die wunderbare Welt der Sage übergetreten
ist, in welcher wir ihn und seine Helden fernerhin zu verfolgen haben.

Zweite Epoche.
Arthur und die Helden der Tafelrunde.
Vom Jahr 1066 bis 1150.

Wenn auch selbst erweislich wäre, daß jene Pilgerfahrt Arthurs nach
Jerusalem neuere Interpolation sei, die in Nennius Geschichte erst um
die Zeit der Kreuzzüge eingeschoben worden, so ist dies doch von seinen
übrigen erzählten Großthaten um deßhalb nicht anzunehmen, weil die
nun aufzuführenden Zeugen aus der ersten Hälfte des zwölften Jahr=
hunderts dieselben als die allgemeinste Volkstradition bestätigen, und eine
solche Tradition im Lauf weniger Jahre, selbst Decennien, nicht gemacht
werden kann.

Die inhaltreichste Kunde über den Arthur der Sage giebt uns Gal=
fried oder Gottfried von Monmouth [13]) in seiner britischen Chro=

---

[12]) *Sharon Turner*, History of Anglo-Saxons. Vol. I. p. 234 bis 236.
London 1799.

[13]) De origine et gestis Regum Britanniae, l. XII. in Rer. Britann.
script. vetust. Cod. Palat. Heidelbergae, 1587. f. 1 f. Gottfried, Archi=
biakonus zu Monmouth in Wales, Arturus zubenannt, schrieb um 1130 bis
1150 außer jener Chronik noch 1) librum in fragmentum Gildae; 2) Vita
Merlini Caledonii; 3) Arturi Regis gesta; 4) diversi generis carmina;
5) de corpore et sanguine Domini; 6) Commentaria in Merlini prophetias.

nik. Er wundert sich (L. 1, c. 1), daß Gildas und Beda nichts von den britischen Königen vor Christi Geburt, und auch nichts von Arturus und vielen andern berühmten Königen nach Christo melden, und fährt dann fort: Talia mihi, et de talibus multotiens cogitanti, obtulit *Walterus Oxinefordiensis* archidiaconus, vir in oratoria arte atque in exoticis historiis eruditus, *quendam brittannici sermonis librum vetustissimum,* qui a *Bruto,* primo rege Britonum, usque ad *Cadvalladrum,* filium *Cadvallonis,* actus omnium continue et ex ordine perpulcris orationibus proponebat. Rogatu illius itaque ductus, tametsi intra alienos hortulos falerata verba non collegerim, agresti tamen stylo propriisque calamis contentus, *codicem illum* in *latinum sermonem transferre curavi.* Nam si ampullosis dictionibus paginam illivissem, taedium legentibus ingererem, dum magis in exponendis verbis, quam in historia intelligenda ipsos commorari oporteret. Opusculo igitur meo, *Roberte dux Claudiocestriae* [14]) (Glocester), ut sic te ductore, te monitore corrigatur: ut non ex Galfridi Monumentensis fonticulo censeatur exortum, sed sale Minervae tuae conditum: illius censeatur editio, quem *Henricus,* illustris Rex Anglorum, generavit, quem philosophia liberalibus artibus erudivit: quem innata probitas in militia militibus praefecit, unde Britannia tibi nunc temporibus nostris, ac si *alterum Henricum* [15]) adepta interno gratulatur affectu. Darauf beginnt er die Geschichte, wie nach der Gründung eines Reiches in Italien durch Aeneas, sein Sohn Ascanius ihm auf den Thron gefolgt. Dieser bekam einen Sohn, Brutus, der das Unglück hatte, seinen Vater auf der Jagd zu erschießen. Er floh deßhalb nach Griechenland, sammelte viele zerstreute Trojaner um sich, und beabsichtigte, sie vom griechischen Joche zu befreien. Brutus besiegt den griechischen König Pandrasus, und dessen Bruder Antigonus, und vermählt sich mit Ignone, der Tochter des Pandrasus. Auf einer wüsten Insel befragt er die Diana, wo sie wolle, daß er mit seinen Trojanern ein neues Reich gründe? Sie erscheint ihm, und weist ihn nach

---

[14]) Robert von Glocester war ein natürlicher Sohn Heinrichs I, ausgezeichnet durch Verstand, Kenntnisse und Tapferkeit. 1140 schlug er bei Lincoln den Usurpator Stephan, der ihn 1138 nach der Normandie getrieben.

[15]) Heinrich II. bestieg 1154 den englischen Thron. Heinrich I. regierte von 1100 bis 1135. Nach obiger Aeußerung zu schließen hat Gottfried sein Buch erst um 1140 geschrieben.

einer Insel jenseits Gallien. In 30 Tagen gelangt er nach Afrika, um-
schifft nach manchen Gefahren die Säulen des Hercules, schlägt den König von Aquitanien Goffarius, und wird gastlich von den **12** Königen,
die damals in Gallien regierten, aufgenommen. Darauf setzt er zu der
verheißenen Insel über, die damals **Albion** hieß, und nur von Riesen
bewohnt war, jedoch in höchster Anmuth und Fruchtbarkeit prangte.
Brutus erbaut an der Themse **Troja nova, per corruptionem Trino-
vantum,** nachmals **Lud (Londunum)** genannt, nach Lud, Sohn des
Cassibelaunus, und giebt dem Lande Gesetze. Das geschah zur Zeit des
Silvius Aeneas, und als in Judäa der Priester Eli regierte, und die
Bundeshütte von den Philistern erobert ward. Nach Brutus ward das
Land Britannia, und das Volk Briten genannt. Nun beginnt die Geschichte der Könige dieses Volks; wundersam wird die Zeit nach den Da-
ten der römischen und jüdischen Geschichte, und später nach der christlichen
Zeitrechnung bestimmt; immer beruft der Erzähler sich auf uralte Na-
tionaltraditionen, oft seine Quellen ausdrücklich bezeichnend, z. B. von
König Belin (**L. III, c. 5**), wer lesen will, was er alles gethan, der
schlage die Molmuntinischen Gesetze [16]) nach, die Gildas aus dem Britischen in das Lateinische, und König Alfred in das Angelsächsische übertragen hat. Die Sagen werden, wie fast alle echte Volkssagen, überall
durchaus örtlich an Berge, Städte, Flüsse angeknüpft, die ihre Namen
von den fabelhaften Personen und deren Thaten erhalten. Es wird der
Kämpfe der Briten mit Cäsar und seinen Nachfolgern gedacht (**L. IV.**);
der aus dem Ossian bekannte Carausius (**L. V. u. Ossian**, übers. v.
Rhode, Einl.) erscheint; Beglaubigtes und Unbeglaubigtes geht Hand
in Hand mitsammen; die Eroberung durch Hengist und Horsa wird erzählt; Hybernier, Scoten (deren Name allgemein bei den alten englischen
Chronisten von Scythen abgeleitet wird), Norweger und Dänen fallen in's
Land, unter Belin und Brennus aber erobern die Briten Gallien, Rom
und selbst Deutschland. Allmählig tauchen im Strom der Erzählung die
später in den britischen Romanen so oft genannten ständigen Namen auf,
Logreis, Mazadan, Caradoc, Cador, Tintajol, Lot, Vortiger, Uterpendragon (**i. e. Uter, caput draconis**), Maugantius, und vor allen **Merlinus.** — Der Sachse Hengist hatte den König Vortiger vom Throne
gestoßen; dieser berief seine Magier, die ihm riethen, einen Thurm zu

---

[16]) s. die Gesetze des **Dyvnwal Moelmud**, wälsch, im dritten Bande der
Myoyrian Archaiology.

bauen. Es geschieht, doch was an einem Tage gebaut ward, versank am andern in bodenlose Tiefe. Da rathen sie ihm, er solle einen Jüngling, der keinen Vater habe, in den Grund werfen, und mit dessen Blute die Steine kitten. Nach langem Suchen wird Merlin, Sohn der Königin Demetia, gefunden, dessen Vater unbekannt ist, denn seine Mutter, vor den König geführt, gesteht: Merlin sei von keinem Manne empfangen; unsichtbar sei in der Einsamkeit ihr oft Jemand in Gestalt des schönsten Jünglings genaht, habe sie geherzt und geküßt, und sei dann schnell verschwunden. Maugantius, der Weise, erklärt diesen unsichtbaren Gast für einen Incubus oder Dämon, wie solche zwischen Erde und Mond wohnen, halb Mensch und halb Engel von Natur, mit der Kraft, menschliche Gestalt anzunehmen. Merlin aber verkündet darauf: nicht sein Blut sei nöthig, das Fundament des Thurmes zu sichern; denn unter diesem sei ein See; den solle der König ablassen; dann werde er in zwei Höhlen zwei schlafende Drachen finden. — Das siebente Buch handelt nun von Merlin's Prophezeihungen. Alle seine Zeitgenossen, sagt Galfried, vorzüglich Bischof Alexander von Lincoln, hätten ihn genöthigt, diese Prophezeihungen zu übersetzen, die er denn auch mit einem besondern Widmungsbriefe an Alexander von Lincoln begleitet. Er versichert selbst, hier ein poetisches Werk vor sich gehabt zu haben. — L. VII, c. 3. Incipit prophetia Merlini. Als der See abgelassen war, zeigte sich ein rother und ein weißer Drache, die sich wechselseitig heftig bekämpften. Merlin bezeichnet unter dem weißen Drachen die Sachsen, die Vortiger herbeigerufen, und unter dem rothen die Briten, die vom weißen unterdrückt würden. Es folgt nun eine bunte, schwer oder nie zu enträthselnde Weissagung über das Schicksal Englands, das einer gräßlichen Zeit entgegengehe. — In ungemeinem Ansehen muß dieses Buch der Prophezeihungen gestanden haben, denn häufig berufen sich, wie die Apostel auf die Propheten des alten Testamentes, die älteren Geschichtschreiber darauf: ut impletur prophetia Merlini! Ein politischer Grundstoff ist darin unverkennbar, und daß nachmals die Drachen auf die rothe und weiße Rose und deren Kämpfe gedeutet wurden, lag nahe. — Merlin's Ansehen stieg im Volke über die Maßen, zumal er dem König Vortiger richtig sein Ende vorhersagte.

Immer lebendiger, reicher, blühender wird die sonst trockne, einförmige Chronik, jemehr sie sich der Geschichte Arthur's nähert. (L. VII, c. 18.) Uter verliebt sich in die Igerna, Gattin des Gorlois von Kornubien. Dieser geht erzürnt vom Hofe, und rüstet sich beleidigt zum Kampfe. Uter

greift ihn in Tintajol an, wozu ihn ein Freund, Ulfin von Ricaradoch, an-
reizt. Der Zauberer Merlin verwandelt, dazu aufgefordert, den Uter in
die Gestalt des Gorlois, und den Ulfin in die des Burggrafen Jordanus
von Tintajol; so gehen sie unerkannt frei in das Schloß, wo Igerna be-
aufsichtigt wird. Hier empfängt sie von Uter den berühmten Arthurus.
Bald kommt es zur Schlacht, in welcher Gorlois fällt; Uter vermählt sich
nun mit Igerna, die ihm darauf auch noch eine Tochter Anna gebiert,
welche mit Leirus II. vermählt ward. Da fallen Octa und Eosa mit
Germanen in das Land. Lot, Befehlshaber in London, stellt sich ihnen
muthig entgegen, schlägt und vernichtet sie; aber Uter wird bald darauf
von den Sachsen in der Stadt Verulam durch Gift ermordet. (L. IX.)
Uterpandragon's Sohn, Arthur, wird nun in seinem 15ten Jahre vom
Erzbischof Dubricius zum König gekrönt; er ist von einer bisher nie er-
hörten Tapferkeit, Freigebigkeit, angebornen Vortrefflichkeit und Schönheit.
Er schlägt die Sachsen unter Colgrinus, und dessen Bruder Baldulphus,
und die Deutschen unter Cheldrich, bei deren wachsenden Anfällen er seinen
Schwestersohn Hólus, König von Armorica-Britannien, zu Hülfe
ruft. In einer ungeheuren Schlacht tödtet Arthur an 6000 Sachsen;
der Rest flüchtet in die Wälder, die Arthur darauf anzünden läßt. Da
ergiebt sich der wilde Feind, und überläßt dem Sieger alle Beute, und gelobt, mit den Schiffen nach Deutschland zurückzuziehen. Aber er bricht
seine Eide, verwüstet auf's Neue die Küsten, und Arthur muß sich wiederum gegen ihn rüsten. Er umgürtet sich mit dem Schwerte Caliburnus, das auf der Insel Avallon gemacht ist, nimmt die Lanze Ron,
seinen Schild Priven, worauf das Bild der h. Maria gemalt ist, und
erschlägt mit dem Caliburnus in der Schlacht allein 470 Feinde, unter
denen auch Colgrinus und Baldulphus. Den Cheldrich läßt er durch
Cador von Kornubien verfolgen, während er selbst sich nach Albanien
(Schottland) wendet, wo Hólus in Aleлud von Picten und Scoten belagert
wird. Bald kann Arthur einen allgemeinen Sieg feiern; nun baut er
Städte und Kirchen wieder, und setzt die ihm treu gebliebenen drei sächsischen Brüder Lot, Urjan (Urien von Reged) und Augusetus wieder
in ihre Würden ein, woraus der Feind sie vertrieben hatte. Lot hatte eine
Schwester des Aurelius Ambrosius geheirathet, und den Walgannus
(Gwalchmai, Gavan, Gauvain) und Modebrius mit ihr erzeugt. Darauf
erobert Arthur ganz Hybernien, unterwirft sich den Guillamurius, erobert
Island, und besiegt den König Doldarius von Gothland, und Gunfasius,
König der Orkaden. Sein Ruf verbreitet sich über den ganzen Erdkreis.

Alle ausgezeichneten Männer tragen und wappnen sich nach
Art der Ritter (milites) des Arthur. Dieser will für Lot Norwe=
gen erobern, denn er war ein Enkel des Sichelinus daselbst. Die Norwe=
ger hatten aber den Riculfius zum König erhoben. Lot's Sohn, Wal=
wan (Walgan), war damals 12 Jahr alt. Norwegen und Dacien unter=
warfen sich dem Arthur, Riculf fällt im Kampf, und Lot wird König.
(So erläutert sich aus diesen Heerfahrten der Normänner nach England
und umgekehrt die seltsame Erscheinung Gawan's als norwegischen Prin=
zen in Wolfram von Eschenbach's Parceival.) Auch Gallien, das damals
unter dem römischen Tribunen Flollo stand, ward erobert, und Flollo fällt
in dem ganz ritterlich beschriebenen Zweikampfe mit Arthur. Auch Gas=
kogne wird von ihm unterjocht. Zu einem Pfingsten berief der Ge=
feierte nun alle Große zu einer Sammlung nach der Legionenstadt in
Glamorgantia beim Fluß Oska (Usk in Wales), in reizendster Gegend
mit Büschen, Hainen, Wiesen und Hügeln. Große Paläste und zwei Kir=
chen zu Ehren des Julius Martyr und h. Aaron werden aufgeschlagen;
eine Schule von 200 Philosophen ist dahin berufen, die die Sterne beob=
achten, und Arthur's Zukunft weissagen sollen. Fast alle Fürsten der Erde
(an 40 Namen folgen) erscheinen bei dem Feste. Es erfolgt nun eine
feierliche Krönung Arthurs als Herren aller eroberten Reiche durch den
Erzbischof Dubricius. Die größten Geschenke werden vertheilt, Gastmahle,
Spiele, Turniere in Gegenwart schöner Frauen folgen; man glaubt ein
vollendetes Ritterepos zu lesen. Dubricius zieht darauf in die Wüste als
Einsiedler, und viele andere Bischöfe und Erzbischöfe werden ernannt. —
Da kommt ein Brief von Lucius Tiberius aus Rom, der dem König Krieg
ankündigt. Arthur hält eine tapfere Anrede an die Versammlung, und
antwortet, er werde den Tiber erwarten. Sein Heer beträgt 183,200
Mann außer dem Fußvolk. (L. X.) Als Lucius Tiberius naht, über=
giebt Arthur das Reich seinem Neffen Modred und seiner Gemahlin Gan=
humara (Gwenhwyvar, Ginevra, Ginover), und besteigt die Flotte. Im
Schlaf sieht er einen fliegenden Bären, vor dessen Gebrüll die Küsten er=
zittern. Von Osten her fliegt ein schrecklicher Drache, der sein Vaterland
mit der Gluth seiner Augen beleuchtet. Beide Ungeheuer bekämpfen sich,
und der Drachen verbrennt den Bären mit seinem feurigen Hauche. Man
deutet den Drachen auf Arthur. Ganz im Style der Epen besiegt er
(c. 3.) einen gewaltigen aus Spanien gekommenen Riesen, der die He=
lena, Nichte des Hölus, geraubt hatte. Darauf beginnt eine gewaltige
Schlacht mit dem Römerheere, in dem sich fast die ganze asiatische und

afrikaniſche Welt befindet. Walwan zeichnet ſich beſonders aus. Viele
tauſend Römer, auch Tiberius, fallen unter dem Schwerte; der Reſt flieht
zerſtreut. Arthur läßt die Todten mit großen Ehren begraben, und über-
wintert in Gallien. Plötzlich kommt ihm die Botſchaft, daß Modred in
verbrecheriſcher Liebe ſich mit ſeiner Gemahlin Ganhumara vermählt, und
des britiſchen Thrones bemächtigt habe (**L. XI.**). **De hoc quidem,
Consul Auguste, Gaufridus Monumentensis tacebit**, ſagt der Chro-
niſt mit Hindeutung auf dieſe ausführlich ſeparat behandelte Geſchichte,
die auch weitläufig in den jüngeren Romanen wiederholt wird; aber was
W a l t h e r ' s v o n O r f o r d B u c h enthält, werde er in ſchlichter Sprache
erzählen. Arthur, im Bunde mit Walgan, Auguſelus und Urjan ſchla-
gen den Modred in die Flucht; Ganhumara flieht in die Legionenſtadt zu
den Nonnen in der Kirche des Julius Martyr, und wird ſelbſt Nonne.
Daſelbſt wird auch der Verräther Modred belagert, der nach einem unglücklichen Ausfall nach Kornubien entflieht. Eine Hauptſchlacht wird
beim Fluſſe Cambula geſchlagen, worin faſt alle Heerführer auf beiden
Seiten umkommen. Arthur ſelbſt wird tödtlich verwundet, und zu ſeiner
Heilung nach der Inſel A v a l l o n gebracht, wo er a. 542 n. Ch. ſtirbt,
nachdem ſeinem Verwandten Conſtantinus, Sohn Cadors, Herzogs von
Kornubien, die Krone Britanniens übertragen worden. Weiter wird die
Geſchichte bis auf Kadvalladrus geführt, der auffuchen läßt, was Aquila,
Sibilla und Merlin prophezeiet hatten, der vom Papſt Sergius im Reiche
beſtätigt wird, und den 12. Mai 689 das Zeitliche ſegnete. — Galfried
ſchließt (**L. XII, c. 20**): **Reges autem illorum, qui ab illo tempore**
Gualiis (Wales) **successerunt**, *Karadoco Lancarbanensi* [17]) **con-
temporaneo meo in materia scribendi permitto. Reges vero**
Saxonum Guillelmo Malmesberiensi **et** *Henrico Hontendonensi;*
quod de regibus *Britonum* **tacere jubeo**, *cum non habeant illum*
librum Britannici sermonis, **quem Gualterus Oxenofordensis Archidiaconus ex Britannia advexit, quem de historia eorum vera-
citer editum in honore praedictorum principum hoc modo in
Latinum sermonem transferre curavi.** —

Nichts iſt natürlicher, als daß die Hiſtoriker ſich mit aller Kraft
widerſetzten, derartige ſagenhafte Erzählungen in die beglaubigte Geſchichte

---

[17]) Er ſchrieb **Britannorum successiones**, eine Geſchichte der kleinen Könige, die während der Heptarchie ſich in Wales und Kornwallis feſtſetzten; auch
einen Tractat **de situ orbis**; **vitam Gildae**; auf erſteres Geſchichtswerk ſcheint
Galfried anzuſpielen.

eindringen zu laſſen, und Galfried muß ſich daher von Guillelmus Pe=
type [18]) (parvus, canonicus regularis monasterii Neobrigensis, um
1200) als den unverſchämteſten Lügner und fabelhafteſten Träumer ſchel=
ten laſſen; auch iſt ſeitdem fortwährend dieſe Chronik als authentiſches
Geſchichtswerk angegriffen und zurückgewieſen worden; von dieſem Stand=
punkte aus freilich mit vollem Rechte, wie es denn auch keinem geſunden
Kopfe einfallen wird, aus dem Lied der Nibelungen, der Volſunga= und
Niflungaſaga u. ſ. w. die germaniſche und ſkandinaviſche Völkergeſchichte
conſtruiren zu wollen, ſo viel hiſtoriſche Anklänge auch darin vorkommen
mögen. Aber ein anderes iſt die authentiſche Völker=, und ein anderes
die Sagengeſchichte der Völker, und daß wir eine ſolche letztere in
Galfrieds Werke beſitzen, dürfte ſchwer zu widerlegen ſein. — Allerdings
theilt ſich Galfrieds Werk in zwei nach Inhalt und Darſtellungsweiſe
ſehr verſchiedenartige Theile. Bis zur Geſchichte von Vortigernus und
Merlin iſt die Erzählung hölzern, trocken, flüchtig; überall iſt die Neigung
erkennbar, die Lücken, welche Gildas, Beda, Oroſius, Nennius u. a. m.
gelaſſen, auszufüllen; ſie ſind das Skelett, das Galfried oder, was gleich=
viel, ſein britiſches Buch, ſagenhaft zu umkleiden ſucht; darum iſt auch
ein bedeutendes angelſächſiſches und germaniſches Element in dieſen Thei=
len des Werks nicht zu verkennen, und das nationell Wälſche tritt ganz
in den Hintergrund. Die Abſtammung von Troja hängt mit der ger=
maniſchen Urſage von Ulyſſes zuſammen, von der Tacitus ſchreibt, wenn
auch ſpäter die Namen der Griechenwelt mögen untergeſchoben ſein. Auch
die Franken leiten ihre Abkunft von Troja her nach Fredegar epitom.
c. 2. aus dem ſiebenten Jahrhundert, und ſie erzählen die gesta regum
Francorum aus dem Jahre 726. Auch die Sitte, Könige unter dem
Flußbett zu begraben (z. B. König Leirus, der Lear des Shakespeare,
L. II, c. 14, der a. 3105 der Welt ſtarb), iſt germaniſch, der auch Etzel
ſich anſchloß, als er ſein Grab unter der Etſch ſich anordnete. Häufig
werden die Geſchlechter der Könige, in Folge der angelſächſiſchen Stamm=
tafeln, auf germaniſche Götter zurückgeführt, und öfter kommen Namen
der germaniſchen Heldenſage vor. — Mit Vortiger's Geſchichte aber er=
hebt ſich Galfried zur lebendigen, blühenden, poetiſchen Darſtellung; die
Begebenheiten werden detaillirter, verwickelter, und mit Arthur zieht die
Geſchichte ein glänzend ritterliches Gewand an. Wir wollen auch hier

---

[18]) Rer. Angl. L. V. apud Rer. Britt script vetust. Heidelb. 1587,
p. 354.

selbst zugeben, daß Galfried hinsichts der Einkleidung mannichfachen
Schmuck aus eigenen Mitteln hinzugethan habe, bezweifeln aber, daß
dies auch hinsichts des factischen Inhalts geschehen sei. Der Grund, den
A. W. v. Schlegel [19]) als Hauptgrund anführt, daß ein solches bri-
tisches Buch eine große bretagnische Literatur voraussetze, die unmöglich
gewesen, weil die Clerks und Edelleute der Bretagne sich nur der romanischen oder lateinischen Sprache bedienten, und die rohen Bauern weder
lesen noch schreiben konnten, widerlegt sich durch die unten anzuführenden
Zeugnisse, welche die detaillirteste Sagengeschichte sowohl in Wales wie
in Bretagne bekunden; außerdem aber ist auch nicht wohl denkbar, daß
Galfried gegen seinen Gönner Robert von Glocester, der anerkannt als
ein sehr gelehrter Herr gerühmt wird, sich sowohl wie den Archibiacon
Walther von Oxford so sehr der Gefahr einer Compromittirung und gro-
ber Lügen geziehen zu werden, werde ausgesetzt haben, daß er jenes an-
tiquissimum britannici sermonis librum, quem Gualtherus ex
Britannia advexit, rein fingirt haben sollte, da Robert in jedem Augenblick das Original zur Einsicht einfordern konnte. Man müßte annehmen, daß alle drei sehr angesehene Männer förmlich Complott gemacht
hätten, das Volk zu betrügen.

Zunächst wichtig ist uns Wilhelm von Malmesbury, der Zeitgenosse
Galfrieds, der, ungeachtet er den historischen Arthur nicht umgehen kann,
dennoch der von ihm umgehenden Sagen spottet, damit aber eben ihr
lebendiges Dasein bekundet. In der Einleitung seiner britischen Geschichten bemerkt er schon: Cum et gesta Arturi et sociorum, a multis
populis *quasi inscripta mentibus*, et jucunde et *memoriter* prae-
dicentur. Unter den vielen Völkern kann er jedoch nur England, Wales, Bretagne und Nordfrankreich verstanden haben, weil bei allen übrigen Kunde von Arthur vor 1150 nicht bemerkbar ist. Stärker äußert
er sich [20]) ferner: Hic est *Arthurus, de quo Britonum nugae ho-
dieque* delirant: dignus plane, quem non fallaces somniarent fa-
bulae, sed veraces praedicarent historiae. Ambrosius rex intu-
mescentes barbaros (sc. die Sachsen unter Hengist und Horsa) exi-
mia bellicosi Arthuri opera pressisset. Postremo in obsidione
Badonici montis fretus imagine Dominicae matris, quam armis
suis insuerat (s. Nennius oben) nongentes hostium solus incredi-

19) s. die oben citirte Recension über Fauriel.
20) De gestis Reg. Anglor. L. I. bei Savile, p. 9.

bili caede profligavit. — Aber neben Arthur hat auch schon Gavan
Bedeutung gewonnen (eod. L. III, bei *Savile*, p. 115.). In provincia Wallarum, quae *Ros* vocatur, inventum est *sepulchrum Wal-
weni*, qui fuit haud deneger Arturis ex sorore nepos (wie im
Parcival Wolfram's von Eschenbach) regnavitque in ea parte Britanniae, quae adhuc *Walwertha* vocatur, miles virtute nominatissi-
mus, sed a fratre et nepote Hengistii, de quo in primo libro
dixi, regno expulsus, prius multo eorum detrimento exilium
compensans suum. Communicans merito laudi avanculi, quod
ruentis patriae casum in plures annos distulerit. Sed *Arturis
sepulchrum nusquam visitur, unde antiquitas naeniarum adhuc
eum venturum fabulatur.* — Auch an andern Orten [21] beruft sich
Wilhelm auf alte geschriebene britische Bücher, unter denen ebenso bretagnische wie wälsche verstanden werden können. In seiner Geschichte der
Kirche von Glastembury [22] führt er einen Zug des Heroismus von Arthur an, gleichfalls einer geschriebenen Geschichte der Thaten Arthur's ge-
gedenkend: *Legitur in gestis illustrissimi regis Arturi*, quod cum
in quadam festivitate natalis Domini apud *Karlium* (Caerllion)
strenuissimum adolescentem, filium scilicet Regis Nuth, dictum
Ider, insigniis militaribus decorasset, et eundem experiendi causa
in montem Ranarum, nunc dictum Brentenol, ubi tres gigantes
malefactis famosissimos esse didicerat, contra eosdem dimicatu-
rum duxisset; idem Tiro Arturum et suos comites ignorantes
praecedens dictos gigantes fortiter aggressus, mira caede truci-
davit. — Der hinzueilende Arthur findet Ider durch den Kampf aber
auf den Tod erschöpft, er eilt hinweg, um irgend wie einen Wagen her-
beizuschaffen, allein seine Hülfe kommt zu spät; denn als er zurückkehrt,
hat Ider bereits den Geist aufgegeben. Er wird in der Abtei zu Glaston bestattet, wo Arthur 24 Mönche einsetzt, und zu ihrem Unterhalt
Besitzthum an Ländereien, Gold und Silber anweist, auch die Kirche mit
Edelsteinen und anderem Schmuck sehr reichlich bedenkt. — Besonders
hervorzuheben ist die auf politischem Grunde ruhende Sage vom Fortleben Arthurs, die auch in unserm deutschen Iwein V. 18 — 27 noch
wiederklingt, wenngleich dem nationalwälschen politischen hier ein allgemein

---

[21] Bei *Th. Gale* III, p. 295. Legitur in antiquis Britonum gestis —.
Hoc de antiquis Britonum libris sunt —
[22] De antiquit. Glastenbur. eccles. bei *Th. Gale*, T. I. p. 307.

ritterlicher Grund untergeschoben ist ²³). Gervasius von Til=
bury ²⁴) sagt: Arcturus vulneratur; omnibus hostibus ab ipso
peremptis, inde *secundum vulgarem Britonum traditionem* in insulam Avalloniam ipsum dicunt translatum, ut vulnera quotannis
recrudescentia subinterpolata sanatione curarentur a *Morganda
fatata* (Salbe der Fee Morgane, f. die Dame von der Quelle, und
Hartmann's Iwein) quem *fabulose Britones* post *data tempora
credunt rediturum in regnum.* Auch der jüngere Johannes For=
bun ²⁵) gedenkt dieser Tradition: Nota, quod anno 542 Arturus in
bello lethaliter vulneratus, abiit ad sananda vulnera in insulam
Avallonis. Non legimus, quo fine pausavit, sed quia in ecclesia
monasteriali de Glasmbery dicitur esse tumulatus, cum hujus-
modi epitaphio sic eum ad praesens ibidem credimus, unde
versus:

Hic jacet Arthurus, Rex quondam, Rexque futurus.

*Credunt enim quidam de genere Britonum eum futurum vivere,
et de servitute ad libertatem eosque reducere.*

Für dieses Leben der Sage im Volksglauben sind auch selbst die
jüngern Autoren noch wichtig, weil sie ihre Nachrichten nicht aus den
nordfranzösischen Ritterromanen, die von Arthur's Fortleben und seinen
Grabmalen nichts wissen, sondern nur aus der Tradition entnommen ha=
ben können, wenngleich unläugbar die Ritterromane ungemein viel dazu
beigetragen haben, jener neuen Aufschwung zu geben, und ein Forschen
nach Antiquitäten zu veranlassen, wie es in den Zeiten der Kreuzzüge
und früher nach Reliquien der Heiligen geschah. Alanus ab insulis,
aus dem Ende des zwölften Jahrhunderts, erzählt, daß wenn Jemand in
Bretagne hätte läugnen wollen, daß Arthur noch lebe, das Volk ihn
würde gesteinigt haben. Sowohl Robert Wace im Roman von Rollo
(1150), als Giraldus Cambrensis, der um 1180 Wales durchreiste,
bezeugen einstimmig, daß sowohl die Bretagne wie Wales ein für die
extravagantesten Fabeln überaus fruchtbarer Boden gewesen ist, und

---

²³) Er hat bi finen ziten   Sine lant liute
Gelebet alfó fchóne,   Si jehent, er lebe noch hiute,
Daz er der éren króne   Er hât den lop erworben,
Dô truoc unt uoch fin namc treit. Ift im der lip erftorben,
Des habent die warheit.   Só lebt doch iemer fin name.

²⁴) Otia imperialia. Aus dem Anfang des dreizehnten Jahrhunderts.

²⁵) Scotorum historia, bei *Th. Gale* I, p. 637.

sämmtliche französische Arthurromane weisen auf bretagnische Erzählun=
gen, als ihre Quelle hin.

Aus dem neunten bis eilften Jahrhundert fließen die urkundlichen
wälschen Quellen allerdings spärlich, dennoch aber reichlich genug, um
nicht nur die Existenz einer Literatur in jener Zeit in Wales, sondern
auch insbesondere das Leben der Arthursage daselbst zu bekunden. Un=
zähliges ist untergegangen bei den verheerenden Kriegen mit den Angel=
sachsen, den Raubzügen der skandinavischen Nordmänner, und den
Kämpfen mit den frankonormannischen Königen, von denen Eduard I.
die politische Existenz von Wales vernichtete, und die Barden auf das
Grausamste verfolgte und zu vertilgen suchte. Selbst die herrliche Biblio=
thek zu Raglan=Castle wurde noch zu Cromwell's Zeit zerstört. In
einem nach S. Turner dem Golyddan zugeschriebenen, unzweifelhaft in
das Ende des siebenten oder den Anfang des achten Jahrhunderts zu
setzenden Gedichte: **Arymes Prydein Vawr,** wird bestimmt auf Merdhin's
Afallenau angespielt; in einem Gedicht des zehnten Jahrhunderts: **En-
glymion y Clywaid** (Arch. **Cynveirdd p. 173**) werden die Barden
Llywarch, Aneurin und Taliesin genannt, in einem andern Merdhin und
die Schlacht von Cattraeth (Arch. p. 180). Aus dem zehnten Jahrhun=
dert sind die Gesetze des Howel Dda; aus dem zehnten und eilften Jahr=
hundert die Dialogen zwischen Arthur, Kai und Glewwlyd (Arch. p. 167),
zwischen Arthur und Gwenhwyvar (eod. p. 175), zwischen Arthur und
Eliwlod (p. 176) und zwischen Trystan und Gwalchmai (eod. p. 178),
welches letztere wir unter dem Artikel Gwalchmai unten mittheilen wer=
den. Außerdem bekundet Giraldus, daß die Kymribarden eine lange Ge=
nealogie ihrer vorzeitigen Fürsten in alten authentischen, aber wälsch ge=
schriebenen Büchern aufbewahrt haben. [26]

Es dürften schon diese, aus den Schätzen englischer Bibliotheken
noch leicht zu vermehrenden Beläge hinreichend sein, um darzuthun:

1) daß sowohl in Wales wie in Bretagne überhaupt eine Literatur vor
    dem Jahre 1150 existirt hat;
2) daß die Sagen von Arthur sowohl in schriftlichen wie mündlichen

---

[26]) Hoc etiam mihi notandum videtur, quod Bardi Cambrenses et
cantores seu recitatores genealogiam habent praedictorum principum in
libris eorum antiquissimis et *authenticis,* sed etiam *Cambrice scriptam.*
(Cambr. descript. p. 883.) S. auch die hieher gehörige Anmerkung Nr. 13
zum Mabinogi: Die Dame von der Quelle.

Ueberlieferungen ununterbrochen fortgedauert haben, und rücksichts ihres Inhalts stets im Wachsthum gewesen sind;

3) erkennen wir aber auch, daß Arthur stets wesentlich vom national= wälschen Standpunkt als Kämpfer gegen die Sachsen, und als selbst= thätiger Held dargestellt worden ist.

Bevor wir indeß aus diesen Thatsachen weitere Folgerungen für die Entwickelung der Arthursage ziehen, scheint es nicht überflüssig, uns die Art und Weise zu vergegenwärtigen, in welcher die Sage gepflegt und getragen ward, wozu nöthig

Das Bardenwesen

einer näheren Betrachtung zu würdigen.

Schon Cäsar berichtet, daß die celtische Bevölkerung Galliens durch eine merkwürdige und zahlreiche Klasse von Männern ausgezeichnet sei, die Druiden, deren Hauptfertigkeit gewesen, eine ungemein große Zahl von Versen dem Gedächtniß einzuprägen. Nach den übereinstimmenden Nachrichten Cäsars, des Diodorus Siculus, Pomponius Mela, Ammia= nus Marcellinus, Posidonius und Strabo, namentlich des letztern, pfleg= ten sie in drei Klassen sich zu sondern, von denen die Druiden im en= gern Sinne neben dem Studio der Natur über Moralphilosophie zu disputiren pflegten, die *vates* oder *ovates* opferten und die Natur der Dinge betrachteten, die Barden aber zu einem Saiteninstrument, bei Tafel, Festen und Schlachten in heroischen Versen die Großthaten der Helden des Volks sangen. So war das gesammte höhere Geistesleben, Glauben, Wissen und Kunst, diesen vom übrigen Volk ziemlich isolirten Klassen anheimgegeben. Wir können die difficilen Erörterungen, welchen Einfluß das Christenthum auf die Umgestaltung dieser Klassen geäußert, und ob die jüngern Barden unmittelbare Nachfolger der alten Druiden sind, füglich bei Seite lassen, weil dadurch kein für unsern gegenwärtigen Zweck fruchtbares Resultat gewonnen wird. Wir haben nur nachzuwei= sen, daß auch nach der allgemeinen Annahme des Christenthums in Wa= les das Bardeninstitut in seiner Tendenz, die Thaten der Helden zu sin= gen, fortgedauert habe. [27]) Die neue Lehre fand bereits dort sowohl

---

[27]) *Sext Pomp. Festus:* Bardus, gallice cantor apellatur, qui viro- rum fortium laudes canit. a gente Bardorum.

Venantius Fortunatus, L. VII. p. 169. Ed. Mogunt. 1617. indem er den dux Lupus preist:

Romanusque lyra plaudat tibi, barbarus harpa,

Graecis anhillata, *chrotta* Brittanna canat.

wie in Bretagne im 4ten und 5ten Jahrhundert Eingang, 598 kam sie nach Kent, 604 nach Ostsachsen, 628 nach Northumberland. Die oben aufgeführten Barden waren bereits Christen, sie gedenken schon der Mönche, jedoch öfter mit einer gewissen Feindseligkeit. [28]) Anderer Seits eiferten die Mönche aber auch wieder heftig gegen die Barden. Besonders merkwürdig sind in dieser Beziehung zwei Stellen des Gildas, worin er die englischen Könige tadelt, daß sie den Gesang der Volkssänger vorziehen der geistlichen Musik, und worin er die Mönche schilt als staunend und hörbegierig bei Vortrag der Laienlieder, aber als Maulaffen und Dummköpfe bei den Lehren der Heiligen. [29]) Diese gegenseitige Abneigung ist aber auch völlig erklärlich bei der direct entgegengesetzten Denk- und Gefühlsweise des Barden, der den altnationalen Volkscharakter in sich trug, und zu jener Zeit wahrscheinlich oft noch selbst in das Heidenthum hineinreichende Thaten sang, mit jener des römisch gebildeten Mönches, der diese nicht statuiren durfte, dessen Beruf es vielmehr war, der zähen hartnäckigen celtischen Natur ein neues Lebenselement einzuimpfen. Später aber verlor dieser Gegensatz sich dergestalt, daß wir schon bei Nennius den Arthur seine Waffen mit dem Bild der h. Maria schmücken sehen, daß die Leben der wälschen Heiligen ein besonders gepflegter Zweig der Poesie wurden, und das christliche und insbesondere pfäffische Element ebenso häufig grell durchblickt, wie dies in der gleichzeitigen angelsächsischen Poesie bemerklich ist. Mußte doch König Edgar (959—975) sogar ein besonderes Verbot erlassen, daß die Mönche nicht als Bänkelsänger und Biersiedler (eals-scopas) an den Gelagen herumziehen sollten [30]).

Die chrotta ist die wälsche erwth, eine Art Geige, wohl mit rotta, Zither, zusammenhängend. So eigenthümlich ist das Wort bard der wälschen Sprache, daß es 22 verschiedene Verbindungen hat, die alle auf die ursprüngliche Bedeutung hinweisen.

[28]) Z. B. Merddhin, in Afallenau (Arch. p. 149):

„Ich will nicht empfangen das Sacrament von den detestablen Mönchen
Mit ihren langen Kutten und ihren Glatzen;
Es mag mir das Sacrament gegeben werden von Gott selbst."

[29]) Arrecto aurium auscultantur captu non Dei laudes canora Christi tyronum voce suaviter modulante, pneumaque ecclesiasticae melodiae, sed propriae (quae nihil sunt) furciferorum referto mendaciis, simulque spumati flegmate — praeconum ore, ritu bacchantium concrepante. Gildae epist. bei Gale p. 13.

Ad praecepta Sanctorum oscitantes ac stupidos, et ad ludicra et ineptas saecularium hominum fabulas strenuos et intentos. (p. 23.)

[30]) Anglo-Saxon literature, im North American Review, Juli 1838.

Häufig müssen sie daher als solche (**Scopas, Leodhyrta**, und **Glees-men**) aufgetreten sein, und können als solche nur, um beliebt zu sein, jene von Gildas so gescholtenen **ineptas fabulas saecularium homi-num** gesungen haben. —

Den deutlichsten Einblick in das Bardenwesen gewähren uns die Gesetze des Howel Dda, der um 900 regierte. Sie charakterisiren die Barden als einen regelmäßig constituirten Stand mit verschiedenen Rang-stufen und Einkünften, als einen wichtigen und achtbaren Theil des kö-niglichen Hofhalts. Ein Barde (**Bard Cadeirioc**) stand als Chef über die übrigen Barden des Hofes. Der **Bard Pencerdd** führte die Auf-sicht und Leitung über den Gesang. Der Hausbarde (**Bard Teulu**) hatte Freiland, Roß, Kleidung und manche Vorrechte. Er war vorzüg-lich Gehülfe des **Penteulu**, des Hauptes des königlichen Haushaltes, und des letztern wichtige Stelle nahm in der Regel des Königs Sohn, oder ein sonst nächster Anverwandter desselben ein. Schon hieraus erhellt die wichtige politische Stellung der Barden, die durch das Organ des Haus-barden und des Penteulu die nächsten am Ohre des Königs oder Fürsten waren. Welchen politischen Einfluß sie bis in die letzte Zeit ihres Glan-zes geübt, wie gerade sie als diejenigen erkannt wurden, welche das hei-lige Feuer der Freiheit und Vaterlandsliebe am kräftigsten schürten, beweist am schlagendsten ihre blutgierige Verfolgung unter Eduard I. Der **Bard Cadeirioc** war einer der Vierzehn, die an der erhöheten Königs-tafel, neben den Richtern des Hofes saßen. An den drei Hauptfesten saß der Hausbarde bei der Tafel neben dem Penteulu. Ward Sang begehrt, so reichte der Penteulu dem **Cadeirioc** die Harfe, und dieser sang zuerst ein Loblied auf Gott, dann auf den König; ihm folgten der Haus-barde, und die übrigen mit andern Gesängen. In ähnlicher Weise hiel-ten die Fürsten und Großen sich gleichfalls ihre Barden. Unverändert finden wir dies Wesen im zwölften Jahrhundert noch. So berichtet Gi-rald [31]), daß an einem Tage Llewelyn, Fürst von Gwynedh, einen gro-ßen Hof hielt, wo alle Edle gegenwärtig waren; **processit in fine pran-dii coram omnibus vir quidam linguae dicacis, cujusmodi lingua britannica sicut et latina Bardi dicuntur, unde Lucanus: „Plu-rima concreti fuderunt carmina Bardi.“** Historische Begebenheiten waren Gegenstand ihrer Lieder: **quod, quamdiu Wallia stabit, nobile**

---

[31]) **De jure et statu Menev. Eccles.** bei *Wharton*, **Anglia sacra.** Vol. II, p 559.

factum hujus, et per historias scriptas et per ora canentium dignis per tempora cuncta laudibus atque praeconiis efferretur. Dieser Beruf der Barden, nationale Thaten der Vorfahren zu singen, führte unabwendlich eine immer größere Ausdehnung der kleinen Ursage von Arthur mit sich, deren ausschließliche Träger sie waren, von denen das Volk sie hörte und glaubte. Daß sie sich manche Freiheiten, Zusätze, Ausdehnungen erlaubten, daß die Geschichten weit mehr im Gedächtniß, als in schriftlichen Urkunden firirt waren, sagt Girald gleichfalls bei Erwähnung der Geschichten und Prophezeihungen des Merlin ³²), woraus zugleich hervorgeht, daß zu seiner Zeit Werke in wälscher Sprache existirten, die dem Merddhin zugeschrieben wurden, daß ihm selbst, dem Welshman, vermöge der alten Sprache, manches dunkel und schwer verständlich darin war, und sie manche Interpolation erlitten hatten, die er an der modernen Sprache erkannte. — Er sagt: Quoniam in prioribus libris Merlini vaticinia tam Caledonii quam Ambrosii locis competentibus, prout res exigebat, inseruimus. Ambrosio vero dudum exposito nondum Caledonius Britannicam exutus barbariem usque adhoc nostra tempora latuit parum agnitus. Nostrae videbatur interesse diligentiae tam ipsum ab antiquis et occultis scrutabunda inquisitione latebris ut pulchrius elucescat, in commune deducere. — — Erat itaque Caledonii Silvestris solum hactenus fama percelebris; a Britannicis tamen Bardis, quos poetas vocant, *verbo tenus penes plurimos scripto vero penes* paucissimos vaticiniorum ejusdem memoria retenta fuerat. — — — Functus igitur interpretis officio peritis quoque linguae Britannicae viris mecum adhibitis, in *quantum idiomatum permisit diversitas*, verbo ad verbum plurima, sententias autem in singulis fideliter expressi. Sed quoniam sicut in aliis, sic in istis *bardorum ars invida naturam adulterans multa de suis tanquam prophetica veris adjecit;* cunctis moderni sermonis compositionem redolentibus quasi reprobatis et abjectis sola veritatis amica sermonis antiqui rudis et plana simplicitas diligenter excepta mentem allexit. — — *Barbarae linguae tenebras Latini luce sermonis illustravi.*

Fragt man, weßhalb gerade Arthur, und kein anderer Held, in jener ersten Periode der Sage zur Hauptfigur gemacht ward? so glauben wir,

---

³²) Usher, veterum epistolarum Hibernicarum Sylloge, p. 116, 117.

daß Arthur diese Auszeichnung vorzüglich dem Merddhin verdankt. Beide
sind offenbar diejenigen Personen, welche der Nachwelt am Bedeutsamsten
erschienen. Merddhin's Andenken erhielt sich durch sein Afallenau, und
durch den Preis, den ihm die nachfolgenden Barden zollten; in jenem
Gedicht sprach er die Prophezeihung aus: Arthur werde wieder erscheinen,
um sein Volk zur Freiheit und zum Ruhme zurückzuführen (*Turner*,
vindic. p. 193). Die ältesten Barden nannten ihn als den Oberfeld=
herrn, der an der Spitze der Unternehmungen stand, und war er auch
nicht als der stärkste Kampfheld besonders hervorgehoben, so war es doch
natürlich, daß die Thaten der Unterfeldherrn dem Oberanführer zugerech=
net, und auf seinen Namen übertragen wurden. Die Nachwelt bedurfte
eines Mittelpunktes, um das Andenken daran zu knüpfen, um den die
Heroen sich reiheten, und dieser Mittelpunkt war naturgemäß der König.
Welch ergreifenderer Trost aber konnte dem unterliegenden, seiner Helden
und Mitkämpfer beraubten, aus seinen Wohnsitzen vertriebenen, zum Theil
in das Elend der Fremde hinausgestoßenen Volke verbleiben, als die Hoff=
nung, wiederkehren werde der König, um die Verjagten zu ihrer Heimath,
aus der Schmach zu ihrem alten Glanze zurückzuführen? Wir sind
nicht abgeneigt, es für eine rein anglonormannische Erfindung politischer
Klugheit zu halten, wenn die **Annales de Margan** [33]) berichten: es

---

[33]) Bei Th. Gale, II, p. 10; sie gehen bis 1231, sind am Schluß defect,
und nach und nach von verschiedenen Mönchen der 1147 gestifteten Abtei Mar=
gan zusammen getragen:

ad annum 1191: Inventa *sunt ossa famosissimi Arthuri*, quondam regis majoris Britanniae, in quodam vetustissimo sarcophago recondita,
circa quod duae pyramides stabant erectae, in quibus litterae quaedam
exaratae sunt, sed ob nimiam barbariem, et deformitatem legi non po-
terant; inventa sunt autem hac occasione dum inter praedictas pyramides terram quidam effoderant, ut quendam monachum sepelirent, qui ut
ibi sepeliretur a conventu pretio impetraverat, reperierunt quoddam sarcophagum, in quo quasi ossa muliebria cum capillitio adhuc incorrupto
cernebantur, quo amoto repererunt, et aliud priori substratum, in quo
ossa virilia continebantur, quod etiam amoventes invenerunt et tertium
duobus primis subterpositum, cui crux plumbea superposita erat, in qua
exaratum fuerat: „hic jacet inclytus Rex Arturus sepultus in insula
Avellana." Locus enim ille paludibus inclusus *insula Avallonis* vocatus
est, i. e. *insula pomorum*, nam *aval* brittannice *pomum* dicitur. Deinde
idem sarcophagum aperientes, invenerunt praedicti principis ossa robu-
sta nimis et longa, quod cum decente honore et magno apparatu in mar-
moreo mausoleo intra ecclesiam suam (Glaston) Monachi collocaverunt.

seien die sterblichen Ueberreste Arthur's gefunden, weil dies ein argumentum ad hominem gegen das starrgläubige Wales war, es von seiner Hoffnung auf Arthur's Rückkehr zu heilen. [34]) Ganz unzweifelhaft scheint uns aber eine solche politische Absicht in der Notiz der *Annales Waverleienses* zu liegen, daß die Krone Arthurs wiedergefunden [35]) sei, und zwar in demselben Jahre, worin Eduard I. seine Verfolgungssucht blutig sättigte, und beißend höhnisch bezeichnen sie diese Krone als eine spaßhafte Rarität. In der That konnte keine die Wälschen tiefer verletzende Schmeichelei für Eduard erdacht werden, als daß Arthur's Krone ihm zu Füßen gelegt wurde, ihm, der die wälsche politische Selbstständigkeit von Grund aus vernichtete. So ging, rufen sie triumphirend aus, der Ruhm von Wales wohl widerwillig auf England über! Neben Arthur gewann Merlin durch die ihm beigelegte Prophetengabe, und durch die Zusammenschmelzung des Barden Merdhin mit dem dämonischen Ambrosius des Nennius (s. den Artikel: Merlin) die größte Autorität, und beides genügte, fort und fort dieser Figur steigende Bedeutung zu geben.

Vergleichen wir nun den historischen Arthur mit dem Arthur der

---

Primum tumulum dicunt fuisse *Guenhaverae* Reginae, uxoris ejusdem Arturi; secundum *Modredi*, nepotis ejusdem; tertium praedicti principis.

[34]) Der für die Sagengeschichte nicht unwichtige Mönch *Alberich de trois fontaines* in seinem Chronicon (*Leibnitz*, Access. historic. T. II, Hannover, 1698) wiederholt die früher gegebenen Nachrichten: ad annum 475: Rex Arturus letaliter vulneratus ad insulam Avallonis secessit. — Ad ann. 1091: die Auffindung des Grabmals *Galvaini*, quatuordecim pedes longum. — Ad ann. 1193: De corpore *Arturi magni* dicitur, quod circa hunc annum sit inventum in *Anglia* in insula Avalonis, ubi est Abbatia sancti Dunstani Glastonia, vulgariter dicta ad sanctum Petrum de Glastiberin Batoniensis diocesis, et hoc factum est per industriam cujusdam Monachi ejusdem ecclesiae novi Abbatis, qui totum cimiterium loci diligenter excavando fecit investigari, animatus verbis, quae olim Monachus audiverat ab ore *Henrici*, *patris Richardi*, et inventa est tumba lapidea in profundo terrae defossa super quam lamina plumbea quibusdam versibus erat insignita.

„Hic jacet Arturus, flos Regum, gloria Regni,
Quem probitas morum commendat laude perenni;
Hic jacet Arturus Britonum rex ultor inultus etc.“

[35]) Bei *Th. Gale*, II, p. 238: Anno 1283 item *corona famosi regis Arturi*, qui apud Wallenses a longo tempore in maximo honore habebatur, cum aliis *jocalibus* pretiosis Domino Regi est oblata, et sic *Wallensium gloria ad Anglicos licet invita est translata.* —

Sage, wie sie ihn in der Mitte des zwölften Jahrhunderts darstellt, als den Gipfelpunkt einer neuen Weltschöpfung, so ist zu fragen, wem verdankt Arthur und sein Heldenkreis diese neue Auferstehung. Es ist die Streitfrage:

Ist Wales oder Bretagne die Wiege der neuern Arthursage?

wenn nicht zur endlichen Entscheidung zu bringen, doch dazu vorzubereiten.

Die Sage fliegt nicht, wie ein leichtes Samenkorn vom Spiel des Windes getragen, hierhin und dorthin; denn sie ist ein Theil des geistigen Lebens eines Volks, das sie nährt; und wo dies Volk, materiell oder geistig, seinen thatkräftigen Arm nicht hinstreckt, da kann sie nicht Wurzel fassen. Je näher wir die Geschichte von Wales und Bretagne [36]) von Anbeginn bis etwa zum Jahre 1000 oder 1066 betrachten, desto mehr will uns dieser Schöpfungsstreit, so weit er die Bildung der Sage in diesem Zeitraum betrifft, zwischen Wales und Bretagne als ein eitler und fruchtloser erscheinen. Nach Cäsar, Plinius, Tacitus (im Agricola), Hirtius u. a. m. waren die ältesten Bewohner Englands mit den gallischen Celten stammverwandt, und die von Cäsar aufgeführten sieben Armorikanischen Staaten bilden die **Bas-Bretagne**, das jetzige **Quimper, Rennes** und **Vannes**. Der Name Armorica ist wälsch: **Ar-mor-uch, d. h.** upon the sea heights; die bretagnische Sprache [37]) ist selbst jetzt noch nach fast zwei Jahrtausenden mit der Wälschen sehr nahe verwandt. Die Bewohner hatten viele Schiffe, und besuchten häufig die britischen Küsten, die damals den Römern noch unbekannt waren. Vannes, der bedeutendste District (die alten Veneti) verbanden sich mit den Nachbarn gegen Cäsar. Sie unterlagen, wurden unterjocht und zerstreut. Allein sie erhielten neue Hülfe aus Britannien, und Cäsar nahm hieraus Veranlassung, über den Kanal zu gehen, und legte die Insel in vierhundertjährige Knechtschaft. Armorica und Britannien blieben bis um 400 unter römischer Herrschaft. Mit dem Abzug der römischen Legionen drangen Picten und Scoten über den Forth; schon 283 verließen Viele mit Maximus Britannien und wanderten nach Armorica aus. J. J. 448 sandten die bedrängten Britten

---

[36]) Wir folgen hier besonders *Lobineau*, Histoire de Bretagne, 2 vol. fol. und *Sh. Turner*, History of the Anglo-Saxons, London, 1799. — Die Histoire de Bretagne par Bertrand d'Argentre, 1618, ist anerkannt höchst unkritisch, leichtgläubig und unzuverlässig.

[37]) *Giraldus* descript. Cambriae, co. VI: Cornubienses vero et Armoricani Britones lingua utantur fere persimili, Cambris tamen propter originem et convenientiam in multis adhuc et fere cunctis intelligibili.

ihre Seufzer jammernd nach Hülfe an die Römer. »Wir wissen —
riefen sie — keinen Weg zur Flucht; von den Barbaren in's Meer ge=
jagt, und vom Meere wieder zurück zu den Barbaren geworfen, bleibt uns
nur noch die Wahl, ob wir durch das Schwert sterben, oder von den Wel=
len wollen verschlungen werden.«

Aëtius aber war zu sehr mit Eocharich, König der Allemannen, be=
schäftigt, und das römische Reich mit Attila, als daß ihr Jammerruf hätte
Erhörung finden können. Neue Schaaren flohen nach Armorica; diese
Einwanderungen wiederholten sich nach dem Eindringen der Angelsachsen
513 (nach Lobineau i. J. 458), und ihre neuen Sitze erhielten den
allgemeinen Namen Lydaw, d. h. Seeküste, also gleichbedeutend mit
Armorica. [38] Die Namen von Devonshire und Kornwallis, welche die
Ausgewanderten ihrem Districte gaben, beweisen, daß sie vorzüglich aus
jenen Theilen Englands kamen. Bald nach der Ansiedlung der Angel=
sachsen in England wüthete die ungeheure Pest (pestis flava) und trieb
zu neuen Auswanderungen nach Armorica, denen sich insbesondere auch
mehrere Fürsten und viele Edle [39] anschlossen. So war überreiche Ver=
anlassung, daß die Erinnerung der letzten Kämpfe der Britten gegen die
Angelsachsen unter Arthur und seinen Genossen in Armorica unter den
unglücklichen Vertriebenen sich fortpflanzte, und es liegt nahe, daß sie um
so herrlicher jene vergangene Zeit ausschmückten, als die Gegenwart ihnen
nur die Noth, das Elend der Fremde, den Verlust aller ihrer früheren

---

[38]) *Gildas:* Alii transmarinas regiones petebant. — *Adelmus Bene-
dictus* (im 8ten Jahrhundert), Annales regium Francorum: „Nam cum ab
Anglis et Saxonibus Britannia insula fuit invasa, magna pars incolarum
ejus mare trajiciens, in ultimis Galliae finibus, *Venetorum* et *Corosolita-
rum* regiones occupavit (Corp. Francicae historiae veteris. p. 396. Hannover, 1613.)

Der Biograph des Gildas: In Armoricam quondam Galliae
regionem, tunc autem a Britannis, a quibus possidebatur, *Letavia* dice-
batur (*Bouquet*, III, 449.).

Mss. *Vita Cadoci:* Provincia quondam Armorica, deinde *Littau*,
nunc Britannia minor vocatur (Cotton Library, Vespasian, A, 14, p. 32.).

[39]) Tandem ob pestis late grassantis luem atque etiam irrumpen-
tium hostium vim coacti incolae ac *praecipue quidem nobiles* allenas pe-
tivere terras. (Vita Winwaloci, nach armoricanischem Mss. gedruckt in den
Actis Sanct. (Martii, 256). Namentlich Francanus, Catonis regis Brittannici consobrinus cum geminis suis natis Guethenoco et Jacobo cum
uxore sua Alba contendit in Armoricam, — ubi tunc temporis alta quies
vigere putebatur.

Güter, und die unbebauete Oede des neuen Wohnplatzes bot. Bis zum
neunten Jahrhundert liefern uns wenig mehr, als die trüben Quellen der
Leben der Heiligen in den **Actis Sanctorum** und der meist handschrift=
lichen Leben der wälschen Heiligen Nachrichten über den Verkehr zwischen
Armorica und England, und insbesondere Wales. Aber selbst bis in diese
drang die Arthursage, oder sie wird von ihnen als historisch bestätigt. Nach
der **Vita Paterni** [40]) wanderte ein britischer König, ein Freund Arthur's,
und nachmals ein in den wälschen Romanen sehr bekannter Mann, **Caradoc Vreich-vras (brié-bras)** nach Armorica über. Die Stamm=
verwandtschaft, das Christenthum, das Seeleben der Bretagner berechtigen
vollkommen, einen fortdauernden Wechselverkehr mit Wales im siebenten
und achten Jahrhundert anzunehmen. — Wie Wales gegen die Angel=
sachsen, hatten die Armoricaner gegen die Franken zu kämpfen. Bald
unterjocht, bald sich wieder befreiend, waren sie im ewigen Kampf gegen
ihre östlichen Nachbarn und unterlagen meist. Zweihundert Jahre lang
war Vannes Gegenstand des Streits zwischen Bretagner und Franken.
J. J. 635 besiegte sie Dagobert [41]), 753 Pipin, Roland [42]) focht ge=
gen sie, Karl der Große setzte den Grafen Gui zur Bewachung der
Grenzen von Bretagne ein, der sie völlig besiegte. Ludwig der Fromme
unterwarf sie zwei Mal, und setzte Nominoe zum Regenten ein, der 848
sich zum König von Bretagne und Dol machte, und 3 Expeditionen
Karls des Kahlen zurückschlug († 851). Sein Sohn Erispoe unterlag
jedoch; sein Bruder Salomon kämpfte 857 vereint mit den Franken ge=
gen die Normannen, und erhielt eine reiche Krone mit Gold, Juwelen
und anderem Schmuck der königlichen Würde zum Lohn. Aber er wurde
877 von Pasquitan, Grafen von Vannes, und Gurvant, Grafen von
Rennes, gestürzt. Alain, Bruder des Pasquitan, folgte zu Vannes,
und Judichael, Sohn von Erispoe's Tochter, zu Rennes. Ihre Bürger=
kriege werden durch die Einfälle der Normannen unterbrochen, und sie
machen unter sich Frieden. Judichael kam 878 im Kampf um; Alain

---

[40]) Mss. *Cotton Librari*, Vespasian, A, 14, p. 79. In illis diebus Co-
radauc, cognomento brecbras, ad Letaviam veniens, illam cepit imperio.
— Damit in Uebereinstimmung ist das *Breviarium Venetense*, Act. Sanct.
2 April, p. 381. Caradoco Brittannia subjugata ad Letaviam quoque
debellandum mare transgresso etc. — — Auch die Triaden (23) machen
groß Aufhebens von ihm.

[41]) **Vita Judoci**, aus dem 8ten Jahrhundert.

[42]) **Eginhart, Caroli M. vita. C. 9, und 10.**

schlug sie zurück, und wurde König aller Bretagner. [43] Von 15,000
Normannen, mit denen Alain focht, entkamen nur 400. Alain regierte
bis 907 mit Glanz und Ruhm, und erhielt den Beinamen des Großen.
Allein die Chronik von Nantes sagt von Alain's Söhnen: minime patris vestigia sequentes omnino defecti fuerunt. — Mathuedoi,
Graf von Poher, hatte Alain's Tochter geheirathet. Im Anfang des
zehnten Jahrhunderts verwüstete Rollo die Bretagne; aller Widerstand
war vergeblich. Mathuedoi floh nach England mit seiner Familie.
Die bretagnischen Großen und Alle, die eine edle Armuth dem Verlust
der Freiheit vorzogen, wählten die Auswanderung. [44] König Athel=
stan nahm sie bereitwillig auf, die jetzt eben so Hülfe flehend zu ihm
kamen, wie sie einst vor dem Schwert der Angelsachsen aus England ge=
flohen waren, und er bezeigte sich ihnen in jeder Beziehung human und
wohlthätig. Den jungen Alan, Sohn des Mathuedoi von der Tochter
Alain's des Großen, erzog er in seinem Palaste. Alan, genährt und ge=
pflegt von Athelstan's Großmuth, bewährte Mannheit und Ehre. So=
bald es sein Alter erlaubte, sammelte er die geflüchteten Briten und ihre
Nachkommen, und lenkte ihren Lauf zurück nach der verlasse=
nen Bretagne. Er nahm Dol und St. Brieur in Besitz. Seine
Erscheinung und ersten glücklichen Erfolge belebten wieder den entmuthig=
ten Patriotismus und die Hoffnung auf bessere Zeiten. Er vertrieb die
Normannen aus jenen Gegenden und von der Loire, und empfing das
Scepter von Bretagne als wohlverdienten Preis. Von ihm sagt das
Chronicon Namnetense: fuit vir potens ac valde adversus inimi-
cos suos belligerator fortis habens et possidens omnem Brittanniam fugatis inde Normannis sibi subditam, et Redonicam, et
Namneticum, et etiam trans Ligerim Medalgicum, Theofalgicum
et Herbadillicum. (*Bouquet*, VIII, p. 276.)

Muß man uns zugestehen, daß das wälsche Volk das Andenken an
Arthur, an seine Mithelden und an ihre Schlachten treu im Gedächtniß
zu bewahren, Sinn und Neigung hatte, so kann nicht geläugnet werden,
daß ihr Andenken auch in Bretagne sich fortpflanzen mußte. Auf frem=
dem Boden die alte Heimath sich zu vergegenwärtigen, beweisen die vie=

---

[43] Annales Metenses, bei *Bouquet*, 8, p. 71.
[44] Nortmanni autem victoria potiti, Brittannorum alios gladio oc-
cidunt, alios in fluctus cogunt, alios vero a Brittanniae finibus eliminant
praeter hos, qui servitutis jugo subdi non recusavere. *Richeri* Histor
p. II, c. 11.

len Namen aus Wales und England, die sie bretagnischen Gegenden ga=
ben. Wenn die Wälschen in der Heimath ihren Arthur schmückten, daß
Nennius ihn schon in der Glorie der Heiligen und zu Jerusalem erblickte,
warum sollten die Stamm= und Leidensgenossen in Bretagne nicht ein
Aehnliches gethan haben? Vom Grafen Villemarqué ist neuerlich
die Publikation einer erstaunenswerthen und in ihrer Art einzigen, viel=
leicht mehr als tausendjährigen Reihe noch jetzt lebender Erinnerungen
des alten ausgewanderten Cymrivolks verheißen; vielleicht finden wir un=
ter ihnen Reste jener Quellen, die Gottfried's Chronik und den franzö=
sischen Arthurromanen zum Grunde liegen. Ausgemacht ist, daß das
celtische Bardenwesen auch nach Einführung des Christenthums beiden
Völkern gemeinsam blieb. Wenn Turner (**Vindic.**) Barden im 7ten,
8ten, 10ten Jahrhundert in Wales nachweis't, warum sollten deren nicht
in Bretagne existirt haben? Und waren die Barden hauptsächlich die
Träger und Pfleger der alten patriotischen Erinnerungen, gaben sie mit
kurzem historischen Gedächtniß und feuriger Phantasie der alten Erinne=
rung eine stets neue Gestaltung, und wurde die wälsche Gestaltung bei
den Auswanderungen im sechsten und siebenten Jahrhundert nach Bre=
tagne, und die bretagnische Fortbildung der Sage im zehnten Jahrhundert
unter Mathuedoi nach England und Wales von den Barden, die den
Hof ihrer Fürsten nicht wohl verlassen konnten, zurückgetragen, nahm sie
hier neue inzwischen in Wales ausgebildete Elemente in sich auf, und ward
beides Vermischte darauf unter Alan II. wieder nach Bretagne hinüber
verpflanzt: wer will da bei den dunklen, großen Theils noch unbekannten
und ungeprüften Quellen entscheiden, was in der Sage bretagnische, und
was wälsche Zuthat sei?

Alle uns bis jetzt zugängliche, über das Jahr 1066 hinausreichende
Quellen stimmen darin überein, daß die Thaten Arthur's streng ein vater=
ländisches Interesse verfolgen; die Kämpfe des Königs sind ihr wesent=
licher Inhalt, und wie diese auch mit der Zeit mögen erweitert und aus=
geschmückt worden sein, so läßt sich doch nicht wohl anders, als annehmen,
daß bis zu gedachtem Zeitpunkt sie in dieser ihrer vaterländischen Ten=
denz sich treu geblieben sind. Ganz andern Inhalts aber sind die fran=
zösischen Romane von Gauvain, Erek, Iwein, Parcival, Tristan, Lanzelot,
Arthur, Merlin 2c., von denen erweislich keiner in seiner auf uns gekom=
menen Gestalt bis in das eilfte Jahrhundert hinabreicht, die sämmtlich
vielmehr erst um die Mitte des zwölften Jahrhunderts, kurz vorher oder
nachher, entstanden sind, die dennoch aber, die meisten nach ihrem eigenen

Zeugniß, sich schon auf vorhandene ältere und namentlich bretagnische Erzählungen berufen und darauf gründen. Denn es ist wohl zu beachten, daß in allen diesen Romanen nicht bloß Arthur nicht mehr der kämpfende Held von Wales, sondern der müßige Zuschauer (mit Ausnahme der Romane von Arthur und Merlin), der Herr eines reichen Hofhalts, der die Thaten seiner Maffenie lohnende König ist, sondern auch und hauptsächlich, daß die Thaten dieser Helden gar nicht mehr auf vaterländische Unternehmungen, sondern nur auf ihren eigenen persönlichen Ruhm, und auf die Verherrlichung des Ritterthums überhaupt abzielen. Der Inhalt dieser Romane hat daher schon den alten wälschen Nationalsinn verloren, und deutet auf eine Zeit, wo ein anderes großes gewaltiges Interesse die alte Erinnerung an Arthur verdrängt und verdunkelt hatte. Die Sage macht in ihrer Entwickelung nicht willkürlich Sprünge, und läßt nicht Lücken, so wenig wie der Menschengeist plötzlich und ohne innere naturgemäße Vermittelung von einer Stufe zur andern fortschreitet. Wir sind gezwungen, eine Uebergangsperiode anzunehmen, während welcher Arthur seine nationale Bedeutung verlor, und er und seine Helden einen neuen Wirkungskreis gewannen, und sind der Meinung, daß dieser Uebergang der alten Tradition zu den Romanen, welche wir seit 1150 in reicher Fülle in Frankreich entstehen sehen, wesentlich durch die Bretagne vorbereitet, vermittelt und herbeigeführt worden ist.

Wir sind weit entfernt zu behaupten, daß die Sage in Wales um 1000 völlig geruhet, ja gar in Vergessenheit gerathen sei; es werden die unten zu erörternden Mabinogion uns das Gegentheil darthun. Aber für ihre umfassendere, und insbesondere für Frankreich einflußreichere Bearbeitung in der Bretagne berufen wir uns auf das Zeugniß Gottfrieds von Monmouth, der sich ausdrücklich auf ein Buch in bretagnischer Sprache bezieht, und auf die von Wilhelm von Malmesbury u. A. m. erwähnten bretagnischen Schriften und Traditionen. Wir haben für uns das Zeugniß der ältesten nordfranzösischen Romane, die alle nach Bretagne hinweisen; wir haben für uns die zahlreichen Nahmen und Locale in diesen Romanen, die in der Bretagne und nicht in Wales zu suchen sind. Wir haben endlich für uns die aus der politischen Geschichte zu abstrahirenden Wahrscheinlichkeitsgründe. Jene Romane betreffend, so ist, um nur einige Beläge anzuführen, im Mabinogi des rothen Buchs von Hergest Peredur ganz original und richtig aus dem Norden der britischen Insel. Peredur, der Stahlbewaffnete, ward von Aneurin schon unter

den Kämpfern von Cattraeth genannt. Auch Gottfried von Monmouth
in seiner **Vita Merlini**, die er geständlich gleichfalls auf Grund älterer
Traditionen dichtete, sagt noch:

Duc Venedotorum Peredurus bella gerebat.

Venedotia hieß der nördliche Theil von Wales; aber die französischen
Romane verlegen Parcival's Heimath nach Bretagne. Der Wald von
Breciliande grenzt an den Wald von Soltane. Im Parcival des Kiot
von Provenze ist Nantes die Residenz Arthurs. Während fast nirgend
in den altwälschen Erzählungen die Helden sich über die Grenzen der
britischen Inseln hinausbewegen, sind in den Romanen der Franzosen die
Locale von Wales und Bretagne, keineswegs des übrigen Frankreichs, un-
entwirrbar confundirt. In Afallenau ist Merddhin noch der historische
Kämpfer und Barde, der nach der verlorenen Schlacht in Verzweiflung
in den Wald von Celyddon floh, und in Einsamkeit umherirrte, eine echt-
nationale Figur. Wie aber schmückt Gottfried schon diese Scene? Weiter aber gingen die Bretagner; sein geheimnißvolles Verschwinden im
Walde ward nach den Quellen des **Morte Arthur** und **Roman de
Merlin**, ein Werk des Zaubers der Viviane, die seine Kunst, welcher er
zu Nennius Zeit schon nicht mehr fremd war, ihm abgelernt hat; und
seine Geschichte knüpft sich an den berühmten Wald von Breciliande und
dessen berühmtere Quelle von Barenton. Wie ist diese Quelle, deren Namen das wälsche Mabinogi nicht einmal nennt, wie ist der alte historische
Arthurkämpfer Owain später bretagnisirt, und dem wälschen Heimathbo-
den entrückt worden? Dergestalt, daß der Dichter des Romans von Rollo
sich gar nicht darüber beruhigen kann, wie er von dem Mährchen dieser
Quelle sich habe zu einer fruchtlosen Wanderung dahin verleiten lassen. —
Werfen wir ferner einen Blick auf die Geschichte. —

Während Wales seit Athelstan den angelsächsischen Königen tributbar
blieb, in fortgesetzten Empörungen kleine Siege gegen härtere Niederlagen
eintauschte, während Griffith, König von Südwales, 1052 unter Eduard
dem Bekenner einen großen Theil von Herefordshire verwüstete, mordete
und plünderte [45], aber alle errungenen Vortheile 1063 durch die Rache
Harold's und Tosty's wieder verloren gingen, Griffith verjagt, seine Ve-
sten und Schiffe zerstört wurden, und schwere Geißeln und erhöheter Tribut dem Volke auferlegt wurden — war seit Alan, dem Nachkommen

---

[45] *Turner*, History of the Anglo-Saxons, VI, c. 19. (Band III,
p. 328.)

Alain's des Großen, in der Bretagne Ruhe und Frieden eingekehrt, und sie begann sich zu innerer Festigkeit und Einheit zu entwickeln. Die unruhige Zeit von Alan's Tode bis Conan I., Grafen von Rennes († 992), der die Ansprüche der zwei natürlichen Kinder Alan's, Hovel und Guerrich, beseitigte, und sich zum Herrn von ganz Bretagne machte, ging schnell vorüber; ihm folgte Gottfried I. bis 1008, Alan II. bis 1040, Conan II. bis 1067. Bretagne blieb ein einiges, geachtetes, unabhängiges Reich. Die Geschichte der innern Befehdungen, der grausamen Verwandtenmorde war vorüber; seine Institutionen modelten sich nach dem fränkischen Lehnswesen; es fing an Theil zu nehmen an der Civilisation des benachbarten Frankreichs. Beide Völker spaltet nicht der wuthschnaubende Haß, der unversöhnliche Grimm, der in vielen Triaden der Wälschen gegen die Angelsachsen und Normänner athmet. Die Anfälle der Normänner machten, wie wir oben bemerkten, sie öfter zu treuen Verbündeten; die Bretagne steht mit Anjou, Frankreich und Normandie in nahen politischen Beziehungen; Conan's I. Gemahlin (970) war eine Tochter Gottfrieds von Anjou; dessen Sohn, Gottfried I., hatte Hedwig, Richards von der Normandie Tochter, zur Gemahlin; während Wales sich in strengster Abgeschiedenheit von den verhaßten Angelsachsen hielt.

Immer haben große politische Völkerbewegungen befruchtend auf den Geist der Völker gewirkt, und ihm einen neuen mächtigen Aufschwung gegeben. Als ein solches Ereigniß müssen wir nothwendig den Normannenzug gegen England betrachten. Als Wilhelm der Eroberer zur Usurpation von England seine gewaltigen Heere sammelte, säumten die Bretagner nicht, sich ihm zuzugesellen. Ingentem quoque exercitum ex Normannis, et Flandrensibus, ac Francis et *Britonibus* aggregavit (Wilh. Gemiticensis, de ducibus Normannis. Apud Anglica, Hybernica etc. Bibl. Camdeni. Francof. 1602. p. 665.) — Galli namque et *Britones*, Pictavini et Burgundiones, aliique populi Cisalpini ad bellum transmarinum convolarunt (Ordericus Vitalis, 494). Für die Phantasie mußte es reizend sein, daß das jetzige Geschlecht gewissermaßen einen Rachezug gegen die Nachkommen Derjenigen unternahm, denen Arthur einst erlegen, aber mehr gewiß entflammte es den Ehrgeiz der einzelnen Führer, zu wetteifern mit den fremden Fürsten in Tapferkeit und Heldenkraft, zu glänzen in Siegen, gleichgeachtet zu werden in Bildung und Gesittung den verbündeten Kämpfern. Unter der Regierung Conans II. geschah der Heereszug, und siehe, also lautet bei Gottfried Merlin's Prophezeihung:

Britones ut nobile regnum
Temporibus multis amittant debilitate,
Donec *ab Armorica* veniet temone *Conanus*
Et *Cadwalladrus* Cambrorum dux venerandus, etc.

Es wäre wunderbar, wenn diese Prophezeihung in der vita **Merlini**
älter als **1066** wäre; es kann hier nicht der in Gottfried's Chronik
L. V, c. 9. erwähnte Conan Meriadoc gemeint sein, den der Chronist
noch vor Hengist's und Horsa's Einfall in England setzt; auch nicht der
L. XI, c. 5. erwähnte **Aurelius Conanus**, der den Konstantin ermor=
det, sonst aber bedeutungslose Erscheinung ist; die Stelle in Merddhin's
Afallenau, die Gottfried hier nachgeahmt hat, weiß nichts davon, daß
Conan (**Cynan**) aus Armorica zu Hülfe und Errettung kommen soll;
auch die lateinische **vita Meriadoci** [46] erzählt zwar den Zug Conan's
nach dem Kontinent, aber nicht, daß er von Armorica ausgegangen sei.
Es wäre wunderbar, wenn hier sich die bretagnische Sage nicht sollte
eines neueren berühmten historischen Namens ihres Vaterlandes bemäch=
tigt haben, in einer Zeit, die die alte Prophezeihung, wenn auch **mutatis
mutandis,** wahr zu machen schien, vergaß sie auch, daß Wilhelm der
Eroberer den ihm feindseligen Conan ermorden ließ. — Die Bretagner
triumphirten zugleich mit den Normännern, und war irgend eine Zeit
geeignet, den alten Arthur als den großen Triumphator darzustellen, so
war es die jetzige. — Manche, mit diesen auch v. Schlegel in der er=
wähnten Recension über Fauriel, haben behaupten wollen, gewissermaßen
aus Rache gegen ihre Unterdrücker hätten die wälschen Barden ihren Ar=
thur zum Besieger der Welt, und zum König der Könige gemacht. Aber
wie lächerlich wäre solche Rache gewesen, die das lebende Geschlecht, das

---

[46] Die merkwürdige Erzählung: **Vita Meriadoci, Regis Cambriae,** fin=
det sich in einem lateinischen Pergament=Ms. im Britischen Museum, **Fau-
stina, B. 3.** Sie steht in directem Widerspruch mit Gottfried's Chronologie
in seiner Chronik, und setzt das Zeitalter Conan's nicht in das vierte, sondern
richtig in das sechste Jahrhundert. Sie beweist die Abweichung der wälschen
von der bretagnischen Version der Sage. Nach diesem Ms. war Meriadoc der
Sohn von Caradoc, einem Könige von Wales, der saß **penes nivalem montem, qui Cambrice Snaudone** (jetzt Snowdon) **resonat.** Caradoc ward von
seinem Bruder ermordet. Meriadoc und seine Schwester wurden in den Wald
Arglud gesandt, um umgebracht zu werden. Des Königs Jägerbursche fand sie
noch lebendig, und verbarg sie heimlich. Urien, König des Nordens, mit Ka=
jus, einem von Artus Hofleuten, reisend, sah die Kinder. Sie wurden von
Arthur und Urien erzogen, und Arthur strafte den Mord des Caradoc. Das
Ms. endet mit einer Erzählung von Meriadoc's Zug nach dem Kontinent.

unterjochte, unterdrückte, das ja aller jener belobten Triumphe beraubt
zu sein, sich nur allzusehr bewußt war, nur um so tiefer demüthigen
mußte! — Jetzt aber war die Zeit, wo die Bretagne zum ersten Mal
kühn hinaus weit über die engen Grenzen ihres eigenen kleinen Landes
und der Nachbarstaaten blickte, wo sie die Noth ihrer Existenz hinter sich
hatte, und sieghaft in ein ihr bisher frembes Völkergewühl schaute, wo
sie die ersten Keime des aufblühenden Ritterthums auch bei sich aufnahm,
und der Denkart der früheren Jahrhunderte sich ein neues großes Element beigesellte, das den bisher schon gefeierten Arthur in eine neue, bis
dahin unbekannte Welt zu erheben vermochte und das seinen Helden
einen neuen Wirkungskreis ihrer Thaten, und ihren Thaten eine neue,
von denen jener historischen Helden ganz verschiedene Bedeutung unter-
legte. — In der That finden wir in Gottfried's Chronik in dem Theile
von Arthur und Ganhumara und Mobred schon alle Elemente, wenn
auch noch unausgebildet, die in den bald folgenden Romanen ihre weitere
Entwickelung fanden. Es wohnt schon der Geist des jungen, sprossenden,
wenn auch noch rohen Ritterthums darin. Nicht unwahrscheinlich ist,
daß auch Wales nicht müßig gewesen, diese neue Richtung bei sich aufzunehmen und fortzubilden; da sein Volk sich aber dennoch nicht den
neuen normännischen Beherrschern assimilirte, vielmehr ihnen feindlich gegenüber gestellt blieb, da normännische Sprache nicht in ihre Literatur,
normännische Sitte nicht in ihre nationellen Gebräuche einzudringen vermochte, die Sprache von Wales immer nur von den Normannen mit
dem Titel einer barbarischen beehrt ward, so bezweifeln wir, daß von
Wales aus seine Traditionen zu den neuen Ankömmlingen gebracht worden sind; wenigstens fehlt es uns gänzlich an Beweisen für solche Annahme bis ungefähr zu 1150. Die seitdem erscheinenden englischen
Romane bestätigen dies, indem sie auf französische Quellen und Vor-
bilder hinweisen.

Mabinogion.

Neben und außer der auf historischem Grunde auferbaueten Arthursage bestand aber in Wales, und, wie schwer zu bezweifeln, auch in Armorica, eine eigenthümliche Welt, die durch ihre spätere Verknüpfung mit
jener für die ganze Literatur Europa's Jahrhunderte lang von höchster
Bedeutung ward. Es ist dies der alte wälsche und bretagnische Volks-
aberglaube, die Ruine altceltischer Mythologie, die wälsche wunderbare
Mährchenwelt. Denn wälsch und bretagnisch, nicht norbisch und noch

weniger orientalisch sind diese wohlgesinnten Feen, die den Lanzelot vom
See erziehen, diese Riesen, die Owain, Tristan und Peredur niederkämpfen,
die bezauberten Brunnen, befriedeten Bäume, die Drachen und Schlangen,
die wunderbaren Ringe und Steine mit magischen Kräften, die Dämonen
und die luftige Geisterwelt, die noch durch Shakespeare auf's Neue ihr
Reich gegründet, alles Wesen und Mächte, die noch jetzt in dem seiner
Vorzeit so treugläubigen Wales, wie in Bretagne die Erinnerung mit
Pietät und Scheu bewahrt und verehrt. Mag auch seit dem zwölften
Jahrhundert vieles dieser Art aus dem Orient und durch spanisch=proven=
zalische Vermittelung in die Vorstellungen des Volks und in die Ritter=
gedichte übergegangen sein, und den alten mythologischen Wesen und Vor=
stellungen des Celtenstammes neue gemischte Färbung gegeben haben, so
ist doch entschieden zu leugnen, daß diese Welt rein orientalischer Herkunft
sei. Nur insofern ist es zuzugeben, als die Celten ihren Ursitz in Mitten
Asiens gehabt haben, und von hier aus Jahrhunderte hindurch ihre alten
Erinnerungen bewahrt und nach dem Abendlande hingebracht haben mö=
gen, — also nur insofern, als man zugiebt, daß alle Menschen Geschwi=
ster sind, weil sie von Adam Alle abstammen.

Jedem Volke ist der Glaube an überirdische dämonische Wesen, an
geheime Kräfte der Natur, an Mittel, diese sich unterthänig zu machen,
eigenthümlich, und er tritt hier mehr, dort weniger, in die Religion und
den Kultus über, oder flüchtet sich in den lichtscheuen Aberglauben. Ja=
cob Grimm hat in seinem gewaltigen Werke: »Die deutsche My=
thologie«, in einem großen Beispiele gezeigt, wie jene oben erwähnte
phantastische Welt, die wir hier als Mährchenwelt bezeichnen wollen, ihre
erste wohlbegründete verständige Bedeutung bei den germanischen Völ=
kern in dem alten Heidenthum gehabt hat, wie das Christenthum in sei=
nen ersten Anfängen sich, troß der blutigen Schwerttaufe Karls des Gro=
ßen, dennoch vorsichtig und leise den heidnischen Vorstellungen anschmiegte,
wie es heidnische geheiligte Orte anfangs zu geweihten christlichen Stät=
ten machte, wie es heidnische Gottheiten allmählig dem einigen Christen=
gotte unterordnete, sie, als seine Widersacher, zu ohnmächtigen Unholden
oder Teufeln, die mächtigen alten Dämonen zu neckenden Kobolden herab=
setzte, und wie der alte Glaube an diese Wesen endlich aus dem Geiste
der Verständigen zurückgedrängt ward in die Kinderstuben, und hier von
geschäftiger kindlicher Phantasie zu den leichtbeweglichen Gestalten der
ätherischen Mährchenwelt versponnen ward. Wir zweifeln nicht, daß ein
ähnlicher Gang des alten Glaubens vom heidnischen Altar zur christlichen

Kinderstube sich auch bei den Kymri und Bretagnern werde nachweisen
lassen. Wir zweifeln nicht, daß bei diesen phantasiereichen, von jeher zu
monströfer Mystik, zu abstrusen Speculationen, zu den wunderlichsten
Philosophemen geneigten Stämmen, wie uns schon die Alten jene Celten
schildern, die Ausbeute unendlich reicher hinsichts der Beläge ausfallen
würde, als bei den Deutschen, wo die Quellen nur spärlich fließen, und
häufig aus dem Skandinavischen abgeleitet werden müssen; wenngleich
dort eine ähnliche Untersuchung ihre besonderen Schwierigkeiten dadurch
hat, daß dem ursprünglich Celtischen sich schon sehr früh römische, germanische und skandinavische Einflüsse beigemischt, und ein weit vielfarbigeres
und getrübteres Gemälde gebildet haben, als hier, welche Elemente, mit
Klarheit zu sondern die Britten sich längst hätten zur Aufgabe stellen sollen; ebenso sicher dürfen wir annehmen, daß der alte heidnische Volksglaube sich um ebenso viel früher zu dieser Mährchenwelt umgestaltet
hat, als das Christenthum in Wales und Armorica früher feste Wurzel
faßte, als in Germanien und bei den Nordländern. Eine solche Bil-
dungsgeschichte will jedoch im Lande selbst studirt sein, da die auf dem
Kontinent zugänglichen Quellen zu ihrer Darstellung in keiner Weise
ausreichen, weßhalb wir uns darauf beschränken, diese Mährchenwelt nur
insofern zur Untersuchung zu ziehen, als sie mit den Arthursagen sich
verwoben hat.

Am entschiedensten, zuerst, und fast ausschließlich eröffnet diese eigenthümliche Welt sich in den älteren Gedichten des Kontinents, welche die
Thaten und Abenteuer einzelner Helden Arthur's zum Gegenstand haben,
und diese Gedichte correspondiren dergestalt genau den wälschen Erzählungen, welche mit dem Titel Mabinogion bezeichnet werden, daß sich
nur darüber streiten läßt, ob diese Mabinogion Quelle jener französischen
Romane, oder umgekehrt, abgebleichte, schwache Nachbilder jener poetischen
Blüthenzeit sind? Sie finden sich hauptsächlich in einem wälschen Ms.,
dem rothen Buch von Hergest.

Ueber das rothe Buch von Hergest (Llyfr Coch o Hergest)
giebt Lady Charlotte Guest in ihrer Vorrede folgende Nachricht: »Dieses höchst schätzbare wälsche Ms. befindet sich in der Bibliothek des Je-
sus-Kollege zu Orford, und besteht aus einem Foliobande von 720, in
doppelten Kolumnen beschriebenen Seiten, eine ansehnliche Sammlung
von Mabinogion enthaltend. Einige, wie die gegenwärtigen Geschichten,
haben den Charakter der Ritterromane, und andere tragen den Ausdruck
eines weit höheren Alterthums, sowohl hinsichts der geschilderten Personen,

als des Styls der Sprache, in welcher sie verfaßt sind. So ungemein
verschieden auch die Mabinogion ihrem Inhalte nach sind, so sondern sie
sich doch im Allgemeinen in zwei Klassen, von denen die eine die berühm=
ten Helden des Arthurkreises, die andere aber Personen und Begebenhei=
ten einer weit früheren Zeit behandelt.«

»Am Ende des rothen Buchs sind noch einige Gedichte, die den Na=
men des Lewis Glyn Cothi tragen, der am Schluß des funfzehnten Jahr=
hunderts blühete. Dieser Umstand hat Anlaß zu der Meinung gegeben,
daß das ganze Ms. (welches indeß an einer Stelle sagt, daß es von einer
andern weit ältern Handschrift abgeschrieben sei) eine Handschrift eben die=
ses Barden selbst sei. Wahrscheinlicher aber ist, daß, wie die meisten an=
dern dieser Zeit, es eine Arbeit von Schreibern von Profession ist, und
dies besonders deßhalb, weil die Schriftzüge von verschiedenen Personen
und aus verschiedenen Zeiten herzurühren scheinen.« Wir fügen aus
Lhwyd (**Archaeologia brittannica, 1707, p. 254** und **261**) noch die
Notiz hinzu: daß es außer den von der Lady Guest mitgetheilten und
andren Mabinogion noch Gedichte von Llywarch=Hen, Merddhin, Taliesin
und einigen Dichtern der folgenden Jahrhunderte, drei wälsche Chroniken
und eine alte wälsche Grammatik enthält. — Sh. Turner (**vindic.
p. 24**) hält dafür, daß das Werk aus dem zwölften Jahrhundert herrühre.

Man übersetzt Mabinogi mit Kindermährchen oder Mährchen über=
haupt, und Lady Guest hat in einem liebenswürdigen Briefe die Mabi=
nogion des rothen Buchs von Hergest selbst ihren Kindern gewidmet.
Wir zweifeln indeß, daß im zwölften Jahrhundert dieser Titel in diesem
Sinne auch schon geduldet worden wäre. Der Mythus und die Sage
setzen den Glauben an ihre Wahrheit voraus. Das Mährchen ist ein
Traum der Wahrheit, und zwar ein bewußter Traum. Der Mährchen=
erzähler ist der phantastischen Erdichtung sich bewußt. Das Geistesleben
der Völker spiegelt sich wieder im Menschenleben; und wie nur der ge=
reifte Mann auf die Phantasien und Bestrebungen seiner Kindheit und
Jugend wie auf einen Traum und ein Mährchen zurückblicken kann,
wenn er jenen frühern Stimmungen und Zuständen längst entrückt, und
zu einer weit höheren Erkenntniß vorgeschritten ist, so auch ein Volk.
Mochte die wälsche Poesie im zwölften Jahrhundert auch schon in ihrem
Greisenalter stehen, so glauben wir doch nicht, daß sie solche trockne, rohe
Produkte, wie die Mabinogion in der uns aufbewahrten Gestalt sind,
für besondere Kunstschöpfungen hätten ausgeben wollen. Andererseits
stand Wales aber im zwölften Jahrhundert ebenfalls nicht so hoch über

der Bildung Englands und des civilisirten Kontinents, daß es damals schon diese Geschichten, an denen die Gebildetsten ihrer Zeit das lebhafteste Interesse fanden, und welche die ganze Ritterwelt hinrissen, für Kindermährchen hätte erklären können. — Wie dem aber auch sei, so ist allerdings nicht zu verkennen, daß diese Erzählungen weit mehr dem Gebiet der freien Dichtung angehörig erscheinen, als die eigentliche erweiterte Arthursage.

In den ältesten Bardengedichten finden wir Owain, Peredur, Geraint u. A. m. als Kämpfer gegen die Sachsen neben Arthur; sie sind historische Personen, wie dieser. In den Mabinogion aber ist ihre historische Bedeutung ebenso wie die des Arthur, vernichtet, der hier schon ganz in der Weise auftritt, wie in den französischen Romanen, als Zuschauer der Thaten, sein Hof als Rendezvous der abenteuernden Helden. Diese Abenteuer sind keineswegs mehr auf vaterländische Unternehmungen gerichtet; so lange daher das Volk an der Wahrheit der Sage von Arthur und seiner Mitkämpfer gläubig festhielt, konnten diese Mabinogion nicht wohl erdichtet werden. In der Natur der Sage liegt jedoch die oben im Eingang schon erwähnte Neigung zur Erweiterung. Diese äußert sich aber nicht willkürlich, sondern nach dem allgemeinen Naturgesetz tritt sie nur ebenso in Thätigkeit, wie wenn der Geist und der Körper von dem bisher Genossenen übersättigt ist. In unserm Falle dürfte daher die Sage nicht eher darauf verfallen sein, die bisherigen Nebenpersonen zu Helden besonderer ausführlicher Geschichten zu machen, als bis der Ruhm des Arthur den höchsten Punkt erreicht hatte, und die Volksstimmung in der ewigen Erzählung von diesem Einen eine Eintönigkeit wahrnahm, welche die Sehnsucht nach Anderem und Neuem erweckte. Die Barden und Sänger hatten daher auf Mittel zu denken, der alten beliebten Figur neues Interesse zu geben durch Hinzuthat von Neuem, das gleichwohl durch die Anknüpfung an das beliebte Alte gehoben und werth gemacht ward. Wie unendlich Arthur schon im neunten Jahrhundert ausgeweitet worden, und auch das zauberhafte Element, in der Person des Merlin Ambrosius beim Thurmbau des Guorthigirnus (Vortiger) in die Sage gezogen ward, sehen wir aus Nennius. Die schon oben erwähnten Gespräche zwischen Arthur und einzelnen Helden, die der sachkundige Turner (**Vindic. p. 269**) in das zehnte und eilfte Jahrhundert setzt, bezeugen, daß auch jene historischen Helden ebenso einen fabelhaften Nymbus gewannen, wie ihr Chorführer; noch deutlicher tritt dies bei den verschiedenen Wandlungen des Merddhin hervor. Auch der Sa-

gencompler, den uns Gottfried's Chronik als bretagnisches Buch giebt,
scheint in Wales ebenso lebendig gewesen zu sein; denn nach Ellis (Specimens I, p. 100) sagt John Price, der mit Leland unter Heinrich VIII.
in England die Mönchsbibliotheken untersuchte: Deinde in eodem libro,
ubi vita *St. Dubritii* recolitur, luculenta fit mentio de eodem
Arthuro, et de rebus ab eo gestis, ad *eundem fere modum*, quo
in historiam ab *Ganfredo* translata memorantur. Quam quidem
vitam longe ante *Ganfredi tempora* in ecclesia Landaventi, divi
Dubritii memoriae dicata, quotannis ab ipsius ecclesiae cultori-
bus repetitam fuisse liquet. Gleichzeitig mit dieser erweiterten Rich=
tung der Sage muß, da ein Stillstand nicht denkbar, wo eine lebendige
Existenz erwiesen ist, auch jene celtische Mythen= und Mährchenwelt ihre
weitere Ausbreitung, ihren dichtenden Cultus gewonnen haben; nur Wa=
les und vielleicht Bretagne kann bestimmt und urkundlich nachweisen,
wann und wo sie sich an einzelne historische Erinnerungen und Namen
anknüpfte. Gewiß aber ist, daß in den Mabinogion beide verschieden=
artige Elemente sich geistig noch nicht durchdrungen haben. Diesen Pro=
zeß zu vollenden, war erst der Blüthe der Ritterzeit vorbehalten. Schroff
steht sich Christenthum und Heidenthum gegenüber; dem letzteren gehören
durchgangig die so häufig wiederkehrenden Riesen und schwarzen Männer,
diese rohen, mordlustigen, menschenfressenden Geschöpfe an, während die
Helden der Geschichte immer gute Christen sind. Jene greifen aber selten
weiter in die Geschichte ein, als daß sie ungastliche Herrscher eines Reviers
oder Schlosses sind, die den Fremden, der sich zu ihnen verirrt, mit dem
Tode bedrohen, in der Regel aber von ihm erschlagen werden. Sie gelten
als die Ueberbleibsel der Ureinwohner Britanniens, das nach Gottfried ur=
sprünglich von Riesen soll bevölkert gewesen sein. — Anderer Seits fehlt
diesen Erzählungen aber gänzlich die christlich dogmatische Teinture; die
Hand des Geistlichen und Mönchs ist nirgends erkennbar, und wir finden
hierin besonders ein Kriterium der bardischen Abfassung, des höhern Alters
dieser Geschichten, und eigenthümlich wälschen Ursprungs, wenn diesen nicht
auch das engste Anschließen an Locale, Sitten und Gebräuche noch reden=
der bewiese. Die materielle Basis des Ritterthums ist der Muth und
die Kraft. Glaube, Ehre und Liebe geben ihm erst seine höhere ideale
Richtung, seine Weihe. Muth und Kraft sind auch der vorherrschende
Charakter der Helden in den Mabinogion; aber der Glaube wird noch
mehr, als in unserm Nibelungenliede, im Hintergrunde gehalten; nirgend
ist er ein Motiv der Handlung. Der Ehre fehlt noch die feine geistige

Spitze; in den Mabinogion zeigt sie sich nur erst in der Beziehung, Muth und Kraft zu bewähren, der Art etwa, wie Wolfram von Eschenbach beides auch dem Mutterschwein zutheilt [17]); aber eine unbeschreibliche Rohheit, eine abschreckende Stumpfheit des Gefühls verbindet sich nur allzuoft damit; es ist gar keine seltene Erscheinung, daß ein Held den Gatten, den Vater einer Dame erschlägt, und sich dann mit ihr verbindet. Hinsichts der Liebe zeigen sich die weiblichen Wesen weit begehrlicher, als die Männer, die zwar vielfach versichern, niemand mehr als diese oder jene Dame zu lieben, es aber selten bethätigen. Wir vermögen daher in den Mabinogion nur die ersten Anfänge, die leisen Spuren aufkeimenden ritterlichen Lebens zu entdecken. Marchawc werden diese Helden genannt, das Lady Guest und Owen's wälsches Lexikon mit **Knight** übersetzen, und gewiß mit Recht. Aber es sind Ritter, denen der Seraph der Kreuzzüge noch nicht den Himmel geöffnet, und das Kreuz vorgetragen, Ritter, denen der warme Hauch der Provenze und Spaniens noch nicht das Herz erweicht hat, wenngleich sie dafür empfänglicher als ihre Urväter, die Barden des sechsten Jahrhunderts, sind, die der Venus und dem Amor, nach Turner's Ausdruck, niemals ein Compliment machen. —

Nach diesen Vorausschickungen glauben wir uns zu der Ansicht berechtigt, daß die ersten Anfänge derartiger von der einfachen Arthursage abirrender Nebengeschichten zwar schon im zehnten, wenn nicht schon neunten Jahrhundert zu suchen sind, daß ihre umfassendere Kultivirung aber erst mit der Normanneneroberung 1066, als Wales mit dem Geist des französischen Ritterthums vertrauter ward, begann, und während der ersten Kreuzzüge neuen Aufschwung gewann. Für das über 1150 hinausreichende Alter und die Reinheit der wälschen Tradition von französischer Beimischung ist uns das Mabinogi von Peredur der wichtigste Zeuge; denn es ist durchaus entfernt von der leisesten Andeutung auf die Gralsage, die sich erst nach 1150 mit der Parcivalsage verknüpfte [48]). Das Mabinogi in seiner letzten Gestalt zeigt auch selbst, daß seine Abfassung neu, der Stoff aber längst vorhanden war, ehe er

---

[17]) Parcival, B. 344, 6. Meine Uebersetzung, S. 241.
    Ein fwinmuoter, lief ir mite
    Ir vaerhelin, diu wert ouch sie.
    Ine hörte man geprisen nie,
    Was fin ellen âne fuoge.
[48]) S. die weitere Ausführung dieses Punktes im Leben und Dichten Wolframs von Eschenbach, v. San-Marte. Buch II.

so aufgeschrieben ward. Denn in mehreren Stellen bezieht es sich aus=
drücklich auf frühere Erzählungen desselben und damit verwandten Stof=
fes; so Kapitel 2: wird der Ritter verfolgt, der die Aepfel am Hofe Ar=
thurs getheilt hatte, wovon die jüngern Romane nichts wissen.   Kap. 25:
»Und Peredur hielt sich 14 Jahre bei der Kaiserin auf, wie die Geschichte
erzählt.« Kap. 27: »Die Geschichte erzählt nichts weiter über Gwalch=
mai in Betreff dieses Abenteuers.«   Kap. 30: »Und also wird erzählt in
Betreff des Wunderschlosses.«   So giebt es sich also nicht für eine neue
Geschichte oder ein Mährchen aus, sondern es fixirt die Tradition durch
Schrift. Auch die Dame von der Quelle verläugnet ihren wälschen Ur=
sprung nicht; die Wunderquelle wird gleichfalls in Wales, wie in Bretagne
gefunden, und hier kannte sie schon 1150 Wace als ein altes Wunder.
Das Mabinogi läßt es völlig unerklärt, weßhalb Luned so plötzlich für
Owain ein so lebhaftes Interesse nimmt; die französischen Romane erklä=
ren es; sie sind alte Bekannte.   Der wälsche Erzähler durfte dies aber
als bekannt voraussetzen. Hätte er Chretien's Dichtung nur verwälscht,
so hätte ihm die Lücke nicht entgehen können; in diesem, jedoch nicht an=
zunehmenden Falle würde er aber eine ganz unnachahmliche Kunst bewie=
sen haben, alles Ausheimische auszumerzen und in das treueste wälsche
Gewand zu hüllen, eine Kunst, die sich im romantischen Alterthum nir=
gend, selbst nicht in Bretagne, bethätigt hat. — Hiernach würden wir
die Mabinogion des rothen Buchs von Hergest entweder mit den deut=
schen prosaischen Volksbüchern vom gehörnten Siegfried, den Haimons=
kindern u. s. w. in eine und dieselbe Kategorie stellen, von denen doch
auch nicht zu behaupten ist, daß sie prosaische Auszüge aus dem Nibelun=
genliede u. s. w. sind, oder wenn wir bei der Bezeichnung **Mabinogi**
einmal stehen bleiben sollen, würden wir das Wort nach Owen's wäl=
schem Lexikon mit *juvenile instruction* übersetzen, und diese Geschichten
für einen Leitfaden zum Unterricht der jüngern Barden halten, für ein
dem Gedächtniß gebotenes Hülfsmittel, die große todte Masse des Stoffs
festzuhalten; der mündlichen Unterweisung des Lehrers war es dann vor=
behalten, der trocknen, skelettartigen Geschichte Schmuck, Leben und Be=
wegung zu geben, dergestalt, daß beim Vortrage des Barden am Hofe
des Fürsten es also gehoben in Fleisch und Blut als lebensfrisches Ge=
dicht hervortrat. Weil aber seit 1283 in Folge von Eduard's Verfol=
gung das Institut der Barden der gänzlichen Auflösung nahe gebracht
ward, und ihre öffentliche Wirksamkeit lange Jahre hindurch gehemmt,
und sie in das Dunkel der Verborgenheit zurückgedrängt waren, so folgt

hieraus von selbst die Zuhülfenahme der Schrift zur Fortbildung des jüngern Bardengeschlechts, und wir können nicht glauben, daß die Mabinogion in der auf uns gekommenen Form viel älter sind, als die Handschriften, in denen sie aufbewahrt sind; und was vom modernen Ritterthum sich darin hie und da findet, erkennen wir nicht als ein Kriterium ihres neuern Ursprungs, sondern als eine Zuthat des letzten Redacteurs der alten überlieferten Geschichte.

Triaden.

Bevor wir die alte wälsche Arthurheimath verlassen, und unsere Sage auf französischem Boden weiter verfolgen, müssen wir einen, wenn auch nur flüchtigen Blick auf die wälsche Gelehrtendichtung werfen, und uns ihr Verhältniß zur Arthursage zu verständigen suchen.

Wales besitzt eine reiche Literatur, der zum Theil die Vaterlandsliebe ein sehr hohes Alterthum zuschreibt; aber weder die Gelehrten dieses Landes noch Engländer haben mit den nur ihnen zu Gebote stehenden Mitteln vermocht, ja es kaum versucht, die chaotische Nacht zu lichten, in welcher die uns hier angehende Literatur bis zum dreizehnten Jahrhundert ruht, ja sie hat sich nur um so mehr verfinstert, je eifriger die Arbeiter in diesem Fache bemühet waren, diesen Schätzen ein möglichst hohes Alterthum beizulegen. Es müßte vor allen Dingen ein Sprachgenie wie Jacob Grimm mit umfassendster Sprachkenntniß eine historische Grammatik der Sprache der Celten, Kymri und Bretons vom ersten, durch das sechste und zwölfte bis zum mindestens funfzehnten Jahrhundert schaffen, um an diesem sicheren Stabe zunächst nach der Sprache, sodann mit kritischem und historischem Tiefblick nach Sitte, Kunst und Geschichte jede Urkunde in ihr rechtes Zeitalter zu setzen, das alte in ihr von neuern Interpolationen zu säubern, reine Texte herzustellen, und diese ganze wälsche Literatur von allem Staube ehrenwerther Vorliebe, antiquarischer Liebhaberei, von hergebrachten Irrthümern und unbeglaubigten Autoritäten freizumachen, und auf's Neue lichtvoll darzustellen; möchten die mehreren ihr Alterthum erforschenden Gesellschaften in Wales hierauf lieber alles Ernstes ihr Augenmerk richten, als in modernen Bardenfesten sich einen zwar geistreichen, aber für die Wissenschaft wenig fruchtbaren vorübergehenden Genuß gewähren. — Vor allen trifft das Bedauern jener trüben Erkenntniß die unter dem Namen Triaden bekannten wälschen Schriftwerke, über welche die verschiedensten Ansichten obwalten. Während die meisten brittischen Gelehrten einem großen Theile derselben ein hohes Al-

terthum beilegen, ja mehrere schon bis in das sechste, siebente und achte
Jahrhundert zurückverlegen, sind sie von den Gelehrten des Kontinents,
sofern diese sie überhaupt kannten, stets mit großem Argwohn angesehen,
und für neue Erzeugnisse des dreizehnten und vierzehnten Jahrhunderts,
ja wohl für noch jünger erklärt worden. In der That können sie nicht
vorsichtig genug behandelt werden. Ihren Namen haben sie von einer
wunderlichen Dreiheit, die durchgehends in ihnen vorwaltet. Es werden
drei Gegenstände, Personen, Orte, Begebenheiten u. s. w. unter eine gemeinschaftliche Kategorie gebracht und abgehandelt, diese Gemeinsamkeit
ist aber oft so unbezeichnend, bizarr, und kaum begreiflich, daß der gesunde
Verstand sich kopfschüttelnd abwendet. Sie beschäftigen sich theils mit
philosophischen, theils mit historischen Gegenständen. Die ersteren bilden
in der Myvyrian Archäology das Buch vom Bardismus. Da finden wir, um einige sinnigere herauszuheben:

Die drei Fundationen des Genius: die Gabe von Gott, menschliche
Uebung, Begebenheiten des Lebens.

Die drei unerläßlichen Dinge des Genius: Verständniß, Nachdenken,
Beharrlichkeit.

Die drei Hülfen des Genius: eigne, häufige, folgerechte Uebung.

Die drei Zierden des Gesanges: Feine Erfindung, würdiger Gegenstand, meisterliche Komposition.

Die historischen Triaden haben in ähnlicher Weise ihre Dreiheit, z. B.:

Die drei Hauptbarden der britischen Insel: Merddhin Emrys;
Merddhin, Sohn des Morwwyn; Taliesin, das Haupt der Barden.

Die drei unzufriedenen Gäste, die drei berathenden Ritter, die drei
Goldzungigen an Arthur's Hofe, die drei verfluchten Thaten der Insel
Britannien; die drei unkeuschen Frauen der Insel Britannien: Essylt
(Isolde), Tristan's Geliebte und Marke's Gemahlin, Penarwen, Owain's
Gemahlin, Bun, Gwalchmai's Gattin. Die drei heidnischen, jüdischen
und christlichen Dreiheiten: Hector, Alexander und Julius Cäsar; Josua,
David und Judas Maccabäus; Arthur, Karl der Große, und Gottfried
von Bouillon. In diesen abenteuerlichen Ausgeburten menschlichen Geistes finden wir denn auch den von uns oben im Eingange zurückgewiese-
nen mythischen Arthur, finden die Sage von Tristan mythisch gedeutet und genießen ein druidisches Gebräu mit einer Stimmung, jener nicht
unähnlich, in der Faust sich in der Hexenküche befand. — Da soll Arthur
der Sohn des Gottes Hu, des großen Ochsen [49]), sein, der als Führer

der Seelen den Namen Uter=Pendragon hatte, und der Göttin Ceridwen.
Jener war die männlich befruchtende, diese die weiblich empfangende Gott=
heit. Ihr Kind, oder ihre Einheit war Arthur, der das Leben der Seele
im Kreislauf ihrer verschiedenen Zustände vorstellte. — Tristan ist einer
der mächtigen Sauhirten der Insel Britannien. Er hatte den Sauhir=
ten des Königs Marc an die Königin Essylt wegen seines Liebesverhält=
nisses zu ihr geschickt, und hütete inzwischen selbst die Königlichen Schweine.
Er bewachte sie so wohl, daß der benachbarte Arthur nie dahin kommen
konnte, ihm auch nur ein einziges Stück zu rauben. Marc heißt im
Wälschen Roß, und dies ist zugleich der Name des Gatten Essylt's, die
mitunter indeß auch als seine Tochter vorkommt. Essylt hat aber den
Beinamen Vyngwen, d. h. Weißmähne, und so ist sie Stute zu jenem
König Marke, dem Rosse, der wieder ein Sohn Meirchiawns, d. h. Roß
der Gerechtigkeit, ist. Das Roß wird aber als gleichbedeutend mit Schiff,
in specie mit der Arche Noä, als der Bundeslade alles Heidenthums,
und die Stute auf die britische Ceres gedeutet, die dem von Ceridwen
wiedergeborenen und in ihrer mysteriösen Halle unterrichteten Taliesin in
solcher Gestalt erschien. Der Zaubertrank, womit Essylt dem Tristan zu=
gewendet wird, wird durch den mystischen Trank der Ceres und den heili=
gen Kessel der Ceridwen gedeutet, den Bronwen (Brangene) nach Irland
brachte; und so wird denn in der Tristansage der tiefsinnige Kern gefun=
den, daß sie das Verderbniß des patriarchalischen Ceres= (Roß=) Dienstes,
und die Verführung zum Sonnen= (Eber=, Bären=) Dienste des Belia=
gog, wie einer der vom Tristan besiegten Riesenbrüder heißt, des celtischen
Gottes Belin, enthalte. — Fast durchgängig athmet Wuth und Grimm
in den Triaden gegen die Angelsachsen und Normannen. — In einer
derselben war Georgi Garwhopd am Hofe des anglischen Königs Edelfled
mit Menschenfleisch bewirthet worden. Es schmeckte ihm so gut, daß er
bald nichts anderes genießen mochte. Edelfled legte den Wallisern einen
Tribut von jungen Mädchen auf, die ihm die Nacht für sein Bett, und
den Tag für seine Tafel dienten. Georgi ahmte ihm darin nach, da er
aber Christ war, nahm er Sonnabends das doppelte Opfer, um keins am
Sonntag zu tödten. —

Die Drei, welche sich zur Erforschung des heiligen Grals verpflichtet
haben, sind Peredur, Bort und Galath. Die ganze Gralsage ist in die

---

⁴⁰) s. Anm. 6 zum Mabinogi: Peredur.

Triaden hineingezogen, und diejenigen, welche darauf anspielen, sind jeden Falls neuern Ursprungs.

Schon die Sucht, die altwälschen Namen von Personen in ihrer Wortbedeutung aufzufassen, gegeneinander zu stellen, und daraus einen mystischen Zusammenhang zu bilden [50]), eröffnete das reichste Feld für die kühnsten und absonderlichsten Kombinationen; die auffallenden unpoetischen, jedes Schönheitsgefühl verletzenden Darstellungen und Ausdrücke stimmen mit der Priestersymbolik des Morgenlandes zusammen, Thiergestalten, Verwandlungen, Wiedergeburten reden in ägyptischen und indischen Hieroglyphen und Räthseln zu uns; wir finden in diesen Deutungen fast alles gesammelt, was die Klassiker uns von der celtischen Mythologie überliefert haben. Wir finden anderer Seits die unzweideutigsten, aber oft auch maaslos verplumpten Nachbildungen griechischer und römischer Mythen und Sagen. Dies alles sollte fortlebende Tradition im Volke gewesen sein, trotz des schon im vierten Jahrhundert dämmernden Christenthums, während, wie in den ältesten irischen Volksliedern, schon nichts mehr an die classische Heidenzeit erinnert, die Barden des sechsten Jahrhunderts nicht die leiseste Andeutung darauf machen, die aber nichts destoweniger in diesem mystischen Chaos eine Hauptrolle spielen? Wie vereint sich dieser heidnische Ceres- und Eberdienst mit den Mährchengestalten in den Mabinogion? Wie mit den Gesetzen des Howel Dda, wonach der Gesang bei Tafel mit einem Loblied auf den Christen-Gott begonnen werden mußte? Wie ist überhaupt diese Gliederung in Triaden möglich, wenn nicht der Stoff schon vollständig vorlag, der zu theilen war.

Wir können in diesen Producten nichts als ein Gelehrtenmachwerk, alles wahrhaft poetischen Inhalts, alles gesunden Geschmacks, aller Popularität entbehrend, finden. Wir möchten sie kaum für ein Werk der Barden halten, wenigstens nicht aus der Zeit, da überhaupt Volksgesang und Volkssage noch von ihnen gepflegt ward. Als Quellen für die Sagengeschichte entbehren sie aller Beglaubigung; uns erscheinen sie als ekle Nachgeburten untergegangener Volkspoesie; indeß wollen wir es dankbar erkennen, wenn eine gesunde und gründliche Kritik sie uns in einem bessern Lichte darzustellen vermögen wird. —

---

[50]) f. *Davies*, **Mythology and rites of the Britisch Druids. London 1809.**

Dritte Epoche.
Nordfranzösische Fortbildung der Arthursage.
Vom Jahre 1150 bis zum Untergang des Ritterthums.

Wir haben gesehen, wie gegen das Ende der vorigen Epoche die Traditionen von Arthur nicht bloß in Schriften, sondern auch im Munde des
Volks sowohl in Wales, als auch und zwar ganz besonders in der Bretagne fortlebten, und wie schon unter der Regierung Heinrichs I. von
England (1100 — 1135) die anglonormannischen Fürsten und Großen
ihre Aufmerksamkeit den bretonischen wunderfamen Erzählungen zuwand-
ten. Die Normannen hatten auch in ihrer neuen Heimath, der Normandie, die alte Luft an Abenteuern, die ihre Vorfahren an alle Küsten Englands, Spaniens, Frankreichs, Italiens und Siciliens, ja bis in das Herz
von Rußland und nach Konstantinopel trieb, und die alte Neigung zu
Heldenerzählungen nicht verloren. Mit der festeren Gründung der neuen
Lehre aber vergaßen sie bald ihren alten heidnischen Göttermythus, und
ihre nordgermanischen Stammsagen, und wandten sich mit Theilnahme
den fränkischen Sagen von Roland, Fromund u. s. w. zu. Dennoch
aber blieben sie ihnen ein Fremdes, Entlehntes; ihre neue Existenz datirte
von Rollo's Gründung der Normandie, als eines selbstständigen Reiches,
und im Roman de Rou überreichte Robert Wace 1160 dem normannischen König Heinrich II. die Großthaten seines Stammes, mehr in einem
Heldengedicht, als in einer Chronik verherrlicht. Er war es, dem als
Prinzen schon Gottfried von Monmouth in seiner bretagnischen Chronik
schmeichelte; er ist es, unter dessen langer Regierung (1154 — 1189) der
schon einige Decennien vorher vorbereitete Uebertritt der bretonischen Sagen nach Frankreich und das anglonormannische England, unter dem
Schutze, den er der Wissenschaft, der Poesie und dem Ritterthum gewährte,
sich vollendete. Er fand Interesse an diesen Geschichten [51]); bei seinem
Uebergange nach Irland sangen wälsche Barden auf der Pembroke-Burg
im Jahre 1179 vor ihm ihre Lieder [52]); er belohnte reich dichterische
Bestrebungen. Unter seinem Scepter vereinigten sich durch Geburt wie

---

[51]) *Giraldus*, citirt bei Leland, **Assertio Arturi**, p. 52: Rex Angliae,
Henricus II, sicut ab *historico cantore Britone* audiverat. — *Wilk. v.
Malmesb.*, bei *Gale*, III, p. 295: Rex (Henricus II) autem hoc *ex gestis
Britonum et corum cantoribus historicis* frequenter audiverat. —

[52]) *Warton*, histor. of Engl. poetry, ed Price. London, 1824, I, 120.
Im Jahre 1176 veranstaltete der König Rhees von Südwales einen großen
Wettgesang walisischer Barden zu Cardigan.

durch seine Vermählung mit der berühmten Eleonore von Frankreich die Kronen von England, Normandie, Anjou, Tourraine und Maine, Guienne, Poitou und Saintonge; diese Uebertragung der Herrschaft über einen gro= ßen Theil Frankreichs, und hauptsächlich der Länder der Sprache von **Oc** (Provence) auf den König von England mußte nothwendig auf das Ent= schiedenste nicht bloß auf Sitten, Geschmack und Meinungen des gesamm= ten Adels und der ganzen Ritterschaft aller so vereinigten Nationen ein= wirken, die Stämme vermischen, und ihre Dichter und Sänger am Hofe zusammenführen, sondern auch an die Literatur das rivalisirende Natio= nalinteresse der Könige von England und Frankreich knüpfen. Dies wa= ren die äußern Verhältnisse, die allein schon geeignet waren, der Poesie einen neuen Aufschwung zu geben.

Aber auch die Seele der Völker war in ihren innersten und heilig= sten Tiefen aufgeregt. Hatte schon der Heerzug gegen England den kampfmuthigen Adel vom Ebro bis zum Rhein und vom Kanal bis zum Mittelländischen Meere 1066 unter Wilhelm's Fahnen, und der Kreuz= zug gegen Toledo 1085 ihn unter das Panier des großen Cid versammelt, hatte damals und früher schon die provenzalische Poesie den Glanz und den Dufthauch spanisch=maurischen Geistes in sich aufgenommen, und in Verbindung mit dem in den Mohrenkriegen bethätigten Glaubenseifer dem Ritterthum seine tiefere Bedeutung und verklärende Weihe gegeben, so entflammte in den ersten Kreuzzügen der Himmelshauch religiöser Begei= sterung die Phantasie zu der höchsten, bisher nie empfundenen Gluth. Jetzt ist die Zeit, wo der kampfmuthige religiöse Rittersinn sich der alten Volkssagen von Karl dem Großen und seiner Paladine bemächtigte, wo das Heldengeschlecht des Aimeric und heiligen Wilhelm mit neuem üppi= gen Wuchs sich ausbreitete, wo der ritterliche Sänger, die christlichen Großthaten seiner Ahnen gegen die Heiden verherrlichend, die eigenen um so glänzender erhob [53]). Hiermit aber faßte er nur die eine Seite seines Wesens, die religiöse, auf; auch die zweite, die weltliche, bedurfte des be= geisterten Ergusses, und rang nach poetischer Gestaltung. — Blicken wir auf die Arthurromane, die seit 1150 in reichster Fülle von Nordfrankreich ausgingen, so finden wir darin meistens die Helden als abenteuernde Rit= ter; unüberwindliche Kraft im Kampf, unermüdliche Streitlust, unersätt= licher Drang zu den wundersamsten Abenteuern, das empfindlichste Ehr=

---

[53]) Leben und Dichten Wolframs v. Eschenbach, v. San=Marte. B. II. S. 372.

gefühl, die Liebe in reizendster Sinnlichkeit, Pracht ohne Gleichen, Courtoisie und Galanterie in ihrer feinsten Ausbildung, Frauendienst in seiner
eigensinnigsten Gestalt, neben unendlicher Aufopferung, das sind die
durchgängigen Karakterzüge dieser Romanhelden, das sind die eigenthümlichen Züge des Ritterthums in dieser seiner schönsten Blüthezeit. Wir
bezeichneten oben den wilden Muth und die rohe Kraft als die materiellen Basen des Helden- und Ritterthums; wir fanden, wie die wälschen Barden des zehnten und elften Jahrhunderts, um dieser urkräftigen
kampfmuthigen Richtung ihrer Zeit Genüge zu thun, und zugleich, um
ein neues interessantes Feld zur Erweiterung ihrer vaterländischen Sagen
zu gewinnen, Arthur und seine Helden in den Mabinogion mit jener
oben bezeichneten Mährchenwelt in Verbindung setzten. Hier fanden sie
Riesen und Drachen zu bekämpfen, mit unheimlichen Mächten zu ringen,
mit Wassernixen zu schwärmen, eine Welt wie geschaffen für diese rastlosen Kampfrecken. Das aber war es auch, was derartigen Erzählungen
die ungeheure Aufnahme bei den Franzosen und Normannen sicherte, und
sie zu unermüdlichen Zuhörern dieser Geschichten machte, wodurch andrer
Seits wieder die Bretagne angereizt wurde, diesen Zweig der Dichtung
um so reicher auszubreiten. Wilhelm benutzte diesen Hang nach Abenteuern, diesen ungebändigten Thatendurst zur Eroberung Englands, die
Kirche benutzte ihn zu den Kreuzzügen gegen die Mauren und in's Mor-
genland; er lebte fort, so lange das Ritterwesen bestand, dergestalt, daß
selbst Verbote an die Vasallen von den Königen erlassen werden mußten,
damit das Vaterland nicht seiner Vertheidiger beraubt werde [54]. Die
Ritterwürde war eine reine persönliche; nur die Tapferkeit, die Würdig-
keit der Person konnte durch ausgezeichnete Thaten sie sich verdienen.
Das Schwert, die Heldenkraft gab Ruhm, der um so größer war, wenn
der Held allein, ohne fremde Hülfe, das Schwierigste bestand. Jene Helden der Mabinogien sind einsam abenteuernde Ritter, und somit war der
Punkt getroffen, der den ritterlichen Zuhörer mit der gespanntesten Aufmerksamkeit fesselte; er setzte sich selbst an die Stelle des Helden, und
träumte die Wunder der Geschichten als Selbstdurchlebtes. Nordfrankreich, England, die Provenze ergriffen gleichmäßig diese bretonischen Erzählungen mit Begier, sie ergriffen sie als einen reichen bedeutungsvollen Stoff, dem sie aber nach ihrer Eigenthümlichkeit

---

[54] So von Philipp dem Schönen 1312, von Karl VI 1405, und von
Johann von Frankreich 1354.

einen neuen, ihm ursprünglich fremden Geist einhauchten,
den Geist des französischen Ritterthums. Und so ward Arthur,
der wälsche Kämpfer gegen die Sachsen, umgewandelt in den glänzenden
Repräsentanten aller Rittertugend, und sein Hof der Sitz des reichsten,
feinsten, höfischen Lebens; so wurden die Helden seiner Tafelrunde die herr-
lichsten Muster ritterlicher Galanterie und Courtoisie.

Man fragt billig, wenn der poetische ritterliche Geist Frankreichs
den Drang fühlte, sich episch zu fixiren, warum er nicht seinen National-
helden, Karl den Großen, zum Mittelpunkt machte, und sich vielmehr zu
dem fremden Arthur wandte? Denn eines solchen königlichen Centrums
bedurfte allerdings die ritterliche Epik, weil der ruhm- und thatendurstige
Ritter ebenso eines Königs und Herrn, der ihm die Krone des Ruhmes
und Lohnes reichte, als der wunderfamsten Abenteuer bedurfte, um jene
Krone zu verdienen; und die Könige und Fürsten waren die Träger des
Ritterthums, die es in der glänzendsten und vollendetsten Form repräsen-
tirten.

Allerdings war Karl schon früh im zehnten Jahrhundert im fränkischen Reiche ebenso Gegenstand von Volksgesängen, wie Arthur in Wales. Schon im zwölften Jahrhundert trieben die Sagen von ihm in
üppiger Entwickelung mannigfache Nebenzweige, und keineswegs unter-
ließen die Dichter, auch auf ihn und seine Paladine allen Glanz und alle
Tugend des Ritterthums zu häufen. An Karl knüpfte sich aber die uralte festgewurzelte und unzerstörbare Erinnerung, daß er der Schirmherr
der Christenheit, der feste Felsendamm gegen das überfluthende Heidenthum
gewesen. Darum konnte diejenige Kategorie von Epen, welche seine
Kämpfe gegen die Heiden zum Gegenstand hatten, ihm nicht eine andere
Stellung anweisen, als die Tradition ihm bereits gegeben hatte. Es
hätte die Sage sich selbst aufgeben und entleiben müssen. Eher wäre
dies der andern Kategorie derjenigen Epen möglich gewesen, welche seine
Kämpfe mit den Vasallen schildern; aber auch dieser Stoff ruhete auf
verjährtem traditionellen Grunde, und war seinem Inhalte nach unverein-
bar mit dem nun einmal herrschend gewordenen Drange, die Schilderung des Ritterthums zum Selbstzweck des Epos zu machen [55]) und ihm eben deßhalb eine eigene ideale Welt zu schaffen.

---

[55]) Ich kann daher Gervinus (Deutsche Nationall. I, S. 206) nicht
beistimmen, wenn er behauptet, nur die Neuheit des Stoffs, und das vor-
waltende Element der Courtoisie und Frauenliebe habe diesen Romanen aus-

Daher die Bereitwilligkeit der Dichter, einer fremden, nicht nationalen Sagenwelt sich hinzugeben, die eben, weil sie fremd war, am leichtesten die Umbildung gestattete, eine Umbildung, die aus demselben Grunde in Wales selbst nicht stattfinden konnte, aus welchem die Franzosen ihre Karlsage nicht umwerfen mochten. Noch weniger konnten die Frankonormannen die in England vorgefundene angelsächsische Poesie in sich aufnehmen. Die ältere angelsächsische Poesie wurzelt noch im skandinavischen und germanischen Heidenthum; das beweist das Gedicht von Beowulf, die Schlacht von Finnsburg, Caedmon, der traveller song, und was sonst an älteren fragmentarischen Dichtungen uns erhalten ist. Nicht eine geschlossene Nationalsage, sondern nur vereinzelte Stamm- und Geschlechtssagen brachten die verschiedenen Schaaren der nordischen Einwanderer aus ihren verschiedenen Gegenden Norwegens, Dänemarks und Frieslands zu den britischen Inseln. Die jüngere angelsächsische Poesie erneuerte theils ihre alten Gedichte und versetzte sie, jedoch nur unbedeutend, mit christlichen Ingredienzien, theils machte sie die Thaten ihrer Könige zum Gegenstand historischer Lieder: so die Schlacht von Brunanburg (937), die Heldenlieder auf König Athelstan, wovon Wilhelm von Malmesbury häufige Fragmente mittheilt, die Thaten des Beorthnoth, der im Kampf gegen die Dänen (990) den Heldentod starb. Anders aber gestaltete sich der Volksgeist nach der normannischen Eroberung, und der mit Wilhelm nach England hinüber kommende zahlreiche Adel konnte am wenigsten an der theils noch dem Heidenthum entsprungenen Poesie, theils an den auf Heroenthaten der jetzt Ueberwundenen sich beziehenden Liedern Geschmack finden.

In der vorigen Epoche unserer Sagenentwickelung waren die Barden als die Träger und Fortbildner der Sage urkundlich nachgewiesen. In Wales scheint sich nach allen Nachrichten das Bardeninstitut mehr in seiner ursprünglichen Reinheit und Abgeschlossenheit erhalten zu haben,

schließlich Werth und Ansehen gegeben. — Weil vielmehr in ihnen der Geist des Jahrhunderts in der Richtung sich manifestirte, die der Laie nächst der rein-religiösen für die edelste erachtete, darum griffen sie so tief in das Geistesleben aller der Völker, bei denen das Ritterthum blühete und in Ehren stand. Diese Bedeutung gestanden ihnen auch selbst die kalten Didaktiker, wie Thomassin, zu. Das Allerheiligste des Ritterthums und des Menschenlebens überhaupt zu enthüllen, war von den deutschen Dichtern des Mittelalters freilich nur Wolfram von Eschenbach, und es zu verhüllen, Gottfried von Straßburg vorbehalten.

als in Bretagne. Daß die wälschen Barden die Grenzen ihres Landes
überschritten und um Broderwerb nach England oder Frankreich gewan-
dert seien, um dort ihre Geschichten zu singen, ist schon deßhalb nicht
denkbar, weil sie in ihrem hartnäckigen mißverstandenen Patriotismus es
verschmäheten, die fremde Sprache zu erlernen, und in ihrem galischen
Idiom dort nicht hätten verstanden werden können. Das Bretagnische
und Wälsche war zwar im Alterthum nur eine und dieselbe Sprache; hier
in der Bretagne aber kam zu statten, daß von Anfang an auch in der
Sprache des übrigen Frankreichs ein bedeutend celtisches Element zurückblieb, und schon seit dem zehnten Jahrhundert eine weit nähere Wechsel-
wirkung mit Frankreich stattfand. Bei dem anscheinlich gänzlichen Un-
tergang der bretagnischen Literatur bis um 1150, läßt sich freilich nicht
beurtheilen, inwieweit sie den Nordfranzosen und Provenzalen ohne weitere Vermittelung zugänglich war; Gelehrte übersetzten sie, wie wir gesehen haben, in's Lateinische. — Aber gedenken wir, welche Schwärme
von Minstrells, Troubadours, Trouverres, Jongleurs, **cantores historici** oder wie diese Sängerklassen von Schottlands Grenze bis zu den
Pyrenäen sonst genannt wurden, von Schloß zu Schloß und von Hof
zu Hof zogen, und für Ehren= oder Geldlohn sangen, und wie nach un-
zähligen historischen und poetischen urkundlichen Zeugnissen diese Sänger
im Süden und Norden Frankreichs schon längst existirten, ehe die Arthursage dahin erklang, so haben wir in ihnen auch die Vermittler zu
erkennen, welche aus der Bretagne gewiß, vielleicht auch aus Wales, die
dortigen volksthümlichen Erzählungen rastlos herbeiholten und weiter trugen. Und diese Sänger trieben ihr Gewerbe mit dem glücklichsten Erfolge. Ihre Gesänge hallten wieder von Montpellier bis Edinburg.
Fauriel (Revue de deux mondes, B. VII, p. 680. B. VIII, p. 181.)
hat an 25 Troubadours gefunden, die auf den Tristan anspielen, von
denen an 10 in die zweite Hälfte des zwölften Jahrhunderts fallen. Ja
die Jongleurs (joculatores) scheinen die Erzählungen selbst dramatisch
dargestellt zu haben [56]. Da ihr Publikum, von dem sie ihre reichsten

---

[56] *Petrus Blesensis* († 1200) tract. de confess. sacramentali (Opera,
Paris, 1667), p. 442: Saepe in *tragoediis* et aliis *carminibus poetarum*, in
joculatorum cantilenis describitur aliquis vir prudens, decorus, fortis,
amabilis, et per omnia gratiosus. Recitantur etiam pressime vel inju-
riae eidem crudeliter irrogatae, sicut de *Arturo* et *Gangano*, et *Tristanno*,
fabulosa quaedam referunt *histriones*, quorum auditu concituuntur ad
compassionem audientium corda et usque ad lacrymas compunguntur.

Ernten hielten, wesentlich adlig, ritterlich war, so folgt von selbst, daß in
dem Munde dieser gewandten Herumstreifer die harte, oft rohe Form der
wälschen Erzählung ein feineres höfisches Gewand anziehen mußte, um
mit Ehren, dem Geschmacke der Zuhörer gemäß, sich darzustellen, und gefällig aufgenommen zu werden. — Es scheint, daß diese mündliche Verbreitung der Arthurgeschichten geraume Zeit gedauert hat, ehe eine andere
Klasse nicht minder erwerblustiger Personen [57], die halbgelehrten Clerks,
sich daran machte, diese durch ihre Neuheit allerdings anlockenden Geschichten niederzuschreiben. Sie fehlten selten an den Höfen der Fürsten und
pflegten die Stelle der Hofgelehrten im vornehmen Haushalt einzunehmen. Bald sehen wir sie mit den fahrenden Sängern im heftigsten Streit
begriffen, den ein gewisser Brodneid in nicht geringem Maße scheint ge-
schürt zu haben. Indem sie das flüchtige Wort durch Schrift festhielten,
die mehrfachen Geschichten desselben Gegenstandes zusammenstellten, ordne-
ten, ergänzten, und sich die Miene gaben, als ob nur sie in ihren Kompi-
lationen die rechte Geschichte gäben, mußten nothwendig die fahrenden
Sänger Aergerniß daran nehmen, daß ihnen so ihr Gewerbe gestört
ward; anderer Seits, um sich größeres Ansehen zu geben, unterlassen selten die auf uns gekommen schriftlichen Gedichte, auf die Jongleurs und
fahrenden Sänger als die lügenhaftesten Fabelhänse zu schelten, die nach
Willkür und Laune die Geschichten entstellen. Es ist ein wohl zu beachtender Umstand, daß in den vielfachen Bearbeitungen desselben Stoff's,
z. B. von Iwain, Tristan, Lanzelot, Erec, Parcival, die sich theils ganz
erhalten haben, oder auf die in andern Gedichten angespielt wird, sich
neben den in allen gleichmäßig vorkommenden Abenteuern die mannigfach-

---

[57]) Anstatt vieler nur ein, u. z. ein ziemlich altes Beispiel an Wace, im
Roman de Rou, am Schluß des ersten Theils. In Gaudy's Uebersetzung
(Glogau, 1835), S. 131:

„Ermatten kann man wohl, wenn unser Weg so weit,
Wenn rascher auch der Weg bei schönem Lied entsteh'n.
Es trinke, wer da singt, sonst werd' ihm and'rer Lohn;
Man nütze seine Kunst, so daß sie Frücht' uns bringt.
Gern nähm' ich ein Geschenk, weil Noth zum Nehmen zwingt."

Heinrich II. verlieh ihm eine Pfründe am Dom zu Bayeur, aber sein Nachfolger zeigt sich karger, denn am Schluß des letzten Theils (Gaudy, S. 353) beklagt er sich, daß ihm die Versprechen nicht wären gehalten worden, „sonst
würd' es besser um mich stehn". — Eod. S. 221 u. 15 berichtet er von sich,
daß er, aus Frankreich nach Caen zurückgekehrt, sich dort häuslich niedergelassen,
und Romandichtung getrieben (de romanz fere m'entremis) und gar
Vieles geschrieben habe, zu des Königs Ehre.

ften Abweichungen finden, so daß es unmöglich ist, die verschiedenen Re=
censionen derselben Fabel auf eine gemeinschaftliche Quelle zurückzuführen.
Ganz natürlich erklärt sich diese Erscheinung, wenn wir diese Quelle nur
in dem lebendigen Worte suchen, das im Munde des fahrenden Sängers
sich modulirend gestaltete, und wie der stoffgierige schreibsüchtige Klerk es
erwischte und durch Schrift festhielt, hier so, dort anders, so ward es als
Roman in französischen Versen wiedergegeben.

Der Uebertritt der Sage auf ein ausländisches Gebiet, war der erste
Schritt, sie ihrer eigenthümlichen angeborenen Natur zu entfremden; ihre
Firirung durch Schrift im Auslande vollendete das Werk, und indem sie
aus dem Munde der **cantores historici** und aus der offenen Halle des
Hofes in die sichtende, zer= und versetzende Retorte des gelehrten, nach sei=
ner Weise kritisirenden und recensirenden Klerks geleitet ward, der nicht
bloß Ueberliefertes einfach wiedergeben, sondern auch mit eigenem Geiste in
seinem Werke glänzen, durch schmeichelhafte Bezüge seinem Gönner ge=
fallen, durch gelehrte mystische Deutungen das Wunderbare noch wunder=
barer machen, durch Verlängerung der Geschichte ein um so größeres
Stück Geld verdienen wollte, ward sie vollends allgemach in das Gebiet
der freien Dichtung hinübergehoben. Aber der poetische Geist erhob
sich nicht auf einmal und plötzlich so hoch über seinen Gegenstand, daß er
ihn mit genialer Intuition zur Hülle einer tieferen Idee umgestaltete; es
gelang ihm nicht sogleich, seinem Stoff mit klarem Bewußtsein eine be=
stimmte Tendenz absichtsvoll unterzulegen; dieser letzte Schritt ward erst
gethan, nachdem der harte Kern der alten fremden einfachen Tradition
durch mancherlei hinzugesetzten äußeren Schmuck, durch kleine Nebenum=
stände, zeitliche Interessen und sonstige fremdartige Beimischungen gewisser=
maßen mürbe gemacht war, und das dichtende wie hörende Publikum sich
allmählig gewöhnt hatte, diese wälschen Traditionen als einen vogelfreien
Stoff zu betrachten, den der Dichter nach Willkür umgestalten dürfe,
ohne für einen Lügner und Fabler gehalten zu werden. Wenn der jo=
culator oder **cantor historicus** seine Ehre darin setzte, seine Geschichte
nur so zu erzählen, wie sie seinem Publiko am angenehmsten war,
und die Thatsachen darin ihm das Wesentlichste waren, so war den
letzten Bearbeitern unfrer Sage die Hauptsache, den Thatsachen die mög=
lichst tiefste complicirteste Bedeutung zu geben. Wir bemerkten oben,
es sei mit Beginn dieser Periode der Drang vorherrschend gewesen, die
Darstellung des Ritterthums zum Selbstzweck des Epos zu machen; allein
auch dieser bildete sich nur nach und nach heraus; bei den wälschen Bar=

den, den bretagnischen Erzählern und übrigen Sängern nahm anscheinlich der Stoff ihnen selbst unbewußt die ritterliche Einkleidung und Färbung an; das Ritterwesen hatte dergestalt das ganze Leben durchdrungen, daß sie ihrer Atmosphäre hätten entsagen müssen, wenn sie ihren Stoff davon hätten frei erhalten wollen. Darum erscheint in den ältesten versificirten Romanen, die uns erhalten sind, auch das Ritterthum noch in ungemeiner Aeußerlichkeit; die ritterliche That überwiegt noch den ritterlichen Geist; daher vermissen wir fast durchgängig feste Karakterzeichnung, bestimmte geistige Motive, und einen sicheren Plan mit klarer Durchführung, so sehr sich auch im Detail und in einzelnen Scenen häufig der höhere ritterliche Geist ausspricht. Wir haben dieselbe Erscheinung in Deutschland an Eilhart und Zatzikofen im Gegensatz von Wolfram von Eschenbach und Gottfried von Straßburg. — Je mehr dieser chevaleresse Geist im zwölften Jahrhundert aber sich über die Masse erhob, sich dem Volke entfremdete, und die große heilige Lohe sich zu einem glitzernden Kerzenspiel raffinirte, desto mehr suchten die Dichter nun absichtlich das Ritterthum in überschwenglicher Herrlichkeit darzustellen, und zu diesem Zweck griffen sie nach allen Seiten hin mit Verstand, öfter mit Unverstand, nach dem entlegensten Mysterienkram, schleppten alte und neue historische Namen und Begebenheiten herbei, plünderten einander auf das Rücksichtsloseste, um, wo der Geist ausging, die Masse durch die Masse zu bezwingen. — Es ist nicht unsere Absicht, eine vollständige Literatur des zwölften bis funfzehnten Jahrhunderts aus unserm Fabelkreise hier zu geben; es wird genügen, diesen Gang der Poesie kurz an den allgemein bekannten Dichtungen nachzuweisen.

Es wurden oben schon die Mabinogion als ein Abirren von der Nationalsage bezeichnet; dieser Riß, den die alte Einheit der Sage erhielt, konnte im Zeitverlauf nur immer größer werden; die festen Figuren Arthur und Merlin gingen ihren eigenen Weg, und dehnten sich zwar weiter aus, blieben aber doch die eigentlichen Helden, die Träger der Handlung. Hierhin gehören die Geschichten über Arthur aus Nennius und Gottfried's Chronik, die in allmähliger Erweiterung endlich im Roman von Merlin, im **Brut d'Angleterre**, im **Morte Arthur** ihren Ausgangspunkt fanden. In Beziehung auf Arthur ist hier beiläufig nur der Stiftung der Tafelrunde zu gedenken. Fast bei allen Völkern war das Recht, an der Tafel des Herrn des Hauses, des Stammvorstehers, des Schlosses, oder Landes Platz nehmen zu dürfen, ein besonders ausgezeichnetes. Posidonius und Athenäus reden davon bei den alten

Galliern, wir finden es in Skandinavien, und in den Gesetzen des Howel Dda nehmen die Bestimmungen über die Anordnung und den Brauch
an der Fürstentafel keinen geringen Raum ein. Hier saßen die ersten
Würdenträger und Helden, hier sangen die Barden die Großthaten der
Väter und feierten die Lebenden. Sie ist der historische Ursprung der
Tafelrunde, kann aber selbstredend nicht eher als der Mittelpunkt der ritterlichen Feste und der Sitz der Arthur'schen Ordenskapitel betrachtet worden sein, als bis historisch der Ritterstand im politischen Leben sich fest
herausgebildet hatte. Zwar soll schon Eduard der Bekenner (1042—
1066) im großen Saale zu Windsor nach dem Vorbild der Tafel des
Arthur eine solche für die ausgezeichnetsten Ritter haben errichten lassen,
wie Walsingham (Histor. Anglic.) behauptet, Camden (Britannia) jedoch bezweifelt; schwerlich aber hat er damit den Begriff verbunden, den die Romane von ihr haben; denn merkwürdig ist, daß Gottfried
von Monmouth einer besonderen Stiftung der Tafelrunde nicht gedenkt,
wozu doch aller Anlaß in seiner Chronik war; dagegen erzählt sie, wie
versichert wird, aber durch die betreffende Stelle noch nicht nachgewiesen
ist, und wahrscheinlich auf Verwechslung mit dem jüngern Brut beruht,
zuerst der 1150 von Robert Wace aus dem Lateinischen Gottfried's, der
wieder aus bretagnischen Quellen schöpfte, in's Französische übersetzte
Brut d'Angleterre; noch aber fehlt ihr die Beziehung auf die Abend-
mahlstafel und die Verbindung mit dem heiligen Gral; noch ist sie ein
rein weltlich ritterliches Institut. — Zum anderen Zweige gehörten die
aus dem Mabinogion sich gestaltenden Romane, die, wie wir am Parcival und Tristan sehen, ebenso in der Provenze wie in Nordfrankreich ihre
Bearbeiter fanden, und zu denen wir, um nur die berühmtesten zu nennen, zählen:

den Stoff des Tristan, welchen Eilhart von Hoberg, und Gottfried
    von Straßburg nach französischen Quellen nach- und umdichteten;
den Chevallier au lion des Chretien de Troyes;
den Lanzelot de Lac, den Hugo von Morville dem Ulrich von Zatziko-
    fen zur Bearbeitung mittheilte;
den Erec, den Chretien de Troyes, und in Deutschland Hartmann
    dichtete;
den Parcival, den ersterer gleichfalls, und ebenso der Provenzale Kiot
    bearbeitete;
den li fort Gawanides, dem Wirnt's von Grafenberg Wigalois nach-
    gedichtet ist, 2c. 2c.

Alle diese und gewiß noch eine große Menge anderer Romane, die noch in französischen Bibliotheken begraben liegen, entstanden erweislich erst in der zweiten Hälfte und gegen das Ende des zwölften Jahrhunderts; sie behandeln sämmtlich die Abenteuer einzelner Helden, die in mehr oder minder äußerlicher Beziehung zu Arthur stehen, und bewegen sich durchaus unabhängig von Arthur und von einander; der wälsch=angelsächsische Nationalkampf tritt nirgends mehr hervor. —

Einen ganz neuen Aufschwung aber gewann diese gesammte Romandichtung in dem letzten Drittel des zwölften Jahrhunderts durch die Verbindung der selbst im alten wälschen Mabinogi **Peredur ab Efrawc** schon bedeutungsvollen Geschichte Parcival's mit der unabhängig von ihr unter templerischem Einfluß in Südfrankreich ausgebildeten Sage vom heiligen Gral. Wir haben im **z w e i t e n B a n d e d e s L e b e n s u n d D i c h t e n s W o l f r a m s v o n E s c h e n b a c h** die historische Entwickelung der Gralsage und ihren Bildungsgang aus der Provenze durch Nordfrankreich nach Deutschland so ausführlich, als die zugänglichen Quellen es gestatteten, dargestellt, und können uns nur darauf beziehen, da wir uns weder selbst abschreiben mögen, noch irgend Wesentliches hinzuzufügen hätten; einige Ergänzungen sind in den Bemerkungen zum Mabinogi Peredur nachgetragen. Der deutsche Parcival enthält die Gralsage in ihrer Reinheit, allein eine so tiefe Auffassung des heiligen Gefäßes in Beziehung auf den Helden, wie der deutsche Dichter darin fand oder hineinlegte, war den Nord=Franzosen entweder nicht begreiflich, oder nicht genügend; die in den Kreuzzügen gefundenen Reliquien werden daher hervorgesucht, um der Geschichte einen glänzenderen Heiligenschein zu geben; nun wird die blutende Lanze zum Speer des Longinus, der h. Gral zur Abendmahlsschüssel, die Tafelrunde zur Tafel des Heilands, der kranke König zum Fischer der Seelen, an die Stelle der Templeisen tritt ein neuer Pfleger mit seinem Geschlecht, Joseph von Arimathia, angeblich dem ersten Apostel Englands, von dem aber bis zum zwölften Jahrhundert kein alter Kirchenhistoriker etwas berichtet; diese Mission hatte vielmehr Philippus, aber **Wilhelm von Malmesbury (de antiqu. Glaston. eccles. bei Thomes Gale, I, p. 290)** nennt ihn schon carissimum amicum Philippi, den er mit 12 Schülern nach Britannien sandte, um das Evangelium zu verbreiten, und die die Kirche von Glastenbury auf der Insel Avallon gründeten, auf welcher Arthur's Grab war. So war es fast unvermeidlich, die Gralsage mit Arthur zu verbinden, wiewohl von ihr bis zu **1150** auch nirgends die allerleiseste Spur in nordfranzösischen

und englischen Werken vorkommt. Die wälschen Urkunden sind nicht
bekannt genug, um dasselbe von ihnen mit ebenso apodictischer Gewißheit
zu behaupten, wir bezweifeln es indeß entschieden. Der bretagnische König Alain erhält seinen Platz als Sohn Ebrons in dem neuen Grals-
trägergeschlecht; der Ritterroman verwandelt sich in eine heilige Geschichte,
deren Lecture zur Seligkeit verhilft, und wir sehen die eingebildeten Klerks,
die ihre Wichtigkeit nicht genug rühmen können, indem nur durch ihre
Schriften die Thaten der Nachwelt aufbewahrt werden, was Robert Wace
im **Roman de Rou** wenigstens 7mal versichert, sich immer mehr blähen,
und eine immer geheimnißvollere Miene annehmen; nicht bloß, daß z. B.
im Merlin und anderswo bis zum Ekel wiederholt wird, wie die Helden
oder Arthur sich beeilen, ihre Thaten durch Klerks aufzeichnen zu lassen,
— auch ihre Quellen werden immer wunderbarer; nun ist's nicht mehr
ein altes Buch, hier oder da gefunden, von Menschenhand geschrieben,
oder ein bretonischer Fabler, jetzt sind es Heilige, Engel, ja der Heiland
selbst, die sich bemühen, dem Dichter das große Werk zu dictiren, oder
ihm ein Büchlein, groß wie eine Hand, zu präsentiren, aus dem der vo-
luminöseste Roman sich zu unserm sonderbaren Schauer herausspinnt. —
Als das Wunder des Grals erschöpft schien, begann das Suchen nach
dem Heiligthum, das auf Erden keine bleibende Stätte mehr fand, und
nach dem Orient sollte gebracht worden sein. Dies war das Vehikel, um
jene einzelnen Ritter, die Nachkommen der Mabinogionhelden, wieder zu
sammeln, und ihre zerstreuten Fahrten auf ein gemeinsames Ziel zu richten, *la conqueste du St. Graal.* Besonders dazu erwählt waren Parcival, Boort und Galaad, aber auch unzählige Andere fahren danach
aus; Lanzelot, Gauvain und Tristan ringen danach, und die früher weit
auseinandergesperrten Zweige flechten sich nun in ein um so dichteres
Laubdach zusammen, als eine Dichtergeneration die vorhergehende und
selbst mitlebende auf das Erbarmungsloseste ausplündert und ausbeutet,
copirt, interpolirt, emendirt, konfundirt; fast reichte schon ein Menschenleben nicht mehr aus, einen Roman zu Ende zu dichten, und Fortsetzer
reihet sich an Fortsetzer. — Zu dieser Klasse der neu geschlachten Romane
gehören der Parcival in vortrefflicher Einfachheit angefangen von Chretien de Troyes, doch sehr in's Weite ausgedehnt von seinen Fortsetzern
Gautier de Doudain, oder Denet, Gerbert (von Montreuil?) und Manes-
sier (1190—1250), der **Roman de Merlin**, du **St. Graal**, der Lanzelot
vom See, angeblich von Walther Mapes, 1210, der Tristan des Luce de
Gast und Rusticien de Pisa, der Brutus des letzteren Dichters, der Lan-

zelot des Mapes in den Fortsetzungen von Robert und Helis de Boron, der Morte Arthur, — sämmtlich Romane, die dem dreizehnten und vier= zehnten Jahrhundert angehören, und sofern sie nicht von Anfang an in Prosa verfaßt waren, sich dahin auflösten, als die Erfindung der Buch= druckerkunst die allgemeinste Verbreitung der beliebten und bewunderten Geschichten beförderte. Also ergoß sich seit der Mitte des funfzehnten Jahrhunderts immer breiter und mächtiger der Strom unserer Arthur= und Gralromane nicht bloß über Frankreich und England, dessen ältere Dichter auch meist nur französisch schrieben, sondern über Deutschland, Italien, Spanien, Dänemark und Skandinavien, Portugal und Griechen= land. Sie wurden eine wahre Weltliteratur, und es schien, als ob sie im Vorgefühl ihres nahen Todes sich durch die neuerfundene Presse ihre Ewigkeit sichern wollten.

Neben den genannten Romanen entstand aber schon im dreizehnten und vierzehnten Jahrhundert eine andere Klasse von Romanen, welche dem Stoffe der obengenannten, so weit sie ihn brauchen mochten, zwar sich anschlossen, außerdem aber übergriffen in die Alexandersagen, in die christ= lichen Legenden und morgenländischen Mährchen, und mit weit größerer Klarheit diejenigen Tendenzen, schon zum Allegorischen sich hinneigend, durchführten, die in den eben genannten älteren Romanen nur noch dun= kel im mystischen Zwielicht den Dichtern vorgeschwebt hatten. Die Krone dieser Richtung gewann der colossale Perceforest, in welchem W. Schmidt [58]) das allmählige Durchdringen der Kultur, Civilisation und reinen Gottesverehrung durch physische und geistige Wildniß und Finsterniß, durch Barbarei und Aberglauben, als das geistige Band er= kennt, das die entlegensten Theile des riesenhaften Gebäudes verknüpft, und durch seine labyrinthischen Gänge sicher hindurch leitet. Um den rit= terlichen Sinn und alle daraus hervorgehenden Tugenden zu nähren und zu erhöhen, werden vom Könige Perceforest alle Institutionen des Ritter= thums gegründet und dergestalt genau geschildert, daß das Buch den Al= terthumsforschern dadurch zur reichhaltigen Quelle des Studiums gewor= den ist. Allein die Rohheit der Sitten, die Grausamkeit des Karakters, die Wildheit des Bodens und Oede des Landes konnten nicht allein durch jene politischen Mittel der Civilisation besiegt werden, es war dazu auch ein, beide Geschlechter und alle Stände leitender, belebender und beglücken=

---

[58]) Recension von Dunlop, **History of Fiction**, Wiener Jahrbücher B. 29. S. 116 folgende.

der Glaube nöthig an eine übersinnliche Welt, an einen ewigen Regierer und Richter, und an einen diesen versöhnenden Gottmenschen. So ist denn die allmählige Einführung einer geläuterten Gottesverehrung der zweite Brennpunkt des Romans. — Diese Ideen, durchgeführt in den phantastischen Geschichten, suchen endlich durch ihre Anknüpfung an Arthur und den heiligen Gral das Alterthum selbst zu regeneriren und im Licht der Romantik in neuer Verklärung erscheinen zu lassen.

In ähnlicher Tendenz ist der ältere *Meliadus de Leonnoys* abgefaßt, der in der Einleitung versichert, alles, was im **Brutus** und andern Büchern vom heiligen Gral ausgelassen sei, nachholen zu wollen, und die Liebesgeschichten des Lancelot und der Ginevra in denen des Meliadus mit der Königin von Schottland, wenn auch eben nicht verfeinernd, nachahmt; ferner der noch entschiedener sich zum Allegorischen neigende *Ysaie le Triste*, Sohn jenes älteren Tristan, in welchem die alten wälschen Feen schon als la fée vigoureuse, courageuse, sincère, rare, etc. erscheinen, und ihren Helden nach ihrem bezeichneten Karakter mit den entsprechenden Tugenden begaben; ferner der *Giglan*, Sohn des Gauvain, und immer weiter von dem Arthurstamm sich entfernend, und die Brücke zu den Amadisromanen bauend, *Gyron le courtoys*, Cleriadus, der sogenannte kleine Arthur, Nachkomme Lancelot's, u. s. w. u. s. w.

Aber wie ein breiter Strom neben seinem Hauptbette in vielfachen kleinen Nebenarmen seine Fluthen fortwälzt, so wurden auch schon im dreizehnten Jahrhundert einzelne interessante Episoden, und Scenen aus den größeren Romanen herausgerissen, und in kleineren Gedichten weiter getragen und fortgebildet, und sie bewegten sich wie Trabanten um den Hauptplaneten, bis sie dessen Spur verloren, und beim Volke, dem die Romanlektüre sich entzog, wieder herzlichen Anklang fanden, und so zu ihrer Heimath gewissermaßen zurückkehrten. Es sind dies die zahlreichen Lays und Fabliaux (Marie de France an der Spitze), von denen einige, z. B. von dem wunderbaren kurzen Mantel, von dem Maulthier ohne Zaum, vom Wunderhorn, u. a. m. sich gleichfalls durch alle Länder vermöge ihres pikanten Inhalts verbreiteten, und bis auf die neueste Zeit wiederholte Bearbeitungen erfuhren.

Verbreitung der Arthursage
in
England.

Die Kenntniß der Arthursagen im anglonormannischen und selbst schon im angelsächsischen England haben wir oben nachgewiesen, aus allen angeführten Belagstellen aber ging schon hervor, daß die Engländer sie nur als ein Fabelwerk betrachteten, und sie bei ihnen sich nicht nationalisirten. — Ihre weitere Bearbeitung im zwölften Jahrhundert trifft in Folge der politischen Verhältnisse mit der nordfranzösischen zusammen; die ersten Arthurromane in englischer Sprache sind theils nach Gottfrieds lateinischer Chronik, theils nach französischen Dichtungen gearbeitet. Als den ältesten englischen Roman pflegt man das Werk des Layamon, eines Priesters von Ernlye an der Saverne, geschrieben gegen das Ende des 12ten Jahrhunderts, anzunehmen, eine Ueberfetzung eines **Brut d'Angleterre**, wahrscheinlich jenes Brut des **Wace** in französischer Sprache, der öffentlich am englischen Hofe zur Unterhaltung vorgelesen ward. Das Werk blieb jedoch unbeendet, und dichtete den Schluß erst Robert von Glocester, der, weil er auf die Kanonisation des h. Ludwig anspielt, nicht wohl vor 1297 geschrieben haben kann. Ein anderer Bearbeiter des **Brut** ist Robert de Brunne, um 1303, dessen wahrer Name Robert Mannyng gewesen zu sein scheint, ein Gilbertinermönch im Kloster Bourne in Lincolnshire. Thomas von Erceldoune, genannt der Reimer, geboren 1219, gestorben 1299, schrieb, nach Englischen Angaben, zuerst den Tristan, womit indeß wohl nur gesagt sein soll, daß er ihn zuerst in englischer Sprache dichtete, da schon unser Gottfried von Straßburg (um 1215) eines Tristan des Thomas von Britannien als Quelle gedenkt, doch unbestimmt läßt, ob dieser englisch oder französisch geschrieben habe. Der englische Yvaine und Gawin ist treue Uebertragung von Chretiens Chevalier au lion, nach Ellis von einem Clerk von Tranent. Der englische Lybeaus disconus (der deutsche Wigalois) ist gleichfalls nach einem französischen Werke gedichtet. — Wie in Frankreich wiederholte sich auch in England die Auflösung der Gedichte in weitläufige Profaromane, und auch diese scheinen guten Theils in Ueberfetzungen der französischen Werke bestanden zu haben. Die besondere Aufmerksamkeit der Engländer fesselten jedoch die Prophezeihungen Merlin's, die selbst noch bis in das siebzehnte Jahrhundert die seltsamsten Kommentare erhielten, und schon im zwölften Jahrhundert dergestalt Geltung hatten, daß **Giraldus Cambrensis** um 1180 die Beschreibung der Erobe-

rung Irlands durch den König Heinrich II. unter steter Anspielung auf
jene Prophezeihungen, die nun Heinrich zur Erfüllung brachte, sogar
Historia vaticinalis betitelte; mehrere von diesem Wälschen mit großer
Naivität erzählten Züge zeigen aber auch zugleich, daß der König auf
diesen von den Kymri so gläubig verehrten Zauberer mit spöttischem Hohn
hinblickte. — Während bis jetzt keine Spur gefunden ist, daß die englischen Dichter unmittelbar aus den wälschen Quellen geschöpft und sie verarbeitet hätten, beweisen gegentheilig eine Anzahl der erweislich aus dem
dreizehnten und vierzehnten Jahrhundert herrührenden Gedichte und insbesondere die Triaden der Walliser, daß diese französisch=englische Literatur, und insbesondere die Gralsage in das sonst so abgeschlossene Wales
eingedrungen ist, und hier, wie überall, breiten Raum gewonnen hat,
wenngleich bei ihnen der nationale Geist sie mit mehr Eigenmacht gemo-
delt hat, als anderswo. — Wie Marie de France in Frankreich ergriffen
in England Chaucer und Spencer mit genialem Geschick vielfach
Episoden der Arthurromane, und bildeten sie um zu selbstständigen Ro-
manzen und Balladen. Daß es in Wales nicht an Reliquien Arthur's
und seiner Helden gefehlt hat, ward schon oben bemerkt. Außer den angeführten bezeugen viele Namen von Gegenden, Bergen u. s. w. die
Neigung, der Tradition ein heimathliches Leben zu erhalten, so der Berg
Cadair=Arthur in der Provinz Brecheinoc in Wales, zu deutsch: der
Dom Arthur's, wegen seiner zwei Thürmen einer Kirche gleich aufstre-
benden beiden Gipfel; die Stadt Caermardyn, d. h. die Stadt
Merddhins oder Merlins, das Maridunum des Ptolomäus, wo Merlin
gefunden ward; das Vorgebirge Dinas=Emrys, d. h. des Merlin-
Ambrosius, am Fluß Conwey, wo Merlin vor Vortiger prophezeihete;
das riesige Steingeheege, das afrikanische Giganten nach Irland, und
zum Theil Merlin von dort durch Zauberkunst nach Wales hinüber-
führte; der Lechlavar, d. h. der geschwätzige Stein, ein Marmor, der,
nach Merlin's Prophezeihung, dem den Tod bringt, welcher ihn betritt; die
längst in Trümmern liegende Stadt Tintajoel in Kornwallis, in deren
Nähe Tristans Minnehöhle, und der Felsen Tristansprung ist;
endlich außer vielen dem ähnlichen die Insel Iniswitrin, d. h. Glasinsel,
früher Avallon, die Apfelinsel, und angelsächsisch Glastney genannt, worauf das berühmte Kloster Glastenbury sich erhob, wo Arthur's Sarg und
Gebein gefunden ward. Während die französische Romandichtung die
Volkstradition von Arthur's Fortleben schon im Anfang des dreizehnten
Jahrhunderts dahin wandte, daß er gleichfalls ausgezogen, den Gral zu

suchen, und wie dieser im Orient verschwunden sei, scheint in Wales und darnach in England und Frankreich sich eine der Nationaltradition näher anschließende Version in Beziehung auf jene Glasinsel gebildet zu haben, daß er nämlich, nachdem er die größten Thaten vollbracht, von einer Glas= burg umschlossen, fortgelebt habe; welche Sage in unserm Wartburgkrieg und Lohengrin wiederklingt: daß Arthur mit Felicia, Sybillens Kind, und Junas sammt seinen Helden ohne alle Speise in einem hohlen Berge lebe. — Zuweilen aber zog er in England aus mit Geisterspuk, und sauste als wilder Jäger durch das Gebirge; und das Nordgestirn, der große Bär (arth-ur) heißt im Brittischen die Harfe Arthurs, — wie die Milchstraße wälsch Caer Gwydion, Burg des Gwydion, eines Wodan ähnlichen Gottes, jedoch nach Angabe der Triaden, genannt wird.

Süd=Europa.

Die Provenze erhielt die Arthursagen in der zweiten Hälfte des zwölften Jahrhunderts zugleich mit den Nordfranzosen, entweder, was un= entschieden bleibt, unmittelbar aus der Bretagne, oder durch nordfranzö= sische Vermittelung; häufige Anspielungen auf sie finden sich bei den Troubadours dieser Zeit; merkwürdig ist jedoch, daß bis jetzt keine Arthur= Romane in provenzalischer Sprache bekannt geworden sind. Wenn auch Wolfram's Parcival bezeugt, daß ein Provenzale Kiot sich des wälschen Peredur bemächtigt, und ein wesentlich südfranzösisches Element in die Sage unverkennbar hineingetragen hat, so schrieb er doch in nordfranzö= sischer Sprache; Fauriel versichert ebenso die Existenz provenzalischer Ro= mane von Gauwein, Arthur und Erek, von den Franzosen ist aber freilich in sehr langer Zeit wohl noch nicht zu erwarten, daß sie ihre alte Literatur mit Geschick aufräumen werden. Eine provenzalische Bearbeitung des Lanzelot vom See von Arnaud Daniel hat Dante (1265—1321) gekannt, und seine Anspielungen auf die Liebesgeschichten Lanzelot's, Tri= stan's, Isolden's, und Ginevra's, auf Arthur und Modred bezeugen [59]), daß schon zu seiner Zeit die Arthurromane in Italien allgemein ge= kannt, verbreitet und sehr beliebt gewesen sind, wie denn auch bei den nachfolgenden Dichtern sich häufige Anspielungen darauf finden. Nach Spanien und Portugal ging die Arthursage über, ja Francisque Mi= chel theilt sogar eine griechische Bearbeitung des Tristan mit [60]), bis

---

[59]) Dante, Hölle, V, 67, und 133—137; XXXII. 61—62; Fegefeuer, XXVI, 142; Paradies, VI, 15.

[60]) *Tristan:* Recueil de ce qui reste des poëmes relatifs à ses aven-

Ariost (1474—1533) in seinem rasenden Roland in Italien mit seiner
Ironie den Grund und Boden unterhöhlte, worauf die Arthurromane er-
wachsen waren, und in der pyrenäischen Halbinsel Cervantes (1547—
1616) mit schonungsloser Satyre die ganze schon längst innerlich abge-
storbene Ritterromantik mit allen ihren gespreizten Wucherschößlingen zu
Boden schlug.

Deutschland.

Deutschland erhielt die wälsch=bretonische Arthursage gegen das
Spätende des zwölften Jahrhunderts nur durch Vermittelung nordfranzö-
sischer Dichter, und dieselben Gründe, welche in Frankreich sie mit so großem Erfolg in der Ritter= und Adelswelt verbreiteten, bewirkten auch hier
ihre glänzende Aufnahme. Wie in Frankreich die Nationalsage von Karl
dem Großen, fanden sie hier die deutsche Heldensage vor, vermöge ihres
ritterlichen Elements aber, das sich an keine Nationalität eines Landes und
Volks band, sondern als ein Kind des Weltgeistes überall mit gleicher sie-
gender Gewalt auftrat, wo das Ritterthum nur irgend feste Gestalt gewonnen hatte, drängte sie die Heldensage von den Höfen der Fürsten und
des Adels zurück in das Volk, und überließ diese den fahrenden niedern
Sängern, während die Bearbeiter der Arthursage ihr Dichten als gelehrte Kunst geltend machten, und so die gesammte ältere Literatur des
Epos in zwei nach Form und Inhalt wesentlich verschiedene Theile spalte-
ten. — Während die ersten Bearbeiter, ein Ulrich von Zatzikofen, Eilhart
von Hobergen, nur treue Nacherzähler des französischen Vorbildes waren,
und unbeholfen und unbequem ihre Sprache in den kurzen französischen
Reimpaaren einherging, bildete die letztere sich doch schnell zu einer bewun-
dernswürdigen Gewandtheit, zur kraftvollsten Energie und glänzendsten
Eleganz heraus, und das Kunstprinzip, welches Hartmann von Aue
nur noch in Dämmerung sah, erreichte in dem Genie Wolfram's von
Eschenbach und Gottfried's von Straßburg seine reinste Vollendung. Der
ritterliche romantische Stoff, wie das französische Gedicht ihn bot, war
auch für den deutschen Dichter zunächst das Begeisternde und Anziehende,
und ihm schloß er in der Regel sich sehr streng an; aber er konnte, vermöge der seiner Nation angeborenen Neigung zur Reflexion, dabei nicht

tures, composé en français, en anglonormand et en grec dans le 12 et
13 siècle. Publié sous les auspices de M. Guizot, par M. Fr. Michel,
Londres et Paris, Techener, 1836. 2 vol. Leider ist das Buch nur in 200
Exemplaren abgedruckt.

stehen bleiben, sondern suchte und sann nach Motiven der oft seltsamlichen ritterlichen Thaten, begleitete die Erzählung mit seinen Bemerkungen und Raisonnements, stellte sich selbst der Fabel gegenüber, suchte den Helden konsequente Karaktere zu geben, und verlieh so dem französischen Gedicht eine durchaus deutsche Färbung zugleich mit dieser seiner mehr objectiven, künstlerischen Behandlung. Wolfram von Eschenbach ist der erste, der sich mit völliger Freiheit und dem klarsten Bewußtsein des fremden Stoffes poetisch bemächtigte; ihm folgte unmittelbar Gottfried von Straßburg; und beide wirkten mit gleicher Kraft des Genies, jeder von seinem Standpunkt aus, zu der bisher unerhörten, seitdem aber stets festgehaltenen Ansicht hin, daß der Stoff nur ein Todtes, die dadurch ausgesprochene Idee aber das Wahrhaft Lebendige, und des Dichters allein Würdige sei. Fassen wir kurz den Gegensatz in der Art und Weise zusammen, wie Frankreich die bretonischen, und Deutschland die französischen Erzählungen unserer Arthursage zuerst aufnahm, so ist es der: die Franzosen erzählten die bretonischen Sagen mit ritterlicher Begeisterung wieder; die bretonische Sage machte die französischen Erzähler zu Dichtern. Die Deutschen gaben der französischen Erzählung eine deutsche Seele; sie machten die bretonische Sage zur Dichtung.

Wie in Deutschland die Ritterdichtung sich im wirklichen Leben, und das Leben in der Dichtung sich wiederspiegelte, habe ich in der Einleitung zu meiner Uebersetzung des Parcival darzustellen versucht; in dem vierten Buch des zweiten Bandes vom Leben und Dichten Wolfram's von Eschenbach habe ich an dem Parcival und Wolfram's Anhängern und Gegnern gezeigt, wie dieses Gedicht in den verschiedenen Zeiten verschieden betrachtet und gewürdigt worden; es gilt im Wesentlichen dasselbe von den andern Arthurromanen; deren Literatur ist aus vielfachen neuern Schriften bekannt, und enthalten wir uns daher billig hier einer weitern Erörterung, die wenig Neues zu bringen vermöchte. —

Skandinavien.

So lange die verheerenden Raub- und Eroberungszüge der Angeln, Sachsen, Dänen und Normannen von Hengist und Horsa an bis zu Canut, die brittischen Inseln heimsuchten, war eine Verpflanzung bretonischer Traditionen nach Skandinavien nicht wohl denkbar; denn anfangs war diese Zeit ja erst selbst die Wiege jener Sagen von Wales; aus dem in diesen Kämpfen vergossenen Blute entsproß erst die hehre Arthurblume, deren Wohlgeruch die Welt erfüllen sollte; und nachher spaltete fort-

dauernd dergestalt feindseliger Krieg die Nationen, daß, wie wir schon oben
berührten, selbst in England die Sagen von Wales nicht neben den nord=
ländischen Fuß fassen konnten; hier stritten vielmehr ebenso, wie Angel=
sachsen und ihre dänischen Nachfolger, auch die germanischen mit den
skandinavischen Sagen um den Vorrang; und die Vermischung der ger=
manischen (**vulgo** sächsischen) und skandinavischen Volks= und Stammsa=
gen, der alten dem ganzen Norden gemeinsamen Mythologie mit dem
weit früher nach England eingedrungenen Christenthume, und der Kampf
zwischen der milder gewordenen Nationalität der in England angesiedelten
Sachsen mit jener wilden der nachströmenden nordischen Piratenschaaren
bilden die eigenthümlichen Elemente der angelsächsischen Poesie.   Denn
wenn Asser [61]) von Alfred sagt: **Saxonica poemata die noctuque so-**
lers auditor relatis aliorum saepissime audiens, docibilis memo-
riter retinebat; und an einem andern Orte: **saxonicos libros recitare**
et maxime carmina saxonica memoriter discere non desinebat, so
ist unter **poemata saxonica** nichts anders, als die germanische Heldensage
zu verstehen, die schon früh auch im skandinavischen Norden verbreitet
war und ihre Kenntniß in England bestätigt der **traveller-song**. Es
bestätigen das Festhalten der Angelsachsen an ihre Traditionen die alten
Geschlechtsregister der Heptarchie, welche fast sämmtlich bis auf Wodan,
als ersten Stammvater, zurückgehen; der Schauplatz des Gedichts Beo=
wulf ist Dänemark mit seinen Inseln in der Ostsee, Schweden, die Süd=
küste der Ostsee, Friesland und Frankenland. Nirgend erscheint Wales
in der angelsächsischen und noch weniger in der skandinavischen Sage und
Poesie, noch weniger hat jemals der Normann von seinen Heerfahrten zu
den englischen Küsten wälsches Geisteseigenthum nach seiner Heimath zu=
rückgebracht.   Ein gewisser Patriotismus hat zwar öfters Engländer be=
haupten lassen, daß ihre Nation schon früh, fast zugleich mit Verbreitung
des Christenthums in Skandinavien, wobei allerdings englische Geistliche
rühmlich thätig gewesen, die Arthursagen nach jenem Norden verpflanzt
hätten, aber seltsamer Weise stützen sie sich auf Gründe, aus denen wir
mit größerm Recht einen skandinavischen Einfluß auf die wälsche Sage
folgern müssen.   Daß Gottfried's Chronik von sehr bedeutenden angel=
sächsischen Elementen nicht frei ist, haben wir schon S. 17 bemerkt; ein
nicht minder wichtiges Moment ist bei diesem Streit das Eindringen der

---

[61]) Anglica, Hibernica, Normannica etc. ex bibl. Camdeni. Francof.
1602. P. 5 u. 13.

Alliteration in den Reim, wovon im nächsten Abschnitt ein Mehreres. Nach Gottfried von Monmouth erobert Arthur Island und Gothland, und die Orkaden; er setzt den Lot, einen Sachsen, den Vater des Walwan (Gwalchman), auf den norwegischen Thron, weßhalb im deutschen Parcival nach Kiot auch stets Lot von Norwegen genannt wird; aber die skandinavischen Dichtungen wissen nichts von diesem mächtigen Reich Arthur's. Die im ersten Buch des Parcival ziemlich verloren stehenden Namen Isenhart, Fridebrand von Schotten, Schiltung, Hernant, Herlinde, die Helden von **Gruonlant** sind dem wälschen Peredur fremd, während sie allerdings einem angelsächsisch=germanischen Sagenkreise anzugehören scheinen, der den fahrenden französischen Sängern des zwölften Jahrhunderts nicht fremd geblieben und in wundersamer Weise mit Arthurgeschichten von **ihnen**, aber nicht von wälschen Barden mag vermischt worden sein, während der Nordseesagenkreis [62]) bis zum dreizehnten Jahrhundert sich fern davon hielt. Wir haben gefunden, daß der Arthursage schon zu Nennius Zeiten eine bedeutend christliche Färbung gegeben war; um so schwieriger mußte ihr Zutritt zu heidnischen Völkern von zumal durchaus verschiedener Nationalität und Gesittung sein. Das Christenthum begann erst um das Jahr 1000 sein Licht in Skandinavien zu verbreiten und ward noch lange nachher (vergl. **Kristni - Saga**) als eine leicht mit dem Heidenthum vertauschbare Lehre angesehen; und das Christenthum erst eröffnete den Blick auf jene Reiche wieder, deren Kunde fast verschollen war [63]). Der Keim, den Ansgarius und Rimbert ausgesäet, gedieh nur sehr sparsam; erst in der ersten Hälfte des zwölften Jahrhunderts faßte er festere Wurzel. Um dieselbe Zeit erst beginnt die Literatur dieser Völker, vorzüglich durch die Isländer, die man mit Recht ein Volk von Sagenschreibern nennen kann.

Skandinavische Ansiedler, größtentheils Männer von Ansehen und Reichthum, unzufrieden mit ihrem heimischen Loose, oder weichend dem Druck der Mächtigeren, hatten vom Jahre 874 bis 934 auf jener entfernten Insel einen eigenen Freistaat gestiftet. Vierhundert Jahre behauptete dieser seine Unabhängigkeit unter fortwährend lebhafter Gemein-

---

[62]) Gudrun, Nordseesage, v. San=Marte. Berlin, Posen u. Bromberg, 1839. S. 244. 275.

[63]) Adam von Bremen, 1070, de situ Danorum, c. 60, ed. Lindenbrog: Transeuntibus insulas Danorum alter mundus aperitur in Sveoniam vel Nordmanniam quae sunt duo latissima Aquilonibus regna et nostro orbi fere incognita.

schaft mit dem Mutterlande, besonders Norwegen. Selbst in Skandina=
vien wähnte man vorzüglich die Isländer im Besitz der alten Gesänge des
Nordens und der zuverlässigsten Kenntniß seiner Vorzeit. Die ältesten
skandinavischen Chroniken bezeugen dies einstimmig. Auf Island wurde
am längsten jene Dichtkunst geübt, deren Ursprung man Odin und den
Göttern zuschrieb; jedoch ihrem Wesen nach heidnisch, erschien sie immer
mehr verkünstelt, nachdem der Glaube, dem sie ihr Leben verdankte, erlo=
schen war. Geraume Zeit nach Einführung des Christenthums behielt
noch der Skalde an den Höfen der nordischen Könige seinen Platz. Es
war dieser Platz zugleich der des Geschichtskundigen, und man findet ihn
fast immer von Isländern eingenommen. Die Skaldengesänge, ursprüng=
lich nur dem Gedächtniß überliefert, wurden darin um so sorgfältiger auf=
bewahrt. War ein Gesang vorgetragen, so lernte ihn ein Anderer aus=
wendig, und man hat Beispiele von Verweigerung des gewöhnlichen
Sängerlohns, wenn der Skalde zu diesem Zweck sich nicht lange genug
am Hofe verweilte [64]). Erzählungen reiheten sich an diese Gesänge und
waren bei Volksversammlungen wie am Hofe ein öffentliches und hoch=
geschätztes Vergnügen. So erhielten und verbreiteten sich die ältesten
isländischen Sagen von den vornehmsten Geschlechtern der Insel selbst, so
wie von den Königen der nordischen Reiche, besonders Norwegens. Sie
stützten sich auf die Aussagen der Skalden, und sind durch ihren Karak=
ter leicht von den jüngern und durchaus erdichteten Sagen zu unterschei=
den. Etwas über 240 Jahre waren seit Islands Bebauung verflossen,
als man anfing die Sagen aufzuschreiben. So ging eine höchst reiche,
man kann wohl sagen, durch Kunst gepflegte mündliche Ueberlieferung
von Erinnerungen der Vorzeit früh in eine eigene Literatur über, die
schon dadurch merkwürdig erscheint, daß sie sich nicht der lateinischen, son=
dern der allen 3 nordischen Reichen damals gemeinsamen Muttersprache
bediente. Der bedeutendste Name dieser Literatur ist Snorro Sturleson.
Geboren 1178, war er auf Island Lagmann, in Norwegen Jarl, und
war Theilnehmer und Opfer des letzten Kampfes isländischer Freiheit.
Er schrieb die Königssagen Norwegens, oder, wie er selbst sagt (denn er
war vielmehr Sammler und Ordner, als Verfasser), ließ Sagen des Al=
terthums von den Königen, die über die nordischen Länder regiert hatten,
in seinem Buche aufzeichnen, wie sie die Gesänge der Skalden, die Ge=
schlechtsregister der Könige und Häuptlinge, und endlich die Erzählungen

---

[64]) P. Müller, Sagabibliothek. **Snegle Halls Thattr**

wohlunterrichteter Männer an die Hand gaben. Auch die sogenannte
jüngere oder prosaische Edda trägt seinen Nahmen, wiewohl diese Sammlung von Göttersagen und von Erklärungen der Versarten und Bilder
der heidnischen Dichtersprache (ähnlich wie in Wales das Buch vom Bardismus nach Inhalt und Zweck) allmählig durch Zuthun Mehrerer entstanden ist. Sie war für den Unterricht junger Skalden bestimmt, und
man sieht aus ihr, daß die alte Dichtkunst von den Isländern zuletzt als
gelehrte Kunst geübt ward. So hinkte, wie immer in der Geschichte
der Poesie, die Theorie der Praxis nach, und dieser selbe Gang bei dem
mit den wälschen Barden so ungemein analogen Institut der Skalden darf
bei Beurtheilung der altwälschen Literatur mit Recht der Kritik als Weg-
weiser empfohlen werden. — Die alten mythischen Gesänge, auf die sich
die jüngere Edda bezieht, finden sich fast sämmtlich in der älteren poetischen, oder der Sämunds-Edda, genannt nach dem Priester Sämund
dem Weisen, der 1133 starb und als Sammler derselben betrachtet wird.
In ihr sind zugleich die Heroensagen enthalten, die auf Erinnerungen an
die große Völkerwanderung gegründet, hier im Norden sich in ursprüng-
licher heidnischer Gestalt erhalten haben; während in Deutschland sie eine
christliche Umwandlung erlitten, und daher für die germanische Sagengeschichte von der größten Bedeutung sind.

Dies ist die skandinavische Nationalliteratur, neben welcher die Arthursage sich einzubürgern hatte. Blicken wir auf den durchaus vaterländischen, noch mit dem Heidenthum eng verflochtenen Inhalt der ersteren,
auf das Amt der Skalden als Hofhistoriker, als Pfleger der Ehre des
Stammes und der Vaterlandsliebe, ähnlich wie die Barden in Wales, auf
die in der Mitte des zwölften Jahrhunderts auch politisch sehr isolirte,
nur mit Norddeutschland näher verbundene Lage Skandinaviens, auf die
fortwährenden Kämpfe im Innern, aus denen langsam und blutig sich
ein festes Königthum und die Stände emporrangen, so ist es begreiflich,
daß die Zeit noch nicht gekommen war, wo es möglich, eine fremde Sage
auf diesen uralten starren nordischen Felsenboden zu verpflanzen. Mit
Wales und Bretagne fand vollends auch nicht die geringste Verbindung
mehr statt; und erinnern wir uns, in welcher Gestalt um 1150 die bretonischen Sagen von Frankreich aus nach Norden und Süden sich zu
verbreiten anfingen, so folgt daraus zur Genüge, daß sie in dieser ritterlichen Gestalt auch nur nach Skandinavien kommen konnten, und
nicht in ihrer reinen ursprünglichen Gestalt. Um hier aber aufgenommen zu werden, mußte auch schon das Ritterthum selbst im Norden Fuß

gefaßt haben [65]). Dies geschah in Dänemark und Norwegen erst in
der zweiten Hälfte des zwölften Jahrhunderts. Im Jahre 1113 unter
König Niels gab es noch nicht einmal eine geübte Reiterei im Kriege;
um 1150 unter Swen ward das erste Kriegslehn zum Roßdienst ausge=
than; um 1180 fingen erst die Stände, Adel, Klerus und Bauern an,
mit Bewußtsein sich zu sondern, und eine bestimmte Stellung im Staate
einzunehmen. Schweden blieb hinter Dänemark fast um ein Jahrhun=
dert zurück. Erst um 1280 unter Magnus entstand der adlige Roß=
dienst; unter ihm ward die Ritterwürde eine persönliche Auszeichnung
für den Adel, dessen ganze Eintheilung seit dieser Zeit an die Chevallerie
anderer Völker als Muster erinnert. Arnold von Lübeck (um 1209) sagt
von den Dänen: »Schon ja haben die Dänen durch das häufige Zusam=
menleben mit den Deutschen sich deutsche Gebräuche angeeignet, und rich=
ten sich in Kleidung und Bewaffnung nach den andern Nationen. — — —
Der Däne trägt in Folge der Uebung ritterlicher Künste den Preis im
Kampfe zu Roß wie zur See davon. Aber auch die edeln Wissenschaften
stehen bei ihnen nicht zurück, sintemal der Landesadel seine Söhne nicht
bloß zur Förderung des geistlichen Wesens, sondern auch zur Erlernung
weltlicher Wissenschaften gern nach Paris sendet, wo sie die Literatur
und Sprache der Franzosen lernen, und in den freien Künsten wie in der
Theologie fortschreiten.« (L. III, c. 5.) Dasselbe fand um 1300 in
Schweden statt, und es existirt noch ein Brief des Erzbischofs Johannes
in Upsala v. J. 1291, der Vorschriften für die zu Paris studirenden
Schweden enthält, die daselbst ein eignes, dazu durch Vermächtniß be=
stimmtes Haus bewohnten, und zu ihrem Unterhalt einen Theil des
Zehnten aus dem Stift Upsala erhielten. Auch die Norweger und Islän=
der wanderten zahlreich nach dem Kontinent zu ihrer Ausbildung. Ein
Todtenregister des Klosters St. Blasien zu Reichenau am Bodensee, wel=
ches im neunten Jahrhundert angelegt, und bis zum zwölften Jahrhun=
dert fortgeführt ist, zählt auf den letzten Blättern eine Menge Skandi=
navier, besonders Isländer auf, die theils als Geistliche, theils als Laien
eingetragen sind. Und Adenes, Wappenkönig am Hofe Heinrichs III. von
Brabant oder Philipps III. von Frankreich, geb. 1240, mag Recht haben,
wenn er im Roman de Berthe versichert, daß zu seiner Zeit die fran=
zösische Sprache auch Hofsprache in andern Ländern, namentlich Deutsch=

---

[65]) Vergl. Dahlmann, Geschichte Dänemarks, und Geijer, Geschichte
Schwedens.

land gewesen sei. Deutsche Dichter dieser Zeit bekunden es wenigstens
durch ihre läppische Sprachmengerei. Mehrere große Ereignisse traten
hinzu, die Poesie Frankreichs nach dem Norden zu verpflanzen. Der
König Philipp August von Frankreich war Wittwer geworden, und be-
gehrte eine Schwester Knuts von Dänemark zur Gemahlin gegen Abtre-
tung des Anspruchs dieses Landes auf England. Im Jahre 1193 erhielt
er die schöne Ingeburg, von den Franzosen häufig Botilde genannt, zur
Gemahlin; zwar trennte er sich von ihr aus Abscheu am Tage nach der
Hochzeit, wurde aber nach dem bekannten schmählichen Prozeß 1213 genöthigt, sie wieder aufzunehmen. Häufige Gesandtschaften gingen nach
Paris hin und her, und es konnte nicht fehlen, daß französische Schriften von den Gelehrten, die bei denselben attachirt waren, kennen gelernt
wurden. — Ferner warb Alphons von Kastilien durch eine spanische Gesandtschaft bei Hakon dem Jüngern im Jahre 1256 um dessen Tochter
Christina (geb. 1234). Sie ward reich und prächtig ausgestattet; in
Begleitung des Bischofs Peter von Hamar, des Prediger Simon, und
anderer Geistlichen nebst vielen Großen und Edlen ging die Fahrt über
England nach der Normandie, dann zu Lande durch Frankreich nach Spanien; überall fanden sie eine ehrenvolle Aufnahme. Zwar schlug Alphons
Christinen aus, aber sie wählte darauf seinen Bruder Philipp, 1257, obwohl er zum Erzbischof von Sevilla bestimmt war [66]. Sturle Tord's
Sohn, Fortsetzer der Heimskringla-Sage bis 1265, hat S. 234 diese
Geschichte und Fahrt in einem eigenen Gedichte beschrieben. Endlich ist
es besonders Euphemia (1299—1312), Tochter des Rügischen Fürsten
Vizlaw III., und Gemahlin des Königs Hakon Magnussen von Norwegen, welche zur Verbreitung nicht bloß der Arthurromane, sondern auch
der Romane aus dem Sagenkreise Karls des Großen wesentlich beigetragen hat. Sie trat in dieser Rücksicht in die Fußtapfen des Großvaters
ihres Gemahls, des oben genannten Hakon des Alten (starb 1262) und
verdient mit vollem Recht den ehrenvollen Titel **Patrona literarum**,
den der **Professor Historiarum**, Fant in Upsala, ihr in seinen **Observat.
historiam Succanam illustrant. P. I.** beigelegt hat. Sie veranstaltete
gereimte Uebersetzungen der Romane von Flor und Blanscheflor und
Iwain 1303, welche noch in schwedischen und dänischen Reimpaaren,
zum Theil als gedrucktes Volksbuch vorhanden, und vielleicht durch deutsche Bearbeitung vermittelt sind, wie der ebenfalls für diese Königin 1308

---

[66] **Torfaei Histor. rer. Norwag. p. 271.**

in's Nordische übertragene Herzog Friedrich von der Normandie, den zuvor Kaiser Otto (ohne Zweifel Otto IV.) aus dem Französischen verdeut-
schen ließ, und der nach v. d. Hagen's Ansicht mit unserm Alberich und
Otnit verwandt scheint. Der Tristan wurde 1226 durch einen Mönch
Robert auf Befehl des norwegischen Königs Hakon [67]) in's Altnordische
übersetzt, der auch den Iwain und die Sage vom kurzen Mantel übertragen ließ, und die mit der Wilkina-Saga verwandte Blomsturwalla-
Saga veranlaßte. Auch an isländischen Versionen fehlt es nicht. Mit
der Geschichte vom wunderbaren Mantel (Möttulssaga) hängt die Samson Fragrassage zusammen, welche die frühere Entstehung jenes Mantels
erzählt, der an Arthurs Hofe der Frauen Keuschheit und Treue so arg
prüfte. Auch die **prophetia Merlini** ist gleichfalls dem Norden nicht
entgangen [68]), und die in der Kopenhagener Bibliothek befindliche defecte
Handschrift nennt den Mönch Gunlaug (aus der Zeit Hakon Hakonsons)
als Uebersetzer. Sie ist, was merkwürdig, in Versen, und verschieden von
dem gleichfalls nicht unbekannt gebliebenen jüngern Roman von Merlin.
In einem Bande der Kopenhagener Bibliothek stehen die Ivent-, Möt-
tuls- und Tristandsage zusammen mit Parcival und Erek, welche letztere
anscheinlich Uebersetzungen der deutschen Gedichte sind. Halfdan, p. **102**,
führt noch ein Gedicht **Gabionis et Vigoles historia** an, das gleichfalls
Uebersetzung des deutschen Gedichts Wigalois, oder des diesem zum
Grunde liegenden französischen zu sein scheint [69]).

Diese bretonischen Romane finden wir zugleich mit Uebertragungen
französischer und deutscher Gedichte aus dem Karolingischen, so wie aus
dem Kreise der deutschen Heldensage zahlreich in allen drei nordischen Dia-
lekten verbreitet; aber sie blieben, wie in Deutschland, wesentlich Lectüre
des Hofes und der Vornehmen, wie schon die oben angeführten Zeugnisse
ergeben, daß es die Sorge der Könige war, diese fremden südlichen
Gewächse nach dem Norden überzusiedeln. Eine tiefer greifende Aufnahme,
als die Arthurromane, scheint jedoch im Norden die deutsche Heldensage
gefunden zu haben, und die Wilkina- und Niflunga-Saga aus dem dreizehnten oder vierzehnten Jahrhundert enthalten die deutsche Diethrichsage

---

[67]) Hakon V., der Alte, regierte von 1217—1263, und mit ihm bis 1257
sein Sohn Hakon VI.

[68]) Wormii epistol. p. 1065. — Halfdani Einari Histor. liter. island.
p. 104. 108.

[69]) Die weiteren Nachweise s. Altdeutsches Museum, **II**, S. 324—354.
— V. d. Hagen, Minnesinger, B. **IV**, S. 266, 272, 605, 718.

in einer Ausführlichkeit und in einem Zusammenhange, wie sie Deutschland selbst nicht mehr besitzt, obwohl sie sich als Quellen theils auf deutsche Gedichte, theils auf Erzählungen von Männern zu Soest, Münster
und Bremen berufen. Freier, mehr mit nordischer Eigenthümlichkeit und
im skandinavischen Geiste sind alte deutsche Stoffe in der Blomsturwalla-,
Floamanna-, und Magnus-Jarl-Saga behandelt, und wir begreifen,
wie hier, im Fortleben alter Stammverwandtschaft, solche Stoffe weit
mehr in Mark und Blut des Volks übergehen und sich leichter nationa-
lisiren konnten, als jene fremdartigeren bretonischen und französischen
Dichtungen, die von Hause aus auch schon mit dem kälteren prosaischen
Sinne scheinen aufgenommen zu sein, wie die deutschen Didaktiker, ein
Thomassin, Frigedank und Hugo von Trimberg, sie in Deutschland bald
nach Wolfram's und Gottfried's Hinscheiden, betrachteten, nämlich als
schöne Exempel für die Jugend, die daran Tugend, Adel und Rittersinn
lernen mag.

Form der Arthurromane.

Bisher haben wir die Arthursage in ihrer materiellen Entwickelung
von Anbeginn bis zu ihrer letzten Ausbreitung verfolgt; es bleibt noch
übrig, die poetische Form zu betrachten, in welche sie sich zuerst und später bei den verschiedenen Völkern gekleidet hat. Zweierlei ist es, welches
hierbei unsere Aufmerksamkeit vorzugsweise in Anspruch nimmt, der Reim,
und die Form der kurzen jambischen Reimpaare, in welchen fast ausschließlich in Frankreich, Deutschland und Skandinavien die Gedichte von
Arthur und den Helden der Tafelrunde gedichtet sind. —

Ueber die Entstehung des Reims herrschen die abweichendsten
und widersprechendsten Ansichten; nach einer ziemlich allgemein verbreiteten Meinung soll derselbe ungefähr im achten Jahrhundert aus dem
Orient nach Europa gekommen sein, ungeachtet wir unzweifelhaft weit
ältere Reimgedichte haben, die nichts weniger als Orientalischen Ursprungs
sind. Als insbesondere die Provenzalen mit den Arabern in Berührung
kamen, hatte die lateinische Poesie in Europa längst den Reim bei sich
aufgenommen.

Ob in der That der Orient sich zuerst des Reims in der Poesie bedient habe, und in welche Zeit sein Ursprung dort zu setzen sei, müssen
wir den Orientalisten zu ergründen überlassen; daß er so lange, als die
lateinische Sprache noch ihre klassische Metrik festhielt, also wenigstens bis
in das zweite Jahrhundert unserer Zeitrechnung, nicht bei den Römern

aufgenommen worden ist, dürfte thatsächlich feststehen; hätte er schon da=
mals bestanden, so konnte er den Römern bei ihren vielfachen und nahen
Beziehungen zu Asien und Afrika nicht unbekannt bleiben; findet er hin
und wieder sich bei den Klassikern, so gilt er theils als Fehler, der zu mei=
den ist, theils als Kuriosität, niemals als Regel und in allgemeiner An=
wendung auch nur in dem kürzesten Gedicht.

Mehr Grund hat die Ansicht, daß der Reim sich aus der lin=
gua romana entwickelt habe. Verstehen wir unter Rhythmus der
Sprache den regelmäßigen Wechsel oder die zeitlich abgemessene Wiederkehr
schwerer und leichter Silben, so kann naturgemäß dieser nicht durch ein
außer der Sprache befindliches, sondern nur durch ein in ihr liegendes
Mittel, nämlich durch eine der phonetischen Eigenschaften, entweder durch
den Accent oder durch die Silbenquantität gebildet werden. In den cel=
tischen und germanischen Sprachen hatte die Silbenquantität keinen bedeu=
tenden Einfluß auf den Accent, wohl aber übt dieser einen solchen auf
jenen aus, und so ist der germanische Rhythmus auf den Accent gegrün=
det. In den klassischen Sprachen wird dagegen die Accentuation der Sil=
ben wesentlich durch die Quantität bedingt, und bildet bei ihnen diese den
Rhythmus. Je weniger man aber in der spätern Zeit, schon im dritten
Jahrhundert n. Ch., die Gesetze über die Quantität der Silben, welche
in der klassischen Zeit nicht bloß von den Dichtern, sondern auch vom
Volke genau beachtet wurden, befolgte, um so nothwendiger wurde es,
nach einem neuen Gesetze den Rhythmus zu bestimmen. Man fing da=
her an, diesen auf den Wortaccent zu gründen, der sich immer unabhän=
giger von der Quantität machte. Hierdurch aber trat die lateinische
Sprache in ein nahes Verwandtschaftsverhältniß mit den celtischen und
germanischen Sprachen und man bezeichnete die die klassische Quantität
aufgebenden und dem Wortaccent folgenden Gedichte als **carmina rhythmica**; wenigstens ist der Gegensatz zwischen dem **rhythmice** und **metrice** versificiren in dem von J. Grimm angeführten Beispiele ganz
evident [70]. Allein schon früher scheint man unter **carmina rhythmica**

---

[70] Lateinische Gedichte des zehnten und eilften Jahrhunderts v. J. Grimm
und Andr. Schmeller. Göttingen, 1838. S. XXX.: „Daß der deutsche
Vers bloß rhythmisch, nicht metrisch gebildet werde, erkannten bereits die Sanct
Gallener Mönche. Ihre casus erzählen (Pertz, II. 91.), wie ungefähr im Jahre
917, am Tage der unschuldigen Kinder nach altem Gebrauch Bischof Salomon
von den Schülern scherzhaft zum Meister gewählt wurde, und die Knaben sich
nun mit lateinischen Sprüchen bei ihm loskauften: **parvuli latine pro nosse,**

gereimte Gedichte verstanden zu haben; Aldhelmus († 709) sagt in seinem Werke de virginitate (ed. Wharton, p. 297): ut non inconvenienter *carmine rhythmico* dici queat, was er durch ein Beispiel erläutert:

> Christus passus patibulo
> Atque laeti latibulo
> Virginem virgo virgini
> Commendabat tutamini.

Gewiß ist, daß der Reim bald ein wesentliches Erforderniß der nicht nach der klassischen Metrik verfaßten Gedichte ward, und er scheint als ein Ersatz für die durch den umgestalteten Rhythmus verloren gehende Schönheit der antiken Versbildung angewendet worden zu sein.

Man pflegt Ambrosius für den ältesten lateinischen Reimdichter zu halten, im Jahre 333 zu Trier oder zu Arles geboren. Sein Vater war **Praefectus praetorio** in Gallien (zu Trier), allein der Sohn ging erst nach Rom, nachdem er sich in der Heimath ausgebildet hatte. Ob er aber den Reim aus eigenem Geiste erfunden, oder ihn in Rom, oder, was uns wahrscheinlicher, schon in der Heimath kennen gelernt hatte, lassen wir um so mehr dahingestellt, als die Echtheit der ihm beigelegten Gedichte nicht unbedingt anerkannt wird. Wichtiger und entscheidender ist das Gedicht des h. Augustin († 430) gegen die Donatisten [71]), in dessen Vorrede er sagt, daß er einen Psalm deßhalb in gereimte lateinische Verse gesetzt habe, um ihn dem Volke besser einzuprägen: **Volens etiam causam Donatistarum ad ipsius humillimi vulgi et omnino imperitorum atque idiotarum notitiam pervenire et eorum quantum fieri posset, per hos inhaerere memoriae, psalmum qui eis cantaretur per Latinas literas feci, sed usque ad V literam; tales enim abcdarios appellant, tres vero ultimas omisi, etc.** Der Psalm beginnt also:

> Abundantia peccatorum solet fratres conturbare;
> Propter hoc dominus noster voluit nos praemonere,
> Comparans regnum coelorum, reticulo misso in mare
> Congreganti multos pisces, omne genus hinc et inde.

---

medii *rithmice*, caeteri vero *metrice* — illum affantur. Die Jüngsten brachten nichts als lateinische Prosa vor, die Mittlern betonte Verse (nach deutscher Art), die Erwachsenen metrisch gemessene. Ein Paar dieser letzteren werden zur Probe angeführt, Hexameter mit leoninischem Reim. Man sähe gern auch einige der rhythmischen, wahrscheinlich ebenfalls gereimten Verse mitgetheilt." —

[71]) Augustin's Werke, **VII**, p. 3. Lyon, 1586.

Quos cum traxissent, ad littus tunc coeperunt separare,
Bonos in vasa miserunt, reliquos malos in mare.
Quisquis recolit Evangelium, recognoscat cum timore
Videt reticulum ecclesiam, videt hoc secutum mare,
Genus autem mixtum piscis justus est cum peccatore;
Seculi finis est littus, tunc est tempus separare,
Quando retia ruperunt, multum dilexerunt mare,
Vasa sunt sedes sanctorum, quo non possent pervenire etc.

So folgen zwanzig wie diese gereimte zwölfzeilige Stanzen, jede mit
dem folgenden Buchstaben des Alphabets bis zum B anfangend. Augustin ward 354 zu Tagasta in Numidien geboren; etwa in seinem 30sten
Jahre kam er nach Italien, und ward 384 Lehrer der Rhetorik zu Mai-
land. Gegen 390 kehrte er nach Afrika zurück. Mögen die ältesten
Spuren des Koran auch in kurzen gereimten Zeilen mit freiem Metro
bestehen, mögen auch bei den jährlichen Zusammenkünften beim Heiligthum zu Mecca, und bei den Märkten und Spielen zu Okhad schon die
arabischen Dichter poetische Wettstreite in gereimten Gedichten gehalten
haben, so wissen wir doch bestimmt, daß die arabische Sprache im vierten
und fünften Jahrhundert noch nicht nach Afrika, am wenigsten bis Numidien vorgedrungen war. Hier war die lateinische Sprache die vorherrschende, und um dem Volk den Psalm leichter einzuprägen, bediente Augustin sich des Reims; das lateinisch sprechende Volk, schon entfremdet der
klassischen Metrik, hatte ein desto offeneres Ohr für den Reim, mußte diese
Redeweise als eine seiner Sprache angemessene empfinden; jene Aeußerung Augustin's giebt die Gewißheit, daß der lateinischen Volkssprache
schon der Reim nicht mehr unbekannt war; er dichtete jenen Psalm erst
nach seiner Rückkehr von Italien; dürfte also hier die Vermuthung noch
Platz greifen können, er und die italische Bevölkerung habe dennoch den
Reim von den damals so weit entlegenen, so wenig gekannten Arabern
empfangen? — Ein anderer lateinischer Reimdichter des fünften Jahrhunderts ist Venantius Fortunatus, Italiener von Geburt, lebte
aber später zu Tours und war Bischof von Poitiers in Gallien. —
Prudentius aus dem Ende des vierten und Anfang des fünften Jahrhunderts, war ein Spanier, nach Einigen aus Saragossa gebürtig, anfangs Jurist, dann Militär, ein gewandter und gerühmter Dichter, auch
Reimdichter; sein Landsmann und Kunstgenoß Eugenius starb 657.
War arabischer Reim auch damals schon bis in das Herz von Spanien
gedrungen? In dem sechsten und siebenten Jahrhundert finden wir als
berühmte Dichter und als Reimdichter: Kolumbanus, ein Irländer

von Geburt, dann in Brittannien, in Burgund und Frankreich lebend
(† 615); ferner den D r e p a n i u s   F l o r u s, um 650, einen Franzosen;
den A l d h e l m u s, Bischof der Westsachsen, Bruder des Jnas, deren Königs, ein Engländer, der 709 starb. — Deutschland liefert so alte Zeugnisse der Reimpoesie nicht; indeß ist bemerkenswerth, daß, mit Ausnahme
des Augustin, alle diese ältesten Reimdichter einen Theil ihrer Jugend
oder ihres späteren Lebens in Gallien und England zugebracht haben, und
wir möchten es nicht für einen bloßen Zufall halten, daß gerade sie sich
zuerst des Reimes in der lateinischen Poesie bedienten. Es ist sehr zu
beklagen, daß Sh. T u r n e r (vindicat.) nicht hat den Beweis für die
Echtheit und das Alter der Gedichte Aneurin's, Taliesin's, Merddhin's
u. s. w. auf dem philologischen Wege führen können, und daß es noch
keinem Philologen Englands gefallen hat, die Sprache von Wales einer
historisch-grammatischen Kritik zu unterwerfen. Erstünde dort ein
Jacob G r i m m, so würden die dichtesten Nebel jener Literatur zerstieben.
Daß aber schon um 1180 die wälsche Sprache der frühern Jahrhunderte
selbst den gelehrten eingeborenen Wallisern sehr schwer verständlich gewesen, bezeugt uns Girald in der S. 25 citirten Stelle; er selbst, ein Wälscher, hat mit andern sprachkundigen Männern sich zusammenthun müssen, um die vaticinia Merlini zu übersetzen, die ihm dennoch nicht durchweg scheinen verständlich geworden zu sein (in quantum idiomatum
diversitas permisit). Auch andere neuere englische Gelehrte gestehen
unumwunden das sehr schwere Verständniß der ältesten Bardengedichte
ein, und finden mit Recht in der Sprache ein Kriterium des höheren Alters. Mögen wir nun auch allenfalls zugeben, daß jene ersten Barden
nicht selbst die ihnen zugeschriebenen Gedichte zu Pergament gebracht haben, obwohl dem nichts entgegen steht, da T u r n e r l. c. nachweist, und
es sonst unbestritten ist, daß die Schreibkunst schon seit der Römerzeit
so wie seit der Einführung des Christenthums in Jrland und Wales bekannt und geübt war, so würde doch aus dem Geist dieser Dichtungen,
und ihrem Inhalt immer folgen, daß sie nicht lange nach dem Tode ihrer
Verfasser aufgezeichnet worden sind. In ihnen erscheint aber der Reim
schon in einer solchen Fülle, in so gewandter Anwendung, in solcher Kunst
und Mannigfaltigkeit, und als ein Essentiale der Poesie, denn alles, was
von wälschen Gedichten bis zum 12ten Jahrhundert erhalten ist, ist gereimt, daß er nicht als ein Fremdes, Entlehntes, erst der wälschen Sprache Accommodirtes, sondern als ein dieser Sprache durchaus Eigenthüm-
liches und ihr Eingebornes anerkannt werden muß; daß er nicht erst von

den Barden des sechsten oder siebenten Jahrhunderts erfunden sein kann,
sondern schon von ihnen als eine alte vaterländische Ueberlieferung vorge=
funden sein muß. War der Reim aber im vierten und fünften Jahr=
hundert — wir wollen nicht einmal weiter zurückgehen — in Wales, so
war er auch in Bretagne; er war eine Eigenthümlichkeit des celtischen
Sprachstammes, der sich mit wenig verändertem Idiom bis zu den Py=
renäen und bis Biskaja hin erstreckte, wo auch jene obengenannten spani=
schen Reimdichter den Reim mochten kennen gelernt haben. Halten wir
das Ungeschick der ältesten lateinischen Reimdichter gegen die Fülle und
die Mannigfaltigkeit des Reims in jenen Bardenliedern, so liegt schon
hierin ein Kennzeichen, daß sie ein ungewohntes Kunststück der lateinischen
Sprache zumutheten; jener Psalm des Augustin tönt uns allerdings in
seinen weiblichen Reimen mit dem neuern italienischen und spanischen
Vollklang entgegen; desto ungefüger und unbedeutender tritt aber der
männliche Reim hervor, besonders in den kürzeren Versen; denn ihn bil=
det meistens die lateinische Kasusendung, die, werthlos wie sie ist, dadurch,
daß der Reim auf ihr ruht, seine Bedeutung und den Kunstgenius des
Reimgedichts geradezu vernichtet, und ihm entschieden feindselig ist. Nur
erst im Lauf einiger Jahrhunderte gelang es, den Reim dergestalt der
lateinischen Sprache anzueignen, daß er ihr natürlich erscheint. — In
den ältesten wälschen Gedichten, welche Turner mittheilt, folgen 2, 9,
12, ja 18 Reime hinter einander, neben dem Endreim finden sich davon
unabhängige Mittelreime, z. B.

> Caeawc cynhaiawc men y dehai.
> Diphun ymlaen bun med a dalhai.

Häufig sogar deren drei; die Reime folgen oder verschlingen sich, ja sie
verbinden sich nicht selten mit der Alliteration, worauf wir sogleich zurück=
kommen werden. — Es bleibt ferner ein wohl zu beachtender Umstand,
daß der Reim in der lateinischen Sprache nur erst bei christlichen Dich=
tern, insbesondere Geistlichen erscheint und zwar nicht eher, als das Chri=
stenthum sich bei den celtischen Stämmen in Gallien und
den brittischen Inseln festsetzte. Noch jetzt streiten die Gelehrten
darüber, und es gehört die Streitfrage zu den verrufenen Kapiteln der
Sprachforschung, in die weiter einzudringen wir weder Beruf noch Nei=
gung haben, ob die römischen oder celtischen neben den germanischen Ele=
menten die Grundbestandtheile der jüngern französischen Sprache sind;
so viel aber wissen wir, daß der Reim der lateinischen Sprache nicht eigen=
thümlich war, daß er sich erst einfand, als sie im Munde des Volks ver=

wilderte, und daß es der Beruf der ersten Prediger des Christenthums nothwendig mit sich führte, um auf das Volk zu wirken, sich der Volkssprache zu bedienen; und hatte das Volk, wie wir in Bretagne und Wales entschieden annehmen müssen, ein Ohr und ein Gedächtniß für den Reim, so war es das geeignetste Mittel, das auch Augustin schon anerkannte, religiosen Liedern zur Verbreitung christlicher Lehren den Reim zu geben, selbst abgesehen davon, daß er für den Kirchengesang ein vorzüglich willkommener Schmuck war. Wir erinnern endlich an das starre Festhalten des Kimrystammes an seine nationellen Sitten und Gebräuche; das Bardeninstitut ist dasselbe im achten Jahrhundert, wie im ersten; ja die unbezwingliche Neigung, beim Hergebrachten zu beharren, zeigt sich noch jetzt in der Musik, indem zu uralten Melodien immer neue Terte gedichtet und gesungen werden, und Ohrenzeugen haben sie uns genau so geschildert, wie sie Girald bei mehreren Gelegenheiten beschreibt. —

Mone hat kürzlich zu beweisen gesucht, daß das deutsche rîm aus rhythme entstanden sei; es gilt dasselbe vom altfranzösischen rimairie, rimaire, rimoier, Reim, Reimer, reimen; bei altfranzösischen Dichtern kommen als mit jenen Worten gleichbedeutend rithmour (poete) und rithmoyer vor, wodurch die Ableitung des rîm und Reim davon noch evidenter wird; da nun aber rhythmus etwas ganz anderes als Reim ursprünglich bedeutete, so ist es außer Zweifel, daß die ersten lateinischen Reimdichter und nach ihnen die romanischen Völker überhaupt für eine fremde Sache ein analoges Wort anwendeten, weil ihre Sprache kein eigentliches dafür bot. Anders bei den Kymri, die sogar zwei Worte für den Reim haben, odl und cynghanedd; das dritte aus der Fremde herüber genommene Wort rhimyn ist ganz modern. Ein anderes wichtiges Zeugniß für die wälsche, resp. celtische Ursprünglichkeit des Reims legt Giraldus ab. Im Kap. XI. seiner Cambriae descriptio sagt er von der wälschen Poesie: In *cantilenis rhythmicis* et dictamine tam subtiles inveniuntur, ut mirae et exquisitae inventionis lingua propria tam verborum quam sententiarum proferant exornationes. Unde et poetas (quos Bardos vocant) ad hoc deputatos in hac natione multos invenies, juxta illud poeticum: »Plurima concreti fuderunt carmina Bardi.« Prae cunctis autem Rhetoricis exornationibus *annominatione* magis utuntur, eaque praecipue specie, quae *primas dictionum literas vel syllabas convenientia* jungit. Adeo igitur hoc verborum ornatu duae nationes, *Angli scil. et Cambri* in omni sermone exquisito utuntur, ut ni-

hil ab his eleganter dictum, nullum nisi rude et agreste censeatur eloquium, si non schematis hujus lima plene fuerit expolitum;
sicut Britannice in hunc modum:

> Digawn duw da y unic.
> Wrth bob crybwylh parawd.

Anglice vero:

> God is together gammet et wise dome.

In Latino quoque haud dissimiliter eloquio eandem exornationem
frequens est invenire in hunc modum.   Virgilius:

> „Tales casus Cassandra canebat.“

Et illud ejusdem ad Augustum:

> „Dum dubitet natura marem, faceretve puellam,
> Natus es o pulcher pene puella puer.“

In nullis tamen linguis, quas novimus, haec exornatio *adeo ut
in prioribus duabus est usitata.*   Mirum autem, quod *Gallica* lingua alias tam ornata, hunc verborum ornatum ab aliis tam usi-
tatum *prorsus ignorat.*   Nec ego tamen id crediderim, quod prio-
res populi duo tam diversi ab invicem et adversi in hoc verborum ornatu ex arte conveniant.   Sed potius ex usu longo, qui
quia placuit solum, et facili similium ad similia transitu aures
demulcet, per succedentia tempora inolevit. A. W. v. Schlegel
ist in der mehrerwähnten Recension über Fauriel zu schnell, wenn er
andeutet, daß das wälsche Bardenwesen wohl dem skandinavischen Skal-
denwesen nachgebildet sei; er durfte, was die Alten von den celtischen Barden, was die ältesten christlichen Scriptoren über die alten Bardenschulen
in Irland sagen, nicht übersehen; aber noch mit größerm Unrecht beruft
er sich auf eben diese Stelle des Girald, um darzuthun, daß die wälsche
Versification wesentlich Alliteration gewesen sei.   Daß Girald unter cantilenis rhythmicis gereimte Gedichte verstanden habe, ist um so zweifel-
loser, als Turner (vindic. p. 260) nachweist, daß die von Girald citirten, übrigens nicht zusammengehörigen Verse zu Liedern gehören, die er
in das zehnte Jahrhundert setzt, und die gereimt sind.   Die erste
Zeile lautet im Zusammenhang:

> A glyweistia gant Duinnic
> Milur doeth detholedic
> Digaun duw da y unic.

Die zweite Zeile, die Girald ohnehin falsch liest, denn bei ihm fehlt ihr
sogar die Alliteration, lautet im Zusammenhang:

A glyweistia gant Aranaut
Milur donyauc ditlaut
Roit wrth amhwyll pwyll paraut.

Girald wundert sich hier offenbar gar nicht über den Reim, der ihm eine alte wohlbekannte Sache war, und den Wales zu seiner Zeit mit Frankreich gemeinsam hatte, sondern über die Alliteration, die er bei keinem andern Volke als bei den Engländern, d. h. bei den Angelsächsisch redenden, gefunden hat. Wie die klassischen Sprachen ihren auf Quantität ruhenden Rhythmus, hatten die germanischen und skandinavischen ihre Alliteration; dürfen wir dem celtischen Sprachstamm mit seiner Fülle kurzer volltönender Stammwörter, der eben deßhalb schon ebensowohl zum Reim wie auch zur Alliteration ein natürliches Geschick in sich trug, nach dem bisher Angeführten den Reim als uraltes Nationaleigenthum abstreiten? Alliterirende Zeilen finden sich schon bei den ältesten Barden, aber nur eben so spurweise, wie bei den Römern, gewiß mehr zufällig als absichtlich, nirgends als durchgehende Regel angewandt. Girald betrachtet die Alliteration als einen ihn selbst überraschenden neuen Schmuck, der zum Reim noch hinzugekommen, und in der That alliteriren auch die übrigen Reimzeilen, die zu seinem Citat gehören. Diese Uebereinstimmung in der poetischen Redezier zwischen zwei sonst sich so abgeneigten und feindseligen Völkern, wie Anglen und Kymri, setzt ihn in Erstaunen; zu seiner Zeit galt die Alliteration als Eleganz, der bloße Reim als roh und ungebildet, und es befremdet nur, daß er den Reim nicht als eine Zier bezeichnet, die den Anglen noch abgeht; indeß mochte zu seiner Zeit das rein Angelsächsische durch den Einfluß des Frankonormannischen schon getrübt, und dort der Reim nicht mehr unbekannt sein.

In Deutschland kam der Reim aus der lateinischen Poesie in die deutsche, und verdrängte die ältere Alliteration. Denn die ältesten germanischen Dichtungen: Ottfried's Krist (863—872), das Ludwigslied (881), das Hildebrandslied, das Wessebrunner Gebet, Muspili, alliteriren sämmtlich. Vermuthlich von Deutschland aus kam er nach Skandinavien; die Edden haben nur Alliteration, und kennen den Reim noch nicht.

Der lateinischen Poesie gelang es bald, sich des Reimes nicht bloß in den rhythmischen Gedichten, sondern auch in den metrischen dergestalt zu bemächtigen, daß er in der mannigfaltigsten Anwendung erscheint; ohne weiter darauf eingehen zu wollen, führen wir nur einige Beispiele an, wie mannigfach er im Hexameter angewandt ward, schon in Gedichten des zehnten und elften Jahrhunderts (f. Grimm und Schmeller, lateinische Gedichte):

> Laus domino qui me salvarat dente lupino,
> Hic rex Guntharius coeptum meditatur ineptum.
> Accelerare palatinam quod conderet aulam.
> Nam volucres tales sistunt Christi moniales.
> Ludendum magis est dominum quam sit rogitandum.
> Poeniteat vel eum rogitat mala quae faciebat.
> Ergo cui regina poli componere quibo.
> Me circum volitabant, dente sed aspiratabant.
> Totus conticuit rex atque crucis siluit lex.
> Piscibus ut citius vorer aut diris cocodrillis.
> Quid calidum gelidum, dominorum, quid famulorum.

Bedenklicher ist es, die Form der kurzen, acht- oder neunsilbigen jambischen Reimpaare, deren in Frankreich und Deutschland sich durchgängig die Dichter des Arthurkreises bedienten, gleichfalls von den Kymri herleiten zu wollen. Die Verse der ältesten Barden sind von der mannigfaltigsten Form, von bald geringer bald größerer Länge, der Rhythmus ist wechselnd, dem Inhalt entsprechend, bald ruhig und gleichmäßig fortgehend, bald stürmisch und brausend; ein bestimmtes metrisches Gesetz ist noch nicht gefunden; die strophische ist eine jüngere Form. Nur als Beispiel aus Merddhin's Afallenau:

> Afallen bereu beraf ei haeron
> A dyf yn argel yn Argoed Celyddon
> Cyt ceisier ofer sydd herwydd ei hafon
> Yn y ddel Kadwaladr i gynadt rhyd Rheon
> Kynan yn erbyn cychwyn ar Saeson
> Kymry a oruydd kain wydde dragon
> Kaffant pawb ei deithi blawen fi Brython
> Kaintor cyrn elwch Kathl heddwch a hinou.

und aus Aneurin's Gododin:

> Ny bi ef avi
> Cas y rhof a thi
> Gwell gwnaf a thi
> Ar wawt dy voli
> Cynt i waet elawr
> No gyt i neithiawr
> Cynt y lewyd i vrein
> Noc yv argynrein.

Diese letztere Form ist der in den französischen Arthurromanen eng verwandt; daß sie daraus hervorgegangen, läßt sich nicht wohl deßhalb behaupten, weil schon Venantius Fortunatus und andere älteste lateinische

Reimdichter in ihren rhythmischen Gedichten die vierfüßigen jambischen Reimpaare anwandten, fast immer mit männlichem Reim; ob diese sie celtischen Gedichten nachgebildet haben, müssen wir dahingestellt sein lassen; ebenso ist nicht bekannt, welche Form die bretagnischen Gedichte gehabt haben mögen, welche die Franzosen nachdichteten. Doch hat schon der **Roman de Rou** in einigen Abschnitten die kurzen Reimpaare. —

In Frankreich fand die Form der kurzen jambischen Reimpaare, deren die ältesten Erzähler der Arthurromane sich bedienten, jene andere langzeilige Versart des Nationalepos vor, worin sämmtlich die Romane des Karlskreises gedichtet sind, welche ursprünglich zum Singen bestimmt waren; sie bestehen entweder aus zehnsilbigen jambischen Versen, oder aus den sogenannten Alexandrinern, und haben das Eigenthümliche, daß derselbe Endreim sich in sechs, zehn, ja dreißig, funfzig und hundert Versen ununterbrochen wiederholt, wie Aehnliches sich in arabischen Gedichten findet; je weniger in diesen ältesten Gedichten die Reimkunst ausgebildet erscheint, desto mehr neigt der Reim sich noch zur Assonanz. Daneben aber kannte die provenzalische Poesie schon jede oft sehr künstliche strophische Form, die jedoch der lyrischen, oder Romanzen= und Balladen=Poesie angehörte; ihr schmiegten sich häufig die kurzen **Lays** an, die Episoden aus den Arthurromanen behandelten, die Normalform der größern Romane blieb jedoch die, welche wir in Chretien's **Chevalier au lion** finden. —

England bediente Anfangs sich derselben Form, hat sich ihr jedoch früher als Deutschland entwunden, und die strophische Form angenommen, anscheinlich jedoch nicht vor dem Ende des zwölften Jahrhunderts. Der englische Iwein z. B. ist in Chretien's Form, der englische Wigalois in einer zwölfzeiligen Strophe mit wechselnden Reimen (s. Wigalois ed. Benecke, S. XXIII.), der Tristan des Thomas von Erceldoune in einer elfzeiligen Strophe (Gottfried v. Straßburg, ed. v. d. Hagen, II, 125).

Deutschland hatte für seine Heldensage die sogenannte Nibelungenstrophe, wie Frankreich für seine Nationalsage jene eigenthümliche Form der Monorimen bewahrte, neben welcher die wälschen Romane mit ihrer französischen kurzzeiligen Form Platz ergriffen und soweit die Oberhand gewannen, daß, wie z. B. im Biterolf und Dietlaib, Rabenschlacht u. a. m., auch Stoffe der Heldensage in diese Form sich kleideten. — Wolfram v. Eschenbach war nach Ausweis seiner Titurelfragmente auch der Erste, welcher diese Form zu sprengen, und eine neue Bahn für das Epos zu brechen versuchte; allein erst nach fast einem Jahrhundert setzte der Lohengrin und Albrecht im Titurel diesen Versuch fort. Erst gegen das

Ende des zwölften und mit Anfang des dreizehnten Jahrhunderts fand die Strophenform in andern als der Nationalsage angehörigen Epen Eingang.

In Skandinavien scheint entscheidend gewesen zu sein, ob das hinübergekommene übersetzte Gedicht die eine oder andere Form gehabt hat. Die meisten der Arthurromane sind in der kurzzeiligen Reimpaar-form, der Roman von Paris und Vienne jedoch in fünfzeiligen Strophen gedichtet; die alte nationelle Form der Alliteration ist bei diesen Stoffen aufgegeben.

Schlußbemerkungen.

Rosenkranz bemerkt in seiner Allgem. Lit. Geschichte: »Wenn die alte Poesie des Orients Jahrhunderte hindurch eine zähe Gleichmäßigkeit und langsame Entwickelung, die antike aber ein Aufsteigen zu einem höchsten Gipfel der Kunst, und dann ein allmähliges Verfallen in Bar-barei zeigt, so scheint in der neuern Poesie jede Erschöpfung, jeder Verfall nur die Grundlage eines vorher ungeahnten neuen Aufschwunges zu sein.« Die Geschichte der Arthursage bestätigt diese Ansicht vollkommen. Klein, für die Welt unbedeutend, local beschränkt, als einfache Naturpoesie be-gann die wälsche Sage von Arthur, und pflanzte sich nach Bretagne her-über. Nach fünf Jahrhunderten sich loslösend von ihrer ersten historischen Grundlage, vergessend ihre nationale Bedeutung, und im Begriff, zur willkürlichen Fabel auszuarten, verjüngte sie sich in Frankreich, indem sie dem blühenden Ritterthum sich vermählte. Als der erste Zauber der Fülle des phantastischen Stoffes geschwunden, die Gestaltlosigkeit der Fi-guren, der Mangel des höhern geistigen Princips in der bloß äußerlich ritterlichen That fühlbar ward, und die Einseitigkeit des ritterlichen Hel-denthums sich zu erschöpfen drohete, erhob sie sich auf's Neue auf dem Fittig des Glaubens durch ihre Verbindung mit der Gralsage. Aber in demselben Maße, wie das thatkräftige echtfromme Ritterthum sich um-kehrte zur hohlen Etiquette und gezierten Galanterie, und wie der kirch-liche Glaube die Kraft nährte, mit den abstractesten Vorstellungen leicht umzugehen, irrte auch einer Seits das ritterliche Element der Romane ab in bodenlose Abenteuerlichkeit, wie es in den Nachtretern Lobeira's, oder wer sonst Verfasser des ersten Amadis de Gaula ist, und in den letzten Erneuerungen der Arthurromane erscheint; das nie zur völligen Klarheit durchgedrungene sittliche Element schlug um in kalte Allegorie, und das religiöse Element, dem Zuge der Hierarchie folgend, versenkte sich immer

tiefer in monströse Mystik und apokalyptische Finsterniß, bis in Deutschland die Reformation und in England die Revolution die alte Ritter= wie
Kirchenwelt vernichtete, und unter ihren Trummern auch jene mit diesen
innig verwachsene Romanwelt begrub und wie ein Phönix aus der Asche,
mit der neuen Aera der Geschichte zugleich das Janushaupt Shakespeare's
sich erhob, im Rückblick die alte versinkende, im Vorblick die neue protestan-
tische Zeit.

Anhang.

Merlin.

Wir bemerkten oben, daß neben Arthur die Figur Merlin's die be-
deutsamste dieses Sagenkreises gewesen, und wollen hier ihre Geschichte
nach den aufbewahrten Zeugnissen, soweit sie uns zugänglich geworden,
mittheilen, da sie früher, ohne den Gang der Untersuchung zu sehr zu
unterbrechen, nicht füglich eingereihet werden konnte, zugleich aber ein Beispiel und einen Beleg zu dem oben ausgeführten Bildungsgange der Arthursage überhaupt liefert.

1. Merddhin, der Barde und Kämpfer.

Des Merddhin, als Barden und Kämpfers in den Schlachten gegen
die Sachsen, ward bereits S. 8 gedacht. Andere jüngere Barden erwähnen seiner in diesem Sinne; er selbst giebt Zeugniß über sich in seinem Gedichte Afallenau. Es ist voll von historischen Anspielungen, die
mit den Angaben anderer Barden, und zum Theil mit der beglaubigten
Geschichte übereinstimmen. Rodarchus [72], König von Kambrien, ist sein
Zeitgenosse; die Schlacht, in welcher Merddhin stritt, war beim Walde
Celidon [73], wohin nach der verlorenen Schlacht er im Wahnsinn floh.

2. Merlin Ambrosius.

Nennius erzählt vom König Guorthigirnus (Vortigern), der zur Zeit
des Hengist und Horsa lebte (ed. Stevenson):

§. 40. Et postea rex ad se invitavit magos suos, ut quid faceret
ab eis interrogaret. At illi dixerunt: „In extremos fines regni tui vade,

---

[72] *Nennius:* Hist. Brit. ed. Stevenson, §. 63.: „Hussa regnavit an-
nis septem, contra illum quatuor reges, Urbgen, et *Riderchhen.* et Gual-
lanc, et Morcant dimicaverunt.“

[73] Eod. §. 56.: Septimum fuit bellum (Arthuri) in silva Celidonis
i. e. Cat Coit Celidon.

et arcem munitam invenies, ut te defendas; quia gens, quam suscepisti in regno tuo, invidet tibi et te per dolum occidet, et universas regiones, quas amasti, occupabit cum tua universa gente post mortem tuam." Et postea ipse cum magis suis arcem adipisci venit, et per multas regiones multasque provincias circumdederunt, et illis non invenientibus, ad regionem, quae vocatur Guined, novissime pervenerunt; et illo lustrante in montibus Hereri, tandem in uno montium loco, in quo aptum erat arcem condere, adeptus est. Et magi ad illum dixerunt: „Arcem in illo loco fac, quia tutissima a barbaris gentibus in aeternum erit." Et ipse artifices congregavit, id est lapicidinos, et ligna et lapides congregavit, et cum esset congregata omnis materia, in una nocte oblata est materia, et tribus vicibus jussit congregari, et usquam comparuit. Et magos arcessivit et illos percunctatus est, quae esset haec causa malitiae, et quid hoc eveniret. At illi responderunt: „Nisi *infantem sine patre* invenies et occidetur ille, et arx a sanguine suo aspergatur, nunquam aedificabitur in aeternum."

§. 41. Et ipse legatos ex consilio magorum per universam Brittanniam misit, utrum infantem sine patre invenirent. Et lustrando omnes provincias regionesque plurimas, venerunt ad Campum Elleti, qui est in regione, quae vocatur Gleguissing, et pilae ludum faciebant pueri. Et ecce! duo inter se litigabant, et dixit alter alteri: „O homo sine patre, bonum non habebis." At illi de puero ad pueros diligenter percunctabantur, et cunctantes matrem si patrem haberet, et illa negavit et dixit: „Nescio quomodo in utero meo conceptus est, sed unum scio, quia virum non cognovi unquam"; et juravit illis patrem non habere. Et illi eum secum duxerunt usque ad Guorthigirnum regem et eum insinuaverunt regi.

§. 42 Et in crastino conventio facta est, ut puer interficeretur. Et puer dixit regi: „Cur viri tui me ad te detulerunt?" Cui rex ait: „Ut interficiaris, et sanguis tuus circa arcem istam aspergetur, ut possit aedificari." Respondit puer regi: „Quis tibi monstravit?" Et respondit rex: „Magi mei mihi dixerunt." Et puer dixit: „Ad me vocentur." Et invitati sunt magi et puer illis dixit: „Quis revelavit vobis, ut ista arx a sanguine meo aspergeretur, et nisi aspergatur a sanguine meo in aeternum non aedificabitur? Sed hoc cognoscam, quis vobis de me palam fecit?" Iterum puer dixit: „Modo tibi, O rex, elucubrabo et in veritate tibi omnia sat agam; sed magos tuos percunctor quid in pavimento istius loci est? Placet mihi, ut ostendant tibi quid sub pavimento habetur?" At illi dixerunt: „Nescimus." — Et ille dixit: „Comperior, stagnum in medio pavimenti est; venite et fodite, et sic invenietis." Venerunt et foderunt et fuit. Et puer ad magos dixit: „Proferte mihi, quid est in stagno?" Et siluerunt, et non potuerunt revelare illi." At ille dixit illis: „Ego vobis revelabo; duo vasa sunt; et sic invenietis." Venerunt et viderunt sic. Et puer ad magos dixit: „Quid in vasis conclusis habetur?" At ipsi siluerunt, et non potuerunt revelare illi. At ille asseruit: „In medio eorum tentorium est, separate ea, et sic invenietis." Et rex separari jussit, et sic inventum est tentorium compli-catum, sicut dixerat. Et iterum interrogavit magos: „Quid in medio tentorii est etiam nunc enarrate." Et non potuerunt scire. At ille re-velavit: „Duo vermes in eo sunt, unus albus et unus rufus; tentorium expandite!" Et extenderunt, et duo vermes dormientes inventi sunt. Et dixit puer: „Exspectate et considerate quid facient vermes." Et coeperunt vermes ut alter alterum expelleret, alius autem scapulas suas ponebat, ut eum usque ad dimidium tentorii expelleret, et sic faciebant tribus vicibus. Tamen tandem infirmior videbatur vermis rufus, et po-stea fortior albo fuit, et extra finem tentorii expulit, tunc victor alte-rum secutus trans stagnum est, et tentorium evanuit. Et puer ad ma-gos refert: „Quid significat mirabile hoc signum, quod factum est in tentorio?" Et illi proferunt: „Nescimus." Et puer respondit: „En re-velatum est mihi hoc mysterium et ego vobis propalabo." Dixitque regi: „Regni tui figura tentorium est; duo vermes duo dracones sunt; vermis rufus draco tuus est, et stagnum figura hujus mundi est. At ille albus draco, illius gentis quae occupavit gentes et regiones plurimas in Brittannia, et pene a mari usque ad mare tenebit; et postea gens nostra surget, et gentem Anglorum trans mare viriliter dejiciet. Tu tamen, de ista arce vade, quia eam aedificare non potes, et multas provincias cir-cumi, ut invenias tutam arcem, et ego hic manebo." Et rex ad ado-lescentem dixit: „Quo nomine vocaris?" Ille respondit: „Ambrosius vocor" (id est Embries Guletic [74])). Et rex dixit: „De qua proge-nie es?" — „Unus est pater meus de Consulibus Romanicae gentis." Et arcem dedit rex illi, cum omnibus regnis occidentalis plagae Brit-tanniae; et ipse cum magis suis ad sinistralem plagam pervenit, et us-que ad regionem, quae vocatur Guunnessi, aufugit, et urbem ibi, quae vocatur suo nomine Cair Guorthigirn aedificavit.

In dieser Erzählung des Nennius ist die Quelle nicht zu verkennen, aus welcher Gottfried in seiner brittischen Chronik schöpfte, und deren be-treffende Stelle wir S. 13 kurz mittheilten; jedoch setzt er die Abstam-mung des Ambrosius, den er Merlin nennt, ins Mysteriöse (**L. VI, c. 18.**): Nam ut Apulejus de Deo Socratis perhibet, inter lunam et terram habitant spiritus, quos *incubos daemones* appellamus. Hi partim hominum, partim vero Angelorum naturam habent. Zu beachten ist, daß von diesem Ambrosius bei Gelegenheit von Arthur's Schlachten Nennius völlig schweigt, wenngleich nach seiner Chronologie er zu Arthur's Zeit wohl noch gelebt haben könnte. Gottfried beruft sich auf bretagnische Bücher, in welche des Nennius Geschichte sehr wahr-

---

[74]) **Glwledig**, d. h. **Ambrosius** (**Embries**), der Königliche, Beiname der Prinzen im alten Loegria. cf. *Owen*, **Welsh Dict.** v. **Glev.**

scheinlich übergegangen ist; auch läßt er dort Ambrosius und Arthur außer Verbindung.

3. *Merlinus silvester, Caledonius.*

Derselbe Gottfried von Monmouth hat das Leben Merlin's in einem lateinischen Gedicht beschrieben, das unter vielen sehr prosaischen Stellen manche poetische Schönheiten hat. Es ist unsers Wissens noch ungedruckt, und befindet sich handschriftlich in der Cottonianischen Biblio= thek, Vespasian, E, 4, zu Oxford. Der Dichter kann zwar nicht unter= lassen, manche Beziehungen auf den Ambrosius des Nennius, und selbst auf germanische Sagen einzumischen; dennoch scheint das Gedicht Merddhin's: Afallenau, und was die Tradition von diesem in Wales er= zählte, die Grundlage seiner **Vita Merlini** zu sein. Er hat sie seinem Freunde, dem Bischof von Lincoln, gewidmet, und beginnt so:

> Vatidici vatis rabiem, musamque jocosam
> Merlini cantare paro, tu corrige carmen,
> Gloria Pontificum. — — —

Ungehörig giebt er hier dem Barden jene mystische Abstammung des Ambrosius, und scheint so den Weg zur Vermengung beider Gestalten gebrochen, oder wenigstens verbreitet zu haben; er sagt:

> Et sibi multotiens ex aëre corpore sumpto
> Nobis apparent, et plurima saepe sequuntur,
> Quin etiam coitu mulieres aggrediuntur,
> Et faciunt gravidas, generantes more profano.

Nach der Einleitung schildert er die Stellung einiger brittischen Für= sten, und ihren Kampf gegen die Sachsen:

> Contigit interea plures certamen habere
> Inter se regni proceres, belloque feroci
> Insontes populos devastasisse per urbes.
> *Dux Venedetorum Peredurus* bella gerebat
> Contra *Guennolonum, Scotiae* qui regna regebat.
> Jamque dies aderat, bello praefixa; ducesque
> Astabant campo, decertabantque catervae,
> Amborum pariter miseranda caede ruentes.
> Venit ad bellum *Merlinus* cum *Pereduro*;
> Rex quoque *Cambrorum Rodarchus*, saevus uterque.

Die Verwandten Merlin's fallen; sein Schmerz darüber und über die Niederlage artet in Wahnsinn aus, jedem Troste verschließt er sein Ohr; vom Jammer überwältigt durchirrt er die Wälder.

> Evocat e bello socios *Merlinus*, et illic
> Praecepit in varia fratres sepelire capella;
> Replangitque viros nec cessat fundere fletus.

Pulveribus crines sparsit, vestesque rescidit,
Et prostratus humi nunc hac illacque volutat.
Solatur *Peredurus* eum, proceresque ducesque;
Nec vult solari, nec verba precantia ferre.

Auch Robarchus bietet alles auf, den Verzweifelnden zu trösten:

Afferrique jubet vestes, volucresque canesque
Quadrupedesque citos, aurum, gemmasque micantes.
Porula, quae sculpsit *Gwielandus* in urbe *Sigeni.* [75])

Alle seine Bemühungen aber sind fruchtlos. —

Jam tribus emensis defleverat ille diebus
Respueratque cibos, tantus dolor usserat illum.
Inde novas furias cum tot tantisque querelis
Aera complesset, cepit furtimque recedit,
Et fugit ad silvas nec vult fugiendo videri.
Ingrediturque nemus gaudetque latere sub ornis,
Miraturque feras pascentes gramina saltus.
Nunc has insequitur, nunc cursu praeterit illas.
Utitur herbarum radicibus, utitur herbis,
Utitur arboreo fructu, morisque rubeti.
Fit sylvester homo, quasi silvis deditus esset.
Inde per aestatem totam, nullique repertus,
Oblitusque sui cognatorumque suorum,
Delituit silvis obductus more ferino.

Diese Erzählung stimmt mit der eigenen Schilderung Merddhin's in seinem Afallenau, wo er ausruft: »Ich bin rasend, mein Wehschrei ist schrecklich; Jammer verwundet mich; Kleidung deckt mich nicht!« — Auch die übrigen bardischen Gedichte benutzt Gottfried, und flicht ihre Angaben mit den wälschen Traditionen über den alten Kämpfer in sein Gedicht ein; so läßt er später Merlin seine Schwester auffordern, den Telyesinus (Taliefin) zu ihm zu rufen, der nach Armorica entwichen war:

O dilecta soror, Thelgesinoque venire
Praecipe, namque loqui desidero plurima secum.
Venit enim noviter de partibus Armoricanis.

— — — — — — — —

Venerat interea Merlinum visere vatem
Tunc Telyesinus. — —

Beide Barden singen und prophezeihen zusammen. Die Prophetengabe des Ambrosius war im Anfang des zwölften Jahrhunderts bereits vollständig auf den Merlin übertragen. Eine Stelle (p. 129 des Ms.) ist bei Gottfried eine ziemlich genaue Nachahmung der letzten Stanze

---

[75]) Gwielandus, der berühmte Schmidt Wieland, und Signe sind aus der skandinavischen und deutschen Heldensage bekannt.

des Afallenau, welche wir oben S. 84 wälsch mittheilten, und die in der Uebersetzung etwa lauten möchte:

„Süßer Apfelbaum (Afallen), sehr Süßes bringt er hervor;
Er wächst in der Einsamkeit des Waldes von Celyddon.
Umsonst wird es sein, nach seinen Früchten zu ringen.
Cadwaladyr wird kommen zur Zusammenkunft an der Fuhrt von Rhcon;
Cynan wird sich rüsten, in Aufstand gegen die Sachsen.
Die Kymry werden triumphiren, ihre berühmten Haupter.
Jeder wird haben sein Recht, und Brittannien freudvoll sein,
Singend zum Horn unter Freudenzuruf den Hymnus des Friedens und der Ruhe."

Gottfried giebt die Strophe in folgender Art wieder:

Merlinus ait — — — — — —
— — — — — sic sententia summi
Judicis extitit, Britones ut nobile regnum
Temporibus multis amittant debilitate,
Donec ab Armorico veniet temone *Conanus*
Et *Cadwaladrus*, Cambrorum dux venerandus;
Qui pariter Scotos, Cambros, et Cornubienses
Armoricosque viros sociabunt foedere firmo.
Amissumque suis reddent diadema colonis
Hostibus expulsis renovato tempore Bruti
Tractabuntque suas sacratas legibus urbes;
Incipiunt reges iterum superare remotos
Et sua regna sibi certamine subdere fato. —

Die Echtheit der letzten Strophe des Afallenau ist bisher nicht angefochten worden, und es ist mehr als wahrscheinlich, daß die hier von dem Barden ausgesprochene Prophezeihung der Wiedergeburt Brittanniens von dem unterdrückten, besiegten Kymrystamme auf das Lebendigste aufgefaßt und der erste Grund ward, den Dichter zum Propheten zu machen, und ihm diejenigen Dichtungen zuzuschreiben, die schon Gottfried als **Prophetiae Merlini** seiner brittischen Chronik einfügte.

Noch um 1180 scheint die wälfche Tradition bestimmt den Ambrosius und Merlin unterschieden zu haben, wie aus dem Itinerarium des **Giraldus Cambrensis** hervorgeht, der mit eben so ungemeiner Begier als Leichtgläubigkeit dergleichen Volkssagen sammelte, doch aber Gottfrieds Chronik einmal eine fabulosa historia nennt (Cambriae descriptio, c. VII.). Er sagt [76]:

„Erant enim *Merlini duo*, iste, qui et *Ambrosius* dictus est, quia binominus fuerat, et sub rege Vortigerno prophetavit, ab incubo genitus,

---

[76] Itinerarium Cambriae, c. 8, ap. *Camden*, Anglica, Hibern. etc. Francofurti, 1602, p. 870.

et apud Caermardhin inventus; unde et ab ipso ibidem invento denominata est Caermerdhin, i. e. urbs Merlini [77]). Alter vero de Albania oriundus, qui et Celidonius (hiernach also nicht Caledonius, wie er ihn anderswo nennt) dictus est, a Celidonia silva, in qua prophetavit, et Silvester, quia cum inter acies bellicas constitutus, monstrum horribile nimis in aera suscipiendo prospiceret, dementire coepit, et ad silvam transfugiendo silvestrem usque ad obitum vitam perduxit. Hic autem Merlinus tempore Arthuri fuit, et longe plenius et apertius quam alter prophetasse perhibetur."

4. Der Merlin der Romane.

In den französischen Romanen aus der zweiten Hälfte des zwölften Jahrhunderts sind die beiden Figuren Ambrosius, das Kind ohne Vater, und Merddhin, der kämpfende Barde, völlig identificirt, und wir haben Grund zu vermuthen, daß diese Verschmelzung durch die Verpflanzung beider wälschen Personen nach Bretagne herbeigeführt worden ist. Kann man als wahr annehmen, daß Gottfried seine brittische Chronik aus bretagnischen Traditionen schöpfte, wie er behauptet, so hatten diese letzteren auch dem Embries Glwedig des Nennius den französischen Namen Merlin gegeben, wie Gottfried ihn nennt; denn dieser letztere Name ist in den wälschen Gedichten völlig unbekannt, und der Barde heißt immer nur Merddhin. — Was Nennius vom Ambrosius erzählt, füllt, jedoch in mannigfachster Erweiterung und Ausschmückung, fast das ganze erste Buch des prosaischen Roman de Merlin, der nur Ueberarbeitung schon älterer Gedichte ist. Bei Nennius ist die Geburt des Ambrosius kein Geheimniß. »Ambrosius vocor — sagt er §. 42., ed. Stevenson — unus est pater meus de consulibus Romanicae gentis.« Das Breviarium bei Gildas geht schon etwas weiter, indem er danach aus dem Umgang eines römischen Konsuls mit einer Vestalin in einem Kloster zu Maridunum entsprossen sein soll. Und weil bei den Britten das strenge Gesetz war, daß, wenn ein Mädchen im Hause des Vaters schwanger ward, sie von dem Gipfel eines Berges hinabgestürzt und ihr Verführer mit dem Tode bestraft ward, so wurde die Schandthat durch ein

---

[77]) Mag Giraldus hier der Tradition nachsprechen, so irrt er doch in der Historie; denn schon Ptolomäus, Geograph. L. II., bezeichnet die Stadt als Maridunum. Mur und Murdhyn heißt im Wälschen Mauer. Wahrscheinlich überwinterten hier römische Legionen, und umgaben den Ort mit Mauern. Indeß ist die Anknüpfung von Personen an gewisse Orte der Sage ganz eigenthümlich, und Giraldus ist keine Quelle für die Geschichte, sondern für die Tradition.

Wunder verhüllt, um das aufgeregte Volk zu beschwichtigen [78]). Gott=
fried von Monmouth übergeht diese natürliche Erklärung des Wunders,
und stellt die Abkunft des Merlin von einem Dämon als unzweifelhafte
Thatsache hin, vermuthlich, weil die Bretagne, den wälschen Kriminalge=
setzen entfremdet, deren Einwirkung auf die Tradition nicht kannte, und
wundergläubig wie sie war, das Wunder als unbedenklich annahm. Der
Roman giebt jedoch demselben eine tiefere Bedeutung; denn sogleich be=
ginnt er: »Der böse Feind war sehr ergrimmt, als unser Heiland, Jesus
Christus, zur Hölle hinabgestiegen war, und daraus Adam und Eva er=
löste sammt allen, die mit ihnen in der Hölle waren.« Die Teufel sin=
nen auf ein Mittel, gleichfalls einen Leib in einem Weibe zu bilden, der
nach ihrem Ebenbilde geformt sei, der nach ihrem Willen thäte, und alles
Zukünftige und Vergangene gleich ihnen wüßte; mit dessen Hülfe sie wie=
dergewinnen könnten, was ihnen der Erlöser entrissen habe. Da unter=
nimmt ein Teufel das Werk mit einer Jungfrau, über deren Mutter er
Gewalt hatte [79]). Die Frucht des Unternehmens ist Merlin. Nachdem
das Kind geboren, wiederholen sich seine von Nennius erzählten Aben=
teuer beim Thurmbau des Vortigernus; es tritt die wälsche Tradition von
Versetzung des großen Steinbaues von Irland nach Salisbury auf; er
verhilft dem Uterpendragon zum heimlichen Umgang mit der Iguerne, wor=
aus Arthur entsprang, wie Gottfried's Chronik erzählt; dann aber (Kap. 20)
verschwindet der traditionelle Boden, und der Roman verwickelt sich mit
den älteren Geschichten vom heiligen Gral und Joseph von Arimathia
und mit andern Romanen der Tafelrunde, so daß es unmöglich ist, die
ursprüngliche einfache Fabel wieder zu erkennen. Bemerkenswerth ist,
daß Gottfrieds **Vita Merlini** bei diesen Erweiterungen nicht benutzt ist,
daß nichts mehr an den wälschen Sänger des Afallenau erinnert, und
wir möchten daraus schließen, daß das bardische Gedicht nicht nach Bre=
tagne mit übergegangen sei, oder daß es hier bald als nicht mehr natio=
nell interessant in Vergessenheit gerieth. Freilich ist Merlin auch im Ro=
man noch Arthur's Begleiter, und er verhilft ihm durch seine Zauber=
kraft meistens zum Siege, allein er tritt in der zweiten Hälfte des Ro=
mans als Nebenperson weit zurück in den Hintergrund, und bis zum
Ueberdruß wiederholt sich immerfort seine Sucht, alles Geschehene durch

---

[78]) *Camden*, Anglica, etc. p. 871. Annot. Die auffallende Verwirrung
des Römischen und Wälschen, und des Christlichen und Heidnischen darf bei den
älteren brittischen Schriftstellern nicht befremden.

[79]) Geschichte des Zauberers Merlin, v. Fr. v. Schlegel. Leipzig, 1804.

den heiligen Blasius in ein großes Buch zusammentragen zu lassen, eine
sehr gebräuchliche Manier der schreibseligen Clercs des dreizehnten und
vierzehnten Jahrhunderts. Gegen das Ende des Romans bemeistert die
Liebe zur schönen Viviane oder Niniane sich des Zauberers, welche ihm
seine Kunst ablernt und im Walde von Briogne oder Breceliande ihn in
einem unsichtbaren Kerker einschließt, wodurch zugleich Person und Local
gänzlich nach der Bretagne hingezogen werden, was von Wälschen nicht
füglich gedichtet werden konnte. So wandelte sich die Verzweiflung des
Kämpfers in chevalereske Liebe, und wie er im Walde Celydon sich den
Augen der Menschen im heißen Schmerz entzog, birgt die neufranzösische
Ritterpoesie ihn vor der Welt im Zaubergefängniß der Minne. Damit
entschwand dieser Figur aber völlig der ursprünglich heimathliche Charak=
ter in der französischen Romandichtung, während seine nationale Erinne=
rung und Bedeutung sich durch die mysteriösen Dichtungen erhielt, wel=
che unter seinem Nahmen als »Prophezeihungen« umgingen, und die fort
und fort als eine zweite Apokalypse benutzt wurden, in ihnen die Vorher=
verkündigung des Geschicks Englands zu finden, dergestalt, daß sie, wie
schon bemerkt ward, selbst noch im siebzehnten Jahrhundert in verschiede=
nen Ländern ihre gelehrten und tiefsinnigen Kommentatoren fanden, z. B.
Weissagungen Merlins, mit einem Kommentar des **Alanus ab in-**
sulis. Frankfurt, 1608. — A Lytel Treatyse of the Byrth and
Prophecye of Merlin. London, 1510. — The life of Merlin,
surnamed Ambrosius, his prophecies and predictions interpreted,
and the truth made good by owr English Annals, 1641. —
Merlin's life and prophecies, 1658. — La vita di Merlino con
le sue profezie, Venezia, 1539. —

Die

Mährchen des rothen Buchs

von Hergest.

1.
Die Dame von der Quelle.
(Jarlles y ffynnawn.)

Kynon erzählt fein Abenteuer an der Quelle. 1. König Arthur war zu Caerlleon am Usk. Er saß eines Tages in seinem Gemache; bei ihm waren Owain, Sohn des Urien, und Kynon, Sohn des Clydno, und Kai, Sohn des Kyner; auch Gwenhwyvar und deren Kammermädchen mit Nätherei am Fenster. Wenn man behaupten wollte, es sei ein Thürsteher [1]) in Arthur's Schloß gewesen, so war dies in der That nicht der Fall. Glewlwyd Gavaelvawr [2]) befand sich hier an der

---

[1]) Wenn ein Thürsteher fehlte, so galt dies als ein offenkundiges Zeichen der Gastfreundschaft, worauf auch Rhys Brychan, ein Barde aus dem Ende des funfzehnten Jahrhunderts, noch anspielt:

„Der stattliche Eingang ist ohne Pförtner,
und die Gemächer steh'n offen jedem ehrlichen Manne." —

Lewys Glyn Cothi (um 1450) sagt in einem Lobgedicht auf Owain, den Sohn des Gruffudd, Sohnes des Nikolas, daß seine Wohnung mit allem, außer einem Pförtner, wohl versehen sei:

„Diener jeglicher Art sind hier für den großen
Ritter vom Süden, ausgenommen ein Pförtner."   L. G.

[2]) Glewlwyd Gavaelvawr, „der finstere Held mit der mächtigen Faust", soll aus der Schlacht von Camlan vermöge seiner außerordentlichen Stärke und Größe entkommen sein. Von seiner wahren Geschichte ist nichts bekannt, vielmehr deutet die Zusammenstellung des Namens eher auf eine Erdichtung seiner Person. Es ist nicht unmöglich, daß er eine der mythologischen Figuren gewesen, welche die Grundgestalten der wälschen legendenhaften Erzählungen ausmachten, bevor Arthur's Abenteuer Gegenstand fabelhafter Darstellungen geworden waren, später aber aus alten druidischen Traditionen in dieselben übergingen. Unter den Ueberresten alt-bardischer Poesie findet sich ein Gedicht, Gespräch zwischen Arthur, Kai und Glewlwyd, worin es heißt:

„Wer ist der Pförtner?
Glewlwyd Gavaelvawr.
Wer ist's, der da fraget?
Arthur und der gepriesene Kai.

Stelle eines Thürstehers, um Reisige und Gäste zu bewillkommen, sie
nach Gebühr aufzunehmen, und mit den Sitten und Gebräuchen des
Hofes bekannt zu machen, und auch denen zum Führer zu dienen, die
zur Halle, in den Versammlungssaal oder in ihr Wohnzimmer gehen
wollten.   Inmitten des Gemaches saß König Arthur auf einem Sitz von
grünen Binsen ³), worüber eine Decke von hellfarbigem Atlas gebreitet

> Wenn Du mit Dir bringen solltest
> Den besten Wein der Welt,
> In mein Haus Du solltest nicht kommen,
> Es sei denn durch Gewalt ꝛc.''

Davies betrachtet diese Zeilen als eine Beziehung auf druidische Geheimnisse,
und ich enthalte mich der Anmaßung, einer so großen Autorität zu widerspre=
chen.   L. G.

³) Der Gebrauch grüner Binsen war allgemeine ältere Sitte in England
(und ist es in Deutschland noch jetzt). Ein Beispiel aus einem Werke des 14ten
Jahrhunderts möge der Sittenschilderung wegen, hier ausführlicher angeführt
werden. In dieser Erzählung wünschte der Fürst von Nord=Wales, Davydd,
Sohn des Owain Gwynedd, eine Gesandtschaft an Rhys, den Fürsten von Süd=
Wales, zu schicken. Nachdem er Gwgan, den Barden, als die geeignete Person
zu dieser Mission bestimmt hatte, wurde ein Bote, Namens Y Paun Bach, aus=
gesendet, ihn aufzusuchen. Derselbe kam nach einer langen und ermüdenden Reise
spät Abends bei einem Hause an, das in einer waldumgebenen Ebene lag, und
worin er den Klang einer Harfe vernahm. Aus der Art zu spielen und der
Modulation entnahm er, daß der Künstler kein Anderer als Gwgan selbst sein
könne. Um zu erfahren, ob seine Muthmaßung richtig sei, redete er ihn in
einem schwärmerischen hochtrabenden Style an. Der Barde antwortete ihm in
demselben Schwunge, und fragte ihn, was er verlange, worauf Y Paun Bach
entgegnete: ,,Ich wünsche Obdach auf eine Nacht, doch nicht besser, als ich es
zu bitten weiß: eine lichtvolle Halle von Ziegeln, der Fußboden, der rein gefegt
ist, und seit den letzten hundert Jahren keinen Tropfen Regen bekommen hat,
mit grünen frischen Binsen so gleich belegt, daß nicht eine über die andere her=
vorragt um die Größe eines Mückenauges, auf daß mein Fuß nicht um ein
Sonnenstäubchen breit ausgleite, weder vor= noch rückwärts. Sodann wünsche
ich einen Stuhl mit einem Kissen unter mir, und ein Polster unter jedem Ellen=
bogen'' u. s. w. Y Paun Bach begann jetzt die Bewirthung, die er verlangte,
zu beschreiben: Die Feuerung sei aus Eschenholz, um allen Rauch zu vermeiden.
Das Abendessen bestehe aus Wein und Schwänen (einer sehr beliebten Delikatesse),
aus Rohrdommeln und noch verschiedenen gewürzten Fleischspeisen. Die Diener
seien alle in gleiche Livree gekleidet; sie sollen stets mit Ale aufwarten und ihn
zum Trinken einladen, zu seiner und des Wirthes Ehre. — —

Das wälsche Sprüchwort fordert drei Dinge zur guten Häuslichkeit: ,,ein
tugendhaftes Weib, ein Kissen auf dem Sitz und eine wohlgestimmte Harfe.''
Auch auf die Uniformität der Dienerkleidung wird schon in Gottfried von Mon=
mouth's Chronik, wie bei Chaucer u. s. w. Werth gelegt. Auch Frankreich

war; ein Polster von rother Seide lag unter seinen Ellenbogen. Und
Arthur sprach: »Wenn ich wüßte, daß es Euch nicht verdröffe, so möchte
ich während der Zeit des Mahles schlafen, indeß Ihr Euch mit Erzählung von Abenteuern unterhaltet, und von Kai Euch einen Krug mit
Meth und einige Speise reichen laßt.« Und der König begab sich zur
Ruhe. Kynon, Sohn des Clydno, verlangte nun von Kai, was der König ihnen angeboten hatte. — »Ich aber verlange — erwiederte Kai —
die unterhaltende Erzählung, die er mir versprochen hat.« — »Nein —
antwortete Kynon — besser wäre es von Dir, Arthur's Geheiß zuförderst
zu erfüllen; alsdann werden wir Dir die besten Geschichten erzählen, die
wir wissen.« Also ging Kai in die Küche und in den Methkeller, und
kehrte bald mit einem Kruge Meth, einer goldenen Trinkschale, und einer
Hand voll Spießen zurück, auf denen gebratenen Fleischstücke steckten.
Sie verzehrten die letzteren und begannen den Meth zu trinken. »Nun
— sagte Kai — ist es Zeit, uns eine Geschichte zum Besten zu geben.«
— »Kynon — sagte Owain — bezahle Du nun Deine Schuld an Kai,
und erzähle.« — »In der That — erwiederte Kynon — Du bist älter,
und auch ein besserer Erzähler, hast auch mehr wunderbare Dinge gesehen,
als ich; daher trage Du an Kai die Schuld ab, und erzähle.« — »Be-
ginne nur — sprach Owain — mit dem Besten, das Du weißt.« —
»So sei es«, antwortete Kynon. »Ich war der einzige Sohn meiner
Eltern; mein Streben kannte keine Grenzen, und meine Kühnheit war
ungemein groß. Kein Unternehmen in der Welt hielt ich zu schwierig
für mich, und nachdem ich alle Abenteuer in meiner Heimath bestanden
hatte, wappnete ich mich, und ritt hinaus in unbekannte wüste ferne Gegenden. Endlich gelangte ich in das schönste Thal der Welt, in welchem
die Bäume vom gleichmäßigsten Wuchs waren [4]. Ein Fluß durch-

---

hatte die Sitte, Binsen zu streuen. So heißt es bei St. Palaye, I, 453:
Der Herr Amanien des Escars gab den jungen Leuten seines Hofhalts Unterricht
in der Kunst zu lieben „in einem Saale, wohl mit Binsen bestreuet.« — L. G.
— Die Pariser Studenten lagerten in den Hörsälen auf Stroh, das oft Monate lang liegen blieb und sich wie in Viehställen, aufhäufte.

[4] Diese Art von Scenerie scheint sehr beliebt gewesen zu sein. Eine ähn-
liche Schilderung giebt ein sehr interessantes Rittergedicht des Gruffydd von
Adda, eines Barden, der 1370 zu Dolgellau getödtet ward: „In dem äußersten
Anfang dieses Waldes sah er ein lieblich grünes Thal, und Bäume von gleicher
Höhe 2c.« — Chaucer, in seinem Flour and Life, beschreibt ähnlich eine Laube:
„Die so geschickt und zier geflochten war,
Daß jeder Zweig zum andern, jedes Blatt
Sich fügt im Gleichmaaß, wie ein Band so glatt.«

ſtrömte das Thal; neben dem Fluſſe lief ein Fußpfad hin.   Dieſen verfolgte ich bis gegen Mittag, ja ſogar bis zum Abend, bis ich am Ausgang einer Ebene zu einem großen und glänzenden Schloſſe gelangte,
deſſen Fuß von einem Strom beſpült ward.   Dem Schloſſe mich nähernd,
erblickte ich zwei Jünglinge mit blondem Lockenhaar, das ein goldener
Stirnreifen zuſammenhielt, jeden in ein gelbſeidenes Gewand gekleidet,
von einer goldenen Kette umgürtet.   Jeder hatte einen Bogen von Elfenbein in der Hand, beſpannt mit der Sehne des Hirſches.   Der Schaft
ihrer Pfeile war aus dem Horn des Schwerdtfiſches, beſchwingt mit
Pfauenfedern, und die Spitzen der Pfeile waren vergoldet.   Auch hatten
ſie Dolche mit goldenen Klingen und Griffen vom Hornfiſch, mit denen
ſie warfen.   In einer geringen Entfernung von ihnen ſah ich einen
Mann in der Blüthe des Lebens, mit einem friſch geſchorenen Barte,
bekleidet mit einem Gewande und Mantel aus gelbem Seidenſtoff; oben
war der Mantel mit einer goldenen Borte geziert.   An den Füßen trug
er Schuhe von buntem Leder, mit goldenen Spangen befeſtigt.   Sobald
ich ihn erblickte, ging ich auf ihn zu und begrüßte ihn.   Er war ſo artig,
meinen Gruß auf das Zuvorkommendſte zu erwiedern, und ging mit mir
in das Schloß.   Es waren keine andere Bewohner darin, als die, welche
ſich in der Halle befanden.   Hier ſah ich etwa vierundzwanzig Mädchen
am Fenſter, welche in Seide ſtrickten.   Ich verſichere Dir aber, Kai, daß
die am wenigſten ſchöne von ihnen noch ſchöner als das ſchönſte Mädchen
auf der ganzen Inſel Brittannien war;   die wenigſt liebenswürdige war
anmuthsvoller als Gwenhwyvar, Arthur's Gemahlin, wenn ſie ſo reizend
am Neujahrs- oder Oſtertage erſcheint.   Bei meinem Eintritt erhoben ſie
ſich; ſechs von ihnen nahmen mein Roß, und entledigten mich meiner
Rüſtung; ſechs andere nahmen meine Waffen, und putzten ſie in einem
Gefäße, bis ſie glänzten; andere ſechs breiteten Tücher über die Tiſche,
und richteten das Mahl zu.   Die letzten ſechs nahmen mir die ſtaubigen
Kleider ab, und legten mir andere an, nämlich eine Unterjacke, ein Wammes von feinem Linnen, einen Rock, ein Uebergewand, und einen Mantel

---

Und bei anderer Gelegenheit:

„Da waren Eichen groß, g'rad' wie die Schnur,
Und unter ihnen ſproßt' im friſchen Thau
Das junge Gras.   Acht oder neun Fuß nur
Stand jeder Baum vom andern ab.   Es zeigte
An jedem ſich, wie breit er ſich verzweigte,
Gelockt vom Sonnenſtrahl aus ihrer Hülle
Hier röthlich, hellgrün dort, die neue Blätterfülle.‟   L. G.

aus gelber Seide mit einer breiten goldenen Borte. Auf meinen Platz
legten sie Sitz= und Armpolster, mit rothen Linnen überzogen. Ich ließ
mich nieder. Nun schirrten die ersten sechs Mädchen das Roß ab, so ge=
schickt, wie der geübteste Knappe auf der brittischen Insel. Darauf brach=
ten sie silberne Schüsseln mit Waschwasser und dazu linnene Tücher, graue
und weiße; und ich wusch mich. Nach einer kleinen Weile setzte der
Mann sich zur Tafel nieder; ich setzte mich ihm zur Seite, dann schlossen
sich alle Mädchen, mit Ausnahme der aufwartenden, an. Die Tafel war
von Silber, die Tischtücher von Linnen. Kein Geschirr ward aufgesetzt,
das nicht entweder Gold, oder Silber oder Büffelhorn [5]) war. So wur=
den die Speisen aufgetragen, und wahrlich, Kai, ich sah hier Fleisch und
Getränk so mancherlei Art, und so köstlich bereitet, wie nirgendwo anders.
— Bis die Mahlzeit halb vorüber war, sprach weder der Mann noch
eins der Mädchen auch nur ein einziges Wort zu mir. Als aber der
Wirth bemerkte, daß einige Unterhaltung mir angenehmer sei, als noch
mehr zu essen, begann er mich zu fragen, wer ich sei? Ich äußerte, es
sei mir lieb, daß Jemand mich anspreche, und es an unserm Hofe nicht
für etwas Unrechtes angesehen werde, wenn die Gesellschaft sich mit ein=
ander unterhalte. — »Hauptmann, — sagte der Mann — wir würden
Dich früher angeredet haben, wenn wir nicht gefürchtet hätten, Dich beim
Essen zu stören. Doch jetzt laß uns ein wenig plaudern.« — Hierauf
erzählte ich ihm, wer ich sei, und nannte den Zweck meiner Ausfahrt.

---

[5]) Trinkgefäße von Büffelhorn werden oft von den Barden erwähnt, und
scheinen von den Wälschen bei allen Gelagen gebraucht worden zu sein. Owain
Kyveiliog, Fürst von Powis, (nach Turner von 1150—1197) hat uns ein
Gedicht hinterlassen, der Hirlas genannt, ein Name, unter dem sein Trink=
horn bekannt war, das er so beschreibt:

„Das hochgeehrte Büffelhorn Hirlas, mit altem Silber reich verziert." —
Im Verlauf dieses Gedichts kommt folgende Stelle von höchst dramatischem
Karakter vor: nachdem der Prinz sein Horn an verschiedene Häuptlinge herum=
gereicht, befiehlt er endlich, es mit dem besten Getränk zu füllen, und dem Tu=
dur und Moreiddig zu reichen, indem er sich zugleich in Aeußerungen der Be=
wunderung ihrer Tapferkeit und des Dankes für die hohen Dienste, die sie ihm
in den letzten schweren Kämpfen geleistet haben, ergeht. Darauf in der Fülle
seines Herzens wendet er sich persönlich an sie, doch ihre gewohnte Plätze leer
erblickend, besinnt er sich plötzlich, daß beide in der letzten Schlacht gefallen sind,
und er bricht nun in rührende Klagen aus:

„Die Wehklage des Todes ist vernommen worden,
Seit ihr Beide beigegangen seid.
O verlorner Moreiddig,
Wie schmerzlich muß ich Dich vermissen." L. G.

Ich ſagte, ich ſuche einen, der mir entweder überlegen ſei, oder über den
ich die Meiſterſchaft erringen könne. Der Mann ſah mich an, lächelte
und ſprach: »Wenn ich nicht beſorgte, Dich in Noth zu bringen, ſo könnte
ich Dir wohl nachweiſen, was Du ſuchſt.« Darob wurde ich unruhig
und nachdenklich, und als er es bemerkte, fuhr er fort: »Wünſcheſt Du
mehr, daß ich Dir Deinen Nachtheil, als Deinen Vortheil zeige, ſo mag
es geſchehen. Schlafe die Nacht hier, morgen ſtehe früh auf, und nimm
Deinen Weg aufwärts durch das Thal, bis Du an einen Wald kommſt,
durch den Du gehen mußt. Eine kleine Strecke hinter dem Walde geht
ein Pfad rechts ab; dieſen verfolge, bis Du zu einem großen freien Platz
gelangſt, in deſſen Mitte ein hoher Wall ſich befindet. Auf der Höhe
dieſes Walles wirſt Du einen ſchwarzen Mann erblicken, an Umfang ſo
ſtark, wie zwei Menſchen unſers Geſchlechts. Er hat nur einen Fuß und
ein Auge mitten auf der Stirn. Er führt eine eiſerne Keule, und gewiß
giebt es nicht zwei Menſchen in der Welt, die nicht an dieſer Keule ihre
volle Laſt haben würden. Er iſt kein freundlicher Mann, ſondern im
Gegentheil ein ſehr gefährlicher. Er iſt der Heegemeiſter jenes Waldes.
Du wirſt tauſend wilde Thiere um ihn herum graſen ſehen. Erkundige
Dich bei ihm nach dem Wege, wie er vom Platze weiter führt; er wird
Dich kurz beſcheiden, und die Richtung, über die Du in Zweifel biſt, Dir
angeben.« — Die Nacht kam mir ſehr lang vor. Am andern Morgen
ſtand ich auf, rüſtete mich, beſtieg mein Roß, und trabte gerade das
Thal hinauf nach dem Walde, und ſchlug den Kreuzweg ein, den der
Wirth mir bezeichnet hatte, bis ich zu dem gedachten freien Platze kam.
Und dort war ich über die Anzahl der Thiere, die ich ſah, dreimal mehr
erſtaunt, als der Mann mir geſagt hatte, daß ich erſtaunen würde. Der
ſchwarze Mann ſaß auf der Höhe des Walles. Ich fand ſeine Geſtalt
noch weit ungeheuerlicher, als ſie mir war geſchildert worden. Von der
Keule, von welcher der Wirth mir geſagt hatte, ſie ſei eine Laſt für zwei
Menſchen, bin ich überzeugt, daß vier Krieger ſie nicht heben würden. Und
dieſe war in der Hand des ſchwarzen Mannes. Er ſprach zu mir nur,
was zur Beantwortung meiner Fragen gehörte. Darauf fragte ich ihn,
welche Macht er über die Thiere beſitze? — »Das will ich Dir zeigen,
kleiner Mann,« antwortete er, indem er die Keule zur Hand nahm und
damit einen Hirſch ſchlug, daß er heftig niederſtürzte. Bei deſſen Fall
kamen alle Thiere zuſammen, ſo zahlreich wie die Sterne des Himmels,
daß es mir ſchwer ward, ſelbſt noch Raum auf dem Platze zu behalten.
Da waren Schlangen und Drachen, und die verſchiedenſten Arten von

Thieren. Er blickte sie an, und befahl ihnen, zu gehen und zu grasen. Sie beugten ihre Köpfe und huldigten ihm, wie Vasallen ihrem Gebieter huldigen. Darauf sprach der schwarze Mann zu mir: »Siehst Du jetzt, kleiner Mann, welche Gewalt ich über diese Thiere ausübe?« Als ich nun nach dem Wege fragte, wurde sein Benehmen gegen mich sehr grob, jedoch fragte er, wohin ich gehen wolle. Und als ich ihm mitgetheilt hatte, wer ich sei und was ich suche, sprach er zu mir Folgendes: »Schlage diesen Weg ein, der Dich dort zum Ausgang des Geheeges führt, und steige den Waldabhang hinan, bis Du zu dessen Gipfel kommst. Da wirst Du einen offenen Raum, gleich einem weiten Thale, finden, in dessen Mitte ein hoher Baum steht, dessen Zweige grüner sind, als der grünste Tannenbaum. Unter diesem Baum ist eine Quelle, an deren Rande eine Marmorplatte, darauf eine silberne Schale an einer silbernen Kette befestigt, daß sie Niemand fortnehmen kann. Nimm die Schaale voll Wasser, und gieß es auf die Platte; dann wirst Du ein mächtiges Krachen des Donners hören, so daß Du glauben wirst, Himmel und Erde zittern vor seinem Wüthen. Auf den Donner wird ein so heftiger Hagelschauer folgen, daß Du ihn kaum aushalten und mit dem Leben davon kommen wirst. Darnach klärt sich der Himmel auf, aber das Wetter wird kein Blatt an dem Baume gelassen haben. Darauf kommt ein Schwarm Vögel, und läßt sich auf den Baum nieder; in Deinem eigenen Lande hast Du nie so schönen Gesang gehört, wie diese ihn singen. Und in dem Augenblick, wo der Gesang der Vögel Dich entzückt, wirst Du ein Klagen und Murren hören, das von dem Thale heraufkommt. Du erblickst darauf einen Ritter auf einem kohlschwarzen Rosse, in schwarzen Sammet gekleidet, ein Fähnlein von schwarzem Linnen an seiner Lanze. Dieser wird mit äußerster Heftigkeit im Kampfe Dich anrennen. Fliehst Du vor ihm, so wird er Dich überwinden; bleibst Du aber, so wird er Dich genesen lassen, so wahr Du ein beherzter Ritter bist. Und wenn dies Abenteuer Dir keine Noth macht, so wirst Du sie nie im Leben finden.« — Darauf ritt ich fort, bis ich den Gipfel des Waldabhanges erreichte. Hier fand ich alles, wie es der schwarze Mann mir beschrieben hatte. Ich ging nach dem Baume hin, neben welchem ich die Quelle, und an deren Rand die Marmorplatte, und auf derselben die Schaale erblickte. Ich goß also die Schaale voll Wasser auf die Platte, und siehe: alsbald kam der Donner, heftiger als ich nach der Rede des schwarzen Mannes erwartete, und diesem folgte ein Hagelschauer, daß ich, Kai, Dir betheuern muß, weder Mensch noch Thier kann dies lebendig überstehen. Denn jedes dieser Hagelkörner würde Haut

und Fleisch bis auf den Knochen zerrissen haben. Ich kehrte mein Roß
nach der Wetterseite hin und hielt meinen Schild über dessen Kopf und
Hals, während ich mit dessen Rande mein eigenes Haupt schützte. So
widerstand ich dem Ungewitter. Als ich den Baum nun ansah, war kein
einziges Blatt daran. Nun erheiterte sich der Himmel, und siehe, als=
bald ließen die Vögel sich darauf nieder und sangen, und wahrlich, Kai,
seither und vorher hörte ich nie denen ähnliche Melodieen. Wie ich nun
ganz davon entzückt dastehe, horch, da ließ eine klagende Stimme vom
Thale herauf sich vernehmen: »O Ritter, was hat Dich hieher gefuhrt?
Was hab' ich Dir Leides gethan, daß Du gegen mich und mein Eigen=
thum also verfährst, wie Du so eben gethan? Weißt Du nicht, daß die=
ses Unwetter in meinen Besitzungen weder Menschen noch Thiere hat am
Leben gelassen, die ihm ausgesetzt waren?« Hierauf erschien ein Ritter
auf einem schwarzen Rosse, gekleidet in schwarzen Sammet, und mit
einem schwarzen Fähnlein. Wir rannten gegeneinander; da der Anlauf
heftig war, so wurde ich sogleich überwältigt. Nun fing der Ritter mit
seiner Lanze den Zügel meines Rosses, und ritt damit fort, indem er mich
zurückließ. Er schien mich nicht allzuhoch zu achten, da er mich weder
gefangen nahm, noch der Waffen beraubte. Ich kehrte nun auf dem
Wege zurück, den ich gekommen war. Als ich wieder zum Geheege des
schwarzen Mannes kam, so war es, ich gestehe es Dir, Kai, ein Wunder,
daß ich nicht vor Schaam über des Riesen Verspottung verging. Die
Nacht brachte ich in demselben Schlosse zu, wo ich früher gewesen. Ich
wurde jetzt aber bei weitem besser aufgenommen; ich speiste besser und
schwatzte frei mit des Schlosses Bewohnern. Keiner von ihnen spielte
auf mein Abenteuer an der Quelle an, und auch ich erwähnte desselben
gegen Niemand. Ich blieb also die Nacht dort. Als ich am Morgen
mich erhob, fand ich bereits ein dunkelbraunes Staatspferd mit scharlach=
rothen Nasenlöchern gesattelt. Nachdem ich mich gewappnet und beur=
laubt hatte, kehrte ich nach Hause zurück. Dasselbe Pferd besitze ich noch;
es steht in meinem Stalle dort. Ich erkläre, daß ich es nicht gegen das
beste Roß der Insel Brittannien eintausche.« — Und darauf fuhr er fort:
»Nun, in der That, Kai, niemals hat Jemand ein Geständniß von einem
Abenteuer so zum eigenen Nachtheile gemacht, und wahrlich scheint es mir
seltsam, daß Niemand außer mir mit jenem Abenteuer bekannt ist, und
daß in Arthur's Reichen jene Wunderbarkeiten sich finden, ohne daß schou
ein Anderer ihnen begegnet wäre.«

    »Wäre es demnach — sprach Owain — nicht recht, sich aufzuma=

chen, um jene Gegenden wieder aufzufinden?« — »Bei der Hand mei=
nes Freundes — rief Kai — zu oft spricht Deine Zunge etwas aus, was
Du nicht bethätigst.« — »Wahrhaftig — sprach Gwenhwyvar, — Du
verdienst dafür gehängt zu werden, Kai, daß Du eine so unhöfliche Spra=
che gegen einen Mann, wie Owain, führst.« — »Bei der Hand meines
Freundes, gute Gebieterin, — erwiederte Kai — der Ruhm Owain's ist
nicht größer, als der meinige.«

Hierbei erwachte Arthur, und fragte, ob er nicht ein wenig geschlum=
mert habe. — »Ja wohl, Herr — antwortete Owain — Du hast eine
Weile geschlafen.« — »Ist es Zeit, zur Mahlzeit zu gehen?« — »So
ist es, Herr« — sprach Owain. Hierauf erschallte das Horn zum Wa=
schen [6]), und der König und sein ganzer Hofhalt begaben sich zur Tafel.

Owain macht sich auf, 2. Nach beendigtem Mahle zog sich Owain
Kynon's Abenteuer zu be= zurück, und setzte sein Roß und seine Waffen in
stehen, und vermählt sich
mit der Gräfin von der Bereitschaft. Mit dem frühesten Morgen legte er
Quelle. — darauf seine Rüstung an, bestieg sein Pferd, und
durchstrich weite Länder und öde Gebirge. Endlich gelangt er zu dem
Thale, das Kynon ihm bezeichnet hatte, und er war gewiß, daß es das=
jenige sei, welches er suchte. Er durchstreifte es den Strom entlang,
und kam endlich auf eine Ebene, wo er des Schlosses ansichtig ward.
Wie er sich demselben näherte, erblickte er die Jünglinge da, wo Kynon
sie gesehen hatte, mit den Dolchen schleudern, und der greise Mann,
dem das Schloß gehörte, stand bei ihnen. Sie erwiederten freundlich
Owain's Gruß. Er ging in das Schloß, und trat in den Saal, wo
er die Mädchen auf goldenen Sesseln mit seidener Stickerei beschäftigt
fand. Ihre Schönheit und Zuvorkommenheit schien ihm Kynon's Be=
schreibung zu übertreffen. Sie erhoben sich, um Owain aufzuwarten,
wie sie es bei Kynon gethan. Das Mahl, welches sie ihm vorsetzten,
gewährte ihm mehr Befriedigung, als jenes dem Kynon. Gegen die
Mitte des Mahls befragte der greise Mann Owain um das Ziel seiner
Reise. Owain machte ihn damit bekannt, indem er sprach: »Ich ziehe
aus gegen den Ritter, welcher die Quelle bewacht.« — Hierauf lächelte
der Mann, und sagte: er stehe nicht an, ihm das Abenteuer vorauszusa=

---

[6]) Es war gebräuchlich, sich, bevor man zur Tafel ging, die Hände zu wa=
schen, und das Zeichen zu dieser Vorbereitung ward durch den Schall eines Horns
gegeben, was bei den Franzosen corner l'eau, oder corner l'eve hieß. Bei den
Mönchen ward dies Zeichen durch das Läuten einer Glocke gegeben. — L. G.

gen, wie dem Kynon, was er auch that; und darnach begaben sie sich
zur Ruhe. —

Am andern Morgen fand Owain sein Roß durch die Mädchen in
Bereitschaft gesetzt, und er ritt fort und kam zu dem Platze, wo der
schwarze Mann war. Die Gestalt desselben erschien ihm noch auffallen=
der als dem Kynon. Owain fragte ihn nach dem Wege, und jener zeigte
ihm denselben. Owain verfolgte ihn, wie Kynon gethan hatte, bis er zu
dem grünen Baum kam, wo er die Quelle mit der Marmorplatte und
die Schaale darauf erblickte. Owain füllte dieselbe mit Wasser und goß
es auf die Platte. Und siehe, der Donner krachte, das Hagelwetter brach
heraus, heftiger, als Kynon es beschrieben; dann heiterte sich der Himmel
auf. Als Owain nach dem Baum sich umsah, war kein Blatt daran ge=
blieben. Alsbald kamen die Vögel, ließen sich auf dem Baume nieder
und sangen. Während er sich noch an ihrem Gesange ergötzte, kam der
Ritter auf ihn zu, und er schickte sich an, ihn zu empfangen. Heftig
rannten sie gegen einander. Nachdem die Lanzen Beider gebrochen, zogen
sie ihren Degen und fochten Klinge gegen Klinge. Owain versetzte dem
Ritter einen Streich auf den Helm, der durch das Visir und die Kappe,
und dergestalt durch Haut, Fleisch und Knochen drang, daß selbst das Ge=
hirn verletzt ward. Der schwarze Ritter [7] fühlte die Tödtlichkeit des
Streiches, wendete sein Roß um, und eilte hinweg. Owain setzte ihm ha=
stig nach, konnte ihm aber nicht so nahe kommen, um ihn mit seinem
Schwerdt zu erreichen. Inzwischen gewahrte Owain ein großes glänzen=
des Schloß. Dem schwarzen Ritter ward Einlaß gewährt, aber sogleich
hinter Owain das Fallgatter herabgelassen; es traf sein Roß dergestalt auf
die Kruppe hinter dem Sattel, daß es mitten durchgeschlagen wurde; auch
schlug es noch Owain's Sporenräder ab. Als das Fallthor niedergelassen
war, befand sich die eine Hälfte des Pferdes und ein Theil von Owain's
Sporen außerhalb, und Owain mit der andern Hälfte des Pferdes inner=
halb des Thorthurms; auch das innere Thor ward geschlossen, so daß
Owain nicht weiter konnte. Owain befand sich da in einer bedenklichen
Lage. So spähete er durch eine Oeffnung des Thors, und bemerkte ge=

---

[7] In der englischen und französischen Version dieser Geschichte wird der
Name des schwarzen Ritters genannt; in der ersteren heißt er: Salados the
rouse, in der letzteren: Eleadoc le rous, was einige Aehnlichkeit mit dem wäl=
schen Cadoc oder Cattwg hat. L. G. Im deutschen Zwein Hartmann's von
Aue ist es der König Askalon. — Im Titurel Albrechts (Kap. 13) heißt er
Astilone von Precilie.

radeaus eine Straße mit Häusern zu beiden Seiten. Und er sah ein
Mädchen mit blondlockigem Haar, das ein goldenes Stirnband umfing.
Sie war in gelbe Seide gekleidet, und trug Schuhe von buntem Leder.
Sie näherte sich dem Thore und versuchte es zu öffnen. »Der Himmel
weiß, Frau — sagte Owain — es ist mir so wenig möglich, es von hier
zu öffnen, als es Dir ist, mich zu befreien.« — »Fürwahr — erwiederte
das Mädchen — es ist sehr traurig, daß Du nicht frei gemacht werden
kannst; jede Frau sollte Dir Hülfe gewähren, denn ich sah nie einen im
Frauendienst getreuern Mann als Dich, und nie einen aufrichtigeren
Freund und ergebeneren Liebhaber. Daher werde ich, was in meiner
Macht steht, für Dich thun. Nimm diesen Ring [8], stecke ihn an Deinen Finger, den Stein innerhalb der Hand, und mache sie dann zu. So
lange Du ihn so versteckst, wird er auch Dich verstecken. Wenn man hier
sich berathen hat, wird man kommen, Dich abzuholen und dem Tode preis-
zugeben. Sie werden dann sehr betroffen sein, Dich nicht zu finden. Ich
will Dich dort am Blocke [9] erwarten. Du wirst im Stande sein, mich
zu sehen, obgleich ich Dich nicht sehen kann. Daher komm und lege Deine
Hand auf meine Schulter, damit ich weiß, daß Du mir nahe bist. Begleite mich dann auf dem Wege, den ich gehe.«

Darauf ging das Mädchen von Owain fort, und er that alles, was
sie ihm gerathen hatte. Die Leute aus dem Schlosse kamen, um Owain
zu suchen und zu tödten, und als sie nichts fanden als die Hälfte des
Pferdes, waren sie sehr betrübt. — Owain verschwand aus ihrer Mitte,

---

[8] Dieser Ring wird zu den 13 Seltenheiten der königlichen Schätze von
Brittannien gezählt, welche vormals zu Caerlleon am Usk in Monmouthshire
aufbewahrt wurden. Diese Seltenheiten gingen mit Myrddin, Sohn des
Morvran, auf das Haus von Glaß, in Enlli auf der Insel Bardsey, über.
Andere berichten, daß früher ihn Taliesin, das Haupt der Barden, besaß. L. G.

[9] Ellis macht in seinen Noten zu Way's Fabliaux folgende Bemerkung
über dergleichen Blöcke, die in den alten Romanen sehr häufig vorkommen (II.
220): „Die Aufsteigeblöcke standen meist am Wege, auch in Wäldern; in den
Städten waren sie noch zahlreicher. Manche davon stehen noch in Paris, und
sie wurden von den obrigkeitlichen Personen benutzt, um ihre Maulthiere zu
besteigen, wenn sie zum Gerichte ritten. An diesen Blöcken, oder den Bäumen,
die in der Regel daneben gepflanzt waren, hingen gewöhnlich die Schilder der
Ritter, welche mit den Ankommenden bei Waffenfesten zu kämpfen Lust hatten.
Zu Zeiten wurden sie auch zu Gerichtssitzen erkoren, wo die Barone sich nieder-
ließen, um den Streit ihrer Vasallen zu schlichten; nicht minder zu Rednerbüh-
nen und Plätzen, von wo aus die Marktschreier ihre Herrlichkeiten dem Volke
anpriesen.“   L. G.

ging zu dem Mädchen und legte seine Hand auf ihre Schulter, worauf sie
sich entfernte.   Owain folgte ihr bis an die Thür eines großen und schö=
nen Gemachs.   Das Mädchen öffnete dasselbe, sie gingen hinein, und ver=
schlossen darauf die Thür.   Als Owain sich im Zimmer umhersah, be=
merkte er, daß auch nicht einmal ein einziger Nagel da war, der nicht mit
glänzenden Farben übertüncht gewesen wäre; auch war kein einziges Feld
da, auf dem nicht verschiedene Gemälde in goldenen Rahmen geprangt
hätten. — Das Mädchen zündete Feuer an, brachte Wasser in silberner
Schaale, legte ein Handtuch von weißem Linnen über ihre Schulter, und
reichte Owain das Wasser zum Waschen.   Dann stellte sie ihm einen sil=
bernen, mit Gold eingelegten Tisch hin, breitete ein Gedeck von gelbem
Linnen darüber, und setzte die Mahlzeit auf.   Noch nie sah Owain eine
solche Fülle verschiedenartiger und so gut zubereiteter Speisen.   Alles Ge=
schirr, das man auftrug, war von Gold oder Silber.   Er aß und trank
bis zum späten Nachmittag, als man plötzlich ein großes Geschrei im
Schlosse hörte.   Owain fragte das Mädchen, was dies bedeute? — »Sie
geben — sagte sie — dem Edelmann, dem dies Schloß gehört, die letzte
Oelung.« — Und Owain ging schlafen.

Das Lager, welches das Mädchen für ihn bereitet hatte, wäre für
Arthur selbst angemessen gewesen.   Es war von Scharlach, Pelzwerk, Taf=
fent, Seide und feinen Linnen.   Mitten in der Nacht hörten sie ein kläg=
liches Geschrei.   »Was will das wieder bedeuten?« fragte Owain. —
»Der Edelmann, dem das Schloß gehört, ist jetzt gestorben« — antwortete
das Mädchen.   Kurz nach Tagesanbruch erhob sich wiederum ein außer=
ordentliches Klagen und Wehegeheul.   Er fragte wieder nach der Ursache.
— »Sie tragen nun die Leiche des Edelmanns, dem das Schloß gehört,
in die Kirche.«

Owain stand auf, kleidete sich an, öffnete ein Fenster des Gemaches
und schauete nach dem Schlosse, aber er konnte weder den Anfang, noch
das Ende des Zuges der Krieger sehen, welche die Straße füllten.   Sie
waren alle ganz vollständig gewaffnet, und eine ungeheure Menge von
Frauen ging mit ihnen, zu Pferde und zu Fuß, und alle Geistliche der
Stadt mit Gesang.   Dem Owain war es, als tönte der Himmel wieder
von ihrem Geschrei, vom Schall der Trompeten und dem Gesang der
Pfaffen.   In der Mitte des Gedränges sah er die Todtenbahre, über
welche eine Decke von weißem Linnen gebreitet war, brennende Wachsker=
zen gingen zu beiden Seiten; von Allen, welche die Bahre trugen, war
keiner unter dem Range eines mächtigen Barons.

Noch nie hatte Owain eine Versammlung so köstlich in Sammet, Seide und Zindel gekleidet gesehen. Dem Zuge folgend sah er eine Frau, deren aufgelöstes, mit Blut beflecktes Haar ihr über die Schultern herabhing. Ihr Gewand von gelber Seide war zerrissen; an ihren Füßen trug sie Schuhe von buntem Leder. Es war ein Wunder, daß ihre Hände nicht wund waren von ihrem heftigen Ringen. Sicherlich würde sie die reizendste Dame gewesen sein, die Owain jemals sah, wenn sie in ihrer gewöhnlichen Tracht gewesen wäre. Ihr Jammergeschrei übertönte noch das Geräusch der Männer und den Schall der Trompeten. Nicht sobald hatte Owain die Frau gesehen, als er von Liebe zu ihr entbrannte, die sich seiner ganz bemächtigte. — Er fragte hierauf das Mädchen, wer die Frau sei. — »Der Himmel weiß — antwortete diese — es ist die schönste, keuscheste, hochsinnigste, weiseste und edelste Frau. Sie ist meine Gebieterin, genannt die Gräfin von der Quelle, die Gemahlin Dessen, den Du gestern erschlugst.« — »Wahrlich — rief Owain — sie ist das Weib, die ich am meisten liebe.« — »Wohl — sagte das Mädchen — sie soll auch Dich nicht wenig lieben.« — Hiermit stand sie auf, zündete ein Feuer an, und setzte einen Topf mit Wasser bei. Darauf legte sie ein weißleinwandnes Tuch um Owain's Nacken, nahm einen Becher von Elfenbein und eine silberne Schaale, und wusch ihm den Kopf. Dann öffnete sie ein hölzernes Kästchen und nahm ein Scheermesser mit elfenbeinerner goldvernieteter Schaale heraus. Sie nahm ihm den Bart ab, und trocknete ihm Hals und Gesicht mit dem Tuche. Nach dem ging sie und brachte ihm zu essen. Wahrlich, Owain hatte nie ein so gutes Mahl gehalten und war so ausgezeichnet bedient worden. Nach beendigtem Mahle bereitete das Mädchen sein Lager. — »Komm her — sagte sie — und schlafe, ich werde inzwischen für Dich werben.«

Owain ging schlafen; das Mädchen verschloß die Thür des Gemachs hinter sich, und ging nach dem Schlosse. Hier aber fand sie nichts als Trauer und Sorge. Die Gräfin [10]) war in ihrem Zimmer und der

---

[10]) Die englische Version dieser Erzählung nennt diese Gräfin:

„Die reiche Dame Alundyne,
Des Herzogs Tochter von Landuit.‟ (B. 1255.)

Es ist sehr befriedigend, zu finden, daß sie nicht jene Penarwen, Tochter des Gulfynawyt Prydein, gewesen, die als Owain's Gattin in den Triaden vorkommt, wenngleich nur in Ausdrücken wie aus Höflichkeit. Vielleicht war Penarwen seine zweite Frau, wenn wir annehmen, daß er die Gräfin der Quelle überlebte, wenngleich es im Text naiv heißt: „sie wolle sein Weib sein, so lange er lebe‟. — In Owen's Elywarch Hen ist gesagt, daß nach dem Tode der

Gram machte ihr den Anblick jedes Menschen zuwider. Luned kam und grüßte sie, aber die Gräfin antwortete ihr nicht. Das Mädchen kniete vor ihr nieder, und sprach: »Was ist Euch, daß Ihr heute Niemandem Antwort gebt?« — »Luned — sagte die Gräfin — welche Veränderung ist mit Dir vorgegangen, daß Du in meinem Grame nicht zu mir kommst? Du thatst Unrecht gegen mich, die Dich reich gemacht hat; Du thatst Unrecht, daß Du mir in meiner Trauer nicht beistandest.« — »Wahrlich — sagte Luned — ich glaubte Deine Seele stärker, als ich sie nun finde. Ist es recht von Dir, über einen guten Mann, oder überhaupt über etwas zu trauern, was nicht mehr vorhanden ist?« — »Ich erkläre vor Gott — rief die Gräfin — empörte es mich nicht, einen Menschen tödten zu lassen, den ich erzogen habe, ich würde Dich über solche Rede hinrichten lassen. Da Du sie Dir aber erlaubt hast, so will ich Dich verbannen.« — »Es freuet mich nur — erwiederte Luned — daß Du keine andere Ursach hast, so zu handeln. Ich wollte Dir nützlich sein, aber Du kennst Deinen eigenen Vortheil nicht. So treffe denn von nun an Unglück den, der den ersten Schritt zur Versöhnung thut, gleichviel, wenn ich eine Einladung von Dir annehme, oder Du eine von mir annimmst.« — Hiermit ging Luned fort; die Gräfin folgte ihr bis zur Thür nach, und hustete dann laut. Als Luned sich hierauf umsah, winkte ihr die Gräfin, und sie kam zu ihr zurück. — »In Wahrheit — sagte die Gräfin — Deine Rede ist zwar böse, doch wenn Du weißt, was mir tröstlich sein kann, so theile es mir mit.« — »Das will ich — entgegnete Jene. — Du weißt, daß in Kriegszeiten es Dir unmöglich ist, Deine Besitzungen zu schirmen. Zögere daher nicht, Dir Jemanden zu suchen, der Dich vertheidigen kann.« — »Wie soll ich das anfangen?« — »Das will ich Dir sagen — sprach Luned; — wenn Du nicht jene Quelle vertheidigst, wirst Du Dir dein Land nicht erhalten können. Niemand anders aber kann sie beschützen, als ein Ritter von Arthur's Hofe. Dahin will ich also gehen, und Unglück soll mich treffen, wenn ich ohne einen Kämpfer zurückkehre, der die Quelle nicht eben so gut, wenn nicht noch besser zu beschützen vermöchte, als der sie vormals hütete.« — »Das wird schwer auszuführen sein — meinte die Gräfin. — Gehe indeß und versuche, was Du versprochen hast.«

Luned ging unter dem Vorwand, sich an Arthur's Hof zu begeben; in der That aber kehrte sie zu dem Zimmer zurück, worin sie Owain

---

Penarwen, Owain mit Denyw, Tochter des Llewddyn Luyddawg von Edinburg, sich verheirathete, von welcher er den Kendeyen Garthwys, den berühmten St. Kentigern, der die Kathedrale von Glasgow gründete, empfing.   L. G.

gelaſſen hatte, und verweilte dort ſo lange bei ihm, als wohl eine Reiſe zu
Arthur könnte gedauert haben. Nach Verlauf dieſer Zeit kleidete ſie ſich
reiſemäßig an, und ging zu der Gräfin. Dieſe war bei ihrem Anblick hoch=
erfreuet, und fragte nach Neuigkeiten vom Hofe. — »Ich bringe Dir die
beſte Neuigkeit — ſagte Luned — denn ich habe den Zweck meiner Sen=
dung erreicht. Wann wünſcheſt Du, daß ich Dir den Ritter, der mit mir
hergekommen iſt, vorſtelle?« — »So führe ihn morgen zur Mittagszeit
her — erwiederte die Gräfin — und ich werde veranlaſſen, daß die Stadt
zu derſelben Zeit verſammelt ſei.« Luned ging nach Hauſe. Am andern
Tage gegen Mittag ſchmückte Owain ſich mit einem Wammes und Man=
tel von Seide, breit mit Gold bordirt; auf den Füßen trug er bunte
Schuhe, die mit goldenen Spangen, welche die Form von Löwen hatten,
befeſtigt waren. Und ſo traten ſie zu der Gräfin in den Saal. Höchlich
erfreuet war dieſe über ihr Erſcheinen. Sie betrachtete Owain aufmerk=
ſam, und ſprach: »Luned, dieſer Ritter hat nicht das Anſehen eines Rei=
ſenden.« — »Und was liegt daran?« — fragte Luned. — »Ich bin über=
zeugt — ſagte die Gräfin — daß kein anderer als dieſer, die Seele mei=
nes Gemahls von deſſen Leibe getrennt hat.« — »Um ſo beſſer für Dich,
Herrin — erwiederte Luned — denn wäre er nicht ſtärker geweſen als
Dein Gemahl, ſo würde er ihn nicht ſeines Lebens haben berauben kön=
nen.« — »Gehe zurück in Deine Wohnung — befahl die Gräfin; —
ich werde es in Berathung nehmen.«

Am folgenden Tage rief die Gräfin alle ihre Unterthanen zur Ver=
ſammlung, und ſtellte ihnen vor: wie ihre Grafſchaft ohne Vertheidiger
ſei, und daß ſie ſie nicht anders ſchützen könnten, als durch Roſſe, Waffen
und Geſchicklichkeit im Kampf. »Deßhalb — fuhr ſie fort — ſtelle ich
Euch zur Entſcheidung: entweder einer aus eurer Mitte vermählt ſich
mit mir, oder Ihr willigt ein, daß ich mir einen Gatten von außerhalb er=
wähle, um meine Güter zu beſchützen.« — Es wurde darauf für beſſer
befunden, ihr die Erlaubniß, einen Fremden ſich zu erkieſen, zu geben.
Darauf ſchickte ſie nach dem Biſchof und Erzbiſchof, um ihre Vermählung
mit Owain zu feiern; und die Einwohner der Grafſchaft huldigten Owain
als ihrem Herrn.

Owain vertheidigte die Quelle mit Lanze und Schwert. Und zwar
auf folgende Weiſe vertheidigte er ſie: wenn ein Ritter daher kam, ſo
überwältigte er ihn, und verkaufte ihn für ſeinen vollen Werth. Was
er daraus löſte, vertheilte er unter ſeine Barone und Ritter. Kein

8

Mensch in der ganzen Welt konnte bei seinen Unterthanen so beliebt sein, als er. Dies währte also einen Zeitraum von drei Jahren.

Arthur bricht mit seinem Hofe auf, um Owain zu suchen, und Gwalchmai erkennt diesen in dem Vertheidiger der Quelle, und Owain folgt Arthur an den Hof.

3. Es begab sich, daß Gwalchmai eines Tages, als er mit Arthur ging, diesen sehr niedergeschlagen und traurig sah. Gwalchmai war sehr betreten, ihn in diesem Gemüthszustande zu sehen, und fragte ihn: »O Herr, was ist Dir begegnet?« — »In der That, Gwalchmai — sprach Arthur — ich bin Owain's wegen traurig, den ich seit drei Jahren schon verloren habe; gewiß werde ich sterben, wenn auch das vierte vergeht, ohne daß ich ihn sehe. Ich bin überzeugt, die Geschichte, welche Kynon, Sohn des Clydno, damals erzählte, ist Schuld an Owain's Verlust.« — »So wäre es nicht nöthig — erwiederte Gwalchmai — deßhalb dein ganzes Volk unter die Waffen zu rufen. Denn Du allein und die Männer deines Hofes sind hinreichend, Owain zu rächen, wenn er sollte erschlagen sein, oder ihn zu befreien und ihn lebend zu Dir zurück zu bringen, wenn er gefangen wäre.« Man trat Gwalchmai's Ansicht bei. Arthur und die Männer seiner Begleitung schickten sich an, Owain aufzusuchen. Ihre Anzahl betrug, ohne ihr Gefolge, dreitausend. Kynon, Sohn des Clydno, übernahm das Amt eines Wegweisers. Arthur kam nach dem Schlosse, wo Kynon damals gewesen war. Hier sah er die Jünglinge auf demselben Platze spielen, und der greise Mann stand bei ihnen. Als dieser den König sah, grüßte er ihn, und lud ihn in das Schloß. Arthur nahm die Einladung an. So groß auch die Zahl seines Gefolges war, so wurde ihre Anwesenheit in den ungeheuren Räumen des Schlosses dennoch kaum bemerkt. Die Mädchen erhoben sich, den Gästen aufzuwarten. Die Gastlichkeit der Aufnahme schien alles zu übertreffen, was sie je irgendwo gefunden. Selbst die Pagen, die den Dienst bei den Pferden hatten, wurden diese Nacht ebenso gut bewirthet, wie Arthur selbst in seinem eigenen Palaste. Am andern Morgen machte sich Arthur, geführt von Kynon, auf, und kam nach dem Orte, wo der schwarze Mann war. Trotz der vorherigen Schilderung, war Arthur dennoch von dieser Gestalt überrascht. Und sie gelangten zu dem Waldabhang und gingen das Thal hinauf, bis sie den grünen Baum erreichten. Hier sahen sie die Quelle, die Schaale und die Marmorplatte. Da trat Kai zu Arthur, und sprach: »Herr, ich kenne die Bedeutung von alle dem, und meine Bitte ist, mir zu erlauben, das Wasser auf die Platte zu gießen und das darauf folgende Abenteuer zu bestehen.« — Arthur ertheilte ihm die Erlaubniß.

Kai goß nun Wasser auf die Platte, worauf der Donner und Hagelschauer folgte, so heftig, wie sie ihn noch nie erlebt hatten, und viele von Arthur's Gefolge wurden erschlagen. Der Baum ward entblättert; doch bald klärte der Himmel sich auf, Vögel ließen sich auf die Zweige nieder; so süßen Gesang hatte man nimmer gehört. Darauf kam ein schwarzgekleideter Ritter mit Hast herangeritten, griff Kai an, und überwand ihn bald; darauf zog er sich zurück. Arthur und seine Leute lagerten diese Nacht auf dem Felde. Als sie am andern Morgen sich erhoben, erblickten sie das Kampfzeichen auf der Lanze des Ritters. Kai kam zu Arthur und sprach zu ihm: »Herr, obwohl ich gestern besiegt worden bin, so will ich doch, wenn Du es erlaubst, mich ihm wieder entgegenstellen.« — »Das magst Du thun,« sprach Arthur. Also rannte Kai gegen den Ritter, ward aber alsbald geworfen. Der Ritter schlug ihm den Helm durch, und verwundete seinen Kopf bis auf den Schädel. Kai kehrte zu seinen Genossen zurück.

Hierauf ging Einer nach dem Andern aus Arthur's Gefolge zum Kampf mit dem Ritter, aber alle wurden besiegt. Nur Arthur und Gwalchmai waren noch übrig. Nun wappnete sich Gwalchmai zum Zweikampf. »O Herr — sprach er — erlaube mir, zuerst mit ihm zu kämpfen.« Arthur bewilligte es ihm. Darauf ritt er hinaus; er und sein Roß war mit einem seidenen Ehrenmantel [11]) bedeckt, den er von der Tochter des Grafen von Rhangyw [12]) erhalten hatte. In diesem Anzuge war er Niemandem bekannt. Der Kampf begann; sie fochten den

---

[11]) Diese Ehrenmäntel konnten nur von den Rittern getragen werden. Nach St. Palaye pflegten Fürsten sie mit einem Roß, und nachmals dies auch noch mit einem goldenen oder silbernen Gebiß, zu geben. Seine Worte (I, 287) sind: „Le manteau long et trainant, qui enveloppoit toute la personne, étoit reservé particulièrement au chevalier comme la plus auguste et la plus noble décoration, qu'il pût avoir, lorsqu'il n'étoit point paré de ses armes — — — on l'appeloit le manteau d'honneur.“ L. G.

[12]) Wahrscheinlich ist der Graf von Anjou gemeint, und ursprünglich geschrieben Jarll yr Angyw; die wälsche Partikel yr, in ihrer abgekürzten Form 'r, ist anscheinlich durch einen Fehler des Schreibers mit Angyw verbunden, welches der walsche Name für Anjou ist. Was dies wahrscheinlich macht, ist, daß die Grafschaft Anjou oder Angyw, in Uebereinstimmung mit dem Brut d'Angleterre, eine der Besitzungen Arthur's war, welche er seinem Seneschall Kai verlieh. L. G. Erwünschter wäre uns der Nachweis gewesen, wann zuerst in wälschen Dichtungen der Name Anjou oder Angyw vorkommt? Wir bezweifeln, daß dies schon im 11ten Jahrhundert geschehen, und spüren hier neuere Beimischung.

ganzen Tag bis zum Abend; doch keiner war im Stande, den Andern
aus dem Sattel zu werfen. Am andern Tage kämpften sie mit langen
Speeren, doch keiner konnte über den andern die Oberhand gewinnen.
Am dritten ritten sie sich mit ungemein starken Lanzen an. Sie waren
von Zorn entbrannt, und kämpften wüthend bis zum Abend. Sie rann=
ten so stark gegen einander, daß ihre Sattelgurte zerrissen, und sie von
den Rossen zu Boden stürzten. Schnell sprangen sie wieder auf, zogen
die Degen und setzten so den Kampf fort. Die Menge, welche dem
Kampf zusah, gestand sich, noch nie zwei so Tapfere und Kraftvolle ge=
sehen zu haben. Wäre es Mitternacht gewesen, das Dunkel wäre von
dem Feuer erhellt worden, das ihren Waffen entsprühete. Der Ritter
versetzte Gwalchmai einen Schlag, der ihm den Helm vom Haupte warf,
so daß er Gwalchmai in seinem Gegner erkannte. Da rief Owain:
»Mein Herr Gwalchmai, ich erkannte Dich nicht, meinen Vetter [13]),

---

[13]) Die folgende genealogische Tafel weist die Verwandtschaft nach, wie sie
die Wälschen Geschlechtsregister angeben:

Cynvarch, Sohn des Meirchion.

Arawn,	Urien Rheged.	Llew,
im Lateinischen		auch Loth genannt,
Brut genannt:		König von Lothian und von
Auguselus.		Orkney (Orkaden)
	Owain.	Gwalchmai (Gauvain).

Von den ältesten Zeiten bis auf die Königin Elisabeth haben die Walliser ihre
Stammbäume mit großer Sorgfalt geführt, und es giebt davon sowohl in
öffentlichen als Privat=Sammlungen viele Abschriften. Wenngleich in diesen
manche Widersprüche unterlaufen mögen, so ist doch im Allgemeinen ihre Au=
thenticität wohl begründet. Allerdings scheint es etwas außerordentlich Auf=
fallendes, daß diese Familienurkunden mit so großer Sorgfalt durch so manche
Generation sollen aufgesammelt sein. Aber wenn wir die strengen Vorschriften
der wälschen Gesetze über diesen Gegenstand erwägen, werden wir weder mehr
über das Dasein solcher alten Documente, noch über die Aengstlichkeit der Wal=
liser bei ihrer Aufbewahrung erstaunt sein. „Man hat bemerkt — sagt der
Verfasser über die wälschen Stammtafeln in den Abhandlungen der
Cymmrodorion-Society — daß Genealogien als ein Gegenstand der Noth=
wendigkeit während der alten brittischen Verfassung aufbewahrt wurden. Der
Stammbaum eines Mannes hatte für ihn die größte Wichtigkeit, weil er nur
dadurch im Stande war, sein Geburtsrecht zu beglaubigen und zu beweisen, und
die Vorrechte geltend zu machen, die das Gesetz ihm beigelegt hatte. — Jeder
war verpflichtet, seine Abstammung durch 9 Grade darzuthun, um seine freie
Geburt zu beweisen, vermöge deren er Anspruch auf Theilnahme an der Ge=

wegen des Ehrenmantels, der Dich umwallte. Nimm mein Schwert und meine Waffen.« — Gwalchmai entgegnete: »Du, Owain, bist der Sieger; nimm Du mein Schwert.« — Inzwischen näherte sich Arthur den Redenden. »Mein Gebieter Arthur, sprach Gwalchmai, hier ist Owain, der mich besiegt hat, und doch meine Waffen nicht nehmen will.« — »Herr — erwiederte Owain — dieser ist es, der mich besiegte, und er will mein Schwert nicht nehmen.« — »So gebt mir eure Schwerter — sagte Arthur; — denn keiner von Euch hat den andern besiegt.« — Da hing Owain seinen Degen um Arthur's Hals, und sie umarmten sich. Alle Fremden eilten ungestüm herbei, um Owain zu sehen und zu umarmen. Es wäre mancher fast um sein Leben gekommen, so groß war das Gedränge.

Man zog sich für die Nacht zurück, und am folgenden Tage schickte sich Arthur zur Abreise an. »Herr — sprach Owain — das ist nicht recht von Dir; denn ich bin nunmehr seit drei Jahren abwesend, und während dieser ganzen Zeit bis auf den heutigen Tag habe ich ein Gastmahl für Dich vorbereitet, da ich wußte, Du würdest kommen, mich aufzusuchen. Daher verweile bei mir so lange, bis Du mit deiner Begleitung Dich von der Anstrengung der Reise wirst erholt haben.« Alle gingen sie nun zum Schlosse der Gräfin von der Quelle, und das Gastmahl, das drei Jahre vorbereitet worden, wurde in drei Monaten genossen [14]). Niemals hatten sie feiner und ausgesuchter getafelt. Demnächst bereitete Arthur sich zur Abreise. Zuvor schickte er Boten an die Gräfin mit dem Ersuchen, zu gestatten, daß Owain auf drei Monate

---

meindemark hatte. Nicht minder war ihm im Kriminalprozeß der Stammbaum nothwendig; denn z. B. jeder Mord ward mit einer Geldstrafe gebüßt, welche die Verwandten des Mörders aufbringen mußten, und welche in neun Abstufungen getheilt war, dergestalt, daß z. B. der Bruder den größten, und der Verwandte des neunten Gliedes den geringsten Theil dazu beizutragen hatte. Die solchergestalt beigetriebene Strafe ward in demselben Verhältniß unter die Verwandten des Ermordeten vertheilt. — Eine Person über das neunte Glied hinaus bildet eine neue Familie. Jede Familie ward durch ihre Aeltesten repräsentirt, und die Aeltesten aller Familien waren die Vertreter auf der Volksversammlung."   L. G.

14) Ein Fest, das drei Jahre zur Vorbereitung und drei Monat zum Genuß erfordert, erscheint in unsern sparsamen Zeiten als etwas ungeheures. Dennoch will es nichts gegen das Begegniß in einem andern Mabinogi sagen, worin eine Gesellschaft achtzig Jahre lang mit dem Horchen auf den Gesang der Vögel von Rhianon hinbrachte, welcher die Erinnerung ihrer Sorgen ihnen verscheuchte.   L. G.

mit ihm ziehe, daß er ihm die Edlen und die schönen Frauen der Insel
Brittannien zeige. Die Gräfin gab, ungeachtet es ihr sehr wehe that,
ihre Einwilligung. Nun ging Owain mit Arthur nach der Insel Brit=
tannien. Als er nun einmal wieder unter seinen Freunden und Bekann=
ten sich befand, blieb er drei Jahre, anstatt drei Monate, bei ihnen.

Owain wird aus Reue   4. Als eines Tages Owain in der Stadt
Waldmann; durch Wunder=
balsam geheilt, gewinnt er Caerlleon am Usk bei Tafel saß, siehe, da ritt ein
den treuen Löwen, errettet Mädchen daher auf einem braunen Pferde mit flie=
Lured vom Feuertode und
kehrt zur Gräfin von der   gender Mähne und bedeckt mit Schaum, und der
Quelle zurück.   Sattel, soweit er sichtbar, war mit Gold geziert.
Sie trat zu Owain hin, zog ihm den Ring von der Hand und sprach:
»So muß der Verräther behandelt werden, der Betrüger, der Treulose,
der Bartlose.« Sie wandte ihr Pferd um, und ritt davon.

Jetzt kam Owain wieder sein Abenteuer in's Gedächtniß, und er
ward betrübt. Nach geendigtem Mahle ging er in sein Wohngemach und
bereitete in der Nacht alles vor. Anderen Tags erhob er sich, ging aber
nicht an den Hof, sondern ritt fort zu den fernsten Theilen der Erde und
in wüste Gebirge. Hier blieb er, bis all sein Vorrath aufgezehrt, sein
Körper hingeschwunden, sein Haar lang geworden war. Und er ging mit
den wilden Thieren herum und auf ihren Weiden, so daß sie vertraut
mit ihm wurden. Endlich aber wurde er so schwach, daß er nicht länger
bei ihnen bleiben konnte. Er stieg von den Bergen in ein Thal hinab,
und kam in einen Garten, den schönsten der Welt, welcher einer verwitt=
weten Gräfin angehörte. Am selbigen Tage lustwandelte die Gräfin mit
ihren Frauen an dem See, der sich in der Mitte des Gartens befand.
Und sie gewahrten die Gestalt eines Mannes, worüber sie sehr erschraken.
Dennoch näherten sie sich ihm, betrachteten, berührten ihn, und fanden,
daß noch Leben in ihm war. Und die Gräfin ging in das Schloß zu=
rück, nahm eine Flasche mit köstlichem Balsam und gab sie einer ihrer
Frauen. »Gehe hiermit — sprach sie — fange jenes Roß und nimm
die Kleidung und bringe alles in die Nähe des Mannes, den wir so eben
sahen. Reibe ihm mit diesem Balsam unter dem Herzen, und wenn
noch Leben in ihm ist, so wird er vermöge der Wirkung dieses Balsams
aufstehen. Dann beobachte, was er thun wird.« Das Mädchen ging
hin, und verwandte den ganzen Vorrath an Owain, brachte Roß und
Kleider zu ihm, und verbarg sich in einiger Entfernung, um ihn zu beob=
achten. Nach einer kurzen Weile sah sie, wie er seine Arme anfing zu
bewegen, dann aufstand, sich betrachtete, und über die Unziemlichkeit seiner

Erscheinung beschämt war. Dann gewahrte er das Roß und die Klei=
dung neben sich. Er kroch weiter, bis er im Stande war, die Kleider
vom Sattel herabzuziehen. Nun kleidete er sich an, und bestieg mit
Mühe das Roß. Darauf entdeckte sich ihm das Mädchen, und begrüßte
ihn. Er war erstaunt, sie zu sehen, und erkundigte sich bei ihr, wem das
Land und diese Gegend gehöre. Das Mädchen antwortete: »Einer ver=
wittweten Gräfin gehört jenes Schloß, ihr Gemahl verließ bei seinem
Tode ihr zwei Grafschaften; sie besitzt aber nur noch dieses Gut, indem
das übrige ihr von einem jungen Grafen [15]), der ihr Nachbar ist, ent=
rissen ward, weil sie sich weigerte, ihm ihre Hand zu geben.« — »Das ist
traurig,« sprach Owain, und begab sich mit dem Mädchen nach dem
Schlosse. Das Mädchen führte ihn in ein anmuthiges Zimmer, zündete
Feuer an, und verließ ihn, um zur Gräfin zu gehen. Als sie dieser die
Flasche zurückgab, rief jene: »Ha, Mädchen, wo ist all' der Balsam geblie=
ben?« — »Hab' ich ihn doch ganz verbraucht!« — »O Mädchen —
sagte die Gräfin —, das kann ich Dir nicht so leicht vergeben! Es ver=
drießt mich sehr, an einen Fremden, den ich nicht einmal kenne, sieben
Pfund des köstlichsten Balsams verschwendet zu haben. Jedoch bediene
ihn, bis er ganz hergestellt ist.«

Das Mädchen that nach dem Gebot, und versorgte ihn mit Speise
und Trank, mit Feuer, Wohnung und Arznei, bis er ganz hergestellt war.
Nach drei Monaten war er wieder zu seinem vormaligen Ansehen gelangt
und war noch schöner, als je zuvor. — Eines Tages hörte Owain einen
großen Tumult von Waffenlärm im Schlosse, und erkundigte sich bei dem
Mädchen nach der Ursach. — »Der Graf — sprach sie — von dem ich
Dir sagte, ist mit einem zahlreichen Heere vor das Schloß gerückt, um
die Gräfin zu besiegen.« Owain erkundigte sich, ob die Gräfin ein Roß
und Waffen besitze. »Sie hat die besten der Welt,« antwortete das
Mädchen. — »Willst Du gehen und für mich ein Roß und Waffen er=
bitten, damit ich gehen kann, mir das Heer anzusehen?« — »Das will
ich,« erwiederte das Mädchen. — Sie hinterbrachte der Gräfin, was
Owain ihr aufgetragen hatte. Die Gräfin sprach lächelnd: »Wahrlich,
ich will ihm sogar für alle Zeiten Roß und Waffen geben; solch ein Pferd
und solche Waffen hat er noch nie gehabt, und es freuet mich, daß er sie

---

[15]) Der Name des Angreifers ist im englischen Ywain und Gavin: der
reiche Graf, Sir Alers (B. 1871.); in Chretien's Chevalier au lion: Cuens
Alers; in Hartmann's Iwein: Graf Aliers, und die Gräfin ist bei letzterem
die Gebieterin von Narison.

heute nimmt, bevor meine Feinde sie wider meinen Willen morgen nehmen. Dennoch begreife ich nicht, was er damit anfangen will.«

Die Gräfin befahl, einen schönen schwarzen Hengst [16] herauszufüh-
ren, worauf ein prächtiger Sattel nebst den nöthigen Waffen lag. Owain
wappnete sich, schwang sich auf das Roß, und ritt in Begleitung von
zwei wohl bewaffneten Knappen fort. Als sie in die Nähe der gräflichen
Schaaren kamen, konnten sie ihr Ende und ihre Zahl nicht absehen.
Owain fragte seine Knappen: in welchem Haufen sich der Graf befinde.
— »In jenem — sagten sie — wo die vier gelben Fähnlein sind.
Zwei sind vor und zwei hinter ihm.« — »Nun — sprach Owain —
kehrt zurück, und erwartet mich am Eingange des Schlosses.« So kehr-
ten sie um, während Owain vorwärts sprengte, bis er dem Grafen begeg-
nete. Owain hob ihn gänzlich aus dem Sattel, lenkte sein Roß dem
Schlosse zu, und brachte, wiewohl mit Schwierigkeit, den Grafen bis zum
Thor, wo die Knappen ihn erwarteten. Sie gingen hinein, und Owain
übergab den Gefangenen der Gräfin zum Geschenk, indem er sprach:
»Siehe hier die Belohnung für deinen gesegneten Balsam.« — Das
Heer kampirte inzwischen vor dem Schlosse. Der Graf gab als Lösegeld
für sein Leben die beiden geraubten Grafschaften zurück, und für seine
Freiheit überließ er der Gräfin die Hälfte seiner eigenen Besitzungen, all'
sein Gold, Silber, Juwelen und stellte außerdem noch Geißeln. — Owain
nahm nun Abschied, wiewohl die Gräfin und ihre Unterthanen ihn dringend zu bleiben baten; denn er zog vor, durch weite Länder und unge-
bahnte Gegenden zu streifen.

Auf seiner Fahrt hörte er ein lautes Geheul in einem Walde. Es
wiederholte sich zwei, drei Male. Er näherte sich dem Orte, und fand
einen sehr steilen Berg in der Mitte des Waldes, an dessen Fuße einen
grauen Felsen. In diesem war eine Spalte, worin eine Schlange lag.
Nahe dabei stand ein schwarzer Löwe, der wegzugehen suchte, doch immer
schoß die Schlange auf ihn zu, um ihn zu verwunden. Owain zog seinen Degen, und ging nach dem Felsen hin; und so wie die Schlange
hervorschoß, schwang er das Schwert gegen sie, und schnitt sie entzwei.
Er wischte den Degen ab, und ging des Weges, den er gekommen. Aber

---

[16] Der Name von Owain's Roß wird anderwärts Anrheith farch (leicht
zu zügelndes) genannt, wir können aber nicht angeben, ob das Carn Aflawg
der Triaden (das mit dem Huf weit ausgreifende) identisch mit dem ist, welches
er hier von der Gräfin empfing, oder mit dem, das unter dem Fallgatter erschlagen ward.   L. G.

siehe, der Löwe folgte ihm nach, und spielte um ihn her wie ein Wind=
spiel, das er aufgezogen.   So gingen sie den ganzen Tag bis zum Abend
fort.   Als Owain müde ward, stieg er ab, und ließ sein Pferd frei in
einer ebnen umwaldeten Wiese gehen.   Er zündete Feuer an, und als es
brannte, brachte der Löwe ihm soviel Geflügel, wohl für drei Nächte.
Darauf ging der Löwe wieder, und kehrte mit einem Rehbock zurück, den
er vor Owain hinlegte.   Dieser nahm ihn, zog ihm die Haut ab, und
legte Fleischschnitte davon auf Speilern um das Feuer.   Das Uebrige
gab er dem Löwen zu fressen.   Während dem hörte er unweit von sich
ein tiefes Geseufze, und nochmals, und abermals.   Er rief darauf, um
zu erfahren, ob das Seufzen, das er gehört hatte, von einem Sterblichen
herrühre.   Die Antwort erfolgte, daß dem also sei. — »Wer bist denn
Du?« fragte Owain. — »Ach — erwiederte die Stimme — ich bin
Luned, die Dienerin der Gräfin von der Quelle.« — »Und was machst
Du hier?« — »Ich bin gefangen — sprach sie — des Ritters wegen,
der von Arthur's Hof kam, und mit der Gräfin sich vermählte.   Er
weilte eine kurze Zeit bei ihr, aber bald ging er zu Arthur zurück, und
ist seitdem nicht wiedergekehrt.   Ich liebte ihn als meinen besten Freund
auf dieser Welt.   Zwei von den Dienern der Gräfin aber verläumbeten
ihn, und nannten ihn einen Betrüger.   Ich sagte ihnen: sie Beide hät=
ten nicht den Werth von dem Einen.   Deßhalb sperrten sie mich in dies
steinerne Gewölbe, und schwuren, mich umzubringen, wenn er nicht bis
zu einem gewissen Tage mich befreien würde.   Und dieser Tag ist nicht
mehr fern, schon übermorgen!   Ich kann Niemand zu ihm senden, um
ihn her zu rufen.   Sein Name ist Owain, Sohn des Urien.« — »Und
bist Du dessen gewiß, daß der Ritter, wenn er dies alles wüßte, zu dei=
ner Erlösung kommen würde?« — »Ja, dessen bin ich nur allzu gewiß,«
versetzte sie. —

Nachdem die Fleischschnitte gebraten waren, theilte sie Owain mit
dem Mädchen zu gleichen Theilen.   Nachdem sie gespeist hatten, plauder=
ten sie bis zum andern Morgen mit einander.   Dann fragte Owain das
Mädchen, ob nicht ein Unterkommen für die nächste Nacht zu finden sei,
wo er Speise und Futter erhalten könnte. — »O ja, Herr, — sagte sie:
— schneide jene Straße und folge dem Strome nach, dann wirst Du
bald ein großes Schloß mit vielen Thürmen sehen.   Der Graf dieses
Schlosses ist der freigebigste Mann von der Welt.   Dort kannst Du die
Nacht zubringen.« — Noch nie hat eine Schildwacht aufmerksamer ihren
Herrn bewacht, als der Löwe diese Nacht den Owain. — Owain zäumte

ſein Roß, ritt durch die Fuhrt, und hatte bald das Schloß im Geſicht.
Er trat hinein und wurde ehrenvoll aufgenommen. Auch ſein Roß ward
gut beſorgt, und man legte ihm reichlich Futter vor. Der Löwe aber
legte ſich vor die Krippe des Roſſes, ſo daß ſich Niemand ihm zu nähern
wagte. Die Aufnahme, die Owain hier erfuhr, war ſo, wie ihm noch nie
vorgekommen, denn Jeder war ſo aufmerkſam, als ſtände Todesſtrafe auf
das geringſte Verſehen. Man ging zur Tafel. Der Graf ſaß an einer
Seite Owain's, auf der andern ſeine einzige Tochter. Nie hatte Owain
ein liebenswürdigeres Kind geſehen. Da kam der Löwe und legte ſich
ihm zu Füßen; und Owain fütterte ihn von jedem Gerichte, das er ſelbſt
genoß. —

Nirgend ſah er etwas, das auf Kummer der Leute ſchließen ließ.
Gegen die Mitte der Mahlzeit jedoch begann erſt der Graf Owain will=
kommen zu heißen. »Jetzt — ſagte Owain — iſt es Zeit für Dich, auf=
geräumt zu werden.« — »Der Himmel weiß — erwiederte der Graf —
daß nicht deine Ankunft mich bekümmert, ſondern wir haben andere Ur=
ſachen zu Gram und Betrübniß.« — »Und welche können das ſein?«
fragte Owain. — »Ich habe zwei Söhne — verſetzte der Graf — die
geſtern beide in das Gebirge auf die Jagd gingen. Nun befindet ſich in
dem Gebirge ein Ungeheuer [17]), das Menſchen tödtet und auffrißt. Daſ=

---

[17]) In der engliſchen Verſion heißt dies Ungeheuer Harpyns of Mountain,
und es wird außerdem bemerkt, es ſei ein Teufel of mekil pryde geweſen.
In Uebereinſtimmung mit der franzöſiſchen Bearbeitung war der gute Ritter
(der, wie es ſcheint, die Schweſter des Gawein geheirathet) urſprünglich der
Vater von den 6 Rittern, von denen 2 Harpyns ſchon früher getödtet hatte,
und nun drohete, auch noch die übrigen 4 umzubringen, wenn ihm nicht ihre
Schweſter zum Weibe gegeben würde. Die Schilderung Harpyns und der 4
jungen Männer iſt karakteriſtiſch:

> With wreched ragges war thai kled
> And fast bunden thus er thai led:
> The geant was both large and lang,
> And bar a lever of yren ful strang,
> Tharwith he bet them bitterly,
> Grete rewth it was to ber tham cry,
> Thai had no thing tham for to hyde.
> A dwergh yode on the tother syde;
> He bar a scowrge with cordes ten,
> Tharwith he bet tha gentil men.

Und ferner heißt es vom Rieſen:

> Al the armure he was yn
> was noght bot of a bul — skyn.   L. G.   ſ. Hartmann's

selbe hat meine Kinder ergriffen; morgen zu einer bestimmten Stunde
will es hier sein, und droht, meine Söhne vor meinen eigenen Augen zu
ermorden, wenn ich ihm nicht meine Tochter ausliefere. Das Ungeheuer
hat die Gestalt eines Menschen, aber die Größe eines Riesen.« — »In
der That — sprach Owain — das ist beklagenswerth; jedoch was denkst
Du zu thun?« — »Gott weiß es — seufzte der Graf —. Doch ist es
besser, daß meine beiden Söhne wider meinen Willen umkommen, als
daß ich gutwillig meine Tochter ihm zur Mißhandlung und dem Verder-
ben preisgebe.« — Sie sprachen darauf von andern Dingen, und Owain
blieb die Nacht dort.

Am nächsten Morgen hörten sie einen gräßlichen Lärm, der durch
die Ankunft des Riesen mit den beiden Jünglingen veranlaßt ward. Der
Graf war nun doppelt besorgt um seine Söhne und die Vertheidigung
des Schlosses. Aber Owain legte seine Rüstung an, ging hinaus, dem
Ungeheuer entgegen, und der Löwe folgte ihm. Als der Riese sah, daß
Owain gerüstet war, ging er hastig auf ihn los, und griff ihn an. Der
Löwe jedoch kämpfte rüstiger mit dem Riesen, als Owain selbst. —
»Wahrhaftig — rief der Riese — es wäre mir nicht schwer, mit Dir zu
ringen, wenn Du nicht den Löwen auf Deiner Seite hättest.« — Dar-
auf brachte Owain den Löwen in das Schloß zurück, und sperrte das
Thor hinter ihm. Dann kam er zurück, um allein mit dem Riesen zu
kämpfen. Der Löwe brüllte sehr laut, denn er merkte, daß Owain in
Bedrängniß war. Er kletterte an der Mauer empor, sprang hinüber, und
lief zu Owain; und alsbald versetzte er dem Riesen einen Griff mit der
Tatze, daß er von der Schulter bis zur Lende aufgeschlitzt ward, und sein
Herz bloß lag. Der Riese fiel todt zu Boden und Owain gab die beiden Söhne ihrem Vater zurück.

Der Graf bat Owain, bei ihm zu bleiben, dieser lehnte es jedoch
ab, und begab sich wieder in die Gegend, wo er Luned verlassen hatte.
Als er hier ankam, sah er ein großes Feuer angezündet, und zwei Jünglinge mit schönem braunlockigem Haar waren im Begriff, das Mädchen
in's Feuer zu werfen. Owain fragte sie, weshalb sie so feindselig gegen
sie handelten? Sie theilten ihm den Vertrag mit, der zwischen ihnen
bestand, und den das Mädchen selbst eingegangen sei. »Und — fügten
sie hinzu — Owain hat nicht Wort gehalten; daher muß sie verbrannt

Iwein B. 4915—4945. Bei Chretien heißt der Riese gleichfalls Herpin's de
la monteigne, und bei Hartmann Harpin.

werden.« — »Wahrlich — sprach Owain — Owain ist ein guter Ritter,
und wenn er das Mädchen in solcher Gefahr wüßte, so sollte es mich doch
Wunder nehmen, wenn er nicht zu ihrer Befreiung herbeieilte. Wollt
Ihr mich aber statt seiner annehmen, so will ich mit Euch kämpfen.«
— »Das wollen wir — riefen die Jünglinge — bei Dem, der uns er-
schaffen hat!« — Sie griffen Owain an, und er hatte einen harten
Stand gegen sie. Indeß eilte der Löwe zu seinem Beistand herbei, was
ihm das Uebergewicht über die Jünglinge gab. Sie aber sprachen zu
ihm: »Hauptmann, wir haben nur mit Dir zu kämpfen, nicht aber mit
diesem Thiere!« Deßhalb sperrte Owain den Löwen in das Gewölbe,
worin das Mädchen gesessen hatte, und verrammelte die Thür mit Steinen; dann begann er wieder den Kampf mit den beiden Jünglingen.
Aber Owain hatte nicht seine gewöhnliche Kraft, und er gerieth sehr in
die Enge. Der Löwe brüllte wieder jämmerlich, als er seinen Herrn in
Bedrängniß merkte. Und er wühlte sich durch das Gemäuer, stürzte sich
auf die jungen Leute und erwürgte sie alsbald. — So wurde Luned vom
Feuertode gerettet. Darauf ging Owain mit dem Mädchen zum Schloß
der Gräfin von der Quelle. Und als er dahin gekommen, nahm er die
Gräfin mit sich an Arthur's Hof, und behielt sie zur Gattin, so lange als
sie lebte.

Owain besiegt den schwar-
zen Mann, errettet 24
Frauen, und weilt mit der
Gräfin an Arthur's Hof,
bis er zu neuen Abenteuern
auszieht. —
5. Sie schlugen einen Weg ein, der über
den Hof des wilden schwarzen Mannes führte.
Owain kämpfte mit ihm, und überwältigte ihn mit
Hülfe des Löwen. Als er darauf den Hof des
wilden schwarzen Mannes erreicht hatte, trat er in
die Halle. Und siehe, vierundzwanzig Frauen, die schönsten, die er je
gesehen, kamen ihm entgegen. Die Kleider, die sie anhatten, waren nicht
vierundzwanzig Pfennige werth, und sie sahen so traurig aus, wie der
Tod. Owain fragte sie nach der Ursach ihres Kummers. Und sie antworteten: »Wir sind Grafentöchter, und kamen alle mit unsern Männern,
die wir sehr liebten, hieher. Mit Ehre und Freude wurden wir aufgenommen. Plötzlich aber wurden wir in einen Zustand von Bewußtlosig-
keit versetzt, während dem der Dämon, dem dies Schloß gehört, alle unsre
Männer erschlug, und uns unserer Pferde und unsers Schmuckes, Goldes und Silbers beraubte. Die Leichen unserer Männer sind noch in
diesem Hause, und außerdem noch viele andere. Dies, Ritter, ist die
Ursach unserer Trauer, und es würde uns leid thun, wenn auch Dich ein
Unfall treffen sollte.« — Owain ward sehr betrübt, als er dies hörte.

Er ging fort, und gewahrte bald einen Ritter, der ihm entgegen kam, und ihn so freundlich und herzlich begrüßte, als ob er sein Bruder gewesen wäre. Und dies war der wilde schwarze Mann. »Ich bin wahrlich nicht gekommen — sprach Owain — um Deine Freundschaft zu suchen.« — »Nun denn — antwortete Jener — so sollst Du sie auch nicht finden.« Hiermit gingen sie aufeinander los, und kämpften fürchterlich. Owain besiegte ihn, und band seine Hände ihm auf dem Rücken zusammen. Da bat der schwarze Wilde um Schonung seines Lebens, und sprach: »Mein Herr Owain, es war mir vorhergesagt, daß Du herkommen und mich besiegen würdest. Ich war hier ein Räuber und mein Haus eine Höhle des Raubes. Nun schone mein Leben, zum Heile deiner Seele laß dies Haus ein Hospital für Schwache und Kranke und mich seinen Verwalter werden, so lange ich lebe.« — Owain nahm diesen Vorschlag an, und blieb die Nacht dort.

Am andern Morgen machte er sich mit den vierundzwanzig Frauen, ihren Pferden und ihrer Habe auf den Weg zu Arthur's Hof. Und hatte Arthur sich gefreuet, ihn nach der langen Abwesenheit wieder zu sehen, so war dennoch jetzt seine Freude bei weitem größer. Von den Frauen blieben einige am Hofe Arthur's, die solches wünschten; andere, die nicht daselbst verbleiben wollten, begaben sich anderswohin.

Von nun an verweilte Owain an Arthur's Hofe, allgemein geliebt, als der Erste des Hofhalts, bis er mit seinem Gefolge von dannen zog. Dieses bestand aus einer Schaar von dreihundert Raben [18]), welche Kenverchyn ihm überlassen hatte. Und wohin Owain mit diesen sich auch wenden mochte, überall war er siegreich. — Dies ist also die Geschichte der Dame von der Quelle.

---

[18]) Zu einiger Erläuterung dieses seltsamen Ausdrucks mag bemerkt werden, daß in einem andern Mabinogi, genannt: Der Traum des Ronabwy, Owain eingeführt wird als der Befehlshaber einer Schaar von Raben, die er in einem Gefecht gegen Einige von Arthurs Begleitern angewendet hat. Dort sowohl, wie in unserer Erzählung wird dies Abenteuer so zusammenhanglos angedeutet, daß man sieht, wie man es als bekannt vorausgesetzt hat; und wahrscheinlich bildete es einen Theil des großen Schatzes romantischer Erzählungen, der in Wales vorhanden war, und welcher auch den übrigen europäischen Völkern den ältesten Stoff zu den Gebilden ihrer Phantasie hergab. — Augenscheinlich hat diese Rabenarmee des Fürsten von Rheged Zusammenhang mit dem Wappenschilde dieses Hauses (s. den Artikel Owain).   L. G.

Iwein,
der Ritter mit dem Löwen.

Nach dem Französischen des Chretien de Troyes,
und
nach dem Deutschen des Hartmann von Aue.

Ohne eine Vorbemerkung über das Gedicht oder seine Person zu geben,
wie Hartmann B. 1—30, beginnt Chretien sogleich die Erzählung selbst:

Ez het der künec Artûs 31	Artus li bons rois de Breteigne.
Ze Karidôl in sîn hûs	Ja cui proesce nos enseigne.
Zeinen pfingesten geleit	Que nos soions preu et cortois.
Nâch richer gewonheit	Tint cort si riche come rois.
Eine alsô schœne hôchzit, 35	A un feste qui tant coste. 5
Daz er vor des noch sît	Quen dit contre la pentecoste.
Deheine schöner nie gewan.	La court fu a Cardueil en Gales.
Deiswâr dâ was ein bœser man	Apres mengier parmi ces sales.
In vil swachem werde;	Li chevalier satropelerent.
Wan sich gesamente ûf der erde 40	La ou dames les apelerent. 10
Bî niemens ziten anderswâ	O damoiseles ou puceles.
Sô manec guot riter alsô dâ.	Li un racontorent noveles.
Ouch wart in dâ ze hove gegebn	Li autre parloient damors.
In alle wis ein wunschlebn:	Des angoisses et des doulors.
In liebete den hof unt den lip 45	Et des granz biens qu'en ont sovent.15
Manec maget unde wîp,	Li deciples de son covent.
Die schônsten von den richen.	Qui lors estoit riches et boens.
Mich jâmert waerlichen,	Mes or i a moult poi des soens.
Unt hulfez iht, ich woldez clagen,	Qui a bien pres l'ont tint lessie.
Daz nû bî unsern tagen 50	S'en ont amors moult abessie. 20
Solch vreude niemer werden mac,	Car cil qui soloient amer.
Der man ze den ziten pflac.	Se fesoient courtois clamer.
Doch müezen wir ouch nû genesn.	Et preu et sage et honorable.
Ichn wolde dô niht sîn gewesn,	Or ont amors torne a fable.
Daz ich nû niht enwaere, 55	Por ce que cil qui riens n'en sentent.25
Dâ uns noch mit ir maere	Dient qu'il aiment mes il mentent.
Sô rehte wole wesen sol:	Et cil fable et mençonge en font.
Dâ tâten in diu wero vil wol.	Qui s'en vantent et droit ni ont.

Artus unt diu künegin
Ir ietwederz under in   60
Sich úf ir aller willen vleiz.
Dô man des pfingestages enbeiz,
Männeclich im die vreude nam,
Der in dô aller beße gezam
Diſe ſprächen wider diu wip, [1]) 65
Diſe bancrten den lip.
Diſe tanzten, diſe fungen,
Diſe liefen, diſe ſprungen,
Diſe hörten ſeitſpil,
Diſe ſchuzzen zuo dem zil,   70
Diſe retten von ſeneder arbeit,
Diſe von grôzer manheit.
Gâwein ahte úf wâfen:
Keii leit ſich ſlâfen
Uf den ſal under in;   75
Ze gemache ân êre ſluont ſin ſin.
    Der künec unt diu künegin
Die heten ſich ouch under in
Ze handen gevangen
Unt wâren gegangen   80
In eine kemenâten dâ
Unt heten ſich ſlâfen ſâ
Mê durch geſelleſchaft geleit
Danne durch deheine trâkeit.
Sie entflieſen beidin ſchiere.   85
Dô geſazen riter viere,
Dodines unt Gâwein,
Segremors unt Iwein:
Ouch was gelegen dâ bi
Der zuhtloſe Keii   90
Uzerhalp bi der want:

Mes por parler de cella qui furent.
Leſſons ceux qui en vie durent. 30
Q'encor vaut miex, ce m'eſt avis.
Uns cortois morz quns vilains vis.
Por ce me pleſt a raconter.
Choſe qui ſet a eſcouter.
Del roi qui fu de tel tesmoing. 35
Qu'en en parole pres et loing.
Si ma cort ditant as barons.
Qau mains tous corz vivre ſes nons.
Et par lui font ramenteu.
Li boen chevalier esleu.   40
Qui a ennor ſe travaillerent.
Mes ce ior moult ſe merveillent.
Del roi qui dentreus ſe leva.
Si ot de cex qui en peſa.
Et qui moult grant parole en ſirent.45
Nonques mes a venir ne virent.
A ſi grant feſte en chambre entrer.
Por dormir ne por repoſer.
Mes einſeint ce ior li avint.
Que la reine le retint.   50
Si demora tant delez li.
Qil ſoublia et endormi.
A lui de la Chambre de fors.
Fu Dodinez et Sagremors.
Et ſi i fu me ſire Yveins.   55
Et Keu et meſires Gauveins.
Et avec els Calogrenanz.
Un chevalier moult avenanz.
Qi lor a comencie un conte.
Non de ſanor mes de ſa honte. 60
Qui que il ſon conte contoit.

---

[1]) In der Chronik Gottfriebs von Monmouth findet ſich B. VII., Kap. 4,
dieſe hier von Hartmann und Chretien, ſo wie außerdem im Brut von Wace,
von Layamon, Robert von Glocester und Robert von Brunne nachgeahmte Stelle,
Arthur's Krönung: Refectae tandem epulis diversi diversos ludos compo-
sitari campos extra civitatem adeunt. Mox milites simulacrum praelii
ciendo equestrem ludum componunt. Mulieres in edito murorum aspi-
cientes in curiales amoris flammas more joci irritant. Alii telis, alii
hasta, alii ponderosorum lapidum jactu, alii saxis, alii aleis, ceterorum-
que jocorum diversitate contendentes quod diei restabat, postposita lite,
praetereunt. Quicunque vero ludi sui victoriam adeptus erat, ab Arturo
largis muneribus ditabatur.

Daz felıste was Kalogrèant.
Der begunde fagen ein maere
Von grôzer ſiner ſwaere
Unt von deheiner ſiner vrümekeit. 95
Dô er noch lützel het geleit,
Do erwachete diu künegin
Unt hôrte ſin ſagen hin in,
Unt lie ligen den künec ir man
Unt ſtal ſich von ime dan, 100
Unt ſleich zuo in ſô liſe dar,
Daz es ir keiner wart gewar,
Unz ſi in kom vil nâhen bi,
Unt viel enmitten under ſi.
Niuwan ein Kalogrèant 105
Der ſprane engegen ir zehant,
Er neic ir unde enpfienc ſi.
Do erzeicte aver Keii
Sin alte gewonheit:
Im was des mañes êre leit, 110
Unt bernoft in drumbe ſere
Unt ſprach ime an ſin êre.
　Er ſprach: „her Kalogrèant,
Uns was ouch e daz wol bekant,
Daz under uns niemen waere 115
Sô hövefch und als érbaere
Als ir waenet daz ir ſit.
Des lâzen wir in den ſtrit
Von allen iwern gefellen.
Ob wir felbe wellen, 120
Juch bedunket man fûlu iu lân.
Ouch ſolz min vrouwe dâ vür hân:
Si taete in anders gewalt.
Iwer zuht iſt ſô maneevalt,
Undir dunket iuch ſô volkomen; 125
Deiswâr ir hât iuch an genomen
Irne wizzet hiute waz.
Unſer keiner was ſô laz,
Het er die künegin gefehn,
Ime waere diu ſelbe zuht gefchehn,
Diu dâ iu eime gefchach. 131
Sit unſer keiner fine fach,
Ode fwie wir des vergâzen,
Daz wir ſtille fâzen,
Dô moht ir ouch gefezzen ſin." 135
Des antwurt im diu künegin,
Si ſprach: „Keii, deiſt dîn ſite.

Et la roine lescoutoit.
Si feſt delez le roi levee.
Et vient for els tout aenblee.
Que veinz quenus la poiſt veoir. 65
Se fu lefſiee entreus chooir.
Fors que Calogrenanz fanz plus.
Sailli en piez contre li fus.
Et Keux qui moult fu ramponeus.
Fel et gaignarz et afiteus. 70
Li diſt par deu Calogrenant.
Moult vos noi or preu et vailant.
Et certes moult meſt bel que vos.
Eſtes li plus cortois de nos.
Et bien fai que vos le cuidiez. 75
Caut eſtes nos de fens vidiez.
Seſt droiz que madame le cuit.
Que vos aiez plus que nos tuit.
De cortoiſie et de proëce.
Ja leſſames nos por perece. 80
Espoir que nos levames.
Ou porceque nos ne deignames.
Mes parfoi fire non feimes.
Mes porce que nos ne veimes.
Madame eincois futes levez. 85
Certes aincois fuiffiez crevez.
Fet la reine au miex cuidier.
Se vos ne penffiez vidier.
Le venein dont vos eſtes pleins.
Ennniens eſtes et vileins. 90
De ramponer vos compeignous.
Dame fe nos ne gaaignons.
Fet Keux en votre compeignie.
Gardez que nos ni pardom mie.
Je ne cuit avoir chofe dite. 95
Qi me doie estre a mal escrite.
Et fil vos plet tachiez vos en.
Il na cortoiſie ne fen.
En plet doifenfe maintenir.
Ciſt plez ne doit avant venir. 100
Ne len doit plus haut monter.
Mes fetes nos avant conter.
Ce quil avoit en comencie.
Que ci ne doit avoir tencie.
A ceſte parol fapont. 105
Calogrenanz et ſi respont.
Sire fait il de la cencon.

Unde enschadeſt niemen mê da mite
Dañe dû dir ſelbem tuoſt,
Daz dû den iemer hazzen muoſt, 140
Deme dehein êre geſchiht.
Dû erläſt dins nides niht,
Daz geſinde noch die geſte:
Der bœſte iſt dir der beſte,
Unde der beſte der bœſte. 145
Eins dinges ich dich trœſte.
Daz man dirz imer wol vertreit.
Daz kumt von diner gewonheit,
Daz dus die boeſen alle erläſt
Unt niuwan haz ze den vrumen häſt.
Din ſchelten iſt ein priſen 151
Wider alle die wiſen.
Dune heteſt diz geſprochen,
Dû waereſt benamen zebrochen:
Unt wir daz wizzen vil wol. 155
Daz dû biſt bitters eiters vol,
Dâ din heze iñe ſwebt
Unt wider dinen êren ſtrebt."
Keii den zorn niht vertruoc.
Er ſprach: „vrouwe, es iſt genuoc.160
Ir habt mirs joch ze vil geſeit:
Unt het irs ein teil nider geleit,
Daz gezaeme iuwerm namen wol.
Ich enpfâhe gerne, als ich ſol,
Iuwer zuht unde iuwer meiſterſchaft:
Doch hât ſi alze grôze kraft. 166
Ir ſprechent alze ſêre
Den ritern an ir êre.
Wir wârens an iu ungewon:
Ir werdet unwert dervon. 170
Ir ſtrâfet mich als einen kneht.
Gnâde iſt bezzer dañe reht.
Ichn habe iu ſelhes niht getân:
Ir möhtet mich wol leben lân.
Unt waere min ſchulde g roezer iht
So belibe mir der lip niht. 176
Vrouwe, habet gnâde min
Unt lât fus grôzen zorn ſin.
Iwer zorn iſt ze ungenaedeclich:
Niht enbrechet iuwer zuht durch
        mich. 180
Min laſter wil ich vertragen,
Daz ir ruochet gedagen.

Nai mie grant encufencon.
Petit men eſt et poila pris.
Si vos avez vers moi mespris. 110
Je ni aure nul domage.
A plus vaillant et a plus ſage.
Mien eſeient que je ne ſui.
Avez vos fait honte et ennui.
Que bien en eſtes coſtumiers. 115
Touz iors doit puir li fumiers.
Et tuons poindre et malans braire.
Si doivent eñuier et raire.
Se madame men leſſe en pes.
Je ne le conterai hui mes. 120
Et je li pri qui li ſen teſe.
Que la chofe qui me deſpleſe.
Ne me comant ſoe merci.
Dame treſſint cil que ſont ci.
Fait Keux hoen gre vos en ſavont. 125
Que volentiers leſcouteront.
Ne nen fetes vos rien por moi.
Mes foi que vos devez le roi.
Le votre feignor et le mien.
Comandez li ſi ferez bien. 130
Calogrenaz fet la reine.
Ne vos chaille de le taine.
Mon feignor Keux le feneſchal.
Coſtumiers eſt de dire mal.
Qui len ne len pueſt chaſtier 135
Comander vos ucil et prier.
Qui ia nen aiez au cuer ire.
Ne por lui ne leffiez a dire
Chofe qui nos pleſe a oir.
Se de mamor volez ioir. 140
Se comenciez tout de rechief.
Certes dame ce meſt moult gief.
Que vos me comandez a fere.
Ainz me leroie un des euz terre
Se caroncier ne vos dotaſſe. 145
Que huimes nule rien contaffe.
Mes je ferai ce quil vos fied.
Coment que il onques me griet.
Desquil vos plet or entendez.
Cuer et oreilles me rendez. 150
Que parole ſi eſt perdue.
S'ele neſt de cuer entendue.
De tex ia que ce quil oent.

9

Ich kume nâch minen fchulden
Gerne ze finen hulden.
Nù bitet in fin maere,   185
Des ê beguñen waere,
Durch iuwer liebe volfagen.
Man mac vil gerne vor iu dagen.‟
    Sus antwurte Calogrèant:
„Ez ift umbiuch alfô gewant,   190
Daz iu daz niemen merken fol,
Sprechet ir anders dañe wol.
Mir ift ein dinc wol kunt:
Ez enfprichet niemens munt
Wan als in fin herze lêret.   195
Swen iuwer zunge unêret,
Dâ ift daz herze fchuldec an.
In der werlde ift manec man
Valfch unt wandelbaere,
Der gerne biderbe waere,   200
Wan daz in fin herze enlât.
Swer iuch mit lêre beftât,
Deift ein verlorn arbeit.
Irn fult iwer gewonheit
Durch nieman zebrechen.   205
Der humbel der fol ftechen;
Ouch ift reht, daz der mift
Stinke, fwâ der ift;
Der hornuz fol diezen.
Ichn möhte niht geniezen   210
Juwers lobes und iuwer vriunt-
            fchaft;
Wan inwer rede hât niht kraft:
Ouch wil ich niht engelten
Swaz ir mich muget fchelten.
Warumbe folt ir michs erlân?   215
Ir hât ez tiurerm man getân.
Doch fol man ze dirre zit
Unde iemer mère, fwâ ir fit,
Mines fageñes enbern:
Min vrouwe fol mich des gewern,220
Daz ichs mit hulden über fi.‟
Dô fprach der herre Keii:
„Nù enlânt difen herren
Mine fchulde niht gewerren;
Wan diene hânt wider iuch niht
            getân.   225
Min vrouwe fol iuch niht erlân

Nentendent pas et fe le loent.
Et cil ne velt mes que loie.   155
Desque li cuers ni entend mie.
Ques oreilles vient la parole.
Ainfint come li verz que vole.
Mes ni arefte ne demore.
Einz fen part en moult petit dore.160
Se li cners neft fi esveilliez.
Que prendre foit appareilliez.
Que cil le puet en fon venir.
Prendre et enclorre et retenir.
Les oreilles font nois et dois.   165
Par ou nient un qu'en cuer la vois.
Et li cuers prent dedenz le ventre.
La voiz qui par loreille entre.
Et qui or me voldra entendre.
Cuer et oreilles me doit tendre.   170
Car ne veil pas parler de fonge.
Ne de fable ne de menconge.   172

—————————————

Irn faget iuwer maere,
Wandez niht rehte waere,
Engulten fi allefament min.‟
Dô fprach diu guote künegin: 230
„Herre Calogrèant:
Nù ift iu felbem wol erkant,
Unt fit erwahfen dâ mite:
Daz in fin boefer fite
Vil ofte hât entêret,   235
Unt daz fich niemen kêret
An deheinen finen fpot.
Ez ift min bete unt min gebot
Daz ir fagt iuwer maere,
Wan ez fin vreude waere,   240
Heter uns die rede erwant.‟
Dô fprach Kalogrèant:
„Swaz ir gebietent, deift getân.
Sit ir michs niht welt erlân,
Sô vernemet ez mit guotem fite,245
Unde mietet mich dâ mite.
Ich fagin defte gerner vil,
Ob manz ze rehte merken wil.
Man verliufet michel sagen,
Man enwellez merken unde dagen.
Maneger biutet diu ören dar: 251
Ern nemes ouch mit dem herzen war,

Sone wirt ime niht wan der dôz.	Der dâ hœret unde der dâ seit.
Unde ist der schade alze grôz;	Ir mugt mir deste gerner dagen,
Wan si verliesent beide ir arbeit,255	Iehn wil iu keine lügene sagen." —

„Es sind etwa 10 Jahre — erzählte Kalogreant — daß ich in den Wald von Brezitjan (Breceliande) auf Abenteuer ritt. Zu einer Burg gelangt, nahm deren Besitzer mich sehr freundlich auf; ich klopfte an eine Tafel am Burgthor (Hrtm. V. 299. Chrt. V. 211.) und das Ingesinde eilte heraus, mich zu bedienen; die schönste Jungfrau begrüßte mich, speiste mit mir und dem Wirth köstlich, und am andern Morgen beurlaubte ich mich. Bald sah ich auf einem Gereute im Walde eine Menge Thiere, und darunter ein Wesen, das mich wohl erschrecken mochte."

Dô gesach ich sitzen einen man.	Un vilein qui resembloit mor.
In almitten unter in:	Grant et hydeus a des mesure. 255
Daz getröste mir den sin. 420	Iffi tres laide creature.
Dô ich aver im nâher quam,	Qu'en ne porroit dire de boche.
Undich sin rehte war genam.	Si se feoit for un coche.
Dô vorht ich in alsô sêre.	Une grant macue en sa main.
Als diu tier ode mère.	Je maprochai vers le vilein. 260
Sin menschlich bilde 425	Si ui quil ot grosse la teste.
Was anders harte wilde.	Plus que toriaux ne autre beste.
Er was einem Môre gelich,	Cheveux motiers et front pele.
Michel unde als eislich,	Sot plus de deux espanz de le.
Daz es niemen wol geloubet.	Oreilles velues et granz. 265
Zwâre im was sin houbet 430	Auffi lees come est un vanz.
Groezer dañe einem ûre.	Les soreinz granz et leves plat.
Ez het der gebûre	Nez de cuete et nez de chat.
Ein ragendez hâr ruozvar:	Boche fendue come lous.
Daz was ime vast unde gar	Denz de fenglier aguz et rous. 270
Verwalken zuo der swarte 435	Barbe noire grenons tuertiz.
An houbete unde an barte.	Et le menton aerz au piz.
Sin antlütze was wol ellen breit,	Corbe eschine corte et bocue.
Mit grôzen runzen beleit.	Apoiez fest for sa macue.
Ouch wâren im diu ôren	Vestus de robe si estrange. 275
Als eime walttôren 440	Quil ni avoit linge ne lange.
Vermieset ze wâre	Einz ot a son col atachiez.
Mit spañelangeme hâre,	Dens cuirs de novel escorchiez.
Breit alsam ein wañe.	De deux torians ou de deux bues.279
Dem ungevüegen mañe	
Wâren granen unde brâ 445	Der munt het ime gar
Lane, rûch, unde grâ,	Bêdenthalp der wangen
Diu nase als eime ohsen grôz,	Mit wite bevangen.
Kurz, wit, niender hlôz,	Er was starke gezan, 455
Daz antlüzze dürre unde vlach —	Als ein eber, niht als ein man:
Ou wi wie eislich er sach — 450	Uzerhalb des mundes tür
Diu ougen rôt, zornvar.	Ragten si im her vür.

Lanc, fcharpf, gróz, breit.		Er truoc an feltfaeniu cleit. 465
Im was dez houbet geleit, 460		Zwô hiute het er an geleit:
Daz ime fin rûhez kiñebein		Die het er in niuwen flunden
Gewahfen zuo den brüllen fchein.		Zwein tieren abe gefchunden.
Sin ruke was im ûf gezogen,		Er truoc ein kolben alfô gróz
Hoveroht unde ûz gebogen.		Daz mich dâ bi im verdróz. 470

Kalogreant läßt sich mit dem Wilden, der die Thiere hier pflegt, die in ihm ihren Meister ehren, in ein Gespräch ein, und erfährt von ihm den Weg zu der Kapelle, bei welcher ein klarer Brunnen entspringt, den Regen nicht, noch Sonne und Winde rühren und trüben; daneben steht eine schattige Linde, jahraus jahrein grün belaubt, und unter ihr ein zierlicher Marmorstein. Von einem Aste hängt an silberner Kette ein goldenes Becken herab. Wenn mit dem Becken Wasser aus der Quelle auf den Marmorstein gegossen wird, so — Heil Dir, wenn Du mit Ehren scheidest, sprach der Waldmann. Kalogreant gelangt auf dem beschriebenen Wege zur bezeichneten Quelle, und kaum hat er Wasser auf den Stein gegossen, so hüllen schwarze Wolken ihn in Finsterniß, tausend Blitze zucken, der Donner kracht, Hagel und Regen schlägt ihn fast nieder; die Linde wird entlaubt; was im Walde lebt, wird erschlagen. Bald hellt der Himmel sich wieder auf, die Vögel singen auf der Linde wie zuvor, aber ein Ritter stellt ihn zornig zur Rede über das verursachte Unwetter. Sie kämpfen, Kalogreant wird besiegt, der Ritter reitet mit seinem Roß von dannen, und er geht betrübt zu dem Schlosse zurück, ohne ein Wort über das fatale Abenteuer zu verlieren. Die Erzählung erregt besonders Iwein's Interesse, den Kaie deßhalb verspottet, worüber er von der Königin zurecht gewiesen wird.

Hie was mit rede fchimpfes vil.		Quant quil parloient iffi.
Ouch het der küuen ûf fin zil 880		Li rois fors de la chambre iffi. 640
Geflâfen unt was erwachet fâ,		On il ot fes longue demore.
Unde culac niht langer dâ.		Qar dormi ot jusque cele hore.
Er giene hin ûz zuo in zehant,		Et li baron quant il le virent.
Dâ er fi fament fitzen vant.		Tuit contre lui en piez faillirent.
Si fprungen ûf: daz was im leit. 885		Et il touz affooir le fift. 645
Er zurnde durch gefellekeit;		De lez la roine faffift.
Wander was in weizgot verre		Et la roine meintenant.
Baz gefelle dañe herre.		Les noveles Calogrenant.
Er faz zuo in dâ nider.		Li reconta tot mot a mot.
Diu künegin feit im her wider 890		Car bien et bel fere le pot. 650
Kalogrëandes fwaere		Li rois les oi volentiers.
Unde ellin difiu maere.		Et fift trois feremenz entiers.
Nû het der künee die gewonheit,		Lune Urpandragon fon pere.
Daz er niñer keinen eit		Et la fon fil et la fa mere.
Bî fines vater fële fwuor 895		Quil iroit veoir la fonteine. 655
Wan des er benamen volvuor.		La einz ne pafferoit quenzeine.
Uterpandragón was er genant.		Et la tempefte et la merveille.
Bî ime fwuor er des zehant		Si que il viendroit la veille.
(Daz hiez er über al fagen)		Mon seignor sainz Johan baptiste.

Daz er in vierzehn tagen 900
Unt rehte an sancte Jôhañes naht
Mit aller sîner maht
Zuo dem bruñen wolde komen.
Dô sî daz hâten vernomen,
Daz dûhte sî riterlich unde gnot: 905
Wau dar fluont ir aller muot.
Ichu weiz wem liebe dran gefchach:
Ez was hern Iwein ungemach.

Et la vint i prendroit son giste. 660
Et dit que avec lui iront.
Si qu'il avec lui iront.
Toit cil qui aler i voudron.
De ce que li rois devifa.
Toute la corz menz len prifa. 665
Car moult i voloient aler.
Li baron et li bacheler.
Mes qui quen foit liez ne roianz.
Mefire Yvain en fu dolenz.
Quil i cuidoit aler touz feux. 670
Sen fu dolens et angoiffeux.

Um Arthur zuvorzukommen, macht sich Iwein in aller Stille zum Wald von Breceliande auf, gelangt zum Schloß, wo er, wie Kalogreant, sehr gaftlich geherbergt wird, der schwarze Mann bei den Thieren weist ihm den Weg zur Quelle; Waffergießen, Ungewitter, wie gewöhnlich. Der Herr des Waldes erscheint, aber nach hartem Kampf empfängt er eine schwere Wunde, und wendet sich zur Flucht nach seiner nahen Burg zurück. Iwein eilt mit verhängten Zügeln ihm nach, und stürmt unmittelbar hinter ihm in das Burgthor; doch plötzlich wird das eiserne Fallgatter herabgelaffen, und zerschmettert Iwein's Roß in der Kruppe.

Ez fluoc, als ich vernomen habe, 1113
Daz ros ze mitten fatel abe.
Unt fchriet die fwertfcheide 1115
Unt die fpora beide
Hinder die verfen dan.
Er genaz als ein faelec man.
Dô im daz roz tôt lac,
Do ne mohter, als er ê pflac, 1120
Niht vürebaz gejagen.
Ouch het er den wirt erflagen.
Der vlôch noch den ende vor
Durch ein ander flegetôr,
Unt liez daz hinder ime nider. 1125

Aufi com deables denfer, 928
Descent la porte et chut aval.
Sateint la felle et le cheval. 930
Derriere et trenche tot parmi.
Mes nel toucha la deu merci.
Mon feignor Yvein fors que tant.
Ca res fon dos li vient glacant.
Si q'ambedeux les esperons. 935
Li trencha ares des talons.
Et il chai moult esmaiez.
Et cil qui eft a mort plaiez.
Li echapa en tel maniere. 939

Iwein stürzt, ein zweites Fallgatter wird vor ihm niedergelaffen, und er fieht fich im Thorthurme gefangen. Bald tritt ein Mädchen zu ihm, die ihn kennt. Als fie bei Arthur Botfchaft warb, grüßte fie außer ihm keiner der Hofesritter; diefe Artigkeit will fie ihm jetzt lohnen.

„Herre, ich erkenë iuch wol: 1198
Iwer vater was, deift mir erkant,
Der künec Uriên genant. 1200
Ir fult vor fchaden ficher fin:
Her Iwein, nemet diz vingerlin.
Ez ift umben ftein alfô gewant:
Swer in hât in blôzer hant,
Den mac niemen al die vrift 1205

Bien fai coment vos avez non. 1000
Et requenen vos ai bien.
Fuilz eftez au roi Harien.
Si avez non me fire Yvein.
Or foiez feurz et certeiuz.
Que je fe croirre me nolez. 1005
Ne feroiz prisne afolez.
Et ceft mien eñelet prendroiz.

Unz er in blòzer hant iſt,
Geſehen noch gevinden.
Sam daz holz under der rinden,
Alſame ſit ir verborgen:
Irn durfet niht mê ſorgen." 1210
Alſus gap ſiz im hin.
Nù ſluont ein bette dà bi in;
Daz was berihtet alſò wol
Als ein bette beſte ſol,
Daz nie k ü n e c bezzer gewan : 1215
Dà hiez ſi in ſitzen an. 1216

Et ſil vos plet ſil me rendroiz.
Quaut je vos aroue delivre.
— — — — — — — 1010
— — — — — —
Lors li a lenelet moſtre.
Si li a dit quil a cel force.
Come a li fuz dedenz lescorce.
Qui le cueure quen nen noit point.
Mes il courent que len len point. 1116
Si quel poing ſoit la pierre encloſe.
Puis na garde de nule choſe.
Cil qui leñel en ſondoit a.
Que ia veoir ne le porra. 1020
Nus hom tant ait les ens ofcirz.
Ne que li fuz qui eſt coverz.
De lescorce qui for lui reſt.
Ke mon ſeignor Yvein pleſt.
Et quant ele li ot ce dit. 1025
Sil mena ſooir en un lit.
Coverz dune coute ſi riche
Que not tel li d u x Doterriche.

Das Mädchen führt den Ritter heimlich in ein ſchön eingerichtetes Zimmer, und ſorgt reichlich für alle ſeine Bedürfniſſe. Die Burgmannſchaft trauet ihren Augen nicht, als ſie am Thore nur das halbe Roß und nicht den Mann dazu findet. Wie die Blinden ſchlugen ſie mit den Degen um ſich, den Unſichtbaren zu treffen. Da ſah Iwein auf der Bahre den hintragen, den er erſchlug; hinter ihm ging ſein Weib, liebreizendſter Geſtalt, mit aufgebundenen Haaren, und ringenden Händen. Ihre Klagen kehrten das Herz ihm um. — Wie er an die Bahre tritt, beginnen die Wunden wieder zu bluten, und verrathen die Nähe des Mörders (auch Chretien erzählt dies als Wahrzeichen der Thäterſchaft); Grauſen und Entſetzen erfüllt Alle. Die Frau bricht in neue Wehklagen aus. Das ganze Schloß wird durchſucht (Hartmann erzählt dies mit einem gewiſſen Humor, Chretien ganz ernſthaft). Feierlich wird der Herr begraben. Doch der Wittwe Leid erweckt Iweins Liebe, deren übereilte Aeußerungen das Mädchen, L u n e t e, kaum in Schranken zu halten vermag; jedoch verſpricht ſie ihm ihre Vermittelung.

Zuo ir vrouwen giene ſi ſà: 1788
Der was ſi heimlich gnuoc.
Sô daz ſi gar mit ir truoc 1790
Swaz ſi tougens weſte,
Ir diu naehſte unt diu beſte.
Ir râtes undir lère
Der volgete ſi mère
Dañe al ir vrouwen. 1795
Si ſprach: „nu ſol man ſchouwen
Alrèrſt iuwer vrümekeit

La damoiſele eſtoit ſi bien. 1570
De ſa dame que nule rien.
A dire ne li redoutaſt.
Aquoi que la choſe montaſt.
Quele eſtoit ſa meſtre et ſa garde.
Mes porce fuſtele coarde. 1575
De ſa dame reconforter.
Et de ſamor amoneſter.
La premiere fois a conſeil.
Li diſt dame moult me merveil.

Dar an daz ir iuwer leit
Rehte unt redeliche tragt.
Ez ist wiplich daz ir clagt,   1800
Unt muget ouch ze vile klagen.
Uns ist ein vrumer herre erslagen:
Nú mac iuch got wol stiuren
Mit einem alsô tiuren." —
„„Meinestuz sô?"" — „vrouwe, jâ."
„Wâ waere der?" — „eteswâ." 1806
„„Dû tobest, ode ez ist din spot.
Unt kêrte unser herre got
Allen sinen vliz dar an,
Ern gemachete niemer tiurern man.
Dâ von sol ich min senede nôt, 1811
Ob got wil, unz an minen tôt
Niĕer volenden.
Den tôt sol mir got senden,
Daz ich nâch mime herren var. 1815
Dû verliufest mich gar,
Ob dû iemer man gelobest
Neben im: wan dû tobest."" "
Dô sprach aber diu magt:
„Ju sî doch ein dinc gesagt, 1820
Daz man iedoch bedenken sol,
Ir vervâhet ez übel ode wol.
Ezn ist iu niender sô gewant,
Irn wellet iuwern brunen unt daz lant
Unde iuwer êre verliesen,   1825
Sô müezet ir etswen kiesen
Der iu in vriste unt bewar.
Manec vrum riter kumt noch dar,
Der iuch des brunen behert,
Enist dâ niemen der iu wert. 1830
Unde ein dinc ist iu unkunt:
Ez wart ein bote an dirre stunt
Mime herren gesant:
Dô er in dô tôten vant,
Unde iuch an selher swaere, 1835
Dô versweic er iuch dez maere,
Unt hat aber mich in daz sagen,
Daz nâch disen zwelf tagen
Unde in kurzerme zil
Der künec Artûs wil   1840
Zuo dem brunen komen mih her.
Enist dan niemen der in wer,
Sô ist iuwer êre verlorn.

Que folement vos voi ovrer. 1580
Cuidiez i vos rien recovrer.
Vostre baron por fere duel.
Nail set ele mes mon vel.
Seroie morte avecques lui.
Apres lui dex nosen desfende. 1585
Et ausint boen seignor nos rende.
Si come il est pooteis.
Einz tel menconge ne deis.
Quil ne me porroit si boen rendre.
Ausint boen sel voliez prendre. 1590
Vos rendrai sil vos proverai.
Fui taistoi voir nel troverai.
Si serez dame sil vos siet.
Mes or dites si ne vos griet.
Vostre terre qui desfendra.   1595
Quant li rois Artus i vendra.
Que doit venir lautre semaine.
Au paroie et a la fonteine.
Nen avez vos eu message.
De la damoisele sauvage.   1600
Qui letres vos i envoia.
Ahi et bien les emploia.
Vos deussiez or conseil prendre.
De votre fonteine desfendre.
Et vos ne sinez de plorer.   1605
Ni eussiez que demorer.
Sil vos pleust ma dame chiere.
Que certes un chamberiere.
Ne volent tuit bien le savez.
Li chevalier que vos avez.   1610
Ja par celui qui meuz se prise.
Ne viert escuz ne lance prise.
De gent mauvese avez vos moult.
Mes ia ni aura si estout.
Qui a cheval monter en ost. 1615
Et li rois vient a moult grant ost.
Qui faissira tout sanz desfense.
La dame si sest bien et pense.
Que cele la conseille a soi.
Mes une folie a en soi.   1620
Que les autres dames i ont.
Et a bien pres toutes le sont.
Que de lor folies sescusent.
Et ce queles volent resusent.
Fui fait ele ne dire mais.   1625

Habt ab ir ze wer erkorn
Von iwern gefinde deheinen man,
Dâ fit ir betrogen an.   1846
Unt waere ir aller vrümekeit
Au einen man geleit,
Dazu waere noch niht ein vrum man.
Swelher ſich daz nimet an,   1850
Daz er der beſte ſi von in,
Dern getar niemer dâ hin
Dem bruñen komen ze wer.
Sô bringet der künec Artûs ein her,
Die ſint zen beſten erkorn,   1855
Die ie wurden geborn.
Vrouwe, durch daz ſit gemant,
Welt ir den bruñen unt daz lant
Niht verliefen âne ſtrit,
Sô warnet iuch der were enzit 1860
Unt lât iuwern fwaeren muot:
Ichn râtez iu niuwan durch guot."
    Swie ſi ir die wârheit
Ze rehte het underſeit
Unt ſi ſich des wol verſtuont, 1865
Doch tete ſi fam diu wip tuont:
Si widerredent durch ir muot,
Daz ſi doch ofte dunket guot.
Daz ſi fô dicke brechent
Diu dine diu ſi verfprechent, 1870
Dâ fchiltet ſi vil maneger mite:
Doch dunket ez mich ein guot ſite.
Er miffetuot, der daz feit,
Ez mache ir unſtaetekeit:
Ich weiz baz wâ von ez gefchiht,
Daz man ſi als ofte fiht   1876
In wankelme gemüete:
Ez kumet von ir güete.
Man mac fus übel gemüete
Wol bekéren ze güete   1880
Unde niht von güete
Bringen ze übelem gemüete.
Diu wandelunge diu iſt guot:
Ir deheiniu ouch anders niht entuot.
Swer in dañe unſtaete giht, 1885
Des volgaere bin ich niht:
Ich wil in niuwan guotes iehen.
Allez guot müez in gefchehen.
Diu vrouwe jaemerlichen fprach:

Se ic ten oi parler jamais.
Ja mar ferais mes queten fuies.
Tant paroles que trop menuies.
A beneur fet-ele dame.
Bien i pert que vos eſtes fame. 1630
Qui fe couroce quant ele ot.
Nului qui bien fare lilot.
Lors fen parti ſi la laiſſa.
Et la dame fe rapaifa.
Quele avoit moult grant tort eu.1635
Moult volſiſt bien avoir feu.
Coment ele porroit prover.
Qui porroit chevalier trover.
Meillor conques ne fu feffire.
Moult li orroit volentiers dire.1640
Mes ele li a deffendu.
En ceſt penfe a entendu.
Jusquatant quele revint.
Mes onques deffenfe ne vint.
Puis li rediſt tot meintenant. 1645
Dame eſt ce ore avenant.
Einſint de duel vos ociez.
Pordeu car vos enchaſſiez.
Si leſſiez fevians non de honte.
A ſi haute dame ne monte.   1650
Que duel ſi longuement meinteigne.
De votre honor vos refonieigne.
Et de votre grant gentillece.
Cuidiez vos que toute proesce.
Soit morte avec votre feignor. 1655
Et anſint boen et c. meillor.
En font remes parmi le monde.
Se tu en menz dex te confonde.
Et ne porquant un fol men nome.
Qui ait tesmoing de ſi prodome.1660
Con me fire ot tot fon ae.
Ja ne men fauriez vos gre.
Si vos en coronceriez.
Et mauves gre men fauriez.
Non fere ie ten affeur.   1665
Ce foit a votre boen eur.
Quil vos eſt a avenir.
Se il vos venoit a plefir.
Et dex ce doint quil vos plefe.
Ne noi riens porcoi ie me taife.1670
Que nus ne nos ot ne escoute.

„Nû clagich gote min ungemach.
Daz ich nû niht erfterben mac. 1891
Daz ich iemer keinen tac
Nâch mime herren leben fol,
Dâ mite ift mir doch niht wol.
Unt möht ich umben tôt min lebn
Ane houbetfünde gegebn,   1896
Des wurdich fchiere gewert,
Ode ichn vunde mezzer noch fwert.
Ob ich des niht geräten kan,
Ichn müeze mit einem andern man
Mines herren wandel hân,   1901
Sone wil ez diu werlt fô niht verftân
Als ez doch gote ift erkant:
Der weiz wol, ob min lant
Mit mir bevridet waere,   1905
Daz ichs benamen enbaere.
Nû rat mir, liebe, waz ich tuo,
Hoeret dehein rât dâ zuo.
Sit ich àn einen vrumen man
Min lant niht bevriden kan,   1910
Sô gewiñe ich gerne einen,
Unde anders deheinen,
Den ich fô vrumen erkande,
Daz er mime lande
Guoten vride baere,   1915
Unt doch min man niht waere.“
   Si fprach: „Daz fi in widerfeit.
Wer waere der fich fô gróz arbeit
Jemer genaeme durch iuch an,
Erne waere iuwer man?   1920
Ir fprechet als ein wip.
Gebt ir im guot unde lip,
Ir mugt ez dañoch heizen guot,
Oberz willeclichen tuot.
Nû habent ir fchoene unde jugent,
Geburt, richeit unde tugent, 1926
Unt mugt ein alfô biderben man
Wol gewiñen, ob es iu got gan.
Nune weinet niht mère
Unt gedenket an iuwer ère: 1930
Zwâre, vrouwe, des ift nòt.
Min herre ift vür fich einen tòt:
Waent ir daz elliu vrümekeit
Mit im ze grabe fi geleit?
Zwâre des enift fi niht,   1935

Vos mentendroiz ia por estoute.
Mais ie dirai bien ce me femble.
Qnant dui chevalier font eufemble.
Jenns as armes en bataille.   1675
Li quex enidiez vos que menz vaille.
Qnant li uns a lautre conquis.
Endroit de moi doing ie le pris.
Au veinqnor et vos que faites.
Il meft avis que tu magaites. 1680
Si me vels a parole prendre.
Par foi vos poez bien entendre.
Que ien veil aler par droit voir.
Et fi vos prnis par eftouvoir.
Que menz valnt cil qni conquift.1685
Votre feignor et il fi fift.
Il le conquift et fel chaca.
Par hardement en iusque ca.
Dedens la tor de fa mefon.
Or oi fet ele defrefon.   1690
La plus grant conqnes mes fuft dite.
Fui plaine de mal esprite.
Fui garce fole et eñuieufe.
Ne dire iames tele oifeufe.
Ne iames devant moi ne viegnes.1695
Porcoi de lni parole tieignes.
Certes dame bien le favoie.
Que ia vos gre nen auroie.
Et cel vos dis moult bien avant.
Mes vos menftes covenant.   1700
Que malgre ne men fauriez.
Ne ne men abeteriez.
Mal mavez mon covent tenu.
Si meft ore iffi avenu.
Que dit mavez votre plefir.   1705
Si ai perdu un hoen tefir.
Atant uffi la chambre retorne.
La on me fire Yvein fejorne.
Quel le garde a moult grant aife.
Mais ne dit chofe qui li plefe. 1710
Quant la dame veoir ne puet.
Que don plet que cele li muet.
Ne fe garde ne ne fet mot.
Mes la dame toute mut ot.
A lui meifmes grant rencon.   1715
Et eftoit en grant cufencon.
De la fonteine garantir.

Wande man noch hundert riter fiht,
Die alle tiurre fint dañer,
Ze fwerte, ze fchilte unt ze fper.“
„„Dû hâft zwâre miffefeit.“““ —
„Vrouwe, ich fage die wârheit.“ —
„„Der zeige mir doch einen.“““ —
„Liezet ir iuwer weinen,   1942
Deiswâr, ich vunde in harte wol.“ —
„„„Ichn weiz waz ich dir tuon fol:
Wandez dunket mich unmugelich.
Sich, got der gebezzer dich,   1946
Ob dû mir nû liegeft
Unt mich gerne triegeft.“““
„Vrouwe, hân ich iu gelogen,
Sô bin ich felbe betrogen.   1950
Nû bin ich ie mit iu gewefn
Unt muoz ouch noch mit iu genefn:
Verriet ich iuch, waz wurde mîn?
Nû müezet ir mîn rihtaere fîn:
Nû erteilet mir (ir fît ein wîp), 1955
Swâ zwêne vehtent umbe den lîp,
Weder tiurre fî der dâ gefiget,
Ode der dâ figelôs geliget.“
„„„Der dâ gefiget, fô waen ich.“““
„Vrouwe, ez ift niht waenlich: 1960
Wan ez ift gar diu wârheit.
Als ich iu nû hân gefeit,
Rehte alfô hât ein man
Gefiget mineme herren an.
Daz wil ich wol mit iu gehaben: 1965
Wan ir hânt in begraben.
Ich gezinges iu gnuoc,
Der in dâ jagte unde fluoc,
Der ift der tiurer gewefn:
Mîn herre ift tôt under genefn.“ 1970
    Daz was ir ein herzeleit,
Daz fi deheiner vrümekeit
Jemen vür ir herren jach.
Mit unfiten fi zir fprach
Unt hiez fi enwec ftrichen: 1975
Sine wolde fi nemelichen
Niñer mêre gefehn.
Si fprach: „mir mac wol gefchehn
Von minen triuwen arbeit
Unt doch nie mê kein herzeleit, 1980
Wan ich fi gerne liden wil.

Si fe comence a repentir.
De ce quelle avoit blasmee.
Et laidie et mesaainee.   1720
Que le eft toute feure et certe.
Que por loier ne por deferte.
Ne por loier que enfi ait.
Ne len uft ele onques en plait.
Et plus añe ele lui que lui.   1725
Ne fa honte ne fon eñui.
Ne li loeroit ele mie.
Que trop eft la loians amie.
Einz nosra la dame changie.
De celui quele ot laidengie.   1730
Ne cuide iames en fon cuer.
Qu’amer le doie a nul fuer.
Et celui quele ot refufe.
A moult loiaument rescufe.
Par refon et par droit de plait. 1735
Quil ne li avoit rien forfait.
Si fe demente tout iffi.
Et fil fuft venuz devant li.
Lors fen comence a pledaier.
Va fet ele puez tu naier.   1740
Que partoi ne foit morz me fire.
Ce fet il ne puis ie pas dire.
Eins lorroi bien di donc porquoi.
Feis le tu par mal de moi.
Por hame ne por despit.   1745
Fa naie de la mort respit.
Sonques por mal de vos le fis.
Donc nastu rien vous moi mespris.
Devers moi neus tu nul tort.
Que fil peuft il teuft mort.   1750
Porce mien escient cuit gie.
Que ie ai bien et droit uigie.
Einfeint par lui meismes proeve.
Que droit fen et refon i trueve.
Sen dit ce que elle voudroit. 1755
Que’lna en lui hair nul droit.
Et par lui meismes falume.
Anfint com la buche qui fume.
Tant que la flambe fi eft mife.
Que nus ne fofle ni atife.   1760
Et fe ne voit la damoifele.
Com fatorneroit la querele.
Dont ele la tant emplaidie.

Zwâre ich bin gerner vil
Durch mine triuwe vertriben
Dañe mit untriuwen bliben.
Vrowe, nû gên ich von iu hin: 1985
Unt sô ich hin vertrieben bin,
Sô nemt durch got in iuwern muot
Waz iu sî nütze unde guot.
Daz ich iu gerâten hân,
Daz hân ich gar durch guot getân:
Unt got vüege iu heil unde êre, 1991
Gesehe ich iuch niñer mêre." —
Sus fluont sî uf unt gienc dan
Zuo dem verborgen man.
Dem brâhte sî boefiu maere, 1995
Daz ir vrouwe waere
Unbekêrtes muotes;
Sine kunde sî keines guotes
Mit nihte überwinden;
Sine möhte dâ niht vinden 2000
Niuwan zorn unde dro.
Des wart der herre unvrô.
Diu maget unt her Iwein
Begunden ahten under in zwein,
Daz sîz noch versuochten baz, 2005
Ob sî ir vrouwen haz
Bekêrte mit guote
Ze fensterme muote.
Dô diu vrouwe ir magt vertreip.
Unt sî eine beleip, 2010
Dô begunde sî sêre riuwen,
Daz sî ir grôzen triuwen
Wider sî sô sêre engalt,
Wande sî ir vluochete unt sî schalt.
Si gedâhte: „waz hân ich getân?
Ich folde sî geniezen lân, 2016
Daz sî mir wol gedienet hât.
Ich weiz wol daz sî mir den rât
Niuwan durch alle triuwe tete.
Swâ ich gevolgete ir bete, 2020
Daz enwart mir nie leit,
Unt hât mir ouch nû wâr geseit.
Ich erkeñe nû lange wol ir muot,
Si ist getriuwe unde guot.
Ich hân sî übele lâzen: 2025
Ich möhte wol verwâzen
Mine zornige sîte.

Sien a este bien laidie.
Et ele revint par matin. 1765
Si recomence son latin.
La ou ele lavoit lessie.
Et ele tint le chief bessie.
Que a messete se lavoit.
De ce que laidie lavoit. 1770
Mes or li vodra amender.
Et del chevalier demander.
Le non et lestre et le lignage.
Si sumelie come sage.
Et dit merci rier vos veil. 1775
Dou grant outrage et de lorgueil.
Que ie vos ai dit come fole.
Si me rendrai a votre escole.
Mes dites moi se vos savez.
Li chevaliers dont vos mavez. 1780
Tenue en plait sî longuement.
Quex hom estil et de quel gent.
Se il est tex quen a moi taigne.
Mes que de parlui ne remeigne.
Je le fere ie vos otroi. 1785
Seignor de ma terre et de moi.
Mes or le covendra sî fere.
Qui ne puisse de moi retrere.
Ne dire cest cele qui prist.
Celui qui son seignor ocist. 1790
En non deu dame sî estil.
Seignor auroiz le plus gentil.
Et le plus franc et le plus bel.
Qui onques fu del lings Abel.
Coment a non mesire Iveins. 1795
Parfoi cist nest mie vileins.
Einz cit bien franc ie le sai bien.
Quil est suiz le roi Hurien.
Parfoi dame vos dites voir.
Et quant le porron nos avoir. 1800
Tresqua quins iorz trop tarderoit.
Que mon uel ia o vos feroit.
Vieign eñuit ou demain se uials.
Dame ne cuit que nus oisians.
Poist en un ior tant voler. 1805
Mes ie i ferai ia aler.
Un mien garcon qui moult tost cort.
Quil ira bien jusqua la cort.
Li roi Artus au mien espoir.

Wan dà gewiñet niemen mite,
Niuwan fchande unde fchaden.
Ich folde fi her wider laden: 2030
Daz koeme mir vil lihte baz.
ich was ir àne fchult gehaz.
Min herre was biderbe gennoc:
Aber jener, der in dà fluoc,
Der muofe tiurre fin daner: 2035
Erne het in anders her
Niht mit gewalte gejagt.
Si hàt mir dar an wàr gefagt.
Swer er ift der in fluoe,
Wider den hàn ich fchulde gnuoe,
Daz ich im vient fi: 2041
Ouch fiêt unfchulde dà bi,
Der ez rehte wil verftàn.
Er hàt ez werende getàn.
Min herre wolt in hàn erflagen: 2045
Het er im daz durch mich vertragen
Unt het in làzen genefen,
Sò waer ich im ze liep gewefen,
Wan fò waer er felbe tòt.
Daz er in fluoe, des gie im nòt." 2050
Sus brāhte fiz in ir muote
Ze fuone unt ze guote,
Unt machet in unfchuldec wider fi.
Dò was gereit dà bi
Diu gewaltige Miñe, 2055
Ein rehtiu füenaeriñe
Under mañe unde under wibe.
Si gedàhte: „mit mime libe
Mac ich den bruñen niht erwern.
Mich muoz ein biderbe man nern,
Ode ich bin benamen verlorn. 2061
Weizgot ich làze minen zorn,
Ob ez fich gevüegen kan
Unde enger niuwan des felben man
Der mir den wirt erflagen hàt. 2065
Ob ez anders umbin ftàt,
Alfò rehte unde alfò wol,
Daz ich im min gruñen fol,
Sò muoz er mich mit triuwen
Ergetzen miner riuwen, 2070
Unt muoz mich defte baz hàn,
Daz er mir leide hàt getàn."
Daz fi ir magt ie leit gefprach,

Au mains jusqua demain effoir. 1810
Qui desque la vert il trovez.
Cift termes eft trop lons affez.
Li ior font lonc mes dites li.
Que demain au foir refoit ici.
Et ault plus toft que il ne felt. 1815
Que fe bien efforcier fe uelt.
De dex iornees fera une.
Et enquennuit luira la lune.
Si reface de la nuit ior.
Et ie li donre au retor. 1820
Ce quil vodra que ie li doigne.
Sor moi leffiez ceffe befoigne.
Que vos laurois entre vos mains.
Jusqua tierz ior a tout le mains.
Et endementiers manderoiz. 1825
Confeil don roi qui doit venir.
Por la coftume meintenir.
De votre fonteine deffendre.
Vos en voudroiz tel confeil prendre.
Et il ni aura ia fi haut. 1830
Qui foft vanter que il i aut.
Lors porroiz dire tot adroit.
Que marier vos convedroit.
Uns chevaliers moult alofez.
Vos requiert et vos ne lofez. 1835
Prendre fil nel vos loent tuit.
Et ce prenge bien en conduit.
Tant les fent ie ia a malues.
Que por chargier autrui le fes.
Dont il feroient trop chargie. 1840
Vos en vendront chaoir a pie.
Et fi vos en mertieront.
Que hors de grant poine feront.
Car qui poor a de fon ombre.
Sil puet volentiers fe defcombre.
Dencontre de lance ou de dart. 1846
Qui ceft mauves geu a coart.
Et la dame refpont parfoi.
Einfeint le ueil ie et otroi.
Et ie lavoie ia penfe. 1850
Si com vos lavez devife.
Et tout enfeint le feron nos.
Mais ci porquoi demorez vos.
Alez ia plus ne delaiez.
Ja faites tant que vos laiez. 1855

Daz was ir alſô ungemach,
Daz ſiz vil ſêre clagte.　2075
Morgen. dô ez tagte,
Dô kom ſi wider gegangen
Unt wart baz enpfangen
Danne ſi verlâzen waere.
Ir benam diu vrouwe ir ſwaere 2080
Mit guotem antpfange.
Sine ſaz bi ir niht lange
Unz ſi ſi vrâgen began.
Si ſprach: „durch got, wer iſt der
　　man,
Den dû mir geſter lobteſt?　2085
Ich waene, dû niht tobteſt:
Wan ez entôhte deheime zagen
Dêr minen herren haet erſlagen.
Hât er die geburt unt die jugent
Unde dâzuo ander tugent,　2090
Daz er mir ze herren zimet
Unt ſweñez diu werlt vernimet,
Daz ſi mirz niht gewizen kan
Ob ich genomen habe den man
Der minen herren hât erſlagen 2095
Kanſtû mir daz von im geſagen
Daz mir min laſter iſt verleit,
Mit ander ſiner ſrümekeit,
Unt raeteſt dû mirz dañe,
Ich nim in zeinem mañe.“　2100
　Si ſprach: „ez dunket mich guot,
Unt gan in wol daz ir den muot
Sô ſchône hât verkêret.
Ir ſit mit im gêret,
Unde endurſet iuch ſîn nie mê ge-
　　ſchamen.“　2105
Si ſprach: „„nû ſage mir ſinen
　　namen.““
„Er heizet, vrouwe, Iwein.“
Zehant gehullen ſi in ein.
Si ſprach: „„jâ iſt mir kunt
Sin name nû vor maneger ſtunt: 2110
Er iſt ſun des küneges Uriênes.
Entriuwen ich verſtênes
Mich nû alrêrſt ein teil:
Unt wirt er mir, ſô hân ich heil.
Weiſtû aber, geſelle,　2115
Rehte ob er mich welle?““ —

Je remaindre avec nos genz.
Einſeint li va le parlemenz.
Et cele ſeint quel len irait querre
Mon ſeignor Yveins en ſa terre. 1859

„Er wolte, waer ez nû geſchehen.“
„„Sage, weñe mac ich in geſe-
　　hen?““
„Vrouwe, in diſen vier tagen.“
„„Ouwê, durch got, waz wil dû
　　ſagen?　2120
Dû macheſt mir den tac ze lanc.
Nim daz in dinen gedanc,
Daz ich in noch hiute ode morne
　　geſehe.““
„Wie welt ir, vrowe, daz daz ge-
　　geſchehe?
Ichne trœſte iuch niht dar an: 2125
Sô ſuel iſt dehein man
Noch niht âne gevidere
Dêr hin unt her widere
Möhte komen in ſô kurzer vriſt.
Ir wizzet wol wie verre ez iſt.“ 2130
„„Sô volge mime râte.
Min garzûn loufet drâte;
Im endet ie ze vuoz ein tac.
Daz einer in zwein geriten mac.
Ouch hilfet im der mânſchîn: 2135
Er lâze die naht ein tac ſîn.
Ouch ſint die tage unmâzen lanc.
Sage im, er hât ſîn iemer danc,
Unt daz ez im lange vrumet,
Ob er morgen wider kumet.　2140
Heiz in rüeren diu bein,
Unt mache vier tage ze zwein.
Er lâz im nû weſen gâch.
Unde ruowe dar nâch
Swie lange ſô er welle.　2145
Nû liebez im, trûtgeſelle.““
Si ſprach: „vrowe, daz ſi getân.
Ouch enſult ir ein dinc niht lân:
Beſendet iuwer liute
Morne unde hiute.　2150
Ir naemet übele deheinen man
Dane waere ir rât an.
Swer volget guotem râte,

Dem misselinget spâte.
Swaz der man eine tuot, 2155
Unde enwirt ez darnâch niht guot,
Sô hât er in zwei wis verlorn:
Er duldet schaden unt vriunde zorn."
Si sprach: „„trûtgeselle. ouwê.
Ich vürht ez mir niht wol ergê:2160
Ezn ist lihte niht ir rât.""
„Vrouwe min, die rede lât.
Irn habt niender selben helt,
Ern lâze iuch nemen swen ir welt,

E er iu den brunen bewar. 2165
Diu rede ist ûz ir wege gar.
Ouwi si sint des vil vrô,
Daz si der lantwer alsô
Ueber werden müezen.
Si bietent sich iuwern vüezen, 2170
Swene si iuwer rede vernement,
Unt bitent iuch daz ir in nement."
Si sprach: nû sende den garzûn hin;
Die wile wil ouch ich nâch in
Minen boten senden,
Daz wir die rede verenden." 2175

Lunete beeilt sich, Iwein von dem Hergang in Kenntniß zu setzen, und ihn trefflichst zu schmücken. Zum andern Abend meldet sie ihn bei ihrer Herrin, Laudinen, an, die sich wundert, wie ihr Kämpfer so schnell herbeigeeilt sei. Freudig eilt er zu ihr, sie aber sprach weder, noch neigte sie sich ihm, wodurch auch er sehr verlegen ward. Lunete ermuthigt ihn, er wirft sich der schönen Wittwe zu Füßen:

Er sprach: „ichn mac noch enkan
Ju gebieten mère 2287
Wandels noch êre,
Wan rihtet selbe über mich:
Swie ir welt, alsô wil ich." 2290
„„Welt ir allez taz ich wil?"""
„Jâ, michn dunkets niht ze vil."
„„„Sô nim ich iu lihte den lip.""""
„Swie ir gebietet, faelec wip."
„Nu waz hulfe dañe rede lane?2295
Sit ir iuch âne getwanc
In mine gewalt hât ergebn,
Naeme ich iu dan daz lebn,
Daz waere harte unwiplich.
Her Iwein, niene verdenket mich,
Daz ichz von unstaete tuo, 2301
Daz ich inwer alfus vruo
Gnâde gevangen hân.
Ir hât mir selch leit getân,
Stüende mir min ahte unt min guot
Als ez andern vrouwen tuot, 2306
Daz ich inwer niht enwolde
Sô gâhes noch enfolde
Gnâde gevâhen.
Nû muoz ich leider gâhen. 2310
Wandez ist mir sô gewant:
Ich mac verliesen wol min lant
Hiute ode morgen.

„Dame ia voir ni crierai. 1956
Merci einz vos mercierai.
De quanque vos me voldroiz fere.
Que riens ne me porroit desplere.
Mon sire et se je vos oci. 1960
Dame la votre grant merci.
Que ia ne men orroit dire ele.
Einz mes set ele noi tel.
Et si vos metez a devise
De tot en tout en ma devise. 1965
Sanz ce que ie vos en efforz.
Dame nule force si forz.
Nest come cele sanz mentir.
Qui une comande a consentir.
Vostre voloir sauz nul redout. 1970
Nule chose ie ne redout.
Que il vos plese a comander.
Et se ie poore amender.
La mort ou ie nul tort ne set.
Je la menderoie sanz plet. 1975
Et coment set ele or me dites.
Si foiez de lamende quites.
Se nule rien me messeites.
Quant vos mon seignor occites.
Dame set il por deu merci. 1980
Quant votre sires masailli.
Quil tort oi ie de moi deffendre.
Qui autrui uelt ocire ou prendre.

Daz muoz ich beforgen
Mit eime maño der ez wer.   2315
Der ift niender in mime her,
Sit mir der künec ift erflagen:
Des muoz ich in vil kurzen tagen
Mir einen herren kiefen
Ode daz lant verliefen.   2320
Nune bit ich iuch niht vürbaz fagen.
Sit ir minen herren hânt erflagen,
Sô fit ir wol ein fô vrumer man,
Ob mir iuwer got gan,
Sô bin ich wol mit iu bewart 2325
Vor aller vremden hôchvart.
Unt geloubet mir ein maere:
E ich iwer enbaere,
Ich braeche ê der wîbe fite:
Swie felten wîp mañes bite,   2330
Ich baete iuwer ê.
Ichn nôtliche iu niht mé:
Ich wil iuch gerne, welt ir mich.""
„Spraeche ich nû, vrouwe, nein ich,
Sô waere ich ein unfaelec man.2335
Der liebfte tac, den ich ie gewan,
Der ift mir hiute widervarn.
Got ruoche mir daz heil bewarn,
Daz wir gefellen müezen fin."
Do fprach diu künegin: 2340
„„„Ouwi, min her Iwein,
Wer hât under uns zwein
Gevüeget dife miñe?
Es wundert mine finne,
Wer iu geriete difen wân,   2345
Sô leide als ir mir hât getân,
Daz ich iuer würde iuwer wîp.""""
„Mir riet ez niuwan min felbes lip."
„„„Wer riet ez dem libe, durch
            got?""""
„Daz tete des herzen gebot." 2350
„„„Nû aber dem herzen wer?""""
„Dem rieten aber diu ougen her."
„„„Wer riet ez den ougen dô?""""
„Ein rât, des muget ir wefen vrô,
Juwer fchoene unde anders niht."
„„„Sit unfer ietwederz giht   2356
Ez fi des anderen vrô,
Sprach diu küneginne dô,

Se cil locit qui fe deffent.
Dites fe de rien i mesprent.   1985
Nenil qui bien esgarderoit.
Et ie cuit que riens ni vaudroit.
Quant fet ocire vos auroie.
Et le moult volentiers fauroie.
Dont cele force puet venir.   1990
Qui vos comande a maintenir.
A mon voloir fanz contredit.
Tout ce et touz meffez vos quift.
Mes feez vos fi nos coutez.
Coment vos eftez fi doutez.   1995
Dame fetil la force nient.
De mon cors qui en vos fe tient.
En ceft voloir ma mes cuers mis.
Cui eft li cuers biaus douz amis.
Dame votres iel vos afi.   2000
La grant biaute que en vos-ui.
Et la biautez qui a forfet.
Dame tant que amer me fet.
Amer et cui vos dame chiere.
Moi voire en quel maniere.   2005
En tel que greindre eft ic ne puet.
En tel que de vos ne fe muet.
Mon cuer nonques aillors nel truis.
Entel quaillors penfer ne puis.
Entel que touz a vos motroi. 2010
Entel que plus vos aim que moi.
Entel fil vos pleft a delivre.
Que por vos veil morir ou vivre.
Et oferiez vos atendre.
Por ma fonteine a deffendre.   2015
Oil voir dame vers toz homes.
Sachiez donc bien quar corde fomes.
Einfeint fout alorde briement.
Et la dame ot fon parlement.
Devant tenu a fes barons.   2020
Et dift la fors nos en alons.
En cele fale on ma gent font.
Qui loc et comande mont.
Por le grant befoig quil voient.
Que de mari prendre motroient.2025
Et iel fere por le befoig.
Ci meimes a vos me doig.
Or a la damoifele fit.
Quarn que le voloit entrefait.

Wer ist der uns des wende
Wirne geben der rede in ende? 2360
Dazu vüeget sich niht under uns
　　　drin:
Nù gèn wir zuo den liuten hin.
Ich habe gester besant
Die besten über min lant:
Vor den suln wirz niht stillen. 2365
Ich hân in mines willen
Ein teil dar umbe kunt getàn.

Et me sire Yveins est plus sire. 2030
Que ne porroit penser ne dire.
Et la dame avec lui lenmeine.
En la sale qui estoit pleine
De chevaliers et de serianz.　2034

Die suln wir an der rede hân:
Deiswâr ez vüeget sich deste baz.""
Nù tâten si ouch daz.　　　2370

Der Held gefiel den Vasallen so wohl (certes, lempereriz de Rome
seroit en lui bien mariee!), daß sie vollkommen die Wahl ihrer Herrin bil-
ligen, und genug Pfaffen waren da, den Bund zu seegnen. — Nun macht sich
Artus zu dem Abenteuer an der Quelle auf, wodurch Keies Spott über Iwein
laut wird, von dem seit seiner Ausfahrt dahin am Hofe nichts gehört worden
ist. Artus gießt mit dem Becken Wasser auf den Marmor, und es geschieht
alles in bekannter Weise, wie oben beschrieben. Bald erscheint Iwein zur Vertheidigung der Quelle. Keie reitet ihm hochmüthig entgegen, wird aber schmäh-
lich in den Sand gesetzt. Iwein fordert nun die Uebrigen zum Kampf auf, als
er jedoch seinen Nahmen nennt, ist überall große Freude über ihn und sein
wohlbestandenes Abenteuer, so wie über Keie's Beschämung. Sieben Tage weilt
Artus bei Iwein unter großen Festlichkeiten. Beim Abschiede mahnt Gawein
den Freund, sich nicht durch Minne zu verliegen wie Erek (Chretien hat diese
Anspielung nicht). Iwein nimmt sich seine ruhige Müßigkeit zu Herzen, und
erbittet sich von seiner Gemahlin einen einjährigen Urlaub zu Ritterfahrten.
Zum Pfand seiner Rückkehr giebt Laudine ihm ihren Ring mit. Gawein und
Iwein abenteuern dergestalt in Freuden, daß letzterer ganz den Ablauf des ersten Jahres vergißt. Nach geraumer Zeit kehren sie nach Karidol an Artus
Hof zurück; doch ihr freudiger Empfang beschwichtigt nicht Iwein's erwachen-
des Gewissen, zumal Lunete erscheint, und ihn bei Artus als ungetreuen Verräther verklagt, der ihre Gebieterin schändlich vergessen habe. Iwein ward tief
ergriffen, schweigend stahl er sich vom Hofe fort; seine Reue warf solchen Zorn
und solche Tobsucht in sein Hirn, daß er aller Sitte vergaß, sich die Kleider
vom Leibe riß, und nackt wie ein Rasender durch die Gefilde irrte. Einem
Knappen nimmt er Pfeile und Bogen, womit er sich Wild erlegt, das er freilich ohne Pfeffer, Salz und Schmalz verzehrt. Auf einem Gereute stand eine
einsame Hütte, die deren Bewohner vor dem Rasenden verriegelt. Doch legt
er ihm Brod in's Fenster, das dieser mit Gier verzehrt. Nach 2 Tagen kehrt
Iwein mit Wild beladen zu dem Einsiedler zurück, der ihm von seinem Brod
mittheilte, das er für die verkauften Felle herbeigeschafft hatte. Bei dieser
Lebensart ward er am ganzen Leibe schwarz wie ein Mohr. So fanden eines
Tages ihn schlafend am Wege drei Frauen, von denen die eine ihn erkannte.
Sie wird vom Grafen Aliers hart bedrängt, gegen den ihr Iwein erwünschte
Hülfe leisten könnte. Mit einer Salbe, die die Fee Morgane (Morgant la
sage, Chr. 2934; Feimorgàn, Hrtm. 3424; Morgan the wife, im englischen
Iwein, s. Anm. 18 zu Geraint) mit eigener Hand bereitet, womit eine Die-

nerin ihn heimlich bestreichen muß, ruft sie ihn in's Leben zurück, und giebt ihm die Sinne wieder. Jwein erwacht wie zu einem neuen Leben, und bewehklagt seinen Zustand. Er kleidet sich in die ihm hingelegten Gewande, und die beobachtende Dienerin führt ihn zum Schloß ihrer Herrin, der Frau von Narison; hier gekräftigt, besiegt er den Aliers (Chretien's Schilderung ist hier weitläufiger mit Anspielungen auf Roland, Durendarte und Renceval, 3213.), allein es war verlorene Arbeit für sie, den Helden sich bleibend zu gewinnen. Er reitet weiter, und gewahrt bald einen Drachen und Löwen in furchtbarem Streit begriffen. Jwein erschlägt den Drachen, und dankbar folgt der Löwe wie ein Hund ihm nach, und fängt ihm Wild zur Nahrung. Nach 14 Tagen kommt er zufällig zu der wunderbaren Quelle; ihr Anblick erfüllt ihn so mit Reue, daß er in Ohnmacht fällt. Im Fall verwundet er sich mit dem Schwert; der Löwe, in der Meinung, sein Wohlthäter habe sich ermordet, bemüht sich, es ihm nachzuthun (auch Chretien hat diesen wunderlichen Zug). Jwein bricht darauf in laute Klagen aus, welche eine Jungfrau vernimmt, die in der Kapelle neben der Quelle gefangen lag; drei Männer haben sie des Verraths beschuldigt, und trachten ihr nach dem Leben, weil sie die Frau an Jwein gegeben, die sie lieben. Es war der Truchseß der Königin Laudine mit seinen beiden Brüdern, die die Luneten hier eingesperrt haben, da kein Ritter sich ihrer annahm. Jwein giebt sich zu erkennen, verspricht mit ihren Feinden zu kämpfen, und reitet zu einer Burg, die traurige Spuren harter Belagerung zeigt, und deren Wirth ihn gastlich empfängt. Er befindet sich in harter Bedrängniß.

Er sprach: „mir ist unmaere	4456	Done fetil ie vos dirai gie.	3826
Der lip iuer mère:		Moult ma unz geanz domagie.	
Wandich alte ân ère,		Qui voloit que ge li donaſſe.	
Unt mir waere bezzer der tôt.		Ma fille qui de beaute paſſe.	
Ich lide laſter unde nôt	4460	Toutes celes qui font el monde.	3830
Von einem ſô gewanten man,		Li fel geanz que dex confonde.	
Daz ich mich gerechen niene kan.		A non Herpins de la monteigne.	
Mir hât gemachet ein rise		Neſſ nus iorz que dou mien ne	
Mine houhe zeiner wife		preigne.	
Unt hât mich âne getân	4465	Treſſout quen que il en puet prein-	
Alles des ich folde han.		dre.	
Unz an die bure eine:		Nus hom fors moi ne fen doit	
Unt fagin doch wie cleine		pleindre.	3835
Alle mine fchulde fint.		Ne duel fere ne duel mener.	
Ich hân ein tohter, ein kint,	4470	De duel devroie forfener.	
Daz iſt ein harte fchönin magt:		Qui vi fuiz chevaliers avoie.	
Daz ich ime die hân verfagt,		El monde plus biaus ne favoie.	
Dar umbe wüeſtet er mich.		Si les a touz li geanz pris.	3840
Zwâre ê verliufe ich		Et neant moi liez et pris.	
Daz guot unt wâge den lip,	4475	Et demain ocirra les quatre.	
E ſi iuer werde ſin wip.		Se ie ne truis qui ſe combatre.	
Dâ zuo hân ich fehs kint,		A lui por mes ſiz deliver.	
Die alle rîter fint;		On ſe ie ne li vueil livrer.	3845
Die hât er gâr gevangen		Ma fille et dit quant il laura.	

Unt hàt ir zwène erhangen,	4480	Cau plus uex garcons quil aura.
Daz ichz ane nuofe fehn.		En fa mefon et au plus forz.
Wemo möhte leider gefchehn?		La liverra por lor deporz.
Er hàt ir noch viere,		Quil ne la deigneroit mes prendre.
Die verliufe ich aber fchiere,		A demain puis ceft duel atendre. 3851
Wan die felben vüeret er	4485	Se damle dex ne me coufeille.
Vür die bure morgen her:		Et porce neft mie merveille.
Die wil er vor mir toeten,		Biaux douz fire fe nos plorons.
Unt mich dà mite noeten		Mes pornos tant com nos poons. 3855
Daz ich im ir fwefter gebe.		Nos refforcons a la foiee.
Got welle daz ichz niht gelebe,	4490	De fere contenance liee.
Und fende mir hinaht den tôt.		Que fox fet quen tor lui atret.
Er gibt (daz ift min meiftin nòt),		Preudome feñor ue li fet.
Sweñer fi mir an beherte		Et vos me rifemblez prodome. 3860
Mit felhem ungeverte,		Or vos en ai toute la fome.
Sò weller ir ze wibe haben ràt,	4495	Dite de votre grant deftrece.
Unt dem boeften garzûn den er hàt,		Nen chaßel ne enforterece.
Deme weller fi gebn.		Ne vos alaiffie li geanz.
Mac mir dañe min lebn		Fors tant com nos ueez ceens. 3865
Niht wol unmaere fin?		Vos meimes la hors poifles.
Der rife heizet H a r p i n.	4500	Veoir fe garde vos preifles.
Hab ich den lafterlichen fpot		Quil na leftie vaillant un fef.
Verdienet iender umbe got,		Dehors les murs qui font tuit nuef
Wolder daz rihten über mich		Einz a treftout le borc plene. 3870
Unde lieze den gerich		Quant ce que volt en ot porte.
Ueber min unfchuldigen kint,	4505	Si mift el remanant le feu.
Diu biderbe unde guot fint."		Einfeint ma fet meint mauves geu.

Vergebens hat er bei Artus Hülfe gefucht, der mit feinen Rittern andere
Arbeit zu beftehen hatte. Iwein verfpricht ihm Hülfe, wenn er dadurch nicht
verfäume, zur Quelle zu reiten, wo er andern Kampf abzuthun habe. Der
Burgherr ift vermählt mit Gawan's Schwefter (Hrtm. 4733. Chrt. 3908.).
Während Iwein noch das Abenteuer am andern Morgen überdenkt, kommt der
Riefe daher.

Der kom dort zuo in geriten	4916	Eincois demore et fi atent. 4064
Unt vuorte fine gevangen.		Tant que li geanz vient batant.
An den het er begangen		Les chevaliers quil amenoit.
Gròze unhövefcheit.		Et a fou col un pel tenoit.
In wàren aller hande cleit	4920	Gros et quarre agu devant.
Ze den ziten vremde,		Dont il les batoit durement.
Niuwan diu boeften hemde		Ne il navoient pas veftu. 4070
Diu ie kuchenknecht getruoc.		De robe vaillant un feftu.
Si treip ein ware, der fi fluoc		Fors chemifes fales et ordes.
Mit finer geifelruoten	4925	Savoient bien lie de cordes.
Daz fi über al bluoten.		Les piez les meins fes conduifoient.
Die herren riten ungefchuoch.		Sor quatre roncins qui clochoient.

Ir hemde was ein factuoch,
Gezerret, fwarz unde gròz:
Die edeln riter wâren blôz 4930
An beiden beinen unde an armen.
Den gaſt begunde erbarmen
Diu grôze nôt die ſi liten.
Ir pfert wâren, diu ſi riten,
Tôtmager unde krank: 4935
Ir ietwederz ſtrûchte unde hanc.
Die vûeze wâren in unden
Zeſamene gebunden,
Unt die hende vaſte
Ze ruke mit baſte. 4940
Den gurren, die ſi truogen hin,
Den wâren die zagele under in
Zeſamene gevlohten,
Daz ſi niene mohten
Ein ander entwichen, 4945
Dô ſi ſô jaemerlichen
Ir edel vater riten fach,
Daz im ſin herze niene brach
Von jâmer, des wundert mich:
Wandez was wol jaemerlich. 4950
Sus vuorter ſi vûr daz bürgetor:
Dâ hôrten ſi in ruofen vor,
Er hienge ſi alle viere,
Ob man ſi niht vil fchiere
Mit ir ſweſter lôſte. 4955
Dô fprach der ſi dâ trôſte,
Der riter, der des lewen pflac:
„Zwâre, herre, ob ich mac,
Ich ledege unſer gefellen.
Got fol difen vellen: 4960
Er iſt ein unbefcheiden man.
Mich ſterket vaſte daran
Iwer reht, unt ſin hôchvart,
Daz diu ie ſô grôz wart.
Ern kan ſich laſters niht fchamen,
Daz er ſi ir geburt undir namen 4966
Niht kan geniezen lân,
Swaz ſi ime joch haeten getân.
Iehn fol keinen riter fchelten,
Jedoch folder engelten 4970
Siner ungewizzenheit.
Zwâre, mac ich, ez wirt im leit."
Er het in kurzen ſtunden

Foibles et megres et redois. 4076
Chevauchant vienent ius candois.
Et un neins come boz enflez.
Les ot moult pres apres noez.
Ses aloit coſtoiant touz quatre. 4080
Nonques ne les finoit de batre.
Dune corgiee a ſept neuz.
Dont moult cuidoit fere que preuz.
Si les batoient que il feignent.
Einſeint vilment les en amoinent.
Entre le geant et le nain. 4086
Devant la porte en un plein.
Sa reſte le geanz et crie.
Au prodome quil le deffie.
Ses fiz de mort fil ne li baille. 4090
Sa fille a ſa garconaille.
Si la merront a gaelife.
Quil ne laime tant ne ne prife.
Que il ſen deignaſt avilier.
De garcons aura un millier. 4095
Avec lui fovent et menu.
Qui feront pooileus et nu.
Tex com ribant et roiche pot.
Qui tuit i metront lor escot.
Par poi que li preudom nen rage.
Quant ſa fille ot quar putage. 4101
Dit que ſa fille li verra.
Ou que tantoſt quil li uera.
Seront ocis ſi quatre fil.
Sa tel destrece come cil. 4105
Que meuz fameroit morz que vis.
Moult fovent ſe claime chaitis.
Et moult plore et fovent foupire.
Et lors li comenca a dire.
Me fire Yveins li frans li douz.4110
Sire moult eſt fel et eſtouz.
Cil geanz qui la fors forgueille.
Mes ia ce dez fofrir me vueille.
Quil ait pooir en votre fille.
Moult la honiſt et moult la veille.
Trop feroit grant mesaventure.4116
Se ſi tres bele creature.
Qui de ſi haut page eſt nee.
Jert a garcons abondoñee.
Ca mes armes et mon cheval. 4120
Si faites le pont trere aval.

Den helm úf gebunden
Unt was vil fchiere gereit: 4975
Daz lêrt in diu gewonheit.
Sin ros faher bi ím flân,
Er hiez die bruke nider lân.
Er fprach: „diz fol fich lcheiden
Unfer eime ode uns beiden 4980
Nâch fchâden unt nâch fchanden.
Ich getrûwes minen handen
Daz ich fin drô genidere.
Zwâr er muoz iu widere
Juwer fûne gefunde gebn, 4985
Ode er nimt ouch mir daz lebn:
Unt fweder der fol gefchehn,
Daz hât man fchiere gefehn."
Sus was im an den riefen gâch:
Sin lewe volgetem allez nâch. 4990
Dô in der rife komen fach,
Daz was fin fpot, unde fprach:
„Ouwé ir vil tumber man,
Waz nemet ir iuch an,
Daz ir fô ungerne lebet 4995
Unt fus nâch dem tôde ftrebet?
Daz ift ein nawifer rât,
Unt fwer iu daz gerâten hât,
Dem ift iuwer leben leit,
Unt wil fich mit der wârheit 5000
Vil wol an iu gerochen hân,
Swaz ir im leides habt getân,
Unt hât fich ouch gerochen wol,
Wandich daz fchiere fchaffen fol
Daz ir im niemer mê getuot 5005
Enweder übel noch guot."
Des antwurt im her Iwein fô:
„Riter, waz touc difiu drô?
Lât boefe rede unt tuot diu werk:
Ode ich entfitze ein getwerk 5010
Harter dañe iuwern grôzen lip.
Lât fchelten ungezogeniu wip:
Diene mugen niht gevehten.
Unde wil fin unfer trehten
Nâch rehtem gerihte pflegn, 5015
Sô fit ir fchiere gelegn."
Nû het dem rifen gefeit
Sin fterke unt fin manheit,
Waz im wâfen töhte,

Si me lefffez outre paffer.
Lun ou lautre urrois ufer.
Ou moi ou lui ne fai le quel.
Se ie le felon le cruel. 4125
Pooie fere humiliant.
Qui fi vos uet contraliant.
Tant que vos fi vos rendift quites.
Et les hontes quil vos a dites.
Vos nenift ceenz amander. 4130
Lors vos vodroie comander.
A den feroie en mon afere.
Puis li font fon cheval fors trere.
Et toutes fes armes li baillent.
Et de lui armer fe travaillent. 4135
Et moult toft lont bien atorne.
A lui armer nont demore.
Se tout le meins non quil porent.
Quant bien et bel atorne lorent.
Si niot que de lavaler. 4140
Le pont et de leffier aler.
Len li avale et il fen ift.
Mes apres lui ne remeinfift.
Ses lyons in nule maniere.
Et cil qui font remes arriere. 4145
Le comandent au fauveor.
Car de lui ont moult grant poor.
Si prient Den quil le deffende.
De mort et fein et vis le rende.
Et le geant li doint ocirre. 4150
Chascuns fi com il le defirre.
Emprie Deu moult doucement.
Et li geanz moult fierement.
Vint vers lui fi demanda.
Et dit cil qui ca ten voia. 4155
Ne ten moit mie par mes euz.
Certes il ne fe poift meuz.
De toi vencher en nule guife.
Moult a bien fa iouftife prife.
De quenque tu li as meffet. 4160
De neent es entrez en plet.
Fet Yveins qui ne doute rien.
Or fai ton meuz et ie le mien.
Et paroles doifeufe leffe.
Et me fire Yveins fes leffe. 4165
Qui tarde quil fen foit partiz.
Feriz le uet en mi le piz.

Uut wer im gefchaden möhte: 5020
In dûhte er hete wâfens gnuoc
An einer flangen, die er truoc.
Nû vreute fich her Iwein,
Daz er als ungewâfent fchein.
Under den arm fluoc er   5025
Mit guotem willen daz fper
Unt nam daz ors mitten fporn
Unt het in ûf die bruft erkorn
Unt ftach im einen folhen flich
Daz daz iferne fper fich   5030
Lûfte von dem fchafte
Unde im in dem libe hafte.
Ouch fluoc im der rife einen flac,
Daz ich daz wol fagen mac,
Het in daz ors niht vür getragen,
Daz er im haete geflagen   5036
Noch einen flac als er dô fluoc,
Es waere ze dem tôde genuoc:
Dô truoc in daz ors dan,
Unz daz er daz fwert gewan. 5040
Sâ kêrter wider ûf in,
Unt geftiurte in des fîn fîn,
Sin kraft unt fîn manheit,
Dô en wider ûf in reit,
Daz er im eine wunden fluoc, 5045
Dô in daz ros vûre truoc,
Dô fluoc im der rife einen flac,
Daz er dâ gar geftraht lac
Vorn ûf dem roffe vûr tôt.
Dô fach der lewe fîne nôt   5050
Unt lief den ungevüegen man
Vil unfitelichen an
Unt zarte im cleit unde brât
Als lanc fô der ruke gât
Von den ahfeln her abe,   5055
Unz daz der michel knabe
Als ein ohfe erloute
Unt wante die ruote
Die er dâ ze were truoc.
Ûnt dô er nâch dem lewen fluoc, 5060
Dô entweich im der lewe dan,
Unde entraf den lewen noch den man.
Im wart ze dem flage fô gâch,
Daz er fich neicte darnâch
Unde ouch vil nâch dernider lac:

Quil ot arme dune pel dorfe.
Et li geanz rement la corfe.
De lautre part a tout un pel. 4170
En mi le piz li dona tel.
Me fire Yveins que la pians faufe.
El fanc don cors en leu de faufe.
Le fer de fa lance li moille.
Et li geanz dou pel le rouille. 4175
Si que treftout ploier le fet.
Mefire Yveins lespee tret.
Dont il favoit ferir granz coux.
Le geanz trove bien defclos.
Qui en fa force fe fioit.   4180
Tant que armer ne fe doignoit.
Et cil qui tint lespee trete.
Li a une enaie fete.
Dou trenchant ne mie dou plat.
Si le fiert fi quil li abat.   4185
De la ioie une char douce.
Et cil lira te le donee.
Si que tout le fet embroncher.
Jusque for le col dou deftrier.
A ceft cop li lyons fe crefte. 4190
De fon feignor aidier faprefte.
Si faut par ire et par force.
Sache et fent come un escorce.
Sor le geant la pel velue.
Defouz la pel li a tolue.   4195
Une grant piece de la henche.
Les vers et lebrion li trenche.
Et li geanz li eft estors.
Si bres et crie come un tors.
Car moult la li lyons greve.   4200
A deus mains a le pel leve.
Et cuide ferir mes il faut.
Car li lyons arriere faut.
Si pert fon cop et paffe en vain.
Par deles mon feignor Yveins. 4205
Que lun ne lautre na defa.
Et me fire Yveins entefa.
Si a deus cous entrelardez.
Encoins quil ce fuft bien regardez.
Li ot au trenchant de lespec. 4210
Les paule dou bu defeurce.
A lautre cop fouz la mamele.
Li boute toute la lemele.

E er erzüge den andern flac, 5066
Dô het fich her Iwein
Mit vil grôzen wunden zwein
An im vil wol gerochen
Unt daz fwert durch in geftochen.
Diu wunde giene dâ daz herze lit.
Dô was verendet der ftrit,
Unde viel von der fwaere,
Als ez ein boum waere.   5074

De lespee parmi le foie.
Li geanz chief la mort lasproie. 4215
Et fe uns granz chesnes cheift.
Ne cuit greignor effroiz feift.
Que li geanz fift au chenir.   4218

Groß war die Freude der Mark und des Fürften über den Fall des Unge=
thüms. Allen Dank aber ablehnend, bittet er nur, feinem Freunde Gawein
von feiner That Kenntniß zu geben, und beeilt fich, zu Lunctens Rettung zu
reiten, welche er nackt und gebunden an einem Scheiterhaufen findet, ihre drei
Verfolger im Begriff, fie zu ermorden. Iwein ficht, unter Beiftand feines
Löwen, der manche Wunde dabei empfing, mit allen Dreien zugleich, befiegt fie,
und, nach dem alten Recht, daß der Schuldiger die Strafe des Befchuldigten
empfange, verbrennt er fie auf dem Scheiterhaufen. Lunete gewinnt die Huld
ihrer Herrin wieder, doch verfchweigt er ihr feinen Namen:

Ich heize der riter mittem leun. 5502

Coment ie me faz apeler   4584
Ja del chevalier au lyon.

Den wunden Löwen nimmt er auf fein Roß, und Lunete weift ihn nach
einem Schloffe hin, wo er fich und fein treues Thier unter gaftlicher Pflege zu
neuen Fahrten ftärkt.

Da war der Graf vom fchwarzen Dorne (5629. — Li fires de la
noire espine, 4678.) geftorben, deffen beide Töchter fich um die Erbfchaft ftrit=
ten. Die ältere erbat fich Gawein zu ihrem Rechtskämpfer von Artus, die
jüngere den Ritter mit dem Löwen, der aber nirgend aufzufinden war. Artus
fetzte das Kampfgericht nach fechs Wochen an. In größter Sorge reitet die
jüngere Schwefter aus, ihren Vertheidiger zu fuchen. Einer ihrer Verwandten
fendet feine eigene Tochter weiter auf Nachforfchung; Unwetter überfällt fie in
Nacht und Wald. Da hört fie ein Horn, und kommt zur Burg des Herrn,
deffen Söhne Iwein aus der Gewalt des Riefen befreiet hat. Diefe weifen fie
weiter zur wunderbaren Quelle, wo fie Luneten findet, die ihr weiter auf die
Spur hilft. Endlich findet fie den Erfehnten, der ihrer Abfenderin feine Hülfe
zufagt. So gelangen fie in einen Marktflecken, wo das Volk fie verhöhnt, als
fie Miene machen, zu der Burg des Orts zu reiten. Eine edle Frau warnt fie
davor, wenn fie ihr Leben lieben. Dennoch reitet Iwein in das Schloß (le
chaftel de pesme aventure).

Nû faher inrehalp dem tor   6186
Ein witez weregadem ftân:
Daz was geftalt unt getän
Als armer liute gemach;
Dar in er durch ein venfter fach 6190
Würken wol drin hundert wip.
Den wâren cleider unt der lip

Et me fire Yveins fanz reponfe. 5357
Par devant lui fanpaffe'et trocve.
Une grant fale haute et noeve.
Savoit dedenz un vergier clos. 5360
De pex aguz et granz et gros.
Et par entre les pex leenz.
Vit puceles jufqua trois cenz.

Vil armecliche gestalt:
Irn was iedoch deheinin alt.
Die armen heten ouch den sin, 6195
Daz gnouge worhten under in
Swaz iemen würken solde
Von siden unt von golde.
Gnouge worhten an der rame:
Der were was aber âne schame 6200
Unt die des niene kunden,
Die lâsen, dise wunden,
Disiu blou, disiu dahs,
Disiu hachelte vlahs,
Dise spunnen, dise nâten, 6205
Unt wâren doch unberâten.
In galt ir arbeit niht mê
Wan daz in zallen zîten wê
Von hunger unt von durste was,
Unt daz in kûme genas 6210
Der lip der in doch nâch gesweich.
Si wâren mager unde bleich,
Si liten grôzen unrât
An dem libe unde an der wât.
Ez wâren bi ir viure 6215
Under wilen tiure
Vleisch mit ten vischen.
Si muosen verwilchen
Wirtschaft unde êre.
Si rungen mit sêre. 6220
Ouch wurden si sin gewar:
Wâren si ê riuwevar,

Qui diverses oevres fesoient.
De fil dor et de soie ouvroient. 5365
Chascune au melz quele savoit.
Mes entreus tel poverte avoit.
Que deslices et descointes.
En avoit ce sachiez meintes.
Et des chemises an col sales. 5370
Les flans megres et les vis pales.
Et as mameles et as contes.
Par estoient les manches toutes.
De faim et do mesese avoient.
Il les voit et eles le voient. 5375
Si senbronchent totes et plorent.
Et une grant piece demorent.
Que les nentendent a rienz fere.
Ne lor euz ne puent retrere.
De plorer tant font acorees. 5380
Quant un poi les ot esgardees.

Ir leides wart nû michel mê.
In tete diu schame alsô wê,
Daz in die arme enpfielen, 6225
Wandin die trehene vielen
Von den ougen ûf die wât.
Daz ir grôzen unrât
Jemen vremder het gesehn,
Dâ was in leide an geschehn. 6230
In viel daz honbet zetal,
Unt si vergâzen über al
Des werkes in den henden. 6233

Ein ungeschliffener Pförtner sucht vergebens den Ritter zurückzuhalten. Der Herr der Jungfraueninsel (junevrouwen-wert, 6326.; isle as pucelles, 5425.) war auf diese Burg gekommen, dessen Herr, ein mächtiger Riese, ihm im Kampf das Leben unter der Bedingung ließ, ihm jährlich 30 Jungfrauen zu senden. Sie sind dieser Zins. Auch er möge sich zum Kampf mit dem Riesen rüsten. Zwein verspricht ihnen Errettung, und geht mit seiner Begleiterin durch das Schloß und in einen Baumgarten, wo auf einem Bett ein alter Herr liegt, dessen sehr schöne Tochter, die wälsch lesen kunde (6457.) — ihm vorlas.

>   Une pucele devant li.
>   En un romanz ne sai de cui.
>   Et por le romanz escontes.
>   Si estoit venue aconter. — 5525

Daneben saß eine vornehme Frau, ihre Mutter. Zwein wird von ihnen sehr höflich begrüßt, gespeist und zur Ruhe geleitet, die Tochter verräth ihm jedoch die drohende Gefahr, morgen mit zwei Riesen kampfen zu müssen. Am Morgen kommen sie mit großem Lärm; vor dem Kampf wird der Löwe eingesperrt; doch bald bricht er sich los; ein Riese wird getödtet, der andere ergiebt sich. Der alte Herr bietet dem Sieger die Hand seiner Tochter an, der sie jedoch ablehnt, die 300 Mädchen befreit, und an Artus Hof zum Gerichtskampfe für die jüngere Tochter des Grafen von dem schwarzen Dorne eilt.

Artus saß zu Gericht. Iwein, um nicht erkannt zu werden, hatte seinen Löwen unterwegs zurückgelassen. Er reitet in die Schranken, ihm entgegen ein anderer unbekannter Kämpe. Beide fechten den ganzen Tag mit heldenmäßigster Kraft und Tapferkeit: endlich geben sie sich ehrenvoll zu erkennen, und wie erstaunt freudig Iwein, in seinem Gegner seinen Freund Gawein zu erkennen. Artus entscheidet den Prozeß dahin, daß beide Schwestern sich das väterliche Erbe theilen. Als Iweins Löwe am Hofe erscheint, erregt er nicht wenig Schrecken.

Iwein, von Minne getrieben, stiehlt mit seinem Löwen sich hinweg zur Quelle, und gießt Wasser auf die Marmortafel; es erfolgt, wie gewöhnlich, das Hagelwetter. Laudine ist dadurch sehr in Verlegenheit, da Niemand zu ihrer Vertheidigung da ist. Doch tröstet sie Lunete, die verspricht, den Ritter mit dem Löwen aufzusuchen. Siehe, da findet sie ihn selbst als den Ausforderer an der Quelle. Unerkannt folgt er ihr zu Laudinen, reuemüthig wirft er sich ihr zu Füßen, und gern vergiebt sie dem geliebten Gemahl alle seine Schuld.

Iehn weiz aber waz ode wie 8160		De mon feignor Yvein la fin. 6950	
In fit gefchaehe beiden.		Et de fa mie chiere et fine.	
Ezn wart mir niht befcheiden		Dou chevalier au lyon fine.	
Von deme ich die rede habe.		Creftiens fon romanz iffi.	
Durch daz enkan ouch ich darabe		Conques plus conter nen oi.	
Niht gefagen mère, 8165		Ne ia plus ne uorroiz conter. 6955	
Wan got gebe uns faelde unde ère.		Sen ni uelt mençonge a conter.	

Zur
Dame von der Quelle.

Die Quelle von Barendon.

Erkannten in den ältesten Zeiten alle Völker in dem befruchtenden Regen und dem donnernden Ungewitter das Wirken wohlthätiger oder zürnender Götter, so verknüpfte sich doch auch bald mit diesen Naturerscheinungen die Idee, daß sie durch übernatürliche, dämonische und magische Kräfte willkürlich herbeigezogen werden könnten; schon die römischen Gesetze der XII Tafeln verhängten eine Strafe wider den, qui fruges excantasset, sive alienam segetem pellexerit, und Seneca (nat. quaest. 4, 7.) bemerkt: rudis adhuc antiquitas credebat, et attrahi imbres cantibus et repelli. Die lex Visigothorum, VI, 2, 3, die Kapitularien Karls des Großen, und die Kirche droheten Strafen und eiferten gegen die Wetterbeschwörer [1] als Zauberer und Teufelskinder, wie anderer Seits der Aberglaube unter den mannigfachsten Formen sich bemühete, den schmachtenden Fluren den Seegen des Regens herbeizuziehen, und die katholische Kirche noch jetzt Prozessionen anordnet, um günstige Witterung vom Himmel zu erflehen. Näher mit unserer wunderbaren Quelle hängt die Heilighaltung des Wassers zusammen; Griechen und Römer personificirten ihre Flüsse in männliche göttliche Wesen, kleineren Bächen standen Nymphen und Najaden vor, der celtische Volksglaube bevölkerte Flüsse, Bäche, und besonders einsame Seeen im Waldgebirg mit Feen, die, lüstern nach Kindern und schönen Jünglingen, sie liebreich in ihrem Wasserreich erzogen; ward ihr Heiligthum verletzt von frevelnder Hand, so rächten die Wassergeister die Entweihung durch Austreten der Fluthen, durch plötzlich hervorbrechende Stürme und Hagelwetter. Durch ganz Europa, in Sicilien, bei den Germanen, Finnen, Liven, und Esthen, in

---

[1] Grimm, Deutsche Mythologie, S. 365, 615, 560, Aus. XXXIV, XXXVI

Wales, Bretagne und Irland, bei den Serben und Neugriechen [2]) ist dieser Glaube verbreitet und hat sich bis in die neueste Zeit nicht selten erhalten.   Gervasius von Tilbury (bei Leibnitz, I, 982) erzählt von einem See auf dem Berge Cavagum in Katalonien: in cujus summitate lacus est aquam continens *subnigram* et in fundo imperscrutabilem.   Illic *mansio* fertur esse *daemonum* ad modum palatii dilatata et janua clausa; facies tamen ipsius mansionis sicut ipsorum daemonum vulgaribus est incognita ac invisibilis.   In lacum si quis aliquam lapideam aut alias solidam projecerit materiam, statim tanquam offensis daemonibus, tempestas erumpit.   Aehnlich lautet die Sage vom Mummelsee (Deutsche Sagen, Nr. 59. Simplic. 5, 9.), von dem See auf dem Pilatusberge in der Schweiz (Lothar's Volksf. 232. Dobenek, II, 118.), und vom See Camarina in Sicilien (Camarinam movere).   Im Pontus (Augsburg, 1498) heißt es: Do stuond der schwarz ritter von dem pferdt, und nam einen guldin kopff in sein hand, und schöpfft damit wasser aufs dem wunderlichen bruñen, und besprengt damit die weissen wisen. Und als bald daz wasser auff die erden kam, do fing es an zuo donnern und ungewittern; aber es weret nit lang.

Giraldus erzählt in seiner **Topographia Hiberniae L. II, c. 7** (p. 719 bei Camden, Anglica etc.): Est fons in Momonia (Hiberniae provincia) qui si tactus ab homine, vel etiam visus fuerit, statim totam provinciam pluviis inundabit.   Quae non cessabunt, donec sacerdos ad hoc deputatus, qui et virgo fuerit (tam mente quam corpore) a nativitate, missae celebratione in *capella, quae non procul* a fonte ad hoc dignoscitur esse fundata, et aquae benedictae, lactisque vaccae unius coloris aspersione (barbaro satis ritu et ratione carente) fontem reconciliaverit. — Zu beachten ist, daß auch bei dieser Quelle ebenso wie bei jener im Iwein eine Kapelle sich befand; auch unser armoricanischer Brunnen war um 1180 in Wales nicht unbekannt, denn Girald fährt Kapitel 8 fort: Est fons in Armorica Britannia similis hujus ex parte naturae, cujus ex aquis in *cornu bubali* haustis, si petram ei proximam forte perfuderis, tempore quantumlibet sereno, et a pluviis alieno, pluvias in continenti non evades.   Im Roman hat jedoch das Büffelhorn sich in eine goldene Schaale verwandelt.   Allein auch Wales selbst

---

[2]) s. Beispiele gesammelt bei J. Grimm, l. c. S. 335, 339, 615, 119.

entbehrt nicht jener wunderbaren Quelle, welche wahrscheinlich das Mabi=
nogi im Sinne gehabt hat; es ist das Wasser von Llyn Dulyn in
Snowdon, uber dessen Eigenschaft im Wälschen Magazin (London,
1805) eine alte Zeugenvernehmung beigebracht wird: »Da ist ein See
in den Bergen von Snowdon, genannt Dulyn, in einem wilden Thale,
umschlossen von hohen schroffen Felsen. Dieser See ist außerordentlich
schwarz, und seine Fische sind ungestalt und unansehnlich; sie haben breite
Köpfe und schmale Leiber. Niemals hat man sich darauf wilde Schwäne
niederlassen gesehen, noch Enten oder anderes Wasserwild. Und dort
ist ein Damm von Steinen, welcher in den See geht. Wenn Jemand
auf diesem Damme hingeht, und es ist heller Sonnenschein, und er gießt
Wasser, daß es den entferntesten Stein benetzt, der der rothe Altar (yr
Allawr Goch) genannt wird, so ist es ein besonderer Zufall, wenn es
nicht noch vor Nacht regnet. Zeugen: T. Prys aus Plas Jolyn, und
Sion Davydd aus Rhiwlas in Llan Silin.« (**Mabin.** S. 226.). —
Schon lange vor Girald genoß jedoch schon die Quelle von Barendon in
Bretagne der größten Berühmtheit, und sie bewährt die Gemeinsamkeit
dieser alten Erzählungen in Bretagne und Wales. Was uns Chretien
im **Chevalier au lion,** und das Mabinogi von der Ungewitter erregen=
den Eigenschaft dieses Borns, und vom Wildgarten umher erzählen, be=
richtet gleichlautend auch in seinem **Roman de Rou** Robert Wace, den
der Ruf dergestalt anlockte, daß er eigends eine Reise dahin unternahm,
freilich aber entwich das Wunder seinem neugierigen Auge. Er zählt die
Barone auf, welche Wilhelm von der Normandie zur Eroberung Englands
um sich sammelte, und unter diesen waren:

„Auch die vom Brechelianter Wald,
Dem manche Bretagner Sage galt.
So ward ein weiter Forst genannt,
Der in Bretagne gar wohl bekannt.
Aus einem Hügel sprudelt hell
An's Licht von Barenton der Quell.
Oft zog, wenn groß die Hitze war,
Nach Barenton der Jäger Schaar;
Im Horn Fluth schöpfend aus der Quelle,
Besprengten sie umher die Stelle,
Um Wolkengüsse zu erregen;
Denn hiernach fiel sonst mächt'ger Regen
Rings um den Wald im ganzen Land;
Die Ursach ist mir unbekannt.
Dort kann man auch wohl noch die Feen,
Wenn nicht Bretagner fabeln, sehen,

Und andere Wunderdinge mehr.
Dort liefen Stiere wild umher,
Auch gab's dort Hirsch' in großer Zahl,
Die längst jedoch der Bauer stahl.
Ich ging, die Wunder zu erspäh'n,
Und habe Land und Wald geseh'n,
Fand kein gesuchtes Wunderding,
Kehrt' heim als Thor, so wie ich ging;
Thor ging ich, Thor kam ich zurück;
Suchte Thorheit; 's war ein Thorenstück. [3])

    Hûon de Mery, Mönch in St. Germain des Près bei Paris, der um 1228 dichtete [4]), erzählt von einer ähnlichen Wanderung, und war entweder glücklicher oder scharfsichtiger als Wace. Einer der Begleiter des Rois Loeys (was anscheinlich nur Ludwig VIII. gewesen sein könnte) auf dessen Zuge gegen die Brètagne, nahm er die Gelegenheit wahr, den berühmten Wald von Breceliande zu besuchen:

Por çou que n'iert pas mult lon-
      taingue.
La forès de Brecéliande.
Mes cuers ki souvent me comande.
Faire autre cofe ke mon prcu.
Me fist faire auffi come veu.
Ke ge en Brecéliande iroie.
Ge m'en tornai et pris ma voie.
Vers la forest fans plus atendre.
Kar la vreté voloie aprendre.
De la perilleufe fontaine.
Une espeé ou ot fer d'Andaine.
Dont l'ameure n'estoit pas douhle.
Et un hauberc a' maille double.
Portai qui puis m'orent meftier.
Sans tenir voie ne fentier.
Chevauchai IV jours entiers.
Adont m'aparut uns fentiers.
Qui par une gafte lande.
Me mena en Breceliande.
Mult eft espeffe et oscure.
En la forest par aventure.
Perdi la fens de mon fentier.
Car li folaus s'aloit couchier.
Qui avoit faite fa journee.

Mais la clartés eft ajornée.
De la lune qui lors leva.
— — — — — — —
Cele nuis refambla le jour.
Sans faire alonge ne féjour.
Ce fu la quinte nuis de mai.
La fontaine mult esgardai.
Ke la trouvai par aventure.
La fontaine n'iert pas oscure.
Ains ert clere com fins argens.
Mult estoit li praales gens.
Qui fombroioit de defous l'arbre.
Le bachin le perron de marbre.
Et le vert pin et la caière.
Trouvai en icele maniere.
Come l'a descrit Crestiens.
En plus clere eve crestiens.
Ne fambla pas que ce fuft cresme.
Quant le bachin ting en ma main.
Car tout auffi li puifai plain.
Cem fe la vauffiffe espuifier.
Quand ge mis la main au puifier.
Lors vi le firmament donbler.
Quant oi puifié lors vi doubler.
Le torment quant l'eve verfai.

---

   [3]) *Roman de Rou* v 11514—11539. publ. par Pluquet Rouen, 1827. II, 143, 4. Rollo, überf. v. Gaudy. S. 240.
   [4]) *Warton's* History of English Poetry II, 121.

Je qui tous feus le fai.
Ne talent n'en ai du mentir.
Mais le chiel oi desmentir.
Et esclarcir de toutes pars.
De plus de VC mile pars.
Ert la forès enluminée.
So tous li chiex ert queminée.
Et tous li mons ardoit enfamble.
Ne fefist il pas ce me famble.
Tel clarté ne fi graut orage.
Cent fois maudis en mon courage.
Par cui confeill ting là mon oirre.
Car à cascun cop de toñoirre.
La foudre du ciel descendoit.
Qui trouçounoit et porfendoit.
Parmi le bois caines et fals.
Or escoutés com ge fui fals.
Et tresperdus et entrepris.
K'encor plain bachin d'iaue pris.
Et feur le perron le flafli.
Mais fe le ciel ot bien glati.
Et envoiés foudres en terre.
Lors double la noife et la guerre.
Ke joïe mené à tout le monde.
Can del' tounoire à la réonde.
Toute la terre vi troubler.
Ge cuidai bien que affambler.
Fefift del' éhiel et terre enfamble.

Ce fu folie ce me famble.
De II fois le bachin widier.
Mais ce fu par mon fol cuidier.
Car le tans apaifier cuidai.
Quant le fecont bachin widai.
Mais lors perchui que cil qui cuide.
Qu'il a de feus la tefte wide.

— — — — — — — —

Lours comencha à aprochier.
Li jours dont l'aube ert ja' venue.
Joie firent de fa venue.
Trestout li oifeillon menu.
Ke à voleter ai véu.
De par tout Berchéliaude.
En broche n'en foreft n'en lande.
N'en vit mais nus tant amaffés.
Sus le pin en ot plus amaffés.
Ke n'en vit Kalogrinaus.
Et faifoient de divers cans.
Une fi douce mélodie.
Ke à ma mort ni à ma vie.
Ne kéiffe avoir autre gloire.
Encore quant me vient en mémoire.
En mou cuer en ai fi grant joie.
Qu'encor me fanlle qu' eus ge oi.
M'eft - il tous vraiement avis.
Que c'eft terreftre paradis.

(Tournoiement ante Crist. M. S. du Roi, Nr. 541. S. F. fol. 72. col. 2, v. 5.) [5]).

Die Feen, welche den Wald von Brecelianbe bewohnten, scheinen besonders die Kinder geliebt, und in ihren Schutz genommen zu haben, indem sie sie mit ihren Gaben begnadeten. Der Art ist in der Bibliothek des Königs zu Paris das Fragment eines merkwürdigen Romans, des Brun de la Montagne, der ganz auf diese Sage gegründet, und gleichfalls im Livre des Legendes von Le Roux de Lincy abgedruckt ist. Butor de la Montagne wünschte bei der Geburt seines Sohnes Brun, daß er die Gnadengabe einer Fee empfange; alle Feenorte ging er im Gedächtniß durch:

Il a des lieux faës ès marches de Champaigne,
Et auffi en a il en la roche grifaigne,

---

[5]) Livre des Legendes. Par Le Roux de Lincy. Intro. 230, 4. Paris 1836. Der Text nach dem Mabin. p. 221—223.

Et ſi croy qu'il en a auſſi en Alemaigne,
Et on bois Berſillant, par deſous la montaigne;
Et non por quant anſi en a il en Espaigne,
Et tout cil lieu faё ſont Artu de Bretaigne.

Endlich entſchließt er ſich, die Feen des Waldes von Verſillant zu
erwählen. Der kleine Brun wird daher von einem treuen Ritter dahin
geleitet, und auf den Rand der Feeenquelle geſetzt; es dauert nicht lange,
ſo erſcheinen die zauberiſchen Weſen:

Les dames, dont je di, ſi eſtoient faées,
Qui ſi très noblement eſtoient aſesmées.
Leurs cors furent plus blanc que n'eſt noif ſor gelées,
Et ſi très chierement eſtoient atournées,
Car de couroñes d'or furent toutes dorées,
Et de blans dras de ſoie eſtoient aournées;
Enmi de la poitrine eſtoient escollées.
Se uns hom en euſt erré II. C. mile. journées.
Ne fuſſent point par li trois plus belles trouvées,
Et ſ'euſt converſé en cent mile contrées.

Das Kind wird mit den auserleſenſten Gaben, die zu verleihen irgend
in ihrer Macht ſtehen, beſchenkt. Eine der Feeen jedoch, wohl neidiſch
über die ausgezeichnet glänzenden Ausſichten, die ſich dem Kinde in Folge
jener Begnadigung eröffnen, ſchenkt ihm Mißgeſchick und Täuſchung in
der Liebe. Darauf wird Brun zu ſeinen Eltern zurückgebracht, und eine
der wohlwollenden Feeen, die ein ganz beſonderes Wohlgefallen zu ihm
trägt, nimmt eine andere Geſtalt an, und wird ſeine Amme. — Leider
bricht das M. S. gerade da in der Geſchichte ab, wo der Held im Begriff iſt, ſeine Liebesaventüren zu beginnen.

Im Roman von Merlin iſt es derſelbe Wald, in welchem Merlin's
geliebte Viviane, nachdem ſie dem großen Zauberer ſeine Kunſt abgelernt,
ihn umgiebt mit dem magiſchen Thurme, der zwar unſichtbar, ihn dennoch unentrinnbar feſſelt, und auf ewig, da den Zauber zu löſen ſie die
Formel vergeſſen hatte, und ſo ward der Weißdornbuſch, unter welchem ſie
ihn in Liebestaumel gewiegt, um den Zauber ihm anzuthun, ſein Grab.
— Faſt in allen Arthurromanen gerathen die Ritter in dieſen zauberiſchen Wald, und von Bedeutung für den Nachweis der Bretagniſirung
des wälſchen Peredur iſt es unter Andern auch, daß dieſer Wald altbre-
tagniſch Broch' allean genannt wurde, das Villemarqué mit le bois de
l'Hermite, de la Solitaire überſetzt; es iſt der Wald von Soltane, in
welchen Herzeleide ſich mit dem jungen Percival flüchtete, um ihn in der
Einſamkeit, fern der Ritterwelt, zu erziehen; in Kiot's Parcival grenzt die

Wüste Soltane unmittelbar an den Wald von Prizlian (Breciliande), in welchem das einfältige Kind schon am ersten Tage der Ausfahrt Je= schuten im Zelt überrascht. Auch der um die Bretagnischen Alterthümer so verdiente und eifrig forschende Graf de la Villemarqué hat in neuester Zeit diese fabelreiche Gegend besucht, und davon eine Schilderung ihres gegenwärtigen Zustandes gegeben [6]. »Ich hatte — sagt er — so oft in meiner Kindheit von Merlin sprechen gehört und in unsern bretonischen Ritterromanen von so wunderbaren Dingen an seinem Grabe, vom Wald von Brecilien, der Quelle von Barendon und dem Thal von Concoret gelesen, daß ich lebhaft von dem Wunsch ergriffen ward, diesen Ort zu besuchen; und an einem schönen Morgen reiste ich ab. Plöermel ist die nächste Stadt von Concoret. Von da zum Schloß ist der Weg lang und beschwerlich; immer Hohlwege, Berge, Gehölz, oder Haiden ohne Ende. Die Ebene, welche bretagnisch Concoret (Kunkored, Thal der Druidinnen) und in den Romanen des Mittelalters das Thal der Feeen genannt wird, ist ein ungeheures Amphitheater, gekrönt mit schat= tigen Wäldern, und hieß vor Alters Broch-allean (le bois de la None, de l'Hermite, de la Solitaire), jetzt durch Korruption Bré= cilien genannt. Auf einer Seite der Ebene entspringt eine Quelle, bei der man zwei Moosbedeckte Steine sieht, über welchen ein altes Kreuz von vermorschtem Holze errichtet ist. Dies ist die Quelle von Ba= rendon und das Grabmal des Merlin. Dort schläft, — sagt man, der alte Druide beim Gemurmel des Wassers und dem Flüstern des Windes, der seufzend über die Haiden ringsum fährt. — Von dieser Höhe aus übersieht das Auge das ganze Thal, einen Horizont ohne Grenzen, Ge= hölze und Getreidefelder, Auen mit den gelbblühenden Pfingstblumen, und viele Dörfer mit ihren Kirchthürmen. Brecilien war eine der geheiligten Waldungen, welche die Priesterinnen des Druidenthums bei den Galen bewohnten. Der Nahme derselben und dieses Thales bezeugen dies in Ermangelung anderer Zeugnisse. Die Nahmen der Orte sind die sicher= sten Zeugen vergangener Begebenheiten (?).«

Alle die alten Traditionen, welche sich auf diesen Wald beziehen, leben hier noch fort. Von den Feeen, die den Kindern so hold sind, ist immer= fort erzählt worden, daß sie hier zu sehen seien und am Rande der Quelle erscheinen. Und noch immer erzählt man sich von dieser Quelle, deren

[6] Visite au Tombeau de Merlin, par Theodore de la Villemarqué. Revue de Paris. T. 41. 7 Mai, 1837. p. 47—58.

Waſſer als heilſam betrachtet wird, daß ſie die wunderbare Regenbringende
Eigenſchaft beſitze.   Bei trockener dürrer Zeit ziehen die Einwohner in
Prozeſſionen dahin, angeführt von den fünf großen Fahnen der umlie=
genden Diſtricte und ihren Prieſtern, unter Glockengeläute und Pſalmen=
geſang.   Angelangt bei der Quelle, taucht der Vorſteher des Cantons den
Fuß kreuzweis in das Waſſer, und er iſt gewiß, daß es regnen wird, ehe
der Zug ſeinen Heimweg antritt.   Das Waſſer der Quelle iſt allerdings
mineraliſcher Natur, und es wirft Blaſen, wenn man ein Stück Eiſen
oder Kupfer hineinwirft. — »Die Kinder ergötzen ſich, Stecknadeln hin=
einzuwerfen, und ſagen dazu folgenden Spruch: **Ris donc, fontaine de
Berendon, et je te donnerai une épingle!**«

Nach den Romanen befindet auch im Bezirk dieſes Waldes ſich das
Thal **sans Retour** und das **Vallon des Faux Amans.** Lady Gueſt
bemerkt (Mab. S. 112) noch, ein engliſches Gedicht erzähle von einer
Kapelle, die nahe bei der Quelle gelegen und füge hinzu:

> An amerawd was the ſtane,
> Richer ſaw i never nane,
> On fowr rubyes on heght ſtandand,
> Thair light laſled over al the land.

Aehnlich unſerer Quelle ſei ferner die im Fabliau »Das Paradies
der Liebe«, und in der engliſchen Verſion des Pontus: **the noble history of king Ponthus of Galyce.**

Luned.

Nach den Noten zu Jones's »wälſchen Barden« ſoll die Luned des
Mabinogi ein und dieſelbe Perſon mit Elinod, Tochter des Brychan,
geweſen ſein, wiewohl beide ſehr von einander abweichen.   Rees in ſei=
ner ſchätzbaren Abhandlung über die wälſchen Heiligen, giebt folgende
Notiz über ſie: »Elinod, die Almedha des Giraldus Cambrenſis, welcher
ſagt, daß ſie den Märtyrertod auf einem Hügel, Namens Penginger bei
Brecknock, das die Hiſtoriker dieſer Graffſchaft ſo oft anführen, erlitt, iſt
gleichbedeutend mit Slwch.   **Crug gorseddawl** [7]) angeführt hinter dem
Nahmen Elinods in der **Myvyrian Archaiology** ſei für **Wyddgrug** oder
Mold in Flintſhire zu nehmen, aber es mag nicht mehr als eine beſchrei=
bende Benennung von Slwch ſein, welche ſich von einem frühern römiſchen

---

[7]) i. e. Der Hügel des Gerichts. — Welsh Dictionary by
Dr. Pughe. — Die Worte der Myvyrian Archaiology ſind: „Elined verch
Vrychan yngorsebawl, neu Crug gorseddawl. T. W. 2.“ II, 41.

Lager daſelbſt erhalten haben kеnnte. Creſſy ſagt in Bezug auf Al=
medha: »Dieſe fromme Jungfrau, welche den unziemlichen Antrágen eines
elenden Fürſten widerſtand, der ſie zu heirathen ſuchte, und ſie dennoch
dem ewigen Gotte verlobte, opferte ihr Leben einem hehren Mártyrerthum.
Ihr Todestag wird jáhrlich am 1. Auguſt gefeiert.« S. 149, 150. —
Die Schénheit der Luned wird háufig von den Barden des Mittel=
alters geprieſen. Gruffudd von Meredydd, der zwiſchen 1290 und 1340
blühete, ſagt in ſeiner Elegie auf Gwenhwyvar von Angleſey:

„Weh über ihren Verluſt, die der Luned
Gleich war, dieſem Edelſtein voll Licht."

Und Dafydd von Gwilym gedenkt ihrer in gleicher Art. Von den fran=
zéſiſchen Romanciers wird ſie durchgángig Lunette genannt, und im
Morte d'Arthur ſpielt ſie eine bedeutende Rolle in der Geſchichte des
Sir Gareth von Orkney, der unter ihrem Beiſtand die Aventure des
g e f á h r l i ch e n S ch l o ſ ſ e s beſtand. Gareth heirathete am Ende Lu=
ned's Schweſter, Lyones vom gefáhrlichen Schloſſe, und Luned ſelbſt,
welche die **damoiſel ſaveage** genannt wird, ward die Frau von Sir
Gaherys, Gareth's Bruder. Dieſe Hochzeiten wurden mit großem Pomp
und Glanz an Arthur's Hof gefeiert. S. **Morte d'Arthur. VII.** —
L. G. **Mabin.** S. 113, 114.

Gwalchmai.

Dieſer alte Brittiſche Nahme bedeutet F a l k e d e r S ch l a ch t. In
den franzéſiſchen Romanen iſt er in **Gawain** oder **Gauvain**, in den deut=
ſchen in **Gawan** oder **Gawein**, und bei Gottfried von Monmouth in
Walgannus und **Walweinus** umgewandelt.

In den Triaden heißt es von ihm:

»An Arthur's Hofe waren d r e i g o l d z u n g i g e (beredſame) Ritter:
Gwalchmai, Sohn des Gwyar; Drudwas, Sohn des Tryffin; und Eliwlod,
Sohn des Madog, Sohnes des Uthur. Denn es war kein Kénig, Graf
oder Herr, zu denen ſie kamen, der ihnen nicht vor allen Andern geneig=
tes Gehér geſchenkt hátte; und was ſie auch verlangen mochten, es wurde
ihnen, gern oder ungern gewáhrt; darum hießen ſie die goldzungigen.«

Zum Beweiſe der hohen Achtung, worin Gwalchmai wegen ſeiner
Beredſamkeit ſtand, mége folgender Auszug aus der **Myvyr. Arch. I,** 178.
dienen [8]).

---

[8]) Auch abgedr. in v. d. **Hagen,** Werke Gottfrieds von Straßburg, **II,** 309.

Gespräch

zwischen Tryſtan, Sohn des Tallwch, und Gwalchmai, Sohn des Gwyar, nachdem Tryſtan
in Ungnade drei Jahre von Arthur's Hofe abweſend geweſen war, und Arthur achtund=
zwanzig Kämpfer ausgeſandt hatte, ihn feſtzuhalten und zu Arthur zu bringen, welche
alle Tryſtan, einen nach dem anderen, überwunden, und der auf keines Aufforderung
kam, als auf Gwalchmai's mit der goldenen Zunge.

Gwalchmai.

Stürmiſch iſt des Meers Natur,
Schwillt auf die See in Fluthaufruhr.
Geheimnißvoller Kämpfer, wer biſt Du nur?

Tryſtan.

Stürmiſch ſind Meer und Donnergekrach;
Sieh ruhig ihrem Sturmgang nach.
Ich bin's, Tryſtan, am Schlachtentag!

Gwalchmai.

Tryſtan, Wohlredner makellos,
Der nie gewankt im Kampfgetos,
War nicht auch Gwalchmai dein Genoß?

Tryſtan.

Für Gwalchmai thät' ich an dem Tag,
Wenn los die Metzelarbeit brach,
Mehr, als ein Bruder dem and'ren mag.

Gwalchmai.

Tryſtan, Du Liebling der Natur,
Deſſ' Speer oft brach auf blut'ger Flur,
Ich bin Gwalchmai, Neffe von Arthur.

Tryſtan.

Gwalchmai, Du ſchneller als Mydrin,
Droht' Noth Dir, Dich ihr zu entzieh'n,
Blut hieß ich ſtrömen bis zu den Knieen.

Gwalchmai.

Tryſtan, für Dich, wie möcht' ich ringen,
So lang' den Arm ich könnte ſchwingen,
Für Dich mein Möglichſtes vollbringen!

Tryſtan.

Ich frag's, die Stirne bietend Dir,
Ich frage nicht aus Furcht Dich hier:
Wer ſind die Krieger da vor mir?

Gwalchmai.

Tryſtan, Du reiche Tugendſaat,
Kennſt Du ſie nicht im Waffenſtaat?
S iſt Arthur's Hofhalt, der Dir naht.

Tryſtan.

Nicht werd' ich je vor Arthur flieh'n;

Zu neunhundert Gängen ford'r ich ihn;
Werd' ich erschlagen, will erschlagen auch ich.

Gwalchmai.
Tryftan, bedenk', Du Freund der Frau'n,
Bevor Du gehft zum Kampfesgrau'n:
Das befte ift der Friede traun.

Tryftan.
Laß an der Hüfte den Degen mein,
Und frei zur Wehr meine Rechte fein:
Furchtbarer als alle fie, bin ich allein.

Gwalchmai.
Tryftan, als hochbegabt bekannt,
Bevor der Kampflärm ift entbrannt,
Verwirf nicht Arthur's Freundeshand.

Tryftan.
Gwalchmai, um Dich will ich Rückficht üben;
Nicht berg' ich den Sinn, der mich getrieben —
Wie ich geliebt bin, wie ich lieben.

Gwalchmai.
Tryftan, Du ftolzer Hochgemuth,
Hundert Eichen beftrömt des Regens Fluth;
Halt' Zwiefprach mit dem verwandten Blut.

Tryftan.
Gwalchmai mit dem Ueberredungswort,
In hundert Gräben fließt der Regen fort;
Wohin Du willft, ich folge Dir, da und dort!

Darauf ging Tryftan mit Gwalchmai zu Arthur.

Gwalchmai.
Arthur, Du höfifcher Rede voll,
Hundert Köpfe beftrömt der Regen wohl.
Hier ift Tryftan; fei freudevoll.

Arthur.
Antwortgewandter, Du Gwalchmai,
Hundert Häufer beftrömt der Regen frei.
Mein Neffe Tryftan, willkommen fei.

Würd'ger Tryftan, theu'rfter Held fürwahr,
Lieb' dein Gefchlecht; gedenk' des War.
Bin ich nicht das Haupt von Tribe's Schaar?

Tryftan, Vorkämpfer im Gefecht,
Mit dem Beften theile recht und fchlecht,
Mir aber gönne mein Herrfcherrecht.

Tryftan, Du Held, fo weif' und mächtig,
Lieb' deine Verwandten; niemand fei Dir verdächtig;
Nie fei der Freund dem Freund zwieträchtig.

Tryſtan.

Arthur, Dir angehör' ich nun;
Was Du befiehlſt, das werd' ich thun,
Und ehren, was Du wirſt geruh'n.

———

In einer Triade finden wir Gwalchmai als einen der drei höflichſten Männer gegen Gäſte und Fremde genannt (**tri dyn goreu wrth ospa phellenigion**). Aus einer andern lernen wir, daß er auch eine wiſſen=ſchaftliche Richtung mit ſeinen übrigen trefflichen Eigenſchaften verband: »Die drei gelehrteſten Männer der Inſel Brittannien waren: Gwalchmai, Sohn des Gwyar, Llecheu, Sohn des Arthur, und Rhiwallon mit dem ginſterbraunen Haar (**Wallt-Banhadlen**); und es gab nichts, von dem ſie nicht die Elemente und das Weſentliche des Gegenſtandes gekannt hätten.«

Wilhelm von Malmesbury ſagt, daß während der Regierung Wil=helms des Eroberers (1086) das Grab Gwalchmai's, oder, wie er ihn nennt, Walwen, an der Küſte einer gewiſſen Provinz von Wales, genannt Rhos, welche noch immer unter dieſem Nahmen, in der Graffſchaft Pem=broke, bekannt iſt, entdeckt worden ſei (S. S. 19). In der That heißt dort ein Ort auf Wälſch: **Castell Gwalchmai**, und auf Engliſch **Walwin's Castle**. — In den Gräbern der Krieger wird eine ähnliche Locali=tät bezeichnet:

„Das Grab Gwalchmai's iſt in Pyton,
Wo der neunte Fluß ſtrömt."

Die Romanciers machen Gwalchmai zu einem der vier Söhne des Königs Lot von Orkney, und der Morgawſe, einer Schweſter des Königs Arthur, und ſie halten ihn in demſelben Charakter der Courtoiſie, wie die Triaden. L. G. Mabin. S. 118—122.

———

Owain.

Unter allen Perſonen der altbrittiſchen Geſchichte iſt nicht leicht eine intereſſanter und nimmt eine bedeutendere Stellung ein, als Owain. Urien, ſein Vater, war Fürſt von Rheged, dem heutigen Kumberland, und einem Theile des angrenzenden Landes. Seine Tapferkeit, und das Anſehen, in welchem er ſtand, ſind ein häufiger Gegenſtand der Barden=lieder; ſie bilden den Inhalt mehrerer ſehr geiſtvoller Oden Talieſin's, be=ſonders jener auf die Schlacht von Gwenyſtrad und Argoed Llwyfein, welche in engliſcher Ueberſetzung in der Myvyrian Archäology, I, 52, mit=

getheilt sind [9]). Der Nahme **Fflamddwyn**, des Flammenträgers, der in diesen Gedichten vorkommt, ist wahrscheinlich der von den Wälschen unter Ida bezeichnete, der anglische König von Northumberland. Im Appendix zu Nennius (bei Th. Gale) wird erwähnt, daß Urien einer von den vier Fürsten im Norden war, der sich dem Eindringen Deodric's, Sohnes des Ida, widersetzte, und ihn auf der Insel Lindisfarne besiegte. Die andern Fürsten waren Rhydderch Hael, Gwallawe von Llenawe, und Morcant. Der Letztere jedoch, eifersüchtig auf Urien's Kriegserfahrung, worin er, wie gesagt wird, alle anderen Könige übertraf, ermordeten ihn während des Feldzugs meuchlerischer Weise. Nach Llywarch-Hen's Elegie auf Urien von Rheged soll dies an einem Orte, Namens Aberlleu, geschehen sein (**Myv. Arch. I, 105.**). Im Leben des St. Kentigern geschieht eines ruchlosen Königs von Strathclyde, mit Namen Morken, Erwähnung. Vielleicht ist dieser derselbe Morkant, der Urien mordete. Wahrscheinlich beruht es auf einer, in jenen ältern Zeiten nicht ungewöhnlichen Namens- und Personenverwechslung, daß Uriens Weib, die Fee Morgane, von den alten Romanciers eines Versuchs des Meuchelmordes gegen ihren Gatten angeschuldigt wird.

Aus der Art und Weise, wie Owain von den gleichzeitigen Barden erwähnt wird, geht hervor, daß er sich besonders in den vaterländischen Kämpfen auszeichnete, und seinem Vater in der Herrschaft folgte, wovon jedoch die nähern Umstände nicht bekannt sind. — Es existirt ein altes Gedicht, unter denen des Taliesin gedruckt, das die Elegie auf Owain von Urien genannt wird, und vortreffliche Stellen hat. Es beginnt:

„Die Seele Owain's von Urien,
Möge der Herr sich ihrer Noth
Erbarmen!
Das Haupt von Rheged deckt grüner Rasen."

Im Verfolg dieser Elegie bricht der Barde mit aller Kraft der Verzweiflung in die Worte aus:

„Könnte Lloegr schlafen
Bei dem Licht
Seiner Augen?" [10])

---

[9]) Es ist bemerkenswerth, daß, während die ältesten Barden Aneurin, Taliesin, Merdhin, Llywarch-Hen von den Jüngern stets vorzugsweise als Sänger erwähnt werden, Owain stets nur als Kämpfer und Held gedacht wird, was seine historische Existenz als Fürst bestätigt. Auch in Gottfried von Monmouth's Chronik kommt **Iventus, Uriani filius**, als Kämpfer Arthur's vor. —

[10]) Diese Zeilen, worin jedoch **Cambria** für **Lloegria** gesetzt war, waren

Er spielt auf die unaufhörlichen Kämpfe an, womit der Held während seines Lebens seine sächsischen Feinde heimgesucht hat. —

Als Urien's, seines Vaters, Mörder nennen die Triaden Llovan Llawdivo, von dem jedoch wenig bekannt ist. Daß er aber eine Person von Wichtigkeit gewesen sein muß, deutet die Erwähnung seines Grabes (Myv. Arch. I, 78.) an:

> „Das Grab des Llovan Llawdivo
> Ist am Ufer des Menai, wo traurig die Woge rauscht."

Die Geschlechtstafeln der Heiligen bezeugen, daß Urien nach Süd-Wales kam, und mit den Söhnen des Ceredig von Cunedda und seinen Neffen Ursach der Vertreibung des Gwyddelian's ward, der hier seit der Zeit des Maxen Wledig festen Fuß gefaßt hatte (Camb. Biogr.). Die alten Romanciers setzen ihn nach Süd-Wales, und nennen ihn König Uryens von Gore, worunter augenscheinlich Gower in Glamorganshire verstanden ward. So heißt es im **Morte d'Arthur:** »Nachdem der König nach Walys zurückgekehrt war, ließ er ein großes Fest ausrufen, das zu Pfingsten nach seiner Krönung in der Stadt Carlyon gehalten werden sollte. Und zu dem Fest kam König Lot von Lowthean und von Orkney mit fünfhundert Rittern. Also kam auch zum Fest Königs Uryens von Gore mit vierhundert Rittern.«

Ueber Owain berichten die Triaden (Myvy. Arch. II, 80) Folgendes:

»**Drei Ritter des Kampfs** waren an Arthur's Hofe: Cadwr, der Herzog von Cornwallis; Lancelot vom See; und Owain, der Sohn Uriens von Rheged. Sie waren von solchem Muthe, daß sie vor keinem Kampf zurückwichen, sei er mit dem Speer, oder Bogen, oder Schwert; und Arthur brauchte sich nimmer im Kampfe zu schämen, wenn er ihre Gesichter sah, und sie wurden die Ritter des Kampfs genannt.«

Owain ist mit Rhun, Sohn des Maelgwn, und Rhufawn Befr, Sohn des Deorath Wledig, als einer der **drei verwundeten Könige der Insel Britannien** genannt; und aus der zweiundfunfzigsten Triade erfahren wir, daß der Name seiner Mutter **Modron,** Tochter des Afallach, und er selbst ein Zwillingsbruder der Mervydd oder Morvyth war, zu der bekanntlich Cynon, Sohn des Clydno, Liebe faßte. Im Morte Arthur ist jedoch seine Mutter die Schwester Arthur's, die Fee Morgane;

bei der Versammlung der **Cymreigiddion Society** von Abergavenny im October 1835 vom Reverend Thomas Prize zu Crickhowel, zum Gegenstand einer Rede, Wales zu einer ernsteren Behandlung seiner Literatur zu erwecken, gemacht, welche eine wahrhaft elektrische Wirkung hervorbrachte. L. G.

eine Uebereinstimmung der Genealogie ist in die Romane nicht zu bringen. Seines Grabes gedenken die Gräber der Krieger also:

„Das Grab Owain's von Urien ist viereckig,
Unter dem Rasen von Llan Morvael."

Häufige Anspielungen auf Owain finden sich bei den Barden des Mittelalters, namentlich bei Lewis Glyn Cothi, am Schluß des funfzehnten Jahrhunderts blühend, der in einer Ode auf Gruffudd, Sohn des Nicholas, einen mächtigen Häuptling von Carmarthenshire, und Nachkomme Uriens von Rheged, unter andern sagt:

„Gruffudd wird Dir drei Raben geben von einer Farbe,
Und einen weißen Löwen dem Owain (seinem Sohne)."

Der Herausgeber der Werke des Glyn Cothi vermuthet, daß dieser Ausdruck auf Griffith anspielt, der seinen Sohn mit einem Schilde beschenkte, worauf sein eigenes Wappen und der königliche Löwe gemalt war. Die drei Raben beziehen sich ohne Zweifel auf das Wappen, das noch jetzt von den Nachkommen des Hauses Dynevor geführt wird; auch der Löwe mochte ein heraldisches Zeichen der Familie sein, doch bin ich geneigter zu glauben, daß der Barde hier eine Anspielung auf die Hauptbegebenheit in dem Mabinogi beabsichtigte. Daß er mit der Erzählung von der Dame der Quelle vertraut war, geht aus einem seiner Gedichte hervor, das dem Thomas, Sohn des Philipp von Picton-Kastle, gewidmet ist, worin Owain und Luned zusammen erwähnt sind. In den älteren französischen Lays und Fabliaux kommt Owain's Name oft vor. So z. B. im Lay von Lanval, und im Kurz-Mantel, worin er besonders als Liebhaber von Hunden und Falken bezeichnet wird:

„Li rois prit par la destre main
L'amiz monsegnor Ivain,
Qui au roi Urien fu filz,
Et bons chevaliers et hardiz
Qui tant ama chiens et oisiaux."
(Fab. Mss. du Roi, Nr. 7615 fol. 114ᵛ·, col. 3.)

In den Romanen von der Tafelrunde spielt er eine große Rolle, und ist von solchem Ansehen, daß St. Palaye ihm nachrühmt: »pour avoir introduit l'usage des fourrures ou zibelines aux manteaux, des ceintures aux robes, et des boucles pour attacher les éperons et l'écu, et pour avoir encore inventé la mode des gants.« L. G. Mabin. S. 88—93.)

Kay.

Nach dem wälschen Stammbaume war Kay der Sohn des Kyner=
Cainvarwawc, Sohnes des Gwron, Sohnes des Cunedda=Wledig. Sein
Roß heißt in den wälschen Quellen **Gwineu gwddwf hir**, d. h. der
langnackige Braune. In den Triaden wird er als eins der drei gekrönten Häupter der Schlacht genannt, und er soll übernatürliche Kräfte be-
sessen haben, vermöge deren er jede beliebige Gestalt annehmen konnte.
Von seiner beglaubigten Geschichte ist jedoch wenig bekannt. Man nimmt
an, daß **Caer Gai** in Nordwales seinen Namen nach ihm trage, und es
war die Meinung des Iolo Morganwg, daß der Platz seines Grabes zu
Cai-Hir, bei Aberavan in Glamorganshire sei. L. G. Mab. S. 97.

Im **Roman de Brut** ist Kai der dapfer Arthur's, in den andern
französischen Romanen ist er zum Seneschal gemacht, und eine lästersüch-
tige Zunge mit Großprahlerei, die in der Regel für ihn übel abläuft, sind
ihm durchgängig charakteristisch. Allein Wolfram von Eschenbach suchte
im Parcival (S. meine Uebersetzung, S. 596—599) auch diesem Charakter eine größere Würde und tiefere Bedeutung, abweichend von seinen
Vorgängern, beizulegen.

Kynon, Sohn des Clydno.

Kynon, dem in der **Dame von der Quelle** die Rolle des Calogrenanz in Chretien's **Chevalier au lion**, und des Kalofreiant in Hartmann's Iwein zugetheilt ist, wird schon von Aneurin als ein tapf'rer
Kämpfer erwähnt:

„Und Kynon —
Wie Halme fielen sie unter seiner Hand.
Sohn Clydno's, dauernden Ruhms Gesang will ich Dir singen!"

Wahrscheinlich ist er einer der Drei, die nebst dem Barden selbst
aus der unglücklichen Schlacht von Cattraeth entkamen, denn in Aneurin's Gododin heißt es:

„Berühmt waren die Krieger, die nach Cattraeth gegangen,
Wein und Meth aus Goldgefäßen ihr Kühltrunk war;
Hochwürdig wie keins war für sie jenes Jahr;
Drei Krieger, und dreimal zwanzig, und dreihundert, mit Goldgeschmeid' be-
hangen. —
Dem Kampf der scharfen Waffen entrannen nur drei der Schaar,
Die vom Unmaaß des Gelags hineilten zur Schlachtgefahr,
Die zwei Kampfrüden von Aeron, und Kynon, der Feigheitbar,
Und ich selbst bluttriefend. Preise mein Sang sie immerdar."

Auch Merddhin's Afallenau verweist auf Kynon, als einen der Hel=
den, welcher Rache üben wird an den Sachsen, und Gottfried von Mon=
mouth übersetzt den Namen, anscheinlich nach Bretagnischer Ueberlieferung
und mit Beziehung auf den öfter in Bretagne vorkommenden Königs=
nahmen, in seiner vita Merlini mit Conanus.

Auch in einem andern Gedichte Aneurin's (?): die Beschwörung von
Cyvelyn (the gwarchan of Cynelyn), wiederholt sich jene Stelle:

„Dreihundert und dreimal zwanzig Kämpfer und drei
Stürmten zur Schlacht von Cattraeth herbei.
Von denen, die enteilten vom Methgelag,
Zurückgekehrt sind nur Drei,
Kynon, Kadreith, Katlew, — dabei
Ich selbst, triefend von der blutigen Metzelei.“

Nach den Triaden ist Kynon einer der drei weislich=rathenden Rit=
ter an Arthur's Hofe:

»Drei rathende Ritter waren am Hofe Arthur's, welche waren
Cynon, Sohn des Clydno Eiddin, Aron, Sohn des Kynfarch von Meir=
chion Gul, und Llywarch=Hen, Sohn des Elidir Lydanwyn. Und diese
drei Ritter waren die Räthe von Arthur, und bei jeder Gefahr, die ihm
im Kriege drohete, standen sie ihm mit Rathe bei, so daß Niemand Ar=
thur besiegen konnte. Und so unterwarf er sich alle Völker durch folgende
drei Dinge; und diese waren: gute Hoffnung, geheiligte Waffen, die ihm
zugekommen waren, und die Tapferkeit seiner Krieger. Demzufolge kam
er dazu, zwölf Kronen auf seinem Haupte zu tragen, und Kaiser von
Rom zu werden.« Und an einem andern Orte ist hinzugefügt: »Und
er hatte nur günstigen Erfolg, wenn er nach der Anweisung verfuhr,
die er von ihnen erhalten hatte, und Unfälle, wenn er nicht danach han=
delte.«

Ebenso zählen die Triaden Kynon auch zu den drei feurigen
Liebhabern wegen seiner Leidenschaft zu Morvyth, Tochter Uriens von
Rheged, und Schwester des Owain:

»Die drei feurigen Liebhaber der Insel Britannien: Caswallawn,
Sohn des Beli, zur Flur, Tochter des Mugnach Gorr, und Trystan,
Sohn des Tolluch, zur Yseult, Weib des March Meirchawn, seines
Oheims, und Kynon, Sohn des Clydno Eiddin, zur Morvyth, Tochter des
Urien.«

In diesem Charakter als Held und treuer Liebender nehmen häufig
die wälschen Barden des Mittelalters auf ihn Bezug. So Gruffud, Sohn
des Meredith (zu Anfang des vierzehnten Jahrhunderts), der die Gewalt

seiner eigenen Leidenschaft mit der des Kynon zur Morvyth, und des Pendragon zu der schönen Igraine (**Eigr**) vergleicht:

> „Wie der Seufzer Uther's in Liebesweh'n
> Zur schönen herrlichen Igraine,
> Wie Kynon's zu Urien's schönem Kind:
> So des Barden Seufzer zu seinem Lieb."

Im Gedicht: die Gräber der Krieger, wird sein Grab nicht
vergessen:

> „Eines hochberühmten Kriegers Stätte, —
> Er in höhern Räumen, — hier sein enges Bette,
> Kynon's, Sohnes Clydno Eiddin's, Grabesstätte."

Von Kynon's Vater ist weniger bekannt, wiewohl er noch im vierzehnten Jahrhundert von den Barden in Ausdrücken genannt wird, welche
beweisen, daß er fortwährend einen hohen Rang unter jenen Helden eingenommen hat, z. B. in einem Gedicht von Risierdyn, einem Barden, der
um das Jahr 1300 blühete, worin er das Grabmal des Hywel, Sohnes
des Gruffud, in der Kirche St. Beuno beschreibt, wird dieser Krieger in
Tapferkeit mit dem Clydno verglichen (Myv. Arch. I, 432.):

> „Der rothgewappnete Held, Herrscher der goldenen Region des köstlichen Weines,
> St. Beuno's geheiligte Wölbung deckt ihn jetzt.
> Der mächtige hochberühmte Führer, tapfer wie Clydno,
> Stumm liegt hier sein Gebein in der eichenen Zelle."

Bearbeitungen.

Dieselben Gründe, aus denen wir dem Peredur ein über 1150 hin-
ausreichendes Alter, und eine eigenthümlich wälsche Gestaltung glaubten
zusprechen zu dürfen, finden auch hier Anwendung; wenn der Verfasser
sich auch nicht ausdrücklich auf ältere Schriften über diesen Stoff beruft,
so beweist doch Wace im **Roman de Rou**, daß die Wunderquelle in Bretagne schon zu seiner Zeit den größten Ruf gehabt habe, also lange, bevor
Chretien de Troyes diese Fabel in seinem **Chevalier au lion** behandelte,
aus dem das Mabinogi schon deßhalb nicht wohl als extrahirt ausgegeben
werden kann, weil kein Grund abzusehen ist, weßhalb es die Schlußepisode
vom Ritter vom schwarzen Dorn weggelassen haben könnte.

Chretien de Troyes behandelte diesen Stoff vor dem Jahre
1190 augenscheinlich nach Bretagnischen Erzählungen, welche die Quelle
von Llyn Dulyn längst nach Bretagne verlegt und die alten wälschen
Namen bretagnisirt hatten; die wälsche Eigenthümlichkeit ist hier gänzlich

abgestreift, und wie die rauhen schroffen Figuren des Mabinogi sich zu den feineren höfischeren französischen Rittern herausgebildet haben, wird sich schon aus der Einsicht der mitgetheilten Stücke aus Chretien's Gedicht ersehen lassen. — Von demselben existiren mehrere Handschriften, indeß haben sich die französischen Gelehrten noch nicht angetrieben gefühlt, eine kritische Ausgabe dieses Werkes, die es vor vielen so sehr verdient, zu veranstalten. Durch Vermittelung des Grafen von Villemarqué hat die Herausgeberin eine Abschrift der Handschrift auf der Bibliothek des Königs zu Paris erhalten, welche sie als eine Beilage den Mabinogion hinzugefügt hat. Wir trugen indeß Bedenken, dieselbe hier gleichfalls vollständig mitzutheilen, weil der Deutsche zu sehr an einen kritisch gereinigten und sicher gestellten Text gewöhnt ist, einen solchen zu liefern wir aber nicht hoffen durften, da in vielfachen Stellen, welche theils anderwärts schon abgedruckt gefunden, theils handschriftlich mitgetheilt wurden, eine Masse Varianten mit dem Abdruck der L. Guest sich herausstellten, zum Theil durch Abschreibe= oder Druckfehler veranlaßt, die ohne Einsicht der Handschriften nicht zu erörtern waren, der Buchhändlerischen Abneigung gegen eine so starke Beilage nicht einmal zu gedenken. — Unser Zweck ging nicht weiter, als durch die mitgetheilten Piècen aus dem Chevalier au lion eine Vergleichung der Arbeit Chretien's mit der Bearbeitungsart unsers Hartmann von Aue in seinem Iwein möglich zu machen, wozu auch ein minder korrecter französischer Text und eine theilweise Mittheilung des Vorbildes genügte; und es kam daher mehr auf die Auswahl solcher Stellen an, die dieser Absicht dienten. Im Thatsächlichen schließt sich Hartmann von Aue so genau dem Chretien an, daß nicht wohl zu bezweifeln ist, er habe den Iwein nach dessen Gedichte gearbeitet[11]), wenn man ihn auch nicht für eine Uebersetzung desselben ausgeben kann. Durchgängig tritt bei Hartmann eine größere Einmischung seiner Person in die Erzählung vor, und es sind vorzüglich die reflectirenden Passagen, worin er sich mit völliger Freiheit und Unabhängigkeit von Chretien bewegt, und den gegebenen Stoff mit einem gewissen künstlerischen Bewußtsein handhabt, und demnach Karakteristik und Motive nach seiner Einsicht modelt. Gleichwohl mußten wir manche geistreiche Wendung, und manche treffende, anmuthige, naive Bemerkung, die

---

[11]) Bemerkenswerth ist in dieser Beziehung V. 8162., wo er sagt:

Eza wart mir niht bescheiden
Von deme ich die rede habe.

wir gern dem Geist und Gemüth des deutschen Dichters vindicirt hätten,
an den Franzosen abtreten. — Weder Chretien noch Hartmann nennen
eine bestimmte Quelle ihrer Arbeiten; V. 6455. sagt Hartmann:

> Unt vor in beiden saz ein magt,
> Diu vil wol, ist mir gesagt,
> Wälsch lesen kunde.

Die verschiedenen Handschriften lesen: wälsch, walsc, welische,
franzois, ja sogar tütsch. Daß indeß hier, wie fast überall, unter
wälsch der deutsche Dichter nur französisch verstanden hat, bestätigen
die entsprechenden Zeilen bei Chretien:

> Une pucelle devant li
> En un romanz ne sai de cui
> Et por le romanz escouter, etc.

Der englische Bearbeiter sagt: sho red a real (royal) romance,
bot i ne wote of wham it was. — Nur die Rostocker Handschrift
theilt dem Hartmann eine Reise nach England zu, wobei er wälsche Bü=
cher studirt haben soll: V. 24.

> Er was Hartman genant,
> Und was ein Awäre,
> Der bracht dise märe
> Zno Tütsch, als ich han vernomen,
> Da er ufz Engellandt was komen,
> Do er vil zit was gewessen
> Hat ers an den Welschen buochen gelesen;

indeß ist mit Grund anzunehmen, daß dies nur ein Einschub des Schrei=
bers dieser Handschrift, der sich am Schluß Peter von Urach nennt, ist [12]).
Die schöne Rundung und Abgeschlossenheit der Fabel, welche man bisher
Hartmann zum besondern Verdienst angerechnet hat, findet sich gleichfalls
bei Chretien, und beide Dichter dürften ihr Verdienst in dieser Beziehung
an die wälsch=bretagnische Fabel abgeben müssen, die indeß, wie erwähnt,
im li Sir de la noire espine einen neueren Zusatz erhalten hat, der
auch im englischen Iwein beibehalten ist. Auch in den Titurel XV, 115
ist der Fürst von dem schwarzen Dorne übergegangen. Was hingegen
Hartmann's Gedichte für uns immer einen eigenthümlichen Werth geben
wird, ist einmal die Trefflichkeit seiner Sprache und Gewandtheit seiner
Darstellung, sodann und hauptsächlich aber die deutsche Seele, welche
durchweg, ungeachtet des ausländischen Stoffes, uns daraus anspricht.

---

[12]) v. d. Hagen und Büsching: „Liter. Grundriß". Berlin, 1812.
S. 119, 120, wo auch der sonstige literarische Apparat nachzusehen.

Ulrich Fürterer (die Herausgeberin S. 229 verwechselt ihn irrig mit Ulrich v. Turheim) hat auch diesen Stoff in seinem cyklischen Gedichte von den Helden der Tafelrunde verarbeitet, und er stimmt dergestalt mit Hartmann, dessen er bei anderer Gelegenheit, wie fast alle nachfolgende Dichter, rühmlich gedenkt, daß er offenbar nach dessen Iwein gearbeitet hat, wenn er auch die Erzählung, wie Gawain die von Meliaganz entführte Königin Ginover wieder gewinnt, auf welche Hartmann V. 5680. nur kurz hindeutet, und worauf Chretien nur eben so flüchtig anspielt [13]), anderswoher entnommen, und unpassend gleich nach der Entführung angebracht hat.

Die englische Version dieser Erzählung, unter dem Titel: **Ywayne and Gawin,** befindet sich handschriftlich im Brittischen Museum, und ist von Rytson im ersten Band seiner **anc. Engl. Metrical Romances** (London, 1802) abgedruckt. Nach seiner Ansicht ist das Gedicht unter der Regierung Richards II. (geb. 1366, regierend von 1377 bis 1399) verfaßt, und es enthält 4038 Verse in den französischen Reimpaaren, ist daher fast um 3000 Verse kürzer als der **Chevalier au lion,** dem es sich jedoch auf das Engste anschließt, und den es häufig wörtlich wiedergiebt. **Ellis** (specim. of early Engl. metr. rom. I, 345) weist als Verfasser einen Clerc von Tranent nach. Es schließt:

> Of tham na mar have i herd tell,
> Nowther in rumance, ne in spell.
> Bat Jhesu Christe, for his grete grace,
> In hevyn blis grante us a place
> To bide in, if his wills be.
> Amen, amen, pur charite.

Ueber die skandinavischen Bearbeitungen und Uebersetzungen der Geschichte von Iwein giebt Nyerup in seinem Werk über die Dänischen und Norwegischen Volksbücher [14]) einige Nachrichten.

---

[13]) Hartmann: V. 5678. Nû was in den selben tagen
Diu küneginne wider komen,
Die Melianganz het genomen
Mit michelre manheit.
Chrétien: V. 4713. Savoit trois jorz que la reine.
Estoit de la prison venue.
Ou Meleaganz lat tenue.
Et trestuit li autre prison.

[14]) **Almindelig Morskabslaesning i Danmark og Norge; Kiöbenhaven,** 1816. S. 123—125.

Zuerſt ließ der norwegiſche König Hakon der Alte vor 1262 aus dem
Franzöſiſchen den **Chevalier au lion** in isländiſche Proſa überſetzen.
Das Werk befindet ſich unter den Arna Magnáanuſchen Manuſcripten
der Kopenhagener Univerſitätsbibliothek, **Nr. 181** ª Folio, und **Nr. 588** ª
in Quart. Am Schluß heißt es: **og likur hier sögu of herra** *Iventi*,
er *Hakon* **konungur hiñ gamli liet snua ur** *Frönsku* **tungumali i**
Norraenu (Hier endet die Geſchichte Herrn Iwein's, die König Hakon
der Alte aus dem Franzöſiſchen in's Nordiſche überſetzen ließ). Dieſelbe
Nachricht iſt am Ende zweier Handſchriften dieſes Gedichts gegeben, welche
ſich im Brittiſchen Muſeum zu London (**Sloane Mss. Nr. 4857 u.**
4859) befinden, beide in Proſa, jedoch nach den von Nyerup gegebenen
Auszügen in der Orthographie von dem Kopenhagener Ms. abweichend.
Beide ſind auf Papier, und bei **Nr. 4859** iſt am Schluß die Zeit der
Fertigung bemerkt: **Endud año 1693, thon 22 decembris.**

Die für die Königin Eufemia im Jahre 1302 in kurzen jambiſchen
Reimpaaren verfaßte Ueberdichtung des franzöſiſchen **Chevalier au lion**
iſt in mehreren Handſchriften ſowohl im altdäniſchen wie im altſchwe-
diſchen Dialect erhalten. Ein däniſches Ms. des Iwein war ſonſt in der
Bibliothek des Peter Syv. Nachher kam es in die des Roſtgaard, und
in dem, im Jahre 1726 publicirten Katalog ſeiner Bücher iſt es S. 530
unter **Nr. 920** aufgeführt: »**Om Hr. Iwan et meget gammelt Manu-**
script paa dansk vers.« Wohin es nachher gekommen, hat Nyerup
nicht mit Sicherheit ermitteln können, vermuthet jedoch, daß es daſſelbe
ſei, welches ſich unter **K, 47**, Quart, des geſchriebenen Katalogs der Königlichen Stockholmer Bibliothek verzeichnet findet, in welchem Koder auch
das in Deutſchland unbekannte Gedicht von Herzog Friedrich von der
Normandie enthalten hat. Der Schluß lautet:

> Nu hawer jer fawdh aff Iwan
> Alt hwad jech aff hañom fkrewen fand,
> Oc aldiels inthet lawdh ther til, —
> Lade verai, how thet ey tro wil —
> Inthet lodh jee there effter ſtaa,
> Af thet jech fkrewen for maegh faa.
> Tha tufind Vinther try Hundreth Aar
> Sidhen Guz Födzels timae (forgangen) war,
> Och thry aar, til theñe timae
> War theñe bogh giordh til rimae.
> Eufemia Droñingh, thet move i tro,
> Ladh theñe bogh omwindae faa
> Af Walskae tunge och pa wart mal.

Gud nade them edlae frwes fiel,
Som drošiug over Norigae war
Med Gudz nadae i XIII aar.

Der schwedische Jwein ward der gelehrten Welt durch Anders
Anton v. Stiernmann (Tal om de Lärda Vettenskapers tilstand
i Svearike under Hedendoms och Pafredoms tiden) S. 72, 73,
bekannt, und Fant (Observationes selectae 1, Upsala 1785) gab
später nähere Nachrichten darüber. Aus der Handschrift D, 3 des geschriebenen Katalogs der Königlichen Bibliothek zu Stockholm, die im Anfang
übrigens defect ist, giebt Nyerup den Schluß:

Nu haffuer jagh fagt aff Herre Ywan,
Alt hwat jagh af hošom feriffuit fan,
Och inte wetta lagt ther til, —
Late, hwo thet ey tro wil —
Och laeth ther enkte oepther fta,
Thet jagh ther feriffuit for mik fa.
Tha Thwfande Winthre III hundrat aar
Frän Gudz Födzla liden war,
Oe thertil try, i then fama thima
Wart theñe bogh giord til rima.
Ewfemia Drotning, thet mogi tro,
Loth taeffe bog waenda fwo
Aff walsko twngo a wärt mäl.
Gudh node then aetta Frwe Siael,
Ther Drotning ower Norege war
Med Gudz Miskundh XXX (XIII) aar.

Fant bemerkt ausdrücklich, es müsse die obige Anführung dahin verstanden werden, daß die Königin das französische Buch zuerst habe in's
Norwegische übersetzen laſſen, und daß es nachher aus dem Norwegischen
in das Schwedische übersetzt worden sei. Doch ist der Jwein im norwegischen Dialekt nicht erhalten, wenigstens bis jetzt nicht aufgefunden.
(S. Altdeutsch. Museum, II, 329, 334, 335. v. d. Hagen: Minne-
finger, IV, S. 272. Mabin. S. 230 — 232.)

II.
Peredur,
Sohn des Evrawc.
(Peredur ab Efrawc.)

Wie Peredur in der Einsamkeit der Wildniß erzogen ward.

(Herzeleide zieht nach dem Tode ihres Gemahls mit ihrem Kinde in die Wüste von Soltane, damit es nie vom ritterlichen Leben erfahre. W. 16. L. 112, 21. — 119, 31.) *)

1. Dem Grafen Evrawc gehörte die Grafschaft des Nordens. Derselbe hatte sieben Söhne. Evrawc's Einkünfte aber waren nicht sowohl bedeutend durch seine eigenen Besitzungen, als vielmehr dadurch, daß er häufig Turnieren, Fehden und Kämpfen beiwohnte [1]). Und so, wie es oft denen ergeht, die sich in Kämpfe und Schlachten einlassen, wurde er erschlagen, und sechs seiner Söhne ebenfalls. Nun war der Nahme seines siebenten Sohnes Peredur, und er war der jüngste seiner Brüder. Er hatte damals noch nicht das Alter erreicht, um auf Abenteuer und Fehden auszuziehen, sonst würde er ebenso wie Vater und Brüder erschlagen worden sein. — Seine Mutter war eine kluge und vorsorgliche Frau, die sich alles dessen sehr angelegen sein ließ, was ihren einzigen Sohn und seine Besitzungen betraf.

---

*) Diese Parallelstellen aus Wolframs von Eschenbach Parcival sind nach meiner Uebersetzung (W.) und nach Lachmann's Ausgabe der Werke Wolfram's (L.) allegirt.

[1]) Wir finden verschiedene Beispiele von Rittern, welche die Lanzenrennen bei den Turnieren zu einer Gelegenheit gewinnreichen Erwerbes machten. Denn dabei wurden nicht bloß Roß und Waffen des Besiegten Eigenthum des Siegers, sondern es waren die Kampfpreise oft so werthvoll, daß sie denjenigen überaus bereicherten, der glücklich genug war, sie zu gewinnen. Bisweilen bestanden sie in Diamanten und edlen Gesteinen, bisweilen in Einkünften verschiedener Güter. — Im Roman von Ipomedon sind der ausgesetzte Lohn für den glücklichen Kämpfer 1000 Pfund. Unser Heinrich VII. setzte einen goldenen Ring, mit einem Rubin gefaßt, und einen andern mit einem Diamanten als Belohnung der Ritter aus, die Sieger in dem Turniere blieben, bei dem er gegenwärtig war. (Strutt's, Sports and Pastimes, 134.) L. G.

So beschloß sie bei sich, die bewohnten Gegenden zu verlassen und in eine Wüste und unbetretene Einöde zu fliehen. Und sie erlaubte Niemandem, ihr dahin Gesellschaft zu leisten, außer einigen Frauen, Knaben und zaghaften Männern, die zu Krieg und Kämpfen nicht geeignet waren. Und Niemand durfte es wagen, Pferde oder Waffen dahin zu bringen, wo ihr Sohn war, damit er nicht Gefallen daran finde. — Täglich ging der Jüngling in den Wald, sich durch Schleudern der Stöcke und Stäbe zu ergötzen. Eines Tages sah er seiner Mutter Ziegenheerde und neben den Ziegen zwei Hindinnen stehen. Und er wunderte sich sehr, daß diese beide ohne Hörner seien, während die andern solche hatten. Da dachte er: sie seien lange wild umhergelaufen, und hätten bei dieser Gelegenheit ihre Hörner verloren. Und lebhaft und schnellfüßig trieb er die Ziegen und Hindinnen in das Haus, welches am Ausgange des Waldes für die Ziegen da war. Alsdann kehrte Peredur zu seiner Mutter zurück. »Ach Mutter — sagte er — etwas Merkwürdiges habe ich im Walde gesehen; zwei deiner Ziegen liefen wild umher, und verloren ihre Hörner; daher wurden sie so lange im Walde vermißt. Niemals hat Jemand größere Mühe gehabt, sie einzutreiben, als ich.« Und als sie die Hindinnen erblickten, waren sie Alle sehr erstaunt.

Peredur sieht zum ersten Male Ritter.

(Doch umsonst. Vorüberreitende Ritter geben dem herangewachsenen Knaben Parceival die Kunde, daß ihn der König Artus zum Ritter, wie sie sind, machen könne. Er ist nun nicht mehr zurückzuhalten. Herzeleide läßt ihn in Narrenkleidern ziehen, um Artus aufzusuchen, giebt ihm gute Lehren zur Mitgift, und der Schmerz des Scheidens bricht ihr das Herz. W. 17, 18. — L. 120, 1 — 129, 4.)

2. Und eines Tages sahen sie drei Ritter den Reitweg her am Saume des Waldes kommen. Und die drei Ritter waren Gwalchmai, Sohn des Gwyar, und Geneir Gwystyl, und Owain, Sohn des Urien. Und Owain hielt auf die Spur jenes Ritters, welcher die Aepfel am Hofe Arthurs getheilt hatte, den sie zu verfolgen im Begriff waren. — »Mutter, — sagte Peredur — wer sind jene dort?« — »»Es sind Engel, mein Sohn,«« sagte sie. — »Bei meiner Treue — sagte Peredur — ich will hingehen, und ein Engel werden, wie sie.« Und Peredur ging ihnen nach dem Wege entgegen. »Sage mir, gute Seele — sprach Owain — sahest Du einen Ritter dieses Weges ziehen, heute oder gestern?« — »»Ich weiß nicht — antwortete Peredur — was ein Ritter ist.«« — »Ein solcher, wie ich bin,« sagte Owain. — »»Wenn Du mir sagen willst, was ich Dich frage, dann werde ich Dir auch über das, wonach Du mich fragst, Auskunft geben.«« — »Gern will ich das,« versetzte Owain. — »»Was ist das?«« fragte Peredur, auf den Sattel

zeigend. »Das iſt ein Sattel,« ſagte Owain. Dann fragte er das ganze
Rüſtzeug durch, das er an dem Manne ſah, und nach den Roſſen und
Waffen, wozu ſie wären, und wie ſie gebraucht würden. Und Owain
zeigte ihm alle dieſe Dinge genau und beſchrieb ihm deren Gebrauch.
»Nun gehe vorwärts — ſagte Peredur — denn ich ſah einen ſolchen wie
Du ſuchſt, und ich will Dir folgen« — — Hierauf kehrte Peredur zu
ſeiner Mutter und ihrer Geſellſchaft zurück, und ſprach: »Mutter, jene
waren keine Engel, ſondern wackere Ritter.« Da fiel die Mutter ohn=
mächtig nieder. Peredur aber ging nach dem Platze, wo die Pferde ſtan=
den, die Brennholz und Speiſe und Trank aus dem bewohnten Lande
nach der Einöde brachten. Und er nahm ein ſcheckiges ſtarkes Roß, auf
welches er ein Päckchen, gleichſam wie einen Sattel, legte, und mit ge=
flochtenen Zweigen ahmte er das an den Pferden geſehene Geſchirr nach.
Als Peredur wieder zu ſeiner Mutter kam, hatte die Gräfin ſich von ihrer
Ohnmacht erholt. »Mein Sohn — ſagte ſie — wünſcheſt Du fortzu=
reiten?« — »»Ja, mit deinem Urlaub«« ſprach er. »Warte denn,
auf daß ich Dir rathen möge, bevor Du gehſt.« — »»Gern — entgeg=
Die Lehren der Mutter. | nete er — rede ſchnell.«« — »Ziehe hin —
ſprach ſie darauf — an den Hof des Arthur, wo die beſten, kühnſten
und hochherzigſten Menſchen ſind. Wo Du eine Kirche ſehen ſollteſt,
wiederhole vor derſelben dein Paternoſter. Und wo Du Speiſe und
Trank antriffſt, und Du bedarfſt deſſen, und ſollte Niemand die Höflich=
keit oder Güte haben, Dir davon anzubieten, ſo lange ſelbſt zu. Wenn
Du ein Geſchrei hörſt, ſo ſchreite darauf zu, namentlich beim Geſchrei
eines Weibes. Siehſt Du ein ſchönes Kleinod, ſo bemächtige Dich deſ=
ſelben, und gieb es einem Andern, denn damit wirſt Du Lob verdienen.
Wenn Du eine ſchöne Frau erblickſt, ſo bezeige ihr deine Höflichkeit, ſie
möge ſie wollen oder nicht; denn dadurch wirſt Du Dich zu einem beſ=
ſern und geſchätzteren Mann machen, als Du ehedem warſt.«

Peredur kommt zum Zelt der Dame
im Walde.

(Parcival trifft Jeſchute von Lalander im
Zelt im Walde Prizlian, ſtillt ſeinen Appe=
tit, küßt ſie, nimmt ihr Ring und Spange,
und weckt unbewußt die Eiferſucht ihres Ge=
mahls Orilus. W. 19, 20. — S. 129, 5
— 138, 8.)

3. Nach dieſem Geſpräch be=
ſtieg Peredur das Pferd, und eine
Hand voll ſcharfgeſpitzter Spieße er=
greifend, ritt er fort. Und er wan=
derte zwei Tage und zwei Nächte
in des Waldes Wildniß, und durch
wüſte Gegenden, ohne Speiſe und Trank. Darauf kam er zu einem
weiten Walde, und mitten in dem Walde ſah er einen ſchönen gelichteten
Raum, und auf dieſem Raume ein Zelt, vor welchem, da er es für eine

Kirche hielt, er sein Paternoster hersagte. Und er ging darauf zu, und die Thür des Zeltes stand offen. Neben der Thür stand ein goldner Sessel und auf dem Sessel saß eine reizende Dame mit kastanienbrau= nem Haare, ein goldnes Stirnband um dasselbe, und funkelnde Steine an dem Stirnband, und einen großen goldenen Ring an ihrer Hand. Peredur saß ab, und trat in das Zelt. Und die Dame war erfreut über sein Erscheinen, und hieß ihn willkommen. Am Eingange des Zeltes sah er Speise und zwei Krüge mit Wein, zwei Brode von feinem Wai= zenmehl, und Fleischschnitte vom wilden Eber. »Meine Mutter belehrte mich — sagte Peredur — wo ich Speise und Trank anträfe, davon zu= zulangen.« — »»Nimm das Mahl, und sei willkommen, Hauptmann,«« sagte sie. Also nahm Peredur die Hälfte der Speisen und Getränke für sich hin, und ließ den Rest für die Frau. Nach beendigter Mahlzeit beugte Peredur sein Knie vor der Dame. »Meine Mutter — sprach er — sagte mir, wo ich ein schönes Kleinod sähe, es zu nehmen.« — »»Thue also, mein Lieb,«« erwiederte sie. Hierauf nahm Peredur ihren Ring, bestieg sein Roß, und setzte seine Reise fort. — Siehe, bald nachher kam der Ritter, welchem dieses Zelt gehörte, und der auch Herr dieses Wald= reviers war. Als er die Spur von Peredurs Pferd sah, sprach er zu der Frau: »Sage mir, wer ist während meiner Abwesenheit hier gewesen?« — »»Ein Mann — erwiederte sie — von wunderbarem Benehmen.«« Und sie schilderte ihm Peredur's Aussehen und Benehmen. »Erzähle mir — sagte er — that er Dir etwas Leides an?« — »»Nein — antwor= tete die Dame — bei meiner Treue, er fügte mir keine Kränkung zu.«« — »Wahrhaftig, ich glaube Dir nicht, und ehe ich ihn nicht getroffen, den Schimpf gerächt, den er mir angethan, und Rache an ihm genom= men habe, sollst Du nicht zwei Nächte in demselben Hause bleiben!« Und der Ritter erhob sich und machte sich auf, um Peredur zu suchen.

Wie ein Ritter die Königin Gwen= hwyvar mit Wein begoß.

(Ein Fischer, bei dem Parcival übernach= tet hat, führt ihn zu Artus Hof nach Nan= tes. Kunnewarens und Antanors Gelübde der Stummheit wird durch Parcivals Anblick gebrochen; Kai bestraft sie mit Schlägen. Parcival gelobt sich Rache. W. 23. — L. 150, 29 — 159, 4.)

4. Mittlerweile setzte Peredur seinen Weg zu Arthur's Hof fort. Ehe er dahin kam, war ein anderer Ritter da gewesen, der einen Ring von dickem Golde an der Pforte des Thores für das Halten seines Pfer= des gegeben hatte. Er war in die

Halle gegangen, wo Arthur und sein Hofgefolge, und Gwenhwyvar mit ihren Frauen versammelt waren. Und ein Edelknabe wartete Gwenh= wyvar mit einem goldenen Becher auf. Da goß der Ritter das darin

befindliche Getränk auf ihr Antlitz und auf ihren Brustlatz, gab ihr einen
heftigen Schlag in's Gesicht, und sprach: »Wenn Jemand die Kühnheit
hat, mir diesen Becher streitig zu machen, und den an Gwenhwyvar be=
gangenen Schimpf zu rächen, so möge er mir auf die Wiese folgen, wo
ich ihn erwarten will.« Hiermit nahm der Ritter sein Roß, und ritt
nach der Wiese. Und der ganze Hof ließ den Kopf hängen, und nicht
Einer fühlte sich veranlaßt, hinzugehen und den Schimpf zu ahnden.
Denn es schien Allen, daß Keiner es wagen könne, solche Vermessenheit
zu begehen, wenn er nicht im Besitz magischer Kräfte wäre; so daß Nie=
mand an ihm Rache zu nehmen im Stande sei. — Jetzt, schau, betritt
Peredur den Schloßhof auf seinem scheckigen starken Rosse mit dem un=
geschlachten Geschirr darauf; damit durchtrabte er den Schloßhof der Länge
nach. In der Mitte des Hofes stand Kai. »Sage mir, langer Mann
— sprach Peredur — ist jener dort Arthur?« — »»Was willst Du
von Arthur?«« fragte Kai. »Meine Mutter sagte mir, ich solle zu Ar=
thur gehen, und die Ehre der Ritterschaft empfangen.« — »»Wahrlich,
erwiederte Jener — Du bist allzuschlecht gewappnet mit Roß und Wehr.««
Während dem wurde er von dem ganzen Hofe beobachtet, und Alle wand=
ten ihre Blicke auf ihn. — Schau!

Gruß des Zwerges und der Zwergin,
welche Kai dafür züchtigt.

Jetzt kam ein Zwerg daher. Er
war schon seit einem Jahre an Arthur's Hofe, er und sein Weibchen.
Als der Zwerg Peredur's ansichtig ward, rief er aus: »Haha! Himmels
Gruß begegne Dir, guter Peredur, Sohn Evrawc's, der Erste der Kämpfer,
und die Blüthe der Ritterschaft.« — »»In der That — sagte Kai —
Du bist schlecht belehrt, ein Jahr stumm zu sein an diesem Hofe bei der
auserlesensten Gesellschaft, und jetzt im Angesichte Arthur's und seiner
Hofhaltung aufzuschreien, und solchen Mann, wie diesen, den Ersten der
Kämpfer und die Blüthe der Ritterschaft zu heißen!« Und er gab ihm
solchen Faustschlag an das Ohr, daß er besinnungslos zu Boden fiel.
Da rief die Zwergin aus: »Haha, guter Peredur, Sohn Evrawc's, Him=
mels Gruß begegne Dir, Blüthe der Ritterschaft und Licht der Tapfer=
keit!« — »»Auf Treue — sagte Kai — Weib, Du bist schlecht bera=
then, ein Jahr lang stumm zu sein an Arthur's Hof, und dann so zu
sprechen, von einem solchen Manne.«« — Und Kai stieß sie mit seinem
Fuße, daß sie besinnungslos zu Boden fiel. »Langer Mann — sagte
Peredur — zeige mir, wer Arthur ist.« — »»Sei ruhig — sagte Kai
— und gehe dem Ritter nach auf die Wiese, nimm ihm den Becher ab,
strecke ihn nieder, und bemächtige Dich seines Pferdes und seiner Rüstung:

dann sollst Du die Ehrenzeichen der Ritterschaft erhalten.«« — »Ich will also thun, langer Mann,« sagte Peredur, und lenkte den Kopf seines Pferdes nach der Wiese hin um.

Peredur erschlägt den Ritter, der die Königin beleidigt hat, und schickt besiegte Ritter an Arthurs Hof.

(Parcival tödtet den rothen Ritter, Ither von Gaheviesz, und reitet unbeholfen in dessen Waffen davon. W. 23. — L. 150, 29 — 159, 4.)

5. Dort angekommen, sah er den Ritter auf und nieder reiten, stolz auf seine Tapferkeit, seinen Muth und seine edle Haltung. »Sag' an, — sprach der Ritter — sahest Du Jemand vom Hofe hinter mich her kommen?« — »»Der lange Mann, der dort ist, forderte mich auf, zu kommen, Dich niederzustrecken, und Dir den Becher und Roß und Rüstung abzunehmen.«« — »Schweig — sprach der Ritter — kehre zurück an den Hof, und sage zu Arthur von mir, daß er entweder selbst komme, oder einen Andern mit mir zu fechten schicke, und wenn dies nicht bald geschähe, so würde ich nicht länger warten.« — »»Auf Treue — sagte Peredur — ich lasse Dir nur die Wahl, ob Du mir gutwillig oder nicht, Roß, Waffen und Becher überlassen willst.«« Und auf diese Rede rannte der Ritter wüthend auf ihn ein, und gab ihm mit dem Schaft seines Speeres einen heftigen Streich zwischen Nacken und Schulter. »Ha, Knabe — rief Peredur — meiner Mutter Knechte waren nicht gewohnt, mich so zu behandeln; daher werde ich auch Dir so mitspielen.« Sprach's und schleuderte einen der scharfgespitzten Schäfte auf ihn, der ihm in's Auge traf und zum Nacken hinausfuhr, so daß er augenblicklich leblos niederfiel. — — »Wahrlich — sagte Owain, Sohn des Urien, zu Kai — Du warst übel berathen, als Du diesen Tollkopf dem Ritter nachschicktest, denn eins von beidem muß ihm begegnen: entweder er siegt, oder er wird getödtet. Besiegt er den Ritter, so wird er sich darnach zu einer achtungswerthen Person des Hofes zählen, und ein ewiges Mißbehagen wird er für Arthur und seine Helden sein; und wird der Knabe erschlagen, so bleibt das Mißbehagen dasselbe, und dürfte noch des Ritters Sünde über uns kommen. Daher will ich hingehen, und zusehen, was sich mit ihm begeben hat.« — So begab sich nun Owain nach der Wiese, wo er Peredur den Mann herumschleppend fand. »Was bist Du da im Begriff zu thun?« fragte Owain. »»Dies Gewand von Erz läßt sich trotz meiner Anstrengung nicht von dem Körper lösen.«« Und Owain band ihm Rüstung und Kleidung los. »Hier, meine gute Seele — sprach er — hier sieh Roß und Waffen, besser als die deinigen; nimm sie freudig hin, und komme mit mir zu Arthur, um das Ehrenzeichen der Ritter zu empfangen; denn

Du verdienst es.« — »»Will ich doch nie mein Angesicht zeigen, wenn ich gehe, — sagte Peredur, — aber nimm Du den Becher für Gwenh= wyvar, und sage Arthur, daß, wo ich auch sei, ich sein Dienstmann sein werde, und ihm jeden Dienst und Nutzen leisten werde, dessen ich fähig bin. Sage ferner, daß ich nicht an seinen Hof kommen werde, bevor ich nicht mit jenem langen Mann zusammengetroffen bin, und den Schimpf gerächt habe, den er dem Zwerg und der Zwergin angethan hat.« Und Owain ging zurück nach dem Hofe, und erzählte alles dies dem Arthur, der Gwenhwyvar und der ganzen Hofhaltung. — Peredur aber ritt wei=

(Fehlt bei Wolfram.) | ter. Unterwegs begegnete ihm ein Ritter. »Woher kommst Du?« fragte der Ritter. »»Ich komme vom Hofe Arthurs,«« sagte Peredur. »Bist Du einer seiner Leute?« fragte Jener. »»Ja, bei meiner Treue,«« entgegnete Dieser. — »Ein guter Dienst wahrlich ist der bei Arthur.« — »»Warum sprichst Du so?«« fragte Peredur. »Ich will Dir's erklären — sagte Jener —. Ich bin immer Arthurs Feind gewesen, und alle seine Leute, mit denen ich irgend zusammentraf, habe ich erschlagen.« — Ohne weitere Unterredung fochten sie, und es dauerte nicht lange, da warf ihn Peredur zu Boden hin über seines Pfer= des Rücken. Da bat der Ritter um Gnade. »Gnade sollst Du haben — sagte Peredur — wenn Du mir den Eid schwörst, daß Du hingehen willst an Arthur's Hof, und ihm sagen, daß ich es war, der Dich über= wältigt hat zu Ehren seines Dienstes. Sage ihm, daß ich nicht eher an den Hof kommen werde, als bis ich den dem Zwerg und seinem Weib= chen zugefügten Schimpf werde gerächt haben.« Der Ritter verbürgte sich mit seinem Wort dafür, und ging an Arthur's Hof, wo er sagte, wie er gelobt hatte, und die Drohungen an Kai überbrachte. — Indessen ritt Peredur weiter. Noch innerhalb dieser Woche traf er mit sechszehn Rit= tern zusammen, und überwältigte sie alle zu ihrer Schmach. Und sie alle gingen nach Arthur's Hof, dieselbe Botschaft mit sich nehmend, und die= selben Drohungen an Kai bestellend, die der erste Ritter von Peredur über= bracht hatte. Dieserhalb wurde Kai von Arthur sehr getadelt, worüber Kai sich ungemein grämte.

Peredur gelangt zum greisen Ritter, der ihm weise Lehren giebt.

(Gurnemanz von Graharz unterweist den Irrenden in ritterlicher Zucht und Waffens= kunst. W. 24, 25. L. 159, 5 — 176, 27.)

6. Beim Weiterreiten kam Peredur in einen großen und dunk= len Wald, an dessen Saume ein See war. Auf der andern Seite

befand sich ein schönes Schloß. Und am Ufer des See's sah er einen ehrwürdigen Mann mit eisgrauen Haaren auf einem sammetnen Kissen sitzen, eingehüllt in ein sammtenes Gewand. Seine Begleiter fischten im See. Als der greise Mann Peredur nahen sah, stand er auf, und ging auf das Schloß zu. Der alte Mann war lahm. Peredur ritt nach dem Schlosse; das Thor war geöffnet, und er trat in die Halle ein. Dort saß der Greis auf einem Polster, vor ihm ein hell loderndes Feuer brennend. Die Gesellschaft und das Hausgesinde erhob sich und ging Peredur entgegen, der darüber sehr erstaunt war. Doch der Greis bat den Jüngling, sich auf das Polster niederzulassen, welchem er auch Folge leistete; und sie unterredeten sich mit einander. Als die Zeit kam, wurden die Tische aufgestellt, und sie begaben sich zum Mahle. Nach gehaltener Mahlzeit fragte der Greis Peredur, ob er wohl mit dem Schwerdte zu fechten verstehe. »Ich verstehe es nicht — sagte Peredur — aber wenn man mir es zeigt, so würde ich es ohne Zweifel begreifen.« — »»Wer mit der Kolbe und dem Schild umzugehen versteht, wird es auch mit dem Schwerdt im Stande sein«« Und der Mann hatte zwei Söhne; der eine hatte blondes, der andere braunes Haar. »Steht auf — sagte er — und kurzweilt mit der Kolbe und dem Schilde!« Und sie thaten also. »Sage mir, mein Lieber — sprach der Mann — welcher von den Burschen, meist Du, kurzweilt am besten?« »»Ich denke — sagte Peredur — daß der blondhaarige Bursche den andern blutig schlagen könnte, wenn er wollte.«« — »So erhebe Du Dich, mein Freund, und ficht mit diesem, wenn Du es vermagst.« — Also erhob sich Peredur, und ließ sich mit dem Blondhaarigen ein. Er erhob die Waffe, und brachte ihm einen so heftigen Streich bei, daß er das Auge schloß und das Blut ihm entquoll. »Ach Lieber — sagte der Mann — komm nun, und setze Dich zu mir, denn Du wirst den besten Kämpfer auf dieser ganzen Insel abgeben. Ich bin dein Oheim, deiner Mutter Bruder. Bei mir sollst Du eine Zeitlang bleiben, um die Sitten und Gebräuche verschiedener Länder, Hoffsitte, Feinheit und edles Benehmen zu erlernen. Lege ab denn die Gewohnheiten und Gespräche von der Mutter her; ich will dein Lehrer sein. Von jetzt ab will ich Dich zu dem Range eines Ritters erheben. Und also handle. Siehst Du etwas, das Dich wunder nimmt, so frage nicht nach der Bedeutung desselben; hat Niemand die Höflichkeit, Dich zu belehren, so wird nicht Dich der Vorwurf treffen, sondern mich, der ich dein Lehrer bin.« — Mit Tagesanbruch erhob sich Peredur, nahm sein Roß, und ritt mit des Oheims Erlaubniß fort.

Peredur kommt zu dem lahmen König, wo die blutende Lanze und das blutige Haupt vorgetragen wird.

7. Und er kam in einen großen Wald, an dessen jenseitigem

(Parcival trifft am See Brumbane den kranken König Amfortas, der ihn, ohne daß er es weiß, nach Munfalväsche einladet, wo er die Wunder des heiligen Grales schaut. Der Unerfahrene unterläßt die Frage der Erlösung, die Wunder schwinden, und seine Prüfungszeit beginnt. W. 31, 32. L. 224, 10 — 219, 4.)

Ausgang eine Wiese war, neben welcher er ein großes Schloß erblickte. Dahin lenkte Peredur seinen Ritt, fand die Pforte offen, und schritt in die Halle. Auf der einen Seite der Halle sah er einen stattlichen Mann mit greisem Haupte sitzen, und viele Edelknaben um ihn her, welche sich erhoben, um Peredur ehrenvoll zu empfangen. Und sie boten ihm den Platz zur Seite des Herrn des Schlosses. Dann unterhielten sie sich mit einander. Beim Mahle mußte Peredur gleichfalls zur Seite des Gebieters sitzen. Nachdem sie gegessen und getrunken hatten nach Verlangen, fragte der Herr den Peredur, ob er mit dem Schwerdte zu fechten verstehe? »Sollte ich darin Unterweisung erlangen — sprach Peredur — dann denke ich es zu vermögen.« Nun war in der Vorhalle des Palastes ein ungeheurer Schloßhaken, so dick, daß ihn kaum ein großer Mann umspannen konnte. »Nimm jenes Schwerdt — sagte der Herr zu Peredur — und schlage auf den eisernen Haken.« Also erhob sich Peredur, und schlug dermaßen auf den Haken, daß dieser entzwei brach, und auch das Schwerdt. »Lege die beiden Theile an einander und verbinde sie!« Und Peredur legte sie zusammen, und sie wurden eins wie zuvor. Ein zweites Mal schlug er auf den Haken, so daß wieder beides zerbrach; und wie früher wurden sie wieder eins. Und zum dritten Male that er einen gleichen Streich, und legte die zertheilten Stücke an einander, aber nun ließ sich weder Schwerdt noch Haken wieder vereinigen. »Jüngling — sagte der edle Herr — komm jetzt, und sitze nieder, und mein Seegen komme auf Dich. Du fichtst besser mit deinem Schwerdt, wie irgend einer in dem Königreich. Du hast zwei Dritttheile Deiner Stärke erlangt, doch das letzte Dritttheil hast Du noch nicht erreicht. Und wenn Du zu deiner Vollkraft wirst gekommen sein, so wird Niemand im Stande sein, mit Dir zu wetteifern. Ich bin dein Oheim, deiner Mutter Bruder, und ich bin der Bruder des Mannes, in dessen Hause Du die letzte Nacht warst.« Hierauf unterhielt sich Peredur mit seinem Oheim; und er sah zwei Jünglinge in den Vorsaal treten, und in das Zimmer schreiten, welche einen Speer von mächtiger Größe trugen, von dessen Spitze herab drei Ströme Blutes auf den Boden flossen. Als die Gesellschaft dies sah, fing sie insgesammt an zu klagen und zu jammern. Aber dem Allen ungeachtet brach der Mann sein Gespräch mit Peredur nicht ab. Und da er ihm nicht die Bedeutung davon sagte, so vermied er auch), ihn darum zu befragen. Nachdem die Klagen ein wenig nachgelassen hatten, siehe, da traten zwei Mädchen ein mit einer großen Schüssel, worauf das blutige Haupt eines Menschen lag. Hierüber stieß die Gesellschaft im Saale ein so großes Geschrei aus, daß es lästig wurde, dabei in der Halle zu bleiben. Doch endlich wurde es stille, und als es Zeit war, schlafen zu gehen, wurde Peredur in eine schöne Kammer geführt.

Peredur trifft auf die Dame mit dem todten Ritter, die ihn verwünscht. (Das erste Zusammentreffen Parcivals mit Sigune bei W. 21, L. 13–, 9 — 143, 20. Zum zweiten Male findet er sie, ihren Geliebten Tschionatulander im Sarge auf der Linde, nachdem er das plötzlich vereinsamte Munsalväsche verlassen. Sie verwünscht ihn wegen der unterlassenen Frage, verräth ihm jedoch nicht seiner Mutter Tod. W. 33. L. 249, 5 — 255, 29.)

8. Am nächsten Tage ritt er mit des Oheims Erlaubniß fort. Er kam in einen Wald, und weiterhin in demselben hörte er ein lautes Geschrei; und er sah ein schönes Weib mit kastanienbraunem Haare, ein Pferd mit einem Sattel daneben stehend, und eine Leiche zu

ihrer Seite. Wie sie bemüht war, die Leiche auf das Pferd zu bringen, fiel sie herab, worüber sie in laute Klagen ausbrach. »Sage mir, Schwester — sprach Peredur — warum bist Du so traurig?« — »»Weil Du die Ursach von dem Tode deiner Mutter bist; denn als Du wider ihren Willen fortrittst, ergriff solche Angst ihr Herz, daß sie starb; und darum verwünsche ich Dich; der Zwerg und die Zwergin, welche Du an Arthurs Hofe sahest, waren die Zwerge deines Vaters und deiner Mutter. Und ich bin deine Milchschwester, und dieser war mein Gemahl, und wurde von dem Ritter erschlagen, der in diesem Walde hauset. Nahe Dich ihm nicht, wenn Du nicht ebenfalls willst erschlagen werden.«« — »Meine Schwester, Du machst mir unverdiente Vorwürfe. Dadurch, daß ich zu lange unter Euch verweilte, werde ich ihn kaum besiegen; und wäre ich noch länger verblieben, so würde es mir vollends schwierig geworden sein. Laß daher ab von deinen Klagen, denn sie sind von keinem Nutzen. Ich will die Leiche begraben, und dann werde ich den Ritter aufsuchen und sehen, ob ich Rache an ihm nehmen kann.« — Nachdem er den Leichnam begraben hatte, begaben sie sich nach der Stelle, wo der Ritter war, und (Fehlt bei Wolfram.) | fanden ihn stolz einherreitend längs des Reviers. Er fragte Peredur: woher er komme? »Ich komme vom Hofe Arthurs.« — »»Und bist Du einer von den Mannen Arthurs.«« — »Ja, bei meiner Treue!« — »»Eine nützliche Verbindung ist die mit Arthur, wahrlich!«« — Und ohne weiteres Gerede hieben sie auf einander ein, und alsbald rannte Peredur den Ritter nieder, der nun Peredur um Gnade bat. »Gnade sollst Du haben — sprach Dieser — unter der Bedingung: Du

nimmſt dieſe Frau zur Ehe, und erzeigſt ihr alle Ehre und Achtung, die
in deiner Macht ſteht, da Du doch ohne Urſach ihren Gemahl erſchlagen
haſt. Gehe auch zu Arthurs Hof, und kündige ihm an, daß ich es geweſen, der Dich überwunden hat. Sage ihm, daß ich nicht eher an ſeinen
Hof kommen werde, als bis ich mit dem langen Mann, der dort iſt, zu-
ſammengetroffen bin, um Rache an ihm wegen des Schimpfes zu nehmen, den er den Zwergen zugefügt hat.« Und er nahm dem Ritter die
Verſicherung ab, daß er alles dies vollbringen werde. Dann verſorgte der
Ritter die Dame mit einem Pferde, und mit Gewändern, die ihr gezie-
mend waren, und nahm ſie mit ſich zu Arthurs Hofe. Er erzählte Arthur alles, was ihm begegnet, und gab die Herausforderung an Kai.
Und Arthur und ſein ganzer Hof tadelten Kai, daß er einen ſolchen Jüngling, wie Peredur, von ſeinem Hofe gejagt hatte. Owain, Sohn des
Urien, ſprach: »Dieſer Jüngling wird nie an den Hof kommen, wenn nicht
Kai von dannen geht.« — »»Wahrhaftig — rief Arthur — ich will
alle Wälder auf der Inſel Britannia durchſuchen, bis ich Peredur gefunden habe; und dann mag er wider ſeinen Gegner das Aeußerſte thun.««

Peredur kommt zu der belagerten
Burg.

(Nachdem Parcival von Gurnemanz von
Graharß zum Ritter gebildet, gelangt er zur
Burg der Konduiramur, wo Hungersnoth
herrſcht. Die Dame kommt Nachts an ſein
Lager, und er ſagt der Flehenden ſeine Hülfe
zu. W. 26, 27. – L. 176, 28 – 196, 8.)

9. Inzwiſchen ritt Peredur
weiter, und kam in einen Wald, wo
er keine Spur von irgend einem
Menſchen oder Thiere fand, und
wo nichts als Dickicht und Unkraut
war. An dem äußerſten Ende des
Waldes bemerkte er eine große Burg mit mehreren ſtarken Thürmen.
Bei der Pforte angelangt, fand er das Unkraut höher als irgendwo anders. Er ſtieß mit dem Schaft ſeines Speeres an das Thor, worauf ein
hagerer Knappe ſich auf der Zinne blicken ließ. »Darf ich Dir — fragte
er — Hauptmann, ſogleich öffnen, oder ſoll ich erſt dem Herrn der Burg
melden, daß Du an der Pforte biſt?« — »»Sage, daß ich hier bin —
ſprach Peredur — und wenn mein Kommen erwünſcht iſt, ſo werde ich
eintreten.«« Und der Knappe kam zurück und öffnete. In der Halle
angelangt, ſah Peredur achtzehn Jünglinge, von gleichem Anſehen, Wuchs,
Alter und Kleidung, wie der, welcher ihm geöffnet hatte. Sie waren
wohl in höfiſcher Sitte und Benehmen erfahren, ſo daß es ihn überraſchte.
Und ſie ließen ſich mit ihm in eine Unterhaltung ein. — Siehe, ſodann
traten fünf Mädchen aus dem Saale in die Halle. Peredur hatte nie
einen ſo ſchönen Anblick gehabt, als den, welchen das erſte Mädchen gewährte. Sie hatte ein altes Gewand von Seide an, das einſt ſchön

gewesen, aber nunmehr so zerlumpt war, daß ihre Haut daraus hervor schien. Diese aber war glänzender, als Kristall, Haar und Augenbraunen schwärzer als Erdpech, und an ihren Wangen waren zwei rothe Stellen, röther als das rötheste Roth. Das Mädchen bewillkommnete Peredur, legte ihre Arme um seinen Nacken, und ließ ihn neben sich sitzen. Bald darauf sah er zwei Nonnen hereintreten, die eine trug einen Krug mit Wein, die andere sechs Weißbrode. »Herrin — sagten sie — der Him-

In der Burg ist Hungersnoth. | mel ist Zeuge, daß nicht mehr Speise und Trank als dies in jenem Kloster diese Nacht verblieben ist. Dann gingen sie zur Mahlzeit, und Peredur bemerkte, daß das Mädchen ihm mehr als jedem anderen von der Speise zu geben suchte. »Meine Schwester — sagte Peredur — laß mich die Speise und den Trank vertheilen.« »»Nicht so, mein Herz —«« sprach sie. »Aber, bei meiner Ehre, ich will es!« und so nahm Peredur das Brod, und gab Jedem ein gleiches Theil, eben so einen gleichen Becher vom Getränk. Als die Schlafzeit kam, ward Peredur ein Zimmer angewiesen, und er ging zur Ruhe. — — »Höre, Schwester — sagten die jüngeren zu dem schönsten und feinsten der Mädchen — wir haben einen Vorschlag für Dich.« — »»Was wäre das für einer?«« fragte sie. »Gehe zu dem Jüngling in dem oberen Gemache, und erbiete Dich ihm zum Weibe oder zur Dame seines Her-zens, wenn es ihm beliebe.« »»Das wäre in der That unschicklich — sagte sie — Bis jetzt bin ich noch nicht die Herzensdame irgend eines Ritters gewesen, und ihm solch einen Antrag zu machen, bevor er um mich geworben hat, das, wahrlich, vermag ich nicht.«« — »Bei unserm Glaubenseid vor Gott! Wenn Du nicht so thust, so werden wir Dich deinen Feinden überlassen, die Dich nach Willkühr behandeln werden.« Und aus Furcht davor ging das Mädchen weg, und Thränen vergießend

Die Herrin des Schlosses bittet Pere- | schritt sie auf das Gemach zu.
dur um Beistand. | Durch das Geräusch beim Oeffnen

der Thür erwachte Peredur, und erblickte das weinende und klagende Mädchen. »Sage mir, liebe Schwester, warum weinst Du so?« — »»Herr, ich will's Euch sagen — sprach sie — Mein Vater besaß diese Herrschaft, und diese Burg gehörte ihm, und so war die beste Grafschaft des Königreichs sein. Der Sohn eines anderen Grafen verlangte von meinem Vater meine Hand. Doch ich wollte sie ihm nicht reichen, und auch mein Vater war meinem Willen in keiner Weise entgegen, da ich sein einziges Kind war. Nach meines Vaters Tode fielen seine Güter auf mich, und nun war ich noch weniger Willens als zuvor, ihm meine

Hand zu reichen. So befehdete er mich, und eroberte alle meine Be=
sitzungen, bis auf das eine Schloß. Bei der Tapferkeit des Mannes,
den Du sahest, der mein Milchbruder ist, und bei der Festigkeit der Burg,
kann sie niemals erobert werden, so lange wir Speise vorräthig haben.
Jetzt sind unsre Vorräthe erschöpft. Doch wie Du gesehen hast, wurden
wir von den Nonnen gespeist, denen das Land frei offen steht. Aber end=
lich werden auch ihnen die Lebensmittel ausgehen, und nicht später als
auf morgen ist die letzte Frist gesetzt, da der Graf mit seiner ganzen Macht
gegen diese Veste ziehen wird. Und falle ich in seine Gewalt, so ist mein
Schicksal kein anderes, als seinen Stallknechten überantwortet zu werden.
Daher kam ich, Herr, Dir diese Veste selbst anzuvertrauen, daß Du mir
entweder beistehst und mich vertheidigst, oder mich von hier in Sicherheit
bringst, welches von beidem Dir nun belieben mag.«« — »Gehe, meine
Schwester, und schlafe ruhig — antwortete Peredur. — Nicht eher werde
ich von hier reiten, bis ich gethan habe, was in deinem Verlangen ist.«

Peredur besiegt die Belagerer.

(Parcival besiegt die Belagerer Kingrun
und Klamide, schickt sie als Kunnewarens
Gefangene an Artus Hof, vermählt sich mit
Kunduiramur, scheidet aber bald von hinnen,
um seine Mutter wieder zu sehen, deren Tod
ihm noch unbekannt ist. W. 29, 30. —
L. 203, 12 — 223, 30.)

10. Das Mädchen begab sich
wieder zur Ruhe; am andern Mor=
gen aber kam sie zu Peredur und
begrüßte ihn. »Der Himmel be=
glücke Dich, mein Lieb; doch welche
Neuigkeit bringst Du mir?« —

»»Keine andere, als daß der Graf und seine ganze Macht an die Thore
gestürmt kam, und niemals sah ich einen Plan so bedeckt mit Zelten, so
gedrängt voll mit Rittern, die zum Kampf herausfordern.«« — »Wohl
sagte Peredur — laß mein Roß in Bereitschaft halten.« Als sein Roß
gesattelt war, schwang er sich auf dasselbe, und trabte auf die Wiese. Und
dort sprengte ein Ritter stolz einher, das Zeichen zum Kampf erhebend.
Sie trafen auf einander, und Peredur warf ihn aus dem Sattel in den
Sand. Und als der Tag sich neigte, kam einer der vorzüglichsten Ritter,
um mit ihm zu fechten, und Peredur warf ihn ebenfalls, so daß er um
Gnade flehete. »Wer bist Du?« fragte Peredur. »»Ich bin — sprach
Jener — der Gebietiger des gräflichen Haushalts.«« — »Und wie viel
von den Besitzungen der Gräfin sind in deiner Hand?« — »»Der dritte
Theil,«« sagte er. »Dann — befahl Peredur — stelle ihr sogleich diese
Besitzungen zurück, erstatte ihr die Einkünfte, die Du daraus gezogen hast,
und bringe Speise und Trank für hundert Personen, und Waffen und
Pferde für ebensoviel diese Nacht noch an ihren Hof. Und Du bleibst
ihr Gefangener, wenn sie Dir nicht das Leben nimmt.« — Jener that

sogleich, wie ihm geheißen. In dieser Nacht waren die Mädchen sehr ver=
gnügt, und schmausten behaglich. — Am nächsten Morgen ritt Peredur
wieder zur Wiese, und an diesem Tage besiegte er eine Menge der Rei=
sigen. Gegen Abend lief ihn ein stattlicher und hochmüthiger Ritter an,
den Peredur besiegte. Jener bat um Gnade. »Wer bist Du?« fragte
Peredur. »»Ich bin der Burgverwalter,«« erwiederte Jener. »Und
wieviel von den Besitzungen der Dame stand unter deiner Verwaltung?«
— »»Ein Dritttheil.«« [2]) — »Wahrlich — sprach Peredur — Du
sollst alles vollständig zurückgeben, und schaffe Speise für 200 Mann,
nebst Pferden und Waffen für sie herbei. Du selbst bist ihr Gefangener.«
Und so geschah es alsbald. Am dritten Tage ritt Peredur wiederum zur
Wiese, und besiegte mehr, als an den beiden vorigen Tagen. Gegen
Abend traf er mit einem Grafen zusammen, den er auch überwand, und
der ihn um Gnade flehete. »Wer bist Du?« — fragte Peredur. »»Ich
bin der Graf — erwiederte Jener — nicht will ich es Dir verhehlen.««
— »Wahrlich — rief Peredur — Du sollst das ganze Eigenthum des
Mädchens wieder heraus=, und deine eigene Grafschaft ihr noch dazu
geben, nebst Speise und Trank für 300 Mann, auch Rosse und Waffen,
und selbst bleibst Du in ihrer Gewalt.« Und solches wurde vollzogen.
— Peredur verweilte noch drei Wochen in dem Lande, bewirkte, daß dem
Mädchen Tribut und Gehorsam gezollt, und daß die Herrschaft in ihre
Hand gegeben wurde. »Mit deiner Erlaubniß — sprach dann Peredur
— will ich nun von hinnen scheiden.« — »»Mein Bruder, willst Du
das wirklich?«« — »In der That, ja; wäre es nicht aus Liebe zu Dir ge=
wesen, so würde ich hier nicht so lange verweilt haben.« — »»Mein Herz
— sprach sie — wer bist Du?«« — »Ich bin Peredur, Sohn Evrawcs,
aus dem Norden. Und wenn Du je in Noth oder Gefahr bist, so gieb
mir Kenntniß davon, und wenn ich kann, so werde ich Dich beschützen.«

Peredur begegnet der Dame auf dem
Klepper, und bringt sie bei ihrem Rit=
ter wieder zu Ehren.

(Nach dem zweiten Zusammentreffen mit
Sigune, erschüttert von ihrer Verwünschung

11. Also ritt Peredur fort.
Nach einer guten Strecke begegnete
ihm eine Dame auf einem Pferde,
welches mager und mit Schweiß

---

[2]) Diese Eintheilung ist mit den alten wälschen Gewohnheiten in genauer
Uebereinstimmung. Denn nach den Gesetzen des Howel Dda erscheint der Mei=
ster des königlichen Hofhalts und der Schatzmeister (Steward) jeder so mit einem
Dritttheile an gewissen dort bezeichneten Geldbußen betheiligt. Der Ausdruck
für diesen Antheil ist dort, wie in dieser Erzählung mit demselben Worte
(trayan) gebräuchlich. — L. G.

und unzufrieden mit sich selbst, begegnet Par=
cival der gemißhandelten Beschuße, zwingt
ihren Gemahl Trilus zur Versöhnung, be=
eidigt ihre Unschuld und sendet ihn zu Kunne=
waren. W. 34, 35. — L. 255, 30 —
279, 30.)

bedeckt war. Sie grüßte den Jüng=
ling. — »Woher kommst Du, meine
Schwester?« — Sie erzählte ihm
die Ursach ihrer Reise; und sie war
die Gemahlin des Grafen des Re=
viers. »Siehe — sprach Peredur — ich bin der Ritter, durch den Du
in Kummer bist; aber er soll es bereuen, der Dich so behandelt hat.« In=
zwischen kam ein Ritter herbei, der Peredur fragte, ob er einen Ritter
gesehen habe, solchen, wie er suche. »Schweig — sagte Peredur — ich
bin der, den Du suchst, und, bei meiner Treue, Du verdienst strenge Ahn=
dung für diese Behandlung der Dame, denn sie ist in Beziehung auf
mich unschuldig.« Also hieben sie auf einander ein, und der Kampf hatte
nicht lange gedauert, als Peredur den Ritter niederwarf, und dieser ihn
um Gnade bat. »Gnade sollst Du haben — sprach Peredur — so Du
auf dem Wege, den Du gekommen bist, zurückkehrst, und erklärst, daß die
Frau unschuldig sei, und ihr Mittheilung von der Niederlage machst, die
Du von meinen Händen erlitten hast.« Und der Ritter verbürgte sich
mit seinem Wort dafür.

Peredur gelangt zu dem Schloß der
Heren von Gloucester.

12. Peredur setzte seine Reise
fort. Unfern erblickte er ein Schloß
und ging darauf zu. Er schlug mit seiner Lanze an das Thor; da sah
er, wie ein schöner braunlockiger Jüngling die Pforte öffnete; er hatte
das Ansehen eines Kriegers, aber die Jahre eines Knaben. Als Peredur
in die Halle trat, saß dort eine große und stattliche Dame auf einem
Stuhle, und viele Mägde um sie her. Und die Dame freuete sich über
sein Kommen. Als es Zeit war, gingen sie zur Mahlzeit. Nach aufge=
hobenem Mahle sprach sie: »Es wäre gut für Dich, Hauptmann, wohin
anders schlafen zu gehen.« — »»Warum kann ich hier nicht schlafen?««
fragte er. »Neun Heren sind hier, mein Herz, von den Heren von
Gloucester, und ihr Vater ist bei ihnen, und wenn wir nicht vor Tages=
anbruch entwischen können, so werden wir erschlagen. Schon haben sie,
außer diesem Schlosse, das ganze Land erobert und verwüstet.« — »»Gut
— sprach Peredur — ich werde die Nacht hier bleiben, und wenn Du
in Noth bist, werde ich Dir jeden Dienst leisten. Du sollst von mir kein
Ungemach haben.«« So begaben sie sich zur Ruhe. — Mit Tagesan=
bruch hörte Peredur ein schreckliches Geschrei. Hastig stand er auf in
seinen Gewändern, das Schwerdt um seinen Hals geworfen, und er sah,
wie eine Here einen von der Wache überfiel, der heftig kreischte. Peredur

griff die Here an, und schlug mit dem Schwerdt auf ihren Kopf, daß er ihren Helm und Schädel wie eine Schüssel eindrückte. »Dank Dir, guter Peredur, Sohn des Evrawc, Dank des Himmels!« — »»Woher weißt Du, häßliches Weib, daß ich Peredur bin?«« — »Durch Verhängniß und die Vorerkenntniß, daß ich Harm durch Dich leiden soll. Du sollst Roß und Waffen von mir nehmen, und mir folgen, um Ritterwesen und den Gebrauch der Waffen zu lernen.« Peredur sagte: »»Du sollst Gnade haben, wenn Du Dich treulich verbürgst, niemals mehr die Besitzungen der Gräfin zu beunruhigen.«« Und Peredur nahm Sicherheit hierüber, und mit Erlaubniß der Gräfin reiste er mit der Here ab nach dem Schlosse der Heren. Und dort blieb er drei Wochen; dann wählte er sich Roß und Waffen, und zog seines Weges.

Peredur übernachtet bei einem Eremiten, und sieht die Blutstropfen im Schnee.

(Nach dem Abenteuer mit Drilus und mancher Irrfahrt wird eines Morgens Parcival in der Nähe des Plimizel, wo Arthur lagert, vom Minnezauber durch Blutstropfen im Schnee befangen, und sticht unbewußt Segramors und Kaye nieder. W. 36, 37. — L. 280, 1 — 290, 22.)

13. Eines Abends kam er in eine Ebene, an deren Ausgang die Hütte eines Eremiten stand. Wie er sie betrat, grüßte der Eremit ihn freundlich; und er brachte die Nacht bei ihm zu. Am andern Morgen stand er auf, und als er fortritt, siehe, da war in der Nacht viel Schnee gefallen, und ein Habicht hatte einen wilden Vogel in der Nähe der Hütte getödtet. Das Geräusch des Rosses scheuchte den Habicht weg, und ein Rabe stürzte sich auf den Vogel. Peredur stand da, die Schwärze des Raben, die Weiße des Schnees und die Röthe des Bluts vergleichend mit dem Haar jener Dame, die er liebte, das schwärzer als Pech, und mit ihrer Haut, die weißer wie der Schnee, und mit den beiden Stellen an ihren Wangen, die röther als das Blut auf dem Schnee. — Inzwischen war Arthur und sein Hof aufgebrochen, um Peredur aufzusuchen. »Wißt Ihr — sprach Arthur — wer jener Ritter mit dem langen Speer ist, der bei dem Bache dort steht?« — »»Herr — sagte einer von den Begleitern — ich will gehen und erkunden, wer er ist.«« Also kam der Knappe an den Ort, wo Peredur hielt, und fragte ihn, was er hier mache und wer er sei? Doch vertieft in Gedanken über die von ihm geliebte Dame, gab er ihm keine Antwort. Da stieß der Knappe Peredur mit der Lanze; doch Peredur wandte sich gegen ihn, und warf ihn zu Boden. Nach diesem kamen vierundzwanzig Knappen zu ihm, aber er antwortete keinem mehr als dem ersten, sondern gab allen denselben Empfang, indem er sie mit einem einzigen Stoß niederwarf. Nun kam Kai, der hart und zornig Peredur

anließ. Doch Peredur schlug ihn mit dem Speere an den Kinnbacken, schleuderte ihn hin, daß er Arm und Schulter brach, und ritt über ihn einundzwanzig Mal. Während er so lag, betäubt von der Heftigkeit des Schmerzes, kehrte sein Roß mit wildem bäumendem Lauf zurück. Als der Hof so das Roß ohne seinen Reiter dahersprengen sah, eilten Alle nach der Gegend hin, wo der Zweikampf vorgefallen war. Anfangs glaubten sie, Kai sei erschlagen; doch sie fanden, daß, wenn er in die Hände eines geschickten Arztes komme, er noch werde leben können. Und Peredur verharrte unbeweglich in seinem Nachdenken, selbst bei dem Zusammenlauf um Kai. Und Kai wurde zu Arthurs Zelten gebracht, und Arthur ließ geschickte Aerzte zu ihm rufen. Und Arthur war betrübt, daß Kai dieser Unfall begegnet war, denn er liebte ihn sehr.

Gwalchmai führt den Peredur an Arthurs Hof.

(Gawan führt ihn der Tafelrunde zu, die ihn jubelnd als ihren Ritter aufnimmt. W. 38 — 40. — L. 290, 23 — 312, 1.)

14. Darauf sagte Gwalchmai [3]): »Es ist nicht schicklich, daß Jemand einen ehrenwerthen Ritter in seinen Gedanken stört. Denn er überdenkt entweder einen erlittenen Schaden, oder er denkt an die Geliebte seines Herzens. Und wegen solcher unziemlichen Störung begegnete der Unfall Jenem, der mit ihm zuletzt zusammentraf. Wenn es Dir gefällt, Herr, so will ich hingehen, und sehen, ob dieser Ritter von seinem Nachdenken abgelassen hat; ist dem so, so will ich ihn höflich einladen, zu Dir zu kommen.« — Darüber erzürnte sich Kai und er brach in wüthende trotzige Worte aus: »Gwalchmai — rief er — ich weiß, daß Du ihn herbringen wirst, weil er ermüdet ist. Dennoch wirst Du wenig Preis und Ehre davon haben, wenn Du einen Ritter überwältigst, der vom Kampfe abgemattet ist. Ja, so hast Du über so Manchem schon Vortheil errungen. Während Du deine Sprache und süßen Worte erklingen läßt, wäre ein Gewand von dunnem Stoffe eine hinreichende Bewaffnung für Dich; und Du hast nicht nöthig, zu Schwerdt und Lanze zu greifen, wenn Du mit einem Ritter in solchem Zustande fichtst.« Hierauf sagte Gwalchmai zu Kai: »»Du könntest noch lustigere Worte verschwenden, wärest Du nur dazu aufgelegt. Doch geziemt es Dir nicht, in meiner Nähe deinem Aerger Luft zu machen. Ich hoffe, den Ritter hierher zu bringen, ohne Arm und Schulter zu brechen.«« Da sagte Arthur zu Gwalchmai: »Du sprichst wie ein verständiger und kluger Mann; gehe, und nimm

---

[3]) Gwalchmai's Ruhm in Kourtoisie und Wohlredenheit wird hier wie auch sonst überall bezeugt, und in den Triaden hat er den poetischen Beinahmen: der goldzungige.   L. G.

Roß und Waffen mit Dir.« Gwalchmai rüstete sich, und ritt eilig dem
Platze zu, wo Peredur sich befand. Peredur, gestützt auf den Schaft sei=
nes Speeres, hing noch immer seinen Gedanken nach, und Gwalchmai
näherte sich ihm ohne ein Zeichen von Feindseligkeit und sprach zu ihm:
»Wäre es Dir so angenehm, wie mir, so würde ich einiges zu Dir spre=
chen. Arthur gab mir den Auftrag, Dich zu ihm einzuladen. Schon
sind zwei Männer wegen dieser Botschaft vor mir hier gewesen.« —
»»Das ist wahr — sagte Peredur — doch benahmen sie sich unanstän=
dig. Sie fuhren mich an, worüber ich ungehalten ward, indem es mir
unlieb war, in meinen Gedanken gestört zu werden, die auf die Geliebte
meines Herzens gerichtet waren. Also ward sie mir in's Gedächtniß ge=
rufen: ich betrachtete den Schnee, und sah auf den Raben, und auf die
Blutstropfen des Vogels, den der Habicht auf dem Schnee getödtet hatte.
Und ich stellte mir vor, daß ihre Weiße der des Schnees gleich sei, und
die Schwärze ihres Haares und ihrer Augenbrauen der des Raben, und
die beiden Stellen ihrer Wangen den Blutstropfen gleich kämen.«« —
Sprach Gwalchmai: »Das waren keine unedlen Gedanken, und es würde
mich wundern, wenn es Dir angenehm gewesen wäre, darin gestört zu
werden.« — »»Sage mir — fragte Peredur — ist Kai an Arthurs
Hof?«« — »Er ist da — sprach Jener — und bedenke, er ist jener
Ritter, der ohnlängst mit Dir focht, und besser wäre es für ihn gewesen,
es unterlassen zu haben; denn er hat durch seinen Sturz Arm und Schul=
ter zerbrochen.« — »»Wahrlich — sagte Peredur — es thut mir gar
nicht leid, so den Schimpf, den er an den Zwergen begangen, gerächt zu
haben.«« Und Gwalchmai war erstaunt, ihn von den beiden Zwergen
reden zu hören. Er näherte sich ihm, und umarmte ihn, und fragte nach
seinem Nahmen. »Peredur, Sohn des Evrawc, bin ich genannt —
sprach er; — und Du? Wer bist Du?« — »»Ich heiße Gwalchmai —
versetzte Dieser. — »Ich bin sehr erfreut, mit Dir zusammen zu treffen
— sagte Peredur; — denn in allen Landen, durch die ich gefahren bin,
habe ich den Ruhm deiner Tapferkeit und deines Edelsinns vernommen,
und ich begrüße diese Kameradschaft.« — »»Diese sollst Du haben, bei
meiner Treue, und gewähre Du mir die deinige!«« — »Sehr gern
thue ich das,« sprach Peredur. — So ritten sie beide fröhlich zusammen
nach dem Orte, wo Arthur war. Als Kai sie kommen sah, sprach er:
»Ich wußte schon, daß Gwalchmai nicht nöthig hätte, mit dem Ritter zu
fechten, und es ist kein Wunder, wenn er Ruhm erlangt; er vermag
mehr durch seine schönen Worte, als ich durch die Tapferkeit des Arms.«

— Peredur begleitete Gwalchmai nach deſſen Zelte, wo ſie ihre Rüſtung ablegten. Peredur legte ſolche Gewänder an, wie Gwalchmai trug, und ſo gingen ſie beide zu Arthur, und begrüßten ihn. »Schau, Herr — ſprach Gwalchmai — ihn, den Du ſo lange geſucht haſt.« — »»Sei mir willkommen, Hauptmann — ſagte Arthur; — Du ſollſt bei mir bleiben, und hätte ich deine Tapferkeit gekannt, ſo wäreſt Du nicht von mir gelaſſen worden. Demungeachtet wurde Dir dies von den Zwergen vorausgeſagt, welche Kai mißhandelte, wofür Du an ihm Rache genommen haſt.« Nun kam auch die Königin mit ihren Jungfrauen, welche Peredur bewillkommneten. Alle waren entzückt, ihn zu ſehen, und begrüßten ihn ſehr ſchmeichelhaft. Arthur that ihm große Ehre an, und begab ſich mit ihm nach Kaerlleon.

Peredur thut gegen Angharad das Gelübde der Stummheit.

15. Nach der erſten Nacht, da Peredur an Arthurs Hofe war, und nach der Mahlzeit in der Stadt umherging, begegnete ihm Angharad Law Curawc. [4] »Bei meiner Treue — ſprach Peredur — Du biſt ein ſchönes und liebenswürdiges Mädchen, und gefiele es Dir, ſo würde ich Dich über alle Weiber lieben.« — »»Ich verſichere Dir — erwiederte ſie — daß ich Dich nicht liebe, noch je lieben könnte.«« — »Und ich betheure Dir — ſprach Peredur — daß ich nicht eher ein Wort zu einem Chriſten ſprechen werde [5]), als bis Du mich liebſt über alle Männer!«

---

[4] Dieſer Name bedeutet wörtlich: Angharad mit der goldenen Hand, eine Bezeichnung, die ſehr häufig ſolchen Herren beigelegt ward, deren ausgezeichnete Freigebigkeit dadurch angedeutet werden ſollte. — L. G.

[5] Derartige wunderliche und abenteuerliche Gelübde waren in der Ritterzeit nichts weniger als Seltenheiten. In dem alten franzöſiſchen Gedicht: Le voeux du Héron, gedruckt bei St. Palaye, findet zu Obigem ſich ein unterhaltendes Seitenſtück. — Robert von Artois befand ſich am Hofe Eduards III., um ihn zum Kriege gegen Frankreich zu bewegen. Eines Tages tritt er in den Saal, wo der König und ſeine Hofleute verſammelt ſind, und unter Begleitung von Muſikanten und zweien edlen Fräuleins, überreicht er mit großer Feierlichkeit einen Reiher, den er getödtet hatte, ſpöttiſch dem König als Entgelt für die franzöſiſche Krone. Eduard, gereizt durch den beißenden Scherz, ſchwört unmittelbar auf dem Reiher, daß das Jahr nicht verlaufen ſoll, ohne daß Frankreich von ihm mit Feuer und Schwerdt heimgeſucht ſei. Seine Edlen folgen ſeinem Beiſpiele. Unter dieſen befand ſich der Graf von Salisbury, der bei der Tochter des Grafen von Derby ſaß, zu welcher er große Neigung trug. Er bat die Lady, ihm einen ihrer Finger zu erlauben, und auf ſein Auge zu halten:

Peredur erschlägt einen Löwen, und schickt die besiegten Riesen vom Rund= thal an Arthurs Hof.

16. Am nächsten Tage ritt Peredur einen Bergrücken entlang, auf der Landstraße hin, und erblickte ein Thal von runder Gestalt, das von Wald und Felsen begränzt war. Der Grund des Thals bestand aus Wiesen, und zwischen dem Walde und den Wiesen waren Felder. Am Saume des Waldes sah er große schwarze Häuser von roher Bauart. Er stieg ab, und führte sein Roß

> Si pri à la pucelle de cœur dévotement,
> Qu'elle me preste un doit de sa main senlement.
> Et methe sur mon œil desire parfaitement.

Sie ist artig genug, ihm zwei Finger zu geben, die sie auf sein Auge legt, so daß es dadurch geschlossen wird. Hierauf legt der Graf den Schwur ab, das Auge nicht eher zu öffnen, als bis er eine Schlacht gegen die Waffen des fran= zösischen Königs geschlagen habe. Und er fährt so fort:

> Les deux dois, sur l'œil desire, li mist isuelement. [1]
> Et se li a clos l'œil, et fremé [2] fermement.
> Et chix [3] a demandé moult gracieusement:
> Bele, est-il bien clos? Oyl certainement.
> A dont dist, de la bouche, du cœur le pensement:
> Et je veu, et prometh à Dieu omnipotent,
> Et à sa douche mère, que de beauté resplent,
> Qu'il n'est jamais ouvers, pour ore [4], ne pour vent,
> Pour mal, ne pour martire, ne pour encombrement [5].
> Si feray dedans Franche, où il a boñe gent,
> Et si aray le su [6] bonté entièrement,
> Et ferai combatus à grand esforchement,
> Contre les gens Philype, qui tant a hardement;
> Je ne sui en bataille prins, par boin ensient [7],
> Bien li ederai [8] a acomplir sont talent.
> Or aviegne qu' aviegne, car il n'est autrement.
> Adonc osta son doit la puchelle au cors gent,
> Et li iex [9] clos demeure, si ques virent le gent,
> Et quant Robert l'entent, moult de joie l'enprent.
> Quant li quens Salebrin ot voué son avis [10],
> Et demoura l'œil clos en la guerre tondis.
> Li bers [11] Robers d'Artois ne s'est mie alentis [12].

[1] Promptement. [2] Fermé. [3] Celui-ci. [4] Temps, heure. [5] Em= pêchement. [6] Feu. [7] A bon escient, savoir ou certitude. [8] Edouard aiderai. [9] Œil. [10] Souhait, dessein. [11] Brave. [12] Memoir. de Chevall. II, 102, 103.

Unter derselben Regierung gedenkt Froissart einer Zahl junger Edler, welche, eine Binde über ein Auge führend, ihren Damen geschworen hatten, sie nicht eher abzulegen, als bis sie sich durch Thaten der Tapferkeit gegen Frank= reich ausgezeichnet hätten.   L. G.

nach dem Walde hin. Nach einer kurzen Strecke im Walde kam er an
einen Felsenrand, an welchem der Pfad sich hinzog. An dem Felsenrand
befand sich ein Löwe an einer Kette gefesselt, welcher schlief. Nahe bei
dem Löwen gewahrte er eine tiefe Grube von ungeheurer Größe, voll von
Menschen= und Thierknochen. Peredur zog sein Schwerdt, und durch=
stach den Löwen, so daß er in die Oeffnung der Höhle fiel und an der
Kette hängen blieb. Doch mit einem zweiten Streiche zerhieb er die
Kette, und der Löwe stürzte in den Abgrund. Peredur sprengte mit sei=
nem Roß über die Felsenmauer, und ritt in das Thal. In der Mitte
des Thals sah er ein schönes Schloß, zu welchem er hinritt. Auf der
Wiese neben dem Schloß erblickte er einen großen grauen Mann sitzen,
der größer als irgend ein Mann war, den er je gesehen. Zwei junge
Edelknaben warfen mit den Gefäßen ihrer Dolche, die aus dem Bein des
Seepferdes waren, nach dem Ziele, und der eine hatte rothes, der andere
braunes Haar. Sie gingen nach dem Platze vor ihm her, wo der graue
Mann saß. Peredur grüßte ihn. Der graue Mann sprach: »Ungnade
dem Barte meines Pförtners!« Da meinte Peredur, der Pförtner sei
jener Löwe. Der graue Mann und die Edelknaben gingen zusammen
in das Schloß, und Peredur begleitete sie. Es war ein schönes und herr=
liches Schloß. Sie betraten die Halle, wo die Tische schon gedeckt wa=
ren, auf denen Speise und Trank sich in Ueberfluß befand. Darauf trat
aus dem Zimmer eine alte und eine junge Dame, die stattlichsten Frauen,
die er jemals gesehen hatte. Alsdann wuschen sie sich und setzten sich zum
Mahle; der graue Mann nahm den obersten Sitz ein, und die alte Frau
saß neben ihm. Peredur und das Mädchen wurden zusammen gesetzt,
und die beiden Edelknaben bedienten sie. Das Mädchen sah bekümmert
auf Peredur, und Peredur fragte sie, warum sie so angstvoll sei? »Ich
bin es um Dich, mein Herz — sprach sie; — denn seitdem ich Dich
gesehen, liebe ich Dich über alle Männer. Und es schmerzt mich, daß ein
so edler Jüngling wie Du, solch ein Schicksal erfahren soll, wie es Dich
morgen erwartet. Sahest Du die vielen schwarzen Häuser am Saume
des Waldes? Alle diese gehören den Dienstmannen des grauen Mannes
dort, der mein Vater ist. Sie sind alle Riesen. Morgen werden sie Alle
gegen Dich aufstehen, und Dich erschlagen. Dieses Thal heißt Rund=
Thal.« »»Höre, schönes Mädchen, willst Du dafür sorgen, daß mein
Roß und meine Waffen in demselben Gemache mit mir bleiben?«« —
»Gern will ich das thun, beim Himmel, wenn ich irgend kann.« — Als
die Schlafzeit kam, gingen sie zur Ruhe, ohne zu speisen. Und das Mäd=

chen bewirkte, daß Roß und Waffen mit ihm in dasselbe Gemach kamen. Am andern Morgen hörte Peredur um das Schloß herum einen gewaltigen Lärm von Menschen und Rossen. Er stand auf, waffnete sich und ging hinaus. Da traten die Alte und das Mädchen zu dem grauen Mann und sprachen: »Herr, nimm dem Jüngling das Wort ab, daß er nie etwas von dem, was er hier gesehen, wiedererzähle, und wir wollen Dir Bürgen sein, daß er es halten wird.« — »»Wahrhaftig, ich werde das nicht thun,«« sagte der graue Mann. So kämpfte also Peredur mit der Schaar, und gegen Abend war ein Drittheil von ihnen erschlagen, ohne daß er selbst eine Wunde erhalten hätte. Da sprach die Alte: »Schau, so mancher von der Schaar ist erschlagen worden; laß ihm daher Gnade angedeihen.« — »»Wahrlich, das geschieht nicht,«« sagte er. Und die Alte nebst dem schönen Mädchen traten auf die Zinne des Schlosses, und schaueten hinab. Und bei dem nächsten Kampfe erschlug Peredur den gelbhaarigen Jüngling. »Herr — sprachen die Frauen — laß dem jungen Manne Gnade widerfahren.« »»Das laß ich nicht geschehen, beim Himmel!«« antwortete er. Darauf erschlug Peredur den braunhaarigen Jüngling. »Es wäre besser gewesen, Du hättest ihm Gnade widerfahren lassen, bevor er deine zwei Söhne erschlug. Denn jetzt wirst Du selbst ihm kaum entgehen.« — »»Gehe, Mädchen, und bitte den Jüngling, uns Gnade zu gewähren, denn wir ergeben uns seiner Macht.«« Also kam das Mädchen nach dem Platz, wo Peredur war, und erflehete Gnade für ihren Vater und für alle Diener, die mit dem Leben davon gekommen waren. »Die sei Dir gewährt, unter der Bedingung jedoch, daß dein Vater und alle seine Unterthanen hingehen, und dem Arthur huldigen, und ihm sagen, das es Peredur ist, sein Dienstmann, der ihm diesen Dienst leistet.« — »»Das thun wir, beim Himmel, sehr gern.«« — »Und Ihr sollt auch die Taufe empfangen; ich will zu Arthur schicken, und ihn bitten, dieses Thal Dir und deinen Erben auf ewige Zeiten zu verleihen.« Da gingen sie hinein, und der graue Mann und die ältere Frau begrüßten Peredur. Der graue Mann sprach zu ihm: »Seitdem ich dieses Thal besitze, habe ich keinen Christen gesehen, der so sein Leben aufopferte, wie Du. Wir wollen gehen, um Arthur zu huldigen, den Glauben anzunehmen, und uns taufen zu lassen.« — Da sagte Peredur: »Ich danke dem Himmel, daß ich mein Wort nicht gebrochen habe, welches ich der geliebtesten Dame gab, nämlich kein Wort zu einem Christen zu sprechen.« Diese Nacht verweilten sie noch dort; am nächsten Morgen begaben sich der graue Mann und seine Sippschaft an Arthurs Hof,

wo sie ihm huldigten, und er ließ sie taufen. Der Mann sagte zu Ar=
thur, daß Peredur es war, der ihn besiegte; worauf Arthur ihm und sei=
nen Leuten das Thal überließ, wie Peredur es versprochen. Mit Arthurs
Bewilligung begab der graue Mann sich zurück zum Rundthal.

Peredur besiegt die Schlange mit
dem Ringe, und begiebt sich an Ar=
thurs Hof.

17. Peredur ritt am nächsten
Morgen weiter, und durchstreifte eine
weite Wüste, worin er keine Woh=
nung antraf. Endlich gelangte er zu einem kleinen unansehnlichen Hause.
Hier erfuhr er, daß in der Nähe eine Schlange sei, die auf einem golde=
nen Ringe liege, und Niemandem dieses Land, sieben Meilen in der
Runde, zu bewohnen gestatte. Peredur ging zu dem Ort, wo die
Schlange sein sollte. Und zornig, wild, verzweifelt kämpfte er mit der
Schlange; endlich tödtete er sie, und nahm sich den Ring. Und so war
er lange Zeit, ohne mit irgend einem Christen zu sprechen. Dieserhalb
verlor er den Glanz seiner Gesichtsfarbe, und sein schönes Ansehen, in
Folge seiner außerordentlichen Sehnsucht nach Arthurs Hofe, und nach
der Gesellschaft der Dame, die er am meisten liebte. Endlich machte er
sich auf den Weg zu Arthurs Hof; und es kam ihm ein Theil des Hof=
halts, mit Kai an der Spitze, in einem besondern Auftrage, entgegen.
Peredur erkannte sie Alle, doch keiner von dem Hofhalte erkannte ihn.
»Woher des Weges, Hauptmann?« fragte Kai. Und zwei und drei Mal
fragte er ihn, aber Peredur antwortete ihm nicht. Und Kai drohete ihm
darauf mit dem Schaft seiner Lanze. Um nun nicht genöthigt zu sein,
zu sprechen, und so sein Gelübde zu brechen, ritt er ohne Zaudern weiter.
»Nunmehr — sagte Gwalchmai — erkläre ich vor Gott, Kai, daß Du
unrecht handelst, indem Du eine solche Beleidigung gegen einen solchen
Jüngling begehst, der nicht sprechen kann.« Gwalchmai kehrte zurück an
Arthurs Hof. »Gebieterin — sprach er zu Gwenhwyvar — vernahmst
Du, welch schändlichen Schimpf Kai diesem Jüngling, der nicht sprechen
kann, zugefügt hat?« — »»Um des Himmels willen und meinetwegen
sorge dafür, daß er ärztliche Hülfe bekomme, bevor ich zurückkehre. Ich
werde Dir den Dienst belohnen!«« — Und ehe der Mann von seiner
Botschaft zurückkehrte, kam ein Ritter auf die Wiese neben Arthurs Pa=
last, um Jemand zum Kampf herauszufordern. Die Forderung wurde
angenommen, und Peredur focht mit ihm, und überwältigte ihn. Und
in einer Woche besiegte er jeden Tag einen Ritter.

Peredur erhält den Nahmen des
stummen Jünglings, und Angharad löst
sein Gelübde des Schweigens.

18. Eines Tages, als Arthur
und sein Hof in die Kirche ging

erblickten sie einen Ritter, der das Zeichen zum Kampf aufgesteckt hielt. »Wahrlich — rief Arthur — bei der Tapferkeit des Mannes, ich will von hier nicht fortgehen, bis ich mein Roß und meine Waffen habe, um diesen Lümmel zu werfen!« Darauf eilte seine Begleitung, ihm beides zu holen. Und Peredur begegnete ihr auf dem Rückwege, nahm sich Roß und Waffen, und begab sich nach der Wiese. Alle, die ihn zum Kampf mit dem Ritter gehen sahen, stiegen auf die Dächer der Häuser, und auf die Hügel, um dem Kampfe zuzuschauen. Und Peredur winkte dem Ritter mit der Hand, den Kampf zu beginnen. Der Ritter rannte ihn an, doch er wurde dadurch nicht von der Stelle bewegt. Nun spornte Peredur sein Roß, und rannte wüthend, zornig und mit mächtiger Kraft gegen ihn; er gab ihm einen tödtlich verwundenden Stoß, warf ihn aus dem Sattel, und schleuderte ihn weit von sich. Und Peredur kehrte um, überließ Roß und Waffen der Begleitung und ging zu Fuß nach dem Palast. — Hierauf erhielt Peredur den Beinahmen: der stumme Jüngling. Ihm begegnete Angharad Law Evrawc, und sprach zu ihm: »Ich erkläre vor Gott, Hauptmann, es ist traurig, daß Du nicht sprechen kannst; denn könntest Du es, so würde ich Dich lieben über alle Männer; und, bei meiner Treue, obgleich Du es nicht kannst, so liebe ich Dich doch über Alles.« — »»Der Himmel lohne es Dir, Schwester, und auch ich liebe Dich.«« Hierauf wurde es bekannt, daß er Peredur sei. Und hierauf schloß er Waffenbrüderschaft mit Gwalchmai, und Owain, Sohn des Urien, und dem ganzen Hofhalt, und er blieb an Arthurs Hof.

Peredur kommt zum Schloß des schwarzen Unterdrückers.

19. Arthur befand sich zu Kaerlleon am Usk. Er ging eines Tages auf die Jagd, und Peredur begleitete ihn. Dieser ließ seinen Hund auf einen Hirsch los, und der Hund tödtete ihn auf einem entlegenen Platze. Eine kurze Strecke davon sah er Wohnungen, auf welche er zuging. An der Thür eines großen Hauses saßen nackte, schwarze Jungen, welche Schach spielten. Als er eintrat, sah er drei Mädchen auf einer Bank sitzen; sie waren alle gleich gekleidet, wie Personen von hohem Range. Und er trat hinzu, und setzte sich neben sie auf die Bank. Eins von den Mädchen faßte ihn schärfer in's Auge und weinte. Peredur fragte sie: weßhalb sie Thränen vergieße? »Aus Kummer, daß ich einen so schönen Jüngling wie Dich, erschlagen sehen soll.« — »»Wer will mich erschlagen?«« fragte Peredur. »Wenn Du so kühn bist, die Nacht hier zu bleiben, so will ich Dir's erzählen.« — »»Wie groß auch meine Ge-

fahr sein mag, ich will hier bleiben, und Dich anhören.«« — »Dieses
Schloß gehört meinem Vater — sprach das Mädchen — welcher Jeden,
der ohne Erlaubniß hieher kommt, tödtet.« — »»Was ist dein Vater
für ein Mann, daß er im Stande ist, Jeden so zu erschlagen?«« —
»Ein Mann, der Gewalt und Unrecht an seinen Nachbarn verübt, und
Niemandem Gerechtigkeit widerfahren läßt.« Hierauf sah er die Jungen
aufstehen, und die Schachsteine vom Brett wegnehmen. Und er vernahm
einen großen Lärm, und ein ungeheuer großer, schwarzer, einäugiger Mann
trat herein, und die Mädchen erhoben sich ihm entgegen. Sie entkleide=
ten ihn, und er ließ sich nieder. Nachdem er sich ausgeruhet, und eine
Weile nachgedacht hatte, erblickte er Peredur, und fragte, wer der Ritter
sei? »Herr — sagte eins der Mädchen — er ist der schönste und feinste
Jüngling, den Du je gesehen hast. Um des Himmels und deiner Ehre
willen, habe Erbarmen mit ihm.« — »»Deinetwegen will ich mich gedul=
den und ihm diese Nacht das Leben lassen.«« Darauf trat Peredur
näher an's Feuer und nahm Theil an Speise und Trank, und unterhielt
sich mit dem Mädchen. Als er vom Getränke erhitzt war, sagte er zu
dem schwarzen Manne: »Es ist mir auffallend, daß ein so Mächtiger,
wie Du zu sein vorgiebst, hast ein Auge verlieren können!« — »»Es
ist mein Brauch — erwiederte der schwarze Mann — daß Derjenige,
welcher an mich solche Frage thut, wie Du, nicht mit dem Leben davon
kommt, sei's mit oder ohne einen Entgelt.«« — »»Herr — bat das
Mädchen — was er Dir auch im Scherze sagen mag, oder in der Auf=
regung des Trinkens, laß das Dich nicht hindern, dein Versprechen von
vorher zu halten.« — »»Um Deinetwillen werde ich also thun, — sprach
er; — ich will ihm sein Leben diese Nacht gewähren.«« Und so blieb
es die Nacht über dabei.

Peredur besiegt den schwarzen Unter=
drücker, und dieser erzählt ihm:

20. Am andern Morgen er=
hob sich der schwarze Mann, legte
seine Rüstung an, und sprach zu Peredur: „Stehe auf, Mann, und er=
leide den Tod.“ Peredur erwiederte ihm: „„Thue eins von beiden Din=
gen, entweder lege deine Rüstung ab, oder verschaffe mir auch eine, um
mit Dir zu fechten.““ — „Ha, Mann — rief Jener nun — vermagst
Du zu kämpfen, wenn Du Waffen hast? So nimm solche, wie sie
Dir belieben.“ Alsdann kamen die Mädchen zu Peredur mit den Waf=
fen, wie er sie wünschte, und er focht mit dem schwarzen Mann, den er
zwang, um Gnade zu bitten. „Schwarzer Mann — sagte Peredur —
Du sollst Gnade haben, wenn Du mir sagst, wer Du bist, und wer Du

von der schwarzen Schlange von Carn, | dein Auge ausgestoßen hat?" —
„„Das will ich Dir sagen, Herr; ich verlor es im Gefecht mit der
schwarzen Schlange von Carn. Es giebt einen Hügel, genannt den
vom Hügel der Trübsal, | Hügel der Trübsal, worin eine Höhle ist;
und daselbst befindet sich eine Schlange, an deren Schweif ein Stein ist;
und der Stein hat die Eigenschaft, daß Jeder, der ihn in der Hand hält,
dann in der andern so viel Gold hat, als er nur wünscht. Im Kampfe
mit dieser Schlange verlor ich mein Auge. Ich werde der schwarze
Unterdrücker genannt, deßhalb, weil es keinen Menschen in der Ge=
gend giebt, den ich nicht unterdrückt hätte, und dem ich je hätte Recht
angedeihen lassen."" — „Sage mir — fragte Peredur — wie weit ist
das von hier?" — „„An demselben Tage, an welchem Du ausreitest,
von dem Könige der Martern, | kommst Du nach dem Schlosse der Söhne
des Königs der Martern."" — „Warum werden sie also ge=
Addanc vom See, | nannt?" — „„Der Addanc vom See [6]) erschlug
diesen einst. Weiterhin kommst Du an den Hof der Gräfin der
der Gräfin der Großthaten. | Großthaten."" — „Was sind das für
Großthaten?" fragte Peredur. „„Dort sind 300 Mann des Hofgesin=
des. Jedem Fremden, der dahin kommt, werden die Großthaten des Ho=
fes erzählt. Und dabei geht es so zu: die 300 Mann sitzen zunächst der
Herrin, nicht etwa aus Verachtung gegen den Fremden, sondern daß sie
die Großthaten des Hofes erklären. Eine Tagereise weiter gelangst Du
zum Hügel der Trübsal; rings um den Berg her wohnen die Eigenthü=
mer der 300 Zelte, welche die Schlange bewachen."" — „Weil Du so

---

[6]) Die Triaden gedenken des Addanc oder Avanc vom See als eines
Seeungeheures, das einen geheimnißvollen Einfluß auf die furchtbaren Ueber=
schwemmungen des Meeres ausübt. Im weitern Sinne will man darunter die
allgemeine Ueberschwemmung verstehen, von der die meisten Urnationen ihre
traditionelle Erinnerung bewahrt haben. Der Zug gegen den Avanc vom See
war eine Heldenthat des gehörnten Ochsen von Hu Gadarn oder des Mächti=
gen, jenes Helden, welcher als Derjenige genannt wird, der zuerst die Nation
der Cymri nach den brittischen Inseln geführt hat (s. Triade IV. Myv. Ar=
chaeol. II, 57.): „Die drei großen Erscheinungen der brittischen Insel: das
Schiff von Nevydd Nav Neivion, welches dahin fuhr, ein Männlein und
Weiblein von allen lebenden Wesen darauf, als die See in hohen Fluthen tobte.
Und der gehörnte Ochse von Hu, der Mächtige, der den Avanc von der
See zum Lande trieb, also daß die See nicht mehr überschwemmte. Und die
Steine von Gwyddon Ganhebon, an welchen alle Künste und Wissen=
schaften der Welt gelesen wurden." (Triade 97. Myv. Arch. II, 71.) L. G.

lange ein Unterdrücker warst — sagte Peredur — so darfst Du nicht länger leben." Und so erschlug er ihn. — Alsdann unterhielten sich die Mädchen mit ihm. „Warst Du arm, als Du herkamst, so wirst Du fortan reich sein durch die Schätze des schwarzen Mannes, den Du er= schlagen hast. Du siehst die manchen liebenswürdigen Mädchen, die hier am Hofe sind, und diejenige soll dein sein, die Du Dir erwählen magst." — „„Dame, nicht kam ich aus meinem Lande hierher, um zu freien. Ihr mögt Euch nach Gefallen mit den Jünglingen vermählen, die Euch behagen; auch verlange ich nichts von euren Gütern, denn ich bedarf ihrer nicht.""" —

Peredur kommt zu den Söhnen des König der Martern.   **21.** Und Peredur ritt fort, und kam nach dem Schlosse der Söhne des Königs der Martern, wo er nur Frauen sah, die ihn freund= lich grüßten; während er sich mit ihnen unterhielt, sah er ein großes Streitroß ankommen, mit einem Sattel, auf welchem eine Leiche saß. Eine Frau erhob sich, nahm die Leiche herab, und wusch sie in einer Wanne mit warmem Wasser, die neben der Thür stand, und salbte sie mit köstlichem Balsam. Und der Mann erhob sich lebendig, ging auf Peredur zu, grüßte ihn, und freute sich seiner. Und zwei andere männ= liche Leichen kamen daher auf ihren Sätteln, und die Frauen behandelten sie in gleicher Art, wie die erste. Peredur fragte den Angesehendsten, warum dies geschähe? Und sie erwiederten ihm: es sei der Addanc in einer Höhle, der sie täglich einmal tödte. — Und sie verblieben also die Nacht. Aber am andern Morgen erhoben sich die Jünglinge, um zum Kampf auszureiten, und Peredur beschwor sie bei ihren Geliebten, ihm zu gestatten, daß er sie begleite. Allein sie verweigerten es ihm; „denn — sprachen sie — solltest Du dort erschlagen werden, so hast Du Niemans= den, der Dich in's Leben zurück bringen könnte." Und sie ritten fort, aber Peredur folgte ihnen nach; als er sie aus dem Gesichte verloren, kam er zu einem Hügel, auf welchem eine so schöne Dame saß, wie er noch nie gesehen. „Ich kenne dein Verlangen — sprach sie — Du gehst, um dem Ungeheuer zu begegnen; aber es wird Dich tödten, und zwar nicht durch Kraft, sondern durch Schlauheit. Es ist in der Höhle, an deren Eingang ein steinerner Pfeiler ist; und dasselbe sieht jeden, der eintritt, aber es selbst gewahrt keiner. Und von dem Pfeiler her schießt es auf jeden mit einem vergifteten Wurfspieß. Willst Du mir Liebe schwören, so gebe ich Dir einen Stein, vermittelst dessen Du es sehen wirst, aber der Addanc wird Dich nicht sehen." — „„Das will ich, bei

meiner Treue — sagte Peredur — denn sobald ich Dich ersah, liebte ich
Dich. Und wo soll ich Dich aufsuchen?"" — „Suche mich in Indien!" — Und das Mädchen verschwand, nachdem sie den Stein in Pe-
revurs Hand gegeben hatte.

Von den schwarzen und weißen Schaafen, und von dem grünenden Flammen-
baum.

22. Und er kam in ein Thal,
durch welches ein Strom floß. Den
Rand des Thals bildete Gehölz, und
zu beiden Seiten des Stromes waren glatte Wiesen. Auf der einen
Seite erblickte er eine Heerde weißer, und auf der andern eine Heerde
schwarzer Schaafe. Und wenn eins von den weißen Schaafen blökte,
sprang ein schwarzes hinüber und wurde weiß; und ebenso umgekehrt.
An dem Strome stand ein hoher Baum, dessen eine Hälfte von der Wurzel bis zum Wipfel in Flammen stand, während die andere grün belaubt
war. In der Nähe saß ein Jüngling auf einem Hügel, neben ihm lagen
gekoppelt zwei graue gefleckte Hunde. Nie, dessen war er sich bewußt,
sah er einen Jüngling von so königlichem Anstand. Auf der entgegengesetzten Seite des Waldes hörte er das Gebell von Hunden, die eine
Heerde Hirsche verfolgten. Peredur grüßte den Jüngling, der den Gruß
erwiederte. Drei Wege, zwei breite und ein schmaler, führten von dem
Hügel ab. Peredur fragte, wohin die Wege gingen? „Der eine —
sprach der Jüngling — führt nach meinem Schlosse, und ich rathe Dir,
entweder dahin zu gehen, — es liegt dort vor Dir, — wo Du mein
Weib finden wirst; oder aber hier zu bleiben, und zuzusehen, wie die
Hunde die aufgescheuchten Hirsche in die Ebene jagen werden; und Du
wirst dann die schönsten und bei der Jagd kühnsten Windhunde zu sehen
bekommen; tödte sie hier am Strome neben uns. Und wenn es Zeit zum
Mahle ist, wird mein Knappe mit dem Pferde Dich abzuholen kommen,
und Du bleibst über Nacht auf meinem Schloß." — „„Der Himmel
lohne es Dir; aber ich kann nicht verweilen, sondern muß fürder reiten.""
— „Der andere Weg führt zur Stadt, ohnweit von hier, wo Du Speise
kaufen kannst. Der kleinere Pfad dort führt zu der Höhle des Addanc."
— „„Mit Deiner Erlaubniß, junger Mann, ich will diesen Weg gehen.""

Peredur erschlägt den Addanc.

23. Peredur ging nach der
Höhle, und nahm den Stein in seine rechte, und den Speer in seine
linke Hand. — Beim Hineingehen gewahrte er das Ungeheuer, welches
er mit seinem Speere durchbohrte; und er schnitt ihm den Kopf ab. Und
als er wieder aus der Höhle trat, siehe, da waren die drei Gesellen am
Eingange. Sie begrüßten Peredur, und sagten ihm, es sei eine Vorher-

bestimmung, daß er dies Ungeheuer erschlagen würde. Sie boten ihm eine
der drei Mädchen zur Ehe an, wie er sie wählen möge, und außerdem
ihr halbes Königreich. „Ich kam nicht hieher, um zu freien — sagte
Peredur — aber wenn ich einmal ein Weib ehelichen sollte, so würde ich
eure Schwestern allen andern vorziehen." — Peredur überließ ihnen den
Kopf des Ungeheuers, und ritt weiter. Da hörte er ein Geräusch hinter
sich. Er sah sich um, und erblickte einen Mann auf einem rothbraunen
Rosse, mit rother Rüstung angethan. Der Mann näherte sich ihm, und
begrüßte ihn, indem er ihm die Gunst von Gott und Menschen wünschte.
Peredur dankte freundlich. „Herr, ich komme, an Dich eine Bitte zu
richten." — „„Wen erkenne ich in meinem Begleiter?"" — „Ich will
Dir mein Geschlecht nicht verbergen, Etlym Gleddyv Coch [7]) bin ich
genannt, Graf vom Ostlande." — „„Ich wundere mich, daß Du Dich
erbietest, Begleiter eines Mannes zu werden, dessen Eigenthum nicht größer als das Deinige ist. Denn ich habe nur eine Grafschaft wie Du.
Willst Du aber mein Genosse werden, so nehme ich es freundlich an.""

Etlym Rothschwerdt vermählt sich
mit der Gräfin der Großthaten, und
Peredur erlegt die Schlange mit dem
Steine.

24. So ritten sie weiter an
den Hof der Gräfin, und Alle freu-
ten sich über ihr Kommen; und

man sagte ihnen, es sei nicht aus Verachtung, daß man sie unter den
Hofhalt setze, sondern es sei so Brauch am Hofe. Denn nur derjenige,
welcher die dreihundert Mann ihrer Hofhaltung überwinden würde, könne
neben der Gräfin sitzen, und den werde sie über alle Männer lieben. Nachdem Peredur die dreihundert Mann ihres Hofgesindes besiegt hatte, setzte
er sich neben die Gräfin, die sprach: „Ich danke dem Himmel, einen so
schönen und tapfern Jüngling, wie Du bist, erhalten zu haben, da ich doch
nicht jenen Mann erhielt, den ich am meisten liebte." — „„Und wer war
deine Liebe?"" — „In Wahrheit, Etlym Rothschwerdt ist der Mann,
den ich so sehr liebe, obwohl ich ihn vorher nie gesehen." — „„In der
That, Etlym ist mein Gefährte; schau, hier ist er, und seinetwegen kam
ich her, mit deinem Hofgesinde zu ringen. Er würde es noch besser, als
ich, vermocht haben, wenn er gewollt hätte. Ich überlasse ihn Dir.""
— „Der Himmel lohne es Dir, schöner Jüngling; und ich will den Mann
nehmen, den ich über Alles liebe." Die Gräfin wurde also die Braut
des Etlym von diesem Augenblick an. — Am nächsten Tage setzte Peredur
seine Reise fort nach dem Hügel der Trübsal. „Bei Deiner Hand, schwöre

---

[7]) Wörtlich: Etlym mit dem rothen Schwerdt.

ich, Herr, nur mit Dir will ich gehen," sagte Etlym. — So ritten sie
fort, bis sie des Hügels und der Zelte ansichtig wurden. „Gehe hin zu
jenen Leuten — sprach Peredur zu Etlym — und fordere sie auf, zu
meiner Huldigung herzukommen." Etlym ging zu ihnen, und sprach also
zu ihnen: „Kommet und huldiget meinem Gebieter." — „„Wer ist dein
Gebieter?"" fragten sie. „Peredur mit der langen Lanze ist mein Gebieter," erwiederte Etlym. — „„Wäre es erlaubt, einen Boten zu erschlagen, so solltest Du nicht lebendig zu deinem Gebieter zurückkehren, der
Königen, Grafen und Baronen so anmaßende Zumuthungen macht, und
zu seiner Huldigung auffordert."" Peredur bat ihn zurückzukehren, und
ihnen die Wahl zu lassen, entweder ihm zu huldigen, oder mit ihm zu
kämpfen. Sie wählten das Letztere. Und Peredur besiegte an diesem
Tage die Herren von 100 Zelten. Am folgenden Tage besiegte er wieder
hundert. Und am dritten Tage hielten die übrigen Hundert Rath, ob sie
dem Peredur sich unterwerfen sollten. Peredur befragte sie, weßhalb sie
hier lagerten? Sie erwiederten: daß sie die Schlange bis zu ihrem Tode
bewachten; alsdann würden sie mit einander um den Stein kämpfen, und
der Sieger unter ihnen würde den Stein erhalten. „Verweilt hier —
sprach Peredur — ich allein werde hingehen, und mit der Schlange
kämpfen." — „„Nicht so, Herr — sagten sie — wir wollen Alle zusammen hingehen, den Kampf mit der Schlange zu bestehen."" — „Wahrlich — erwiederte Peredur — das werde ich nicht zugeben; denn wenn
die Schlange erlegt wird, würde ich nicht mehr Ruhm, als einer von Euch,
davon haben." Und allein ging er nach dem Lager der Schlange, erschlug
sie, und sprach zu ihnen bei der Rückkehr: „Berechnet Euch, was Ihr
durch euer Verweilen hier versäumt habt, und ich will es Euch reichlich
ersetzen." Und er bezahlte Jedem, was er forderte, und verlangte von
ihnen nur, sie sollten sich zu seinen Vasallen bekennen. Dann sprach er
zu Etlym: „Kehre zu ihr zurück, die Du am meisten liebst; ich gehe weiter, und werde Dich für deine Dienste belohnen." Und er gab Etlym
den Stein. „Der Himmel belohne und beglücke Dich!" sagte Etlym.

Peredur findet die Kaiserin von
Christinobyl, und bleibt 14 Jahre lang
bei ihr.

25. Peredur ritt von dannen,
und kam in die schönste Ebene, die
er jemals gesehen hatte; ein Fluß
durchströmte sie, und viele Zelte von verschiedenen Farben sah er aufgeschlagen. Am meisten wunderte er sich über die große Zahl von Wind-
und Wassermühlen, die er erblickte. Ein langer braunhaariger Mann in
Kleidung eines Handwerkers ritt auf ihn zu, und Peredur fragte ihn, wer

er sei? — „Ich bin der Herr aller dieser Mühlen." — „„Willst Du
mir Herberge geben?"" fragte Peredur. „Sehr gern," erwiederte Jener.
Also ging Peredur in sein Haus, das eine sehr schöne Wohnung war.
Er erbat vom Müller sich darlehnsweise einiges Geld, um sich Speise
und Trank dafür zu kaufen, und versprach ihm die Wiederbezahlung, so=
bald er zurückkäme. Und er fragte den Müller, warum solche Menge
Volks hier versammelt sei? Worauf der Müller antwortete: „Eins ist
gewiß, entweder Du bist aus weiter Ferne, oder Du bist nicht bei Sin=
nen. Die Kaiserin von Christinobyl, die Große, ist hier; sie
will keinen andern Mann zum Gemahl haben, als den tapfersten; nach
Reichthümern trägt sie kein Verlangen. Es war unmöglich, für so viel
Tausende, die hier sind, Nahrungsmittel zu besorgen, deßhalb wurden alle
diese Mühlen erbaut." — Für diese Nacht gingen sie zur Ruhe. Am
andern Morgen stand Peredur auf, und er rüstete sich und sein Roß zur
Waffenübung. Unter den Zelten sah er eins so schön, wie er noch nie
ein anderes erblickt hatte. Er gewahrte, wie aus einem der Fenster des
Zeltes ein so schönes und liebenswürdiges Mädchen blickte, wie er nimmer
gesehen. Sie war mit seidenen Gewändern bekleidet. Starr sah er auf
das Mädchen, und begann große Liebe zu ihr zu fassen. Vom Morgen
bis zum Mittag, und vom Mittag bis zum Abend betrachtete er sie.
Inzwischen war das Waffenspiel beendigt; er ging nach Hause, und legte
seine Rüstung ab. Dann forderte er ein Gelddarlehn vom Müller, wor=
über des Müllers Frau sehr erzürnt ward. Dessenungeachtet streckte der
Müller ihm das Geld vor. Am folgenden Tage that Peredur, wie am
verwichenen; und auch, als er Abends nach Hause kam, nahm er wieder
ein Darlehn vom Müller. Am dritten Tage, als er wieder an derselben
Stelle das reizende Mädchen unverwandt beobachtete, fühlte er plötzlich
den derben Schlag einer Art zwischen Nacken und Schulter. Sich um=
blickend erkannte er den Müller, der ihn geschlagen. Dieser sprach zu
ihm: „Thue eins von beiden: entweder wende dein Haupt hier weg, oder
gehe zum Lanzenrennen." Peredur lächelte den Müller freundlich an,
und ging zum Kampfplatz; und alle, die an diesem Tage mit ihm rann=
ten, warf er nieder, und für jeden, den er besiegte, schickte er der Kaiserin
ein Geschenk, und der Müllerin übergab er die Rosse und Waffen der
Besiegten als Zahlung auf das erborgte Geld. Peredur wohnte dem
Lanzenrennen so lange bei, bis Alle geworfen waren, und schickte diese als
Gefangene der Kaiserin, und deren Rüstzeug und Rosse der Müllerin für
das Darlehn. Die Kaiserin ließ Peredur zu sich rufen, allein er ging

selbst auf eine wiederholte Einladung noch nicht. Zum dritten Male
sandte sie hundert Ritter zu ihm, um ihn wider seinen Willen zu holen.
Als sie ihm die Botschaft der Kaiserin überbrachten, focht Peredur sehr
kräftig gegen sie, band sie wie Hirsche, und ließ sie in den Mühlenbach
werfen. Die Kaiserin suchte nun Rath bei einem weisen Manne, der zu
ihrem Reichsrathe gehörte; dieser sagte zu ihr: „Mit deiner Erlaubniß
werde ich selbst zu ihm gehen." Also begab er sich zu Peredur, grüßte
ihn, und bat ihn um der Dame seines Herzens willen, zu kommen, und
die Kaiserin zu besuchen. Darauf gingen sie, zusammen mit dem Müller.
Peredur setzte sich in dem Außengemach des Zeltes nieder, und sie kam,
und setzte sich neben ihn. Aber sie sprachen nur wenig mit einander.
Peredur nahm darauf Abschied, und ging nach seiner Wohnung. Andern Tags kam er wieder zum Besuch. In dem Zelte waren alle Gemächer in gleicher Weise schön geschmückt, denn man wußte nicht, wo er
Platz nehmen würde. Peredur setzte sich neben die Kaiserin und unterhielt sich verbindlich mit ihr. Während dem trat ein schwarzer Mann
mit einem gefüllten Becher Wein herein. Er beugte sein Knie vor der
Kaiserin, und ersuchte sie, ihn nur demjenigen zu geben, der mit ihm
darum fechten wolle. Und sie blickte Peredur an. „Herrin — sprach er
— reiche mir den Becher." Er trank den Wein, und gab den Becher
der Müllerin. Darnach trat ein schwarzer Mann von größerer Statur,
als der erste, herein, in der Hand die Klaue eines Thiers, die zu einem
Becher verarbeitet war, gefüllt mit Wein. Er überreichte das Gefäß der
Kaiserin, und bat sie, es nur dem zu geben, der mit ihm kämpfen würde.
„Herrin — sagte Peredur — reich' es mir." Und sie gab es ihm.
Peredur trank den Wein und sandte den Becher der Müllerin. Endlich
trat noch ein wild aussehender, kraushaariger Mann, größer als beide vorhergehende, mit einer Bowle voll Wein in das Zimmer, beugte sein Knie
und überreichte sie der Kaiserin, die er bat, sie nur dem zu geben, der
mit ihm darum fechten wolle. Sie gab sie wieder an Peredur, der sie
der Müllerin schickte. Gegen die Nacht kehrte Peredur in seine Wohnung
zurück, und am andern Morgen rüstete er sich und sein Roß, begab sich
auf die Wiese, kämpfte mit den drei Männern und erschlug sie. Hierauf ging er zur Kaiserin, die ihn also ansprach: „Guter Peredur, erinnere Dich deines Gelübdes, das Du mir ablegtest, als ich Dir den Stein
gab, und Du den Addanc tödtetest." — „„Herrin — versetzte er —
Du sprichst wahr; ich erinnere mich dessen."" Und Peredur hielt sich

vierzehn Jahre bei der Kaiserin auf, wie die Geschichte erzählt (megys y dyweit yr ystoria).

Das scheußliche Weib mahnt den Peredur an seine Schuld beim lahmen Könige.

(Der Tafelrunde naht die greuliche Gralsbotin Kundrie la Sorciere, verflucht den gefeierten Helden, der nun selbst als Beschimpfter sich davon ausschließt, so lange bis er den Gral wieder gefunden, und der Frage ihr Recht gethan habe. Kundrie ladet die Ritter auch ein, die gefangenen Königinnen zu Chateau-Marveille zu erlösen, und ein Theil zieht davon. W. 41. — L. 312, 2 — 318, 30.)

26. Arthur war zu Kaerlleon am Usk, seinem Hauptwohnorte. Im Mittelpunkt der Halle saßen vier Männer, auf sammetnen Polstern: Owain, Sohn des Urien, Gwalchmai, Sohn des Gwyar, und Howel [8]), Sohn des Emyr Llydaw, und Peredur mit der langen Lanze. Da trat ein schwarzes kraushaariges Mädchen ein, hergeritten auf einem falben Maulthiere, und ausgezackte Riemen in der Hand, womit sie es antrieb. Ihr Anblick war wild und scheußlich, Gesicht und Hände waren schwärzer, als mit Pech überzogenes Eisen; nicht minder schrecklich als ihre Farbe, war ihre Gestalt. Sie hatte hohe Backenknochen, ein lang gestrecktes Gesicht, und eine kurze Nase mit weiten Nasenlöchern. Eins der Augen war vorstehend und graugrün, das andere, schwarz wie Theer, lag tief im Kopfe. Ihre Zähne waren lang und gelb, gelber als die Binsenblume. Ihr Magen ragte über das Brustbein, höher als das Kinn, hervor. Ihr Rücken hatte die

---

[8]) Howel, der Fürst von Llydaw oder Armorika, zeichnete sich ungemein in Arthurs Kriegen gegen die Römer aus, und war einer von denen, die am heftigsten in ihren Herrscher drangen, sich ihren ungerechten Ansprüchen zu widersetzen. Als Arthur plötzlich wegen der Verrätherei seines Neffen Modred zur Heimath zurückgerufen ward, ließ er Howel mit einem Theil seines Heeres in Frankreich zurück, um seine dasigen Besitzungen zu beschützen. Howel war einer von den 3 Rittern von fürstlichem Geblüt an Arthurs Hofe, und so mild, gütig und höflich im Betragen, daß es für alle Welt schwer war, ihm eine Bitte irgend einer Art abzuschlagen. Die Cambrian Biography setzt Howel's Grab nach Llan Illtyd Vawr, oder Lantwit in Glamorganshire. Emyr Llydaw, Howel's Vater, war ein Neffe des berühmten H. Germanus oder Garmen. Eine große Zahl seiner Abkömmlinge, angeführt von Cadvan, wanderte nach Armorika aus, und wird unter die Ausgezeichnetsten der wälschen Heiligen gezählt. Die tragische Geschichte von Howels Nichte, Helene, das Opfer von Dinabuc, dem spanischen Riesen vom St. Michaelsberg, bildet eine lange Episode in allen Erzählungen von Arthurs Kriegszuge gegen die Römer. Der hier genannte St. Michaelsberg liegt in der Normandie. Arthur ging in Begleitung von nur 2 Rittern, Kai und Bedwer, dahin, und hatte die Genugthuung, den Riesen zu überwinden und zu erschlagen, der nach allen Beschreibungen ein höchst wildes und grausames Ungeheuer gewesen sein muß. L. G.

Gestalt eines Krummhakens, ihre Schenkel waren breit und knochig. Ihre Figur war sehr dünn und mager, ausgenommen Füße und Schenkel, die ungeheuer groß waren. Sie begrüßte Arthur und den ganzen Hof mit Ausschluß Peredur's. Zu letzterem sprach sie rauhe und zornige Worte: „Peredur, ich grüße Dich nicht, da ich sehe, daß Du es nicht verdienst. Blind war das Geschick, als es Dir Ruhm und Ehre gab. Da Du am Hofe des lahmen Königs warst, und dort die Jünglinge den triefenden Speer tragen sahest, von dessen Spitze Blutquellen sich ergossen bis über die Hände der Jünglinge hin, und noch andere Wunder mehr gewahrtest, da fragtest Du weder nach deren Ursach noch Grund. Hättest Du dies gethan, so hätte der König seine Gesundheit wieder erhalten, und seine Vasallen würden zufrieden gestellt worden sein. Seitdem muß er Fehden und Kämpfe bestehen, seine Ritter kommen um, seine Frauen werden Wittwen, die Töchter bleiben unausgestattet, und das Alles durch Dich!" — Dann sagte sie zu Arthur: „Schenke mir Gehör, Herr; meine Wohnung ist weit von hier, in dem stattlichen Schlosse, von dem Du gehort hast. Darin sind fünfhundert sechsundsechszig Herren vom Orden der Ritterschaft mit den Damen ihrer Liebe. Wer Ruhm erwerben will in Waffen, Zweikampf und Schlacht, wird ihn dort erlangen, wenn er ihn verdient. Und wer den Gipfel des Ruhms und der Ehre erreichen will, für den weiß ich den Ort, wo er ihn finden kann. Da ist ein Schloß auf luftiger Höhe, worin ein Mädchen gefangen gehalten wird. Wer sie befreiet, wird den höchsten Preis gewinnen." — Hierauf ritt sie fort.

Gwalchmai wird des Mordes beschuldigt, und, zum Kampf gefordert, macht er sich auf, ihn auszufechten.

(Kingrimursel ladet Gawan zum Kampf nach Askalon wegen Meuchelmordes. W. 42. — S. 319, 1 — 325, 2.)

27. Gwalchmai sprach: „Wahrlich, nie will ich hier wieder ruhig weilen, bevor ich nicht versucht, das Mädchen zu befreien." Und mehrere von Arthurs Hofhalt vereinigten sich mit ihm. Darauf sprach Peredur gleichfalls: „Wahrlich, ich will nicht ruhig weilen, bis ich die Geschichte und die Bedeutung von dem Speer kenne, von dem das schwarze Weib sprach." Und während sie sich wappneten, siehe, kam ein Ritter an das Thor. Er hatte das Ansehen und den Ernst eines Kriegers, gerüstet mit Waffen und Kampfkleidung. Er kam vorwärts, und begrüßte Arthur und seinen ganzen Hofhalt mit Ausnahme Gwalchmai's. Der Ritter hatte auf seiner Schulter einen mit Gold eingefaßten Schild, eine blaue Waffenbinde darüber, und seine ganze Wappnung war von derselben Farbe. „Du hast erschlagen meinen Herren durch deinen Verrath und Betrug, und das will ich Dir ver-

14

gelten." Da erhob sich Gwalchmai: „„Schau — erwiederte er — hier
ist mein Pfand dafür, um Dir entweder hier oder anderswo zu beweisen,
daß ich nicht Verräther und Betrüger bin.""" — „Vor dem Könige, dem
ich gehorche, will ich, daß wir uns wieder treffen," sprach der Ritter. —
„„Sehr gern — entgegnete Gwalchmai — gehe hin; ich folge Dir."""
Also ging der Ritter, und Gwalchmai folgte ihm; man bot ihm eine große
Auswahl von Waffen an, aber er wollte keine anderen nehmen, als seine
eigenen. Als Gwalchmai und Peredur sich gewaffnet hatten, gingen sie
fort, ihm zu folgen, beide verbunden durch Waffenbrüderschaft und große
Freundschaft. Aber sie gingen nicht zusammen in Gesellschaft ihm nach,
sondern jeder ging seinen eigenen Weg. — Als es tagte, kam Gwalchmai
in eine Ebene mit einer Veste, die von hohen Thürmen umgeben war.
Ihm entgegen kam ein Ritter auf einem muthigen schwarzen schnaubenden Staatspferde, das bäumend, aber stolz und sicher heransprengte. Es
war dies der Herr des Schlosses. Gwalchmai grüßte ihn. „Gott grüße
Dich, Hauptmann — sprach jener — woher kommst Du." — „„Ich
komme — erwiederte er — vom Hofe Arthurs.""" — „Und bist Du
ein Vasall Arthurs?" — „„Ja, bei meiner Ehre.""" — „Ich will Dir
einen guten Rath geben — versetzte der Ritter; — ich sehe, daß Du
müde und angegriffen bist; gehe deshalb in mein Schloß, wenn es Dir
beliebt, und weile dort die Nacht." — „„Sehr gern, Herr — sagte er
— und der Himmel lohne es Dir.""" — „Nimm diesen Ring als ein
Zeichen für den Pförtner, und gehe nach jenem Schlosse, worin Du meine
Schwester findest." — Gwalchmai ging in das Thor, zeigte den Ring,
und ging in den Thurm. Als er eintrat, sah er ein großes flackerndes
Feuer, das ohne Rauch brannte, hellflammend, und ein schönes stattliches
Mädchen saß auf einem Stuhle daneben. Das Mädchen freute sich über
sein Kommen, ging ihm entgegen, und begrüßte ihn. Er setzte sich neben
sie, und sie nahmen zusammen ihr Mahl ein. Nachher unterhielten sie
sich freundlich mit einander. Inzwischen trat ein ehrwürdiger Mann mit
greisen Haaren ein. „Ha, elendes Mädchen — rief er — wenn Du
denkst, es sei recht von Dir, neben jenem Manne zu sitzen, und Dich mit
ihm zu unterhalten, dann bist Du sehr in Irrthum." Und er wendete
sein Haupt und ging. — „Wohlan, Hauptmann — sagte das Mädchen
— wenn Du nach meinem Rathe thun willst, so verschließe die Thür,
damit der Mann keine Ränke gegen Dich schmiede." — Hierauf erhob
sich Gwalchmai, und als er sich der Thür näherte, kam der Mann mit
noch sechszig Andern, sämmtlich bewaffnet, den Thurm heraufgestiegen.

Gwalchmai vertheidigte den Eingang mit einem Schachbrett, so daß Nie=
mand eindringen konnte, bis der Herr des Schloſſes von der Jagd zu=
rückkehrte. „Was ſoll das bedeuten?" fragte der Graf. „Es iſt eine
traurige Sache — erwiederte der greiſe Mann; — das junge Mädchen
da ſaß und ſcherzte mit dem, der euren Vater erſchlagen hat. Er iſt
Gwalchmai, Sohn des Gwyar." — „„Still — ſagte der Graf; — da
will ich hineingehen."" Freundlich ſprach er zu Gwalchmai: „Ha,
Hauptmann, es war nicht recht von Dir, auf mein Schloß zu kommen,
da Du doch wußteſt, daß Du meinen Vater erſchlagen haſt; ſofern wir
ihn nicht rächen können, ſo möge der Himmel ihn an Dir rächen." —
„„Bei meiner Seele — antwortete Gwalchmai — alſo ſei es; doch kam
ich nicht hierher, die That einzugeſtehen oder zu leugnen, ſondern ich bin
auf einer Bothſchaft von Arthur, und deßhalb erbitte ich mir noch einen
Zeitraum zur Erledigung meiner Sendung. Dann, bei meiner Treue,
werde ich zu dieſem Schloß zurückkehren, und eins von beidem thun, ent=
weder die Anklage anerkennen oder verneinen."" Dieſe Friſt ward ihm
bewilligt, und er blieb die Nacht dort. Am nächſten Morgen ritt er wei=
ter. **Die Geſchichte erzählt nichts weiter über Gwalchmai
in Betreff dieſes Abenteuers. (Ac ny dyweit yr ystoria am
Walchmei hwy no hyny yny gyueir hoño.)**

Peredur wird geſcholten, daß er am
Charfreitag Waffen trägt, wird gefan=
gen geſetzt, und durch ſeine Tapferkeit
wieder befreiet.

(Parcival, mit Gott und der Welt und
mit ſich ſelbſt zerfallen, wird von einem Zug
von Büßenden getadelt, am Charfreitag Waf=
fen zu tragen. In Verzweiflung läßt er
ſeinem Roß die Zügel, das ihn zu dem Ere=
miten Trevrecent führt, der ihn über Gott,
die Wunder des Grals und die Wunde des
Amfortas belehrt. Gott wieder zugewendet,
forſcht er weiter nach dem Grale. W. 58—
61. — L. 455, 25 — 502, 30.)

28. Und Peredur ritt weiter.
Er durchſtrich die ganze Inſel, in=
dem er nach Nachrichten von dem
ſchwarzen Weibe forſchte, doch konnte
er nichts erfahren. Er kam in ein
unbekanntes Land, in ein Thal, deſ=
ſen Mitte ein Strom durchſchnitt.
Das Thal durchwandernd, ſah er
einen Reiter auf ſich zukommen, der
die Kleidung eines Prieſters trug,

und den er deßhalb um ſeinen Seegen bat. Dieſer aber ſprach: »Elen=
der Mann, Du verdienſt keinen Seegen, und er würde Dir auch nicht
zu Gute kommen, da ich Dich an ſolchem Tage, wie den heutigen, in
Waffen ſehe.« — »»Und was iſt heute für ein Tag?«« fragte Peredur.
— »Heute iſt Charfreitag,« erwiederte jener. — »»Fluche mir nicht,
daß ich das nicht wußte, da es heute ein ganzes Jahr iſt, daß ich fort=
während auf Reiſen von meinem Vaterlande entfernt bin.«« — Darauf
ſtieg er ab, und führte ſein Pferd. Nicht lange war er ſo auf der

Straße fortgeschritten, als er auf einen Kreuzweg kam, der in einen Wald
führte. Jenseits desselben sah er ein unbefestigtes Schloß, das unbewohnt
schien. Am Eingange desselben trat ihm der Geistliche entgegen, den er
zuvor gesehen hatte, und er bat ihn wieder um seinen Seegen. »Des
Himmels Seegen komme auf Dich — sagte er; — es ist passender also
einherzugehen wie ich Dich jetzt sehe, als so, wie Du vorher thatst. Diese
Nacht sollst Du bei mir bleiben.« — Also verweilte er die Nacht dort.
Am andern Tage schickte Peredur sich zur Abfahrt an. — »Heute soll
Niemand reisen; Du sollst heute und morgen und den darauf folgenden
Tag noch bei mir bleiben, und, so gut ich's vermag, werde ich Dich zu
dem Orte geleiten, den Du suchst.« Am vierten Tage suchte Peredur
fortzukommen, und er bat den Priester, ihm zu sagen, wie er das Schloß
der Wunder finden könne. »Was ich davon weiß, will ich Dir sagen
— versetzte jener. Gehe über jenen Berg, an dessen anderer Seite Du
an einen Strom kommen wirst. In dem Thale, das der Strom durch-
fließt, ist eines Königs Schloß, der es während der Osterzeit bewohnt.
Wenn Du Nachrichten über das Wunderschloß haben willst, dort wirst
Du sie erhalten.«

(Fehlt bei Wolfram.) | Peredur begab sich also fort. Er kam in das
Thal, und zu dem Strome; und dort begegneten ihm viele Männer, die
auf die Jagd gingen; und in ihrer Mitte befand sich ein Mann von hö-
herem Range; diesen grüßte Peredur. — »Wähle Dir, Hauptmann —
sprach der Mann — entweder Du gehst mit mir zur Jagd, oder Du
begiebst Dich nach meinem Pallaste, und ich will einen dieser Leute ab-
senden, Dich bei meiner Tochter zu empfehlen, die daselbst ist, und Dich
gastfreundlich aufnehmen wird, bis ich von der Jagd zurückkehre. Was
auch deine Bothschaft sein mag, ich werde, was möglich ist, für Dich
thun.« Und der König sandte einen kleinen Edelknaben mit ihm, und
als sie in das Schloß kamen, war die Tochter mit dem Abwaschen vor
dem Mahle beschäftigt. Peredur ging auf sie zu, und sie grüßte ihn
freundlich und ließ ihn neben sich niedersetzen. Und sie nahmen ihr Mahl
ein. Was auch Peredur zu ihr sprechen mochte, sie lachte so laut darüber, daß es im ganzen Schlosse gehört ward. Da sprach der Edelknabe
zu der Dame: »Wahrlich, dieser Jüngling ist schon dein Gatte, oder
wenn nicht, so ist mindestens deine Absicht auf ihn gerichtet.« Und der
Page ging zum König, und sagte ihm, daß es ihn dünke, es sei der
Jüngling, mit dem er zusammengetroffen, seiner Tochter Gemahl, oder
andern Falls dürfte er es bald werden, wenn er schlau zu Werke gehe.

— »Was ist dein Rath in dieser Sache, Knabe?« fragte der König. —
»»Mein Rath ist — antwortete er — daß Du strenge Leute über ihn
setzest, die sich seiner bemächtigen, bist Du Dich von der Wahrheit versichert hast.«« Demnach wurde Peredur ergriffen, und in's Gefängniß
geworfen. Da kam die Jungfrau zu ihrem Vater, und fragte ihn, warum
er den Jüngling von Arthurs Hofe habe festnehmen lassen. »In der
Wahrheit — antwortete er — er soll nicht diese Nacht, noch die mor-
gende, noch die folgende in Freiheit gesetzt werden, und er soll gar nicht
dahin, wo er her ist, zurückkehren.« Sie erwiederte hierauf nichts, sondern ging zu dem Jüngling. »Ist es Dir unlieb, hier zu sein?« fragte
sie. »»Es gälte mir gleich, wenn es nicht wäre,«« versetzte er. — »Dein
Lager und deine Beköstigung soll der des Königs nichts nachgeben; Du
sollst die beste Zehrung haben, die das Schloß darbietet. Wäre es Dir
lieber, wenn ich hier mein Lager hätte, um mit Dir mich unterhalten zu
können, so soll auch dies gern veranlaßt werden.« — »»Solches kann ich
nicht ablehnen«« — sagte Peredur. Er blieb diese Nacht gefangen und
das Mädchen besorgte alles, was sie ihm versprochen.

Am folgenden Morgen hörte Peredur Getümmel in der Stadt.
»Sage mir, schönes Mädchen, was bedeutet dieser Lärm?« fragte Peredur.
— »»Des Königs Reisige und Ritter sind allesammt heute in die Stadt
gekommen.«« — »Und was suchen diese hier?« fragte er. — »»Da ist
neben diesem Orte ein Graf, der zwei Grafschaften besitzt, und eben so
mächtig als der König ist. Heute wird ein Wettkampf zwischen ihnen
stattfinden.«« — »Ich bitte Dich — rief Peredur — verschaffe mir Roß
und Waffen, damit ich dem Kampfe mit beiwohnen kann; ich verspreche
Dir, darnach in mein Gefängniß zurückzukehren.« — »»Gern — sprach
sie — will ich Dich mit Roß und Waffen versehen.«« — Also gab sie
ihm ein Roß, Waffen und einen hellen scharlachenen Ehrenmantel über
seine Rüstung, und einen gelben Schild über die Schulter. Er ging
zum Kampf, und mit so vielen Männern des Grafen er zusammenstieß
er warf sie Alle, und kehrte dann in sein Gefängniß zurück. Als das
Mädchen Peredur fragte, was es gebe, antwortete er ihr kein Wort.
Darauf ging sie den Vater mit Fragen an, und erkundigte sich, wer vom
ganzen Hofhalt sich am besten seiner Pflicht entledigt habe? Er erwiederte: er wisse keinen, außer einem Manne in scharlachenem Mantel über
der Rüstung, einen gelben Schild über der Schulter. Hierüber lächelte
sie, kehrte zu Peredur zurück, und erzeigte diese Nacht ihm große Ehre.
Drei Tage hinter einander schlug Peredur die Mannen des Grafen, und

bevor jemand erforschen konnte, wer er sei, war er in sein Gefängniß zurückgekehrt. Am vierten Tage erschlug Peredur den Grafen selbst. Das
Mädchen ging darauf zu ihrem Vater, um sich nach Neuigkeiten zu er-
kundigen. »Ich habe gute Zeitung — sprach der König; — der Graf
ist erschlagen, und ich bin Eigenthümer seiner beiden Grafschaften geworden.« — »»Wißt Ihr, Herr, wer ihn erschlug?«« — »Ich weiß es
nicht — sagte der König; — es war der Ritter mit dem scharlachenen
Mantel und dem gelben Schilde.« — »»Herr — sprach sie — ich weiß,
wer er ist.«« — »Bei Gott — rief er aus — wer ist der?« — »»Herr,
— versetzte sie — es ist derselbe Ritter, den Du gefangen hältst.««
Hierauf ging der König zu Peredur, grüßte ihn, und versprach, daß er
ihm in jeder Weise den Dienst lohnen wolle, den er ihm geleistet habe.
Als sie zur Tafel gingen, wurde Peredur zur Seite des Königs gesetzt,
und das Mädchen saß an seiner andern Seite. »Ich will — sagte der
König — Dir meine Tochter zur Ehe sammt meinem halben Königreiche
und die beiden Grafschaften als Mitgift geben.« — »»Der Himmel lohne
es Dir, Herr — antwortete Peredur — aber ich kam nicht hierher, um
zu freien.«« — »Was suchtest Du denn, Hauptmann?« — »»Ich
forschte nach Kunde vom Wunderschloß.«« — »Dein Unternehmen ist
größer, als Du wünschen magst — sagte das Mädchen. — Demungeachtet sollst Du Nachricht von dem Schlosse haben, auch einen Führer durch
meines Vaters Länder, und hinreichenden Reisevorrath; denn Du bist der
Mann, den ich liebe.« — Dann sagte sie zu ihm: »Gehe über jenen
Berg, dann wirst Du einen See finden, in dessen Mitte ein Schloß liegt;
das ist das sogenannte Schloß der Wunder. Wir kennen zwar nicht die
Wunder, die darin sind, indeß ist es also genannt.«

Peredur kommt zum Schloß der
Wunder. Vom wunderbaren Schachbrett und dem Hirsch, den Peredur
erlegt.

(Fehlt bei Wolfram.)

29. Peredur ritt auf das
Schloß zu, dessen Thor offen stand.
Auch die Thür der Halle stand offen,
und er trat ein. In der Halle ge-
wahrte er ein Schachbrett, dessen Steine von selbst spielten [9]). Aber die

---

[9]) Das Schachbrett mit seinen Figuren besitzt ähnliche Eigenschaften, wie
jenes in der Erzählung von Gwenddolen, der berühmten Schönheit an Arthurs
Hofe, das so beschrieben wird: „Das Schachbrett der Gwenddolen; wenn die
Figuren darauf gesetzt waren, so spielten sie von selbst. Das Brett war von
Gold, die Figuren von Silber.“ (Bosanquet MS.) — Ein Aehnliches kommt
auch im Roman von **Sir Gaheret** vor. Nachdem der Held zum Zauberschloß
einer schönen Fee gelangt ist, engagirt sie ihn zu einer Parthie Schach in einer

Seite, welche er begünstigte, verlor das Spiel, und hierauf erhoben die andern Figuren ein Jauchzen, als wären sie lebendige Menschen. Peredur ward zornig, steckte die Figuren in seine Tasche, und warf das Schachbrett in den See. Kaum war dies gethan, so trat das schwarze Mädchen zu ihm, und rief: »Der Gruß des Himmels komme nie auf Dich; Du hast mehr Uebles als Gutes gethan.« — »»Welche Klagen hast Du gegen mich, Mädchen?«« fragte Peredur. »Daß Du der Kaiserin den Verlust des Schachbretts verursacht hast, das sie um ihr ganzes Reich nicht hingegeben hätte. Indeß vermagst Du noch, es wieder zu ersetzen, wenn Du Dich zum Schloß von Ysbidinongyl begiebst, wo ein schwarzer Mann haust, der die Güter der Kaiserin verwüstet. Wenn Du diesen besiegen kannst, wirst Du Ersatz für das Schachbrett gewähren. Gehst Du aber dahin, so kehrst Du nicht lebend zurück.« — »»Willst Du mich dahin führen?«« fragte Peredur. »Ich will Dir den Weg zeigen,« versetzte sie. Also begab er sich nach jenem Schlosse, und kämpfte mit dem schwarzen Manne. Dieser mußte Peredur um Gnade anflehen. »Gnade soll Dir werden — sprach er — jedoch nur unter der Bedingung, daß Du das Schachbrett wieder an jenen Ort zurückschaffst, wo ich es zuerst gesehen habe.« Darauf kam aber das Mädchen und sagte zu ihm: »Der Fluch des Himmels folgt Dir wegen deiner That, nämlich, daß Du das Ungeheuer am Leben ließest, welches das ganze Besitzthum der Kaiserin verwüstet!« — »»Ich bewilligte ihm das Leben unter der Bedingung, daß er das Schachbrett wieder herbeischaffe.«« — »Das Schachbrett ist nicht wieder an den Ort zu bringen, wo Du es sahest. Kehre daher um, und erschlage ihn.« — Also kehrte Peredur zurück und erschlug den schwarzen Mann. Darauf wieder zum Schlosse zurückgekommen, fand er das schwarze Mädchen gleichfalls dort. »Ach, Mädchen — sagte Peredur — wo ist die Kaiserin?« — »»Ich erkläre vor Gott, daß Du sie nicht eher sehen sollst, als bis Du jenes Ungeheuer erschlagen hast, das dort in jenem Walde sich aufhält.«« — »Was ist das für ein Ungeheuer?« — »»Es ist ein Hirsch, so schnell wie der schnellste Vogel, mit einem Horn an der Stirn, so lang, als der längste Speer, und so scharf als irgend etwas. Er zerstört das Gezweig der besten Waldbäume, tödtet

---

großen Halle, die von schwarzem und weißem Marmor wie ein Schachbrett quadrirt war. Die Figuren spielten von selbst vermittelst eines magischen Rades, das der Spieler in der Hand hielt, und sie waren von massivem Gold und Silber. Ein ähnliches Abenteuer s. gleichfalls im Roman von Lancelot du Lac, T. II, p. 101. (W. Scott, notes to Sir Tristram. 1811. p. 275.) L. G.

jedes Thier, das ihm begegnet, und die er nicht tödtet, die kommen vor
Hunger um. Aber was noch übler ist, jede Nacht kommt er, und trinkt
den Fischteich aus, so daß die Fische im Trocknen bleiben, und der größte
Theil davon stirbt, ehe das Wasser sich wieder sammelt.«« — »Mädchen
— sprach Peredur — willst Du mit mir kommen, und mir das Thier
zeigen?« — »»Nicht also — erwiederte dasselbe; — denn keinem Sterb=
lichen hat es seit einem Jahre erlaubt, den Wald zu betreten. Siehe,
hier ist ein kleiner Hund, der der Kaiserin gehört, und den Hirsch auf=
jagen und Dir zutreiben wird; und das Thier wird Dich angreifen.««
— Da kam der kleine Hund, als ein Führer, zu Peredur; er jagte den
Hirsch auf, und trieb ihn auf Peredurs Standplatz hin. Er griff den
Ritter an, dieser aber hieb ihm mit dem Schwerdte den Kopf ab. In=
dem er noch den Kopf des Hirsches betrachtete, sah er sich eine Dame zu
Pferde ihm nähern. Und sie nahm den kleinen Hund in den Zipfel ihres
Schleiers; Kopf und Rumpf des Hirsches lag vor ihr. Um den Hals
des Hirsches war ein goldenes Halsband. »Ha, Häuptling — rief sie —
ungerecht hast Du verfahren, indem Du das schönste Kleinod in meinen
Besitzungen vernichtetest.« — »»Ich war ja gezwungen, also zu thun —
antwortete Peredur. — Giebt es indeß ein Mittel, Deine Freundschaft
zu gewinnen?«« — »Das giebt es — erwiederte sie. — Gehe zu jenem
Berge mit dem Hain oben. In demselben ist ein Mann, den Du drei=
mal zum Kampf herausfordern sollst; darnach sollst Du meine Freund=
schaft haben.«

Peredur gelangt zum Wunderschloß
des lahmen Königs. Wer das schwarze
Mädchen war. Die Hexen von Glou=
cester werden erschlagen. Schluß.

(Gänzliche Umwandlung der Geschichte bei
Wolfram.)

30. Peredur ritt fort zu dem
Hain, und forderte den Mann zum
Kampf heraus. Alsbald kam ein
schwarzer Mann zum Vorschein, auf
einem dürren Pferde, beide mit rosti=

ger Rüstung gewappnet. Sie kämpften. Doch so oft auch Peredur ihn
zur Erde warf, so sprang er doch wiederum in den Sattel. Da saß Pe=
redur ab, und zog sein Schwerdt. Nun aber verschwand der schwarze
Mann mit seinem und Peredurs Rosse, so daß er beide nicht wieder zu
Gesicht bekam. Peredur ging darauf am Berge hin, und sah an dessen
anderer Seite ein Schloß. Er trat in die offen stehende Pforte. Da sah
er einen lahmen Greis in der Halle sitzen, neben ihm Gwalchmai. Und
er sah sein Roß, welches der schwarze Mann ihm entführt hatte, in dem=
selben Stalle mit dem von Gwalchmai. Er ging, und setzte sich neben
den Greis. Siehe, darauf trat ein blonder Jüngling ein, beugte ein

Knie vor Peredur, und bat um seine Freundschaft. »Herr — sprach der Jüngling — ich war es, der in Gestalt des schwarzen Mädchens an Arthurs Hof kam, und zu Dir, als Du das Schachbrett in den See warfst, und als Du den schwarzen Mann von Ysbidinongyl erschlugst, und den Hirsch erlegtest, und mit dem schwarzen Mann im Haine strittst. Ich kam mit dem blutigen Kopf auf der Schüssel, und mit der Lanze, aus welcher Blutströme von der Spitze herabquollen; und der Kopf war der deines Vetters, der durch die Here von Gloucester getödtet wurde, die auch deinen Oheim gelähmt hatte. Ich bin dein Vetter. Eine Prophezeihung sagt: daß Du berufen seiest, um alle diese Dinge zu rächen.« —

Darauf pflogen Peredur und Gwalchmai Rath, und schickten zu Arthur und seinem Hofhalt mit dem Ersuchen, gegen die Heren zu ziehen. Und der Kampf mit ihnen begann. Eine der Heren erschlug einen von Arthurs Leuten vor Peredurs Augen, und Peredur bat sie um Schonung. Zum zweiten Male erschlug die Here vor Peredurs Augen einen Mann, und zum zweiten Male bat er sie. Doch als die Here zum dritten Male einen Mann Arthurs vor seinen Augen erschlug, zog Peredur sein Schwerdt, und hieb der Here auf den Helm, daß ihre ganze Hauptrüstung gespalten ward. Sie stieß ein lautes Geschrei aus, und bat die andern Heren, zu fliehen; sie sagte ihnen, daß es Peredur sei, der Mann, der die Ritterschaft (marchogaeth, Chivalry) bei ihnen erlernt habe, und von dem sie, nach dem Schicksal, erschlagen werden sollten. Darauf fiel Arthur mit seinem Hofe über die Heren her, und sie erschlugen alle Heren von Gloucester. — Und also wird erzählt in Betreff des Wunderschlosses.

Zum Peredur.

Die Chronik Gottfrieds von Monmouth, welche die brittische Geschichte mit einer zusammenhängenden Reihe von Königen seit der Zerstörung von Troja bis zu Julius Cäsar und weiter bereichert hat, erzählt im dritten Buche, Kap. 17. und 18., von König Arthgallus, der entthront, und daß an seiner statt sein Bruder Elidurus, Pius zubenannt, zum König erhoben ward. Aber im Walde von Calath trifft er unerwartet seinen entthronten und vertriebenen Bruder wieder, umarmt ihn unter Küssen, führt ihn nach Aldelub, und verbirgt ihn in seinem Bette; nun stellt er sich krank, beruft alle Großen zu sich, und wer sich weigert, sich dem Arthgallus wieder zu unterwerfen, wird schonungslos geköpft. Elidurus tritt ihm die Krone ab, nimmt den Thron nach Arthgallus Tode wieder ein, wird aber von seinen übrigen beiden Brüdern Vigenius und Peredurus angegriffen, eingesperrt, und sein Reich von ihnen getheilt. — Aber sie lebten lange vor Cäsar, und so ist uns nur der Name dieses Helden, nicht aber seine Geschichte merkwürdig. Wichtiger ist die im Mabinog. S. 371 extrahirte Stelle aus dem wälschen Gedichte des alten Aneurin, der einen Peredur, den Stahlbewaffneten, unter den Kämpfern nennt, welche in der Schlacht von Cattraeth fochten:

„Aus rückt das Heer, einmüthig vor, geschloss'ner Macht;
Kurz lebende sie — es ist die Nacht
Beim schäumenden Methgelag verbracht —
Das Heer von Mynyddawe berühmt in Schlacht,
Ihr Leben zahlt des Gelages Pracht.
Caradawe und Madawe, Pyll und Yeuan,
Gwgawn, und Gwiawn, und Kynvan,
Peredur mit der Stahlwehr, Gwawrdur und Aedan,
Ein Schirm im Getümmel, im Streit ein Schild,
Wie geschlagen, so schlugen sie wieder wild. —
Keiner kehrte zum Heimathgefild."

Bei Nennius bemerken wir Peredurs Namen nicht, allein um 1130 kann sein Andenken nicht erloschen gewesen sein, da Gottfried von Mon= mouth ihn in der vita Merlini als den dux Venedotorum unter den Fürsten von Wales aufführt. Venedotia heißt der nördliche Theil von Wales und damit in Uebereinstimmung nennt auch das Mabinogi den Peredur als einen Fürsten aus dem Norden.

Am bedeutsamsten, aber schon in verwandelter Gestalt, entkleidet des Nationalkämpferthums, tritt er im Mabinogi auf, worin er als das Vor= bild des spätern Parcival erscheint. —

Fassen wir die eigenthümlichen Züge dieser Erzählung auf: wir befinden uns auf wälschem Boden, und verlassen die brittische Insel nicht; wir finden Namen, die unverändert bis unzweifelhaft in's dreizehnte Jahr= hundert, die wälsche Poesie in ihrer heimathlichen Integrität erhalten, und bis dahin nie französirt hat; es fehlt der heilige Gral, und dessen nach Spanien und die Provenze hinweisendes Königsgeschlecht, Titurel, Frimu= tel, es fehlt der Priester Johannes, Gamuret mit seinen in Mohrenland spielenden Heldenzügen, ferner der Zauberer Klinschor mit seinem italieni= schen Rivalen Virgil, endlich jede Beziehung zu Anjou, oder überhaupt zu irgend einem andern Lande und dessen poetischen Geschichten und Tra= ditionen; alles dies läßt die wälsche Ursprünglichkeit dieser Erzäh= lung nicht verkennen. In der massiven, marionettenartig seelenlosen Hal= tung der Helden, in der nur zu oft durchbrechenden Rohheit und Empfin= dungslosigkeit, in der Einfachheit der Sitten, in dem Mangel an allem, was das frühere starre Reckenthum durch Zartheit der Empfindung, Re= ligiosität und Sittenadel zum galanten Ritterthum emporhob und ver= klärte, in der Unbekanntschaft mit dem orientalischen Heidenthum, dem Zu= rücktreten des Christenthums in den Helden, und in dem nur den Riesen, Hexen und sonstigen Ungethümen zugewiesenem Heidenthum, erkennen wir das über die Blüthe des Ritterthums und über die Kreuz= züge hinausreichende Alter dieser Erzählung; der Erzähler selbst beruft sich auf ältere schon vorhandene Geschichten, und er läßt uns nicht wohl in Zweifel, daß er uns weniger eine neue Redaction einer alten Erzählung giebt, als vielmehr eine solche selbst mit unbefangener Treue schriftlich aufzeichnet. Wir dürfen sie als die älteste bis jetzt bekannte Quelle der Parcivalsage mit Vertrauen entgegen nehmen.

Frankreich lernte diese Sage von der Bretagne kennen; Chretien de Troyes und Wolfram von Eschenbach bezeugen es; allein auch nur aus ihnen können wir ungefähr die Bretagnische Gestaltung erkennen,

die uns leider verloren ist; daß der Graf Villemarqué sie auffinden
wird, scheint mehr als zweifelhaft. — Gemeinsam ist beiden, Chretien und
Wolfram, oder vielmehr dessen Vordichter Kiot, die Vernichtung der eigenthümlichen, für die französische Zunge unmöglichen wälschen Namen; nur
einzelne erinnern noch an Wales, **Percival le Galois**, der Waleise,
Yvain; Carlion, Gwellius, Kowerzin u. s. w.; gemeinsam ist beiden die
größere Erweiterung und reichere Ausschmückung der Fabel auch da, wo sie
dem Mabinogi sich anschließen, und hauptsächlich die Neigung, der Geschichte einen tieferen mystischen Inhalt zu geben, den wir im Mabinogi
ganz vermissen, wenn auch manches entfernt darauf scheint hindeuten zu
wollen. Wenn wir auch Kiots Gedicht nur getrübt oder vielmehr geläu-
tert durch Wolframs Meisterwerk zu erkennen vermögen, so zeigt der bloße
Stoff doch schon, daß er ihn entweder mit mehr Freiheit behandelt hat,
oder einer andern Recension der Fabel gefolgt ist, als Chretien.

In der provenzalischen Ausbildung der Sage von Par-
cival ist wenig mehr als seine Jugendgeschichte bis zu seiner Anwesenheit
beim kranken König, wo er die blutende Lanze und anderes Wunderbare
sah, welches das Mabinogi jedoch am Schluß ganz einfach erklärt, stehen
geblieben. Seine Abentheuer mit den Hexen von Glocester, Riesen und
Ungeheuern, u. s. w. die ganze Reihe derselben vom Kap. 12 und 15 bis
25 im Mabinogi hat Kiot verworfen, dagegen Sigune zu dem herrlich-
sten Bilde bis über das Grab hinaus treuer Liebe gestaltet, während sie
im Mabinogi (Kap. 8.) sich mit brutaler Fühllosigkeit kurzweg von Peredur mit dem Mörder ihres Gatten verheirathen läßt, und noch obenein
diese Vermählung mit besonderer Satisfaction anzunehmen scheint. In
der Geschichte Gamurets (Parc. Buch I.) hat der Peredur ein Vorspiel
erhalten, das mit seinen germanischen Namen Fridebrand, Schiltunc, Herlinde, Morhold, Isenhart u. s. w. ebenso auf einen nordgermanischen
Stoff, wie durch den Schauplatz der Thaten, Mohrenland, Spanien,
Gaskogne, Anjou, auf einen südfranzösischen Verarbeiter desselben
hinweist; von den vielfachen Abentheuern Gawans bei Kiot hat das Mabinogi nur das mit Antikonie, verweist aber auffällig auf andere Geschichten über Gwalchmai, und es ist zu hoffen, daß noch andere Mabinogion über Gwalchmai allmählig an's Licht kommen werden, aus denen
Kiot durch bretagnische oder nordfranzösische Vermittelung geschöpft haben
mag. — Am merkwürdigsten und einflußreichsten aber ist die Verbindung
Peredurs mit der Gralsage. Auch das Mabinogi stellt schon den Helden
als einen solchen dar, der unbewußt eine Aufgabe zu lösen bestimmt ist,

und demgemäß von äußeren Begegnissen geleitet wird. Er war ausersehen, den Tod seines Vetters und die Lähmung seines Oheims an den Hexen von Glocester zu rächen; zu dem Ziele sollten ihn die blutende Lanze, das abgeschnittene Haupt, die scheußliche Dame und der schwarze Ritter leiten, man begreift freilich nicht ganz, wie so? — Eine Aufgabe zu lösen gab auch Kiot seinem Helden auf, freilich weit tiefsinnigerer Art, die Erringung des Gralkönigthums. Zwei Wege bahnten nach dem Glauben des zwölf= ten Jahrhunderts besonders den Weg zum Himmel: Kampf gegen die Heiden, und Tödtung des Fleisches. In den Tempelherrn vereinigten sich zuerst beide Richtungen, Ritter= und Mönchthum, und was wir im Parcival Wolframs als schon bei Kiot vorgefundenes Graldogma und als Gralcultus erkennen, läßt uns über die Bedeutung des Gralkönigthums nach der provenzalischen Auffassung nicht im geringsten Zweifel. Es ist das beseeligende Ziel des Glaubensritters. Dies zu erreichen, war die Aufgabe Parcivals; aber gehen wir die ganze Reihe bis jetzt bekannter Romane des zwölften Jahrhunderts durch, so drängt sich aus der Ana= logie des darin durchweg herrschenden Geistes die Ansicht auf, daß Kiot einen ganz andern Weg einschlug als Wolfram, um jene Aufgabe zu lösen. Der Stoff der Fabel weist nach, daß Parcival von Abentheuer zu Abentheuer getrieben ward, daß ihm nicht Rast und Lohn, sondern steter Kampf, Entbehrung und selbst Schimpf zu Theil ward, ganz den Ordens= prüfungen eines Tempelherrn gemäß; täuscht uns aber nicht alles, so war nach Kiot der Grund zu Parcivals Heil nur das treue Ausharren in dem Ringen nach dem Grale und demgemäß in der davon abhängenden Aben= theuerhetze; bei Wolfram von Eschenbach liegt seinem Heile aber das weit tiefere Motiv zum Grunde, der siegreiche Kampf seiner Seele über den Zweifel und die Verzweiflung; nicht der Kampf mit äußern Gegnern allein, sondern mit dem Feind in seiner Brust macht ihn zur Gralskrone reif. Es ist möglich, daß diese Idee auch vielleicht Kiot dunkel im Hintergrund des Geistes gelegen hat, die Klarheit, Kraft und Sicherheit, wie sie in der deutschen Abfassung des Gedichts sich offenbart, hat ihm aber gewiß ge= fehlt. Wir glauben dies besonders noch aus den reflectirenden Stellen in Wolframs Parcival zu erkennen, und aus dem stolzen künstlerischen Bewußtsein überhaupt, mit welchem er den Stoff beherrscht, aus dem Be= wußtsein insbesondere, wie dem Sinnigen die Bedeutung dieser Geschichte, die Größe der Idee, die daraus spreche, aufgehen müsse. Nicht also die ritterliche äußere That an sich, der die französischen Dichter sich durchgän= gig als dem Wesentlichen zuwenden, sondern die innere That des Geistes

iſt es, die das Heil bedingt, und dieſe Auffaſſungsart, der Drang nach
geiſtigen allgemein menſchlichen, nicht bloß abſtract oder abſurd ritterlichen
Motiven, offenbart ſich bei allen deutſchen Dichtern, denen irgend ein
Kunſtprincip, wenn auch ſelbſt in Dämmerung nur, aufgegangen iſt.
Daher Hartmanns, Wirnts und Anderer Noth, wenn ſie für die wunderlichen Abentheuer keine Motive erfinden und erſinnen können, weil ihr
Vordichter ihnen keine an die Hand gab, daher Wolframs Ironie, ſchar-
fer Spott und bitterer Tadel der hohlen Abentheuerluſt, des leeren Feſt-
gepränges, und des ſinnloſen göttliches und menſchliches Geſetz verletzenden Todtſchlägerdranges und thieriſchen Kampfanlaufs wildfremder Ritter
gegeneinander, die ſich im geringſten nicht beleidigt haben.   So weit wir
bis jetzt in die franzöſiſchen Arthurromane einzudringen vermochten, haben
wir keinen Dichter auf ähnlichen Skrupeln und Anſichten betroffen. —

In Nordfrankreich hat die Geſchichte von Parcival mehrfache
Bearbeitungen erfahren; als die älteſte und darum wichtigſte, gilt die von
Chretien de Troyes um 1190 unbeendigt gelaſſene, dann von Mehreren,
Gautier de Denet, Maneſſier und Gerbert [1]) bis gegen 1250 fortgeſetzte
und beendigte, welche dem 1530 zu Paris gedruckten, in Proſa abgefaß-
ten Romane Parceval le Galois zur Grundlage gedient hat, wiewohl
er, beſonders gegen das Ende, von fremden Zuthaten und Erweiterungen
nicht frei geblieben zu ſein ſcheint.   Chretien und ſein Fortſetzer ſchließen
ſich einerſeits mehr als Kiot dem Stoffe an, wie die Skizze im Mabinogi
von Peredur ihn bietet, anderer Seits aber ſtimmen ſie in vielen Aven-
türen und in dem Hereinziehen der Gralſage genau mit der provenzaliſchen
Verſion überein, weichen jedoch in der myſtiſchen Deutung des Grals und
in dem Gralcultus der Templeiſen, welche bei Chretien ganz verſchwinden,
weſentlich von Kiot ab.

Zwei Handſchriften vom Parcival Chretiens befinden ſich zu Paris,
die Eine Ms. de l'Arsenal 195, A, 261 Blätter in Folio, die Andere
auf der Bibliothek des Königs, Supplement, Français Nr. 430, Folio,
auf Velin, 272 Blätter in zwei Kolumnen zu 45 Zeilen geſchrieben.
Das Ganze enthält nach Letzterer ungefähr 49000 Verſe, anſcheinend aus
dem vierzehnten Jahrhundert; die Kapitelüberſchriften ſind in Roth, die
Initialen in Gold, Blau und Roth.   Das Titelblatt zeigt nach dem von
L. Gueſt mitgetheilten Facſimile, in zwei Abtheilungen übereinander, 1) den

---

[1]) Leben und Dichten Wolframs v. Eſchenbach.   Von San-Marte.
Bd. II.   S. 398—400.

kleinen Parcival auf einem Klepper, in der linken Hand Wurfspieße, die rechte zur Mutter zurückreichend, welche mit erhobenem Finger der Rech= ten ihm aus der Thür des Hauses warnend nachwinkt. — Unmittelbar daneben Parcival neben seinem Klepper knieend vor fünf gewappneten Rittern im Walde; auf den Bäumen Vöglein. 2) Parcival den Bogen schwingend trabt von dannen; seine Mutter liegt ohnmächtig vor dem Hause. Daneben: sein Kampf mit dem rothen Ritter um den goldnen Becher. Parcival ist stets in knappen Beinkleidern und Jacke mit einer damit zusammenhängenden Kapuze, die er über den Kopf gezogen, und in langem spitzen Beutel narrenhaft herunterhängt, dargestellt. Darunter: Ci comence le ronmans de Perceval le Galois. Et devise de moult de aventures qui li avindrent. Et coment il conquesta les armes vermeilles.

> Qui petit seimme petit queult
> Et qui anques recueillir veult
> En tel lieu sa semence espande
> Que faire a cent doubles li tende
> Car en terre qui riens ne vaut
> Boñe semence seche et faut.

Darauf berichtet der Dichter, daß er den Roman ausdrücklich für Philipp, Grafen von Flandern, verfaßt habe, auf den er eine lange Lobrede hält, worin er ihn mit Alexander vergleicht; ihm verdankt er das Buch, aus welchem er den Stoff für sein Werk entnommen hat.

> Crestiens s'anime et fet semence
> Dun romans que il en comence
> Et si le sanime en si bon leu
> Quil ne puet estre sans grant preu
> Quil le fet por le plus preudome
> Quil soit en l'empire de Rome
> Cest li Quens Phelipes de Flandres
> Quimsex vaut ne fist Alexandres etc.

Darauf weiter:

> Crestiens qui entent et painne
> Par le comandement le conte
> A comencier le meilleur conte
> Qui soit contez en court royal
> Ce est li livres du graal
> Dont li quens li bailla le livre
> Sotrez coment il se delivre etc.

Chretien beginnt sogleich, wie das Mabinogi, die Geschichte Gamurets und jede Beziehung auf Anjou weglassend, mit Parcivals Erziehung im einsa= men Walde:

Ce fu au tans que arbre floriffent,
Fuelles, boscage, pre verdiffent,
Et eil oifel en lor Latin
Dolcement chantent au matin,
Et tote riens de joie enflame,
Que li fils a la veuve dame
De la gaft foreft Soltaine,
Se leva, et ne li fu paine
Que il fa fele ne meift
Sor fon chaceor et preift
Un javelot, et tot enfi
Fors del manoir fa mere iffi,
Et penfa que veoir iroit
Herceors que fa mere avoit,
Que fes aveines li bercoient,
Bues douze et fix hierches avoient.
Enfi en la foreft fen entre,
Et maintenant li cuers el ventre
Par le dols tans li resjoi
Et par le chant que il oi
Des oifiax, qui joie foifoient.
Totes ces chofes li plaifoient.
Por la dolcor del tans ferain
Ofta fon chaceor le frain etc.

(Vgl. Parc. ed. Lachm. 118, 1—119, 8. Ueberf. S. 92.) Zur Frage: »was ift Gott?« (cod. 119, 17, Ueberf. 93.) fügt er hinzu:

Mere, fait-il, que eft Eglife?
Fiz, là ou on fait le fervife
De Jhefus Chrift. — — —
— — — — — — — —
Et moutiers qu'eft? ce meime.
(Roquef. Glossaire II, 216.)

Seine Mutter, deren Nahme nicht genannt wird, erzählt dem Knaben, nachdem er die erfte Bekanntschaft mit den in Waffen glänzenden Rittern gemacht, und fie vergebens feinen Drang, auch Ritter zu werden, und deßhalb an Arthurs Hof zu gehen, der nicht zu Nantes, fondern zu Karlioun refidirt, zu erfticken verfucht hat, von feinem Vater, deffen Nahme gleichfalls verfchwiegen wird:

Les terres furent escillies
Et les povres gens avillies
Si fen fuit qui fuir pot
Vostre pere ceft manoir ot
Ichi en cefte foreft gafte
Ne pot fuir mais en grante hafte.

En li tiere aporter ſi fiſt
Quar illors ne fot ou il fuiſt
Et vous qui petis eſtuez
II moult biax freres anuez
Petis eſtuez et alaitans
Peu amuez plus de II ans
Quant grant furent voſtre deux frere
Au los et au conſeil lor pere
Alerent a II cors roiaus
Por avoir armes et chevax
Au roi Deschavalon ala
Li aisnez et tant ſervi la
Que chevaliers fu addubez
Et li autres qui puis fu nez
Fu au roi Ban de Gamorret
En un jor andui li vallet
Adoube et chevalier furent
Et en un jor meiſme murent
Por revenir a lor repaire
Que ioie me voldrent faire
Et lor pere qui puis nes uit
Qua armes furent desconfit
A armes furent mort andui
Dont iai grant doel et grant anui
De lainsne avinrent merveilles
Que li corbel et les corneilles
Ambes II les oex li creverent
Ainſi les gens mort le trouverent
Del doel del fil morut li pere
Et je ai vie moult amere
Soſferte puis que il fu mors
Vous eſtiez toz li confors
Que iou avoie et toz li biens. etc.

(Ms. de l'Arsenal, 195, A. fol. 2, d.)

(Vergl. Parc. 128, 1—10. Ueberſ. S. 99.) Seine Ausſtattung zur Ausfahrt iſt mehr bäueriſch als narrenhaft:

De cheñevas groſſe chemiſe
Et braies faites a la guiſe
De Gales ou ou fet enſemble
Braies et chauces ce me ſemble
Et ſi ot cote et chaperon
Dun cuir de cerf clos environ
Et ſa ſele li fu ja miſe
A la maniere et a la guiſe
De Galles fu appareilliez

15

Uns estivaus avoit chauciez
Et par tout la ou il aloit
Trois gavelos porter fouloit
Les gavelos en volt porter
Mes ll len fist la mere oster
Pour ce que trop sembloit galois
Si eust elle fet tout trois.

(Ms. du Roi. Mabinog. 388.)

(Vergl. Parc. 127, 1—10. Ueberſ. S. 98.) Die Scene mit der ſchla-
fenden Dame im Zelt (Jeſchute) entſpricht Wolframs Erzählung, ebenſo
ſein Auftreten an Arthurs Hofe, wo eine Dame, die das Gelübde nicht
zu lachen gethan, ſeinen Preis verkündet, wodurch ſie ſich und einem Herrn
vom Hofe, der ein Narr genannt wird, Kaies Züchtigung zuzieht.

La pucelle navoit vis
Paſſe avoit ans plus de ſis
Et ce diſt elle ſi en haut
Ke tot loirent et Kex ſaut
Cui la parole annia moult
Se li doña cop ſi eſtolt
De la palme en la face tendre
Que il le fiſt a terre eſtendre
Quant la pucele feru ot
En ſon retor trova un ſot
Lez une cheminee eſtant
Si le bouta el fu ardant
Del pie par corroz et par ire
Par che que li fos ſoloit dire
Ceſte pucelle ne rira
Juſqua tant que ele verra
Celui qui de chevalerie
Aura toute la feignorie.

(Ms. de l'Arsenal. f. 5ᵃ.)

(Parc. 151, 11—153, 20. Ueberſ. S. 116—118.) Es folgt das
Abentheuer mit dem rothen Ritter, Parcivals lehrreicher Aufenthalt bei
Gornemans de Gorhaut, ſeine Errettung der belagerten Jungfrau, welche
Nachts Hülfe flehend an ſein Bette kommt, ſein Sieg über **Clamadeus**
und **Enggygerons** (Klamide und Kingrun bei Wolfram), welche er als
Geißeln nach Disnadaron en Gales ſchickt, und endlich ſein Gelangen
zur Gralsburg des **Roi** pecheur, wo er die Wunder des Grals ſieht.

Leens ot moult grant luminaire
Cil qui ne pooit meilleur faire
De chandelles en un hoſtel
Que quil parloient dun et del

Uns varles dune chambre vint.
Qui une blanche lance tint
Empoignice par le milieu
Cil paffa par entre le feu
Et cil qui sor le lit seoient
Et tuit cil qui leens venient
La lance blanche et le fer blanc
Sen ift une goute de fanc
Du fer de la lance au fouet
Jusques a la main au vallet
Couloit cele goutte vermeille
Li varles vit cele merveille
Quelcens iert la nuit venus
Si feft du demander tenus
Coment cele chofe venoit
Que du chafti li fouvenoit
Celui qui chevalier le fift
Qui li enfeigna et laprift
Que de trop parler fe gardaft
Si erient que fe il demandaft
Com le tenift a vilonie
Pour ce ne le demandai mie
A tant dui autre varlet vindrent
Qui chandeliers en lor main tindrent
De fin ouvrez a neel
Li varlet eftoient moult bel
Qui les chandelles aportoient
En chascun chandelier ardoient
X chandelles a tout le mains
Un graal entre fes II mains
Dont furent faites de benus
Dun fuft en quoi ja nendoutnus
Bele iert et gente et acesmee
Quant elle fu enlees entree
A tout le graal quele tint
Une fi grant clarte i vint
Quanfi perdirent les chandelles
Lor clarte com font les eftelles
Quant le folaus lieve ou la lune
Apres celi en revint une
Qui tint un tailloer dargent
Le graal qui aloit devant
De fin or esmere eftoit
Pierres precieufes avoit
On graal de maiutes manieres
Des plus riches et des plus chieres

Qui en mer ne en terre estoient
Toutes autres pierres passoient
Celes du graal sans doutance
Ainsi come passa la lance
Por devant le lit sen pafferent
Et dune chambre en autre entrerent.
(Ms. du Roi. — Mabin. 388, 389.)

(Parc. 231, 17—240, 22. Ueberf. S. 165—170.) Die unterlaſſene Frage zieht ihm den Tadel ſeiner Baſe zu, die unter einer Eiche um ihren todten Ritter klagt, und der er hier zum erſten Mal begegnet. Sie eröff= net ihm, daß ſeine Mutter aus Schmerz um ihn geſtorben ſei, und belehrt ihn über das Schwerdt, das der Fiſcherkönig ihm geſchenkt hat. Sie tritt hier in derſelben edleren Geſtalt, wie bei Kiot, auf. Darauf verſöhnt Par= cival den eiferſüchtigen Ritter mit jener im Zelt überraſchten Dame (Ori= lus von Lalander und Jeſchute), ſchickt ihn nebſt vielen andern Beſiegten zur Satisfaction der geohrfeigten Dame an Arthurs Hof, und ſieht eines Morgens, wie bei Wolfram von Eſchenbach, die Blutstropfen im Schnee.

Se part li rois de Carlion
Si le ſuient tuit li baron,
Neis pucele ni remaint
Que la reine ni amaint,
Par hautesce et por ſignorie,
La nuit en une praerie,
Lez une foreſt ſont logie
Cele nuit et il bien negie
Que moult froide eſtoit la contree,
Et Percevax la matinee
Fu levez, ſi com il ſoloit,
Qui querre et ancontrer voloit
Avanture et chevalerie;
Et vint droit en la praerie,
Ou loz le roi eſtoit logiee
Qui fu gelee et añegiee.
Et einz, que il veniſt as tentes
Voloit une rote de gentes
Que la nois avoit esbloies.
Venes les a et oies,
Quelles ſen aloient fuiant
Por un fancon, qui vint bruiant
Apres eles de grant randon,
Tant cune an trove a bandon,
Quert dantre les altres ſevree,
Si la ferue et ſi hurtee,

Que encoutre terre labati,
Mes trop fu tart, fi fau parti,
Il ne la volt lier ne joindre,
Et puis comance a poindre,
La ou il ot veu le vol.
La gente fu ferue el col,
Si feigna trois gotes de fanc.
Qui fespandirent for le blanc,
Si fanbla natural color,
La gente na mal ne dolor,
Quancontre terre la tenifl,
Tant que il a tans i venifl,
Elle fan fu encois volee;
Et puis jut defolee
La noif, qui foz la gente jut,
Et le fanc, qui encor parut;
Si fapoia defor fa lance,
Que la fresce color li fauble,
Qui eft en la face famie;
Et penfe tant, que il foblie,
Aufins eftoit en fon avis
Li vermauz for le blanc afis,
Come les gotes de fanc furent,
Qui defor le blanc aparurent;
An lesgarder, que il faifoit,
Li ert avis, tant li plaifoit,
Quil veift la color novele
De la face famie bele;
Puis for la gote mufe
Tote la matinee ufe,
Tant que hors des tantes iffirent
Escuier, qui mufer le virent,
Et cuiderent quil fomellaft.

Encois que li rois fesvellaft,
Qui encor gifoit en fon tre,
Ont li escuier encontre
Devant le pavellon le roi
Sagremor, qui par fon desroi
Eftoit desreez apelez.
Dira, fet il, nel me celez
Por coi venez vos ca fi toft?
Sire, font il, hors de ceft oft
Avons veu un chevalier,
Qui fomoille for fon deftrier.
Eft il armez? Par foi, oil,
Girai parler a lui, fet il.

Nun waffnet sich Sagremor (Segramors), geht hin zu dem träumenden Ritter, kann ihn indeß nicht erwecken, und bekommt nicht einmal Antwort. Darauf Kampf und Sieg wie bei Wolfram v. Eschenbach.

Nachdem auch der prahlerische Seneschal Kex noch viel schimpflicher abgewiesen worden ist, macht sich endlich Gauwain auf,

> Et vint au chevalier tot droit,
> Qui for la lance ert apoiez;
> Encor nestoit pas enuiez
> De son panse, qui moult li plot;
> Et ne porquant li solauz ot
> Deus gotes del sanc remises,
> Qui for la noif erent remises,
> Et la tierce aloit remetant,
> Por ce que ni pansoit mie tant
> Li chevaliers, com il ot fet,
> Et meffire Gauvain se tret
> Vers lui tote une voie anblant,
> Sans fere nul felon sanblant,
> Et dit: Sire, je vos eusse
> Salue, se au tel seuffe
> Vostre cuer, come je faz le mien;
> Mais tant vous puisge dire bien,
> Que ge fui messages le roi,
> Il vous mande et dit par moi,
> Que vos alez parler a lui; —
> Il an i ont ja este dui,
> Fet Perceval, qui me toloient
> Ma joie, et mener man voloient
> Ausi com se ge fusse pris;
> Et je estoie si pansis
> Dun panse, qui moult me plaisoit,
> Et cil, qui partir man voloient
> Naloit mie querant mon preu;
> Que devant moi en ice leu
> Avoit trois gotes de fres sanc,
> Qui enluminoient le blanc.
> A les garder mestoit avis,
> Que la fresche color del vis
> Mamie la bele i veisse,
> Ja mes ialz partir nan quisse. —
> Certes, fet meffire Gauvain,
> Cil pansers nestoit pas vilains,
> Ancois estoit cortoiz et dolz,
> Et cil estoit fos et estolz,

Qui voſtre cuer en remuoit,
Mes ge deſir etc. etc.
(Ms. de l'Arsenal. fol. 17, 18. — Altdeutſche Wälder, I, S. 27, 28.)

(Vergl. Parc. 280, 1—305, 6. Ueberſ. S. 193—211.) Gauvain führt den Helden zu Arthur, und mit jubelndem Triumph nimmt ihn die Tafelrunde auf. Mitten im Feſt trifft ihn die Verwünſchung der Häßlichen (Kundrie la Sorciere), fordert ſie die Ritter zur Befreiung der 571 gefangenen Jungfrauen auf und zeihet Guingambreſil den Gauvain des Mordes. — Letzterer beſteht das Abentheuer mit Mellians und der Tochter des Thybault de Tintaguel (Lippaot), bei Kiot Obilot genannt, und verwickelt ſich in das Abentheuer mit der Schweſter des Königs Deskavallon (von Askalon, Antikonie), das wie bei Wolfram endigt. Die Abentheuer des Kapitels 12, und 15 bis 25 des Mabinogi fehlen auch bei Chretien, und ſo iſt wahrſcheinlich, daß ſie auch in der bretagniſchen Verſion der Erzählung gar nicht vorhanden geweſen ſind.

Parcival, auf dem Wege den Gral zu erforſchen, ſandte ſechszig Ritter überwunden an Arthurs Hof. In der Zeit hatte er aller Gedanken an Gott ſich entwöhnt.

Ce font cinq ans treſtot entier
Ains que il entraſt en moſtier;
Ne dieu ne ſa crois naora.
Tot ainſi V ans demora,
Ne per che ne laiſſa il mie
A requerre chevallerie.
(Ms. de l'Arsenal. f. 25.)

In einer Wüſte begegnen ihm drei büßende Ritter und mehrere Frauen, die ihn wegen der Verletzung des Feiertages zur Reue bringen, und zu einem Einſiedler weiſen, dem er beichtet, und der ihn belehrt, daß deßhalb die Frage beim Gral ihm nicht in den Sinn gekommen ſei, weil eine, wenn auch unbewußte, Sünde auf ihm gelaſtet habe, nämlich daß ſeine Mutter aus Leid über ihn bei ſeiner Abreiſe geſtorben ſei. Er erzählt ihm ihre Verwandtſchaft und vom Gral, doch kürzer als bei Kiot. Nach einiger Buße trabt der Held weiter. Nun folgen die Abentheuer Gauvains mit Orgueilleuſe, die Neckerei mit dem verwundeten Ritter und dem übelgeſtalteten Knappen (Malkreature), die Befreiung der 571 Frauen auf dem Zauberſchloß des Negromantikers (Klinſchor, doch von Chretien nicht genannt), das nochmalige Zuſammentreffen mit der mauvaiſe damoiſelle (Orgueilleuſe) und Siromelans (Gramoflanz, deſſen verpönter Baum jedoch fehlt), und die Einladung Arthurs. Die Feſte darauf, und andere Aven-

turen, die sich dem anschließen, haben wenig mit Wolframs Gedicht ge=
mein, und enthalten viel fremdartige Beimischung. Völlig, sowohl Kiot
als dem Mabinogi fremd, sind die weitläuftigen Episoden von Karaboc,
Isaue, dem Zauberer Eliaures, und der schönen Guignier, welche von
fol. 49 bis 70 des Ms. des Arsenals gehen, und ursprünglich eine abge=
sonderte Erzählung scheinen gebildet zu haben.   Sie schließen mit der Ge=
schichte vom wunderbaren Horn, aus welchem nur der Ritter trinken kann,
dessen Gemahlin ihm die eheliche Treue hält, während die Anderen sich
beim Trinken begießen, wie es z. B. dem Artus, Kaie, Gauvain, Yvain
u. a. m. begegnet, nur nicht dem Karaboc, dem die schöne Guignier treu
ist, — ein Schwank, der später ebenso, wie die Geschichte vom kurzen
Mantel, zum Volksliede und vielgesungenem Lay geworden ist.   Auch die
Schwansage wird hereingezogen; ein Nachen kommt von Glamorgan
(in Wales) von einem Schwan gezogen, und bringt einen todten Rit=
ter, — eine wundersame Beziehung, die selbst diese alte niederrheinische
Sage gleichfalls scheint nach Wales zurückführen zu wollen.   Fol. 100 v
Ms. de l'Ars. hat Chretien noch, obgleich weitläuftiger ausgeführt und
etwas umgestaltet, das Abentheuer Peredurs mit dem Hirsch und dem
Ritter in der Felsengrotte im Kapitel 29 und 30 des Mabinogi aufge=
nommen, läßt ihn einen Löwen erschlagen, wodurch er mit dem Ritter,
dessen Schloß das Thier bewacht, in Kampf geräth (ähnlich dem Kap. 16
des Mabin.) und den er besiegt an Arthurs Hof schickt, und führt ihn endlich
nach Beau=Ripaire (Pelrapeire) zu seiner Gattin Blanche=Fleure (Kon=
duiramur) zurück.   Nach großen Freudenfesten scheidet der Held jedoch bald
wieder, um den Gral und die blutende Lanze aufzusuchen; auf der Fahrt
findet er das Grab seiner Mutter; bald nach diesem und einigen andern
Abentheuern schließt Chretiens Antheil an dem Gedicht, und immer größer
wird nun die Einmischung fremdartiger Episoden, z. B. von Merlin und
Tristan, immer mysteriöser die Erzählung, wenn sie sich zum Gral hin=
wendet.   Endlich wird Parcival nach dem Tode des Roi Pechor zum
König des Grals gekrönt.   Sieben Jahre regiert er im Glück und Frie=
den, darauf legt er an einem Johannistage das Einsiedlergelübde ab, lebt
nur von den Speisen, die der heilige Gral spendet, und nachdem er fünf
Jahre in frömmster Einsamkeit dem Heiligthum gedient, stirbt er, und wird
zu den Heiligen emporgeführt. — Von dem Priester Johannes, von einer
Entführung des Grals nach Indien, welche in Wolframs Parcival eine
unbekannte wunderbare Zukunft ahnungsreich eröffnet, die im Titurel ihre
weitere Gestaltung gefunden hat, verlautet bei diesen nordfranzösischen

Dichtern nichts. — Den Schluß des **Ms. de l'Arsenal** haben wir bereits im zweiten Bande vom Leben und Dichten Wolframs von Eschenbach, S. 399, mitgetheilt, und dort so wie S. 400 auch Nachricht von einer andern Bearbeitung des Parcival (**Ms. Nr. 7536** der Bibliothek des Kö- nigs zu Paris) gegeben. Wir fügen hier nur noch die Ueberschriften der Kapitel in Chretiens Parcival (**Ms. Nr. 430, Suppl. François, fol.**) an, wie solche Lady **Guest**, Mabin. S. 390—394 von dem Punkt der Geschichte ab liefert, wo Parcival seine nachmalige Gattin von den Be- lagerern befreit.

Ci devise coment Guingueron vint devant le chastel ou Perceval estoit et devise coment Perceval issi hors por combatre a lui et il le rendi vaincu.

Ci endroit devise coment Perceval vint chies le roy pecheeur et il vint un vallet a la porte qui aporta une espée et le roy la tendi a Per- ceval. Et apres devise coment ils sistrent a table encontre un bian feu. et coment le vallet vint qui aporta la lance qui saine et les pucelles le saint graal.

Ci devise coment Perceval le Galois ot conquit Orgueilleus de la Lande. Et devise coment il leuvoia a la court le roy Artu en prison et sanie avec luy et devise coment il i vindrent.

Ci devise coment Perceval le Galois vint a la court le roy Artus et coment on li sist feste et coment une damoisele vint a court sus une mule, qui estoit la plus lede du monde et parloit a Perceval.

Ci devise coment mesire Gauvain ot abatu Meleans de Lis et coment il envoia le cheval a la pucelle. Et coment il vanqui le tornoiement.

Ci devise coment Perceval chevauchoit son chemin et encontra un home qui conduisoit bien XX fames qui sefoit penitance leur chaperon devant lor eulz et devise coment Perceval ala chiez lermite.

Ci devise coment mesire Gauvain se coucha au lit perillieus lescu au col et coment on traioit a li saietes quil ne savoit dont il venoient. Et estoient sichiees en son escu. Et apres ce un lyon issi dune chambre a qui il se combati. et tant avint que le lyon su ocis. Et demoura un de ses piez dehors lescu et lautre par dedens.

Ci devise coment Gauvain se combat contre Giromelant devant le chastel perillieus enmi la prairie. Et y estoit le roy Artus et la royne et une grant quantite de sa gent avec lui. Et de lautre partie une grant partie de la gent Giromelant.

Ci devise coment mesire Gauvain se combat encontre IV chevaliers dont il en ocist les trois. Et le quart se rendi a li a fere sa volente.

Ci devise coment Gauvain estoit a la table le roy pecheeur et aportoit on par devant la lance qui saigne. et apres une pucelle qui aportoit le Saint Graal. Et apres venoient homes qui portoient une biere et une espee desus.

Ci devise coment Gauvain su au chastel de mont esclaire apres ce

quil ot conquies les III chevaliers qui avoient affigie le chaſtel et devife coment il demanda lespee aus eſtranges renges. Et coment il ala
querre ou ele pendoit.

Ci devife coment Gauvain et Brun de Branlant jouſtent enfemble.

Ci devife coment Carados vint a poignant pour fecourre la pucelle
que Aalardins amenoit a force apres ce que il li ot fon frere navre a mort.

Ci devife coment Aalardins vint au tournoiement et coment il abati
le roy Cadvalant et tout plain des autres compaignons de la table ronde.

Ci endroit raconte coment Carados fu garis du ferpent qui le tenoit
au bras et coment il fu mis en une cuve et la fuer Cador toute nue en
une autre.

Ci devife coment meſire Gauvain et Brandelis fe combatent. Et
coment la fuer Brandelis met entreus II lenfant quele avoit eu de
Gauvain.

Ci devife coment le roy Artus eſt devant le chaſtel Orgueillieux quil
a affis pour ce que le fire du chaſtel tient Girſlet le filz d O en prifon.

Ci devife la bataille du riche Sodoier et de monfeingneur Gauvain.
Et devife coment monfeingneur Gauvain le conquiſt. Et devife coment
Girſlet et Lacan le bouteillier furent delivres et coment le riche Sodoier
fu livre au roy Artus.

Ci devife coment Gauvain entra en une chapele ou il trouva un
cierge defus lautel, et une main noire qui leſtaint.

Ci devife coment meſire Gauvain jouſta a fon fils mes il ne cuidoit
pas que ce feuſt il. Et devife coment il le coñut et coment il lemmena
o lui acourt.

Ci devife coment un cigne vient parmi une yane et amainne une
nef ou il a un chevalier mort dedenz et li rois Artus i vet veoir lui et
fa gent et le regardant.

Ci devife coment Perceval eſt devant une porte ou il trouva un cor
pendu et comenca a corner par III fois et lors iſſi un chevalier arme
de toutes armes qui fe combatit a Perceval. Et Perceval le conquiſt en
tel maniere qui fe rendi prifoñier au roy Artu de par Perceval.

Ci devife coment Perceval vint a un chastel et entra ens quil ni
trouva a cui parler. et devife coment il entra en une chambre un
eschequier et la mesnice affife et il faſiſt a joer et les efches jouoient
contre lui et perdi Perceval.

Ci devife coment Perceval fe combat encontre un grant chevalier.
Et tant fe combatirent que le chevalier fe rendi a Perceval et il li livra
fespee. Et apres devife coment le chevalier fen ala a la court le roy
Artus et famie avec lui. et coment il fe rendirent prifoñiers de par Parceval le Galois.

Ci apres devife coment Perceval fe combati en contre un jaiant qui
portoit une macue. et devife coment il le conquiſt et enmena le noir
cheval.

Ci devife coment Perceval et le Biau Coñeu fentre batent et tant
avint que Perceval conquiſt lui et fa mie.

Ci devife coment Perceval feftoit partis du chastel Blanche-flour famic et coment il encontra en fon chemin une damoifelle la plus noire et la plus laide que on peuft contrefere. et un chevalier qui venoit apres li auquel Perceval fe combati et avoit non le biau mauves et le vainqui Perceval et lenvoia a cort au roy Artu.

Ci devife coment Perceval eft venus en loftel fa mere et il trouva come le eftoit morte. et fa fuer li fift moult bone chiere qui ne lavoit piega veu. Ci devife coment il vindrent chiez lermite lor oncle qui moult lesrecut benignement et devife coment Perceval fe confefla de fes meffes.

Ci devife coment Perceval vint au chaftel aus puceles ou il hurta dun maillet de fer par III fois fus une table dor qui estoit a lentree de la fale.

Ci devife coment Perceval chevauche parmi une foreft et encontra une mule toute blanche et une dame qui venoit a pie apres.

Ci devife coment Perceval apres ce quil ot paffe le pont de voirre fus la mule blanche et il fu a lentree dune foreft il trouva un vavaffour qui avoit avec lui II levrier et un espie en fa main et plerent enfemble et le vavaffour li conta dun tornoiement qui devoit estre de par le roy Artu.

Ci devife un tournoiement que li rois Artus fift fere lequel Perceval vainqui et fi ne fot on quil estoit.

Ci devife coment Perceval mift un home hor defous une tombe de marbre et celui i rebouta Perceval quant il fu hors.

Ci devife coment Perceval chevauchoit parmi une foreft ou il trouva un chevalier tout arme pendus par les pies. que Keu le fenefchal avoit pendu et Perceval le defpendi.

Ci devife coment mefire Gauvain estoit en la quefte de Perceval et il trouva en un bois une pucele qui fe feoit defous un arbre ou il pendoit un efcu et une lance apuiee de lez.

Ci devife coment li rois Artus ala a Aquavalon pour affegier le roy Cahars. et coment Gauvain et fon filz vindrent a court a cui li rois Cahars fe rendi.

Ci devife coment Perceval fe departi de larbre ou la vois dun enfaut avoit parle a lui et coment Perceval vint au mout doulereus.

Ci devife coment Perceval le Galois vint chier le roy pefcheeur. Et devife coment le roy pefcheeur li enquert de plufeurs chofes et coment il font affis a table et coment on aporte la lance qui faine et lespee et le faint graal par devant eulz.

Ci devife coment Perceval et Saigremor encontrerent X chevaliers dont lun avoit une damoifelle qui portoit devant lui.

Ci devife coment Saigremor fe combat contre IV chevaliers dont il en ocift les II et le tiers failli en un puis. Et le quart chei par les fenestres du chastel ou foffe.

Ci devife coment Saigremor conquift Talides chevalier qui avoit affis le chaftel aus puceles et coment il fe rendi prifonier a la dame du chaftel par le comandement Saigremor.

Ci devise coment monseigneur Gauvain se combati a III chevaliers dont il en tua les II et le tiers se rendi a lui.

Ci devise coment monseigneur Gauvain se combat contre le roy Margon et se rendi le roy a Gauvain.

Ci devise coment Perceval se departi de lostel ou il avoit jeu malades et chevaucha tant parmi une forest et tonoit si fort et espartissoit et tant quil vint en la chapele ou la main noire estoit.

Ci devise coment III hermites et Perceval porterent le cors enterrer qui estoit en la chapelle que la main noire avoit tue. que Perceval delivra.

Ci devise coment Perceval se scoit desus une riviere. Et il vit venir parmi lyaue une nacele couverte dun samit et avoit dedenz un hermite vestu de blanc. Et Perceval entra dedenz.

Ci devise coment Perceval et une damoiselle sont en un paveillon et un chevalier vint tout arme qui emporta la damoisele et Perceval ala apres.

Ci devise coment Perceval encontra un chevalier qui portoit ses armes sus son col et sa lance et son escu derriere lui.

Ci devise coment Bohors de Gañes vit son frere que chevaliers enmenoient tout nu batant. Et le lessa. Et ala secourre une pucele qui un grant chevalier tenoit. Et la vouloit corrompre.

Ci devise le derrenier tournoiement ou Perceval jousta contre le roy Randemagu et plusors autres.

Ci devise coment Perceval et Hector se furent tant combatu que il cuidoient bien morir et estoit lun dune part et lautre dautre tout estendu et un angre vint a tant le S. Graal qui les comforta.

———

Mit dem **Roman de Perceval**, in Prosa, Druck, Paris, 1530, von welchem im Leben und Dichten Wolframs von Eschenbach, B. II, S. 402 das Nähere angeführt, und wo sein Verhältniß zu den frühern versificirten Romanen angedeutet worden ist, schließen sich die französischen Bearbeitungen der Geschichte von Perceval.

Auch in England fand die Parcival= und die damit seit ungefähr 1170 unauflöslich verbundene Gralsage dasselbe Interesse, wie im übrigen Europa; doch dienten hier im Allgemeinen die französischen Bearbeitungen zum Vorbild und zur Grundlage. Davon jedoch ganz unabhängig und in eigenthümlicher Gestalt tritt diejenige metrische Bearbeitung auf, von welcher die verdiente Herausgeberin im vorliegenden Werke, so viel uns bekannt, zuerst eine nähere Mittheilung des Inhalts macht. Sie ist nur in einer einzigen Handschrift bekannt, und enthalten in einem sehr merk= würdigen Papier=Mss. in Folio, der Kathedrale zu Lincoln gehörig, welches nach dem Namen des Schreibers, Robert de Thornton, eines Mönchs des funfzehnten Jahrhunderts, gemeinhin das Thornton-Manuscript genannt wird. Das Gedicht füllt etwa 30 in doppelten Kolumnen ge= schriebene Seiten, und beginnt mit S. 161 des Ms. Wir lassen den Inhalt folgen, wie L. Guest ihn giebt.

Die Anfangsstrophen lauten:

Gef lythes to me	Ein aufmerksam Gehör verleih't
Two wordes or thre	Mir für zwei Worte oder drei
Of one that was faire and fre	Von einem, welcher keck und frei
And felle in his fighte.	Und im Gefecht gefallen.
His righte name was Parcyvell.	Sein rechter Nahm' war Percivell.
He was fosterde in the felle,	Erwuchs er in einer Wildniß zwar,
He dranke water of the welle,	Und trank das Wasser aus dem Quell,
And yitt was he wyghte.	Doch war's ein Held vor Allen.
His fadir was a noble man.	Sein Vater war ein adlig Mann.
Fro the tyme that he began,	Seit er zu seinen Tagen kam,
Miche wirchippe he wan,	Gar viel Verehrung er gewann,
When he was made knyghte	Als in König Arthurs Halle
In kyng Arthures haulle,	Zum Ritter er geschlagen ward,
Beste by luffede of alle.	Geliebt von Allen er zumeist.
Parcyvell thay gan hym calle,	Ihn Percivell nur jeder heißt,
Who so redis ryghte.	Wer recht die Mär' gelesen.

König Arthur hegte zu dem Ritter so hohe Achtung, daß er ihm seine Schwester Acheflour mit einer reichen Aussteuer zur Gemahlin gab. Aber der Glückseligkeit des jungen Paares war keine lange Dauer bestimmt, denn Parcivell ward von einem, welcher der rothe Ritter genannt wurde, in einem Turnier getödtet, das er zur Feier der Geburt seines ersten Sohnes Parcivell, des Helden dieser Erzählung, ausgerufen hatte. Achefleur, um zu verhindern, daß ihrem jungen Sohne ein ähn= liches Schicksal treffe, entschloß sich, ihn da zu erziehen, wo ihm die Mög= lichkeit abginge, von Waffen und Rüstung auch nur zu hören, und zog demgemäß sich mit ihm in die Wälder zurück.

Bot in the wodde schall he be,	Nur in dem Walde sollt' er sein,
Sall he no thyng see,	Und sollte gar nichts weiter seh'n,
Bot the leues of the treo	Als der Bäume Blätter da
And the greues graye.	Und die grauen Haine.
Schall he nowther take tent	Sollt' Versuchung finden nie
To justes ne to tornament,	Zu Lanzenspiel nicht', noch Turnier,
Bot in the wilde wodde went	Und in dem wilden Waldrevier
With bestes to playe.	Nur spielen mit den Thieren,
With wilde bestes for to playe	Mit den wilden Thieren spielen nur.
Scho tuke hir leue and went hir waye	So nahm sie Abschied von Baron
Bothe at Baron and at raye	Und Hinterfaß, und zog davon
And went to the wodde.	Hin zog sie nach dem Walde.

Als Parcivell älter ward, bestand seine Hauptbeschäftigung darin, mit »einem kleinen schottischen Speere« zu werfen, welches das einzige Ding war »von allen schönen Kostbarkeiten ihres Herrn«, welches Acheflour in den Wald mit hergebracht hatte, und in dessen Gebrauch er eine ungemeine Fertigkeit scheint gehabt zu haben.

He wolde schote with his spere	Zu schießen pflegt' er mit dem Speer
Bestes and other gere,	Auf Wild und anderes Gethier,
As many als he myghte bere;	So viel er schleppen konnte schier;
He was a gude knaue.	Er war ein guter Knabe.
Smalle birdes wolde he slo,	Und kleine Vögel schoß er wohl,
Hertys hyndes also,	Hirsch und Hindin fällt' er so,
Broghte his moder of thoo,	Und bracht' sie seiner Mutter zu,
Thurte hir none craue.	Mocht' sie es auch nicht haben.
So wele he lernede hym to schote,	Er lernte also schießen gut;
There was no beste, that welke one	Kein Thier gab's, das auf Beinen
fote,	ging,
To fle fro hym was it no bote,	Das durch die Flucht ihm je entging,
When that he wolde hym haue.	Wenn er es wollte haben,
Euen when he wolde hym haue.	Ja, wenn er just es haben wollt'.
Thus he wexe and wele thraue,	So wuchs er auf und wurde stark
And was reghte a gude knaue.	Und war recht ein guter Knab'.

Seine Kleidung, während er in der Einsamkeit sich aufhielt, wird als ziemlich roh und äußerst grotesk beschrieben.

The childe hadd no thyng that tyde	Nichts hatt' das Kind zu jener Zeit,
That he mygte in his bones hyde,	Worin es hüllte seinen Leib,
Bot a gaytes skynn.	Als nur ein Ziegenfell.
He was burely of body and there	Sein Körper war stark, von kräft'gem
to rizt brade;	Wuchs;
One ayther halfe a skynn he hade,	Noch hatt' er ein and'res halbes Fell,
The hode was of the same made,	D'raus ihm die Kappe war gemacht,
Juste to the chynn.	Gerade bis zum Kinn.
His hode was juste to his chyn;	Die Kapp' ging just ihm bis an's Kinn;
The flesche halfe tourned with in.	Das Gesicht war halb versteckt darin.

Als er fanfzehn Jahr alt geworden, wird der ganze Lauf seines Lebens durch den Umstand umgeändert, daß er eines Tages mitten im Walde dreien Rittern von Arthurs Hofe begegnet: Owain, Gawain und Kay »den tapfern Zungendröscher« (the bolde Barator). Das Resultat dieses Zusammentreffens ist, wie im Mabinogi, daß Parcivell »in Ziegenhäuten, die eng ihm anschlossen« sich nach Arthurs Hof in der Hoffnung aufmacht, von diesem Herrscher zum Ritter geschlagen zu werden. Bei dieser Stelle der Erzählung steht geschrieben:

Here es a fytt of Percyvell of Galles.
Hier ist eine That von Percivell von Galles.

Auf dem Wege nach Hofe begegnet ihm ein Abentheuer, ähnlich jenem im Zelte im Peredur. Er kam zu »einer Halle«, wo Futter für sein Pferd vorhanden, und eine Mahlzeit aufgetragen war.

He fande a brade borde sett,	Er fand eine Tafel reich geziert,
A bryghte fire wele bett	Ein helles Feuer wohl geschürt
Brynnande there by.	Das loderte dabei.
A mawnger there he fande,	Eine Krippe fand er da,
Corne there in lyggande;	In welcher Korn er liegen fah.
There to his mere he bande	Mit Weidenruthen band er noch
With the wythy.	Seine Stute an.
— — — — — —	— — — — — —
And to the borde gan he goo	Diesmal gewißlich er begann
Certayne that tyde.	Zu Tisch sich zu begeben.
He fande a lofe of brede fyne,	Fand dorten ein Laib Brotes fein,
And a pychere with wyne,	Und einen Krug gefüllt mit Wein,
A mese of the kechyne;	Und ein Gericht aus der Küche dabei;
A knyfe there be syde.	Ein Messer lag daneben.

Nachdem er sich gestärkt hat, geht er weiter in ein inneres Gemach, wo er »eine Dame schlafend auf einem Bette« sah. Ohne sie aufzuwecken, zieht er einen Ring von ihrem Finger, und ersetzt ihn durch einen, den er selbst trug.

There he kyste that swete thynge,	Da küßte er das süße Ding,
Of hir fynger he tuke a rynge;	Von ihrem Finger nahm er den Ring;
His awenn modir takynnynge	Seiner eignen Mutter Liebespfand
He lefte with that fre.	Ließ er zurück dagegen.

Darauf reitet er weiter, und bei seiner Ankunft am Hofe hält er nicht an, weder am äußern Thore, noch an der Pforte (at gate dore ne wykett), sondern er reitet straks in die Halle ein, bis seine Stute [2] »küßte die Stirn des Königs«, welcher beim Mahle saß, und so eben »bedient ward mit dem ersten Gerichte«. Parcivell wird von Sir Ga= wayne herzlich bewillkommt, der, wie erzählt wird, »des Königs Vorschnei= der (trenchepayne) war«. Sein äußeres Ansehen ist zwar höchst un= ansehnlich, dennoch aber verlangt er mit sehr gebieterischen Worten, zum Ritter geschlagen zu werden, und droht selbst Arthur zu erschlagen, wenn nicht auf der Stelle seinem Verlangen genügt würde. Kurz,

The kynge hym selfe understode:	Der König selbst sah ein,
He was a wilde man.	Es sei ein wilder Mann.

[2] In der Ritterzeit wurde es für eine Schande gehalten, eine Stute zu reiten, und nicht größere Schmach konnte einem Ritter zur Strafe der Feigheit zugefügt werden, als daß man ihn auf eine Stute setzen ließ. Unserm Helden ist unzweifelhaft deßhalb eine solche beigegeben, um die Lächerlichkeit seiner Er= scheinung und Ausrüstung zu erhöhen.   L. G.

Und aus seinem Ansehen und den Umständen seines Kommens muthma=
ßend, daß er der Sohn seiner verwittweten Schwester Acheflour sein müsse,
welcher in den Wäldern aufgezogen ward, hatte er Nachsicht mit seinem
gänzlichen Mangel an Courtoisie, und versprach, ihn zum Ritter zu schla=
gen, wenn er erst absteigen und sein Mahl mit ihm theilen wolle. Gerade,
als er seinen Platz an der Tafel genommen hatte, ritt der rothe Ritter
in die Halle:

Prekande one a rede stede	Stolzirend hoch auf rothem Roß,
Blode rede was his wede;	Blutroth war sein Gewand;

und nahm Angesichts des ganzen Hofes einen goldnen Becher fort. Ueber
diese Beleidigung klagt Arthur bitterlich:

Fyve yeres hase he thus gane,	Fünf Jahr schon ging er so von hier,
And my coupes fro me tane,	Nahm mit sich meine Becher schier,
And my gude knyghte slayne,	Und schlug den guten Ritter mir,
Men calde Sir Parcyvell.	Den Parcivell man nannte.
Sythen taken hase he three,	Seitdem noch nahm er drei mit sich,
And ay awaye will he bee,	Und stets geräth ihm dieser Schlich,
Or I may harnayse me	Wenn ich nicht selber waffne mich,
In felde hym to felle.	Um ihn im Feld zu tödten.

Als Parcivell dies hört, besteigt er, ohne einen Moment zu zaudern,
seine Stute, und folgt dem rothen Ritter, indem er ihm nachruft, er solle
den goldnen Becher zurückgeben. Der Ritter, ohne Zweifel verwundert
über die sonderbare Ausstaffirung,

Pott his umbrere on highte	Warf in die Höhe sein Visier,
To by halde how he was dyghte;	Zu seh'n, wie angethan er wär,

und während er drohete, seinen seltsam wild aussehenden Gegner in einen
Pfuhl zu werfen, nimmt der junge Held ihm die Macht, fernerhin seine
bösen Absichten auszuführen.

Of schottyng was the childe slee.	Im Schießen war das Kind gewandt.
At the knyghte lete he flee,	Den Speer es auf den Ritter sandt',
Smote hym in at the eghe,	Zu dessen Aug' den Weg er fand
And oute at the nakke.	Und hinaus zum Nacken wieder.
Ffor the dynt, that he tuke,	Und durch den Wurf, den er empfing,
Oute of sadill he schoke;	Schwankt er im Sattel her und hin;
Who so the sothe will luke,	Wer da die Wahrheit sehen will —
And there was he slayne.	Todt sank der Ritter nieder.

Nun entsteht die Schwierigkeit, ihn aus seiner Rüstung heraus zu
bringen, und Parcivell, nach verschiedenen vergeblichen Versuchen, besinnt
sich zuletzt auf ein merkwürdiges Auskunftsmittel, um seinen Zweck zu
erreichen:

He sayd my moder bad me,	Sprach: meine Mutter hat mich lehrt,
Whenn my dart solde broken be,	Wenn je zerbrechen sollt' mein Speer,
Owte of the Iren bren the tree.	Aus dem Eisen zu brennen den Schaft.
Now es me fyre gnede.	Nun ist mir Feuer noth.
Now he getis hym flynt,	Drum einen Feuerstein er nimmt,
His fyre Iren he hent,	Schlägt an sein Feuerstahl damit
And then with owtten any stynt	Und also sonder Maas und Ziel,
He kyndilt a glede.	Anfacht' er eine Gluth.

Sir Gawayne kam gerade, als sich dieses begab, daher geritten, indem er dem Knaben gefolgt war, um zu sehen, was ihm begegnen möchte. Er ist ihm behülflich den Ritter zu entwaffnen, kleidet ihn in dessen Rüstung, und setzt ihn auf sein Streitroß. Parcivell indessen entschlossen, daß seine Vorbereitungen nicht sollten vergeblich gewesen sein, bevor er den Platz verließ,

Take the knyghte by the swire,	Nimmt beim Nacken den Ritter theu'r,
Keste hym reghte in the fyre,	Und wirft ihn mitten in das Feu'r,
The brandes to balde.	Zu nähren mehr die Flamme.
Bot then said Parcivell on bost:	Dann im Triumph sprach Parcivell:
Ly still ther in now and roste.	Bleib liegen jetzt und röste da.

The knyghte lygges there on brede;	Der Ritter liegt und bratet da;
The childe es dighte in his wede	Das Kind, gethan in sein Gewand,
And lepe up apon his stede,	Sprang rüstig auf sein Roß zuhand,
Als hy selfe wolde.	Wie selbst gethan er hätte.

Nachdem Parcivell dem Gawayne den Becher anvertraut, um ihn seinem Gebieter zurückzustellen, macht er sich auf, um Abentheuer aufzusuchen; und am nächsten Morgen trifft er auf eine Hexe, die ruhig ihres Weges vor sich hinritt, und, nach seiner Bekleidung ihn für den rothen Ritter haltend, einige höfliche Worte an ihn richtet. Ohne irgend einen andern ersichtlichen Grund als den, daß sie eine Hexe war, eine Thatsache, von welcher er durch Intuition Kenntniß gehabt zu haben scheint, nimmt er die alte Dame auf seinen Speer und schleudert sie in das Feuer, das er Tags zuvor für seinen Gegner angezündet hatte.

And righte so wolde he thare,	Und recht so wollte er,
That the olde wiche ware;	Daß dort die alte Hexe wär'.
Oppon his spere he hir bare	Und er trug auf seinem Speer
To the fyre agayne.	Sie nach dem Feuer hin.
In ill wrethe and in grete	In großem üblem Zornesmuth
He keste the wiche in the hete.	Warf er die Hexe in die Gluth.

Bald darauf begegnet Parcivell einem alten gebrechlichen Ritter und seinen neun Söhnen, die gleichfalls irrthümlich ihn für den rothen Ritter, ihren Todfeind, haltend, vor ihm fliehen. Nachdem sie ihren Irrthum eingesehen, sind sie ungemein erfreut, zu erfahren, daß ihr Feind erschlagen sei, und bewirthen Parcivell gut auf ihrem Schlosse.

Während seines Aufenthalts bei dem alten Ritter, der übrigens sein Oheim ist, ein Umstand, der jedoch jedem von beiden unbekannt ist, hält ein Bote beim Thore, der unterwegs war, um König Arthurs Beistand für Lufamour zu erbitten, die schöne Fürstin von **Maidenland**, die ein grausamer Sultan (Sowdan) in ihrer Burg belagert hielt, nachdem er alle ihre Verwandte vernichtet hatte. Parcivell macht sich ohne Verzug zu ihrer Hülfe auf, indem der Bote seine Reise fortsetzt. Als jener Lufamours Burg erreicht hatte, findet er, daß der Sultan auf einer Jagdparthie abwesend ist, und solchergestalt ergötzte er sich, diejenigen seines Heeres zu vertilgen, welche im Lager zurückgeblieben waren.

Now he strykes for the nonys,	Nun schlug er für die Jungfräulein,
Made the Sarazenes hede bones	Und ließ der Heiden Schädelbein
Hoppe als dose hayle stones	Wie Hagelschloßen weit und breit
Abowte one the gres.	Hinspringen auf den Rasen.
Thus he dalt tham on rawe,	So sprang er um mit ihnen rauh,
Till the daye gun dawe.	Bis zu des Tages Morgengrau.

Parcivall, wie man sich leicht denken kann, fühlte sich einigermaßen ermüdet, nachdem »er hat erschlagen so manchen Mann«. Also stieg er ab und legte sich »auf einen schönen Platz« unter einer Mauer, wo er einschlief. In diesem Zustande wurde er am andern Morgen von der Wache entdeckt, die der Lady Lufamour erzählt, was sie gesehen hat. Unverzüglich begiebt sie sich auf die Zinne, wo auch ihre Augen durch den Anblick der über die Ebene hingestreuten Leichname ihrer Feinde erfreut werden; und hierauf

Sche calde appon hir chaymbirlayne,	Sie rief nach ihrem Kämmerling,
Was called hende hatlayne,	Der war geheißen Hende Hatlayne,
The curtasye of Wawayne;	Der feine Junker von Wawayne;
He weldis in wane.	Er kam herzu in Eile.

Diese höfliche Person erweckte Parcivell, und führte ihn zu Lufamour, die ihren tapfern Kämpfer im Pallast bewillkommnete;

— — — with owtten any let	Drauf ohne lange Zögerung
To dyne gun thay dighte.	Zu essen sie begannen.
The childe was sett on the dese,	Auf den Ehrensitz ward das Kind placirt,
And served with roches;	Mit größtem Reichthum ihm servirt,
I tell yow with owtten lese,	Ich sag' es ohne Hehl Euch hier,
That gaynely was get	Daß gar ein Stuhl von Golde
In a chayere of golde.	Für ihn ward hingesetzt. —

Obschon ohne Verzug »sie sich über die Mahlzeit hermachten«, hatte Parcivell doch »nur noch wenig gegessen«, als die Nachricht gebracht

ward, daß ein Heer von bewaffneten Männern gegen die Stadt heran=
komme, und »die Gemeindeglocke begann zu läuten«, um Allarm zu ma=
chen. Parcivell springt von dem Thronsitz herunter, rennt nach dem
Stall, wo man sein Pferd untergebracht hatte, und zögert nicht, allein
hinaus zu eilen, der andringenden Menge entgegen, welche er so leichtlich
vernichtet, daß schon

That day by heghe none	Zu Spät=Mittag am selben Tag
With all that folke hade he done	Mit all' dem Volk er fertig war,
One lefe lefte noghte one.	Und keinen er am Leben ließ.

Darnach sieht er sich nach andern Gegnern um, und erblickte vier
Ritter, die vom Hügel her auf ihn zu ritten. Einen derselben reitet er
an, aber indem er bald findet, daß sein Gegner kein Heide, sondern sein
alter Verbündeter, Sir Gawayne, sei, der ihm zuerst beigestanden hatte,
seine Rüstung anzulegen, endigt der Kampf, und es erfolgt eine höchst
freundschaftliche Begrüßung. Die andern drei Ritter sind Sir Owain
und Sir Kai und Arthur selbst, die mit Sir Gawayne nach Maiden=
land in den freundschaftlichsten Absichten gekommen waren. Nachdem sich
dies so aufgeklärt hat, gehen Alle zusammen auf das Schloß. Nach kur=
zer Zeit langt der Sultan selbst, dessen Name Gollegotherame ist, vor
der Burg an, und ist schnell von unserm Helden überwältigt, der hierdurch
Anspruch auf die Hand Lufamours, der Schönen, erhält. König Arthur
führt den Vorsitz bei der Hochzeit, und nachdem er dem Parcevell die
Ehre des Ritterstandes verliehen hat, verläßt er ihn, um das Zepter von
Maidenland hinfort zu führen, und kehrt mit seinen Kriegern in sein
eigenes Reich zurück.

Sein Leben floß an der Seite seiner Gemahlin ein Jahr lang glück=
lich genug dahin. Aber eines Morgens am Ende dieser Zeit, »als er in
seinem Bette lag«, gedenkt er seiner Mutter, und entschließt sich, sie so=
gleich aufzusuchen. Ungeachtet aller Vorstellungen Lufamours, daß er
noch warten solle »bis die schönen Tage der Freude vorüber seien«, bricht
er dennoch alsbald auf. Noch ist er nicht weit gekommen, als seine Auf=
merksamkeit von lauten Wehklagen erregt wird, die von einer Dame kom=
men, welche er an einen Baum gebunden findet, und die er höflich aus
ihrer unvergnüglichen Lage erlöst. Sie erzählt ihm, daß sie so von ihrem
Gemahl, dem Schwarzen Ritter, behandelt worden sei, weil jemand
ihr im Schlaf einen Ring vom Finger gezogen, und einen anderen dafür
angesteckt habe. Es erweist sich natürlich, daß der unbekannte Urheber
ihres Mißgeschicks Parceval selbst ist, der, wie man sich erinnern wird,

mit einer schlafenden Dame Ringe gewechselt hatte, als er auf dem Wege
aus seinen Wäldern nach Arthurs Hofe war. Als der schwarze Ritter
angeritten kommt, wird dies zu seiner gehörigen Genugthuung hinreichend
aufgeklärt, und der Friede wird zwischen ihm und seinem Weibe wieder
hergestellt. Parcevell verlangt jetzt, daß die Ringe wieder ausgetauscht
werden mögen, weil der seinige ein Geschenk seiner Mutter gewesen sei.
Der schwarze Ritter drückt jedoch das größte Bedauern aus, daß es nicht
in seiner Macht stehe, seinen Wünschen zu willfahren, da er den Ring zu
dem Herrn des Landes gebracht, sobald er ihn am Finger der Dame entdeckt hatte. Es ergab sich, daß dieser Herr ein mächtiger Riese, der Bruder des Heidenfürsten Gollegotherame ist, und Parcevell macht sich nach
dessen Veste auf, um seinen Ring von ihm wieder zu erlangen. Der
Riese sieht ihn kommen, und ruft seinem Pförtner zu:

Go reche me my playlome	Geh, reiche mir mein Spielwerk her,
And I sall go to hym sone	Ich geh, hier anzusehn ihn mehr;
Hym were better hafe bene at Rome.	In Rom zu sein, ihm besser wär'!
So ever mote I thryfe.	So gewiß schlag' ich ihn todt.
Whetir he thryfe or he the	Ob er, ob jener bleib' am Leben
Ane Iryn clobe takes he	Läßt er die Eisenkeule sich geben,
A gayne Parcevell the fre	Und dem tapfern Parcevell entgegen
He went than full right	Geht gerad' er auf ihn los.
The clobe wheyhed reghte wele	Die Keule war gewichtig gut,
That a freke myght it fele	Daß sie wohl Bäume niederschlug.
The hede was of harde stele	Es war der Kopf von hartem Stahl,
Twelve stone weghte	Zwölf Stein doch an Gewichte.
Thare was Iryn in the wande	Es war Eisen an dem Schaft,
Ten stone of the lande	Zehn Stein' des Landes schwer,
And one was hy hynde his hande	Und einer hinter seiner Hand,
For holdyng was dight	Um gut ihn festzuhalten.
There was thre and twenty in hale	So waren 23 (Stein) im Ganzen;
Full evyll myght any men smale	Gar übel möcht' ein schwächlich Mann,
Shat men telles nowe in tale	Der jetzt in der Rechnung wohl noch
With siche a lome fighte.	mitzählt,
	Mit solchem Weberbaum fechten.

Der Riese erhebt diese schreckliche Waffe, um einen entscheidenden
Schlag zu führen; aber Parcevell weicht ihm aus, und die Keule schlägt
in die Erde. Er benutzt den Augenblick, wo der Riese ungedeckt ist und

His honde he strykes hym fro,	Die Hand schlug er ihm ab,
His lefte fote also;	Den linken Fuß dazu;

indem er dabei gegen ihn äußert:

Thou myghte with a lesse wande	Du hättest können mit kleinerem Stabe
Halfe weledid better thi hande;	Die Hand besser geschwungen haben;
And hafe done the some gode.	Das hätt' Dir das gethan.

Darauf tödtet er den Riesen vollends, und geht dann auf das Schloß und durchwühlt dessen Schätze nach seinem Ringe. Nachdem er ihn aufgefunden, wird ihm vom Pförtner erzählt, daß derselbe in der That sich als ein sehr unheilbringendes Kleinod gezeigt habe, denn als sein Herr ihn zum Geschenk einer Dame angeboten, deren Neigung er zu gewinnen wünschte, habe diese ihn als ein Andenken erkannt, welches sie ihrem Sohne gegeben hatte, und in der Voraussetzung, daß er erschlagen worden, sei sie sofort von Sinnen gekommen, und in die Wälder geflohen. Aus dieser Erzählung entnimmt Parcevell als gewiß, daß diese Dame keine andere, als seine Mutter Acheflour gewesen sein könne. Er folgt ihr in die Wälder nach, nicht auf seinem Streitroß, sondern zu Fuß, und gekleidet, nicht in seinen ritterlichen Anzug, sondern in ein rohes Gewand, ähnlich jenem, das er trug, als er von ihr Abschied genommen hatte.

His armour he leved there in,	Seine Rüstung that er ab,
Toke one hym a gayt skyñe,	Zog eine Geishaut wieder an,
And to the wodde gan he wyn.	Und nach dem Wald zu geh'n er begann.

Nach einem Suchen von neun Tagen hat er endlich das gute Glück, seine Mutter zu finden; aber sie ist in völligem Wahnsinn, und erst, nachdem sie durch einen von dem Pförtner des Riesen herbeigeschafften Trank in einen tiefen Schlaf von drei Tagen und drei Nächten versenkt worden war, erhält sie ihren Verstand wieder. Als ihre Wiederherstellung so glücklich bewirkt ist, nimmt sie ihr Sohn mit sich in sein Königreich und das Gedicht schließt in folgender Weise:

Than Sir Parcevell in hy	Darauf nahm Sir Parcevell
Toke his modir hym by,	Seine Mutter zu sich hin,
I say yow than certenly,	Ich sage das Euch für gewiß,
And home went hee.	Und nach der Heimath zog er.
Grete lordes and the qwene	Große Herrn und die Königin
Welcomed hym; al bydene	Begrüßten ihn allsogleich.
Whenn thay hym one lyfe sene,	Als sie ihn am Leben sahen,
Than blythe myghte yay bee.	Da mochten sie sich freuen.
Sythen he went into the holy londe;	Nachmals ging er in's heil'ge Land;
Wañe many Cites full stronge,	Viel starke Städte er gewann,
And there was he slayne I undirstonde.	Und ward erschlagen dort, wie ich vernahm.
Thus gatis endis hee.	Solch Ende er gewann.
Dow Jhesus Criste, henens kyng,	Nun Jesus Christ, des Himmels König,
Als he es lorde of all thyng,	Wie Er der Herr ist aller Dinge,
Grante us all his blyssyng,	Verleihe uns all' seinen Segen,
Amen for charyte.	Amen, in Barmherzigkeit.

Explicit Sir Parcevell De Galles. Here endys the Romance of Sir Parcevell of Gales. Cofyn to kyng Arthoure. —

Wir bedauern, daß die Herausgeberin nicht mehr über die Zeit der Abfaſſung dieſes merkwürdigen Gedichts und über ſeinen wirklichen oder vermuthlichen Verfaſſer beigebracht hat, als die Bemerkung, daß die Sprache mitunter etwas roh ſei, und die bemerkenswerthe Notiz, daß **Chaucer**, **Rime of Sire Thopas**, die erſte Strophe dieſes Gedichts im Sinne gehabt zu haben ſcheine, als er ſchrieb:

> Himself drank water of the well
> As did the knight Sire Percivell
> So worthy under wede;
> 　　　(Rime of Sire Thopas. Cant. Tales, 13844.)

welcher Vermuthung wir vollkommen beiſtimmen müſſen. Da Chaucer, geb. 1328, im Jahre 1382 ſtarb, ſo giebt dieſe Anſpielung uns wenig- ſtens den **terminus ad quem** der Abfaſſung dieſes Parcival; wir müſſen der Sprachwiſſenſchaft überlaſſen, aus der Sprache des Gedichts das Al- ter deſſelben zu beſtimmen, was indeß bei der Neuheit der einzigen Hand- ſchrift ſeine beſondere Schwierigkeit haben möchte; aus dem Strophenbau iſt nichts zu folgern, da er in den mannigfaltigſten Formen ſo alt iſt, wie die engliſche Sprache. Beſonders bemerkenswerth iſt jedoch, daß neben den reichen Reimen der ſechszehnzeiligen Strophe durchweg die Alliteration ſehr beſtimmt durchklingt, und ſo ſich in einem Beiſpiele die S. 82 angeführte Bemerkung des Giraldus beſtätigt, die er über die Angliſchen und Wälſchen Dichter ſeiner Zeit macht: **ut nihil ab his eleganter dictum, nullum nisi rude et agreste censeatur, si non schematis hujus lima plene fuerit expolitum.** — Die Schlußſtrophen deuten unzweifelhaft an, daß das Gedicht nur nach dem erſten Kreuzzuge gedich- tet ſein kann, und ſomit gehört es früheſtens dem zwölften Jahrhundert an. Es giebt ſich indeß ſelbſt nicht für ein erſtes urſprüngliches Werk aus, ſondern beruft ſich mehrfach auf frühere ſchriftliche Aufzeichnungen dieſes Stoffes. Dieſer rundet ſich hier meiſterlich zu einem feſten in ſich geſchloſſenen Ganzen ab. Es iſt alles entfernt, was im Mabinogi Pere- dur ſchon zu einer Erweiterung und Verzweigung dieſer Geſchichte den Keim enthielt, der in der Provenze und in Nordfrankreich eine ſo überaus reiche Fortentwickelung fand. Es muß dahin geſtellt bleiben, ob dieſes Verdienſt in der Form dem freien Walten des Dichters zuzuſprechen iſt, oder ob er den Stoff ſchon in dieſer größern Einfachheit vorfand; anderer Seits klingt uns aber daraus ein echter Volkston entgegen, der wie in den Handlungen derb und kräftig, auch in den oft mangelhaften Reimen einen kunſtgeübten ritterlichen Sänger verleugnet. Iſt es erlaubt, aus dem hier gegebenen Material überhaupt schon ein Urtheil zu bilden, so sind es zwei Umstände, die besonders beachtungswerth scheinen, nämlich: die französischen Namen und die Einfachheit und Geschlossenheit des Stoffes.

Zwar kommt der wälsche Name Owain anstatt des französirten Ywaine vor, doch genügt er nicht, um auf eine wälsche Quelle, der der letzte Dichter etwa folgte, zu leiten. Die Hauptnahmen: Parcevell, Achesflour, Lufamour, sind unzweifelhaft französisch und es ist daher mehr als wahrscheinlich, daß der Stoff nur über den Kanal nach England gekommen ist, bezweifeln aber möchten wir, daß dies durch Vermittelung der nordfranzösischen Clerks oder sonstiger Hofdichter geschehen sei, weil das französische Ritterthum in seiner feineren Ausbildung hier so gänzlich zurücktritt; der plumpe Riese und die nur einmal auftretende und wunderlich genug beseitigte Here treten wie halberloschene Erinnerungen aus dem wälschen Peredur hervor, die selbst in dieser Fabel nicht bis Nordfrankreich gelangt sind, sondern sich schon in der Bretagne scheinen aus dem Munde der Erzähler allgemach entfernt zu haben. Das Gedicht nähert sich der einfacheren und roheren Haltung des älteren Tristan und Lancelot, die gewiß der bretagnischen Erzählung in demselben Verhältniß nahe standen, wie die jüngeren Bearbeiter dieser Stoffe sich von ihren älteren Vordichtern entfernten. — In Betracht der ganzen damaligen Dichtungsweise und Dichterindividualität, glauben wir in diesem Gedichte eine entschiedene Hinweisung auf die Erzählung eines bretagnischen Jongleurs zu erkennen, der weder Kiots noch Chretiens Ausdehnung der Fabel, noch die Gralsage gekannt, und der eben so nur einen unvollständigen Nachhall des wälschen Mabinogi vernommen hat. Die Schlußstrophen, wonach Parcival nach Palästina zieht, und dort ruhmreich ficht und stirbt, sind ein augenscheinlich neuer Zusatz zu dem alten Stoff; wäre aber erweislich zu machen, daß das Gedicht der ersten Hälfte des zwölften Jahrhunderts angehört, so dürfte hiermit uns ein deutlicher Fingerzeig über die Entstehung der Sage, daß der Gral nach dem Orient geschwunden, und Parcival wie Arthur selbst, ihm nachgezogen seien, gegeben sein.

Nach Skandinavien ist die Parcivalsage wahrscheinlich zugleich mit den übrigen Romanen des Arthurkreises unter der Regierung Euphemias und Hakons gelangt. Die Herausgeberin giebt von drei Handschriften der Parceval-Saga in isländischer oder altdänischer Sprache Nachricht: die erste im Codex Arnae Magnaeanus, nr. 179, Ms. Folio, auf Papier, auf der königlichen Bibliothek zu Stockholm, um die

Mitte des siebenzehnten Jahrhunderts geschrieben, und wahrscheinlich von einem älteren Mf. copirt; der Schreiber ist ein Geistlicher, Namens Jon Erlendson, der die Abschrift für den Bischof von Island, Bryniulf Sveinsson, fertigte. Das Mf. enthält 193 Blätter, folgenden Inhalts:

Saga of Eriki Vidrförla, Comrads Saga Keyfara fonar, Bevus Saga, Ivents thattr, Saga af Parceval Riddara, Valvers thattr, Mirmañs Saga, Af Clarus Keyfarafyni (defect), Af pielar Joni Svipdagsfyni, Flovents Saga, Elis Saga, Möttuls Saga.

Die zweite ist im **Codex Arnae Magnaeanus, nr. 181, A,** Folio, Papier, auf derselben Bibliothek. Das Mf. enthält **Artus Kappa Sögur, Viz Ivents Saga, Parceval Saga,** und **Valvers Saga.** Der Koder ist in doppelten Kolumnen geschrieben, und die **Parceval Saga** beginnt S. 520[b].

Die dritte ist eine Papierhandschrift im brittischen Museum, **Add. MSS. 4859.**

III.
Geraint, Sohn Erbin's.

Wie Geraint von dem Zwerge mit | 1. **Arthur** war gewohnt,
der Peitsche geschlagen wurde. | seinen Hof zu Caerlleon am Usk zu
halten. So hielt er ihn dort sieben Ostern und fünf Weihnachten.
Einstmals nach der Zeit hielt er zu Pfingsten Hof. [1] Bei Caerlleon
war die Gegend sowohl zur See wie zu Lande sehr leicht zugänglich, und
dort waren neun gekrönte Könige, die ihm tributbar waren, und ebenso
Grafen und Barone versammelt; denn sie waren zu allen großen Festlich=
keiten seine eingeladenen Gäste, wenn sie nicht durch besonders wichtige
Abhaltungen behindert wurden zu erscheinen. Und wenn er zu Caerlleon
war, um Hof zu halten, waren vierzehn Kirchen besonders für die Messe
bestimmt, für welche folgende Ordnung galt: eine Kirche war für Arthur,
seine Könige und Gäste; die zweite für Gwenhwyvar und ihre Frauen;
die dritte für den Oberhausmeister [2] und die Beamten; die vierte für die

---

[1] Ritson bemerkt in einer Note zu seinen **Metrical Romances (III,**
S. 235.), daß die älteren englischen Historiker, wie Roger Hoveden, Mathäus
Paris u. A. m. oftmals der Gewohnheit der alten Könige von Frankreich und
England, eine **cour plenière,** einen großen Hoftag, an den drei Hauptfesten,
Ostern, Pfingsten und Weihnachten, zu halten, erwähnen. Bei solcher Gelegen=
heit erschienen die Fürsten und Barone des Königreichs mit ihren Gemahlinnen
und Kindern. Sie speisten an der königlichen Tafel mit großem Pomp und
Glanz. Minstrells strömten in Schaaren von allen Seiten zusammen. Buhurt,
Turniere, und mannigfache andere Unterhaltungen dauerten mehrere Tage lang.
— Diese drei Hauptfeste, oder prifwil werden als solche Hoftage (zu Pasc,
Nadolic und Sulgwyn) auch in der 57sten Triade erwähnt.   L. G.

[2] Der **Steward of the household** war der Chef der gesammten Hofdie=
nerschaft, dem jeder bei seiner Anstellung eine Sportel von 24 Pence zu zahlen
hatte. Ihm war die wichtige Sorge übertragen, die Küche mit Speisen und
mit Getränken den Methkeller zu versehen. Auch hatte er die Aufsicht über
den königlichen Theil der Beute, bis er darüber zu disponiren befahl, wo er

Freien und übrige Dienerschaft; und die übrigen neun Kirchen waren für die neun Hausmeister [3]), und hauptsächlich für Gwalchmai; denn er war vermöge seines glänzenden Kriegsruhms und des Adels seiner Geburt der vornehmste von den Neunen. Und hier fand keine andere Einrichtung hinsichtlich der Kirchen statt, als welche wir oben angeführt haben.

Glewlwyd Gavaelvawr *) war der Hauptpförtner; aber er übte nicht selbst den Dienst aus, außer an einem der drei hohen Feste, sondern er hatte sieben Mann zu seinem Dienste, die sich darin im Jahre theilten. Diese waren Grynn, und Pen Pighon [4]) und Llaes Cymyn,

---

sich dann für sein Theil einen Stier auswählen konnte. Seine besondere Pflicht war es, für den König die Eide abzunehmen. Außer seinen Kleidern, vier Hufbeschlägen, und verschiedenen Accidenzien an Thierhäuten, konnte er zu jedem St. Michaelsfeste von dem Oberfalkenier einen männlichen Jagdfalken oder Habicht fordern (Welsh laws).   L. G.

[3]) Das Amt des **Master of the household** war eins von großer Ehre und Auszeichnung, und in den Gesetzen des Howel Dda ist verordnet, daß es ein Sohn oder Neffe des Königs oder sonst jemand von hinreichendem Ansehen für eine so hohe Stellung einnehmen soll. Gwalchmai war daher hierzu vermöge der Verwandschaft, in welcher er mit dem Könige Arthur stand, ganz vorzüglich geeignet. Die mit diesem Amt verbundenen Vorrechte waren bedeutend, wenn dessen Pflichten auch nicht alle von besonders schwieriger Natur waren; u. a. bestand eine darin, an den drei hohen Festen nach der Tafel dem Hausbarden die Harfe zu reichen. Der Hausmeister hatte ein geräumiges und meist im Mittelpunkt der Stadt belegenes Haus zur Wohnung. Er war berechtigt zu dem zweiten vorzüglichsten Gericht an der Tafel und zunächst nach dem Könige bedient zu werden; und sein Gebührniß waren drei Gerichte und drei Hörner voll des besten Getränks am Hofe. Außer andern Accidentien an baarem Gelde, hatte er vom König seine Kleidung zu den drei hohen Festen, und eben so seine Rosse, Hunde, Falken und Waffen zu erhalten. Vom Hofkurschmidt hatte er jährlich vier Hufbeschläge mit den dazu gehörigen Nägeln zu fordern.   L. G.

*) S. Note 2. zur Dame von der Quelle, S. 99.

[4]) Diese Personen scheinen ihre Namen allein von dem Dienst, den sie versahen, erhalten zu haben, und wir dürfen nicht hoffen, irgend eine glaubwürdige Urkunde über Gesicht, Sohn des Sehers, und Gehör, Sohn des Hörers, zu finden, denn dies ist die Erklärung von Drem vab Dremhitid und Clust vab Clustveinyd. Auf diese zwei Helden wird in einem Gedicht, das dem Jolo Goch (1400) zugeschrieben wird, angespielt: „Wann soll das sein?" — „„Wenn Bleuddyn Rabi Rhol wird so scharfen Gesichts sein wie Tremydd, Sohn des Tremhidydd, der Mann der unterscheidet das Stäubchen im Sonnenstrahl an den vier Enten der Welt; wenn das Ohr des tauben Deicin Fongam von Machynlleth wird so gut sein, wie das des Clustfain, Sohnes

und Gogyfwlch, und Gwrdnei mit den Katzenaugen, der bei
Nacht wie bei Tage sehen konnte, und Drem, Sohn des Dremhitid, und
Clust, Sohn des Clustveinyd. Diese waren Arthurs Wächter. Und an
einem Fasten=Dienstag, als der König bei Tafel saß, siehe, da trat ein
schöner Jüngling mit schönem Antlitz herein, in ein Wammes und einen
Rock von geblümtem Atlas gekleidet, ein Schwerdt mit goldnem Gefäß
um den Nacken, und grobe Lederschuhe an den Füßen. Und er kam,
und stellte sich vor Arthur. »Heil Dir, Herr,« sprach er. »»Glück
auch Dir — antwortete jener — und sei willkommen. Bringst Du
irgend neue Zeitung?«« — »Die bringe ich, Herr,« sprach er. »»Ich
kenne Dich nicht,«« sagte Arthur. »Es ist wunderbar, daß Du mich
nicht kennst. Ich bin einer deiner Jäger, Herr, in dem Walde von
Dean, und mein Nahme ist Madawc, Sohn des Twrgadarn.« —
»»So erzähle mir deine Bothschaft,«« sprach Arthur. — »Das will ich
thun, Herr — erwiederte er. — In dem Walde sah ich einen Hirsch,
desgleichen ich noch niemals erblickt habe.« — »»Wie war es um ihn
bewandt — fragte Arthur — daß Du seinesgleichen noch nie gesehen
hast?«« — »Er ist vom reinsten Weiß, Herr, und mit keinem andern
Thiere geht er im Rudel aus Stattlichkeit und Stolz, so königlich ist er
geartet. Ich komme, Herr, bei Dir Rathes zu erholen, und zu verneh=
men, was Du über ihn beschließest.« — »»Es scheint mir das beste —
sprach Arthur — hinzugehen, und ihn morgen bei Anbruch des Tages zu
jagen und davon allgemein in allen Quartieren des Hofes die Nachricht
zu verbreiten.«« — Arryfuerys war Arthurs Oberjägermeister [5]) und

---

des Clustfeinydd, des Mannes, der da fallen hört den Thautropfen im Juni
vom Grashalm an den vier Enden der Welt.'"   L. G.
    [5]) Chief Huntsman. Nach den Gesetzen des Howel Dda hat diese wich=
tige Person den Rang des zehnten Dieners des Hofes, und seine Pflichten und
Vorrechte sind sehr genau bestimmt. Von Weihnachten bis Februar mußte er
stets mit dem König sein, und bereitete den Sitz für ihn in dem Palast, in
welchem sich das Gemach befand, in welches er sich mit dem Hauskaplan zurück=
zuziehen pflegte. Vom achten Februar bis zu Johannis mußte er mit seinen
Jagd= und Dachshunden, und Hörnern auf die Jagd nach jungen Hirschen gehen;
während dieser Zeit brauchte er sich vor keinem Gerichtshofe wegen eines An=
spruchs zu stellen, den jemand, außer seinen Mitdienern, gegen ihn hatte.
Von Johannis bis zum neunten October hatte er Rehe zu jagen; und wenn er
nicht konnte ergriffen werden, ehe er sein Bett verlassen und die Schuhe ange=
zogen hatte, brauchte er sich auf Niemandes Klage während dieser Zeit einzu=
lassen. Vom neunten October bis zum ersten December mußte er Dachse jagen,
und war Niemandem, außer seinen Mitdienern, schuldig, von seiner Führung

Arelivri sein Oberkämmerling [6]). Allen ward es angezeigt, und so ward es vorbereitet. Und sie sandten den Jüngling sich voraus. Da sprach Gwenhwyvar zu Arthur: »Willst Du mir erlauben, Herr — sprach sie — morgenfrüh zu gehen, um die Jagd des Hirsches zu sehen und hören, wovon der junge Mensch sprach?« — »»Sehr gern will ich das,«« erwiederte Arthur. »So werd' ich gehen,« sprach sie; und Gwalchmai sagte zu Arthur: »Möchte es, Herr, dein Wille sein, so erlaube, daß, in wessen Stand bei der Jagd, sei er nun König oder Fußknecht, der Hirsch etwa kommt, dieser ihm den Kopf abschneiden, und ihn seiner Geliebten, oder der Dame seines Freundes geben darf.« — »»Das bewillige ich sehr gern — erwiederte Arthur — und mache der Oberhausmeister sich auf Strafe gefaßt, wenn morgen früh nicht alles zur Jagd fertig ist.«« Und sie verbrachten den Abend unter Gesang, Scherzen, Gespräch und mannigfacher Ergötzniß. Und als es Zeit zum Schlafengehen war, begaben sie sich zur Ruhe. Als der nächste Tag anbrach, erhoben sie sich; und Arthur rief die Wächter, welche die Wache vor seinem Schlafzimmer hatten. Dies waren vier Pagen, deren Nahmen waren: Cadyrnerth, der Sohn des Porthawr Gandwy [7]), und Ambreu, Sohn des

---

Rechenschaft zu geben. Darnach war er beschäftigt, die Felle der erlegten Thiere zu theilen, woran ihm selbst ein Antheil zustand. Seine Wohnung war im Backhause und sein Accidenz waren drei Hörner voll Getränk, und eine Schüssel mit Speise. Der Werth eines Horns war ein Pfund, und es mußte ein Büffelhorn sein.   L. G.

[6]) Der **Chief Page**, oder **Peñ Mackwy** scheint ein Diener zu sein, der in den wälschen Gesetzen als der **Gwas Ystavell** bezeichnet wird, und wie es der Name andeutet, lag ihm die Aufsicht über die Einrichtung der königlichen Zimmer ob. Es war sein Geschäft, das Stroh für des Königs Herberge zu schaffen, sein Bett zu machen, und die Decken darüber zu breiten. Er hatte des Königs Schatz zu bewahren, seine Trinkgeschirre, Hörner und Ringe; für Verluste daran wurde er bestraft. Er wohnte im königlichen Zimmer, und, außer an den drei großen Festen, fungirte er als Mundschenk des Königs.   L. G.

[7]) Cadyrnerth scheint eine Person von großer Courtoisie und höchst feinen Sitten gewesen zu sein. In der 90sten Triade gehört er mit Gwalchmai und Gadwy, Sohn des Geraint, zu den **drei höflichsten Rittern gegen Gäste und Fremde**; und in einer andern wird gesagt, daß er den Ehrendienst beim König Arthur der Ausübung der Herrschaft über sein eigenes Reich vorgezogen habe, ohne Zweifel aus dem Grunde, weil der verfeinerte Ton des Hofes einer Person von seiner Bildung und seinem Geschmack mehr zusagte. — „Die **drei Könige am Hofe Arthurs**, Goranvy, Sohn des Echel Vorddwyttwll, und Cadreith, Sohn des Porthfawr Gadw, und Fflcidwr Fllam, Sohn des Godo (Triade 15.), weil sie Fürsten waren, welche Land und Herrschaft besaßen, den-

Bedwor, und Amhar, Sohn Arthurs, und Goreu, Sohn des Cu=
stennin [8]). Diese Leute kamen zu Arthur, grüßten ihn, und halfen ihm
in seine Kleider. Arthur wunderte sich, daß Gwenhwyvar noch nicht er=
wacht war, und in ihrem Bette sich regte. Als die Diener sie wecken
wollten, sprach aber Arthur: »Störet sie nicht, denn es ist ihr lieber zu
schlafen, als der Jagd zuzusehen.« Darauf machte sich Arthur auf, und
hörte den Schall von zwei Hörnern, einen von der Wohnung des Ober=
jägermeisters aus, den andern vor der des Oberkämmerlings. Nun ver=
sammelte sich der ganze Zug um Arthur und setzte sich nach dem Walde
in Bewegung.

Nachdem Arthur sich aus dem Pallaste entfernt hatte, erwachte
Gwenhwyvar, und rief nach ihren Dienerinnen, die vor ihr erschienen.
»Mädchen — sprach sie — ich habe in letzter Nacht die Erlaubniß erhal=
ten, die Jagd mit anzusehen. Gehe eine von Euch nach dem Stalle,
und bestelle ein solches Roß hieher, welches eine Frau reiten kann.« Eine
von ihnen ging, und fand zwei Rosse im Stalle, welche Gwenhwyvar und
ein Mädchen bestiegen, die über den Usk gingen, und den Spuren der
Männer und Rosse folgten. Wie sie so ritten, hörten sie plötzlich ein
lautes Geräusch, blickten sich danach um, und gewahrten einen Ritter auf

---

noch aber vorzogen, als Ritter am Hofe Arthurs zu bleiben, der als das Haupt
der Ehre und Höflichkeit da stand in der Meinung der drei Ritter des
Kampfs (Tr. 114.).   L. G.

[8]) Goreu, Sohn des Custennin, wird in den Triaden als der Befreier Ar=
thurs aus den drei Einkerkerungen erwähnt. „Die drei vornehmsten Ge=
fangenen der Insel Britannien: Llyr Llediaith, im Gefängniß des Euroswydd
Wledig (wahrscheinlich Ostorius, der römische Feldherr); und Madoc oder Ma=
bon (in den im rothen Buch enthaltenen Triaden sind diese Namen Mabon und
Geiryoed geschrieben; Myv. Arch. II, 6. In den Mabinogion ist es Mabon,
Sohn des Modron, und Geyr, Sohn des Geyrybed oder Geiryoed; und einer
war noch vornehmer als die Drei, das war Arthur, der drei Nächte in der
Burg des Oeth und Anreth, und drei Nächte im Gefängniß des Wen Pendra=
gon, und drei Nächte in dem finstren Kerker unter dem Stein saß. — Und ein
Jüngling erlöste ihn aus den drei Gefängnissen; der Jüngling war Goreu,
Sohn des Custennin, sein Vetter (Tr. 50.).“
Das Schloß des Oeth und Anreth kommt in den Mabinogion vor, und
in einer andern Reihe von Triaden ist es als das Gefängniß des obengenannten
Geyr genannt. In der Tr. 61. ist Arthur nicht mit nahmhaft gemacht, wohl
aber werden die Mitglieder der Familien der andern Gefangenen genannt, die
diese Gefangenschaft theilten, welche als die allerstrengste bezeichnet wird, die
jemals, so viel bekannt, stattgefunden hat.   L. G.

einem jungen Jagdroß von mächtiger Größe. Der Reiter war ein schön=
gelockter Jüngling, bloßbeinig, und von fürstlichem Ansehen; ein Schwerdt
mit goldnem Gefäß hing an seiner Seite, Wammes und Rock waren von
Seide, und zwei grobe Schuhe von Leder an seinen Füßen; ihn umgab
ein Mantel von dunklem Purpur, in dessen Zipfeln ein goldener Apfel
gestickt war. Sein Roß schritt stattlich, behend und stolz einher; und er
holte Gwenhwyvar ein und grüßte sie. »Der Himmel behüte Dich, Ge=
raint — sprach sie; — ich erkannte Dich, denn ich sah Dich neulich
genau. Der Gruß Gottes sei mit Dir. Aber wie kommt es, daß Du
nicht mit dem König zur Jagd bist?« — »»Ich wußte nicht, wann er
ging«« — antwortete er. »Mich wundert's auch — sagte sie — wie
er ohne mein Wissen sich aufmachen konnte.« — »»In der That,
Frau?«« rief jener. — »Ich schlief noch, und wußte nicht, wann er ging.
— Indeß, junger Mann, Du bist der angenehmste Gefährte, den ich im
ganzen Königreich haben kann, und es kann geschehen, daß ich besser durch
die Jagd unterhalten werde, als sie; denn wir werden die Hörner hören,
wenn sie sie blasen, und werden die Hunde hören, wenn sie losgelassen ihr
Gebell beginnen.« So gelangten sie an den Saum des Waldes, und
hielten dort an. »An diesem Platz — sprach sie — wollen wir horchen,
wenn die Hunde losgelassen werden.«

Bald darauf vernahmen sie ein lautes Geräusch, sahen nach der
Gegend hin, woher es kam, und erblickten einen Zwerg, der auf einem
stattlichen, schäumenden, sich bäumenden, starken und muthigen Rosse ritt.
Der Zwerg hatte eine Peitsche in der Hand; aber ihm zur Seite erblick=
ten sie eine Dame auf einem herrlichen weißen Rosse von behendem statt=
lichem Gange, gekleidet in ein Gewand von Goldbrokat. Und neben die=
ser ritt ein Ritter auf einem Streitrosse von mächtiger Größe; beide, Roß
und Reiter, waren in schwerer und glänzender Waffenrüstung, und gewiß
sahen sie niemals vorher einen Ritter, ein Roß und eine Rüstung von so
merkwürdiger Größe. So ritten die Drei nebeneinander.

»Geraint — fragte Gwenhwyvar, — weißt Du den Namen dieses
jungen schlanken Ritters?« — »»Ich kenne ihn nicht — erwiederte er
— und die gewaltige Rüstung, welche er trägt, lassen mich sein Gesicht
und seine Mienen nicht erkennen.«« — »Geh, Mädchen — sprach
Gwenhwyvar — und frage den Zwerg, wer der Ritter ist.« — Darauf
ritt das Mädchen zu dem Zwerge, und der Zwerg wartete, wie er sie auf
sich zu kommen sah. Und das Mädchen fragte den Zwerg, wer der Rit=
ter sei. »Das will ich Dir nicht sagen,« antwortete er. »»Wenn Du

so ungeschliffen bist, es mir nicht zu sagen — entgegnete sie — so werde ich ihn selbst fragen.«« — »Bei meiner Treue; Du sollst ihn nicht fragen,« rief er. »»Warum nicht?«« fragte sie. »Weil die Ehre für Dich zu groß wäre, um schicklicher Weise mit meinem Herrn zu sprechen.« Als sie darauf dennoch den Kopf ihres Pferdes nach dem Ritter umlenkte, schlug der Zwerg mit der Peitsche, die er in der Hand hatte, ihr dergestalt in's Gesicht und in die Augen, daß das Blut floß. Wegen der Verletzungen, welche das Mädchen von den Schlägen erhielt, kehrte sie, ihre Noth klagend, zu Gwenhwyvar zurück. »Sehr roh hat der Zwerg Dich behandelt — sagte Geraint; — ich will selbst gehen, zu erforschen, wer der Ritter ist.« — »»So geh,«« sagte Gwenhwyvar. Und Geraint begab sich zu dem Zwerge. »Wer ist der junge Ritter?« fragte Geraint. »»Das will ich Dir nicht sagen,«« erwiederte der Zwerg. »So werde ich ihn selbst befragen,« sprach jener. »»Das wirst Du nicht, bei meiner Treue — rief der Zwerg, — Du bist nicht ehrenwerth genug, um mit meinem Herrn zu sprechen.«« — Da sagte Geraint: »Oft habe ich mit Männern seines Ranges gesprochen«; und lenkte den Kopf seines Pferdes nach dem Ritter um; aber der Zwerg kam auf ihn zu, und schlug ihn, wie er dem Mädchen gethan hatte, so daß das Blut den Mantel färbte, den Geraint trug. Da fuhr Geraints Hand nach dem Degengriff, jedoch besann er sich und überlegte, daß er nicht für die Schläge an dem Zwerge Rache nehmen könne, ohne, unbewaffnet wie er war, von dem bewaffneten Ritter angegriffen zu werden und kehrte deßhalb zu Gwenhwyvar zurück.

»Du hast klug und verständig gehandelt,« sprach diese. — »»Gebieterin — sagte er — mit deiner Erlaubniß werde ich jenen nachfolgen, und kommt er zu irgend einem bewohnten Ort, wo ich Waffen geliehen, oder gegen Pfand erhalten kann, so werde ich den Ritter angreifen.«« — »Geh — erwiederte sie — aber streite nicht eher mit ihm, als bis Du gute Waffen hast. Ich werde in großen Sorgen um Dich sein, bis ich wieder Nachricht von Dir höre.« — »»Wenn ich am Leben bleibe, — sprach er — so sollst Du morgen Nachmittag Nachricht von mir hören.«« Und somit ritt er fort.

Geraint besiegt den Ritter vom Sperber, und schickt ihn zu Gwenhwyvar.

2. Sie zogen unterhalb des Pallastes von Caerlleon ihrer Straße, ritten durch die Fuhrt des Usk, und dann auf einer schönen anmuthigen Hochebene hin, bis sie zu einer Stadt kamen, und am Ende derselben sahen sie eine Vestung mit einem Schlosse.

Sie gelangten an das äußerſte Ende der Stadt, und wie der Ritter hindurch ritt, lief alles Volk zuſammen, begrüßte ihn, und hieß ihn willkommen.   Wie nun auch Geraint in die Stadt kam, blickte er auf manches
Haus, um zu ſpähen, ob er nicht irgend jemand von denen, die er ſah,
kenne.   Aber er erkannte niemand, und niemand kannte ihn, um ihm
gefällig zu ſein, wie er Waffen geliehen, oder gegen Pfand erhalten könne.
Alle Häuſer ſah er voll von Männern, Waffen und Roſſen.   Da waren
glänzende Schilde, blitzende Schwerdter, geputzte Rüſtungen, und beſchla-
gene Roſſe.   Der Ritter, die Dame und der Zwerg ritten auf das Schloß,
das in der Stadt war, und alle Schloßbewohner waren hoch erfreut.   Von
den Zinnen und aus den Thüren bogen ſich ihre Hälſe hervor, in der
Begier jene zu grüßen und in der Freude, ſie zu ſehen.

Geraint hielt dort, abzuwarten, ob der Ritter in dem Schloſſe bleiben würde; und als er ſich davon überzeugt hatte, that er ſich weiter um,
und gewahrte in einiger Entfernung von der Stadt die Ruinen eines alten
Pallaſtes, worin eine verfallene Halle war.   Da er nun Niemand in der
ganzen Stadt kannte, ſo ging er zu dem alten Pallaſte hin; wie er aber
näher kam, bemerkte er doch ein Zimmer darin, zu welchem eine Brücke
von Marmor führte.   Auf der Brücke ſah er einen Mann mit greiſen
Haaren und in ſehr armſeliger Kleidung ſitzen.   Geraint ſtaunte ihn ſtarr
eine lange Zeit an; darauf ſprach der greiſe Mann zu ihm: »Junger
Mann — ſprach er — warum biſt Du gedankenvoll?« — »»Ich bin
in Gedanken — erwiederte er — weil ich nicht weiß, wo ich heute Nacht
bleiben ſoll.«« — »Willſt Du des Weges näher kommen, Hauptmann
— ſprach jener — ſo ſollſt Du das Beſte haben, was ich Dir zu ſchaf-
fen vermag.«   Da ritt Geraint näher, und der Mann mit dem greiſen
Haar führte ihn in die Halle; dort ſtieg jener ab, ließ daſelbſt ſein Roß,
und ging mit dem greiſen Manne in ein oberes Gemach.   Daſelbſt ſah
er eine alte gebrechliche Frau auf einem Polſter ſitzen, angethan mit einem
alten zerriſſenen ſeidenen Gewande, aber es ſchien ihm, daß er nimmer
eine ſo ſchöne Frau geſehen hätte, als jene geweſen, da ſie noch in der
Blüthe der Jugend ſtand.   Neben ihr war ein Mädchen, das auch ein
altes und faſt abgetragenes Mieder und Kleid anhatte.   Und, wahrlich,
nimmer hatte er ein Mädchen von mehr Schönheit, Anmuth und Liebreiz
geſehen, als dieſes.   Und der greiſe Mann ſprach zu dem Mädchen: »Da
iſt kein anderer Wärter für das Roß dieſes Jünglings, als Du ſelbſt.«
— »»Ich will ſowohl ihm wie ſeinem Roß — entgegnete ſie — zu Dienſt
ſein, wie ich beſtens vermag.«« Und das Mädchen half dem Jüngling

ablegen, und versorgte sein Pferd mit Stroh und Korn, ging dann noch=
mals zur Halle, und kehrte darauf in das Zimmer zurück. Da sprach
der greise Mann zu dem Mädchen: »Gehe in die Stadt — sprach er —
und bringe das beste hieher, was Du finden magst, beides, Speise und
Trank.« — »»Das will ich gern, Herr,«« sagte sie, und ging in die
Stadt. Während sie abwesend war, unterhielten sie sich mit einander.
Und siehe, das Mädchen kam mit einem Burschen zurück, der auf seinem
Rücken ein Gefäß mit gutem gekauften Meth und das Viertel eines Kal=
bes trug; und das Mädchen selbst brachte in der Hand ein Theil Weiß=
brod und in der Schürze einige Wecken Semmel; so kam sie in das
Zimmer. »Ich habe nichts besseres als dies erhalten können — sagte sie
— noch würde ich für das Bessere Kredit gehabt haben.« —

»»Es ist gut genug,«« sagte Geraint. Sie bereitete nun die Mahl=
zeit in einem Kessel, und als die Speise fertig war, setzten sie sich nieder,
und zwar in folgender Weise: Geraint nahm zwischen dem greisen Manne
und seinem Weibe Platz, und das Mädchen bediente ihn. So aßen und
tranken sie.

Als das Mahl beendigt war, schwatzte Geraint mit dem greisen
Manne, und fragte ihn vor allen Dingen, wem der Pallast gehöre, worin
er sich aufhalte. »Wahrlich — begann er — ich war's, der ihn erbaute,
und mir gehörte die Stadt und das Schloß, das Du gesehen hast.« —
»»Ach — rief Geraint — wie geschah's, daß Du sie jetzt nicht mehr
hast?«« »Ich verlor ebenso wie diese ein großes Herzogthum — und
das ging also zu: ich hatte einen Neffen, den Sohn meines Bruders,
dessen Besitzungen ich mir aneignete. Nachdem er zu seinem Alter gekom=
men, forderte er sein Eigenthum von mir, aber ich enthielt es ihm vor.
Darauf überzog er mich mit Krieg, und entriß mir alles, was ich besaß.«
— »»Gut, Herr — sagte Geraint: — willst Du mir nicht aber auch
mittheilen, weßhalb der Ritter, die Dame und der Zwerg in die Stadt
kamen, und was es mit den Vorbereitungen und Zurüstungen der Waf=
fen, die ich sah, für eine Bewandniß habe?«« — »Das will ich thun —
erwiederte jener. — Diese Vorbereitungen sind zu dem Spiele, welches
morgen von dem jungen Grafen gehalten wird, und zwar in folgender
Weise: mitten auf der Wiese, welche hier ist, werden zwei Gabeln auf=
gerichtet, und durch eine silberne Ruthe verbunden, worauf ein Sperber
gesetzt wird, und um den Sperber wird turniert. Und zu diesem Turnier
sind alle jene Zurüstungen, die Du in der Stadt sahst, von Männern,
Rossen und Waffen. Jeden Mann muß die Dame seiner Liebe beglei=

ten, und niemand darf um den Sperber kämpfen, mit dem nicht die
Dame kommt, die er am meisten liebt. Der Ritter, den Du sahst, hat
den Sperber schon zwei Jahre hintereinander gewonnen, und wenn er ihn
jetzt im dritten Jahre wieder gewinnt, so wird er künftig alle Jahr zu
ihm gesandt, und er selbst kommt nicht mehr hieher. Von der Zeit an
soll man ihn dann stets den Ritter vom Sperber nennen.« — »»Herr
— sprach Geraint — was räthst Du mir hinsichts des Ritters wegen·der
Beleidigung, die ich von dem Zwerg erfahren habe, und die auch das
Mädchen Gwenhwyvars, der Gemahlin Arthurs, erfuhr?«« Und Geraint
erzählte dem Greise jene Beschimpfung, die er erlitten hatte. »Da ist
Dir nicht leicht zu rathen, insofern Dir nicht eine Dame oder ein Mäd=
chen angehört, für welche Du kämpfen möchtest. Indeß habe ich Waffen
hier, die zu deinem Befehl stehen, und mein Roß scheint mir auch besser
zu sein, als das deinige.« »»Ach Herr — rief Geraint — habe Dank
dafür! Mit meinem eigenen Rosse, woran ich einmal gewöhnt bin, ge=
nügen mir deine Waffen vollkommen. Wenn Du mir, sobald morgen
die bestimmte Zeit gekommen ist, erlaubst, für dieses Mädchen hier, das
deine Tochter ist, zu kämpfen, so verpflichte ich mich, wenn ich glücklich im
Turnier davon komme, dieselbe so lange ich lebe zu lieben; käme ich aber
nicht davon, so kehrt sie so frei wie zuvor zurück.«« — »Gern will ich
Dir das erlauben — sprach der Greis — und da Du deinen Entschluß
gefaßt hast, so ist es nothwendig, daß dein Roß und deine Waffen mor=
gen mit Anbruch des Tages bereit sind. Denn dann wird der Ritter
vom Sperber einen Aufruf erlassen, und die Dame, die er am meisten
liebt, ersuchen, den Sperber zu nehmen. Denn — wird er zu ihr sagen
— Du bist die schönste der Frauen; Du nahmst ihn im letzten, und in
den frühern Jahren Dir; und wenn irgend einer dieses Tages es Dir
wehrt, will ich mit aller Kraft Dich vertheidigen. Darum — sagte der
Greis — ist es nothwendig, daß Du mit Tagesanbruch dort zur Stelle
bist. Wir drei werden mit Dir gehen.« So ward es verabredet.

Und gegen die Nacht hin, siehe, gingen sie schlafen; aber bevor es
tagte, standen sie auf, und kleideten sich an, und als es Tag war, befan=
den sie sich alle Vier auf der Wiese. Dort war auch der Ritter vom
Sperber, erließ seinen Ausruf, und ersuchte seine Herzensdame, sich den
Sperber zu holen. »Nimm ihn nicht — sprach Geraint — denn hier
ist eine Jungfrau, die schöner, edler und liebenswürdiger ist, und ein bes=
seres Recht auf ihn hat, als die Deinige.« — »»Wenn Du behauptest,
der Sperber gehöre ihr, so komm her, und kämpfe mit mir.«« Geraint

ritt vor an den Rand der Wiese, und die Rüstung, die er und sein Roß
trugen, war schwer, verrostet, von geringem Werth, und unsauberem An=
sehen.   Darauf rannten sie gegen einander, und brachen eine gewisse Zahl
von Lanzen, und eine zweite, und eine dritte.   Und so machten sie es bei
jedem Angriff, und brachen so viele Lanzen, als man ihnen zutrug.   Als
der Graf mit seinen Gefährten den Ritter vom Sperber die Oberhand
gewinnen sah, erhob sich unter ihnen Frohlocken, Jauchzen und Jubelge=
schrei.   Aber der greise Mann, seine Frau und seine Tochter wurden sehr
betrübt.   Der Greis reichte Geraint die Lanzen, so oft er eine zerbrochen
hatte, und der Zwerg bediente den Ritter vom Sperber.   Darauf kam der
Greis zu Geraint, und sprach: »Ach, Hauptmann, da es kein Anderer mit
Dir hält, siehe, hier ist die Lanze, die an dem Tage in meiner Hand war,
als ich die Würde des Ritterstandes empfing; seit der Zeit ist sie niemals
zerbrochen und sie hat eine vortreffliche Spitze.«   Geraint nahm die Lanze
und dankte dem Greise.   Darauf brachte auch der Zwerg seinem Herrn
eine Lanze.   »Siehe, hier ist eine Lanze für Dich, nicht minder gut als
jene — sagte der Zwerg; — und bedenke, daß noch kein Ritter Dir so
lange widerstand, als dieser.« — »»Ich schwöre zu Gott — sprach Ge=
raint — daß, wenn der Tod mich nicht plötzlich hinrafft, er nimmer dei=
nes Dienstes genießen soll!«« Und damit spornte Geraint sein Roß gegen
ihn zum Anlauf, unter Kampfruf rannte er ihn an, und versetzte ihm
einen Stoß so scharf, grimmig und stark auf die Fläche des Schildes,
daß er ihn zerbrach, die Rüstung durchdrang, und den Bauchgurt durch=
schnitt, so daß Reiter und Sattel vom Rücken des Pferdes zur Erde fie=
len.   Und Geraint stieg schnell ab, und zornig schwang er sein Schwerdt,
und drang mit Heftigkeit auf ihn ein.   Darauf sprang der Ritter auf,
und schwang auch sein Schwerdt gegen Geraint.   Sie fochten zu Fuß
mit den Degen, daß ihre Waffen Feuerfunken wie Sterne von den gegen=
seitigen Schlägen sprüheten, und fochten so lange, bis Blut und Schweiß
das Licht ihrer Augen verdunkelte.   Wenn Geraint einen Vortheil ge=
wann, so waren der Greis, sein Weib und seine Tochter froh; und wenn
der Ritter siegte, so jubelten der Graf und seine Parthei.   Wie drauf der
Greis Geraint einen schweren Streich empfangen sah, trat er schnell zu
ihm hin und sagte: »Gedenke, o Hauptmann, der Mißhandlung, die Du
vom Zwerg erfahren hast! Wirst Du nicht Rache für deine und die Be=
leidigung Gwenhwyvars, Arthurs Gemahlin, nehmen?« — Und Geraint
ward zornig von dieser Rede, raffte alle seine Kraft zusammen, erhub sein
Schwerdt, und schlug dem Ritter auf sein Haupt, daß ihm der Helm zer=

brach), und hieb durch Haut und Fleisch bis auf den Hirnschädel, daß er den Knochen verletzte.

Da fiel der Ritter auf die Kniee, warf sein Schwerdt aus der Hand, und bat Geraint um Gnade. »In Wahrheit — rief er — ich gebe meinen Uebermuth und Stolz auf, indem ich von Dir Gnade erbitte; doch wenn ich nicht Zeit habe, für meine Sünden mich dem Himmel zu befehlen, und sie einem Priester zu beichten, so kann deine Gnade mir wenig helfen.« — »»Ich will Dir unter der Bedingung Gnade gewähren — sprach Geraint — daß Du zu Gwenhwyvar, der Gemahlin Arthurs, gehst [9]), um ihr Genugthuung für die Beleidigung zu geben, die ihre Dienerin von deinem Zwerg erlitten hat. Was mich aber anbetrifft, so will ich für die Beleidigung, die ich von deinem Zwerg erfahren habe, mich mit dem zufrieden stellen, was ich Dir zugefügt habe. Reite von hinnen, und steige nicht eher vom Roß, als bis Du vor Gwenhwyvar erschienen, und am Hofe Arthurs dies als Sühne anerkannt worden ist.«« — »Das will ich gern; aber wer bist Du?« fragte der Ritter. — »»Ich bin Geraint, Sohn Erbin's. Und nun sage auch Du, wer Du bist?«« — »Ich bin Edeyrn, Sohn des Nudd.« [10]) Dann stieg er auf sein

---

[9]) Die Gewohnheit, daß der Besiegte vom siegenden Ritter seiner Dame zum Geschenk übersandt wird, ist in den Ritterromanen stehend (s. Parcival). Sie ist von Don Quixote trefflich in's Lächerliche gezogen, als er auch die befreiten Verbrecher zu seiner Dulcinea zu gehen verpflichtet. — In einem altfranzösischen Gedicht: le combat des trente, worin der Kampf, der in England unter der Regierung Eduards III. zwischen 30 englischen und 30 französischen Rittern statt fand, geschildert wird, ruft Pembroke dem Beaumanoir zu, sich zu ergeben, mit dem Zusatz: er wolle ihn nicht tödten, sondern zum Geschenk der Dame seiner Liebe schicken:

> „Rent toi tost Biaumanoir je ne techiray mie,
> Mais je feray de toy un present a mamie." L. G.

[10]) Von Edeyrn, Sohn des Nudd, ist wenig mehr bekannt, als daß er einer der tapfersten Ritter an Arthurs Hofe war, und in dem berühmten Feldzuge gegen den Kaiser von Rom von seinem königlichen Herrn mit 5000 Mann Gawain und den andern Gesandten ins römische Lager zu Hülfe gesandt ward, welche verrätherischer Weise auf der Rückkehr von ihrer Sendung angefallen wurden (Gruffydd ab Arthur. Myv. Arch. II, 339.). In Wace's Brut (I, 12336.), so wie im Roman Erec et Enide, heißt er Yder le fils Nut oder Nu. Sein Name kommt auch im Katalog der wälschen Heiligen vor, und ist als ein Barde verzeichnet, der ein heiliges Leben führte, und welchem die Kapelle von Bodedeyrn bei Holyhead geweiht ist. (Rees, Welsh Saints p. 298.) L. G. Was Wilhelm von Malmesbury über ihn noch berichtet, s. oben, S. 19.

Roß, und ritt ab nach Arthurs Hof, und mit ihm ritten die Dame, die er am meisten liebte, und der Zwerg, unter mannigfachen Klagen. — So erzählt von ihm bis zu diesem Punkt diese Geschichte.

Geraint setzt den Grafen Ynywl wieder in seine Herrschaft ein, und geht mit seiner Tochter an Arthurs Hof.

3. Nun kam der kleine Graf mit seinen Gästen zu Geraint, begrüßte ihn, und lud ihn in sein Schloß ein. »Ich mag Dir nicht folgen — entgegnete Geraint — sondern wo ich die letzte Nacht war, will ich zu Nacht bleiben.« — »»Wenn Du auch meiner Einladung nicht folgen willst, so sollst Du doch an dem Orte, wo Du zuletzt übernachtet hast, an allem Ueberfluß haben, was ich für Dich nur besorgen kann. Und ich werde Dir eine Salbe verordnen, um Dich nach den Anstrengungen und der Ermattung, die Dich ergriffen, zu stärken.«« — »Habe Dank dafür — sagte Geraint; — und ich will mich in meine Wohnung begeben.« — So gingen nun Geraint, und der Graf Ynywl und sein Weib und seine Tochter. Als sie in das Zimmer zurückkehrten, waren auch schon die Diener und Wärter vom Haushalt des jungen Grafen angelangt, die das ganze Haus einrichteten, mit Stroh putzten, und Feuer machten. In kurzer Zeit war auch die Salbe fertig, und Geraint kam, und sie salbten ihm den Kopf. Dann kam der junge Graf mit den ehrenwerthen Rittern, die in seinem Dienst standen, und denen, die er zum Turnier geladen hatte. Geraint war fertig gesalbt, und der Graf ersuchte ihn, mit ihm in die Halle zur Tafel zu gehen. »Wo ist der Graf Ynywl — fragte Geraint — und seine Frau und Tochter?« — »»Sie sind drüben im Zimmer — antwortete des Grafen Kämmerling — und legen die Kleider an, welche der Graf für sie hat bringen lassen.«« — »Laßt nicht die Jungfrau andere Gewänder anziehen — sagte er — als ihr Mieder, und ihr Kleid, bis sie an Arthurs Hof gekommen sein wird, um von Gwenhwyvar in solche Kleider gekleidet zu werden, wie sie sich auswählen mag.« So kleidete also die Jungfrau sich nicht um.

Drauf gingen sie sämmtlich in die Halle, wuschen sich, und setzten sich zur Mahlzeit nieder. Und sie nahmen in folgender Ordnung Platz: an einer Seite Geraints saß der junge Graf, und daneben Graf Ynywl; und auf der andern die Jungfrau und ihre Mutter; und darnach saßen die andern Alle je nach ihrem Range. [11] Und sie speisten. Sie waren

---

[11] Die Rangordnung bei Tafel ward vormals als ein höchstwichtiger Punkt betrachtet, und war darum auch Gegenstand der Gesetzgebung in Wales. In den Gesetzen des Howel Dda haben alle Diener des Pallastes in der Halle ihre

mit Ueberfluß bedient, und empfingen wahrhaft verschwenderische Geschenke der verschiedensten Art. Dann pflegen sie Unterhaltung, und der junge Graf lud Geraint ein, ihn am folgenden Tage zu besuchen. »Das werde ich nicht, beim Himmel — entgegnete Geraint; — denn morgen will ich mit dieser Jungfrau an Arthurs Hof gehen. Ich habe Grund genug dazu, so lange Graf Ynywl in Armuth und Kümmerniß weilt; denn ich gehe hauptsächlich, um ihm Unterstützung zuzuwenden.« — »»Ach, Hauptmann — sagte der junge Graf — es ist nicht meine Schuld, daß Graf Ynywl aus seinem Besitzthum gekommen ist.«« — »Bei meiner Treue — rief Geraint — er soll nicht ohne dasselbe bleiben, wenn nicht zu bald der Tod mich dahinrafft.« — »»O, Hauptmann — lenkte jener ein — was die Mißhelligkeit zwischen mir und Ynywl betrifft, so will ich mich gern deinem Spruch unterwerfen und annehmen, was Du zwischen uns für Recht erkennen magst.«« — »Ich muß Dich bitten — sprach Geraint — ihm zurückzugeben was sein ist, und was er seit dem Verlust seiner Besitzungen bis auf diesen Tag davon würde gezogen haben.« — »»Das will ich gern thun, deinetwegen,« antwortete jener. — »Dann — sagte Geraint — wer hier irgend sei, leiste Ynywl den Eid der Treue; er trete vor, und lege ihn auf der Stelle ab.« — Und alle Männer thaten also und unterwarfen sich dem Vertrage. Sein Schloß, seine Stadt, und alle seine Besitzungen wurden an Ynywl zurückgegeben. Alles erhielt er wieder, was er verloren hatte, selbst bis auf den geringsten Edelstein.

Darauf sprach Graf Ynywl zu Geraint: »Hauptmann — sprach er — schau diese Jungfrau, für welche Du die Aufforderung zum Zweikampf gethan hast, ich überlasse sie Dir.« — »»Sie soll — sagte Geraint — mit mir an Arthurs Hof gehen, und Arthur und Gwenhwyvar sollen nach ihrem Willen über sie bestimmen.«« Am nächsten Tage brachen sie nach Arthurs Hof auf. — So weit in Betreff Geraints.

| Arthurs Hirschjagd, und wie Edeyrn zu Arthur kam. | 4. Jetzt folgt, wie Arthur den Hirsch jagte [12]. |

ihnen ganz bestimmt zugewiesenen Plätze. Einige hatten oben, andere unten ihren Sitz. Diese Ordnung scheint in Zusammenhang mit dem erhöheten Raume zu stehen, der sich noch immer in allen Ritterhallen findet, und wo die Tafel steht, an welcher der Herr, seine Gäste und seine vornehmsten Diener speisten. (Myv. Arch. III, 363.) L. G. —

Dieselbe Einrichtung fand im skandinavischen Norden statt. Der König mit den Großen speiste auf dem erhöheten Raume des Saales.

[12] Strutt (Sports and Pastimes, 18, 19) giebt eine Beschreibung von den verschiedenen Vorbereitungen, welche vormals zu einer königlichen Jagdpar-

Die Männer und Hunde waren in verschiedene Parthien vertheilt, und die Hunde wurden auf den Hirsch losgelassen. Der letzte Hund, den er losließ, war Arthurs Lieblingshund. Cavall war sein Nahme [13]). Der ließ alle andere Hunde hinter sich, und wendete den Hirsch. Und bei der zweiten Wendung kam der Hirsch auf die Jagdabtheilung Arthurs zu. Arthur hielt auf ihn, und bevor er von einem Andern erlegt werden konnte, schnitt Arthur ihm den Kopf ab. Darauf ließen sie die Hörner das Todessignal [14]) blasen, und Alle versammelten sich um ihn.

Da kam Kadyriaith zu Arthur, und sprach zu ihm: »Herr — sprach er — siehe, dort ist Gwenhwyvar, und außer einem einzigen Mädchen ist niemand bei ihr.« — »»Befiehl Gildas, dem Sohne des Caw [15]), und allen Pagen des Hofes, Gwenhwyvar zum Pallaste zu begleiten.«« Und also thaten sie.

thie gemacht wurden, nach einer Abhandlung, betitelt: der Jägermeister (the Maister of the Game) vom Jägermeister Heinrichs IV. zum Gebrauch für den Prinzen Heinrich abgefaßt. Sie ist unter den Harleianischen Mss. und Erweiterung eines vorgängigen französischen Werkes des William Twici oder Twety, eines großen Jägers Eduards II. Der Nahme des John Gyfford ist in einer englischen Verfion von faft gleichem Alter mit dem des Twety verbunden. Aus beiden ist die Abhandlung über die Jagd im Buch von St. Albans kompilirt. L. G. — Ueber die alte Jägerei, Waidsprüche und Jägerschreie, f. Altd. Wälder III, 97. —

[13]) Der Hund Cavall kommt auch in einem andern Mabinogi: Kulhwch und Olwen, vor.   L. G.

[14]) Die verschiedenen Ereignisse bei einer Jagd wurden durch besondere Hörnersignale kund gegeben. So lesen wir im Buch von Sir Tristram:

„14. Der Tod eines Hirsches durch kleine oder Windhunde — eine lange Note;
„15. Wenn man seiner ansichtig ward — zwei kurze und eine lange.
„16. Der Tod des Hirsches mit Jagdhunden — zwei lange Noten und der Rückruf."   L. G.

Gottfried von Straßburg (Tristan, V. 2756—3077.) übergeht diese Jagdsignale mit Stillschweigen und erörtert desto ausführlicher die kunstgerechte Zerwirkung des Hirsches. — W. Scott in seiner Ausgabe des Tristan nennt diese Jagdwichtigkeit folemn absurdities.

[15]) Gildas war einer der zahlreichen Söhne des Caw, welche bei Arthur Zuflucht suchten und gastfreundlich von ihm aufgenommen wurden, nachdem ihr Vater, ein Fürst von Strath Clyde, aus seinen Besitzungen von den eingefallenen Sachsen vertrieben war. Man sagt, daß Gildas ein Mitglied der Kongregation von Cattwg war, und er eine Schule oder ein Kollegium zu Caer=Vadon, oder Bath, gegründet habe. Er ist bekannt als Verfasser der epistola de excidio Britanniae und der lamentationes Britt., die ihm den Beinahmen des brittischen Jeremias zuzogen. Einige identificiren ihn mit dem Dichter

Darauf brachen sie auf, und beriethen sich, wem nun der Hirschkopf zu geben sei. Dieser behauptete, es müsse ihn die Dame erhalten, die am meisten von ihm geliebt werde, und ein anderer: ihn müsse die Dame erhalten, die er am meisten liebe. Und also stritten der ganze Hofhalt und die Ritter sich lebhaft um den Kopf. Inzwischen langten sie beim Pallaste an, und als Arthur und Gwenhwyvar von ihrem Streit um den Kopf des Hirsches hörten, sprach Gwenhwyvar zu Arthur: »Mein Gebieter, dies ist mein Rath in Betreff des Hirschkopfes: laßt ihn nicht weggeben, bis Geraint, Sohn Erbin's, von seiner Abentheuerfahrt wird zurückgekehrt sein.« Und Gwenhwyvar erzählte Arthur den Anlaß seiner Reise. »Recht gern soll es geschehen,« entgegnete Arthur, und so ward es beschlossen. Am folgenden Tage ließ Gwenhwyvar eine Wache wegen Geraints Rückkehr auf den Wall stellen. Nachmittags sahen sie einen unscheinlich kleinen Mann auf einem Rosse, und hinter ihm, wie sie vermutheten, eine Frau oder ein Mädchen, gleichfalls zu Pferde, und hinter ihr einen Ritter von stattlicher Figur, jedoch niedergebeugt, und mit trübselig niedergesenktem Haupte, angethan mit zerhauener und werthloser Rüstung daherkommen.

Bevor sie noch dem Thore sich naheten, lief einer von der Wache zu Gwenhwyvar, und meldete ihr, welche Art von Volk sie gesehen, und welchen Anblick es gewähre. »Ich weiß nicht, wer sie sind,« sagte er. »»Aber ich kenne sie — antwortete Gwenhwyvar; — dies ist der Ritter, den Geraint verfolgte, und mich dünkt: er komme nicht aus freien Stücken hieher. Vielmehr hat Geraint ihn besiegt, und die schwere Beleidigung meiner Dienerin gerächt.«« Und gleich darauf, siehe, kommt ein Thürhüter an den Ort, wo Gwenhwyvar war, und sprach: »Gebieterin, am Thore dort ist ein Ritter, und nimmer habe ich einen Mann von erbärmlicherem Ansehen geschaut, als ihn. Elend und zerbrochen ist die Rüstung, die er trägt, und vor Blut sieht man ihre eigene Farbe nicht.« — »»Weißt Du seinen Namen?«« fragte sie. — »Er sagte mir — sprach jener — daß er Edeyrn, Sohn des Nudd, sei.« Darauf erwiederte sie: »»Ich kenne ihn nicht.««

Darauf ging Gwenhwyvar ihm nach dem Thore entgegen, und er trat ein. Gwenhwyvar ward betrübt, als sie ihn in der Verfassung sah, worin er sich befand, obschon er von jenem ungeschliffenen Zwerge begleitet

<hr>

Ancuwin, worüber die Gelehrten vielfach sich gestritten haben. L. G. — Aus den Schriften des Gildas (bei Th. Gale) ist in der That nichts für die Identität mit Ancurin zu entnehmen.

war. Nun begrüßte Edeyrn Gwenhwyvar. »Genieße meines Schutzes,«
sprach sie. »»Gebieterin — begann er — Geraint, der Sohn des Er=
bin, dein bester und tapferster Diener, entbietet Dir seinen Gruß.«« —
»Trafst Du mit ihm zusammen?« fragte sie. — »»Ja — antwortete er
— und es gereichte mir nicht zum Vortheil; doch war es nicht seine Schuld,
sondern die meinige, Gebieterin. Geraint entbeut Dir seinen Gruß, und
mit seinem Gruße an Dich hat er mich genöthigt, hieher zu gehen, um
Dir Genugthuung für die Beleidigung zu geben, die dein Mädchen von
dem Zwerge erfahren hat. Die ihm selbst widerfahrene Beleidigung hat
er in Betracht, daß er mich in Gefahr meines Lebens gebracht hat, ver=
ziehen. Männlich, ehrenwerth und ritterlich hat er mir die Bedingung
auferlegt, deiner Gerechtigkeit mich zu unterwerfen, Gebieterin.«« — »Nun
denn, wo besiegte er Dich?« — »»An dem Orte kämpften wir, wo um
den Sperber gestritten wurde, in der Stadt, welche jetzt Cardiff heißt.
Es waren nur drei Personen von mittlerer unscheinlicher Lage bei ihm,
nämlich ein Mann mit greifen Haaren, eine schon in Jahren vorgerückte
Frau, und ein schönes junges Mädchen, mit abgetragenen Kleidern ange=
than. Und zur Behauptung seiner Liebe für dieses Mädchen kämpfte bei
dem Turnier Geraint um den Sperber; denn er sagte, daß jene Jungfrau
zu dem Sperber mehr berechtigt sei, als diese Jungfrau, die mit mir dort
war. Darauf rannten wir einander an, und er that mit mir, Gebieterin,
wie Du siehst.«« — »Herr — fragte sie — wann denkst Du, daß Ge=
raint hier sein wird?« — »»Morgen, Gebieterin, denke ich, wird er mit
der Jungfrau hier sein.««

Darauf näherte sich Arthur ihm, und er grüßte Arthur, und Arthur
fixirte ihn lange mit den Augen, und war erstaunt, ihn so zu sehen. In
der Meinung, ihn zu kennen, fragte er: »Bist Du Edeyrn, Sohn des
Nudd?« — »»Der bin ich, Herr, — antwortete jener; — und habe
schwere Mühsal erfahren, und unheilbare Wunden empfangen.«« Dar=
auf erzählt er Arthur sein ganzes Abentheuer. »Nach dem, was ich höre
— bemerkte Arthur — muß sich Gwenhwyvar Dir gnädig bezeigen.« —
»»Die Gnade, welche Du wünschest, Herr — sprach sie — werde ich ihm
gewähren, denn die Beleidigung, die mir zugefügt worden, ist auch als Dir
angethan zu betrachten.«« — »So wird's am besten sein — fuhr Arthur
fort — übergieb diesen Mann ärztlicher Pflege, bis es sich entscheidet, ob
er am Leben bleiben kann. Und bleibt er am Leben, so soll er solche Ge=
nugthuung geben, wie von den Männern des Hofes ihm wird zu Recht
auferlegt werden. Sorge Du zu dem Zweck für Bürgen. Wenn er aber

stirbt, so wird der Tod eines solchen Jünglings wie Edeyrn für die Kränkung eines Mädchens genügend sein.« — »»Das gefällt mir«« — sprach
Gwenhwyvar; und Arthur erhielt Bürgschaft ¹⁶) von Edeyrn von Caradawe, dem Sohn des Llyr, von Gwallawg, dem Sohne des Llenawg ¹⁷), von Owain, dem Sohn des Nudd, von Gwalchmai und

¹⁶) Die alten Ritter waren sehr geneigt, für einander als Bürgen sich zu
gestellen. Wir haben davon ein interessantes Beispiel im Lai de Lanval (Poëmes de Marie de France, I, 232). Ellis giebt in einer Note zu Way's
englischer Bearbeitung dieser Erzählung eine merkwürdige Anecdote aus dem
Leben des h. Ludwig in Beziehung auf Geißeln und Bürgen: „Auf seiner Rückkehr von Aegypten nach Frankreich gelobte in der Gefahr eines Schiffbruchs
seine Gemahlin dem h. Nicolaus ein Gefäß von Silber, und als fernere Ge-
währ für den Heiligen, befahl er, daß Joinville sollte Bürge für die Ausführung des Gelübdes sein." (Fabl. II, 225.) Der wälsche Gesetzgeber des zehnten Jahrhunderts scheint der Bürgschaft seine besondere Aufmerksamkeit zuge-
wandt zu haben, denn sein berühmter Kodex enthält eine Menge Bestimmungen
hierüber. Folgende bezeichnet ihren Charakter: „Wenn ein Bürge und ein
Schuldner sich auf einer Brücke begegnen, die nur aus einem einzelnen Balken
besteht, so darf der Schuldner sich nicht weigern, eins von diesen 3 Dingen zu
thun: entweder zu bezahlen, oder Pfand zu geben, oder zu prozessiren, und er
darf nicht eher die Zehe des einen Fußes gegen die Ferse des andern erheben
(d. h. sich von der Stelle bewegen), bis er eins von diesen 3 Dingen gethan
hat."   L. G.

¹⁷) In den Triaden finden wir Gwallawg, den Sohn des Llenawg mit
Dunawd Fur und Cynvelyn Drwsgl als eine der drei Säulen der
Schlacht auf der Insel Britannien gefeiert, was dahin zu verstehen ist,
daß diese Hauptleute die erfahrensten in Entwerfung der Schlachtordnung, die
Lenker der Schlacht, über alle Andre erhaben waren (Tr. 71. Myv. Arch.
II, 69). In Triade 31 (Myv. Arch. II. 14) ist Urien, Sohn Cynvarchs, an-
statt des Gwallawg als eine der 3 Säulen der Schlachten genannt. In T. 76
(Myv. Arch. II, 69) ist er mit Selyf, Sohn des Cynan Garwyn, und
Afáon, Sohn Taliesins, einer der drei Grabesfechter (aerfeddawg) der
Insel Brittannien, denn sie rächen ihre Beleidigungen bis an ihr Grab.
Unter den Werken der ältern Barden in der Myv. Arch. sind mehrere Gedichte
ausdrücklich zur Ehre Gwallawgs. In einigen ist der Schauplatz der Schlachten genannt, und eins sagt, daß ihr Ruf von Caer Clud bis Caer Caradawc
(d. h. von Dunbarton bis Salisbury) ausgebreitet war. Sein Name kommt
auch in Llywarch-Hen's Elegie auf Urien von Reged vor, und er war einer
von den drei Königen des Norden's, welche sich mit jenem Fürsten vereinigten,
um den Fortschritten der Nachfolger Ida's zu begegnen (s. Turner, Geschichte
der Angelsachsen, III, Kap. 4). Bei Gruffyd, Sohn Arthurs (Myv. Arch. II,
302, 347) ist er als einer der Ritter genannt, welche bei Arthurs Krönung
gegenwärtig waren, und in der letzten Schlacht zwischen diesem und den Römern soll er seinen Tod gefunden haben. Im Englynion y Beddan wird sein

manchen Andern mit ihnen. Arthur ließ nun den Morgan Tud [18]) zu
sich rufen. Dieser war der Leibarzt [19]). »Nimm Edeyrn, den Sohn
des Nudd, mit Dir, laß ein Zimmer für ihn bereiten, und gewähre ihm
deine ärztliche Hülfe, wie Du sie mir leisten würdest, wenn ich verwundet
wäre, und Niemand komme in sein Zimmer, ihn zu belästigen, als Du

Grab nach Carawe verlegt. — In verschiedenen Versionen des Brut kommt
er unter der Bezeichnung Gwallawe von Amwythic (Shrewsbury) und auch
unter der eines Grafen von Salisbury vor. Robert von Gloecester nennt ihn
Gallue, Graf von Salisbury, nach dem Galluens Salesberiensis des Gottfried
von Monmouth. **Dr. Pughe (Cambrian Biography)** sagt, er sei Herr des
Thals von Shrewsbury gewesen, und Camden confundirt ihn mit dem berühmten Galgacus, der um einige Jahrhunderte später lebte. **L. G.**

[18]) Dieser Weise ist wahrscheinlich derselbe mit **Morgan the wise**, welcher im Roman **Ywaine and Gawin** den Wundbalsam bereitet, durch den
Owain geheilt wird:

> v. 1753: Morgan the wife gaf it to me,
> And faid als i fal tel to the:
> He fayd, This unement es fo gode,
> That if a man be brayn-wode,
> And he war anes anoynt with yt,
> Smertly fold he have his wit;

und **Ritson (Metr. Rom. III, 239)** hält ihn für den berühmten Schismatiker
Pelagius. Sein Ruf scheint in Britannien sehr verbreitet gewesen zu sein, indem die Einwohner nach dem Morgan Tut ein Kraut benennen, welchem sie die
universellsten Heilkräfte zuschrieben. Morgant war auch der Nahme eines Bischofs von Caer Budew (Silchester) in Arthurs Reiche. Indeß ist dieser Name
überhaupt sehr gebräuchlich in Wales. **L. G.**

[19]) Der **Chief Physician** war nach der Natur seines Amts nothwendig
stets in der nächsten Umgebung des Königs, und dies ging so weit, daß er nicht
einmal ohne des Königs Erlaubniß den Pallast verlassen durfte; vielmehr war
in den Gesetzen des Landes verordnet, daß er in der Halle seinen Sitz unmittelbar neben dem des Monarchen haben solle. Seine Wohnung hatte er mit dem
Penteulu oder dem Oberhausmeister (s. S. 249) zusammen, und erhielt sein Lei-
nenzeug von der Königin, und seine wollene Kleider von dem Könige. Er war
verpflichtet, die nöthige Arznei umsonst an alle 24 Hofchargen zu verabreichen,
außer im Fall einer der drei gefahrvollen Wunden, zu welchen gehören:
ein Hieb auf den Kopf, der den Schädel durchdrang, ein Stich in den Leib,
der die Eingeweide verletzte, und ein Gliederbruch. Für die Kur solcher Wunden erhielt er 180 Pence und freie Zehrung. Er konnte von der Familie des
Verwundeten Bürgschaft fordern, daß er nicht verfolgt würde, wenn der Kranke
an seiner Kur sterben sollte. Wenn er diese Vorsicht unterließ, hatte er die
Folgen davon zu vertreten. Der Preis einiger Arzeneien war im Gesetz bestimmt.
Ein Pflaster von rother Salbe kostete 12 Pence, und für ein Kräuterpflaster
konnte er 8 P. fordern. **L. G.** Wahrscheinlich die älteste Medicinaltare! —

und deine Schüler, um Dir bei der Kur behülflich zu sein.« — »»Gern
werde ich also thun, Gebieter,«« erwiederte Morgan Tud. Darauf sagte
der Oberhausmeister: »Wie befiehlst Du, Herr, die Jungfrau unterzubrin=
gen?« — »»Bei Gwenhwyvar und ihren Kammerfrauen,«« sprach er.
Und der Oberhausmeister ordnete dies so für sie an. So weit in Be=
zug auf sie.

Geraint führt Enid an Arthurs Hof,
und vermählt sich mit ihr.

5. Am folgenden Tage nahete
sich Geraint dem Hofe, und es war
eine Wache von Gwenhwyvar auf den Wall gestellt, damit er nicht un=
vermuthet eintreffe. Einer von den Wächtern begab sich an den Ort,
wo Gwenhwyvar war. »Gebieterin — sagte er — mich dünkt, daß ich
Geraint, und die Jungfrau mit ihm gesehen habe. Er ist zu Roß, hat
ein wallendes Gewand an, und die Jungfrau ist weiß, anscheinlich in Lin=
nengewand, gekleidet.« — »»Versammle alle Frauen — sprach Gwenh=
wyvar — gehe damit Geraint entgegen, heiße ihn willkommen, und bezeige
ihm Freude.«« Und Gwenhwyvar ging Geraint und der Jungfrau ent=
gegen. Als Geraint dahin kam, wo Gwenhwyvar sich befand, begrüßte
er sie. »Glück und Willkommen Dir — sagte sie —. Deine Fahrt war
erfolgreich, glücklich, siegreich und ruhmvoll. Nimm meinen Dank, daß
Du so edel mir Wiedervergeltung verschafft hast.« — »»Gebieterin —
entgegnete er — ich suchte alles Ernstes Dir eine solche Genugthuung zu
verschaffen, wie sie deinem Willen entspräche; und siehe, hier ist die Jung=
frau, durch welche Du deine Befriedigung erwarbst.«« — »Wahrlich —
rief Gwenhwyvar — der Gruß des Himmels komme über sie, und es ist
billig, sie freudvoll zu empfangen.« Darauf ritten sie ein, und stiegen
ab. Und Geraint ging zu Arthur, und grüßte ihn. »Der Himmel be=
schirme Dich, und der Gruß des Himmels sei mit Dir — sprach Arthur.
— Da Edeyrn, der Sohn des Nudd, von deiner Hand besiegt und ver=
wundet worden, so hast Du eine glückliche Fahrt gethan.« — »»Nicht
mein war die Schuld — entgegnete Geraint — sondern es war die An=
maßung Edeyrn's, Sohnes des Nudd, daß wir nicht Freunde wurden.
Ich konnte nicht nachlassen, bis ich wußte, wer er war, und bis einer den
andern überwunden hatte.«« — »Wohlan — sprach Arthur — wo ist
die Jungfrau, für die, wie ich hörte, Du die Herausforderung machtest?«
— »»Sie ist mit Gwenhwyvar in ihr Zimmer gegangen.«« Darauf
ging Arthur, das Mädchen zu sehen; und Arthur, alle seine Begleiter
und der ganze Hof waren erfreut über sie. Alle waren überzeugt, daß
ihre Kleidung einst ihrer Schönheit entsprechend gewesen sei; nimmer hat=

ten sie eine schönere Jungfrau gesehen, als diese.   Arthur führte Geraint
die Jungfrau zu, und die zwischen zwei Personen gebräuchliche Verlobung
ward von Geraint und der Jungfrau geschlossen und die auserlesensten
Kleider Gwenhwyvars wurden ihr gegeben; und so geschmückt erschien sie
Allen, die sie sahen, höchst reizend und anmuthig.   Tag und Nacht erscholl
nun Geigenklang, und wurden Speise und Trank im vollsten Ueberfluß
gespendet.   War es Zeit zum Schlafengehen, so gingen sie.   In dem
Zimmer, wo Arthurs und Gwenhwyvars Schlafstätte war, war auch die
von Geraint und Enid.   Von der Zeit an ward sie seine Braut.   Am
nächsten Tage befriedigte mit hinreichender Zahlung Arthur alle Ansprüche
an Geraint.   Die Jungfrau nahm ihren Wohnsitz im Pallast, sie hatte
ihr Gefolge, beides, Männer und Frauen, und keine Jungfrau war da
mehr als sie auf der ganzen Insel Britannien geachtet.

Darnach sprach Gwenhwyvar: »Mit Recht — sprach sie — that ich
in Betreff des Hirschkopfes den Ausspruch, daß er bis zu Geraints Rück=
kehr Niemandem gegeben werden solle; denn siehe, hier ist eine treffliche
Gelegenheit, ihn zu verleihen.   Laßt ihn an Enid, die Tochter
Ynywl's, geben, die vortrefflichste Jungfrau [20]).   Ich glaube nicht, daß
ihn irgend jemand ihr mißgönnen wird, denn zwischen ihr und Allen, die
hier sind, waltet nur Liebe und Freundschaft.« — Dies fand bei Allen
Beifall, und ebenso auch bei Arthur; und der Kopf des Hirsches ward
Eniden verliehen.   Dadurch wuchs ihr Ruf, und die Zahl ihrer Freunde
stieg noch höher als zuvor.   Von der Zeit an liebte Geraint den Hirsch,
das Turnier und harte Kämpfe; und in allen blieb er siegreich.   So trieb
er es ein Jahr, und zwei, und drei Jahr, bis sein Ruf weit über die
Grenzen des Königreichs hinaus erscholl.

Auf Erbin's Befehl übernimmt Ge=
raint die Herrschaft seines Reichs, und
beginnt sich zu verliegen.

6. Einstmals nach einiger Zeit
hielt Arthur zu Pfingsten seinen Hof
zu Caerlleon am Usk.   Siehe, da
kamen zu ihm Gesandte, weise und klug, kenntnißreich und von großer
Beredsamkeit, und statteten ihm ihren Gruß ab. — »Der Himmel be=
glücke Euch — sagte Arthur — und der Gruß des Himmels komme über
Euch?« — »»Wir kommen, Herr — antworteten sie — von Cornwall,
und sind die Gesandten Erbin's, des Sohnes Custennin's, deines

---

[20]) Die 10ste Triade zählt Enid zu den drei schönsten und illuster=
sten Damen am Hofe Arthurs.   Die Anspielungen der Barden des Mittel=
alters auf Enid sind ebenso unzählbar, wie die der auf Chretien und Hartmann
folgenden Dichter auf die Enide in deren beiden Romanen.

Oheims, und unſre Botſchaft iſt an Dich gerichtet. Er grüßt Dich
beſtens wie ein Oheim ſeinem Neffen, und ein Vaſall ſeinem Herrn Gruß
entbieten ſoll. Er macht Dir vorſtellig, wie er gebrechlich und ſchwach
geworden und in Jahren vorgerückt ſei. Die benachbarten Häuptlinge
wiſſen dies, werden anmaßend gegen ihn, und bedrohen ſein Land und
ſeine Beſitzungen. Drum bittet er Dich dringend, Herr, zu erlauben, daß
Geraint, ſein Sohn, zum Schutz ſeines Eigenthums und zum Schirm ſeiner Grenzen zu ihm zurückkehre. Und dieſem führt er zu Gemüthe, wie
es beſſer ſei, daß er ihm die Kraft ſeiner Jugend widme, und er, der
Erſtgeborne, ſeine eigenen Grenzen ſchütze, als Turnieren nachzugehen, die
ihm keinen Nutzen, wenn auch Ruhm, gewähren.«« — »Wohl — ſprach
Arthur — geht, legt eure Prachtkleider ab, ſpeiſet, und ſtärkt Euch nach
euren Anſtrengungen. Bevor Ihr von hinnen geht, ſollt Ihr Antwort
haben.« Und ſie gingen zum Eſſen. Arthur überlegte, daß es ihm
ſchwer werden würde, Geraint von ſich und dem Hofe zu entlaſſen. Ande-
rerſeits aber dünkte es ihn auch nicht ſchön, daß ſein Neffe ſollte abgehal-
ten werden, ſeine Herrſchaft und ſeine Grenzen zu beſchützen, während er
ſieht, daß ſein Vater dazu unvermögend iſt. Nicht minder groß war die
Kümmerniß und der Schmerz Gwenhwyvar's, und aller ihrer Frauen und
Fräulein in der Beſorgniß, daß auch die Jungfrau ſie verlaſſen würde.
Tag und Nacht wurden prächtige Feſtlichkeiten begangen; und Arthur
theilte Geraint den Anlaß der Sendung mit, weßhalb die Geſandten von
Cornwall zu ihm gekommen ſeien. »Wahrlich — erwiederte Geraint —
ſei es mir nun zum Frommen oder Schaden, Gebieter, ich werde thun,
was Du hinſichts der Geſandtſchaft beſchließen wirſt.« — »»Siehe —
ſprach Arthur — ungeachtet mich deine Trennung von mir betrübt, ſo
iſt es dennoch mein Rath, daß Du in dein eigenes Reich ziehſt, um deſſen
Grenzen zu vertheidigen; zur Begleitung nimm Dir ſo viel als Du willſt
von denen die Du liebſt unter meinen Getreuen, und unter deinen Freunden und Waffengefährten mit.«« »Das lohne der Himmel Dir; ich
werde es thun,« ſprach Geraint. — »»Welches Geſpräch — rief Gwenhwyvar — höre ich da zwiſchen Euch? Iſt die Rede von Geraints Reiſe
in ſeine Heimath?«« — »So iſt's,« entgegnete Arthur. »»So iſt es
nöthig — ſprach ſie — daß ich an die Ausrüſtung der Gefährten, und
der Dame, die bei mir iſt, denke.«« — »Daran wirſt Du wohl thun,«
verſetzte Arthur. —

Zur Nacht gingen ſie ſchlafen. Am nächſten Tage erhielten die Geſandten Urlaub zur Abreiſe, und es ward ihnen verſichert, daß Geraint

ihnen nachfolgen werde.   Am dritten Tage brach Geraint auf, und Viele
gingen mit ihm: Gwalchmai, der Sohn Gwyar's, Riogonedd, der
Sohn des Königs von Irland, Ondyaw, der Sohn des Herzogs von
Burgund, Gwilim, der Sohn des Frankenherrschers, Howel, Sohn
Emyr's von Bretagne, Elivry, Nawkyrd, Gwynn, Sohn des
Tringad, Goreu, Sohn des Custennin, Gweir Gwrhyd Vawr [21]
Garannow, Sohn des Golithmer, Peredur, Sohn des Evrawc,
Gwynnllogell, Gwyr, ein Richter am Hof Arthurs, Dyvyr, Sohn
des Alun von Dyved, Gwrei Gwalstawd Jeithoedd [22], Bed-
wyr, der Sohn des Bedrawd [23], Hadwry, Sohn des Gwryon,

<hr/>

[21] Nach Tr. 78 ist er mit Eiddilic Gorr, und Thrystan, Sohn Tallwch's,
einer der 3 Halsstarrigen der Insel Britannien, die niemals von
ihren Vorsätzen abzubringen waren.   L. G.

[22] Im Mabinogi: Kulhwch und Olwen, erscheint er als einer, der
alle Sprachen kennt, und selbst die der Vögel und Thiere versteht.   In einem
altwälschen, dem Jolo Goch zugeschriebenen, im Cydymaith Diddan gedruckten Gedichte tritt er unter dem verderbten Nahmen Uriel Wastadiaith auf, be-
gabt mit dem wunderbarsten Sprachtalent, so daß er jede Sprache, sobald er sie
sprechen hörte, nicht bloß verstand, sondern auch selbst gewandt sprechen konnte.
                                                                  L. G.

[23] Bedwyr war einer der tapfersten Ritter Arthurs, der ihm in seinen
Kriegen die wichtigsten Dienste leistete.   Am Hofe hatte er das höchstwichtige
Amt des Oberkellermeisters, und die Achtung, welche sein Herrscher ihm stets
zollte, läßt nicht zweifeln, daß er zu seinen Fähigkeiten das größte Vertrauen
hegte.   Sein Nahme ist oft mit dem des Seneschalls, Kai, verbunden, mit dem
er in mancher Beziehung viel Aehnlichkeit scheint gehabt zu haben.   Sie waren
die beiden Ritter, welche Arthur zu seinen alleinigen Gefährten bei seiner Fahrt
nach S. Michaels-Berg (s. S. 208) um den Tod der Helena, der Nichte des
Howel, Sohns des Emyr Llidaw, zu rächen, auserwählte.   Zum Dank für ihre
Tapferkeit und Treue verlieh er jedem eine französische Provinz, wie Robert
von Gloucester sagt:
            He gef that lond of Normandye Bedwer, ys boteler,
            And that lond of Aungeo Kaxe ys panter.
Endlich hatten beide das Schicksal, nebeneinander in der letzten Schlacht gegen
die Römer erschlagen zu werden.   Arthur, dessen Oberherrschaft von dem glor-
reichen Ausgang dieses Treffens abhing, war in jeder Weise bemüht, dem Andenken der beiden in seinem Dienst gefallenen Ritter den schuldigen Tribut zu
zollen.   Er ließ Bedwyr zu Bayeur, das er selbst gegründet hatte, als der
Hauptstadt seiner Normannischen Herrschaft, beerdigen, und Kai zu Chinon
bestatten, welche Stadt, wie Wace im Brut, I, 13404, versichert, nach diesem
Ereigniß ihren Nahmen soll erhalten haben.   Indeß ist, muß ich gestehen, die
Ableitung nicht sehr einleuchtend.   Im wälschen Brut wird Diarnum als der
Ort von Kais Grabmahl genannt (Myv. Arch. II, 352.), und im Lateinischen

Kai, Sohn Kynyrs, Odyar der Freie (engl. **Frank**, wälsch ffranc),
der Oberhausmeister an Arthurs Hofe, und Edeyrn, der Sohn des Nudd.
Da sprach Geraint: »Ich dächte, ich hätte genug Ritterschaft bei mir.« —
»»Ja — entgegnete Arthur — aber ich will nicht, daß Edeyrn, obwohl
er will, sich Dir eher anschließe, als bis zwischen ihm und Gwenhwyvar die
Versöhnung geschlossen ist.«« — »So gewähre Gwenhwyvar ihm, wenn
er Sicherheit stellt, mit mir zu gehen.« — »»Wenn es ihr gefällt, so mag
sie ihn gegen Bürgschaft ziehen lassen, denn für die Kränkung, welche das
Mädchen von dem Zwerge erlitten, hat er genug Noth und Kümmerniß
erfahren.«« — »Wahrlich — sprach Gwenhwyvar — wenn es Dir und
Geraint gut scheint, so will ich das gern thun, mein Gebieter.« Darauf
erlaubte sie Edeyrn, frei abzureisen. Viele waren, die Geraint begleiteten;
sie brachen auf, und nimmer war eine schönere Kriegerschaar der Severn
entgegengereist. An dem anderen Ufer der Severn waren die Edlen Erbin's, Sohnes des Custennin, und sein Pflegevater an ihrer Spitze, um
Geraint mit Jubel zu begrüßen; und viele von den Frauen des Hofes
mit seiner Mutter kamen, um Enid, die Tochter Ynywl's, sein Weib, zu
bewillkommnen. Da war große Freude und jubelnde Lust am ganzen
Hofe, und in allem Land über Geraint bei der großen Liebe zu ihm, wegen
des großen Rufs, den er seit seiner Abwesenheit von ihnen errungen hatte,
und weil er nun gekommen, sein Reich in Besitz zu nehmen, und seine
Grenzen zu schirmen[24]). So gelangten sie an den Hof. Und am Hofe

---

des Gottfried von Monmouth heißt es, er sei zu Caen begraben. In der
69sten Triade werden beide Helden zu den drei gekrönten Hauptleuten
des Kampfs auf der Insel Britannien gezählt. In den Gräbern der
Krieger wird der Begräbnißplatz Bedwyrs zugleich mit dem eines andern,
jedoch nicht genannten Kriegshauptmanns genannt:

> „Offuran's Sohn ruht in Genelan,
> Nachdem er manche Schlacht gethan.
> Bedwyrs Grab ist im Bergwald von Tryvan.“

Dies ist der majestätische Berg, der den Namen Trivaen führt, von dem das
Thal von Nant=ffrancon, in Snowdon, seinen Ursprung nimmt. Dunraven=
Castle in Glamorganshire heißt bei den alten Schriftstellern gleichfalls Din-
dryvan, aber ob in der ebenangeführten Strophe dieses gemeint sei, läßt sich
nicht leicht bestimmen.   L. G.

[24]) In Wales waren die Strafen für Grenzstörungen sehr strenge. Howel
Dda verordnet, daß wer die Grenze zwischen zwei Dörfern durch Umpflügen ver-
dunkelt, dessen Ochsen, womit er gepflügt hat, sowie das Holz und Eisen des
Pflugs und das Wehrgeld für des Pflügers rechten Fuß und des Treibers linke
Hand dem König verfallen seien (das Wehrgeld für einen Fuß war im Gesetz
auf 6 Kühe und 120 Perce bestimmt); ebenso mußte er 4 Pence dem Eigen-

gab es reichhaltige Unterhaltung, eine Menge von Geschenken, Ueberfluß an Getränk, hinreichende Bedienung, und Abwechselung von Gesang und Schmauserei. Geraint zu ehren waren alle Hauptleute der Gegend eingeladen, ihn zu besuchen. Sie verbrachten den Tag und die Nacht im größten Jubel. Mit Anbruch des nächsten Tages kleidete sich Erbin an und entbot Geraint und die Edlen seines Gefolges zu sich. Und er sprach zu Geraint: »Ich bin ein schwacher, gealterter Mann; so lange ich für mich und Dich die Herrschaft behaupten konnte, that ich es. Du aber bist jung, in der Blüthe deiner Kraft, und deiner Jugend. Fortan schirme Du dein Eigenthum.« — »»Wahrlich — erwiederte Geraint — nach meinem Sinne solltest Du nicht jetzt meiner Hand die Gewalt über deine Herrschaft übertragen, und mich von Arthurs Hofe hinwegziehn.«« — »In deine Hand — sprach Erbin — will ich sie geben, und an diesem Tage sollst Du den Huldigungseid von deinen Unterthanen empfangen.«

Darauf sagte Gwalchmai: »Du würdest besser thun, diejenigen zu

---

thümer des Landes zahlen, und den alten Zustand der Grenze wieder herstellen. Kirchliche Umgänge wurden in den Herrschaften mit großer Feierlichkeit gehalten; die Prozession hatte den Geistlichen an der Spitze, und die Feierlichkeit begann und endete mit einer Art Gebet. Chorhemd und Gebetbuch trug ein Diener für den Fall mit, daß es gebraucht würde. Ueberbleibsel dieses Gebrauchs finden sich fast noch in allen Distrikten. An einem gewissen Tage kommen die betheiligten Kirchspiele an einem gewissen Orte zusammen, und gehen die Grenze, die im bebauten Lande in der Regel ein Bach oder ein Heckenzaun ist, entlang, bis sie zu den Grenzzeichen kommen, die da errichtet sind, wo keine natürliche Grenze gebildet ist. Diese bestehen in einem Steine, Erdhügel, mitunter in einem alten Grabhügel, besonders in den Gebirgsgegenden. Hier macht die Prozession Halt, und der Geistliche fragt, ob sie Alle die Grenze anerkennen? Fällt die Antwort bejahend aus, tritt jeder Theil von seiner Seite um den Hügel, Alle entblößen zugleich ihre Häupter, der Geistliche, das Buch in der Hand, besteigt den Hügel, und ruft mit lauter Stimme die Worte: „Verflucht sei, wer des Nachbars Landmark stört!" worauf alles Volk mit „Amen" antwortet. Darauf steigt er herab und der Zug geht zum nächsten Grenzzeichen, wo die Scene sich wiederholt. L. G.

Aehnliches findet sich in allen Ländern, wo die Einwohner feste Wohnsitze hatten. In Deutschland haben die sogenannten Dingetage, deren Hauptzweck die Grenzbeziehung war, sich bis jetzt hie und da erhalten, und wo diese feierlichen jährlich wiederholten Grenzbeziehungen außer Gebrauch gekommen, sind Mißachtung der Grenzen und Grenzprozesse an ihre Stelle getreten. — S. übrigens über diesen Gegenstand J. Grimm, Deutsche Rechtsalterthümer, S. 541 —548.

bedenken, heute, welche Gnade von Dir zu erbitten haben; morgen magst
Du den Unterthaneneid abnehmen.« Da wurden alle, welche Gnaden
zu erbitten hatten, in den Pallast befohlen. Kadeyriaith ging zu ihnen
und erkundigte sich nach ihrem Begehr. Und jeder erbat sich, was er
wünschte. Und die vom Hofe Arthurs begannen Geschenke auszutheilen;
da kamen sogleich die Männer von Cornwall, und thaten ebenso. Nicht
lange waren sie so mit schenken beschäftigt, als jeder begierig war, gleichfalls Geschenke zu machen. Und von allen, die um Gaben gebeten hatten, ging nicht einer unbefriedigt von dannen. Und den Tag und die
Nacht verbrachten sie in größtem Jubel.

Mit Anbruch des nächsten Tages bat Erbin den Geraint, Boten an
die Mannen zu senden, und sie zu befragen, ob es ihnen nicht mißfällig
sei, wenn er zur Abnahme ihres Huldigungseides kommen würde, und ob
sie etwas gegen ihn einzuwenden hätten. Darauf schickte Geraint Abge-
sandte an die Mannen von Cornwall, sie hierüber zu befragen. Alle antworteten, es sei ihnen die größte Freude und Ehre, wenn Geraint erscheine
und ihren Eid empfange. Also leisteten alle, die da waren, den Eid ab,
und blieben bis zur dritten Nacht bei ihm. Tags darauf beabsichtigten
Arthurs Angehörige heimzukehren. »Es ist noch allzufrüh, daß Ihr heim-
kehrt — sprach er; — verweilt bei mir, bis ich auch den Eid von meinen Hauptleuten, die ich zu mir beschieden habe, insgesammt empfangen
habe.« Darauf blieben sie noch bei ihm, bis auch dies geschehen war;
sodann aber brachen sie nach Arthurs Hof auf, und Geraint so wie Enide
gaben ihnen bis Diganhwy [25]) das Geleit. Von dort reisten sie weiter.
Da sprach Ondyaw, der Sohn des Herzegs von Burgund, zu Geraint:
»Vor allem geh', und besuche die entlegensten Theile deiner Herrschaft,
und siehe wohl auf die Grenzen deines Landes; und wenn Du in dieser
Beziehung Verwirrung bemerkst, so schicke dein Geleite dahin.« — »Gott
lohne es Dir — erwiederte Geraint; — das werde ich thun.«« Und
Geraint durchreiste die fernsten Theile seines Reichs, und erfahrene Führer, und die Hauptleute der Grafschaft gingen mit ihm. Und von dem
äußersten Punkte, den sie ihm zeigten, nahm er Besitz.

Wie er an Arthurs Hofe zu thun pflegte, besuchte er auch jetzt Turniere. Er traf mit tapferen und mächtigen Männern zusammen, bis er

---

[25]) Die Verwirrung in der Geographie der Romane ist bekannt, aber wir
können dreist annehmen, es sei hier Diganwy am Conway in Nordwales gemeint. Möchte es indeß nicht ein Fehler des Abschreibers, für Trefynwy, den
wälschen Namen für Monmouth, sein?   L. G.

dort einen eben so großen Ruf, als früher anderswo, errungen hatte. Er bereicherte seinen Hof, seine Begleiter und seine Edlen mit den besten Rossen, den besten Waffen, und den besten und kostbarsten Edelsteinen, und ließ nicht eher ab, als bis sein Ruf alle Theile des ganzen Königreichs durchflogen hatte. Nachdem er erkannt, daß dem so sei, begann er Ruhe und Vergnügen zu lieben, denn dort war nicht einer, der ihm hätte entgegen sein können. Und er liebte sein Weib, und zog es vor, heim im Schlosse zu bleiben, bei Musik und unter Ergötzlichkeiten. Eine lange Zeit blieb er zu Hause. Darnach begann er sich in dem Zimmer seines Weibes einzuschließen, und machte sich, außer in einem Dinge, kein Vergnügen, dergestalt, daß er die Freundschaft seiner Edlen aufgab, zugleich mit seinen Jagden und Festen, bis er die Herzen aller Krieger am Hofe verlor. Es erhub sich Murren und Gespött über ihn unter den Bewohnern des Pallastes, daß er so völlig ihre Gesellschaft der Liebe zu seinem Weibe hintenansetze. Diese Zeitung kam zu Erbin. Als Erbin von diesen Dingen hörte, besprach er sich mit Enid, und erforschte von ihr, was es sei, wodurch Geraint zu solchem Handeln getrieben werde, und was ihn veranlasse, sein Volk und seine Krieger zu vernachlässigen. »Nicht ich — rief sie — bei meinem Glauben an Gott, bin schuld, denn nichts ist mir verhaßter, als dies!« — Sie wußte nicht, was sie thun sollte; denn, obschon es ihr schwer ward, dies Geraint zu bekennen, so ward es ihr doch auch nicht leicht, das zu bergen, was sie gehört hatte, ohne Geraint deßhalb zu warnen. Und sie ward sehr betrübt.

| Geraint schöpft Argwohn gegen Enid, und tritt mit ihr eine Prüfungsfahrt an. Er besiegt vier Räuber. | 7. Eines Morgens in der Sommerzeit lagen sie auf ihrem Polsterbett, und Geraint ruhete auf |

dessen Rand. Enid aber war schlaflos in dem Zimmer, welches Glasfenster [26]) hatte. Die Sonne schien auf das Lager. Die Kleider waren

---

[26]) Die Ausdrücke der Bewunderung, in denen die alten Schriftsteller einstimmig von Glasfenstern sprechen, geben, wenn es nicht anderweit feststünde, einen hinreichenden Beweis, wie selten dieser Luxusartikel in den Häusern unsrer Altvordern war. Sie wurden zunächst in der Kirchen=Architectur eingeführt, und blieben lange Zeit darauf beschränkt. Paulus Silentiarius, ein Dichter und Historiker des sechsten Jahrhunderts (um 534), spricht von dem Glanz der Sonnenstrahlen, welche durch die östlichen Fenster der Sophienkirche zu Konstantinopel fielen, welche Glas hatten. St. Hieronimus (422) gedenkt gleichfalls der Glasfenster. Hallam bemerkt, daß fränkische Künstler den Brauch, die Fenster einiger neuen Kirchen mit Glas auszufüllen, zuerst im siebenten Jahrhundert nach England gebracht haben (*Du Cange*, s. v. **Vitreae**. —

seinen Armen und seiner Brust entfallen, und er war eingeschlafen. Da staunte sie die wunderbare Schönheit seiner Erscheinung an, und rief: »Wehe, ich bin die Ursach, daß diese Arme und diese Brust ihren Ruhm und ihren Kriegsruf, womit sie einst mich so hoch entzückten, eingebüßt

---

Bentham, History of Ely, p. 22): „Man hat gesagt — fährt er fort — daß unter der Regierung Heinrichs III. wenige Kirchengebäude Glasfenster gehabt haben" (Math. Paris, Vitae Abbatum St. Alb. 122). Suger (Recueil des Hist. XII, p. 101) dagegen, um ein Jahrhundert älter, hat sein großes Werk: die Abtei von St. Denys, mit nicht bloß Glas=, sondern sogar mit gemalten Glasfenstern geschmückt. Und ich vermuthe, daß andere Kirchen desselben Styls sowohl in Frankreich als in England, besonders nachdem die Spitzbogen=Fenster in größern Dimensionen sich erhoben, allgemein in derselben Weise ausgeschmückt wurden. Doch wird gesagt, daß Glas vor dem vierzehnten Jahrhundert nicht in der Privat=Architectur in Frankreich angewandt sei (Paulmy, III, 132. Villaret, XI, 141. Macpherson, 679.). Und seine Einführung in England war wahrscheinlich keineswegs älter. Gewiß ist, daß es im Mittelalter nicht in allgemeinem Gebrauch war. Wenn der Graf von Northumberland, am Ende der Regierung Elisabeths, Alnwick Castle verließ, wurden die Fenster aus ihren Haspen genommen, und sorgfältig weggelegt." (Northumberland Household Book, Vorrede, S. 16.) Bischof Percy sagt nach einem Citat von Harrison, daß unter der Regierung Heinrichs VIII. Glas nicht allgemein gebräuchlich gewesen sei. (Middle Ages, 1834, III, 425.) Aeneas Silvius, nachmals Pabst Pius II., sagt in seiner im funfzehnten Jahrhundert geschriebenen Abhandlung De moribus Germanorum, daß zu der Zeit in allen Häusern von Wien Glasfenster gewesen seien. —

> Ein Kloster hatte eine Halle
> „Mit Glasfenstern, gemacht wie eine Kirche."

heißt es in Pierce Plowman's Crede, als ein Beispiel des äußersten Luxus der Mönche (Warton, Hist. Eng. Poetry, II, 140); und wir begegnen ihnen gleichfalls bei den alten Romanciers in einigen Schilderungen großer königlicher Pracht. In Candace's Zimmer, beschrieben in den Thaten Alexanders,

> „Die Fenster waren von kostbarem Glas,
> Die Nägel waren von Helfenbein." (Warton, l. c. III, 409.)

Und sie waren mitunter sogar bemalt. Im Squyer of Lowe Degre ist die Tochter des Königs von Ungarn dargestellt.

> Verschlossen mit königlichem Glas
> War das Zimmer, worin sie saß
> Und erfüllt mit Malerei
> War die ganze Fensterreih'.
> Und jedes Fenster hatte Flügel,
> Verschlossen wohl mit manchem Riegel.
> Alsbald die Dame schön und fein
> Schob zurück einen Riegel von Elfenbein. (Warton, l. c. II, 8.)

Aus beiden Anführungen ergiebt sich, daß es für ein höchst kostbares Material gehalten wurde.   L. G.

haben!« Und als sie das sprach, entströmten Thränen ihren Augen, und
sie warf sich an seine Brust. Ihre fließenden Thränen, und die Worte,
die sie gesprochen hatte, erweckten ihn. Aber es war noch ein Anderes, das
dazu beitrug, ihn zu erwecken, das war die Meinung, daß sie nicht im
Gedanken an ihn diese Worte gesprochen habe, sondern weil sie einen an=
dern Mann mehr liebe als ihn, und andere Gesellschaft wünsche, wodurch
Geraint in seinem Gemüth heftig aufgeregt ward. Er rief nach seinem
Schildknappen, und als dieser kam, sprach er: »Gehe geschwind, besorge
mein Roß und meine Waffen, und mache sie fertig! Und Du — sagte
er zu Enid — stehe auf und kleide Dich an! Laß dein Roß satteln, und
lege den allerschlechtesten Reitschmuck an, den Du im Besitz hast. Unglück
suche mich heim — rief er — wenn Du hieher mit der Kenntniß zurück=
kehrst, daß ich meine Kraft so völlig, wie Du sagtest, verloren habe. Ist
dem so, dann will ich gern die Gesellschaft für Dich suchen, nach der Du
Dich sehnst, und die Du in Gedanken hattest.« Sie stand auf, und legte
ihre schlechteste Kleidung an. »Ich verstehe — sprach sie — Herr, nichts
von deiner Meinung.« — »»Noch wirst Du sie jetzt erfahren,«« ant=
wortete er.

Darauf begab sich Geraint zu Erbin. »Herr — sagte er — ich
bin im Begriff, eine Nachforschung anzustellen, und weiß nicht gewiß, wann
ich zurückkehren werde. Nimm deßhalb deine Besitzungen bis zu meiner
Rückkehr in Obhut.« — »»Das will ich thun — versetzte jener — aber
es kommt mir seltsam vor, daß Du so plötzlich aufbrichst. Und wer wird
Dich begleiten, da Du nicht stark genug bist, das Land Lloegyr [27]) so
allein zu durchstreifen.«« — »Doch eine einzige Person wird mit mir
gehen.« — »»Gott berathe Dich, mein Sohn — sagte Erbin — und
möge sie Dir in Lloegyr erhalten.«« Darauf ging Geraint an den Ort,
wo sein Roß sich befand, das mit ausländischer schwerer und schimmernder
Rüstung angethan war. Er befahl Enid, ihr Roß zu besteigen, vorwärts
zu reiten, und ihm auf dem Wege weit voran zu reiten. »Und was Du
auch in Beziehung auf mich sehen oder hören magst — sprach er — so
kehre dennoch nicht um. Und obschon ich zu Dir spreche, so erwiedere

---

[27]) Lloegyr ist der gebräuchliche Ausdruck im Wälschen für England.
Die Schriftsteller des Mittelalters leiten den Namen vom Sohn des Trojaners
Brutus, Lokryn, ab, dessen Bruder Camber darauf seinen Namen der Herrschaft
beilegte. Nach den Triaden ward das Land nach dem alten brittischen Stamme
Lloegrwys genannt. L. G. Mehreres darüber s. in Gottfrieds v. Monmouth
Chronik, L. II. u. Giraldi Descript. Cambriae, C. 7.

doch nicht ein einziges Wort darauf.« — Und sie ritten fort. Er aber
wählte nicht die angenehmste und belebteste, sondern die wildeste und von
Dieben und Räubern und giftigen Thieren am meisten wimmelnde Straße.
Sie kamen auf einen Weg auf der Höhe, den sie verfolgten, bis sie einen
großen Wald erblickten. Als sie sich ihm näherten, sahen sie vier bewaff=
nete Reiter aus dem Forst hervorkommen. Als diese sie erblickten, sprach
einer zu dem anderen: »Siehe, hier ist eine gute Gelegenheit zum Raub
für uns, zwei Rosse und Rüstung und eine Frau dazu. Jener einzelne
Ritter dort, der sein Haupt so tiefsinnig und schwermüthig hängen läßt,
wird uns keine Schwierigkeit machen.« — Enid vernahm dieses Gespräch,
aber sie wußte aus Furcht vor Geraint, der ihr zu schweigen befohlen hatte,
nicht, was sie thun sollte. »Die Rache des Himmels komme über mich
— sprach sie — wenn ich nicht lieber von seiner Hand, als von der
Hand irgend eines Andern, den Tod erleiden möchte; wenn er mich auch
erschlägt, so will ich dennoch zu ihm sprechen, damit ich nicht den Jam=
mer erfahre, Zeugin seines Todes zu sein.« — Deßhalb erwartete sie Ge=
raint, bis er nahe zu ihr herankam. »Herr — sprach sie — hast Du
die Worte dieser Männer in Bezug auf Dich gehört?« — Er erhob seine
Augen, und schaute sie zornig an. »»Du hast nur — sagte er — das
Schweigen zu halten, das ich Dir anbefahl. Ich begehre nur Schweigen,
keine Warnungen. Wenn Du auch meine Besiegung und meinen Tod
von den Händen dieser Männer herbeiwünschest, so fühle ich dennoch keine
Furcht.«« Darauf legte der Vorderste seine Lanze ein, und sprengte gegen
Geraint. Dieser empfing ihn, und eben nicht schwächlich. Denn wäh=
rend er seinen Stoß parirte, stach er in solcher Weise mitten auf des Rei=
ters Schild, daß er zersplitterte, die Rüstung durchbohrt ward, die Lanze
Geraints eine Elle lang ihm in den Leib drang, und er auf Lanzen=Länge
hinter den Rücken seines Rosses zur Erde geschleudert wurde. Nun griff
ihn wüthend, und zornig über den Tod seines Gefährten, der zweite Räu=
ber an. Aber mit einem Stoß warf Geraint ihn gleichfalls und tödtete
ihn, wie er dem ersten gethan hatte. Da rannte der dritte gegen ihn,
und er tödtete ihn in gleicher Weise. Ebenso erschlug er auch den vier=
ten. Traurig und sorgenvoll war die Magd *), als sie all dies sah. Ge=
raint stieg von seinem Rosse, zog die Waffen den erschlagenen Männern
ab, lud sie auf ihre Sättel, band die Zäume ihrer Rosse aneinander, und
bestieg wieder sein Pferd. »Siehe, was Du thun mußt — rief er; —

---

*) Maiden ; der Dichter scheint die Vermählung vergessen zu haben.

nimm die vier Roſſe, treibe ſie vor Dir her, und reite vorwärts, wie ich
Dir befahl. Sprich kein Wort zu mir, außer wenn ich Dich zuerſt an-
ſpreche. Und ich ſchwöre bei Gott — ſagte er — wenn Du nicht alſo
thuſt, kommt es Dir theuer zu ſtehen.« — »»Ich will thun, wie ich es
vermag, Herr, — entgegnete ſie — ganz nach deinem Willen.«« Darauf ritten ſie vorwärts durch den Forſt.

Geraint beſiegt abermals drei Räu- | 8. Als ſie den Wald hinter
ber, und noch einmal fünf Räuber. | ſich gelaſſen, kamen ſie auf eine
große Ebene, in deren Mitte ſich eine Gruppe von dichtverwachſenem
Buſchholz befand. Daraus hervor ſahen ſie drei Reiter ihnen entgegen
kommen, beide, ſie und ihre Roſſe, wohl mit Waffen ausgerüſtet. Die
Jungfrau faßte ſie ſcharf in's Auge, und als ſie näher kamen, hörte ſie
den einen zum andern ſagen: »Siehe, hier iſt ein gutes Begegniß für
uns. Hier vor uns kommen vier Roſſe, und vier vollſtändige Waffenanzüge. Wir werden leicht den Zorn jenes trübſeligen Ritters dort überwinden, und die Jungfrau fällt dann auch in unſre Gewalt.« — »»Das
iſt nur zu wahr — ſprach ſie zu ſich ſelbſt — denn mein Gatte iſt zu
ermüdet, um mit ihnen den Kampf zu beſtehen. Die Rache des Himmels aber komme über mich, wenn ich ihn nicht davor warne.«« So
wartete die Jungfrau, bis Geraint zu ihr herankam. »»Herr — ſagte
ſie — haſt Du nicht das Geſpräch jener Männer dort über Dich gehört?««
— »Was iſt es?« fragte er. »»Es ſagte einer zum andern, ſie wollten
alles dies zur Beute machen.«« — »Ich ſchwöre zu Gott — antwortete
er — daß die Worte dieſer Männer mir weniger verdrießlich ſind, als
daß Du nicht ſchweigen und meinem Beſchluß gehorſamen willſt.« —
»»Mein Gebieter — verſetzte ſie — ich fürchte, daß ſie Dich unverſehens
überfallen werden.«« »Halte Deinen Mund — rief er; — habe ich
Dir nicht Schweigen befohlen?« Darauf legte einer von den Reitern
ſeine Lanze ein, griff Geraint an, und führte einen Stoß auf ihn, den er
für ſehr erfolgreich hielt. Aber Geraint fing ihn ſorglos auf, lenkte ihn
abſeits, und indem er auf die Mitte ſeines Körpers zielte, ſprengte er gegen ihn; bei dem Stoß von Mann und Roß gab die Trefflichkeit ſeiner
Waffen ihm keine Hülfe; die Spitze der Lanze und ein Theil des Schaf-
tes durchbohrte ihn, und eine Klafter- und Speerslänge weit ward er hinter die Kruppe des Roſſes in den Sand geworfen. Nun kamen nach der
Reihe die andern beiden Reiter gegen ihn, aber ihr Angriff war nicht er-
folgreicher, als der ihres Gefährten. Das Mädchen ſtand dabei und ſah
dem allen zu; einerſeits war ſie in Angſt um Geraint, daß er im Kampf

mit den Männern möchte verwundet werden, und andererseits war sie
freudenvoll, ihn so siegreich zu sehen. Darauf stieg Geraint ab, band
die drei Rüstungen auf ihre Sättel, und befestigte die Zäume der Rosse
aneinander, so daß er nun sieben Rosse bei sich hatte. Er bestieg dann
wieder sein eigenes Roß und befahl der Magd, die andern vor sich her zu
treiben. »Ich habe mehr Ursach, Dich in Gehorsam zu halten, als mit
Dir zu sprechen; denn Du willst nicht meine Weisung beachten.« —
»»Ich will sie so streng halten, als ich vermag, Herr, — versetzte sie —
aber ich konnte Dir nicht die wilden und verrätherischen Reden verhehlen,
die ich in Bezug auf Dich, Herr, von diesem seltsamen Volk erlauschte,
das in dieser Wildniß herumschweift.«« — »Ich schwöre zu Gott —
sprach er — daß ich nichts will, als Stillschweigen. Darum halte Dich
ruhig.« — »»Ich will's, Herr, so lange ich kann.«« Und das Mädchen ging mit den Rossen vor ihm her, und verfolgte ihren Weg immer
gerade aus. Von dem obenerwähnten buschigen Gehölze ab durchwan-
derten sie eine große langweilige freie Ebene. In großer Entfernung vor
sich erblickten sie einen Wald, aber sie konnten weder Ende noch Grenze
des Waldes, außer an der ihnen nächsten Seite, sehen. Sie ritten darauf zu. Aus dem Walde kamen fünf Reiter hervor, keck, verwegen, mächtig und stark, auf kraftvollen stolz schnaubenden Streitrossen voll Feuer
und von tüchtigem Knochenbau, und beide, Rosse und Männer, waren
wohl mit Waffen angethan. Als Enide ihnen näher kam, hörte sie sie
reden: »Siehe, hier kommt uns eine hübsche Beute zu, deren wir uns
leicht und ohne Mühe bemächtigen können; denn bei der Besitznahme dieser Rosse, Waffen und der Frau brauchen wir vor jenem einzelnen, so
schmerzvollen und betrübten Ritter eben nicht Angst haben.« Das Mädchen gerieth in die größte Sorge, als sie dies Gespräch hörte, und wußte
in der Welt nicht, was sie thun sollte. Zuletzt nun entschloß sie sich dennoch, Geraint zu warnen. Sie lenkte daher den Kopf ihres Rosses nach
ihm um. »Herr — sprach sie — wenn Du gehört hättest, was ich die
Reiter dort in Beziehung auf Dich habe sagen hören, so würde deine
Betrübniß größer sein, als sie ist.« — Mit zornigem bitterm Lächeln aber
sah Geraint sie an, und sagte: »Dich höre ich nur eben alles thun, das
ich Dir verbot. Aber es wird kommen, daß Du es noch bereuen wirst.«
Unmittelbar darauf, siehe, überwand Geraint siegreich und gewandt alle
Fünfe. Er lud die fünf Waffenanzüge auf die fünf Sättel, band die
Zäume der zwölf Rosse aneinander und übergab sie der Enid zur Besor-
gung. »Ich weiß nicht — sagte er — was es mir nützt, Dir Befehle zu

geben; aber jetzt trage ich Dir ein Geschäft von ganz besonderer Art auf.« So ging das Mädchen weiter auf den Wald zu, Geraint voran reitend, wie er befohlen hatte. Es betrübte ihn, soweit sein Zorn es gestattete, ein so herrliches Mädchen in so großer Noth bei der Führung der Rosse zu sehen. Darauf erreichten sie den Wald, der beides lang und breit ausgedehnt war; und in dem Walde überfiel sie die Nacht. — »Ach, Mädchen — rief er — es ist vergebens, weiter vorzudringen.« »»Wohl, Herr — versetzte sie — was Du wünschest, wollen wir thun.«« — »Es wird am besten für uns sein — antwortete er — aus dem Walde zurückzukehren, zu rasten, und den Tag abzuwarten, um mit Ordnung unsre Reise fortzusetzen.« — »»Das wollen wir gern,«« erwiederte sie. — Und so machten sie es auch. Nachdem er abgestiegen, hob er sie von ihrem Pferde. »Ich bin zu müde, um dem Schlaf widerstehen zu können — sagte er. — Deßhalb bewache Du die Pferde, und schlafe nicht.« — »»Ich werd' es, Herr,«« sprach sie. Darauf legte er in seiner Rüstung sich zum Schlafen nieder, und so verging die Nacht, die in der Jahreszeit nicht lang war. Als der Tag anbrach, blickte sie umher, ob er schon wache; darauf weckte sie ihn. »Mein Gebieter — sprach sie — ich wünschte Dich zu rechter Zeit zu wecken.« Aber er sagte aus Müdigkeit nichts, als daß er wünsche, sie halte Stillschweigen. Endlich stand er auf, und sagte zu ihr: »Nimm die Rosse und reite vor, und immer gerade vor Dich hin, wie Du am gestrigen Tage gethan hast.« Später am Tage verließen sie den Wald, und kamen in eine offene Gegend mit Wiesen auf einer Seite, auf welchen Schnitter das Gras mäheten. Vor ihnen strömte ein Fluß; und die Rosse gingen hinab, und tranken. Darauf kamen sie das steile Ufer des Flusses wieder herauf. Da begegneten sie einem schlanken Burschen mit einem ledernen Ränzel über der Schulter, worin sie etwas stecken sahen; aber sie wußten nicht, was es war. In der Hand hatte er einen hohen blauen irdenen Krug, und über dessen Oeffnung einen Becher gedeckt; und der Junge grüßte Geraint. »Gott behüte Dich — sagte Geraint — wo kommst Du her?« — »»Ich komme — sagte er — aus jener Stadt, die vor Dir liegt. Mein Gebieter — fügte er hinzu — mißfällt es Dir nicht, wenn ich Dich auch frage, wo Du herkommst?«« »Keineswegs; aus jenem Walde dort komme ich her.« »»Kamst Du erst heute durch den Wald?«« — »Nein — entgegnete er — wir waren die letzte Nacht im Walde.« — »»Da sage ich gut dafür — sprach der Junge — daß deine Lage in der letzten Nacht nicht die vergnüglichste war, und Du weder zu essen noch zu trinken hattest.«« — »Nein, bei

meiner Treue« — sagte er. — »Willst Du meinem Rathe folgen —
fuhr der Bursche fort — und diese Speise von mir nehmen?« — »»Wel=
che Art von Speise?«« fragte er. »Das Frühstück für jene Schnitter
dort, nichts als Brod, Fleisch und Wein. Wenn Du willst, Herr, so sollen
sie nichts davon bekommen.« — »»Ich will — sagte er; — der Himmel
lohne es Dir.««

Graf Drwn will Enid verführen,
und wie Geraint ihn mit seinen acht=
zig Rittern im Kampf überwindet.

9. Geraint stieg vom Pferde,
und der Bursche hob das Mädchen
von ihrem Rosse. Dann wuschen
sie sich, und hielten ihre Mahlzeit. Der Bursche schnitt das Brot in
Scheiben, gab ihnen zu trinken, und bediente sie mit allem. Als sie da=
mit fertig waren, stand der Bursche auf, und sagte zu Geraint: »Mein
Gebieter, mit deiner Erlaubniß werde ich nicht gehen, und das Essen den
Schnittern bringen.« »»Gehe zuerst in die Stadt — erwiederte Geraint
— besorge für mich an dem besten Orte, den Du kennst, eine Wohnung,
und für die Rosse das bequemste Unterkommen und wähle für deinen
Dienst und deine Gaben zum Lohn Dir welches Roß, und welche Waffen
Du willst.« — »»Das lohne der Himmel Dir, Herr — rief der Junge
— da vergiltst Du meinen Dienst weit mehr, als ich es um Dich ver=
dient habe.«« Der Bursche lief in die Stadt, und besorgte das beste und
angenehmste Quartier, das er wußte. Darnach ging er mit dem Rosse
und den Waffen auf das Schloß, begab sich an den Ort, wo der Graf
war und erzählte ihm sein Abentheuer. »Ich gehe jetzt, Herr — sagte er
— den jungen Mann aufzusuchen, und ihn in seine Wohnung zu füh=
ren.« — »»Gern, gehe, — erwiederte der Graf — und große Freude soll
ihn hier empfangen, wenn er kommt.«« Der Bursche suchte nun Ge=
raint auf und erzählte ihm, daß er mit Vergnügen vom Grafen in seinem
eigenen Schlosse würde aufgenommen werden; aber er wollte nur seine
Wohnung beziehen. Er fand ein freundliches Zimmer mit einer Fülle
von Streu *) und Schnitzwerk, und geräumige und bequeme Stallung
für die Pferde, welche der Bursche mit einem Ueberfluß von Futter ver=
sorgte. Nachdem sie sich so eingerichtet hatten, begann Geraint also zu
Enid: »Geh — sprach er — auf die andre Seite des Zimmers, und komm
nicht auf diese Seite des Hauses. Die Frau des Hauses magst Du zu

---

*) Straw, Stroh, Streu. Die Zimmer mit grünen Binsen, Gras und
Blumen zu bestreuen, war gewöhnlich, Stroh zu solchem Schmuck anzuwenden,
scheint vorzugsweise in Wales Sitte gewesen zu sein.

Dir rufen, wenn Du willst.« — »»Ich werde thun, Herr, — sagte sie — wie Du sagst.«« Darauf kam der Hauswirth zu Geraint, und bewillkommte ihn. »Ach, Hauptmann — sagte er — hast Du deine Mahlzeit bereits gehalten?« »»Ja«« entgegnete jener. Dann sprach der Bursche ihn an, und fragte, ob er nicht einiges trinken wolle, bevor er den Grafen besuche. »Traun, das will ich,« sagte er. Also ging der Bursche in die Stadt, und brachte ihm zu trinken. »Ich muß nothwendig schlafen,« sagte Geraint. — »»Wohl — versetzte der Bursche — und während Du schläffst, will ich gehen, den Grafen zu sehen.«« — »Gut, gehe — sagte er — und komm wieder, wenn ich Dich rufe.« — Geraint begab sich nun zur Ruhe, und Enid that desgleichen.

Der Bursche kam dahin, wo der Graf war, und der Graf fragte ihn, wo die Wohnung des Ritters sei, und er nannte sie ihm. »Ich muß gehen — sagte der Bursche — um ihm am Abend aufzuwarten.« — »»So gehe — antwortete der Graf — grüße ihn schön von mir, und sage ihm, daß ich gegen Abend ihn besuchen werde.«« — »Das werd' ich ausrichten,« sprach der Bursche. Er kam, als es für jenen Zeit aufzuwachen war. Sie standen auf und gingen aus. Und als es Zeit war zu speisen, thaten sie es, und der Bursche bediente sie. Geraint fragte den Hauswirth, ob hier einige seiner Genossen wären, die er zu sich einzuladen wünsche; und jener antwortete: deren habe er. »So bringe sie hieher, und bewirthe sie auf meine Kosten mit dem Besten, was Du in der Stadt kaufen kannst.«

Und der Hauswirth brachte die zusammen, die er ausgewählt hatte, und gab ihnen auf Geraints Rechnung ein Fest. Darauf, siehe, kam der Graf mit seinen zwölf ehrenwerthen Rittern zum Besuch zu Geraint. Und Geraint erhob sich, und hieß ihn willkommen. »Des Himmels Glück mit Dir,« sagte der Graf. Darauf ließen sich alle nach ihrem Range nieder. Der Graf unterhielt sich mit Geraint, und fragte ihn nach dem Zweck seiner Reise. — »Ich habe keinen — erwiederte er — außer Abentheuer aufzusuchen, und meiner Laune zu folgen.« Darauf richtete der Graf seine Augen auf Enid, und schaute sie staunend lange an. Er meinte nie eine schönere und anmuthigere Jungfrau als diese gesehen zu haben. Alle seine Gedanken und seine ganze Leidenschaft wandten sich ihr zu. Dann fragte er Geraint: »Erhalte ich deine Erlaubniß, mich mit der Jungfrau dort zu unterhalten, denn ich sehe, daß sie sich von Dir zurückgezogen hält.« — »»Ich ertheile sie Dir sehr gern,«« sagte jener. Nun begab sich der Graf zu der Jungfrau, und unterhielt sich mit ihr.

— »Ach Jungfrau — sprach er — es kann für Dich nicht vergnüglich
sein, mit jenem Mann dort zu reisen.« — »»Es ist mir gar nicht unan=
genehm — erwiederte sie — derselben Straße, die er fährt, zu reisen.««
— »Du hast weder Jünglinge noch Mädchen zu deiner Aufwartung?«
fragte er. »»Wahrlich — entgegnete sie — es ist mir weit angenehmer,
den Mann dort zu begleiten, als von Jünglingen und Mädchen bedient
zu werden.«« — »Ich will Dir einen guten Vorschlag machen, — sagte
er. — Meine ganze Grafschaft soll Dir zu Befehle stehen, wenn Du bei
mir bleiben willst.« — »»Das will ich nicht, bei Gott — rief sie. —
Jener Mann dort war der Erste, dem ich meine Treue zugesichert habe,
und ihm soll ich mich unbeständig erweisen?«« — »Du hast Unrecht —
sprach der Graf. —   Denn wenn ich den Mann dort erschlage, so kann
ich Dich mit mir führen, so weit ich nur will, und wenn Du mir nicht
mehr gefällst, so kann ich Dich beliebig verstoßen.   Doch wenn Du gut=
willig mit mir gehst, so betheure ich, daß unsere Verbindung ewig und
unzertrennlich, so lange ich lebe, sein soll.« — Da erwog sie seine Worte,
und überlegte, daß es rathsam sein möchte, ihn in seinem Begehren zu
ermuthigen.   »»Siehe dann, Hauptmann, ist es das bequemste für Dich,
mich ohne die nöthige Zurückhaltung zu sehen, wenn Du morgen früh
herkommst, und mich zurück führst, während ich thue, als wüßte ich nichts
von deinen Absichten.«« — »Das will ich thun,« sprach er, stand auf,
beurlaubte sich, und entfernte sich mit seinen Begleitern. Sie theilte
nichts von jener Unterhaltung, die sie mit dem Grafen gehabt hatte, Ge=
raint mit, damit sie nicht seinen Zorn erwecke, und ihm Schwermuth und
Sorge verursache.

Zur gewöhnlichen Stunde gingen sie schlafen.   Zu Anfang der
Nacht schlief Enid ein wenig; aber gegen Mitternacht stand sie auf, und
legte Geraints sämmtliche Waffen zusammen, damit sie beim Aufbruch
bereit wären.   Obschon in Furcht wegen ihrer Mittheilung, trat sie doch
an die Seite von Geraints Bette, und sprach zu ihm sanft und weich:
»Mein Gebieter, stehe auf und kleide Dich an, denn das heischten die
Worte des Grafen, die er zu mir über Dich äußerte.« Sie erzählte Ge=
raint alles, was ihr begegnet war. Obschon er ihr zürnte, nahm er doch
die Warnung an, und kleidete sich an; und sie zündete ein Licht ihm dazu
an.   »Setze das Licht dort hin — sprach er — und befiehl dem Wirth,
herzukommen.« — Sie ging, und der Wirth kam zu ihm. »Weißt Du,
wie viel ich Dir schuldig bin?« fragte Geraint. — »»Ich denke, Du
bist nur wenig schuldig.«« — »Nimm die eilf Rosse und die eilf Waf=

fenrüſtungen.« — »»Gott vergelte es Dir, Herr — rief jener — aber
ich habe nicht den Werth eines Waffenanzuges von Dir verdient.«« —
»Eben aus dieſem Grunde — verſetzte er — ſollſt Du um ſo reicher ſein.
Und jetzt, willſt Du mich aus der Stadt führen?« — »»Sehr gern will
ich das — ſagte er; — in welcher Richtung gedenkſt Du zu gehen?««
— »Ich wünſche die Stadt auf einem andern Wege zu verlaſſen, als
worauf ich eingezogen bin.« Da begleitete der Wirth ihn ſo weit, als
er es ihm befahl. Dann hieß er das Mädchen voran reiten, und ſein
Wirth kehrte nach Hauſe zurück. Kaum hatte er ſeine Wohnung erreicht, ſiehe, da nahete ſich der größte Lärm, den er je gehört hatte; und
als er hinausblickte, ſah er achtzig Ritter in voller Rüſtung das Haus
umringen, den Grafen Dwrn an ihrer Spitze. »Wo iſt der Ritter, der
hier war?« fragte der Graf. »»Bei deiner Hand — antwortete jener
— er ging vor kurzer Zeit von hier weg.«« »Wohin, Schurke, haſt Du
ihn gehen laſſen, ohne mich davon zu unterrichten?« — »»Mein Gebieter, Du haſt mir nicht befohlen, das zu thun; ſonſt würde ich ihn nicht
haben abreiſen laſſen.«« — »Welches Weges meinſt Du iſt er gegangen?« — »»Ich weiß nicht, außer daß er die große Straße lang ging.««
Sie wandten hierauf ihre Roſſe nach dem Wege, und als ſie auf der
Landſtraße die Spuren der Roſſe bemerkten, verfolgten ſie ſie. Als der
Tag anbrach, blickte das Mädchen hinter ſich, und ſah große Staubwolken
ihr näher und näher kommen. Darob ward ſie unruhig, und argwöhnte,
daß der Graf und ſein Waffengeleit hinter ihr herkomme. Bald darauf
ſah ſie durch die Wolken einen Ritter erſcheinen. »Bei meiner Treue
— rief ſie — gedenkt jener mich zu erſchlagen, ſo will ich lieber den
Tod von dieſes Hand empfangen, als ohne ihn gewarnt zu haben, ihn
umgebracht zu ſehen. Mein Gebieter — ſagte ſie zu Geraint — ſiehſt
Du den Mann mit vielen andern dort Dir nacheilen?« — »»Ich ſehe
ihn — ſprach er — und ich ſehe auch, daß Du unter Verachtung aller
meiner Befehle nimmer Stillſchweigen beobachten wirſt. —«« Darauf
kehrte er ſich gegen den Ritter, und mit dem erſten Anlauf ſtach er ihn
hinab unter die Füße des Roſſes. Und ſo lange noch einer von den
achtzig Rittern übrig war, überwand er ſie, einen nach dem andern, wie
den erſten. Und vom Schwächſten bis zum Stärkſten griffen ſie alle,
einer nach dem andern, ihn an, mit Ausnahme des Grafen. Als der
letzte von Allen kam dann auch der Graf gegen ihn. Und er brach ſeine
Lanze, und brach eine zweite. Geraint rannte ihn an, und ſtach ihn mit
ſeinem Speer auf die Mitte des Schildes, daß derſelbe von dem einzigen

Stoß zersprang, sein Panzer durchbohrt ward, und er selbst weit über den Rücken seines Rosses hinaus zu Boden geschleudert ward, und in Lebens= gefahr gerieth. Geraint ritt auf ihn zu, und von dem Lärm des Huf= schlags seines Rosses kam der Graf wieder zu sich. »Gnade, Herr,« rief er zu Geraint. Geraint sicherte ihm Gnade zu, aber in Folge des har= ten Bodens, auf den sie gestürzt waren, und der Heftigkeit des Stoßes, den sie empfangen hatten, war unter allen Rittern auch kein einziger, der davon gekommen wäre, ohne von Geraints Hand einen tödtlich schweren, schrecklich schmerzvollen, und verzweifelt verwundenden Fall genossen zu haben.

Geraint kämpft siegreich mit Gwif= fert Petit.

10. Geraint reiste auf der Landstraße, die vor ihm war, weiter, das Mädchen ihm voran. Bald erblickten sie ein von einem breiten Flusse durchströmtes Thal, so schön, wie sie noch nie eins gesehen; über den Strom ging eine Brücke, zu welcher die Straße hinführte. Hinter der Brücke, auf der andern Seite des Flusses, sahen sie eine befestigte Stadt, die schönste, die sie je geschaut. Als sie der Brücke sich näherten, sah Ge= raint aus einem dichten Gehölz einen Mann ihm entgegenkommen, der auf einem starken und stolzen, doch sanft schreitenden, muthigen, doch folgsamen Rosse saß. — »He, Ritter — fragte Geraint — wo kommst Du her?« — »»Ich komme — versetzte er — aus dem Thal da un= ten.«« — »Kannst Du mir sagen — sprach Geraint — wer ist Herr dieses schönen Thals und der festen Stadt dort?« »»Das will ich Dir gern sagen — erwiederte er; — G w i f f e r t P e t i t ist er von den F r a n z o s e n genannt, aber die W ä l s c h e n heißen ihn den k l e i n e n K ö n i g (Gwiffert petit y geilw y ffreinc ar brenhin bychan y geilw y kymry ef.).«« — »Kann ich über die Brücke dort und auf der niedrigen Straße hingehen — fragte Geraint — die unterhalb der Stadt sich hinzieht?« »»Du kannst nicht vor dem Thurm vorbei auf die an= dere Seite der Brücke gelangen, wenn Du nicht beabsichtigst, mit ihm zu kämpfen. Denn das ist seine Gewohnheit, so jeglichem Ritter, der in sein Land kommt, zu begegnen.«« — »Ich schwöre zu Gott — rief Geraint — daß ich nichtsdestoweniger meine Reise auf diesem Wege fortsetzen will.« — »»Wenn Du das thust — sprach der Ritter — wirst Du wahr= scheinlich Schimpf und Schande für deine Verwegenheit einerndten.«« — Geraint ritt des Weges, der zu dem Thurm führte, weiter, und kam auf eine Strecke, wo der Boden hart, uneben und holperig war. Wie er so hintrabte, sah er einen Ritter hinter sich herkommen, auf einem mu=

thigen, starken, stolzschreitenden, großhufigen und breitbrustigen Streitrosse;
und nimmer sah er einen Mann von winzigerer Gestalt als den, der auf
diesem Rosse saß. Beide, er und sein Roß, waren vollständig bewaffnet.
Nachdem er Geraint eingeholt hatte, sagte er zu ihm: »Stehe mir Rede,
Hauptmann; entweder geschieht es aus Unwissenheit oder aus Vermessenheit, daß Du meine Würde zu beleidigen und in meine Herrschaft einzudringen suchst.« — »»Nein — antwortete Geraint, — ich wußte nicht,
daß diese Straße irgend einem verboten sei.«« — »Du wußtest es wohl
— sagte der Andere; — komm mit mir an meinen Hof, mir Genugthuung zu geben.« — »»Das werde ich nicht, bei meiner Treue — sprach
Geraint; — ich würde Dir nicht zu deines Herrn Hofe folgen, außer,
wenn Arthur dein Herr wäre.«« — »Bei der Hand Arthurs — sagte
der Ritter — ich will Genugthuung von Dir haben, oder von deiner Hand
mich überwunden sehen.« Sofort rannten sie gegen einander. Ein
Knappe von ihm kam, um ihn mit Lanzen zu bedienen, die er ihm dar-
reichte. Und sie gaben sich einander so harte und scharfe Stöße, daß ihre
Schilde alle ihre Farbe verloren. [28]) Aber in Betracht seiner kleinen Gestalt, war es für Geraint sehr schwierig, mit ihm zu fechten, da er nur
mit Mühe im Stande war, ihm mit der vollen Kraft beizukommen. Sie
fochten so lange, bis ihre Rosse in die Kniee sanken. Endlich stach Geraint den Ritter der Länge nach in den Sand. Darauf kämpften sie zu
Fuß, und theilten sich einander so verzweifelt grimmige, häufige und über-
kräftige Streiche zu, daß ihre Helme durchlöchert, ihre Herseniere zerbrochen, ihre Panzer zerschnitten wurden, und das Licht ihrer Augen von
Schweiß und Blut verfinstert ward. Zuletzt gerieth Geraint in Wuth,
und raffte alle seine Kraft zusammen, und mit grimmigem Zorn, schnell
entschlossen und in größter Wuth schwang er den Degen, und schlug ihm
auf den Scheitel des Haupts einen so tödtlich schmerzvollen Schlag, so

---

[28]) Die Gewohnheit, die Schilde zu bemalen und zu zieren, wird durch
zahllose Beispiele erwiesen. Sharon Turner sagt, daß sie mit Gold und glänzenden Farben geschmückt wurden, und einige Ritter darauf das Bild ihrer geliebten Dame trugen. Unter diesen gedenkt er besonders des Grafen von Poitou, und citirt einen deutschen Dichter, der einen Ritter beschreibt „mit einem
Schild fulgens auro und einem Helme geschmückt mit Achat" (Middle Ages
c. XIV.). Nachrichten von goldgezierten Waffen kommen häufig in den Werken der wälschen Barden vor. Gwalchmai, Sohn des Meilir, der im zwölften
Jahrhundert blühete, sagt von sich selbst:

Hell glänzt mein Schwerdt, und blitzt in der Schlacht;
Hell schimmert mein Schild in Goldes Pracht.   L. G.

heftig, so scharf und durchdringend, daß er durch die Kopfrüstung, durch Haut und Fleisch bis auf den Knochen drang, das Schwerdt aus der Hand des kleinen Königs bis an das fernste Ende des Planes flog, und er Geraint um Gnade und Erbarmen flehete. »Obschon Du weder höflich noch gerecht Dich benommen hast, — sprach Geraint — so sollst Du doch Gnade unter der Bedingung finden, daß Du mein Verbündeter wirst, und Dich verpflichtest, nie wieder gegen mich zu streiten, vielmehr mir zu Hülfe zu kommen, wenn Du hörst, daß ich in Gefahr bin.« — »»Das will ich thun, gern, Herr,«« antwortete jener. Darauf nahm er ihm den Eid ab. »»Und jetzt, Herr — sagte er — komm auf mein Schloß dort, Dich von der Anstrengung und Ermüdung zu erholen.«« — »Das werde ich nicht, beim Himmel,« erwiederte er.

Darauf erblickte Gwiffert Petit Enid, die unfern stand, und es betrübte ihn, ihre edlen Züge so tiefbekümmert zu sehen. Drum begann er zu Geraint: »Mein Herr, Du thust unrecht, Dir nicht Ruhe zu gönnen, und Dich ein Weilchen zu erholen; denn wenn Du in deiner jetzigen Lage auf einige Hindernisse stoßen solltest, so wird es Dir nicht leicht sein, sie zu überwinden.« Aber Geraint wollte nichts anders, als seine Reise fortsetzen, und bestieg mit Mühe und ganz mit Blut bedeckt, sein Roß. Die Jungfrau ritt voran, und sie trabten auf einen Wald zu, den sie vor sich sahen.

Geraint kommt mit Enid an Arthurs Hof, und wird von seinen Wunden geheilt.

11. Die Hitze der Sonne war sehr groß, und von dem Blute und Schweiße klebten die Waffen Geraints an seinem Körper. Als sie in den Wald kamen, stellte er sich unter eine Eiche, um dem Sonnenbrande zu entgehen. Seine Wunden schmerzten ihn mehr als damals, da er sie empfing. Die Jungfrau stand unter einer andern Eiche. Und siehe, da hörten sie Hörnerklang, und ein geräuschvolles Getöse, dessen Ursach war, daß Arthur und sein Gefolge in den Wald herabgekommen war. Während Geraint noch überlegte, welchen Weg er einschlagen solle, um ihn zu vermeiden, ward er von einem Fußknappen, der ein Diener des Oberhausmeisters war, entdeckt, der zu letzterem hinlief, und ihm erzählte, welche Art von Mann er im Walde gesehen habe. Drauf ließ der Oberhausmeister sein Roß satteln, nahm Lanze und Schild und begab sich an den Ort, wo Geraint war. »Ha, Ritter — rief er — was machst Du hier?« — »»Ich stehe unter einer schattigen Eiche, um die Hitze und die Strahlen der Sonne zu vermeiden.«« — »Wohin geht deine Reise, und wer bist Du?« — »»Ich

suche Abentheuer, und gehe, wohin mich's gelüstet.«« — »Wohlan denn — sagte Kai — so komm mit mir, Arthur zu sehen, der hier nahebei ist.« — »»Das werd' ich nicht, beim Himmel,«« entgegnete Geraint. — »Du mußt nothwendig mitkommen« — sprach Kai. Geraint wußte, wer jener war, aber Kai erkannte den Geraint nicht. Und Kai griff Geraint so gut als er konnte, an. Aber Geraint wurde zornig, und stieß ihn mit dem Schaft seiner Lanze, daß er der Länge nach auf die Erde stürzte; eine härtere Züchtigung jedoch als diese wollte er ihm nicht zufügen.

Bestürzt und ingrimmig stand Kai auf, bestieg sein Roß, ging nach dem Lager zurück, und begab sich darauf in Gwalchmai's Zelt. »Ach, Sir — sagte er zu Gwalchmai — mir ward von einem der Diener berichtet, daß er im Walde dort einen verwundeten Ritter mit einer zerhauenen Rüstung gesehen habe; willst Du nach Rechten thun, so geh, und sieh, ob das seine Richtigkeit hat.« — »»Ich nehme nicht Anstand, das zu thun,«« erwiederte Gwalchmai. — »So nimm dein Roß — sagte Kai — und einige Waffen, denn ich höre, daß er denen, die sich ihm nähern, nicht allzuhöflich begegnet.« — Darauf nahm Gwalchmai seinen Speer und Schild, bestieg sein Roß, und ging zu dem Orte, wo Geraint sich befand. »Herr Ritter — rief er — wohin geht deine Reise?« — »»Ich reise nach meinem Vergnügen, und suche Abentheuer in der Welt.«« — »Willst Du mir sagen, wer Du bist, und willst Du kommen, Arthur zu besuchen, der hier nahe zur Hand ist?« — »»Ich will keine Verbindung mit Dir, noch will ich zu Arthurs Besuch kommen«« — entgegnete er. Er wußte, daß jener Gwalchmai war, aber Gwalchmai erkannte ihn nicht. »Ich bin entschlossen, Dich nicht zu verlassen — antwortete Gwalchmai — bis ich weiß, wer Du bist.« Er legte die Lanze gegen ihn an, und stieß auf seinen Schild, daß der Schaft zersplitterte und ihre Rosse Stirn gegen Stirn standen. Da blickte Gwalchmai ihn scharf an, und erkannte ihn. — »Ach, Geraint — rief er — bist Du es, der hier ist?« — »»Ich bin nicht Geraint,«« sprach dieser. — »Geraint, Du bist es, beim Himmel — versetzte jener — und dies ist ein unglückseliger und unsinniger Kampf.« — Sodann blickte er um sich, gewahrte Enid, und bewillkommte sie artig. »Geraint — sprach Gwalchmai — komm und sieh Arthur; er ist dein Gebieter und dein Vetter.« — »»Ich will nicht — sagte er — denn ich bin nicht schicklich angethan, um irgend jemand zu sehen.«« Darauf, siehe, kam einer von den Pagen hinter Gwalchmai her, um ihm etwas zu sagen; denselben schickte er mit der Nachricht an Arthur, daß Geraint verwundet hier sei, daß er nicht zu sei-

nem Besuche kommen wolle, und daß der Zustand, in dem er sich befinde,
sehr bedauernswürdig sei. Er that dies, ohne daß Geraint es merkte,
indem er es heimlich dem Pagen zuflüsterte. »Bewege Arthur — sagte
er — sein Zelt näher an den Weg zu bringen, denn er will nicht gutwil=
lig zu ihm gehen, und bei der Stimmung, worin er sich befindet, ist es
nicht leicht, ihn dazu zu bewegen.«

So ging der Page zu Arthur, und hinterbrachte ihm das. — Er ließ
sein Zelt an die Seite des Weges bringen. Die Jungfrau jauchzte auf
in ihrem Herzen. Gwalchmai führte Geraint auf der Straße weiter fort,
bis sie zu dem Platze kamen, wo Arthur lagerte, und die Diener beschäf=
tigt waren, sein Zelt am Wege aufzuschlagen. »Herr — sagte Geraint
— alles Heil über Dich!« — »»Beglücke Dich Gott; wer bist Du?««
fragte Arthur. »Es ist Geraint; — sagte Gwalchmai — aus freien
Stücken wollte er nicht zu Dir kommen.« — »»Wahrlich — rief Arthur
— er ist seiner Sinne beraubt.«« — Drauf kam auch Enid, und be=
grüßte Arthur. »»Beglücke Dich Gott,«« sagte er. Darauf ließ er sie
durch einen der Pagen vom Pferde helfen. »»Ha, Enid — sagte Arthur
— was ist das für eine Fahrt?«« — »Ich weiß nicht, Herr — erwie=
derte sie — außer daß es mir geziemt, desselben Weges zu reisen, den er
fährt.« — »Mein Gebieter — sprach Geraint — mit deiner Erlaubniß
wollen wir weiter reisen.« — »»Wohin willst Du gehen? — fragte Ar=
thur. — Du kannst jetzt nicht fort, ohne daß es Dir den Tod bringt.««
— »Er verschmähete auch meine Einladung,« sagte Gwalchmai. —
»»Die meinige wird er nicht verschmähen — sprach Arthur; — und ge=
wiß, er geht nicht von hier, bis daß er geheilt ist.«« — »Ich wollte lie=
ber, Herr — entgegnete Geraint — Du ließest mich fürder ziehen.« —
»»Das werde ich nicht, ich schwör's beim Himmel,«« rief er. Darauf
schickte er ein Mädchen zu Enids Begleitung ab, um sie nach dem Zelte
Gwenhwyvars zu führen. Gwenhwyvar und alle ihre Frauen waren
höchst erfreut über ihre Ankunft, sie zog ihre Reitkleider aus, und zog an=
dere Gewande an. Arthur rief gleichfalls Kadyrieith, und befahl ihm, ein
Zelt für Geraint aufzuschlagen, und schärfte den Aerzten ein, ihn reichlich
mit allem zu versorgen, dessen er benöthigt sein möchte. Kadyrieith that,
wie ihm befohlen war, und Morgan Tud und seine Schüler wurden zu
Geraint gebracht.

Wieder fährt er auf Abentheuer,
besiegt drei Riesen, und wird für todt
zum Grafen von Limours gebracht.

12. Arthur und sein Gefolge
verweilten dort fast einen Monat,
während Geraint geheilt ward. Nach=

dem Geraint völlig genesen war, kam er zu Arthur und bat um Erlaubniß zur Abreise. „Ich weiß nicht, ob Du ganz wohl bist." —
„„Gewiß, ich bin es, Gebieter,"" versetzte Geraint. „Ich kann's von
Dir nicht glauben, sondern nur von den Aerzten, die Dich behandelt haben." — Arthur ließ daher die Aerzte zu sich rufen, und befragte sie, ob
es wahr sei. „Ja, es ist wahr, Herr," sagte Morgan Tud. Drum erlaubte Arthur am folgenden Tage ihm abzureisen, und seine Fahrt fortzusetzen. Am selbigen Tage trat auch Arthur seine Heimreise von dort
an. Geraint befahl Eniden, allein zu gehen, und vor ihm her zu reiten,
wie sie bisher zu thun gewohnt war. Und sie ritten weiter auf der Landstraße hin. Während sie so ihren Marsch fortsetzten, hörten sie in ihrer
Nähe ein ungemein lautes Zetergeschrei. „Verweile Du hier — sagte er
— ich will gehen und sehen, was die Ursach dieser Wehklagen ist." —
„„Ich werde es,"" antwortete sie. Darauf ging er vorwärts zu einem
offenen Gereute, das nahe an der Straße war. Und auf dem Gereute
erblickte er zwei Rosse, wovon das eine einen Männersattel, und das andere einen Frauensattel aufhatte [29]). Und siehe, dort lag ein Ritter todt

---

[29]) Die Sättel, deren die Damen in der Vorzeit sich bedienten, waren sehr
reich geschmückt, und in den alten Romanen kommen häufig Beschreibungen ihrer
Kostbarkeit vor. Die Lady Triamour wird im Roman von Sir Launfal
als auf einem Sattel der prachtvollsten Art reitend, wenn sie Arthurs Hof besuchte, geschildert:

> Her sadell was semyly sett,
> The sambus wer grene felvet,
>   Ipaynted with ymagerye,
> The bordure was of belles
> Of ryche gold and nothyng elles,
>   That any man myghte aspye.
>
> In the arsouns, before and behynde
> Were twey sones of Ynde,
>   Gay for the maystrye;
> The paytrelle of her palfraye,
> Was worth an erldome, stoute and gay,
>   The best yn Lumbardye. (V. 949—960.)

Der Sambus oder die Sambuca war eine Art Schabracke, und ihre Verzierung
war gewöhnlich sehr reich. Man ging darin zu einer Zeit so weit, daß Friedrich, König von Sicilien, in einem Luxusgesetz, Const. c. 92 (citirt bei Warton, Histor. Poet. I, CCXIII.), selbst den Frauen höchsten Ranges verbot, eine
Sambuca oder Satteldecke mit Gold, Silber oder Perlen zu führen. Von der
wohlbekannten Gewohnheit, die Panzer und das Geschirr der Rosse mit Glocken

in seiner Rüstung, und ein junges Frauenzimmer im Reitkleide beugte sich
wehklagend über ihn. „Ach, Frau — sprach Geraint — was ist Dir
begegnet?" — „„Siehe — antwortete sie — ich reiste hier mit meinem
geliebten Gatten, da plötzlich fielen uns drei Riesen an, und ohne irgend
eine Ursach in der Welt erschlugen sie ihn."" — „Welchen Weg mögen
sie von hier genommen haben?" fragte Geraint. „„Dort jene große
Straße,"" entgegnete sie. Darauf kehrte er zu Enid zurück. „Geh —
sagte er — zu jener Frau dort unten, und erwarte mich daselbst, bis ich
komme." Sie ward betrübt, als er diesen Befehl gab, nichtsdestoweniger
aber ging sie zu der Frau, der zuzuhören jammervoll war, und es ahnete
ihr mit Gewißheit, daß Geraint nimmer wiederkehren werde. Mittlerweile
verfolgte Geraint die Riesen und holte sie ein. Jeder von ihnen war
größer von Gestalt als drei andere Männer, und jedem hing eine ungeheure Keule über der Schulter. Darauf rannte er den ersten davon an,
und stach ihm seine Lanze durch den Leib. Nachdem er sie wieder her-
ausgezogen hatte, durchbohrte er den zweiten in gleicher Weise. Aber
der dritte wandte sich gegen ihn, und schlug ihn mit seiner Keule, daß der
Schild zerbarst, und ihm die Schulter zerschmettert ward, seine Wunden
von neuem aufbrachen, und das Blut ihm in Strömen entfloß. Aber
Geraint erhob seinen Degen, griff den Riesen an, und gab ihm einen so
heftigen, grimmigen und schweren Schlag auf die Scheitel seines Haup-

---

oder Schellen zu schmücken, mögen einige Beispiele erwähnt werden. Chaucer
sagt von dem Mönch:

> And whan he rode, men mighte his bridel here
> Gingeling in a whistling wind as clere,
> And eke as londe, as doth the chapell belle. (Pro. v. 169—171.)

Eine traditionelle Erinnerung dieser Gewohnheit hat bei den Wälschen sich fort-
erhalten, wonach die Feeen zu gewissen Zeiten auf Rossen, die mit kleinen silbernen Glöcklein von einem sehr hellen und wohltönenden Klange geschmückt
sind, über die Berge reiten.

Strutt beschuldigt die Frauen der Vorzeit, daß sie nicht nach der jetzigen Frauenart auf dem Rücken der Pferde gesessen hätten, besonders bei Jagden, und beruft sich dabei auf gewisse Abbildungen in alten Handschriften (Mf.
in der Kgl. Bibliothek, Nr. 2. B. VII. Sports and Pastimes. p. 12). Aber
die Erwähnung der Damensättel und Reitkleider (marchogwise) im Geraint
spricht die Damen in dieser Erzählung von der Anschuldigung einer so unschick-
lichen Praxis frei, und zeigt, daß sie eine eigene Kleidung zum Reiten hatten.
Catharina von Medicis soll die Erste gewesen sein, welche gleich den jetzigen
Frauen ritt mit dem hohen Bogen an dem Sattel. Mem. de Chev. II, 336.
L. G.

tes, daß Kopf und Nacken bis zur Schulter herab gespalten wurden, und
er todt hinstürzte. So ließ ihn Geraint liegen, und kehrte zu Enid zu=
rück. Als er sie wieder erblickte, fiel er ohnmächtig vom Rosse. Krei=
schend laut und durchbohrend war der Schrei, den Enid darob ausstieß.
Sie kam und beugte sich über den Gefallenen. Auf den Ton ihres Ge=
schreis kam der Graf von Limours, und das Gefolge, das ihn begleitete,
welche ihre Klagen von ihrem Wege ablenkten. Und der Graf sprach zu
Enid: „Ach, Frau, was ist Dir begegnet?" — „„Ach, guter Herr —
sprach sie — der einzige Mann, den ich liebte und immer lieben muß, ist
erschlagen!"" Und darauf sprach er zu der Anderen: „Und was ist die
Ursach deines Schmerzes?" — „„Sie haben gleichfalls meinen geliebten
Gatten erschlagen,"" versetzte sie. „Und wer war es, der ihn erschlug?"
— „„Einige Riesen — antwortete jene — schlugen meinen Geliebtesten,
und der andere Ritter verfolgte sie, und kam in dem Zustand zurück, wie
Du ihn siehst, über und über blutbeströmt; aber mir scheint, daß er die
Riesen nicht verlassen hat, ohne einige von ihnen, wenn nicht alle, getöd=
tet zu haben."" Der Graf ließ nun den todten Ritter begraben, aber
in Geraint bemerkte er noch einiges Leben. Zu erfahren, ob er leben
bleiben würde, nahm er ihn in der Höhlung seines Schildes auf einer
Tragbahre mit sich. Die beiden Damen folgten mit zum Schlosse, und
als sie dort angekommen waren, wurde Geraint auf ein Polsterbett vor
dem Tische gelegt, der in der Halle stand. Darauf legten Alle ihre Reise=
kleider ab, und der Graf ersuchte Enid, es gleichfalls zu thun, und andere
Kleider anzuziehen. — „Das werde ich nicht, beim Himmel" — sagte
sie. — „„Ach, Frau — sprach er — sei nicht so tiefbekümmert über das
Ereigniß."" — „Es wird schwer sein, mich zu etwas anderem zu bere=
den," entgegnete sie. „„Ich will so gegen Dich handeln, daß Du nicht
nöthig haben sollst, traurig zu sein, mag jener Ritter dort leben oder ster=
ben. Siehe, eine schöne Grafschaft, zugleich mit mir selbst trage ich Dir
an. Drum, sei heiter und freudig."" — „Ich schwöre zu Gott — sagte
sie — daß ich hinfort nimmer mehr freudvoll sein kann, so lange ich lebe."
— „„Komm denn — sprach er — und speise."" — „Nein, bei Gott,
ich will nicht," antwortete sie. — „„Aber beim Himmel, Du mußt,""
rief er. Wider ihren Willen führte er sie zur Tafel, und befahl ihr wie=
derholt zu essen. „Ich rufe Gott zum Zeugen auf — sagte sie — daß
ich nicht eher essen werde, bis jener Mann auf der Bahre dort gleichfalls
essen wird." — „„Das kannst Du nicht halten, — sagte der Graf; —
jener Mann dort ist bereits todt."" — „Ich werde beweisen, daß ich's

kann," sprach sie. Darauf reichte er ihr einen Becher mit Getränk dar.
„„Trink diesen Becher — sagte er — und es wird deinen Muth um=
wandeln."" — „Uebel treffe mich — antwortete sie — wenn ich etwas
trinke, bevor er nicht auch trinkt." — „„Wahrlich — sagte der Graf
— es nutzt mir nicht mehr, Dich sanft, als unsanft zu behandeln. Und
er gab ihr eine Ohrfeige, worüber sie einen lauten durchdringenden Schrei
ausstieß, und ihre Wehklagen noch größer wurden, als bisher; denn sie
gedachte in ihrem Geiste, daß, wenn Geraint am Leben gewesen, er sie so
nicht hätte schlagen dürfen. Aber, siehe, durch den Ton ihres Schreies
erwachte Geraint aus seiner Ohnmacht, erhob sich von der Bahre, und
indem er sein Schwerdt in der Höhlung des Schildes fand, rannte er
auf den Grafen zu, und versetzte ihm einen so schwer verwundenden, so
grimmig wüthigen, und gewaltigschmetternden Schlag auf die Scheitel
seines Haupts, daß es mitten entzwei spaltete, und das Schwerdt tief in
den Tisch fuhr. Da stürzten alle von der Tafel hinweg, und flohen da=
von; und nicht sowohl aus Furcht vor dem Lebenden geschah dies, als
vielmehr aus Entsetzen, wie sie den todten Mann sich erheben, und diesen
erschlagen sahen. Geraint blickte Enid an, und war traurig aus zwei
Gründen. Der eine war, zu sehen, daß Enid ihre Farbe und ihr gewohn=
tes Ansehen verloren hatte, und der andere, zu wissen, daß sie im Rechte
war. „Frau — sagte er — weißt Du, wo unsere Rosse sind?" —
„„Ich weiß, Herr, wo dein Roß ist — erwiederte sie; — aber ich weiß
nicht, wo das andere ist. Dein Roß ist in dem Hause dort."" Nun
ging er nach dem Hause, holte sein Roß heraus, bestieg es, hob Enid
von der Erde auf und setzte sie zu sich auf das Pferd. So ritten sie fort.
Ihr Weg lief zwischen zwei Hecken hin. Schon brach die Nacht an, siehe,
da gewahrten sie hinter sich am Horizonte die Schafte von Speeren, und
hörten das Gestampf von Rossen, und das Getöse eines herannahenden
Heerhaufens. „Ich höre unsere Verfolger — sagte er; — ich werde
Dich jenseits der Hecke bringen." So that er, und schau, da sprengte ein
Ritter gegen ihn mit eingelegter Lanze an. Als Enid dies sah, schrie sie
ihm entgegen: „Weh, Hauptmann, wer Du auch seiest, welchen Ruhm
wirst Du durch das Erschlagen eines todten Mannes gewinnen?" —
„„Weh, Himmel, — rief er — ist es Geraint?"" — „Ja, in Wahr=
heit," sagte sie. — „Und wer bist Du?" — „„Ich bin der Kleine König
— antwortete er — und komme zu deinem Beistande, denn ich hörte, daß
Du in Bedrängniß seiest. Wenn Du meiner Weisung Folge geleistet hät=
test, würde keine jener Fährlichkeiten Dich betroffen haben."" „Nichts

kann geschehen — sprach Geraint — ohne Gottes Willen und seinen wei=
sen Rathschluß." — „„Ja wohl — versetzte der Kleine König — und
ich weiß für Dich jetzt guten Rath. Komm mit mir an den Hof des Ei=
dams meiner Schwester, der hier nahe ist, und Du sollst den besten ärzt=
lichen Beistand im ganzen Königreich haben."" — „Gern will ich das
thun" — sagte Geraint. Enid ward auf das Roß eines Dieners des
Kleinen Königs gesetzt, und so ritten sie nach dem Schlosse des Barons.
Sie wurden mit Freude empfangen, und mit Gastfreundschaft und Auf=
merksamkeit aufgenommen. Am nächsten Morgen wurde nach Aerzten
geschickt, und es dauerte nicht lange, so kamen sie, und behandelten Geraint,
bis er völlig genesen war. Während Geraint in der ärztlichen Kur war,
ließ der Kleine König seine Waffen ausbessern, so daß sie so tüchtig wur=
den wie früher. Und sie verweilten dort an sechs Wochen.

Von dem bezauberten Garten. Schluß. | **13.** Darnach sprach der Kleine
König zu Geraint: „Jetzt wollen wir an mein eigenes Hoflager gehen, und
dort rasten, und uns vergnügen." — „„Nicht so — entgegnete Geraint
— wir wollen nur auf einen Tag dahin, und dann wieder zurückkehren.""
„Von ganzen Herzen — sagte der Kleine König — thu's und gehe dahin."
Früh am Tage brachen sie auf. Und heiterer und freudiger reiste Enid
mit ihm an dem Tage, als jemals vorher. Sie kamen auf die Haupt=
straße, und als sie an eine Stelle gelangten, wo der Weg sich theilte, sa=
hen sie einen Mann zu Fuß auf der einen Straße zu ihnen herankommen,
und Gwiffert fragte den Mann, wo er herkomme. „Ich komme wegen
einer Botschaft in dies Land." — „„Sage mir — fragte Geraint —
welcher von beiden Wegen ist der beste für mich zu verfolgen?"" — „Du
wirst am besten thun, diesem nachzugehen — antwortete jener; — denn
gehst Du auf dem anderen, so wirst Du nimmer zurückkehren. Dort un=
ten — fuhr er fort — ist eine Umzäunung von Nebel, innerhalb derselben
ist zauberisches Spiel, und nicht einer ist je wieder zurückgekehrt, der hin=
eingegangen ist. Der Hof des Grafen Owain ist dort, und niemandem
erlaubt er, Quartier in der Stadt zu nehmen, außer wenn er an seinen
Hof kommt." — „„Ich schwöre beim Himmel — sagte Geraint — daß
ich den untern Weg einschlage."" Sie ritten darauf hin, bis sie an die
Stadt kamen. Sie wählten in der schönsten und anmuthigsten Gegend
der Stadt ihr Quartier. Während dies geschah, siehe, kam ein junger
Mensch zu ihnen, und begrüßte sie. „Gott gebe Dir Glück," sagten sie.
„„Liebe Herren — sprach er — was macht Ihr hier für Anstalten?""
— „Wir richten unser Quartier ein — erwiederten sie — um die Nacht

hier zuzubringen." — „„Es ist nicht die Gewohnheit dessen, dem diese
Stadt gehört — antwortete er — irgend einem von edler Geburt zu ge=
statten, daß er hier bleibe; er muß an seinen Hof kommen; darum kommt
zu Hofe."" — „Wir werden kommen, gern," versetzte Geraint. Sie
gingen mit dem Pagen, und wurden sehr freundlich empfangen. Der
Graf kam ihnen in der Halle entgegen, und befahl, die Tafeln zu decken.
Sie wuschen sich, und ließen sich nieder, und zwar war dies die Ordnung,
nach welcher sie saßen: Geraint an einer Seite des Grafen, und Enid auf
der andern, zunächst bei Enid der Kleine König, und dann die Gräfin
zunächst bei Geraint, und dann die andern alle nach ihrem Range. Dar=
auf erinnerte Geraint sich des Zauberwerks, und dachte, daß er nicht da=
hin gehen sollte; und bei diesem Gedanken aß er nicht. Da blickte der
Graf Geraint an, und überlegte, daß er wohl jenes Zauberspiels wegen
nicht speiste, und es betrübte ihn, daß er je solch Werk eingerichtet habe,
in dem Gedanken, dadurch solch einen Jüngling, wie Geraint, verlieren zu
können. Und wenn Geraint ihn gebeten hätte, das Spiel abzuschaffen,
so würde er es gern gethan haben. Darauf sagte der Graf zu Geraint:
„Was beschäftigt denn wohl dein Gemüth so, daß Du nicht zulangst?
Wenn Du wegen des Ganges nach dem Zauberwerk unschlüssig bist, so
darfst Du nicht gehen, und niemand deines Ranges soll sich ihm je wie=
der nahen." — „„Gott lohn' es Dir — erwiederte Geraint; — aber
ich begehre nichts mehr, als zu dem Spiele zu gehen, und den Weg da=
hin zu schauen."" — „Wenn Du das vorziehst, so soll es Dir bereit=
willig gewährt werden." — „„Ich ziehe es vor in der That,"" sagte er.
Darauf speisten sie, und waren reichlich bedient, und hatten eine Mannig=
keit von Speisen, und Ueberfluß an Getränken. Als sie die Mahlzeit
geendigt hatten, erhoben sie sich. Geraint rief nach seinem Rosse und
seinen Waffen, und rüstete beides, sich und sein Roß. Und alle Gäste
gingen mit, bis sie an die Seite des Geheges kamen. Dies war äußerst
gewaltig, denn es reichte so hoch in die Luft hinaus, als sie sehen konn=
ten, und auf jedem Pfosten des Geheges, mit Ausnahme zweier, stack der
Kopf eines Menschen, und die Zahl der Pfosten des Zaunes war unge=
mein groß. Darauf sagte der Kleine König: „Könnte nicht jemand mit
dem Hauptmann hineingehen?" — „„Das ist unzulässig,"" sagte der
Graf Owain. — „Auf welchem Wege kann ich eintreten?" fragte Ge=
raint. „„Das weiß ich nicht — antwortete Owain — aber tritt ein,
auf welchem Wege Du willst, und welcher Dir der bequemste zu sein
scheint.""

Darauf drang Geraint furchtlos und ohne weitere Zögerung in die
Nebelmauer ein. Den Nebel hinter sich lassend, trat er in einen weiten
Baumgarten, worin er einen offenen Platz erblickte, auf welchem ein Zelt
von rother Seide stand. Die Thür des Zelts war offen und vor derselben stand ein Apfelbaum, an dessen einem Zweige ein sehr großes Jagd-
horn hing. Darauf stieg er ab, und trat in das Zelt, worin sich niemand befand, als eine Jungfrau, sitzend auf einem goldenen Sessel, und
ein anderer leerer Sessel stand ihr gegenüber. Geraint trat zu dem letz-
ren hin, und ließ sich darauf nieder. „Ach, Hauptmann — sprach die
Jungfrau — ich würde Dir nicht rathen, Dich auf den Stuhl zu setzen.“
— „„Wie so?““ fragte Geraint. — „Der Mann, dem dieser Stuhl
gehört, hat noch nie geduldet, daß ein Anderer darauf sitze.“ — „„Es
kümmert mich nicht — entgegnete Geraint — ob es ihm mißfällt, daß
ich auf dem Stuhl sitze.““ — Darauf vernahmen sie ein großes Getöse
um das Zelt herum. Und Geraint blickte hinaus nach der Ursach des
Lärmens. Da sah er einen Ritter von einem muthigschnaubenden, stolz-
feurigen Rosse von starken Knochen steigen; ein Ehrenmantel wallte in
zwei Theilen über ihn und sein Roß hinab, und darunter war er in völliger Rüstung. „Sage mir, Hauptmann — begann er zu Geraint —
wer hat Dir befohlen, hier zu sitzen?“ — „„Ich mir selbst,““ antwortete
er. „Es ist unrecht von Dir, mir diesen Schimpf und diese Schmach
anzuthun. Erhebe Dich, und gieb mir Genugthuung für deine Unver-
schämtheit.“ Darauf stand Geraint auf, und sie rannten sich sofort an
und brachen eine Reihe von Lanzen, und darauf eine zweite, und eine
dritte. Und sie versetzten sich einander kräftige und häufige Stöße. Zuletzt wurde Geraint wild, spornte sein Roß mit Ungestüm, sprengte gegen
ihn, und gab ihm einen Stoß mitten auf den Schild, daß es zerbrach,
und die Spitze der Lanze durch seinen Panzer drang, die Gurten zerrissen,
und er köpflings eine Lanzen- und Klafterlänge über den Rücken seines
Pferdes hinaus auf die Erde geschleudert wurde. »Ach, mein Herr, —
rief er — Gnade vor Dir, und Du sollst haben, was Du willst.“ —
„„Ich wünsche nur — versetzte Geraint — daß dies Spiel hier nicht
länger bestehen soll, weder das Gehege von Nebel, noch diese Magie und
dies Zauberwesen.““ — „Gern, Herr, das soll Dir gewährt sein,“ entgegnete jener. „„So laß denn diesen Nebel von dem Platze verschwinden,““ befahl Geraint. „Stoße in das Horn dort — sprach jener —
und wenn Du bläst, wird der Nebel verschwinden; aber ich will nicht von
hier gehen, bis das Horn von dem Ritter, der mich besiegt hat, geblasen

ist." Betrübt und sorgenvoll aus Angst über Geraint war Enid, wäh=
rend sie zurückblieb. Geraint stieß nun in das Horn; und bei seinem er=
sten Tone verschwand der Nebel. Und alle Rittersleute kamen nun zu=
sammen, und wurden alle mit einander versöhnt. Der Graf lud Geraint
und den Kleinen König ein, die Nacht bei ihm zu verweilen. Am näch=
sten Morgen trennten sie sich. Geraint kehrte nun in sein eigenes Reich
zurück; fortan regierte er sehr glücklich, und sein Kriegsruf und Glanz
dauerte zu seinem und Enides Ruhm und Preise fort durch alle Zeiten.

Erec und Enide,

von

Chretien de Troyes,

und

Hartmann von Aue.

In einigen Handschriften beginnt Chretiens Roman von Erec und
Enide mit folgendem Vorwort:

> Li vilains dit en son respit
> Que tel chose a l'on an despit
> Qui moult valt mialz que l'an ne cuide,
> Por ce fet bien qui son estuide
> Atorne a bien, qu'il que il l'ait;
> Car qui son estuide entrelait
> Tost i puet tel chose teisir
> Qui moult vandroit puis a pleisir.
> Por ce dist Crestiens de Troies
> Que reisons est que tote voies
> Doit chascuns panser et antandre
> A bien dire et a bien aprandre,
> Et tret d'un conte d'aventure
> Une moult bele conjointure. —
> D'Erec le fil Lac est li contes,
> Qui devant rois et devant comtes,
> Depecier et corrompre suelent
> Cil qui de conter vivre vuelent. [*)]
> Des-or comancerai l'estoire
> Qui toz-jorz me ier en memoire,
> Tant com durera crestiantez
> De ce s'est Crestiens vantez.

Andere Handschriften beginnen sogleich mit der Erzählung selbst:

[*)] De ceux, qui vivent du métier de conteur, ont coutume de dépe-
cer et de dénaturer devant les rois et les comtes.

Un jor de Pasques al tans novel
A Karadigan fon castel *)
Ot li rois Artus cort tenue;
Ainc si riche n'en fu veue.
Car moult i ot bons chevaliers,
Hardis et corajos et fiers;
Et rices dames et puceles,
Filles a roi, gentins et beles.
Mais aincois que li cors faufist
Li rois a ses chevaliers dist
Qu'il iroit le blanc cerf chacier
Por la costume rensaucier.
Monsignor Gavain ne plot mie
Quant il ot la parole oïe;
Sire — fait-il — de ceste cace
N'aurois vous ja ne gre, ne grace.
Nos savon bien trestot pieça
Quel costume li blanc cerf a;
Qui le blanc cerf ocire puet,
Par raison baisier li estuet,
Des puceles de vostre cort
La plus bele a quanqu'il cort;
Mais en porroit venir moult grans
Error, A il çaians cinq çans
Damoiselles de halt paraiges,
Filles a roi, gentils et saiges;
Ne n'i a nul qui n'ait ami
Chevalier vaillant et hardi,
Qui tost desrainer la voldroit
Ou fust a tort, ou fust a droit,
Que cele qui li atalente
Est la plus bele et la plus gente.
Li Rois respont ce sai-jo bien,
Mais por ce nel lairrai-jo rien;
Mais ne puest estre contredite
Parole, puisque Rois l'a dite.

---

*) Der Roman von Fregus und Galienne, oder dem Chevalier au
bel Escu, von Guillaume, Clerc de Normandie, einem Dichter des zwölften
und dreizehnten Jahrhunderts, beginnt mit einem ähnlichen Eingange. König
Arthur hielt seinen Hof am St. Johannisfeste zu Karadignan. Er schlägt
seinen Rittern Gavain, Lancelot, Iwain, Erec, Parcival u. s. w. vor, auf die
Jagd des weißen Hirsches zu gehen. Das Thier wird im Walde von Glascou
gejagt, und endlich von Parcival erlegt, der zum Lohn den versprochenen Preis
empfängt, einen goldenen Becher (Histoire des Bardes etc. par l'Abbé de
la Rue. Caen, 1834. III, p. 14, 15).

Demain matin a grant deduit
Irons cachier le blanc cerf tuit
En la forest aventurose;
Cele cace ert moult delitose.

Der König Artus reitet mit dem Gefolge auf die Jagd, und seine Gemahlin Genevre folgt ihm nach. Sie begegnet Erec, einem jungen Ritter, dem Sohne des Lac, Königs von Outre-Galles, und bittet ihn, sie zu begleiten. Von Erec wird eine lebendige Schilderung gegeben:

Un chevalier Erec eust nom,
De la table-ronde estoit,
Moult grand prix en la cour avoit,
De tant come il y eust ete
Ne fut chevalier plus aime,
Et fut si beau, qu'en nule terre
N'estuest plus bel de lui guerre.
Moult estait biau et preux et gent;
Il n'avoit pas XXV ans.
Oncques nul home de son age
Ne fut de graignor vasselage,
Et moult fut plains de grant bonte.

Während sie fürder reiten, stoßen sie auf den Ritter mit der Dame und dem ruchlosen Zwerge, dessen Aufführung gegen die Dienerin der Königin und gegen Erec ebenso wie im Mabinogi erzählt wird. Der Ritter ist beschrieben:

Venir arme sur un destrier,
L'ecu au col, la lance au poingt.
— — — — — —
Da les lui chevauchait a dextre
Une pucele de grand estre,
Et devant eux sur un roncin
Venoit un nain tout le chemin,
Et sot en sa main aportee
Une escorgie en soin noce.
La Roine Genievre voit
Le chevalier bel et adroit.
Sa pucele comande aller
Isnelement a lui parler.
— — — — — —
Li nain a lencontre elle vient;
En sa main l'escorgie tient.
Damoisele estes — fait li nain,
Qui de felonie fut plain —
Qu'alez vous cette part querant
Ca n'aprocherez vous avant.

La damoiselle est avant traite
Passer veut outre a force faite,
Car le nain eust a grand despit,
Porce qu'elle le vit petit.

— — — — —

Ferir la veut parmi le vis
Cele a son bras par devant mis
Cil receuvre si la ferue
A decouvert sur la main nue.

— — — — —

La pucele qui mieux ne puet
Retourne sen est en plorant.

— — — — —

Erec cele part esperone.

— — — — —

Vers le chevalier point tout droit
Li nain couart venir le voit.
Fuis, fait Erec, nain envieux,
Trop es fel et contrallieux!

— — — — —

Li nain fut fel tant come plus
De l'escorgie grande collee
Li a parmi les flans doñee.

(Hartmann's Erec beginnt in der erhaltenen Handschrift erst mit dem Begegnen des Ritters mit dem Zwerge; vergl. V. 1—107.) Da Erec seine Waffen zu Karadigan zurückgelassen hatte, und sich nur im leichten Jagdanzuge befand, so ist er nicht im Stande, die Beleidigung auf der Stelle zu rächen. Aber er folgt dem Ritter in der Absicht nach, es bei der ersten Gelegenheit, die sich ihm darbieten möchte, sich Waffen zu verschaffen, zu thun.

Erec sait que del nain ferir
Ne porroit il mie joir,
Car le chevalier voit arme
Moult felon et demeferre.

— — — — —

Dame — fait-il — jou vengerai
Ma honte, ou je lengregerai
Mais trop est mes armes loin.

— — — — —

A Caradigan les laissai.

— — — — —

Mais a tant combatrons andui
Il me conquerra ou je lui,
Suivre mestuet le chevalier.

      Erec va suivant tonte voie
      Li chevalier qui arme fu,
      Et le nain qui lavoit feru.

(Vergl. Hartmann, V. 108—164.) Erec, von der Königin sich beurlaubend, und dem Ritter folgend, kommt zu einer Stadt mit einem Schlosse, wo gerade ein Turnier um einen Sperber, der auf einer silbernen Ruthe befestigt war, gehalten werden soll. Hierauf wurde von den Damen solcher Ritter Anspruch gemacht, die beabsichtigten, sich deßhalb in einen Kampf einzulassen.

      Ert sur une piece d'argent
      Un espervier moult biau assis;
      Qui l'espervier voudra avoir,
      Avoir li estuira samie
      S'il y a chevaliers, tant os
      Qui venille le prix et le los
      De la plus bele deraisnier,
      Samie fera l'espervier
      Devant tous en la place prendre
      S'autres ne li ose defendre.
            (Hartmann V. 186—202.)

      Erec nimmt Quartier bei einem durch den Krieg heruntergekommenen Herrn (un pauvre preudhome vassal du baron de Ceans), und ersucht ihn um zweierlei, ihm den Nahmen jenes von dem Zwerge begleiteten Ritters mit den blauen und goldnen Waffen zu sagen, und um Waffen, um mit ihm zu kämpfen. Die erste Bitte kann der Herr nicht befriedigen; die zweite gewährt er ihm aber, nachdem Erec sich ihm zu erkennen gegeben hat.

      Erec, fils le Roi Lac, ai nom,
      Ainsi mapelent les Bretons;
      De la cour le roi Artus sui,
      Bien ai ete trois ans o lui.
      Se vous darmes m'apareillez,
      Et vostre fille me baillez
      Demain a l'espervier conquere,
      Je l'emenerai en ma terre,
      Si Deu la victoire me done,
      Je li ferai porter corone;
            (Hartm. V. 502—523.)

denn die Schönheit Enidens, der Tochter des Alten, ergreift auch trotz ihrer schlechten Kleidung des Jünglings Herz. Der Vater sagt ihm ihre Hand zu, und durch Erecs Tapferkeit ermuthigt, langt sie beim Turnier nach dem Sperber. Der Ritter mit dem Zwerge thut Einſpruch für ſeine Dame, kämpft mit Erec, giebt ſich beſiegt als Ydier, Sohn des Nut, zu erkennen, und wird von Erec nach Karadigan geſchickt zur Sühne für Ginevras Beleidigung. Zwei Tage nachher folgt ihm Erec mit Eniden, von der geſagt wird:

> — — de ceci tesmoigne nature,
> Qu'oneques plus bele creature
> Ne fut veue dans tout le monde.
> — — — — — — — —
> Li pere et la mere altresi
> La baisent sovent et menu,
> De plorer ne se sent tenu.
> Al departir plore li mere,
> Plore li pucele et li pere.
> Tex est amors, tex est nature,
> Tex est pities de noreture.
> Plorer les faisoit li pities
> Et la douçors et l'amisties
> Qu'il avoient de lor eufant.
> (Hartm. V. 1455—1479.)

Arthur hatte inzwiſchen die Jagd des weißen Hirſches beendigt, und ihn mit ſeiner eigenen königlichen Rechten erlegt, wird aber von Genievre beredet, die Ausübung des mit dieſer Großthat verbundenen Vorrechtes ſo lange zu verſchieben, bis Erec würde zurückgekommen ſein. Er er-ſcheint auch in der That bald mit Enide. Die Mauern von Karadigan ſind bedeckt mit Rittern; die Königin ſelbſt ſteigt auf den Hauptthurm, um ſie ſchon von fern zu erſpähen. Sie eilt hinab, ſie zu empfangen; Artus reicht Eniden, Erec der Genievra die Hand. Alſobald läßt die Kö-nigin die Jungfrau die alten abgetragenen Kleider, in denen ſie erſcheint, ablegen, und ihr un beau bliaud (im Parcival plialt; bei Hartmann ein grüener ſamit, geſniten nåch kärlingiſchen ſiten, V. 1546— 1548.), bedeckt mit Gold und Edelſteinen, anlegen. In dieſem Aufzuge führt ſie dieſelbe zu Arthur und zu den verſammelten Rittern des Hofes, von denen ein langes Verzeichniß ſowohl bei Chretien als bei Hartmann gegeben wird.

V. 1610. Diu künegiñe ſi nam	Puis est de la chambre issue
Friuntlichen bi ir hant,	Et la royne en est venue.
Und gienc dà si den künec vant	La royne moult la coviot,
Sitzen nåch sim rehte	Por ce l'ama et se li plot
Mit manegem guoten knehte	Qu'ele estoit bele et bien aprise.
Dà ze der tavelrunde.	L'une a l'autre par la main prise.

Die zuo der selben stunde
Dâ gesâzen oder sit,
Der het einer âne strit
An lobe den besten gewin:
Des jâhen se alle under in.
Wand er nâch sage nie
Deheine lôsheit begie,
Und tugent sô manecvalt
Daz man in noch zalt
Ze einem dem tiursten man
Der stat dâ gewan:
Des hater zem sedel guot reht

Gâwein der guote kneht:
Dâ bi Erec sil de roi Lac.
Und Lanzelot von Arlac ¹)
Und Gornemanz von Grôharz, ²)
Und li bels Côharz, ³)
Unde Lays hardiz, ⁴)
Unde Meljanz von Liz, ⁵)
Und Maldwiz li sages,
Und der wilde Dodines, ⁶)
Und der guote Gandelus ⁷)

Bi dem saz Esus.
Darnâch der ritter Briên, ⁸)
Und Ywein sil li roi Uriên, ⁹)

Se sont devant le roi venues.
Et quant li rois les a veues,
Encontre se lieve en estant.
Des chevaliers i avoit tant,
Quant eles en la sale entrerent,
Qui encontre eles se leverent
Que je n'en sai nomer le disme
Le trezieme ne le quinzisme:
Mais d'aucuns des meillors barons
Vos sai je bien dire les nons.
De ceus de la table reonde
Tuit li meillor furent dou monde. —
    Devant toz les bons chevaliers
Doit estre Gauvain li premiers,
Li secouz Erec li filz Lac
Et li tierz Lanceloz dou Lac. ¹)
Gornemanz de Groboht ²) fu quarz
Et li quinz fu li beax Coharz. ³)
Li sistes fu li Laiz hardiz, ⁴)
Li simes Melianz dou Liz, ⁵)
Li huitiemes Mauduiz li sages,
Nuemes Dodinez li sauvages. ⁶)
Gandeluz ⁷) fu dismes contez:
En lui avoit maintes bontez.
Les autres vos dirai sanz nombre
Por ce que li nombrers m'encombre.
Esliz i fu avec Briein ⁸)
Et Yvains li filz Uriein. ⁹)

---

¹) Lancelot du lac, der bekannte Held eines besonderen Romans, deutsch von Zatzikofen, französisch von Chretien de Troyes: chevalier de la charette, Liebhaber der Ginevra und nachmaliger Gralsritter. Wigal. 10071: Lanzelot der Arlac.

²) Gurnemanz von Graharz, im Parcival des Chretien und Wolfram von Eschenbach.

³) Coharz. Im Parc. des Manessiers: Couart.

⁴) Laiz hardiz. — Cons Laiz fiz Tinas von Curnewals, Parc. des Wolfr. v. Eschbch. 429, 18.

⁵) Melianz dou Liz. Im Parc. v. Eschbch. u. Chretien, Geliebter der Obin, und seine Aventuren mit Gawan, s. meine Uebers. des Parc. S. 48—50.

⁶) Dodines. Hartmañ, Iwein, 87 u. 4696. — Eschbch Parc. 271, 13; — Wigalois, 458, Didones. Auch in Zatzikofens Lanzelot.

⁷) Gandeluz. Duk Gandeluz, fiz Gurzgri, Eschbch Parc. 429, 20. Gandaluz, grave von Schampan, Eschbch Willeh. 366, 19, u. 437, 10.

⁸) Brien. Im Wigalois, 6069, u. 6101.

⁹) Ywein, fil li roi Urien. Wegen der mehreren Yweine fragt Lu:

Und zuo allen éren snel
Ywein von Lónel: [10]
Ouch saz ir dà mère
Iwein von Lafultère [11]
Und Onam von Galiot, [12]
Und Gasosin von Strangot:
Ouch faz dà zehant
Der mit dem guldiñ bogen genant,
Tristram [13] unde Gârel [14]
Bliobleherin [15] und Titurel [16]

Garadeas von Brebas, [17]
Gues von Strauz und Baulas,
Gaueros von Rabedic,
Und des küneges sun von Ganedic
Lis von quinte carous,
Isdex von mun dolerous,
Ither von Gaheviez, [18]
Maunis und der kal Galez,
Glangodoans und Gareles [19]
Und Estorz fil Ares [20]

Yvains de Loenel [10] fu outre
D'autre part les Yvain l'avoutre. [11]
Lez Yvain de Cavaliot [12]
Estoit Gorfocin d'Estrangot.
Apres le chevalier li cor
Fu li vallez au cercle d'or.
Et Tristans [13] que onques ne rist
Delez Bleobleheris [15] sist
Et par delez Brun de Piciez
Estoit ses freres Guis li riez.
Li fevres d'armes sist apres
Qui mieux amoit guerre que pes.
Apres sist Karados bries braz, [17]
Uns chevaliers de grant solaz,
Et Caverrons de Rebedic,
Et li filz le roi Quenedic,
Li vallez d'escume carroux,
Ilifoons dou mont doloroux,
Galeriez li cuens d'Estraus,
Amaugins et Galez li chaus,
Grains, Gornevins et Guerrees, [19]
Et Torz li filz le roi Ares, [20]

---

nete in Hartmann's Iwein, 4179: welhen Iwein meinet ir? — Ywein fils le roy Urien in Chretiens Parc.

[10] Ywein von Lonel. Iwan von Nonel, Eschbch, Parc. 234, 12.

[11] Yvain l'avoutre, der Bastard. — Iwaines la oltres, Chretien, Parc.

[12] Yvain de Cavaliot. — In Chret. Parc. erscheint noch ein Iwaine as blanches mains.

[13] Tristan, der bekannte, fast in allen Romanen genannte Held, und Held eines eigenen Romans.

[14] Garel, König von Mirmidone, Wigal. 8627. — Eschbch, Parc. 583, 12.

[15] Bliobleherin. Eschenbach, Parc. 134, 28: Plihopliheri.

[16] Titurel, Gralkönig, Held in Eschenbachs Parc. und Tit., und in Kiots Gedichte.

[17] Karados bries braz, mit dem verkürzten Arm, Held langer Episoden im Parc. des Chretien.

[18] Ither, le chevalier vermeil, der rothe Ritter im Parc. des Chretien und Eschenbach.

[19] Guerrees. — Guerrches, Held von Abentheuern in Chretiens Parc.

[20] Estorz. — Tors fils au roi Ares, in Chret. Parc.

Galogaundris [21]) und Gáloes, [22])
Und fil Dou Giloles,

Lohût fil roy Artûs,
Segremors [24]) und Praueráus
Blerios und Garredomechschin,
Los und Troy marlomechschin,
Brian lingo mathel
Und Equinot [25]) fil cont von Haterel,
Lernfras fil Gain,
Und Henec [26]) suctellois fil Gawin,
Le und Gahillet,
Von Hochturasch [27]) Maneset,
Und Gatuain Batewain fil roy Cab-
caflir, [28])

— — — — — —

Galopamur, daz ist wâr,
Fil Yfabon und Schonebâr,
Lanfal unde Brantrivier
Marlivliót von Katelange [29]) und
Barcinier,
Der getriwe Gothardelen,
Gangier von Neranden,
Und Scos der brooder sin,
Der küeue Lespin,
Und Machmerit Parcefâl von Glois [30])
Und Seckmur von Rois,
Inpripalenót [31]) und Estravagaot

Gifflez [23]) li filz Duc et Tavas,
Qui onques d'armes ne fu las,
Et uns vallez de grant vertu
Loholz le filz le roi Artu,
Et Sagremors [24]) li desreez,
Cil ne doit mie estre obliez,
Et Bedoiers li conestables,
Qui molt sot d'eschas et de tables,
Ne Braavains, ne Soz li rois,
Ne Galerautius li Galois,
Ne li filz Kex le Seneschal,
Gronosis qui molt sot de mal.
Ne Labigodes li cortois,
Ne li cuens Cadorcaniois

Ne Letrons de Prepelesent,
En cui ot tant d'afaitement,
Ne Breons li filz Canodan,
Ne le comte Honolant,
Qui tant ot le chief bel et sor;

Ce fu cil qui recut le cor
Au roi Plain de male aventure
Qui onques de verte n'ot cure.

Quant la bele pucele estrange
Vit tot ces chevaliers en range,
Qui l'esgardoient à estal,
Son chief encline contreval:

[21]) Galogaundris. Eſchbch. Parc. 205, 9: Galogandres, der herzoge von Gippones.

[22]) Galoes, Bruder Gamurets im Parc. Eſchbchs, und Held beſondren Romans.

[23]) Gifflez: In Chretiens Parc. Girflet.

[24]) Sagremors, als wilder Kämpfer faſt in allen Romanen erſcheinend.

[25]) Equinot. Eheunat von Berbester (?) im Eſchbch Parc. und Tituerel, und Titurel Albrechts.

[26]) Henec. Hartmann, Iwein, 4703: Henete.

[27]) Gahillet von Hochturafch. Kailet von Hoskurast im Parc. u. Tit. Eſchenbachs und Tit. Albrechts.

[28]) Cabcaflir. Kardefablet de Jamor (?) Eſchbch, Parc. 376, 15.

[29]) Marlivliot von Katelange. — Manfiliot, Eſchbch, Parc. 186, 21. Manfilot. Tit. des Albrecht, 23, 1. Tit. Eſchenbachs.

[30]) Parcefal von Glois. Parceval li Galois, der bekannte Held eigener Romane.

[31]) Inpripalenot. Der Fährmann Plippalinot im Parc. Eſchenbachs.

Pehpimeröt und Lamendragot,
Ornogodelet,
Und Affibla delet,
Arderoch Amander
Und Ganatulander, ³²)
Lermebion von Jarbes,
Fil mur Defemius aquaterbardes.
Nù hàn ich iu geneñet gar
Dise tugenthafte schaar.
Ir was nàch der rehten zal
Vierzic und hundert über al.
Nù fuorte fi die künegin
Gegen der menegin.
Der wunsch was an ir garwe.
Als der rösen varwe
Under wize liljen gûzze,
Und daz zesamne flûzze,
Und daz der munt begarwe
Waere von röfen varwe,
Dem gelichte sich ir lip:
Man gesach nie ritterlicher wip.
   Alsô si dô zuo in

Vergoingue en ot, ne fu merveille
La face l'en devint vermeille,
Mais la honte se li avint
Que plus vermeille en devint.

————

Von èrste gie zer tür in
Und si sitzen gesach,
Schame tet ir ungemach.
Diu rösen varwe ir entweich,
Nù röt und dañe bleich
Wart si dô vil dicke
Von dem anblicke,
Ze glicher wise als ich iu sage.
Als diu suñe in liehtem tage
Ir schin vil volleeliche hàt,
Und gàhes dà für gàt
Ein wolken düñe und niht breit,
Sô ist ir schin niht sô bereit
Als man in vor sach:
Sus leit kurzen ungemach
Diu juncfrowe Enite
Von schame unlange zite.

Gawain hatte bei Beginn der Jagd gerathen, daß der Erleger des Hirsches das Recht haben sollte, den Hirschkopf seiner Geliebten zu senden, nicht aber, nach der früheren und außer Gebrauch gekommenen Gewohnheit, das Recht, die schönste Dame des Hofes küssen zu dürfen, weil hierdurch leicht Zwiespalt entstehen könne. Arthur aber hielt es für eine Verletzung seiner Ehre, wenn er widerriefe, was er bereits bestimmt hatte. Jetzt nun führt Genievre die schöne Enide festlich geschmückt zu Arthur, und erinnert ihn an sein Recht bei der Jagd des weißen Hirsches:

> Or pouvez vous le baiser prendre
> De la plus bele de la cour.
>   (Hartm. V. 1759.)

Der edle König rechtfertigt den Gebrauch durch das Alterthum und durch die Authorität seines Vaters Uter Pendragon, küßt Eniden, und stellt so das Herkommen wieder her.

> N'est droit que nul de moi se plaigne,
> Que je ne veuile pas que remeigne
> La coutume ne li usages
> Qu'ont maintenu tous mes lignages.

— — — — — — — —

————

³²) Ganatulander. Im Parc. u. Titur. Eschenbachs Tschoinatulander.

Li usage Pendragon mon pere
Qui fu droit rois et emperere
Dois-jou garder et maintenir
Quoiqu'il m en doive advenir.

— — — — — — — —

Le roi par icele avanture
Rendit l'usage et la droiture
Qu'a la cour devait li blanc cerf.
(Hartm. B. 1749—1792.)

Erec schickt nun seinem Schwiegervater die Geschenke, die er ihm versprochen hatte, nebst zehn Rittern, die ihn zu einem seiner Schlösser, das er ihm verehrt, geleiten sollen. Die Hochzeit wird mit größter Pracht begangen; Artus ladet dazu alle seine dienstbaren Könige und Großen ein. Die Königin vertritt Mutterstelle bei Enide, und begleitet sie in das Brautgemach (Hartmann geht darüber kurz hinweg):

Quant delivree fu la chambre
Lor droit rendent a cascun mambre:
Li oel d'esgarder se refont
Cil qui d'amor la voie font
Et lor message al coer envoient
Qui moult lor plaist quanque il voient.
Apres le message des iels
Vient la dolçor qui moult valt miels.
Des baisers qui amor atraient;
Andui cele dolçor assaient
Et lor coers dedens en aboivrent
Si qu'a paine s'en dessoivrent,
Del baisier fu li primiers jeus
Et l'amor qui est entre-deux
Fist la pucele plus hardie,
Que rien ne s'est acoardie;
Tot sofri quanque li grevast;
Ainçois qu'ele se relevast,
Ot perdu le nom de pucele;
Al matin fu dame novele.

Vierzehn Tage dauert die Hochzeit; dann aber wird noch ein großes Turnier veranstaltet, worin Erec Wunder der Tapferkeit thut, und den Preis davon trägt.

Quant vint a la tierce semaine
Tuit ensamble communement
Empristrent un tornoiement.
Mes sire Gauvain s'avança
Entre Euroc et Danebroc.

Et Meliz et Meliadoc
L'ont fiancie d'autre partie.
Atant la corz est departie.
Un mois apres la pentecoste
Li tornoiz assemble et ajoste
Desoz Danebroc en la plaigne.
La ot tante vermeille ensaigne
Et tante bloie et tante blanche
Et tante guimple, et tante manche
Qui par amors furent donees,
Tant i ot lances aportees
D'argent et de synople taintes,
D'or et d'argent en i ot maintes
Et mainte en i ot d'autre afaire,
Mainte bendee et mainte vaire.
(Hartm. W. 2221—2246.)

Endlich beurlaubt sich Erec von Artus, um seine Gattin seinem Vater zuzuführen. Artus selbst und die ganze Gesellschaft begleiten das
Paar dahin in das pays d'Outre-Galles (bei Hartmann Destregals;
im Parcival Wolframs kommen gleichfalls Krieger aus Destrigleis vor),
wo neue Festlichkeiten, geleitet von Gaudins, le comte de Louvecestre,
le comte de la haute Montagne, und le comte de Lile noire, in
dessen Reich Donner und Stürme unbekannt sind,

De celui avons oï dire
Qui fut ami Morgan la fee,

beginnen. Die Bürger beschenken ihn mit Rossen, Waffen und Jagd-
vögeln; außer den Hofleuten Arthurs sind an tausend Grafen gegenwärtig, und Artus nimmt die Gelegenheit wahr, vielen Edlen den Ritterschlag
zu ertheilen. An Musik fehlt es bei den Festivitäten nicht:

En la sale moult grand joie iot;
Chacun servit de cequ'il sot;
Cil scait de harpe, cil de rote.
Cil de gigle, cil de viole,
Cil d'autre engien, cil de citole.

Nachdem ein Monat unter Festen und Ritterspielen verstrichen ist,
erschlafft Erec in dem Reiz des häuslichen Lebens, vergißt seines Waffen-
ruhms, und vergeudet seine Zeit in Wollust und Ruhe. Seine Barone
werden über seine Unthätigkeit mißvergnügt, und ihr Murren erreicht
Enidens Ohr, die selbst die traurige Umwandlung ihres Gemahls beklagt.
In einer Nacht überrascht Erec sie in Thränen, und fragt nach der Ursach ihres Kummers. Von ihren Vorstellungen zu einem Gefühl von
Schaam über seine unwürdige Trägheit getrieben, legt er sich selbst zur

Buße eine lange und schmerzvolle Wanderung auf, um Abentheuer aufzusuchen. Der König Lac, sein Vater, das Schloß, die ganze Stadt ist
höchst betrübt darüber, und macht vergebens Gegenvorstellungen. Auch
alle Begleitung lehnt er ab; Enide allein soll ihn begleiten, aber er befiehlt ihr, nicht mit ihm zu reden, und ihm stets voran zu reiten. Fahrt
und Abentheuer mit den drei, sodann mit den fünf Raubrittern gleichen
denen im Mabinogi. Nach Besiegung der fünf Ritter wird die Nacht
im Walde zugebracht; ein Bursche mit Lebensmitteln schafft ihnen zur
rechten Stunde Erquickung. Sie gelangen zur Stadt des Grafen Gal-
vain, der sich in Enide verliebt, und nach ihrem scheinbaren Einverständ-
niß Erec in der Frühe des andern Morgens tödten, sich ihrer aber bemächtigen will. In der Nacht verräth sie den Anschlag ihrem Gatten:

> Ha! Sire — fet - ele — merci!
> Levez isnelement deci
> Qui traiz estes autreset
> Sanz acoison et sans forfet.
> Li cuens est traitres provez
> Se ci poez estre trovez
> Ja n eschaperoiz de la place
> Que tot desmambrer ne vos face,
> Avoir me vialt, por ce vos het.

Erec bricht auf mit Enide, nachdem er die von den Räubern erbeu-
teten sieben Rosse dem Wirth geschenkt hat. Kaum sind sie fort, so schickt
der Graf hundert Ritter, um Erec zu tödten, und die ihm nun nacheilen.
Enide warnt ihn, er schilt sie über den Ungehorsam, und besiegt die Verfolger. Sie nahen der Herrschaft des Gujures oder Guivret le Petit, der mit Erec kämpft; sie lernen sich im Gefecht hochschätzen, und
scheiden als Freunde, jedoch lehnt Erec es ab, ihn auf sein Schloß zu
begleiten. Auf dem Kampfplatz verbinden sie sich ihre Wunden.

> Quant li un ot l'autre bande
> A deu sont entrecõmande.
>   Departi sont en tel meniere.
> Seus s'en reva Guivrez arriere:
> Erec a son chemin retrait,
> Qui grant mestier eust d'entrait
> Por ses plaies mediciner.
> Ainz ne fina de cheminer
> Tant que il vint en une plaiñe
> Lez une forest que iert plaiñe
> De cers de biches et de dains.
> Et de chevriaus et de serains

Et de toute autre sauvagine.
Li rois Artus et la royne
Et de ses barons li meillor
I estoient venu le jor.
En la forest voloit li rois
Demorer quatre jors ou trois
Por lui desduire et deporter.
Si ot fait o lui aporter
Tentes et pavoillons et trez.
Outre le roi estoit etrez
Messire Gauvain toz lassez,
Car chevauchie avoit assez.
　Defors la tente estoit un charmes;
La ot un escu de ses armes
Laissie et sa lance de fresne,
A une branche par la resne
Et le gringalet arciñey,
La sele mise et enfreiñey.
Tant estut iqui li chevax
Que Kex i vint li feneschax.
Cele part vint grant aleure.
Ausi com por evoiseure
Prist le cheval et monta sus;
Conques ne li contredist nus.
La lance el lescu prist apres
Qui soz l'arbre erent enqui pres.
Galopant sor le G r i n g a l e t *)
S'en aloit Kex tot un valet,
Tant que par aventure avint
Que Erec encontre lui vint.
Il conut bien le seneschal
Et les armes et le cheval:
Mais Kex pas lui ne reconut,
Car en ses armes n'aperçut
Nule veraie conoissance;
Tant cop d'espee et de lance
Avoit sor son escu euz
Que li toinz en estoit cheuz.
Et la dame par grant voidie,
Por ce qu'ele ne voloit mie
Qu'il la coneust ne veist,
Ausi con sele le feist,
Par lou haller por la poudriere

---

*) G r i n g u l j e t mit den rothen Ohren heißt auch in Wolfram's Parcival Gawan's Roß.

Mist sa guimple devant sa chiere.
Kex vint avant plus que le pas
Et prist Erec enes le pas
Par la reisne sanz saluer.
Ainz qu'il le lessast remuer
Li demanda par grant orguil,
„Chevaliers — fait-il — savoir vuil.
Qui vos estes et dont venez!"
Fait Erec: „„Nel sauroiz anuit.""
Et cil respont: „Ne vos enuit:
Car par vostre bien le demant.
Je sai et voi certeinement
Que plaiez estes et navrez.
Enquennit bon ostel aurez
Se avec moi volez avoir.
Je vos ferai molt chier tenir
Et honorer et aaisier:
Car de repos avez mestier.
Li rois Artus et la royne
Sont ci pres en une gaudine
De trez et de tentes logie:
Par bone foi le vos le gie,
Que vos en veingniez avec moi
Veoir la royne et le roi
Qui de vos grant joie feront
Et grant honor vos porteront."
Erec respont: „„Vos dites bien:
N'i iroie por nule rien.
Ne savez mie mon besoing.
Encor m'estuet aler molt loing.
Laissiez m'aler, que trop demor:
Encor i a assez dou jor.""

Erec findet endlich Ker überläſtig, rennt ihn nieder, und giebt Eniden das Roß Gauvains. Da bittet Ker um Rückgabe des Roſſes, indem es nicht das ſeinige ſei; was ihm gewährt wird.

Kex prent le cheval si remonte,
Au tref-le-roi vient, si li conte
Le voir que rien ne l'en cela,
Et li rois Gauvain apela.
„Biax nies Gauvains — ce dit li rois —
S'onques fustes frans ne cortois,
Alez apres isnelement,
Demandez amiablement
De son estre et de son afeire:

und eilt, diesen Ritter zu mir zu führen.« Gauvain befolgt den Befehl seines Oheims, und begiebt sich mit zwei Pagen zu Erec.

> Puis li ditz messire Gauvains
> Qui de grant franchise estoit plains:
> „Sire — fet-il — a vos m'anvoie
> Li rois Artus en ceste voie.
> La roine et li rois vos mandent
> Saluz, et prient et comandent
> Qu'avoec ax vos venez deduire.
> Eidier vos vuelent, non pas nuire
> Et il ne sont pas loing deci.

Erec dankt ablehnend; wie im Mabinogi läßt Gauvain des Königs Zelt an den Weg bringen, auf dem er mit Erec hingeht, der überrascht sich nun zu erkennen giebt. Gauvain, freudig, sagt zu ihm:

> — — Sire, ceste novele
> Sera ja mon seignor moult bele.
> Lie en iert ma dame et mes sire,
> Et je lor irai avant dire.
> Mes aincois m'estuet anbracier
> Ma dame Enyde vostre fame.
> De li veoir a moult ma dame
> La reine grant desirier;
> Encor parler l'en oï hier.

Artus und Genievre begrüßen den Wanderer hocherfreut, und mit dem Balsam oder Pflaster der Fee Morgane heilt Erec nun in acht Tagen völlig die Wunden, die er von Guivret le Petit erhalten hatte. Während das Mabinogi diese oft und in der widersprechendsten Art erwähnte berühmte Fee zu einem Leibarzt Arthurs, Nahmens **Morgan Tud** macht, ergeht Hartmann sich in einer ausführlichen Schilderung derselben:

> V. 5152: Wundert nů deheinen man,
> Der ez gerne vernaeme,
> Wañen ditz phlaster kaeme.
> Daz hâte Fâmurgân,
> Des küneges swester, dâ verlân
> Lange vor, dô si erstarp.
> Waz starker liste an ir verdarp
> Unde fremder siñe!
> Si was ein gotiñe.
> Man mac diu wunder niht gesagen
> Von ir, man muoz ir mê verdagen,
> Der diu selbe frowe phlac.

Doch sò ich meiste mac,
Sò sage ich waz fi kunde.
Sweñc si begunde
Ougen ir zouberlist,
Sò hete si in kurzer frist
Die werlt umbevûren dà
Unde kam wider sà.
Ichn weiz wer fiz lèrte.
E ich die hant umbkèrte
Oder zuo geslûege die brà,
Sò fuor si hin und schein doch dà.
Si lebete ir vil werde.
Im lufte als ûf der erde
Mohte si ze ruowe sweben.
Uf dem wâge und drunder leben.
Ouch was ir daz untiure,
Si wonte in dem fiure
Als sanfte als ûf dem touwe.
Ditz kunde diu frouwe:
Unde sò si des began,
Sò machte si den man
Ze vogele ode ze tiere.
Dar nàch gab si im schiere
Wider sine geschaft:
Si kunde ouch zoubers die kraft.
Si lebte vaste wider gote:
Wand ez warte ir gebote
Daz gefügel zuo dem wilde
An walde und an gevilde,
Und daz mich daz meiste
Dunket, die übelen geiste,
Die da tievel sint genant,
Die wâren alle undr ir hant.
Si mohte wunder machen,
Wand ir muosten die trachen
Von den lüften bringen
Stiure zuo ir dingen,
Die vische von dem wâge.
Ouch hete si mâge
Tief in der helle:
Der tiuwel was ir geselle.
Der fante ir ze stiure
Ouch ûz dem fiure,
Swie vil si des wolde.
Und fwaz si haben solde,
Von dem ertriche,

Des nam si magenliche
Alles selbe genuoc.
Diu erde dcheine würzen truoc,
Ir enwaere ir kraft erkant
Alse mir min selbes hant.
Sit daz Sibille erstarp
Und Erictô verdarp,
Von der uns Lucânus zalt,
Daz ir zouberlich gewalt
Swem si wolde gebôt,
Der dâ vor was lange tôt,
Daz er erstuont wol gesunt
(Von der ich iu hie zestunt
Nù niht mêre sagen wil,
Wand es wurde ze vil),
So gewan daz ertriche
(Daz wizzet waerliche)
Von zouberlichem siñe
Nie bezzer meisteriñe
Dañe Fâmurgân,
Von der ich iu gesaget hân.
Von diu waer er niht wiser man
Swer im wolde dar an
Nemen grôz laster,
Ob ouch si ein phlaster
Für in geprüeven kunde.
Jâ waen man niender funde,
Swie sêre ers wolde ersuochen.
Die kraft ûz arzetbuochen.
Sô kreftecliche liste
Die si wider Criste
Uopte sô des gerte ir muot.

Erec verläßt geheilt mit Eniden, ungeachtet aller Gegenvorstellungen,
Arthurs Hoflager und abentheuert weiter. Bald befreit er die Geliebte
eines Ritters, **Cadoc de Cabriole**, aus der Gewalt zweier Riesen, die er
tödtet; die Geretteten aber schickt er an Arthurs Hof. Erec vor Ermat=
tung und Blutverlust stürzt ohnmächtig nieder. Enide hält ihn für todt,
fällt in Ohnmacht, erholt sich, wälzt auf sich alle Schuld seines Unglücks,
wird wieder ohnmächtig, und, wieder zu sich gekommen, zieht sie Erecs
Schwerdt, um sich selbst zu tödten. Ein des Weges daher kommender
Graf, **Li cuens orguilleus de Limours** (nicht wie es im Mabi=
nogi III, S. 186, Anm. heißt: **Earl Oriagles, Lord of the Castle
of Limors**; — Hartmann nennt ihn gleichfalls durch Mißverständniß

Graf Oringles, V. 6834.), fällt ihr in den Arm, beruhigt sie, und bietet zum Ersatz ihr Herz und Hand. Enide weist ihn voll Abscheu zurück und behandelt ihn mit der größten Verachtung. Dennoch macht er mit seinen Rittern eine Bahre, auf welcher sie Erec in sein Schloß bringen. Enide ist gezwungen, zu folgen. Der Graf, kaum angekommen, ruft seinen Kaplan, und ungeachtet des Sträubens und der Klagen Enidens muß sie seine Hand nehmen. Anderen Tages muß sie beim Hochzeitsmahl erscheinen, und sich an die Seite des Grafen setzen. Mit ausgesuchter Grausamkeit ist der Unglücklichen gegenüber Erec auf ein Polsterbett hingelegt; sie ist in Verzweiflung, und will sich durch Hunger tödten. Der Graf läßt sich dadurch soweit hinreißen, daß er sie schlägt, und schwört, noch am selbigen Tage das Beilager zu feiern. Enide bricht in Jammergeschrei aus, und alsobald

> Antre ces diz et ces tançons,
> Revint Erec de pasmeisons,
> Ausi com hom qui s'esvoille;
> S'il esbahi ne fu merveille
> Des gens quil vit environ lui.

(Hartm. V. 6590.)

Wie er begreift, was geschehen, springt er auf, ergreift sein Schwerdt, und schlägt Limors das Haupt ab. Die Ritter, entsetzt vor dem auferstandenen Todten, stürzen mit Grausen hinaus, werfen sich auf die Rosse und jagen davon. Erec fleht nun seine Geliebte um Vergebung für alles ihr Zugefügte, die sie gern ihm gewährt; die beiden Gatten herzen und küssen sich, und haben sich lieber als je vorher.

Erec zieht weiter, und trifft auf Guivret, der vom Tode des Limors, seines Nachbars, gehört hat, und im Begriff ist, dahin zu gehen, um nähere Erkundigung einzuziehen. Nach dem ersten Anlauf erkennen sie sich jedoch, und Guivret führt das Paar auf sein Schloß, wo die beiden Schwestern des dienstwilligen Wirthes Erecs schmerzvolle Wunden heilen. Guivret begleitet ihn nach Arthurs Hofe sodann; dabei passiren sie das Schloß Brandiganz, das dem Könige Evrain gehört; Erec will dort herbergen, Guivret aber mahnt ab, weil, wer hinein gehe, nicht wieder herauskomme. Nun erst läßt Erec sich recht nicht abhalten, und Guivret begleitet ihn. Die Bürger der Stadt bewundern Erecs Schönheit, und beklagen sein Schicksal.

> Apres por ce que il entende,
> Dient en halt, Dex te deffende
> Chevalier de mesavanture;

> Car moult es biax a desmesure,
> Et moult fait ta biaute a plaindre
> Car demain la verrons estaindre
> A demain est ta mors venue,
> Demain morras sans atendue;
> Se Dex ne t'en garde et deſſent.
>
> (Hartm. 8085—8106.)

Evrain nimmt die Gäſte höflich und freundlich auf. Erec bittet um die Erlaubniß, ſein Schloß zu beſichtigen; trotz der Warnung und Enidens Bekümmerniß ſteigt er am andern Morgen zu Roß in vollen Waffen.

> Li rois hors del chastel le meine
> En un vergier, qui estoit pres,
> Et tote la gent vont apres
> Priant, que de ceste besoigne
> Dex a joie partir l'an doigne.

Dieſer Baumgarten (**vergier**) war bezaubert. Die Bäume hingen voll von den ſchönſten Früchten, und wer davon aß, konnte den Ausgang nicht wieder finden. Evrain eröffnet dies dem Ritter, und läßt ihn in den Garten treten, in deſſen Umzäunung Pfähle ſich befinden, worauf Helme mit den Nahmen ihrer geweſenen Eigenthümer befeſtigt ſind. Nur ein Pfahl war leer davon. Von allem unterrichtet tritt Erec furchtlos ein, und findet ein wunderbares Horn, das dem, der es zu blaſen vermochte, Ehre und Reichthümer bringt, und, weiter gehend, gewahrt er in einem Zelte auf goldnem Bette eine Dame liegen. Während er ſie betrachtet, nahet ein ſtattlicher Ritter; Kampf; Erec ſiegt; jener nennt ſeinen Nahmen, Mabonagrains, Neffe des Königs Vitain (nach andern Stellen des Ms. des Königs Evrain), und erzählt, wie jene Dame, ſeine Geliebte, ihn hier durch Zauber gefeſſelt, bis ein Ritter kommen würde, der ihn beſiegte und befreite. Erec ſtößt in das Horn, der Zauber ſchwindet, Evrain, Guivret, Enide, der ganze Hof, alles Volk kommt mit Jubel und Freudengeſchrei herbei. Eine große Zahl Ritter, die durch den Zauber im Baumgarten gebannt geweſen waren, werden zugleich mitbefreiet.

Nur eine Perſon nimmt an der allgemeinen Freude nicht Theil, die Geliebte des Mabonagrains; Enide tröſtet ſie jedoch, da ſich findet, daß ſie ihre Couſine iſt. Gegenſeitig erzählen ſie ſich ihre Schickſale; ein großes Freudenfeſt wird auf dem Schloſſe begangen. Endlich beurlauben ſich Erec, Enide und Guivret, und gehen an den Hof des Königs Arthur, wo ſie mit Freundſchaft und Gaſtfreiheit aufgenommen werden. Auf gütige Einladung verweilen ſie dort ſo lange, bis Erec die Kunde von dem

Tode seines Vaters Lac erhält, die ihm eine Deputation seiner Barone
überbringt. Darauf:

> Fist canter vigiles et messes,
> Promit et rendit ses promesses,
> Si com il les avoit promises.
> As maisons Deu et as yglises
> Moult fist bien qanque faire dut;
> Povres maisaasies eslut,
> Plus de cent et soixante noef,
> Si les revesti tos de noef.
> A povres cleres et as provoires
> Dona que droit fut capes noires
> Et bones pelices dessos;
> Moult fist grant bien por Deu a tos,
> A cels qui en orent mestier
> Dona deniers plus d'un sestier.

Erec bittet Artus, ihn feierlich zu krönen, und Artus setzt zu diesem
Zweck einen großen Hoftag zu Nantes an, zu welchem er alle seine
Großen und Ritter entbietet, und Erec befahl ebenso seine Angehörigen
dahin, unter denen Enides Eltern nicht vergessen werden.

> Et del roy sa terre reprit
> Apres si le pria et dit
> Qu'il le couronast a sa cour.
> Le roi li dist qua tot sacour,
> Que courone seront andui.
> — — — — — — — —
> Et dist aller vous en convient.
> De si a Nantes en Bretaigne
> La porterez roiale enseigne
> Courone el cief et sceptre au poingt
> Ce droit et cet honor vous doingt.
> — — — — — — — —
> A la nativite ensamble
> Li rois tous ses barons assamble
> Trestous par sept et un les mande
> A Nantes venir les comande.
> Ni fu pas oublie le pere
> Madame Enide, ni sa mere.
> La veille la nativite
> Vinrent a Nantes la cite.

Von allen Seiten strömen die Geladenen in großer Anzahl zusammen, die edelste Blüthe der Ritterschaft.

> N'ot pas route de capelains,
> Ne de fole gent esmarie,
> Mais de bone chevalerie.

Das Fest ist eins der schönsten, die je begangen sind. Artus ernennt eine Menge Ritter, und allerseits werden den neuen und alten Rittern, und den Damen die reichsten Geschenke gemacht. Bei der Krönung erscheint Erec in einem zaubergewebten Kleide von außerordentlicher Pracht:

> Il n'est home, qui seut retraire
> L'oeuvre du drap et le faicture
> De quoi Erec ot vesteure.
> Quatre fees l'avoient fait;
> Li premiere i avoit pourtrait
> Par droit compas et par mesure
> Si com li ciux et terre dure.
>
> — — — — — — — —
>
> Li seconde nombre par seus
> Les jours et les cures du tens,
> Et de la mer toutes les goutes,
> Et du ciel les estoiles toutes.
> La tierce musique i assist
> Un art qui acordance fist
> De la harpe, rote et de viele.
> Cet oeuvre fust et bone et bele.
> La quarte qui apres trouva
> A moult bele oeuvre recoura;
> Car le meillor des arts i mist;
> Car Astronomie i assist
> Cele qui fait robe vermeille
> Qui a estoiles se conseile
> Et a lune et a soleil.
>
> — — — — — — — —
>
> Cete oeuvre fust et drap pourtraite
> Desor la robe Erec fust faite.

Nach dem Krönungs-Acte werden sechshundert Tafeln aufgeschlagen und mit Glanz gedeckt. Nach beendigten Feierlichkeiten kehren Erec und Enide in ihre Staaten zurück, überhäuft mit Geschenken und Wohlthaten des Königs Artus.

Zum Geraint.

Ueber den Geraint bemerkt die Herausgeberin (**Mabin.** III, p. **150**) folgendes: »Der Nahme **Geraint ab Erbin** ist allen Freunden der alten wälschen Literatur durch die auf ihn von seinem Mitkämpfer, dem ehrwürdigen Barden Llywarch-Hen gedichtete herrliche Elegie bekannt. Er war ein Fürst von Dyvnaint (Devon) und fiel tapfer gegen die Sachsen unter Arthurs Fahnen fechtend in der Schlacht von Longborth. Also singt der Barde:

„Vor Geraint, des Feindes Schreckbild,
Sah ich Rosse, erschöpft von der Arbeit im Kampfgefild;
Und nach dem Lärmruf zur Schlacht, wie war der Anlauf so wild!"

„Zu Longborth sah ich des Kampfes Gluth,
Sah die Erschlagenen gebadet in Blut,
Und die Kämpfer rothbespritzt von des Feindes Wuth."

„Vor Geraint, der Geißel des Feindes, weiße
Rosse sah ich, weiß von schäumendem Schweiße,
Nach dem Lärmruf zur Schlacht ein Strom furchtbar reißend."

„Zu Longborth sah ich der Schlacht Getos,
Ein Blutbad ungeheuer groß,
Und von Geraints Angriff bluttriefend manchen Kriegertroß."

„Zu Longborth ward erschlagen Geraint,
Ein tapfrer Kämpfer des waldigen Dyvnaint,
Wie er fiel, so fällend auch den Feind." [1])

»Longborth, wo jener verhängnißvolle Kampf stattfand, ist von Einigen für Portsmouth gehalten, und der Nahme bedeutet wörtlich auch »Hafen für Schiffe«. Aber der Reverend Th. Price vermuthet, daß es

---

[1]) Das Uebrige der Elegie s. in **Llywarch-Hen's Poems**, ed. by Dr. Owen **Pughe**.

dennoch Langport in Sommersetshire sei. Er gründet seine Meinung auf
die Aehnlichkeit des Nahmens und auf die Localität. Langport ist am
Fluß Parret belegen, der Peryddon der wälschen Barden, und der Pedridan
der sächsischen Chronik.«

»Auch im Gododin des Aneurin wird mit Ausdrücken des höchsten
Preises von Geraint gesprochen (**Myv. Arch. I, 13**).«

»Aus den Triaden erfahren wir, daß Geraint ein Befehlshaber zur
See war. Gwenwynwyn, der Sohn des Naw, und March, der Sohn
des Meirchion, sind mit ihm als solche aufgeführt, und es wird erzählt,
daß mit jedem von ihnen sechsmalzwanzig Schiffe, jedes mit sechsmalzwanzig Mann waren (Tr. 68).«

»Geraint ab Erbin hat auch die Ehre gehabt, kanonisirt zu werden.
Man sagt, daß ihm eine Kirche zu Caerffawydd oder Hereford gewidmet
gewesen sei. Vier seiner Söhne, Selyf, Cyngan, Jestin und Cado oder
Cataw, sind gleichfalls in die Liste der Heiligen eingetragen, und waren
Mitglieder des Kollegiums von St. Garmon. Garwy, ein anderer seiner
Söhne, erscheint in einem von seinen Brüdern sehr verschiedenem Karakter
in den Triaden, wo er als einer der drei **verliebten** und **höflichen**
Ritter an Arthurs Hofe gefeiert wird (Tr. **119**).«

»Wir können dreist Geraint ab Erbin für identisch halten mit dem
Geraint Carnwys oder Garwys des Gruffydd, Sohnes Arthurs, welcher
im Brut **Gerin de Chartres** genannt ist (?), und bei Robert von Gloucester **Geryn erl of Carcoys**. Dieser Held figurirt ähnlich in Arthurs
letzter Schlacht, wie wir es von Geraint gesehen haben, und fällt zu Longborth in einem Gefechte mit den Sachsen, das aber in einer früheren Periode der Regierung dieses Königs stattgefunden haben muß, und zwar
nach **Dr. Pughe** (l. c. p. **3**) um das Jahr 530.«

»Im Leben des heiligen Teiliaw, des zweiten Bischofs von Llandaff,
wird gelegentlich ein Gerennius erwähnt, und über sein Leben Nachricht
gegeben, das aber sehr von dem Inhalt der Elegie des Llywarch=Hen abweicht. Es ist zwar wahrscheinlich, daß dieselbe Person gemeint ist, aber
die ganze Erzählung ist von zu legendenhaftem Karakter, um für historisch
gelten zu können, zumal beim Widerspruch eines Augenzeugen. In diesem Werke wird erzählt, daß St. Teiliaw sich mit einer Anzahl seiner
Landsleute nach Armorika zurückgezogen habe, um der großen Pest (pestis flava, wälsch y fâd felen, s. oben S. 29) zu entfliehen, welche damals Brittannien verheerte. Auf seinem Wege ward er gastlich von Gerennius oder Geraint, dem Könige von Kornwallis, aufgenommen, dem

der Heilige beim Abschiede zuversichtlich versprach, daß er nicht eher ster=
ben werde, als bis er das heilige Abendmahl aus seinen Händen empfan=
gen haben würde. Demnach ward, als der König sich dem Tode nahete,
Teiliaw durch ein Wunder von seinem Zustande unterrichtet, und er machte
sofort Vorbereitungen, sein Versprechen zu erfüllen; und zur selbigen Zeit
kehrte er in jene Gegend zurück, wo damals die Pest noch herrschte. Als
Teiliaw sich zur Einschiffung anschickte, bat er seine Anhänger, einen sehr
großen Sarg zu beschaffen, den er zur Aufnahme der Leiche des Geren=
nius bestimmt hatte. Sie erklärten sich aber für unfähig, seinen Befehl
zu erfüllen, als sie von der ungeheuren Größe des Sarges hörten, daß
ihn zehn Joch Ochsen kaum von der Stelle bringen könnten. Da be=
lehrte der Heilige sie, daß er mit göttlichem Beistand auf das Vordertheil
des Schiffs würde zur See gebracht werden. Dies geschah denn auch,
und der Sarg erreichte ohne Zuthun menschlicher Hülfe das Ufer. Nach=
dem er in einem Hafen, Nahmens Dingerein ²), gelandet, ging Teiliaw
sogleich hin, den König zu besuchen, und fand ihn auch noch am Leben,
aber nachdem er ihm das heilige Abendmahl gereicht hatte, starb er un=
mittelbar darauf, und seine Ueberreste wurden von dem Heiligen in den
obenerwähnten Sarg gelegt. Das Leben des h. Teiliaw bildet einen Theil
des **Liber Landavensis**, welches so eben von der wälschen **Manuscript-
Society** herausgegeben wird.«

So weit Lady Guest über die Person des Geraint, dessen wälsche
Nationalität und Ursprünglichkeit ebenso wenig zu leugnen ist, als die
Owains, Arthurs, Peredurs und Merlins; betrachten wir dagegen unser
Mabinogi, so giebt es sich auf den ersten Blick als k e i n w ä l s c h e s
O r i g i n a l g e d i c h t durch die darin vorkommenden französischen Nahmen
zu erkennen, die nothwendig auf eine Erzählung von jenseits des Kanals
hinweisen, welcher der wälsche Erzähler gefolgt ist. So kommen im sech=
sten Kapitel Ondraw, Sohn des Herzogs von Burgund, Gwilim, Sohn
des F r a n k e n h e r r s c h e r s, Howel, Sohn Emyrs von Bretagne, Odyar,
y f r a n c (der Freie oder Franke) vor. Im zehnten Kapitel heißt es von
Gwiffert Petit: so sei er von den F r a n z o s e n genannt, aber die Wäl=
schen nennen ihn den kleinen König. Der Graf Limours im zwölften

---

²) Vielleicht Gerrans bei Falmouth, das, wie Hals angiebt, wahrschein=
lich nach Geraint genannt ist. **Davies Gilbert's Hist. of Cornwall**, II, 50
Die wälsche Chronik erwähnt eines **Castle of Dingeraint (Cilgerran)** am Fluß
Teivy in Pembrokeshire als im zwölften Jahrhundert befestigt; aber es hat
mehr Wahrscheinlichkeit für sich, daß der erstere Ort hierher gehört.

Kapitel hat gleichfalls einen französischen Nahmen. Auch sind die Aven=
turen, die Haltung und der Karakter der Perfonen weit mehr von moder=
ner Ritterlichkeit durchdrungen, als dies bei den andern beiden Erzählun=
gen der Fall ift, und es manifeftirt sich auch hierdurch eine jüngere Ab=
faffung dieser Geschichte, wenngleich wir nicht die französische Quelle der=
selben nachzuweisen vermögen. Denn so sehr auch im Wesentlichen die
Begebenheiten mit dem Gedichte Chretiens übereinftimmen, so ift doch aus
der überall im Mabinogi vortretenden plumpen Handhabung des Stoffes,
der größeren Skizzenhaftigkeit der Erzählung, die mitunter sogar den Zu=
fammenhang vermiffen läßt, und der Trockenheit und Dürftigkeit der vor=
kommenden Gespräche erfichtlich, daß der wälfche Erzähler jemandem nach=
gedichtet hat, der dem meifterlichen höfifchen Romandichter Chretien in
künftlerifcher Behandlung, Geift und Geschmack bei weitem nachgeftan=
den hat.

Der französische in den gewöhnlichen kurzen Reimpaaren abgefaßte
Roman **Erec et Enide** scheint eine der erften Arbeiten **Chretiens
de Troyes** gewesen zu sein, wenigftens wird er im Eingange des Ro=
man **de Cliget** von demselben Dichter, wo er seine frühern Werke her=
zählt, an die Spitze geftellt. Es heißt darin [3]):

> Cil qui fist d'Erec et d'Enide
> Et les commandemens d'Ovide
> Et l'ars d'Amors en romans mist, [4])
> Et le mors de l'espaulle fist, [5])
> Del roi Marc et d'Iselt la blonde, [6])
> Et de la Hape et de l'Aronde
> Et del Rossignol la nuance. [7])

Die umfangreichen Romane: le chevalier au lion, Guillaume
d'Angleterre, le chevalier de la charette und der Percival werden
hier noch nicht von ihm genannt, und es dürfte der Erec daher bis in
das Jahr 1170 mit Recht zurückzuschieben sein. Die Herausgeberin hat
einen vollständigen Abdruck dieses in mehreren Handschriften auf der Bi=
bliothek des Königs zu Paris vorhandenen Romans deßhalb unterlaffen,
weil deffen Herausgabe durch einen ausgezeichneten Alterthumskenner be=
reits im Werke sei, dagegen hat sie Auszüge daraus auf Grund von Mit=

---

[3]) Histoire littéraire de la France, B. XV, p. 209.
[4]) Die ars amandi und auch wohl remedia amoris des Ovid.
[5]) Nach der Hist. litér. d. l. Fr. vermuthlich die Geschichte des Tantalus.
[6]) Der bekannte Roman von Triftan und Jfolde.
[7]) Die Metamorphose des Tereus, der Prokne und Philomele nach Ovid.

theilungen des Grafen de la Villemarqué gegeben, die wir durch das, was in der Histoire litéraire de la France B. XV. enthalten, und was von Moriz Haupt in der Vorrede zu seiner Ausgabe des deutschen Gedichtes Erec von Hartmann von Aue [8]) geliefert worden, vervollständigt haben, wodurch ein ziemlich deutlicher Ueberblick des französischen Gedichtes gewährt sein möchte. Die von Moriz Haupt gleichfalls vorbereitete Ausgabe des letztern Werkes wird die Reihe der Romane ergänzen helfen, von denen die deutschen Dichter des Mittelalters theils Seitenstücke, theils Nachbildungen uns hinterlassen haben.

Fanden wir oben eine solche Nachbildung von Chretien's Chevalier au lion in Hartmanns Iwein; so haben wir hier in seinem Erec ein Seitenstück zu Chretiens Gedichte. Mehrfach bezeichnet der deutsche Dichter ein französisches Werk als seine Quelle:

> B. 7386: Wan als mir dâ von bejach
> Von dem ich die rede hân,
> Sô wil ich iuch wizzen lân
> Ein teil, wie er geprüevet was,
> Als ich an sinem buoche las.
>
> B. 8001: Sie ist Joie de la curt genant
> Daz selbe wort ist unerkant
> Uns tiutschen liuten:
> Durch daz wil ichz bediuten.
> Des hoves freude sprichet daz.
>
> B. 8697: Ob uns daz buoch niht liuget.
>
> B. 9018: Er selbe rôt, als ich ez las,
> Gewâfnet nâch sim muote.
>
> B. 9722: Ouch wârn si beide, als ich ez las,
> Von einer stat ze liute erborn.

Daß diese Quelle Hartmanns aber nicht Chretien gewesen sein kann, hat Haupt, der sich bereits in Besitz der vollständigen ersten Hälfte des französischen Werkes befindet, bei Vergleichung desselben mit dem Deutschen erkannt, und durch Abweichungen des Inhalts nachgewiesen, und auch die übrigen im vorstehenden Auszuge mitgetheilten französischen Stellen liefern bei ihrem Vergleich mit den entsprechenden Stellen bei Hartmann den Beweis, daß der letztere zu weit vom Französischen abweicht, als daß darin auch nur eine freie Bearbeitung Chretiens zu erkennen wäre. Hartmann, dessen Kunst in Rhythmus, Sprache und Darstellung auf einer weit höheren Stufe im Iwein als im Erec erscheint, hatte es

---

[8]) Erec, eine erzählung von Hartmañ von Aue. Herausg. von Moriz Haupt. Leipzig, Weidmañ, 1839.

troz dieſes ſeines Fortſchrittes in der Kunſt nicht verſchmäht, ſich dort
dem Franzoſen, nahmentlich im Stoffhaltigen, eng anzuſchmiegen; von
dem Anfänger in der Kunſt des poetiſchen Erzählens wäre dies daher noch
weit wahrſcheinlicher zu erwarten geweſen. Es iſt beſonders das S. 305
aufgeführte lange Nahmenregiſter merkwürdig, welches bei Hartmann auf
einen Franzoſen deutet, dem Kiots Gedicht von Parcival und dem Grale
nicht unbekannt geweſen iſt; wir begegnen bei Hartmann B. 1650 und
1690 — nach den bisherigen Ermittelungen — zum erſten Male in
der deutſchen Literatur den Nahmen **Titurel** und **Ganatulander** (unzweifelhaft iſt **Tſchoinatulander** gemeint), die der Deutſche nur aus ſeinem franzöſiſchen Vorbilde entnommen haben kann, und die auffallender
Weiſe in dem Nahmenverzeichniß bei Chretien ni cht vorkommen. Ebenſo
nennt Hartmann B. 1661 **Galoes**, den Chretien gleichfalls weder im
Erec noch Parcifal kennt. Derartige Nahmenverzeichniſſe finden ſich häufig ſowohl in den franzöſiſchen wie deutſchen Romanen, und ſind eine
Lieblingsmanier der Dichter, nicht bloß um ihrer Erzählung einen gewiſſen Pomp zu verleihen, ſondern auch, um ihre Gelehrſamkeit zu zeigen,
da ſich nachweiſen läßt, daß ſie häufig Nahmen berühmter Romanfiguren
aus ganz verſchiedenen Gedichten, ja ſelbſt Sagenkreiſen zuſammenwerfen.
Chretien hat in ſeinem Roman von Percival nun weder die Vorgeſchich-
ten Gamurets und ſeines Bruders Galoes, wie ſie Kiot erzählt, noch kennt
er die Nahmen und Geſchichten von Titurel und ſeinem Geſchlechte, und
den Nahmen des todten Ritters (Tſchoinatulander) verſchweigt er. Gamuret und Titurel mit dem ihnen Anhängigen ſind aber gleichfalls der
älteren Parcivalgeſchichte, wie ſie im Mabinogi und in dem S. 237 mitgetheilten engliſchen Parcival erſcheint, völlig fremd, wogegen andere Figuren daraus, wie **Gornemanz de Grohoht**, bei Chretien nicht fehlen.
Wolfram von Eſchenbach dichtete ſeinen Parcival zwiſchen 1205 und 1210,
worin er häufig auf Hartmanns Jwein und Erec anſpielt. Im Jwein
B. 2792 ſpielt Hartmann auf ſein früheres Gedicht an:

> Als dem hern Ereke geſchach,
> Der ſich ouch alſo manegen tac
> Durch vrowen Eniten verlac.

Im Erec B. 7545—7580 bezieht er ſich auf Heinrichs von Veldek
Aeneis, und zwar nicht bloß auf den Theil, den Heinrich gedichtet hatte,
ehe die Handſchrift ihm bei der Vermählung der Gräfin von Cleve (zwiſchen 1175—1179) geſtohlen ward, ſondern auch auf den neun Jahre
ſpäter gedichteten letzten Theil der Eneit,

Wie er die frowen Laviniam
Ze élichem wibe nam
Und wie dä ze lande was
Gewaltiger herre Enéas.

Hartmann dichtete beide Werke, Erec und Iwein, daher zwischen 1189 und 1204. Chretien de Troyes ließ seinen Percival unbeendigt bei seinem Tode, der gewöhnlich in das Jahr 1191 gesetzt wird, wiewohl die Verfaſſer der **Histoire litér. de la France** ihm wahrſcheinlicher bis 1195 oder gar 1198 zu leben geſtatten. Nimmt man an, daß Hartmann den franzöſiſchen Erec auch nur als ein ganz neues Werk überdichtete, so muß dieſes Werk doch mindeſtens in den eilfhundertachtziger Jahren gedichtet, dennoch aber immer noch jünger ſein, als jenes Gralgedicht, worin Titurel und Gamuret auftreten, wovon wir durch Kiot Kunde haben, und wir finden alſo außer den andern im zweiten Bande von Wolframs von Eſchenbach Leben und Dichten beigebrachten Gründen auch in dieſem Nahmenregiſter einen Beweis mehr, daß Kiots Gedicht von Percival älter ſei als das von Chretien, was mitunter beſtritten worden iſt.

Weiſet das Mabinogi uns auf eine franzöſiſche Bearbeitung des Stoffes hin, ſo deuten ſowohl Chretien als Hartmanns Vordichter entſchieden auf bretagniſche Erzählungen, — bei Chretien ſagt Erec ſogar einmal ſelbſt von ſich: **ainsi mapelent les Bretons (nicht les Galois,** Waleiſen) — aus welchen beide Franzoſen ſchöpften, und wir ſtoßen hier ebenſo wie bei faſt allen älteren Arthurromanen auf die breite Baſis der bretagniſchen Traditionen, welche von den Jongleurs oder von bretagniſchen Erzählern durch die Lande getragen wurden, — Perſonen, welche den ſchreibenden Clercs ihre Stoffe lieferten, während ſie ſelbſt undankbar von den letzteren als rohe unhöfiſche Leute und lügende Fabler verſchrien und verachtet wurden.

Welches große Intereſſe der Stoff dieſer Erzählung, vorzüglich das unritterliche Verliegen Erecs in wollüſtiger Ruhe mit der neuvermählten Enide und die treue demüthige Hingebung Enidens gegen die bizarre Laune Erecs bei der deutſchen Ritterwelt fand, beweiſen die zahlloſen Anſpielungen der auf Hartmann folgenden Dichter [9]), und auch dem ſkandinaviſchen Norden blieb dieſe Geſchichte nicht fremd. Denn unter den auf Veranlaſſung des Norwegiſchen Königs Hakon Hakonſon († 1262) aus dem Franzöſiſchen übertragenen Romanen von Artus und den Rit

---

[9]) Zahlreich geſammelt in v. d. Hagen Minneſinger, B. IV., S. 267 u. folg. und S. 863 u. folg.

tern der Tafelrunde wird auch der Erec genannt, neben Iwein, Gawan, Parcival, Samson, und der Mantelsage. Ebenso stehen in der zu Ve-relii index linguae vet. Scand. Upsal. 1691. benutzten Handschrift Orms Snorrasons book unter andern Eriks, Iwenis, Bewia, Myr-mans, Parhalops, Enohs (?) et Partiwals Sagor; und P. E. Mül-ler in der Sagabibliothek B. III, S. 481 (1820) nennt unter den aus fremden Sprachen übersetzten Isländischen Sagas auch Erex Kappes og den skiöne Evidac, zu denen von Artus gehörig.

www.ingramcontent.com/pod-product-compliance
Lightning Source LLC
Chambersburg PA
CBHW030353120726
47901CB00007B/2007